Silke Gyadu

Nofretetes Hofdame

Roman

Schneekluth

Die Deutsche Bibliothek – CIP-Einheitsaufnahme

Gyadu, Silke
Nofretetes Hofdame: Roman/Silke Gyadu
München: Schneekluth 1995

ISBN 3-7951-1370-9

ISBN 3-7951-1370-9

Satz: Mitterweger Werksatz Plankstadt
Gesetzt aus der Baskerville 10/13 Punkt
Druck und Bindung: Wiener Verlag, Himberg
Printed in Austria

Die Kapitel

Kapitel 1

Ein verbotener Ausflug

Auch an diesem Tag hatte man frühmorgens mit den Zeremonien begonnen. Nun aber stand Aton, die Sonnenscheibe, schon hoch am Himmel, und der Festzug, der sich auf dem Rückweg zum königlichen Palast befand, konnte der Hitze nicht mehr entgehen. Im gleißenden Mittagslicht kroch die Prozession gemächlich die Prachtstraße entlang. Die meisten Menschen, die sich zu beiden Seiten der Straße eingefunden hatten, waren von den Stadtteilen am östlichen Nilufer herübergekommen; viele waren aber auch aus den umliegenden Dörfern und Straßen, ja sogar von weither aus dem Süden und Norden angereist.

Obwohl die Ordnung des Zuges nicht mehr streng eingehalten wurde, schritten die Standartenträger noch immer voran, begleitet von Soldaten, die ab und zu die Menge zurückdrängen mußten; hinter ihnen ging der Herold. Mit inzwischen heiserer Stimme kündigte er den Gottherrscher an. Die jubelnden Menschen beidseits der Straße warfen sich zu Boden und erhoben sich erst wieder, nachdem die goldbeschlagenen königlichen Sänften vorbeigetragen worden waren.

Pharao Amun-hotpe, Sohn des Re und Herrscher von Ober- und Unterägypten, und seine Große Königliche Gemahlin Teje hatten dem falkenköpfigen Sonnengott Re-Harachte, dem Schöpfergott Atum, der Himmelsgöttin Hathor und Amun, dem König aller Götter, geopfert. Den von Leibwache und Fächerträgern umgebenen

Sänften des Königspaares folgten feierlich schreitend und in großer Zahl Priester; ranghohe Hofbeamte und die ausländischen Gesandten, deren farbenfrohe und fremdartige Gewänder den Zuschauern immer wieder Anlaß zu Ausrufen des Erstaunens gaben. Hinter ihnen bewegte sich zur Musik von Trommeln und Flöten, Lauten, Tamburins und Leiern eine Schar erschöpfter, aber sehr anmutiger Tänzerinnen.

Begeistert schloß sich die Volksmenge dem Zug an, folgte ihm zur Palastmauer und harrte dort erwartungsvoll und ungeduldig aus, bis endlich das schwere Tor aus Zedernholz wieder aufschwang, Diener heraustraten und damit begannen, riesige Mengen von Brot und Bier und das Fleisch vieler hundert Opfertiere zu verteilen. Augenblicklich steigerte sich das erregte Gemurmel zu einem fordernden Geschrei und ohrenbetäubenden Kreischen; lautstark zankte man sich um die besten Stücke. Niemand wollte leer ausgehen. Die vereinzelten Hochrufe, die da und dort noch erschallten, waren in all dem Lärm fast nicht mehr zu hören.

Alle diese Leute – die sonnenverbrannten Bauern und sehnigen Lastenträger, die sorgsamen Hirten, geschickten Fischer und Vogelfänger, die Diener und Dienerinnen, Köche, Köchinnen und Küchenmädchen, die Türsteher, Sänftenträger, Gärtner und Boten, die Bierbrauer, Bäcker, Wäscher, Steinbrucharbeiter und Sklaven – sie alle nahmen glücklich Anteil am königlichen Fest. Sie wußten, daß der Segen der Götter dem Land erhalten bleiben würde, denn Pharao hatte sich im Heiligtum von Karnak geheimen und feierlichen Ritualen unterzogen und dabei zum wiederholten Mal die Offenbarung des Götterkönigs Amun erfahren. Auf magische Weise waren im Allerheiligsten des Tempels die königliche Macht und die göttliche Kraft des Herrschers erneuert worden, und niemand zweifelte daran, daß der König bis in alle Ewigkeit über das Wohlergehen seines Volkes wachen würde.

Im Palasthof war über einem Podium ein Baldachin errichtet, um den König und seine Familie vor Atons sengender Kraft zu bewahren. Pharao Amun-hotpe, der außerdem Lebender Horus und Starker Stier genannt wurde und über ein Reich herrschte, das sich im Norden bis zum Euphrat und im Süden bis in den Sudan erstreckte, thronte auf seinem vergoldeten Ebenholzsitz. Der König war ein beliebter Mann; sein fleischiges Gesicht unter der rotweißen Doppelkrone wirkte müde und verlebt. Er hatte die Arme lässig über der Brust gekreuzt, die rundlichen Hände hielten Krummstab und Geißel. Neben ihm saß Königin Teje. Zusammen mit dem Königspaar blickten nicht wenige juwelengeschmückte Prinzen und Prinzessinnen auf die im weihraucherfüllten Palasthof Versammelten herab.
Ganz vorn, gleich unterhalb des Podiums, standen die Würdenträger und hohen Beamten, die Oberhäupter der verschiedenen Tempelgemeinschaften, die vornehmen Damen des Hofstaates, die Anführer der ausländischen Gesandten und die königlichen Beauftragten aus den fernen ägyptischen Provinzen. Die rangniedrigeren Beamten und Hofleute hatten sich mit den hinteren Plätzen begnügen müssen.
Als der Haushofmeister vortrat und seinen Zeremonienstab dreimal auf den Boden stieß, wurde es augenblicklich still. Der König richtete sich ein wenig in seinem Thronsessel auf und begann, kurzatmig und mit schleppender Stimme zu sprechen.
»Hier hinten kann ich sowieso nicht verstehen, was der göttliche Pharao sagt«, meinte ein junges, nicht sehr kostbar gekleidetes Mädchen zu seiner Begleiterin und sprang von der steinernen Einfassung eines Blumenbeetes herunter. Das Mädchen – oder besser die junge Frau – trug ein schlichtes Kleid aus weißem Leinen und eine Perücke mit langen, schwarzglänzenden Locken. Die Linien ihrer Augen und Augenbrauen waren mit

schwarzem Kajal betont; auf den Lidern lag ein Hauch Grün mit Goldstaub, der die großen, dunklen Augen zum Strahlen brachte. Der Schmuck der jungen Dame bestand aus einem Paar runder Ohrringe und einem neuen, aus Reihen bunter Tonperlen geknüpften Schulterkragen; um die zierlichen Hand- und Fußgelenke lagen dünne Goldreife. Als die junge Frau nun sah, daß ihre Begleiterin gähnte, warf sie dieser einen vorwurfsvollen Blick zu und verzog ein wenig den vollen, mohnblumenrot geschminkten Mund.
Die Begleiterin war einige Jahre älter und nicht ganz so schlank; sie trug eine struppige Perücke und ein einfaches Kleid aus gröberem Leinen. Nachdem sie nochmals ausgiebig gegähnt hatte, ging sie zu einem Granatapfelbaum hinüber, in dessen Schatten sie sich niederließ. Einladend winkte sie der jungen Frau zu, die zwar näherkam, jedoch stehenblieb. Auch einige andere Anwesende hatten bereits auf dem Rasen Platz genommen und unterhielten sich in gedämpftem Ton miteinander.
»Du weißt, daß ich mich nicht ins Gras setzen kann. Das ist doch mein bestes Kleid«, raunte die junge Frau.
Dann wandte sie argwöhnisch den Kopf. Mit zielstrebigen Schritten kam ein Mann auf sie zu. Ängstlich blickte sie ihm entgegen. Wenigstens war er keiner der unerbittlichen Palastsoldaten! Aber er mußte ein hochgestellter Hofbeamter sein – und mit diesen war bekanntlich auch nicht zu spaßen. Rasch forderte sie ihre Begleiterin auf, sich vom Boden zu erheben, und verneigte sich gemeinsam mit ihr.
Der Hofbeamte grüßte mit einem Nicken. »Gesundheit und Leben«, sagte er nicht unfreundlich. »Darf ich euch bitten mitzukommen?«
»Gesundheit und Leben, hoher Herr!«, erwiderten die Frauen beklommen und folgte ihm zu einem mit Blumengirlanden geschmückten Pavillon. Im Schatten machte der Mann halt, setzte ein gewinnendes Lächeln

auf und ließ seinen Blick auf der jüngeren der beiden Frauen verweilen.

»Ich hoffe«, eröffnete er das Gespräch, »daß es euch in Theben, unserer glanzvollen Hauptstadt, gefällt und daß ihr auch mit der Unterbringung im Palast zufrieden seid.«

Doch keine der Frauen erwiderte etwas auf seine zuvorkommende Einleitung. Beide hielten den Blick gesenkt, und die ältere schob die jüngere ein Stück nach vorn.

»Nun, mein Name ist Kamose«, erklärte der Mann weiter. Sein Lächeln wurde breiter, als er nicht ohne Stolz fortfuhr: »Ich bin königlicher Schreiber und stehe der Abteilung vor, die im Palast für die Korrespondenz und die Verträge mit den nördlichen Fremdländern zuständig ist. Seine Majestät, der König selbst, hat mich vor vielen Jahren in dieses Amt berufen.«

Allem Anschein nach hatte er die Frauen nun doch beeindruckt, denn endlich öffnete die jüngere den Mund.

»Ich ... ich bin Teti«, stotterte sie. »Und meine Dienerin Seni begleitet mich.« Immer noch hielt sie die Augen niedergeschlagen, während sie heimlich nach der Hand der Dienerin tastete.

»Teti! Was für ein überaus reizender Name für eine so bezaubernde kleine Dame«, begeisterte sich der Palastbeamte. »Bist du mit einer der Delegationen zum Fest des königlichen Regierungsjubiläums gekommen, Schönste? Im Gefolge eines Gouverneurs aus einer der nördlichen oder südlichen« – er warf einen Blick auf Senis zerzauste Perücke – »äh, Provinzen?«

Aber außer einem verzagten Lächeln erhielt er wieder keine Antwort. Teti blieb stumm und versenkte sich in die Betrachtung ihrer Fußspitzen. Die paar Blicke vorhin hatten ihr genügt, um den Mann einzuschätzen. Er hatte ein angenehmes, klargeschnittenes Gesicht und strahlte vornehme Überlegenheit aus. Seine schwarzen Augen

blickten selbstsicher und besonnen. Alle Menschen, nicht bloß seine Untergebenen, mußten ihm mit großer Ehrerbietung begegnen, vermutete sie, trug er doch wertvollen Schmuck und schöne, neue Sandalen. Seine gepflegte, halblange Perücke glänzte und duftete vom Salböl; das Leinen seines Lendenschurzes war blendend weiß, sorgfältig gestärkt und von einer Qualität, wie sie nur die königlichen Webereien hervorbrachten. Und wie es sich für einen Palastbeamten gehörte – auch das war ihr nicht entgangen –, neigte er zu einem leichten Bauchansatz.
»So eine liebliche, schüchterne Blume wie du, Teti, kann nur fern unserer zwar in aller Welt gerühmten, aber zugegebenermaßen recht lauten und lasterhaften Hauptstadt gedeihen«, unterbrach Kamose das Schweigen. Mit ermunterndem Lächeln versuchte er es noch einmal: »Willst du mir denn nicht sagen, woher du kommst? Sprich ohne Scheu, du Schöne! Dein Ägyptisch ist keineswegs provinziell. Es ist fehlerfrei und völlig ohne Akzent.«
Teti warf ihm erneut einen unsicheren Blick zu. Sie hatte keine Ahnung, wie dieser ehrenwerte Herr reagieren würde, wenn sie ihm die Wahrheit sagte. Aber vor lauter Angst fiel ihr nicht mal eine passende Ausrede ein, was selten genug vorkam. Warum mußte er so mit Fragen in sie dringen! Oh, sie wußte weder ein noch aus.
»Wir sprechen auch akzentfrei thebanisch«, gestand sie schließlich leise. »Wir sind nämlich gar keine von weither angereisten Festgäste. Wir kommen aus der Stadt am Ostufer herüber. Und – wir haben uns hier eingeschlichen. Einfach so aus Neugierde, weil wir mal sehen wollten, wo Pharao wohnt. Es war überhaupt nicht schwer, an den Wachen vorbeizukommen. Aber du, hoher Herr«, – nun erst sah sie ihn an, biß sich dabei auf die zitternde Unterlippe – »hast uns ertappt! Und jetzt... jetzt liegt unser Leben in deiner Hand.«
Ein kurzer Ausdruck der Verblüffung huschte über

Kamoses Gesicht, dann begannen seine Mundwinkel zu zucken, doch er hielt das Lachen zurück.
»Nun«, meinte er mit ernster Würde, »ihr habt euch allerdings recht vorwitzig benommen! Dennoch bin ich nicht der Meinung, daß euer Vergehen so schwerwiegend ist, daß ich es melden und euch der Palastwache übergeben müßte.«
Die beiden jungen Frauen atmeten erleichtert auf und murmelten einen Dank, blieben aber verlegen und unschlüssig stehen. Teti konnte nicht anders, sie mußte wieder zum Podium hinübersehen, wo sich Pharao Amun-hotpe ermattet in seinem Thronsessel zurücklehnte. Königin Teje ergriff das Wort, und die zwei hohen, goldenen Federn auf ihrer Krone wippten, während sie sprach. Unheilabwehrend funkelte die Uräusschlange an der königlichen Stirn; Hals und Arme des Königin waren edelsteingeschmückt, und goldene Bänder zierten ihr Kleid aus allerfeinstem durchscheinendem Leinen.
Teti seufzte sehnsüchtig. Ermutigt durch das nachsichtige Verhalten des königlichen Beamten fragt sie: »Dürfen wir noch ein kleines bißchen bleiben, Herr?«
»Aber ja, Schönste! Mit meiner Erlaubnis und auf meinen ausdrücklichen Wunsch.« Er sah ihr schmunzelnd in die Augen und erklärte: »Dort neben der Königin, liebe Teti, sitzen Kronprinz Amun-hotpe, seine Gemahlin und seine Schwestern. Dahinter haben die Ranghöchsten der königlichen Nebenfrauen Aufstellung genommen. Und da ganz rechts siehst du Prinzessin Taduchepa aus dem fernen Königreich Mitanni, die erst seit kurzem in Pharaos Frauenhaus weilt.«
Teti hatte bei seinen Worten eifrig genickt. Als Seni den Mund zu einem erneuten Gähnen öffnete, stieß Teti sie unauffällig in die Seite. Es war wichtig, daß sie sich einwandfrei benahmen. Dieser Beamte beobachtete sie doch ständig. Und jetzt fing er auch noch an, ihre

Perücke und ihre grüngoldene Augenschminke zu bewundern. Richtig in Verlegenheit brachte er sie mit seinen Komplimenten. Sie wich seinem Blick aus und starrte auf die Weinkrüge, die in mit Blätterranken bekränzten Gestellen hingen.
»Ach … hm«, murmelte sie, in Bedrängnis gebracht, während ihr kleine Schweißtropfen unter der Perücke hervor über Nacken und Rücken liefen. »Mir gehört diese teuere Augenschminke aus Malachitpuder und Gold gar nicht. Aber weil ich Priesterin untersten Grades und Tänzerin im Hathor-Tempel bin, konnte ich mir das, was ich brauchte, aus der Salbenküche … hm …borgen. Und unsere Perücken habe ich von einer übergeordneten Priesterin ausgeliehen.«
»So so. Nun, dann ist dein Vater vermutlich Schreiber oder Priester im Tempel der schönen Göttin Hathor?«, wollte Kamose wissen.
»Mein Vater war Verwaltungsschreiber im Heiligtum der Goldenen, Herr. Aber meine Eltern weilen seit langem im schönen Westland, und so wohne ich im Haus meines ältesten Bruders, der das Amt von unserem Vater übernommen hat.« Sie hob den Kopf und fügte – selbstbewußter geworden – hinzu: »Übrigens kann auch ich schreiben und lesen.«
»Das ist in der Tat beachtlich. Dann wirst du bald die Möglichkeit haben, in den nächsten Priesterinnenrang aufzusteigen?«
»Das hoffe ich, hoher Herr! Aber erst mal bleibe ich bei den Tänzerinnen, denn das Tanzen macht mir große Freude. Auch möchte ich mein Können noch verbessern. Und alle meine Freundinnen sind Tänzerinnen.«
Er betrachtete sie eine Weile und schlug dann liebenswürdig vor: »Willst du nicht mit mir kommen, schöne Teti? Ich würde dir gern einige Höfe und Palasträume zeigen. Und die königlichen Gärten sind ebenfalls sehr sehenswert.«

Teti war schon drauf und dran einzuwilligen, doch Seni schüttelte heftig den Kopf und deutete verstohlen auf ihren Busen. Bedauernd hob Teti die Hände.
»Leider können wir nicht bleiben, Herr! Seni hat zwei kleine Kinder. Sie muß ihr Baby stillen. Und ich gehe besser mit ihr zurück, weil... weil mein Bruder und seine Frau manchmal ein bißchen betrübt sind, wenn ich zu lange fortbleibe.«
Kamose runzelte die Augenbrauen. »Wie überaus schade«, sagte er. »So kehre ich denn zu den Gesandten und zu meinen Pflichten zurück, allerdings nicht, ohne dir einen weiteren Vorschlag gemacht zu haben. Würde es dir gefallen, meine Schöne, mit der Sänfte nach Hause gebracht zu werden?«
»Oh ja, sehr!«
»Gut, dann geleite ich dich zum Tor; denn wir wollen ja nicht« – er zwinkerte ihr zu – »daß du beim Verlassen des Palastes doch noch Schwierigkeiten bekommst. Und dort draußen wartest du, bis ich für dich eine meiner Sänften kommen lasse.«

»Ich hab's gewußt, daß der uns keine Sänfte schickt. Komm, laß uns heimgehen«, sagte Seni, nachdem sie eine Weile vor dem Palasttor auf und ab gegangen waren.
Teti spähte noch einmal in alle Richtungen, zuckte die Achseln, und sie machten sich auf den Weg.
Da die Volksmenge das Fest mit den damit verbundenen Darbietungen und der reichlichen Verköstigung so lange wie möglich genießen und außerdem den Abend abwarten wollte, wenn die Hitze nicht mehr so unerträglich war, hatten die beiden das Menschengewimmel bald hinter sich gelassen. Rasch gingen sie auf dem fast glühenden Sand dahin; trotzdem zog Teti nach einer Weile ihre Ledersandalen aus, um sie in der Hand zu tragen.
»Ich muß sie schonen«, sagte sie, »denn, bei Hathor, es ist mein einziges Paar.«

»Deine Sorgen möchte ich haben«, erwiderte Seni, die müde auf ihren schwieligen Fußsohlen dahintappte.
»Eine Sänfte wäre nicht schlecht gewesen«, meinte Teti. »Weißt du, eine richtige. Nicht eines von Hapus wackligen Dingern.«
»Besser eine klapprige als gar keine«, widersprach Seni. »Ja, wenn du nicht mit dem Sohn des Sänftenvermieters Schluß gemacht hättest, dann könnten wir jetzt tatsächlich in einer Sänfte sitzen! Ich habe gesehen, daß unter den Tragstühlen, die vor dem Palasttor warteten, auch die von Hapus Vater dabei waren. Alle seine Träger kennen uns und hätten uns heimgebracht. Aber seit ein paar Tagen bist du dir ja zu gut, um von Hapu eine Gefälligkeit anzunehmen.«
Teti rümpfte die Nase. »Hapu ist doch langweilig. Mit ihm will ich nichts mehr zu tun haben. Früher hat er mir ja mal gefallen, weil er so stark ist. Ich war sogar so in ihn verliebt, daß ich für ihn Liebesgedichte abgeschrieben habe. Und dabei – heilige Hathor – kann er nicht mal lesen!« Sie blieb stehen und malte mit dem großen Zeh einen Kreis in den Sand. »Außerdem ist mein Bruder Pepi sowieso dagegen. Er sagt, er habe mir nicht Millionen von Schriftzeichen einbleuen lassen, bloß damit ich einen Dummkopf wie Hapu heirate.«
»Millionen von Schriftzeichen?«, fragte Seni verdattert.
»Na ja, ein paar hundert werden's schon gewesen sein! Manche habe ich auch wieder vergessen.« Teti ergriff ihre pummelige Dienerin bei der Hand und zog sie weiter. »Stell' dir vor, letzte Woche hat Pepi versucht, mich mit einem Stundenpriester aus dem Month-Tempel zu verkuppeln. Aber, die goldene Göttin sei gelobt, dem war der Brautpreis zu hoch. Ach, meine Kehle ist ausgetrocknet. Wenigstens einen Schluck Wein hätte uns dieser Kamose doch anbieten können. Und hast du gemerkt, wie gut er nach Zedernöl duftete?«
»Wein! Zedernöl!«, fuhr Seni ihre junge Herrin an. »Das

beste an ihm war, daß er uns nicht den Wachen ausgeliefert hat. Nochmal mache ich deine waghalsigen Abenteuer nicht mit, das sag' ich dir!«
Teti verteidigte sich. »Pah! So schlimm war's auch wieder nicht, was wir getan haben.«
»Das sagst du! Wenn man uns aber zur Strafe die Nasen abgeschnitten hätte? Dann würde dich nicht mal mehr Hapu nehmen. Oder man hätte uns ins Gefängnis unten am Hafen werfen können, wo es von Ratten bloß so wimmelt!« Seni schauderte.
»Haben wir gegen ein Gesetz verstoßen? Nein! Oder war es etwa doch verboten? Na ja, wer soll das schon wissen.«
»Ich jedenfalls wäre vor Angst fast gestorben, als dieser Beamte uns erwischte. Denn wie jemand, dem man auf der Nase rumtanzen kann, sah er nicht gerade aus. Wir hatten großes Glück, daß er uns so glimpflich davonkommen ließ.«
»Ja, da hast du recht! Nicht jeder hätte so gehandelt«, pflichtete Teti ihr bei. »Für einen von diesen eingebildeten Höflingen war er richtig nett. Und sogar den Palast wollte er uns zeigen.«
»Wahrscheinlich hat er heute seinen guten Tag«, vermutete Seni.
»Ja«, ergänzte Teti kichernd, »weil er ein paar ausländische Gesandte übers Ohr hauen kann.«
Plötzlich hörten sie das Geräusch eiliger Schritte und drehten sich um. Von vier Männern getragen, schwebte ein Tragstuhl auf sie zu.
»Bist du Teti? Mit deiner Dienerin Seni?«, fragte der Träger rechts vorne und blieb keuchend stehen. Als Teti nickte, erklärte er: »Der königliche Hofbeamte Kamose schickt uns mit dieser Sänfte. Wir sollen dich nach Hause bringen.«
»Ein Wunder!«, rief Teti in fassungslosem Erstaunen und streckte die Hände empor. »Heilige Göttin, das gibt's doch nicht! Etwas noch nie Dagewesenes ist pas-

siert. Ein Beamter – und ein hoher dazu – hat Wort gehalten.«
»Schrei' hier nicht herum! Steig ein!«, sagte der Sänftenträger, der längst erkannt hatte, daß er keine Damen des Hofes vor sich hatte. »Halt! Die Dicke da soll laufen.«
Aber Seni tat keinen Schritt, und Teti rührte sich ebenfalls nicht vom Fleck. Sie blickte die Träger einen nach dem anderen an und verzog spöttisch die Lippen.
»Meine Dienerin und ich sitzen immer zusammen in der Sänfte«, klärte sie die Männer auf. »Aber da euch euer Herr anscheinend schlecht verpflegt und ihr so schwächlich seid, wollen wir eure Dienste überhaupt nicht in Anspruch nehmen. Wir werden beide unseren Weg zu Fuß fortsetzen.«
»Nichts als Ärger und Mühsal«, brummten die Träger.
Nach einigem Hin und Her wuchteten sie doch den mit beiden Frauen besetzten Tragstuhl auf ihre Schultern und liefen zur Anlegestelle der Nilfähre. Am Ostufer ging es im Laufschritt weiter. Senis rundes Gesicht strahlte, als sie mit den Fingern über das bunt bemalte und teilweise vergoldete Holz fuhr.
»Denk nur«, flüsterte sie Teti zu, »die ganze Straße wird Spalier stehen, wenn ich – Seni, die Dienerin – in dieser prächtigen Sänfte ankomme.«
Nachdem die Träger Seni vor ihrer schilfgedeckten Lehmhütte in einer schmalen, ärmlichen Gasse am Stadtrand abgesetzt hatten, brachten sie Teti nach Hause. Diese hatte sich unterwegs sorgfältig die grüngoldene Augenschminke von den Lidern gerieben. Und beim Abschied vergaß sie nicht, den Dienern nochmals aufzutragen, ihrem Herrn für seine großzügige Geste zu danken.
Wie alle Wohngebäude war auch Pepis würfelförmiges Haus aus Lehmziegeln errichtet; es bestand aus dem Erdgeschoß und einem niedrigen Stockwerk, das von einem begehbaren Dach mit gestampftem Fußboden

und einem halbhohen Mäuerchen ringsherum gekrönt wurde. Teti schlüpfte durch das schmale Tor ins Haus, doch es gelang ihr nicht, ungesehen in ihre Kammer zu kommen. Imiu, die Frau ihres Bruders, hatte sie bemerkt und verstellte ihr den Weg.
»Wo kommst du denn her?«, fragte sie mit schmalen Lippen. »Wo, in Seths Namen, bist du den ganzen Tag gewesen? Und wo ist Seni? Ich hätte euch beide dringend in der Backstube gebraucht!«
»Seni ist zuhause bei ihrer Mutter und den Kindern. Sie versorgt das Baby. Später kommt sie her, obwohl Feiertag ist, und niemand arbeitet. Wieso mußt du ausgerechnet heute backen, wenn doch überall in der Stadt Brot verteilt wird? Und am Palasttor gibt's reichlich Fleisch und Bier.«
Imiu schnaubte verächtlich.
»Hast du vergessen, daß dein Bruder nichts mehr von dem gespendeten Brot ißt, seitdem er sich an den Steinen darin fast die Zähne ausgebissen hätte?«
»Ach ja«, sagte Teti und stieg die Treppe hinauf.
In dem Kämmerchen, das sie mit den beiden kleinen Töchtern ihres Bruders teilte, legte sie ihr Kleid und die Perücke ab und setzte sich aufs Bett. Der Duft des frischgebackenen Brotes überdeckte die üblen Gerüche, die von den Hinterhöfen her durch die Fensterluke drangen, und erinnerte sie daran, wie hungrig sie war. Doch zuerst trank sie in großen Zügen Wasser aus dem Krug, der auf einem Schemel neben der Bettnische stand. Dann ging sie hinunter in den winzigen Waschraum und fing an, über dem Abfluß stehend mit einer Kürbisschale Wasser aus einem tönernen Krug zu schöpfen und genüßlich über sich laufen zu lassen, bis sie sich sauber und erfrischt fühlte.
Bei der gemeinsamen Abendmahlzeit mußte sie sich die Strafpredigt ihres Bruders anhören, der auf seinem Hausherrenstuhl thronte.

»Was fällt dir ein, dich den ganzen Tag werweißwo herumzutreiben, anstatt Imiu im Haus zu helfen?«, fragte Pepi ungehalten. »Denkst du, weil ich dafür gesorgt habe, daß man dir im Tempel außer Tanzen und Beten auch Schreiben und Lesen beibrachte, könntest du dich vor dem Kochen, Bierbrauen, Backen, der Wäsche und den anderen Hausarbeiten drücken? Da hast du nämlich noch eine ganze Menge zu lernen.«

»Aber ich kann recht gut backen und kochen! Und mein Bier hat dir auch immer geschmeckt«, begehrte Teti auf. »Und wenn Seni und ich an einem Feiertag wie heute spazierengehen und uns am Westufer den königlichen Festzug ansehen, ist doch nichts dagegen einzuwenden, oder? Schließlich ist ganz Theben auf den Beinen.«

»Widersprich mir nicht«, wetterte Pepi. »Solange du in diesem Haus wohnst, hast du zu gehorchen. Oh, wie straft mich Hathor! Mir, einem ihrer ergebensten Diener, hat die Goldene eine aufsässige jüngere Schwester aufgebürdet. Eine Schwester, die zwar bereits das Alter von fünfzehn Jahren erreicht hat, aber noch nicht verheiratet ist. Jedoch, im Namen der Göttin, welcher Mann will eine Frau, die nicht nur frech und faul ist, sondern außerdem von unstillbarer Neugierde umgetrieben wird. Und macht nicht dieser Raufbold aus der Nachbarschaft, der nicht von deiner Seite weicht, alle meine Bemühungen zunichte, einen Mann für dich zu finden? Dieser Hapu ist doch keine ernstzunehmende Partie für dich, Mädchen. Er muß ja selbst mit anpacken, so wenig bringen die schäbigen Sänften seines Vaters ein.«

»Hapu ist längst aus dem Rennen«, erklärte Teti hochnäsig. »Ihn werde ich auf keinen Fall heiraten.«

»Hathor sei Preis und Dank!«, seufzte Pepi. »Die Göttin hat dich endlich zur Vernunft gebracht. Aber«, jammerte er weiter, »die Bewerber, die ich vorschlage, passen dir ja auch nicht. Wie stellst du dir das vor? Willst du ewig unverheiratet bleiben?«

»Warum nicht? So kann ich wenigstens tun und lassen, was ich will.«
»Nein, das kannst du eben nicht«, polterte er. »Ab sofort rührst du dich keinen Augenblick mehr aus dem Haus, sondern gehst Imiu zur Hand. Ist das klar?«
»Jaja!«, Teti zog ein langes Gesicht.
»Für allezeit kannst du ja nicht hier bleiben«, sprach Pepi etwas ruhiger weiter. »Wie du weißt, ist dank der Gnade der Götter bei Imiu wieder was unterwegs, unser Haus ist nicht groß, und ...«
»Willst du damit sagen«, – Teti war ganz kleinlaut geworden – »daß ihr mich demnächst rauswerft?«
»Nein, nein, natürlich nicht«, erwiderte Pepi mit einem raschen Seitenblick auf seine Frau. »Auf keinen Fall! Du bist doch meine kleine Schwester. Hier ist dein Zuhause. Und wir werden irgendwie zurechtkommen. Nein, dich zu etwas zwingen, was dich unglücklich macht, will ich nicht.«
»Viel zu nachgiebig bist du mit ihr«, sagte Imiu scharf. »Sie wird erst gar nicht lange gefragt, wenn nur bald einer auftaucht, der sie nimmt. Ich halte das nicht mehr aus! Ich schufte mich tot, während sich das junge Ding feinmacht und verschwindet, um sich zu amüsieren.«
»Aber wir haben doch festliche Tage und überall wird gefeiert«, sagte Teti verzweifelt.
Unterdessen war Seni eingetroffen. Sie brachte eine Schüssel mit gekochtem Gemüse ins Zimmer.
»Feiertag hin, Feiertag her«, schnauzte Imiu. »In diesem Haus gibt es so viel zu tun, daß man darauf keine Rücksicht nehmen kann. Teti hat mitzuhelfen.« Sie zog die Stirn in Falten und wandte sich an die Dienerin. »Und wenn du, Seni, weiterhin so wenig arbeitest, weil du meinst, Teti auf ihren Streifzügen begleiten zu müssen, wirst du deine Familie bald nicht mehr ernähren können. Für diesen Monat kann ich dir das vereinbarte Stück Stoff nicht geben. Du bekommst nur das Essen.«

Seni, die gerade noch eine verschwörerische Grimasse in Tetis Richtung geschnitten hatte, zog erschrocken die Luft ein. Wortreich versuchte sie Imiu umzustimmen. Teti schwieg bedrückt. Die Stimme der Dienerin wurde immer kläglicher, schließlich liefen Seni die Tränen über die Wangen, doch Imiu blieb hart. Da gab sich Teti einen Ruck.
»Wenn ich schuld daran bin, daß du deinen Lohn nicht erhältst«, sagte sie, »kriegst du eben ein Stück Leinen aus meiner Aussteuertruhe.«

Später, als Teti neben ihren schlummernden Nichten lag, dachte sie über die Ereignisse dieses Tages nach. Die Unterredung mit Pepi und Imiu war ihr ziemlich nahegegangen, und sie sah eine düstere Zukunft vor sich. Ereignislos würde sich ein Tag an den anderen reihen, ausgefüllt mit Vorschriften, Maßregeln und stumpfsinnigen Arbeiten. Und irgendwann würde ihre Jugend vergeudet sein, und das Leben würde nicht mal mit einer geborgten Perücke und mit geklauter Augenschminke noch Spaß machen.
Als sie und Seni nach dem Essen aufgeräumt hatten, waren sie sich einig gewesen, daß sie den Ausflug in den Palast trotz allem nicht bereuten. Dazu war er viel zu wundervoll und aufregend gewesen. Und wenn sie es recht überlegte, mußte sie sich eingestehen, daß der königliche Hofbeamte Kamose sie mit seinem sicheren, zuvorkommenden Auftreten und seinem gepflegten Äußeren sehr beeindruckt hatte. Wie großzügig, uns seine Sänfte zu überlassen, dachte sie.
Seni war geradezu übergeflossen vor Begeisterung und hatte den ganzen Abend – das heißt, wenn sie allein waren, solange Imiu den Nachbarinnen ihr schweres Los schilderte – kein anderes Thema gekannt. Beschämt erinnerte sich Teti daran, wie unscheinbar trotz des nagelneuen Schulterkragens ihr eigener Schmuck

gewirkt hatte gegenüber den kostbaren Stücken, die Kamose trug. Ob er wohl im Palast wohnte? Dort, wo alles von Gold und Silber glänzte und wo es Gärten gab, wie man sie sich nicht einmal im Traum ausdenken konnte! Und wo Pharao göttergleich mit seinen vielen edlen Gemahlinnen und Hunderten von Nebenfrauen, eine reicher geschmückt als die andere, residierte. Und Teje war dort, die Große Königliche Gemahlin, die ihr auch aus der Ferne sehr achtungsgebietend erschienen war, wie sie zu den Ministern und den Abgesandten der fremden Könige und Fürsten gesprochen hatte.
Wirklich schade, daß Kamose sie nicht mehr durch den Palast hatte führen können. So ein Angebot würde sie bestimmt nie wieder im Leben bekommen. Aber sie konnte sich ja einstweilen schon das Erstaunen und die Bewunderung der anderen Mädchen im Tempel ausmalen, wenn sie ihnen erzählen würde, daß Seni und sie zumindest bis in den Palasthof vorgedrungen waren. Sogar an den leichten Zederduft, der den Hofbeamten Kamose umgeben hatte, erinnerte sie sich. Und beinahe wäre sie mit einem Lächeln auf den Lippen eingeschlafen, wenn nicht ein Geräusch von unterhalb der Fensterluke sie wieder hellwach hätte werden lassen.
Von draußen ertönten verhaltene Rufe. »Teti! Teti! Bist du wach? Ich bin's, Hapu. Muß unbedingt mit dir reden!«
Sie rutschte aus dem Bett, warf sich einen Umhang um und schlich leise die Treppe hinunter. In der Dunkelheit konnte sie die Umrisse von Hapus kräftiger Gestalt zwischen den Büschen an der Mauer sehen. Als sie zu ihm trat, wollte er gleich den Arm um sie legen.
»Laß das!«, wehrte sie ab. »Was willst du denn?«
»Komm mit hinunter zum Fluß«, flüsterte er. »Hab' auch 'nen Topf Bier dabei.«
Sie schüttelte den Kopf. »Ich habe dir schon ein paarmal gesagt, daß mit uns beiden Schluß ist.«

»He, Teti, komm schon! Werden uns doch wieder vertragen.«
»Nein, ich geh' nicht mehr mit dir ins Dickicht.«
»Ach, stell dich nicht so an.« Er zog sie an sich.
»Laß mich los!«, fauchte sie und befreite sich aus seiner Umarmung. »Und jetzt geh weg! Wenn Pepi uns entdeckt, kriege ich wieder Schwierigkeiten. Und morgen abend brauchst du mich auch nicht abzuholen. Und übermorgen auch nicht.«
»Hat man dir Tempeldienst aufgebrummt?«
»Nein, hat man nicht. Der Dienstplan ist doch genau festgelegt. Ich bin erst nächsten Monat wieder dran. Mein Bruder hat mir verboten, dich zu sehen. Du weißt ja, daß er dich nicht leiden kann. Er läßt mich nicht weg. Er sagt, ich darf überhaupt nicht mehr aus dem Haus.«
»Scheiße!« Hapu schniefte und spuckte zur Seite. Dann blickte er prüfend zu den dunklen Fensteröffnungen hinauf. »Los! Komm! Wenn wir gleich abhauen, merkt keiner was.«
Er ergriff sie am Handgelenk, wollte sie mit sich ziehen.
»Nein, laß mich los! Ich mag nicht!«
»Wieso nicht?«
»Ach, du willst immer bloß dasselbe.«
In seiner Überraschung hatte er den Griff gelockert. Sie wich ein paar Schritte zurück. »Ich sage dir doch die ganze Zeit, daß du nicht mehr zu kommen brauchst. Ich will nicht mehr mit dir zusammen sein. Hörst du, nie mehr! Nein, überhaupt niemals mehr«, rief sie gepreßt, drehte sich um und verschwand ins Haus.

Die morgendliche Kühle nutzend saßen Teti und Seni auf niedrigen Hockern und waren dabei, Gemüse kleinzuschneiden. Hier auf dem Dach des Hauses wurde gekocht, was den Vorteil hatte, daß die Küchendünste nicht durch die Wohnräume zogen. Pepi stand an der Mauerbrüstung und blickte zum Hathor-Tempel mit den hohen Tortürmen, den steinernen Mauern und den daran angrenzenden Verwaltungs- und Wirtschaftsgebäuden hinüber. Ein mit Feldfrüchten beladener Ochsenkarren rumpelte die Straße entlang. Esel mit Getreidesäcken auf dem Rücken trabten über den Tempelvorplatz, um ihre Last zu den Kornspeichern zu bringen. Gesprächsfetzen und die Rufe der Händler, die am Straßenrand ihre Waren ausgebreitet hatten, drangen herauf. Imiu brachte einen Korb Zwiebeln, den sie vor Teti absetzte.

»Macht gleich damit weiter, wenn ihr mit dem ersten fertig seid«, befahl sie, wischte ihre Hände am Kleid ab und stellte sich neben Pepi, der auf die Straße hinunterstarrte und dabei ein höchst erstauntes Gesicht machte.

»Ist... ist das etwa der neue Oberverwalter auf dem Weg zum Tempel?« stammelte er. »So was von pingelig soll der Mann sein, habe ich gehört. Und außerdem ist er eine Woche zu früh dran. Bei Thots heiligem Schreibpinsel! Ich habe meine Lagerbestandslisten doch noch nicht fertig.

»Du solltest aber wenigstens drüben in der Amtsstube sein«, schimpfte Imiu, kratzte sich am Kopf und beobachtete weiterhin das Treiben auf der Straße.

Auch Teti war an die Brüstung getreten, neugierig beugte sie sich hinunter. »Eine richtige Prunksänfte ist das«, teilte sie Seni mit, die sich inzwischen den Zwiebelkorb vorgenommen hatte. »Sechs Träger. Und vorneweg zwei Diener, die den respektablen Herrn ankündigen. Stell' dir vor, sie halten hier an! Genau vor unserem Haus. Was? Nein. Doch! Oh, Goldene Göttin! Das ist ja Kamose.«

»Wer?« Pepis und Imius Köpfe flogen herum.

»Ach, ein königlicher Hofbeamter, den wir gestern im Palast kennengelernt haben«, sagte Teti so gleichmütig wie möglich. Aber ihr Herz klopfte wild.

»Wo? Im Palast? Wie seid ihr denn in den Palast gekommen?«

»Das erzähl' ich euch später! Gütige Hathor! Ich muß Kamose doch begrüßen. Und dabei bin ich nicht mal geschminkt«, rief Teti und sauste nach unten in ihre Kammer.
»Na ja, wer schminkt sich schon zum Zwiebelschneiden?« Ungerührt schnippelte Seni weiter.
Imiu stieß ihren ebenfalls nach unten blickenden Sohn an. »Los, los! Schnell! Hol deinem Vater die Sandalen.«
Erst als Pepi aus der Tür trat, entstieg Kamose langsam und mit der gebotenen Würde seiner Sänfte. Und Pepi, der wackere, kleine Verwaltungsschreiber, verneigte sich sehr, sehr tief.
»Möge Re dich gesund erhalten, hochgeehrter Herr«, sagte er. »Und mögest du einhundertundzehn Jahre alt werden!« Unter vielen Verbeugungen bat er Kamose ins Haus und bot ihm den einzigen Stuhl an.
Als Teti endlich hinunter in die Eingangshalle kam, saß Imiu bereits gekämmt und in einem sauberen Kleid neben Pepi und sagte gerade zu Kamose: »Siehe, Herr, unsere Schwester hat von ihrer Mutter nicht nur Goldschmuck geerbt, sondern auch eine Truhe voll mit feinstem Leinen. Und selbstverständlich hat sie eine eigene Zofe. Und wir legen allergrößten Wert darauf, hoher Herr, daß sie in Ruhe und Muße Schreibstudien betreiben und ihre täglichen Spaziergänge machen kann.«
Teti warf ihr einen empörten Blick zu und setzte sich nach einer leichten Verneigung Kamose gegenüber auf einen Schemel.
Er lächelte ihr zu und räusperte sich. »Nun, zuallererst möchte ich nachfragen, ob du gestern nachmittag schnell und sicher nach Hause gekommen bist.«
»Oh ja, hoher Herr«, antwortete sie. »Zuerst setzten wir Seni bei ihrer Hütte am Stadtrand ab, dann brachten deine Diener mich heim. Hab' nochmals vielen Dank für deine Güte! Die Sänfte war sehr angenehm für mich,

und für Seni war es eine große Erleichterung, daß sie so schnell bei ihren Kleinen sein konnte.«
Wenn Kamose eine Spur verwirrt war, so ließ er es sich nicht anmerken. Lächelnd fuhr er fort: »Nun, da uns gestern zu meinem Bedauern die Gelegenheit fehlte, miteinander im Palastbezirk umherzugehen, möchte ich dich einladen, mich morgen nachmittag zu einem Fest zu begleiten, das im Garten des Kronprinzen stattfindet und für das auch der Auftritt der Ersten der königlichen Sängerinnen, der Dame Mi, angekündigt ist. Ich kann doch davon ausgehen, daß dein Bruder und seine Hausherrin« – er nickte Pepi und Imiu zu, ohne jedoch Teti aus den Augen zu lassen – »dazu ihr Einverständnis geben?«
Tetis Erstaunen war bei seinen Worten immer größer geworden. Ungläubig sah sie ihn an. »Ich kann ... ich darf ... mit dir mitkommen zu einem Fest im Palastgarten des – wirklich, Herr? – des Kronprinzen?«
Als er das lächelnd bestätigte, hielt es Teti nicht länger auf ihrem Schemel. Strahlend vor Freude sprang sie auf. »Wunderbar! Großartig! Mächtige Himmelherrin! Das ist ja unvorstellbar. Ich danke dir, hoher Herr. Oh ja! Ich nehme deine Einladung sehr, sehr gern an.«

»Vorlautes Ding, konntest du nicht zurückhaltend sein?«, schimpfte Imiu, nachdem Kamose das Haus verlassen hatte, stellte aber befriedigt fest: »Was für eine Gnade der Götter! Allein schon die Tatsache, daß ein so hoher Beamter seinen Fuß über unsere Schwelle gesetzt hat, bringt uns Ansehen im ganzen Stadtviertel. Teti, dieser Mann strotzt nur so vor Gold. Und welche Aufmerksamkeit er dir schenkt. In eigener Person hat er sich hierher bemüht.«
»Ist es nicht herrlich, daß er mich zum Palastfest eingeladen hat? Stell' dir vor, ich darf den Kronprinzen aus der Nähe sehen. Und vielleicht auch seine Gemahlin, die so

wunderwunderschön sein soll. Und durch die königlichen Gärten darf ich gehen. Und die berühmte Sängerin aus dem königlichen Frauenhaus singen hören.«
»Bei Seth, es geht doch nicht um *dein* Vergnügen! Sieh zu, daß du dich morgen wohlerzogen benimmst. Oft genug habe ich dir eingeschärft, daß junge Frauen fügsam, sanft und bescheiden zu sein haben.«
»Ja ja, weiß ich doch! Diesen einen Tag halte ich das leicht durch. Deswegen brauchst du dir keine Sorgen zu machen. Spätestens am nächsten Morgen bin ich ja wieder da.«
»Und achte darauf, daß du dem Palastbeamten den nötigen Respekt entgegenbringst. Er ist nicht nur ein sehr vermögender, sondern auch ein höchst angesehener, einflußreicher und bedeutender Mann.«
»Jaja«, kicherte Teti. »Ich brauche bloß seinen Bauch anzusehen, dann kommt der Respekt von ganz allein.«
Imiu machte ein noch strengeres Gesicht. »Wage keinesfalls, ihm zu widersprechen. Verscherze dir sein Wohlwollen nicht durch neugierige Fragen. Und verärgere ihn nicht mit irgendwelchen unbedachten Äußerungen.«
Mit ernster Miene schüttelte Teti den Kopf. »Nein, tu' ich bestimmt nicht! Ich benehme mich schon richtig. Ihr könnt euch voll und ganz auf mich verlassen.«
»Und halte dich um Himmelswillen beim Wein zurück! Man sagt, daß im Palast ausschließlich starker, gewürzter Wein gereicht wird. Du verträgst das nicht.«
»Aber ich habe doch bei Tempelfesten schon ab und zu Wein getrunken. Ich weiß Bescheid.«
Imius Blick fiel auf Tetis Hände. »Deine Hände riechen doch nicht etwa nach Zwiebeln? Nein! Was für ein Glück, daß du noch nicht mit dem Zwiebelschneiden angefangen hattest.«
Teti nagte an ihrer Unterlippe. »Du machst dir Sorgen wegen meiner Hände. Und dabei habe ich nicht mal ein Kleid zum Anziehen. Sag mir bitte, wie ich zu einem

neuen Kleid kommen soll! Zum Fest kann ich wirklich nicht in diesem abgetragenen Ding erscheinen.«
»Wenn du deine kostbaren Leinenstoffe nicht an die Dienerschaft verschenken würdest, hätten wir ... könnten wir ...« Imiu verstummte kurz, als Pepi das Zimmer betrat. »Teti braucht bis morgen unbedingt ein neues Kleid.«
»Am liebsten ein plissiertes«, fügte Teti hinzu.
Pepi überlegte ein paar Augenblicke, dann hellte sich seine Miene auf. Er grinste schlau. »Ich denke, da läßt sich was machen. Gleich gehe ich zum Stellvertreter der Leiterin der Tempelnäherei. Er wird das für mich erledigen, denn er schuldet mir noch einen Gefallen.«
Als er schon fast zur Tür hinaus war, lief Teti ihm nach. »Ach, und vergiß nicht, die Vorsteherin der Tänzerinnen zu bitten, mir die Perücke noch ein, zwei Tage länger auszuleihen.«

Kapitel 2

Im Garten des Kronprinzen

Am nächsten Vormittag brachte ein Diener Kamoses einen Korb mit Blumen, zwischen denen ein kleines, längliches Gefäß aus Alabaster schimmerte. Teti stieß einen Freudenschrei aus, als sie sah, daß es mit grüngoldener Augenschminke gefüllt war. Dann zog sie sich mit Seni in ihre Kammer zurück, um sich zu schminken und das zarte plissierte Kleid anzulegen, das eigentlich für eine der oberen Priesterinnen bestimmt war. Nun würde die hohe Dame eben warten müssen, bis ein neues Festgewand genäht wurde. Natürlich war es für Pepi nicht einfach gewesen, das Kleid abzuzweigen, denn über jede Elle Stoff, über jedes Band, über jede Garnrolle mußte Rechenschaft abgelegt werden. Aber wozu waren die endlosen Listen denn da, wenn nicht auch dazu, daß man ein wenig auf ihnen herumkratzte, oder einen Fleck an der richtigen Stelle plazierte. Schließlich hatte man zu sehen, wo man blieb. Und war es nicht besser, hin und wieder selbst abzusahnen, als sich von der Amun-Priesterschaft, die den anderen Tempeln übergeordnet war und sich ständig einmischte, alles wegschnappen zu lassen?

Hätte Teti gewußt, wieviel Zeit sie künftig mit Listen würde verbringen müssen, hätte sie sicher mehr Interesse für Pepis verdienstvolle Arbeit aufgebracht. So aber galt ihre Sorge an diesem Vormittag weiterhin den Lokken ihrer Perücke, der Auswahl des Duftes, in den sie sich zu hüllen gedachte, und ihrer übrigen Aufmachung.

Als sie sich dann – bereit für das Fest – unten in der kleinen Eingangshalle präsentierte, war das Ergebnis ihrer Bemühungen so gelungen, daß sich sogar Imiu ein Ausruf der Bewunderung entrang. Und da sich die Nachricht von Kamoses Besuch und seiner generösen Einladung längst herumgesprochen hatte, standen nicht nur einige Nachbarn und Nachbarinnen vor dem Haus, die Tetis Erscheinung mehr oder weniger wohlmeinend kommentierten, sondern es trieb sich auch eine Gruppe junger Männer, ihnen voran Hapu, in der Nähe der Eingangstür herum.

»Ich glaube, du kannst deine Hoffnungen begraben«, sagte einer seiner Kumpane zu Hapu. »Teti sieht nicht aus wie die zukünftige Frau eines Sänftenvermieters.«

Hapu starrte Teti finster an, kam auf sie zu und trat ihr in den Weg, als sie zu der Sänfte gehen wollte, die Kamose geschickt hatte. Seine Freunde grinsten, die Sänftenträger verharrten ratlos. Teti bückte sich rasch, um unter Hapus Armen hindurchzuschlüpfen, aber er war schneller und hielt sie fest. Pepi mußte kommen und sie befreien; unterstützt von einigen Nachbarn konnte er Hapu zum Zurückweichen zwingen.

»Teti ist meine Braut«, schrie Hapu noch und blickte wild um sich.

Doch angesichts der drohenden Übermacht spuckte er nur verächtlich in den Sand und räumte mit seinen Freunden das Feld.

Teti bemühte sich, nicht mehr an den Vorfall zu denken, und allmählich kehrte ihre Vorfreude zurück. Einmal mehr überquerte sie mit der Fähre den Fluß, den Blick auf das westliche Wüstengebirge gerichtet. Dann schaukelte die Sänfte zwischen Feldern hindurch, von denen die meisten bereits abgeerntet waren. Ein heißer Wind bog die Wedel der Palmen, und Teti fragte sich, warum Kamose sie so bald hatte abholen lassen. Aber wahrscheinlich hatte er bloß genügend Zeit eingeplant, um sie ausgiebig auf dem Palastgelände herumführen zu können. Auf halbem Weg hielten die Träger im Schatten einer Baumgruppe an und stellten die Sänfte ab. Unter einem Schilfdach waren Wasserkrüge aufgestellt, und die erschöpften Männer stillten ihren Durst.

Schließlich lag der Palastkomplex mit seinen weißen Mauern und bunten Torbögen vor ihnen. Es war ein erhebender Anblick. Teti genoß es sehr, als man sie durch eines der Tore trug, auch wenn es lediglich ein Nebeneingang war. Ihre Freude, diesmal mit Fug und Recht passieren zu dürfen, wurde auch dadurch nicht getrübt, daß die Wachsoldaten nur einen recht teilnahmslosen Blick für ihren Einzug in die vornehme Welt übrig hatten.

Wie anders sah der Palasthof jetzt aus, da sich nur wenige Menschen darin befanden. Dienerinnen hatten am Wasserbecken ihre Krüge abgestellt und plauderten im Schatten der Mauer. Und die Diener, die eigentlich den Hof hätten fegen sollen, sahen lieber den Pavianen zu, die auf dem leeren Podium herumsprangen und die Reste der verwelkten Blumengirlanden hin und her zerrten; oben auf dem Gestänge des Baldachins turnte eine Horde anderer, kleinerer Affen hin und her.

Kamose erwartete Teti schon. Eilig kam er aus dem Pavillon und half ihr aus dem Tragstuhl.

»Willkommen, Schönste! Ich bin überwältigt«, sagte er, während sein Blick an ihr herabglitt – von der Lotosblüte auf ihrem Kopf bis zu den zierlichen Sandalen an ihren Füßen. »Ganz einfach überwältigt!«

Sie neigte anmutsvoll den Kopf. »Hab' nochmals vielen Dank für die Einladung, Herr. Und ich danke dir auch für das kostbare Geschenk.

Er machte eine wegwerfende Handbewegung und bat sie, auf der gepolsterten Bank Platz zu nehmen. »Es tut mir leid, daß ich dich vorgestern nicht mit Wein bewirten

konnte. Es ist mir außerordentlich daran gelegen, das nachzuholen.« Er winkte seinem Diener, ihnen Becher zu reichen.
»Nur halb voll«, bat Teti, als der Wein blutrot in ihren Becher floß, und griff nach dem Wasserkrug. »Ich will den Wein lieber mischen. Ich möchte nämlich nicht, daß er mir in den Kopf steigt und du, hoher Herr, einen schlechten Eindruck von mir bekommst. Außerdem bin ich schrecklich aufgeregt.«
Kamose, über dessen Gesicht ein kurzer Schmerz gezuckt war, als sie das Wasser in den Wein gegossen hatte, sah ihr in die Augen und trank ihr zu.
»Was für eine umsichtige junge Frau du bist. Doch zur Aufregung besteht nicht der geringste Grund, meine Schöne. Ich schätze mich glücklich, daß du mich zum Fest begleitest.«
Da sieht man's mal wieder, dachte Teti mit Genugtuung. Imius Sorge ist vollkommen unbegründet. Ich bin höflich, sanft und respektvoll. Außerdem habe ich meinen Wein verdünnt. Und der Hofbeamte Kamose sieht mich freundlich und sehr wohlwollend an.
Sie fuhr sich mit der Zunge über die Lippen. »Mhm, ich glaube, ich habe noch nie so guten Wein getrunken. Er schmeckt herrlich, obwohl ich ihn doch mit Wasser vermischt habe.«
Kamose nickte. »Er kommt aus der Gegend von Sunu und stammt aus dem fünfunddreißigsten Regierungsjahr. Das war in der Tat ein hervorragender Jahrgang, von dem nun am Ende der Jubiläumsfeierlichkeiten leider nur noch eine kleine Menge übrig ist. Aber warte, bis du erst die schweren syrischen Weine gekostet hast. Und etwas ganz Besonderes ist auch der Wein aus Zypern. Du mußt wissen, Schönste, Zypern ist ein Inselreich weit, weit weg von hier im Großen Grünen Meer.«
»Ich weiß doch, wo die Insel Zypern liegt! Und ich weiß auch, daß von dort Kupfer und besonders gutes Behen-

Öl nach Ägypten geliefert werden.« Für einen Moment hatte ihre Stimme fast ein bißchen beleidigt geklungen, aber schon lächelte sie wieder. »Es war sehr großzügig von dir, hoher Herr, daß du uns vorgestern deine Sänfte zur Verfügung gestellt hast.«
»Nun, wie ich von meinen Dienern hörte, warst du zu ungeduldig, um zu warten, bis die Sänfte am Palasttor ankam, so daß sie dich erst auf halbem Wege einholen konnten. Aus diesem Grund möchte ich nicht versäumen, dir zu erläutern, daß ich zuerst einen Diener zu meinem Haus schicken mußte, damit er meinen Befehl an die dort wartenden Sänftenträger weitergeben konnte. Der Weg vom Palast zu meinem Haus ist nicht weit, aber es dauert doch eine gewisse Zeit, bis die Sänfte am Tor zur Stelle sein kann. Du aber, meine Liebe, warst schon fort, und die Träger mußten dir hinterhereilen.«
»Dann wohnst du also gar nicht im Palast?«, fragte sie ziemlich enttäuscht.
»Nein, ich besitze ein ausgedehntes und sehr schönes Anwesen in unmittelbarer Nähe des königlichen Bezirkes, jedoch außerhalb der Palastmauer.«
»Ach so! Na ja, jedenfalls war die Sänfte ganz fabelhaft. Und Seni spricht seitdem nur in den höchsten Tönen von dir.«
»Nun, meine Beste, eigentlich war die Sänfte ausschließlich für dich bestimmt. Es hat mich in nicht geringem Maße verwundert zu erfahren, daß du deine Dienerin ebenfalls darauf hast Platz nehmen lassen.«
»Ach, weißt du, Herr, eigentlich ist Seni weniger eine Dienerin als vielmehr eine Freundin. Und da war es für mich ganz selbstverständlich, daß sie neben mir saß.«
»Trotzdem, meine Liebe, möchte ich dir nahelegen, in Zukunft von derartigen Freundschaftsdiensten abzusehen.«
»Ganz wie du meinst, hoher Herr.« Sie zuckte insgeheim die Achseln. Was er da sagte, war für sie sowieso völlig

bedeutungslos. Wann würde sie je wieder in den Genuß seiner Sänfte kommen? Daher lohnte es sich gar nicht erst, ihm zu widersprechen.
Kamose hatte seinen Becher geleert. Er erhob sich und lächelte Teti eindringlich an. »Und noch etwas möchte ich dir ans Herz legen, bevor wir unseren Rundgang durch den Palast beginnen. Du, Schönste, bist auf diesem Fest mein hochgeschätzter Gast. Und deshalb wünsche ich unter keinen Umständen, daß du mich weiterhin mit ›Herr‹ anredest.«
»Zu… zu gütig«, stammelte sie. »Aber ich kann mir nicht vorstellen…« Sie drehte den Weinbecher in den Händen hin und her. »Nein, ich kann doch nicht einfach ›Kamose‹ zu dir sagen.«
Er sah sie unverwandt an. »Doch, Teti, meine Liebe, das kannst du«, meinte er gefühlvoll. »Es würde mich überaus glücklich machen, meinen Namen aus deinem Mund zu hören.«
»Ganz wie du meinst,… Kamose«, erwiderte sie zaghaft und wußte nicht, was sie mit dem leeren Becher anfangen sollte.
Es war schon seltsam, was ihr hier passierte. Daß sie bald auf so vertrautem Fuß mit einem hochrangigen Palastbeamten stehen würde, damit hatte sie nicht im mindesten gerechnet. Allerdings war ihr in ihrem jungen Leben nicht verborgen geblieben, daß es auf dieser Welt nichts umsonst gab – auch keine Einladungen zu rauschenden Palastfesten. Das nahm sie nicht an, nein, so weltfremd war sie nicht.
Auf Kamoses Wink eilte der Diener herbei, holte die Becher und nahm den Weinkrug an sich. Der Inhalt muß wirklich sehr kostbar sein, dachte Teti, als sie neben Kamose ging. Diese Feststellung und wiederholte, verstohlene Blicke auf ihren Gastgeber bestärkten sie in der Erkenntnis, daß sich Kamose im Gegenzug zu der Einladung wohl kaum mit einem Topf ihres selbstgebrauten

Bieres würde abspeisen lassen. Doch sie wollte vorerst nicht darüber nachgrübeln, was er wohl von ihr erwarten mochte, sondern einfach die Dinge auf sich zukommen lassen und das Fest genießen.
Sie bogen in eine gepflasterte Straße, breit genug für Streitwagen, ein, liefen an Nebengebäuden, Vorratshäusern und Ställen vorbei und drangen immer weiter in den königlichen Bezirk vor, wo sowohl Königin Teje als auch Erbprinzessin Sit-Amun eigene Paläste bewohnten. Sie überquerten weitläufige Höfe, durchschritten Säulensäle und näherten sich schließlich dem Hauptpalast, einem langgestreckten Bau, der aus Lehmziegeln und Holz errichtet war. Als sie durch einen Säulengang die große Halle im ›Haus der Festfreude‹, wie der Palast des Königs genannt wurde, betraten, blieb Teti stehen und sah sich staunend um.
Hoch über ihnen leuchtete blau wie der Himmel die Decke, die von hölzernen Säulen in Form von Lotosblumen und Papyrusstengeln getragen wurde. Die Wände waren farbenprächtig bemalt, an manchen Stellen mit Alabaster und edlen Hölzern eingelegt und mit Gold verziert. Auf dem Fußboden tummelten sich, in frischen Farben lebensecht dargestellt, Fische und Vögel zwischen Schilf und Wasserpflanzen. Riesige Vasen enthielten üppigen Blumenschmuck, und ringsherum an den Wänden standen goldbeschlagene Truhen, Bänke mit dicken Polstern und kunstvoll verzierte Stühle und Tische.
»Oh, gütige Himmelsherrin, so etwas Wunderbares habe ich ja noch nie gesehen«, rief Teti aus. »In der Stadt erzählt man sich eine Menge über den königlichen Palast, aber in Wirklichkeit ist alles viel, viel schöner und großartiger.«
Lächelnd schob Kamose sie weiter, führte sie über Höfe und Plätze zum Kronprinzenpalast. Nachdem sie an diesem Gebäude entlanggegangen waren, betraten sie einen an die Palastmauer grenzenden Garten, der mit Rasen-

flächen, Blumenbeeten, Wasserbecken und lotosbewachsenen Teichen abwechslungsreich gestaltet war. Unter Sykomoren und Palmen wurden bereits die ersten festlich gekleideten Gäste von emsigen Dienern umsorgt. Ein Mann hielt einen Geparden an einer goldenen Leine; Gänse, die heiligen Tiere Amuns, watschelten umher, und auf bunten Kissen lagen Katzen mit kostbaren Halsbändern. Von einem Baum sprang ein Äffchen auf die Schulter eines Mannes und riß ihm die Perücke vom Kopf. Alle lachten.

Beim Weitergehen schreckte Teti vor einer zischenden Gans zurück und prallte gegen Kamose. Mehr als einen Augenblick lang hielt er sie fest.

»Entschuldige, daß ich dir auf die Füße getreten bin«, bat sie, rot vor Verlegenheit.

»Aber, Schönste«, flüsterte er, und sie konnte seinen Atem an ihrem Nacken spüren. »Du bist doch leicht wie eine Feder.«

Im Schatten einer Baumgruppe nahmen sie auf einer Decke Platz. Der Diener, der den Wein hinter ihnen hergetragen hatte, schenkte ein, ein anderer brachte Kuchen und einen Korb mit Obst. Artig reichte Teti Kamose ein Stück des fettriefenden Gebäcks. Er nahm es entgegen, bröckelte aber mehr als die Hälfte den bettelnden Äffchen hin.

Liebliche Klänge waren zu hören, und angekündigt von Musikern, die auf Lauten, Flöten und Tamburins spielend vor ihm herzogen, näherte sich Kronprinz Amunhotpe mit seinem Gefolge. Ein vergnügter Ausdruck lag auf dem langen, schmalen Gesicht des Prinzen. Er winkte den Mann mit dem Geparden zu sich, nickte seinen Gästen zu, die sich tief vor ihm verneigten, und nahm dann in einer blumengeschmückten Laube Platz.

Als bald darauf auch Prinzessin Nofretete erschien, kannte Tetis Begeisterung keine Grenzen mehr. Die Gemahlin des Kronprinzen war wirklich so schön, wie

man auf den Straßen und Märkten Thebens immer wieder hören konnte. Eine einzelne Lotosblüte in der zarten Hand schritt sie stolz und ernst der Schar der Nebenfrauen voran. Unmittelbar hinter ihr ging eine Kinderfrau mit Prinzessin Merit-Aton an der Hand. Die zum Zopf geflochtene Jugendlocke, die seitlich am sonst glattgeschorenen Köpfchen der Tochter des Kronprinzenpaares herabhing, war mit Edelsteinen geschmückt; und auch die königlichen Damen blendeten mit dem Glanz all ihrer prächtigen Armbänder, Ringe, Ohrgehänge und Schulterkragen.
Schon sagte der Haushofmeister den Auftritt der Sängerin an, die mit einem Blütenkranz auf den duftgesalbten Perückenlocken neben der Laube des Kronprinzen wartete, und die ungeduldigsten und glühendsten Bewunderer der Künstlerin eilten nach vorn, um sie aus nächster Nähe erleben zu können.
Kamose hatte sich bequem auf der Decke zurechtgesetzt. »Es ist stets ein besonderer Genuß, der Sängerin Mi zu lauschen«, sagte er. »Ihr Vortrag wird dir, denke ich, sehr gefallen.«
»Wollen wir nicht auch zur Laube gehen?«, fragte Teti und war schon dabei aufzustehen. »Ich glaube, dort vorn werden wir den Gesang viel besser hören. Und ich kann sowohl die Sängerin als auch die Prinzessinnen eingehend betrachten. Ich muß mir nämlich alles genau ansehen, um später Bericht erstatten zu können. Imiu und die Nachbarinnen werden sich auf mich stürzen, sobald ich heimkomme. Und sie werden mich erst in Ruhe lassen, wenn ich ihnen alles haarklein geschildert habe.«
»Nun gut, meine Liebe, wenn du das gern möchtest«, war seine Antwort, als er sich mit einem kleinen Seufzer erhob.
Kaum waren sie bei der Laube angekommen, da verbeugte sich Mi vor dem Kronprinzen und seiner Gemahlin und begann, von einer Musikerin auf der Laute

begleitet, zu Ehren der Liebesgöttin Hathor ein Lied zu singen, das Teti aus dem Tempel kannte, das ihr aber, wie sie fand, noch nie so süß in den Ohren geklungen hatte. Und Mi sang weiter von den Liebenden, die sich im Papyrusdickicht umarmten und beim Morgengrauen nicht trennen wollten, weswegen sie die Göttin anflehten, ihre Liebe zu beschützen. Erst als das letzte Lied verklungen war, stellte Teti verwundert fest, daß Kamose ihre Hand hielt.

Unter brausendem Jubel verneigte sich die Sängerin, winkte ihrem Publikum zu, und Prinz Amun-hotpe selbst überreichte ihr einen schweren Goldreif. Teti warf noch einen letzten Blick auf Mi, die sich unter Beifallsstürmen zurückzog, dann ging sie mit Kamose zu ihrem Platz. Im Hintergrund hatten die Musiker zu spielen begonnen.

Teti war entzückt. »Es ist so wunderschön hier«, bekannte sie selig und streichelte vorsichtig eine der Katzen. Immer wieder mußte sie zur königlichen Laube hinüberschauen, wo sich Kronprinz Amun-hotpe scherzend mit seinen Damen unterhielt.

»Es ist so wunderschön hier«, wiederholte sie und seufzte aus tiefstem Herzen. »So wunderschön, daß ich hunderttausend Jahre in der strahlenden Anwesenheit des Kronprinzen sitzen, der Musik lauschen und Wein trinken möchte.« Sie breitete die Arme aus und wandte sich mit leuchtenden Augen und zartgeröteten Wangen zu Kamose um.

Doch erschrocken hielt sie inne. Große Göttin! Wieso sah er sie plötzlich mit einem solchen Blick an? Einem Blick, aus dem auch das letzte bißchen seiner beruhigenden Besonnenheit verschwunden war?

»Deine Schönheit ...! Teti, seit ich dich vorgestern sah ... Äh, ich bitte dich ...« Er brach ab und begann von neuem: »Nein, laß dir erklären. Meine Ehefrau, die Herrin des Hauses, ist vor einigen Jahren in das Binsenge-

filde gegangen, und ich lasse ihrem Ka täglich Opfergaben bringen. Seitdem lebe ich allein – das heißt, nur mit meinen drei Nebenfrauen zusammen, die von sehr angenehmem Wesen sind und mir viele Kinder geschenkt haben, jedoch einfacher Herkunft sind. Daher habe ich nie aufgehört, mich nach einer klugen, im Tempel geschulten Frau zu sehnen, die den Platz der ersten Hausherrin einnehmen könnte. Und nun habe ich dich getroffen, Teti, und ich wäre überglücklich, wenn du bereit wärst, meine Frau, die Herrin des Hauses, zu werden.«
Verrückt! Der Mann ist verrückt, schoß es Teti durch den Kopf. Sprachlos starrte sie Kamose an. Heilige Hathor! Ob sie wohl alle so sind, hier im Palast? Mißtrauisch sah sie sich um. Hatte nicht eine Nachbarin erst letzte Woche erzählt, daß jemand vom Hofstaat ...?
»Das alles mag für dich ein wenig überraschend kommen«, fuhr Kamose behutsam fort. »Doch Imiu, die Frau deines Bruders, deutete an, daß du im Begriff bist, den gutaussehenden Sohn eines reichen Transportunternehmers – er besitzt wohl einige Kähne auf dem Nil, nehme ich an – zu heiraten. Teti, ich bitte dich! Deine Schönheit raubt mir die Ruhe und beinahe den Verstand. Seit vorgestern habe ich kaum geschlafen und fast nichts gegessen. Bald werde ich so ausgezehrt wie ein Lastenträger sein.« Wehmütig blickte er auf seinen Bauch.
Teti mußte lachen. Wenigstens hatte sie ihre Fassung halbwegs wiedergewonnen. Das nächste war, die Gedanken zu ordnen, die immer noch in ihrem Kopf herumstoben wie Funken, wenn man in die Glut bläst. Was hatte Imiu da angerichtet. Hatte sie es gut gemeint oder wollte sie die Schwägerin nur so schnell wie möglich aus dem Haus haben? Sollte sie – Teti – Kamose die Wahrheit sagen und damit ihre Familie bloßstellen? Nein! Aber lügen wollte sie auch nicht – zumindest nicht allzusehr. Vor allem mußte sie Zeit gewinnen.

Endlich sagte sie: »Du bietest mir mehr, als ich jemals hätte hoffen können. Und trotzdem bin ich enttäuscht.«
»Wegen meiner Nebenfrauen?«, fragte er.
Sie nickte. »Sicher sind alle drei älter als ich, und es würde ihnen bestimmt nicht passen, mich als Hausherrin vor die Nase gesetzt zu kriegen.«
Abwehrend hob er die Hände. »Ich sehe da nicht die geringsten Schwierigkeiten, meine Liebe. Ich werde dich ihnen vorstellen und dabei alles von vornherein abklären.« Er holte Luft. »Aber wie ist das mit dir? Bist du bereit, diesen jungen Mann, mit dem du verlobt bist, aufzugeben?«
»Ach, ich weiß nicht! Das kann ich nicht so schnell entscheiden.« Sie hatte nicht gedacht, daß sie die abgebrochene Beziehung zu Hapu jemals als Vorwand brauchen würde.
Kamose beugte sich zu ihr hinüber, hielt sie mit dem Blick seiner mit schwarzer Schminke umrandeten Augen fest. »Deine Familie gab mir zu verstehen, meine Beste, daß sie unter gewissen Umständen nichts dagegen einzuwenden hätte, wenn du mich deinem jetzigen Verlobten vorziehen würdest.«
Sie schluckte, überlegte und sagte mit unsicherer Stimme: »Gut, ich bestehe nicht mehr darauf, meinen Verlobten zu heiraten. Aber mehr kann ich dir wirklich nicht versprechen.«
»Nun, das macht nichts. Damit bin ich schon zufrieden. Bei Amun, ich werde Imiu sehr reichlich dafür belohnen müssen, daß sie sich der unangenehmen Aufgabe unterzieht, den jungen Mann und seine Eltern von der gelösten Verlobung zu unterrichten. Und wenn das erledigt ist, bist du frei, meine Liebe! Frei für mich, nicht wahr?«
Sie sah ihn hilflos an. Hatte er denn nicht verstanden, daß sie ihm noch keine Zusage machen konnte?
Unbeirrt fuhr er fort. »Übrigens sagte ich deinem Bruder bereits zu, daß ich sowohl bei der Begleichung des

Brautpreises als auch mit Geschenken an dich und deine Familie sehr großzügig sein, die diesbezüglichen Abmachungen schriftlich abfassen und in einem Ehevertrag festhalten werde. Glaube mir, Liebste, du wirst es nicht bereuen, meine Frau zu werden. Sofort, nachdem alle Vereinbarungen getroffen sind – und ich denke, das wird schon morgen sein –, kannst du in mein Haus einziehen.«

Auch wenn Tetis Kindheit längst ausgeträumt war, ein derart überstürzter Schritt schreckte sie doch. »Die Göttin!«, flüsterte sie. »Ich muß doch erst die Goldene um Rat fragen. Bitte laß mir dafür Zeit. Wenigstens ein paar Tage!«

»Nun gut, meine Liebe. Es schadet nie, den Willen der Götter zu erkunden. Doch halte ich es für besser, in einer so wichtigen Angelegenheit das Heiligtum des Götterkönigs Amun aufzusuchen. Gerne komme ich für die nötigen Opfergaben auf, damit die Priester die Befragung des Orakels vornehmen können.«

Sie schüttelte nachdrücklich den Kopf. Wenigstens hier mußte sie ihren Willen durchsetzen. »Nein. Ich gehe lieber in den Hathor-Tempel. Als Priesterin und Tänzerin habe ich meine eigene Art, mit der Göttin in Verbindung zu treten.«

»Es soll ganz so sein, wie du es wünschst, Schönste.« Er lehnte sich lächelnd zurück. »Denn, wie dem auch sei, ich bin sicher, daß Hathor dir den gleichen Rat erteilen wird, den dir auch Amun geben würde.«

»Das ist schon möglich«, ging sie auf seine Worte ein. »Aber zur Himmelsherrin habe ich einfach mehr Vertrauen.«

Jetzt hatte sie zumindest Zeit gewonnen. Sie blinzelte ein paarmal und sah sich um. War alles nur ein Traum? Wie fremd war diese Umgebung. Und wie neu und unwirklich war das, was sich soeben ereignet hatte. Geistesabwesend sah sie zu, wie Diener Schalen mit parfümiertem

Wasser herumreichten, in die die Gäste ihre Finger tauchten. Dann wurden Schüsseln mit Gemüse- und Fleischsoßen und frisches Brot aufgetragen. Kamose griff kräftig zu; offensichtlich war sein Appetit zurückgekehrt. Aber während er Teti wohlgelaunt von seinen beiden Landgütern erzählte, stocherte sie im Essen, obwohl es sehr schmackhaft zubereitet war. Als sie seinem besorgten Blick begegnete, lächelte sie verkrampft. Mein Leben hat soeben eine erfreuliche Wendung genommen, redete sie sich wieder und wieder ein. Eine sehr erfreuliche sogar. Ich kann die Ehefrau eines angesehenen königlichen Beamten werden und die Annehmlichkeiten des Lebens genießen. Fühlte sie sich da nicht gleich zuversichtlicher? Ja, wenn sie Kamoses Worte ruhig und vernünftig durchdachte, mußte sie zugeben, daß sein Antrag nicht uninteressant war. Aber an all das Unbekannte und Ungewohnte, das auf sie zukommen würde, an die Aufgaben an der Seite eines hohen Palastbeamten und an die Pflichten, die ein so großer Haushalt mit sich bringen würde, wagte sie noch nicht zu denken. Wenn sie sich allerdings vor Augen hielt, welche Vorteile ihre Familie davon hätte, wenn sie Kamose heiraten würde, mußte sie zu dem Schluß kommen, daß ihr gar nichts anderes übrig blieb, als einzuwilligen. Nicht nur sie selbst wäre aufs beste versorgt, auch ihre Verwandten könnten beruhigt in die Zukunft blicken. Pepi und Imiu leckten sich doch schon die Finger nach Kamoses Geschenken.
Sie beobachtete Kamose. Für ihn war natürlich alles viel einfacher. Er strahlte. Heiter nickte er den anderen Gästen zu. Und dort drüben – oh, wie unangenehm – saßen auch die Oberen der Amun-Priester mit ihren Frauen. Den zweithöchsten der Priesterschaft, Si-Mut, grüßte Kamose besonders freundlich. Teti dagegen sah nur ganz kurz zu Si-Mut hin in der Hoffnung, er würde sie nicht bemerken.

Dann wurde ihre Aufmerksamkeit von einem anderen Paar in Anspruch genommen, das auf sie zukam.
»Gesundheit und Leben! Dürfen wir uns zu euch setzen? In Gesellschaft macht ein Festmahl doch mehr Spaß«, sagte die vollendet zurechtgemachte junge Frau, deren bestechend schöner Schulterkragen aus Gold, Türkisen, Jaspis und Lapislazuli Teti schon von weitem aufgefallen war.
Kamose machte eine einladende Geste, und die beiden ließen sich auf der Decke nieder.
»Das sind mein Freund Apy, Obersekretär im königlichen Schatzhaus, und die Hofdame Neferti, seine Gattin«, erklärte er. »Und hier an meiner Seite sitzt Teti, meine – wie ich doch hoffe – künftige Frau!«
Apy und Neferti gaben sich keine Mühe, ihre Überraschung zu verbergen. »Aha«, sagte Neferti. »Kamose hat sich zu einem Mann der schnellen Entschlüsse gewandelt. Seit wann kennt ihr euch denn? Ich habe doch noch nie etwas von einer hoffnungsvollen Braut gehört.«
Kamose nahm einen Schluck Wein. »Wir kennen uns seit vorgestern«, antwortete er ziemlich kühl. »Doch erspare uns jetzt bitte deine Kommentare.«
Neferti hob die geschminkten Augenbrauen. »Erlaubst du mir wenigstens die Bemerkung, daß ich die Kleine irgendwie ganz niedlich finde?« Sie nahm sich die Schale mit Bohnengemüse und bot auch Apy davon an.
Apy nickte Teti freundlich zu und wandte sich an Kamose: »Bei Amun! Diese Sondersteuer, die uns anläßlich von Pharaos Regierungsjubiläum auferlegt wurde, macht mir ganz schön zu schaffen. Die Getreidespeicher meiner Landgüter sind nahezu leer. Fast meine gesamten Vorräte mußte ich für die Brotverteilung ans Volk zur Verfügung stellen.«
»Bei mir sieht es nicht besser aus«, seufzte Kamose. »Ich hoffe nur, daß die nächste Ernte gut wird und wir unsere Speicher wieder auffüllen können. Mancher Landpäch-

ter, der jetzt noch Getränke zu verkaufen hat, kann damit ein kleines Vermögen machen.«
»Dann seid ihr also für die Qualität des Brotes, das ans Volk verteilt wird, verantwortlich?«, wollte Teti wissen. »Es ist nämlich voller Steine.«
»Hört, hört«, sagte Neferti. »Wie gut, daß ich nur Trauben und Kürbisse geliefert habe.«
»Erstens sind wir nicht die einzigen, die Getreide abgegeben haben, und zweitens sind für die Qualität des Mehls die Mahlbetriebe zuständig«, stellte Apy klar. »Vielleicht wird dort schlampig gearbeitet.«
Kamoses Gesicht hatte einen entschlossenen Ausdruck angenommen. »Ich glaube«, sagte er mit Nachdruck, »äh, ich glaube, ich kann mit Sicherheit davon ausgehen, daß die Möglichkeit besteht, diesen Sachverhalt bei Gelegenheit Wesir Ramosis vorzutragen, dem Bürgermeister von Theben und höchsten Beamten Oberägyptens. Und dabei könnte man dann die Gründung eines aus Fachleuten bestehenden Ausschusses anregen, der damit beauftragt werden sollte, sich bald oder zumindest in nicht allzu ferner Zukunft mit dieser Sachlage auseinanderzusetzen. Außerdem könnte es sich unter gegebenen Umständen als vorteilhaft erweisen, einige Überprüfungen vorzunehmen, wobei natürlich, wie wohl jedem einleuchten wird, den Vorstehern der Mahlbetriebe das... äh, das Mitwirken in diesem Ausschuß nicht verwehrt werden sollte.«
Teti klappte ihren Mund auf und zu. »Was soll das?«, rief sie und vergaß völlig, wie verzagt sie gerade noch Kamose gegenüber gesessen war. »Dann können sie sich ja selbst überprüfen! Hör mal! Wegen dieser Nachlässigkeit hätte sich mein Bruder fast die Zähne ausgebissen. Und er war nicht der einzige. Nein, nein! Viele der...«
»Nun...! Bitte, liebste Teti, das alles gibt keinerlei Anlaß zur Aufregung.« Kamose hob beschwichtigend die Hände. »Solange noch niemand an den Steinen erstickt

ist, besteht doch für die Bevölkerung zu keiner Zeit eine ernste Gefahr. Und selbstverständlich, dessen kannst du versichert sein, werde ich alles tun, was mir nur möglich ist.«

»Und überhaupt«, warf Apy kauend ein, »muß zuerst einmal ganz grundsätzlich geklärt werden, warum das Volk das Brot noch ißt, wenn es wirklich so schlecht sein sollte, wie du behauptest.«

»Aber die Armen und die Leute, die von außerhalb nach Theben kommen, um an den Feierlichkeiten teilzunehmen, sind doch darauf angewiesen, etwas zu essen zu kriegen«, entgegnete Teti.

Neferti war sichtlich amüsiert. »Kamose wird viel Freude an dir haben, Kleine.«

»Noch habe ich mich ja nicht entschieden«, wehrte Teti ab und schaute angriffslustig zu Kamose hinüber. Sie brach einen Fladen des frischen, duftenden Brotes auseinander. »Es müßte doch möglich sein, daß das Brot außerhalb der Palastmauern genauso beschaffen ist wie das, welches hier gegessen wird. Und zwar nicht erst in ein paar Millionen Jahren.«

Gespannt blickte sie von einem zum anderen, mußte aber ernüchtert feststellen, daß ihre aufrüttelnden, geradezu herausfordernden Worte nichts weiter bewirkt hatten als ein höflich-gleichgültiges Lächeln. Doch konnte man das Glitzern in Nefertis Augen nicht wenigstens als einen Funken Betroffenheit deuten?

Und Kamoses Miene kam ihr sogar ein wenig bekümmert vor – aber bloß solange, bis er ihr eine Schale entgegenhielt und fürsorglich sagte: »Hier nimm doch, Liebste! Du hattest ja noch nichts von der Melone. Sie ist süß, erfrischend und überaus köstlich.«

Als es zu dunkeln begann, wurden im Garten Fackeln angezündet, und in einem Kohlenbecken vor der königlichen Laube glommen duftende Kräuter. Neferti fächelte sich mit der Hand etwas von dem wohlriechenden Rauch zu und erklärte, daß der Kronprinz selbst die Duftkomposition für diesen Abend kreiert hatte. Weiter wußte Neferti zu berichten, daß Prinzessin Nofretete, die soeben mit ihrem Gefolge aufgebrochen war, mit ausgewählten Gästen in ihren Gemächern weiterfeiern würde.

Plötzlich verstummten alle Gespräche, und zu einem wilden Trommelwirbel stürmten nur mit einem buntglitzernden Gürtel bekleidete Tänzerinnen auf eine abgesteckte, hell erleuchtete Fläche. Flackerndes Licht zuckte über die schlanken, glänzenden Körper, die sich geschmeidig zum schnellen Takt der Musik bewegten. Der Rhythmus der Trommeln brachte auch Tetis Blut in Wallung und sie dachte an die ekstatischen Tänze, die man sie im Hathor-Tempel gelehrt hatte. Tanz und Musik, das wußte jeder, stimmte die Göttin gnädig. Er war Ausdruck der Lebensfreude und zugleich Gebet. Sie ließ sich wie die anderen Zuschauer mitreißen von der Leidenschaft und dem Können der Tänzerinnen – eine jede eine Meisterin ihrer Kunst.

Doch während Teti voller Begeisterung Drehungen und Sprünge bewunderte, wurde ihr allmählich bewußt, daß ihre Zeit als Tänzerin im Heiligtum der Goldenen zu Ende sein würde, wenn sie heiratete. Das hätte nicht grundsätzlich so sein müssen, aber vor einiger Zeit waren Regeln eingeführt worden, die das Verbleiben einer verheirateten Frau in der Riege der jugendlichen Tänzerinnen ausschlossen. Ohnehin eine der ältesten dort, wäre sie, eben wegen dieser verhaßten Neuerungen, schon längst zu einem anderen Priesterinnendienst übergewechselt, hätte sie das Tanzen nicht so sehr geliebt. Wenn sie zu Si-Mut, dem hohen Amun-Priester, hinübersah, stieg Beklemmung in ihr auf. Nein, sie wollte sich das Fest nicht verderben lassen, nicht an Einschüchterung, Abscheu und erzwungene Geheimnisse denken. Und sie mußte einen klaren Kopf behalten, um gewissenhaft über ihre Zukunft nachzudenken.

Der Wein floß in Strömen in dieser Nacht, die Festgäste wurden immer ausgelassener. Nachdem Tänzerinnen und Musiker müde geworden waren, sang ein Harfenspieler sanfte und sehnsüchtige Weisen, doch niemand hörte ihm zu. Das Schreien und Lachen hatte Katzen, Gänse und Affen in den hinteren, dunklen Teil des Gartens vertrieben, wohin ihnen nach und nach einige engumschlungene Paare gefolgt waren. Der Gepard hatte die kronprinzliche Erlaubnis erhalten, sich zu entfernen und strebte, seinen Bewacher hinter sich herziehend, dem Schlafplatz in seinem Gehege zu. Zu Füßen des Prinzen saßen zwei Haremsmädchen, die sich hingebungsvoll an seine Beine schmiegten.
Während des Abends hatte Neferti der atemlos lauschenden Teti eine aufregende Geschichte aus dem Palast und dem königlichen Frauenhaus nach der anderen erzählt. Und noch immer konnte sie kein Ende finden. Die mißbilligenden Blicke, die ihr Apy hin und wieder zuwarf, mißachtete sie völlig.
»Das sind alles offene Geheimnisse, die du da von mir erfährst«, sagte sie zu Teti. »Und sicherlich sind es für dich auch gar keine Neuigkeiten.«
»Oh doch! Für mich ist das alles neu und furchtbar spannend. Bitte, berichte weiter! Was wünschte sich Prinzessin Taduchepa, als Pharao ihr einen Wunsch gewährte?«
Und Neferti erzählte, während sie selbstzufrieden mit den blauen Perlen ihres Schulterkragens spielte: »Prinzessin Taduchepa wünschte sich einen eigenen Garten. Mit einem See versteht sich. Und in diesem Garten wollte sie Bäume und Blumen aus ihrer Heimat, dem Königreich Mitanni, angepflanzt haben. Pharao sagte es ihr zu. Er war wieder einmal in der Stimmung, in der er sich imstande fühlte, die ganze Welt glücklich zu machen. Du verstehst schon, was ich meine? Schließlich ist er ja ein Gott! Manchmal nimmt er allerdings wegen

seiner Zahnschmerzen etwas zu viel Mohnblumensaft in seinen Wein. Doch nachdem sich die Große Königliche Gemahlin Teje der Sache angenommen hatte, da – man glaubt es kaum – verzichtete Prinzessin Taduchepa freiwillig auf ihren Garten. Und den See. Oh, da fällt mir ein, ich muß mit Apy über unseren Garten sprechen. Ich möchte unbedingt einen dritten Teich anlegen lassen. Wieviele Teiche gibt es denn in dem Garten bei euch zuhause?«
Teti schwieg. »Gar keinen«, sagte sie schließlich. »Wir haben nicht mal das, was man einen Garten nennen könnte.« Wieder bemerkte sie dieses Funkeln in Nefertis mandelförmigen Augen. War es diesmal Mitgefühl oder Verständnis? Sie fuhr fort: »Imiu, die Frau meines Bruders, und einige Nachbarinnen teilen sich ein paar Beete mit Bohnen, Zwiebeln, Rüben und Gurken. Und das Wasser müssen wir vom Fluß herbeischleppen. Das ist ganz schön weit! Aber manchmal ernten wir auf diesem Stückchen Erde so viel, daß wir etwas davon zum Markt bringen können. Und zusammen mit dem, was von den Getreiderationen übrigbleibt, die mein Bruder als Tempelschreiber erhält, reicht es sogar, um neues Tongeschirr anzuschaffen. Von unseren Schüsseln sind nämlich etliche zu Bruch gegangen, und Imiu befürchtete schon ...«
»Leider fürchte ich, Imius Befürchtungen nicht mehr bis zu Ende anhören zu können«, unterbrach Neferti und maß Teti mit einem gelangweilten Blick. »Ich fühle mich schauderhaft abgespannt und unbeschreiblich müde.«
Sie nahm ihre Perücke mit den modischen kurzen Löckchen ab und lehnte sich an Apys Schulter. Einen Ton leiser unterhielten sich die beiden Männer weiter.
Auch recht, dachte Teti und legte mit einem Seufzer der Erleichterung ebenfalls ihre Perücke ab. Sie schüttelte ihr langes, dunkles Haar und rollte sich auf der Decke zusammen. Aus halbgeschlossenen Augen sah sie zu, wie

sich der Kronprinz erhob und mit den beiden Mädchen, die ihn kichernd stützten, zu seinem Palast zurückging. Taumelnd und wankend folgten ihm Pagen und Kammerherren. Irgendwann fielen Teti die Augen zu, aber sie bemühte sich weiterhin, die Worte zu verstehen, die der Harfenspieler sang.

Als Teti erwachte, zeigte sich am Horizont schon ein heller Schimmer, und Re, der Sonnengott, der während der Nacht mit seiner Barke die Unterwelt durchfahren hatte, machte sich bereit, den Menschen einen neuen Tag zu schenken. Wie die anderen Gäste lagen auch Apy, Neferti und Kamose noch im Gras und schliefen. Teti stand auf und streckte sich.

Sie trank einen Schluck Wasser aus einem Krug, dann kniete sie neben Kamose nieder und betrachtete den Schlafenden. Immerhin habe ich schon einen ersten Eindruck von ihm gewonnen, überlegte sie. Er hat Erfahrung, ist besonnen und großzügig. Da er um so vieles älter ist als ich und reicher an Wissen und Erkenntnissen, wird er zwar ständig versuchen, mich zu belehren, aber als besserwisserisch möchte ich ihn deshalb noch lange nicht bezeichnen. Und er neigt dazu abzuwiegeln. Aber so sind diese hohen Beamten nun mal, das ist nichts Neues. Außerdem wird er von allen hochgeschätzt und ist sehr begütert, um nicht zu sagen stinkreich. Vielleicht würde er mich ja nicht schlecht behandeln, und ich könnte mich bei ihm wohlfühlen.

Sie beobachtete, wie Kamose erwachte, sich die Augen rieb und dabei die Reste der schwarzen Schminke verwischte. Schließlich setzte er sich auf, richtete seinen Blick auf sie.

»Bleib bei mir, Teti-scheri, kleine Teti«, sagte er leise.

Sie schlang die Arme um seinen Hals und legte ihre Wange an seine. Obwohl es entsetzlich kratzte, schmiegte sie sich doch näher an ihn. Er murmelte etwas, das sehr zärtlich klang, nannte sie ›Herrin der Süße‹ und hielt sie eine Weile in den Armen.

»Laß mich dir mein Haus zeigen«, schlug er dann vor. »Es ist gar nicht weit. Wir können gleich hier durch ein Seitentor hinaus.«

Sie verließen den Garten, wo verschlafene Diener umherstolperten und das schmutzige Geschirr einsammelten. Die Palastwachen grüßten ehrerbietig mit ihren Krummschwertern. Im Morgendunst ging es an Villen und Gärten entlang, bis Kamose vor einem zweistöckigen, weißgekalkten Haus haltmachte. Fast feierlich führte er Teti über den baumbestandenen Vorplatz und öffnete die zweiflügelige, hölzerne Tür. Im Haus war es noch ruhig. Die beiden Diener, die hinter der Tür auf einer Matte gekauert hatten, rappelten sich schlaftrunken hoch und verbeugten sich. Schwanzwedelnd und leise fiepend kam ihnen ein Hund entgegen. Sie betraten die weiträumige Empfangshalle, und Teti sah sich aufmerksam um. Auch hier war die Decke blau gestrichen; sie wurde von vier rotbraunen Holzsäulen gestützt, die Wände waren mit Blüten und Weinranken bemalt. In einer seitlichen Nische befand sich der blumengeschmückte Hausaltar mit einer Vielzahl von kleinen Statuen und Götterbildern, auch eine goldene Hathor-Figur war dabei. Der Fußboden wirkte abgetreten; von den ursprünglichen Farben war noch wenig übrig, aber der Raum strahlte eine warme, lebendige Atmosphäre aus.

»Das Haus ist beeindruckend schön«, sagte Teti. »Man sieht sofort, daß die Goldene hier Glück, Freude und Geborgenheit bringt.«

»Und der Dienerschaft einen langen, geruhsamen Schlaf«, fügte Kamose ein wenig ärgerlich hinzu.

Doch schon eilte ein Diener die Treppe herunter. »Ich habe oben im Vorraum deines Zimmers auf dich gewartet, Herr«, entschuldigte er sich.

»Ja, schon gut! Baki, kümmere dich um ein Frühstück.«

»Aber, Herr, so zeitig? In der Küche ist noch nicht mal Feuer gemacht.«
»Dann sorge dafür, daß das schleunigst geschieht.« Kamose wurde ungeduldig. »Mir knurrt der Magen. Und außerdem haben wir einen Gast.«
Teti hatte sich auf die Wandbank gesetzt, die an der einen Schmalseite der Halle angebracht war. Die Polster darauf waren prächtig, aber schon etwas abgewetzt.
»Bevor ich dir die anderen Räume zeige, mußt du das Badezimmer sehen«, meinte Kamose. »Es ist neu hergerichtet und mein ganzer Stolz!«
Und in der Tat gab es nirgendwo in Theben etwas, was dem Komfort und der Pracht dieses Badezimmers gleichkam.
»Ich weiß, einiges im Haus muß erneuert werden«, gab Kamose zu. »Aber ich habe mit dem Badezimmer angefangen. Findest du, meine Liebe, daß die Wanne groß genug ist?«
»Oh ja!«, versicherte Teti und besah sich genau das in den Boden eingelassene Becken aus hellem, poliertem Stein. »Sicher ist es sehr praktisch, wenn man alle Kinder gleichzeitig baden kann.«
»Aber die Kinder und die Nebenfrauen haben ihren eigenen Baderaum. Das hier ist mein Badezimmer.«
»Ganz für dich allein?«, fragte sie staunend nach.
Er nickte. »Und wenn du Hausherrin bist, wirst du es selbstverständlich auch benutzen. Sieh, hier findest du alle Salböle, die du dir nur denken kannst.«
Er zeigte auf eine Reihe von Ölgefäßen. Sie bemerkte auch einen Stapel Schilfmatten und ein kupfernes Kohlenbecken, in dem Weihrauch verbrannt und mit dem in der kalten Jahreszeit geheizt werden konnte. Nachdem sie noch die bunten Kacheln auf dem Boden und an den Wänden bewundert hatte, kehrten sie in die Eingangshalle zurück.
»Ich glaube, diese Halle ist so groß, daß man Pepis gan-

zes Haus hineinstellen könnte«, meinte sie, als sie wieder auf der Bank Platz genommen hatte. »Und dabei fand ich unser Haus immer recht ansehnlich, zumindest im Gegensatz zu der Hütte, in der Seni wohnt. Warst du schon mal bei diesen armseligen Behausungen am Stadtrand? Du weißt schon, ganz weit draußen in der Nähe der Abfallgruben.«
Ein Gähnen unterdrückend verneinte Kamose, nahm geistesabwesend ein paar verrunzelte Datteln von einem Teller und aß sie bedächtig. Von oberhalb der Treppe waren leise Stimmen und das Weinen eines Kindes zu hören, und er erklärte, daß sich im oberen Stockwerk nicht nur sein Zimmer, sondern auch die Räume der Nebenfrauen befanden.
Das Obergeschoß reizte Tetis Neugier fast noch mehr als das Badezimmer. Wie wohnte man in diesen Räumen? Übertrafen sie das, was sie bereits gesehen hatte, an Pracht und Ausstattung? Ach, es dauerte ja ewig, bis das Frühstück zubereitet war. Machte dieser Baki etwa alles allein? Das Klappern aus der Küche kam nur vereinzelt und klang ziemlich träge. Eigentlich hatte sie auch gar keinen Hunger. Und ehe sie es recht bedacht hatte, war ihr die Frage schon herausgerutscht.
»Hältst du mich für sehr neugierig, wenn ich dich bitte, mir das Hausherrenzimmer gleich jetzt zu zeigen?«
Er warf ihr einen überraschten Blick zu. »Keineswegs!« Seine Müdigkeit schien verflogen, schon war er an der Treppe und geleitete sie hinauf.
Da kam Bakis Stimme von unten: »Das Frühstück ist fertig, Herr. Soll ich es in dein Zimmer bringen oder hier anrichten?«
»Bei Seths Nilpferden!«, rief Kamose über die Schulter zurück. »Laß das Frühstück dort, wo es ist.«
Sie gingen einen Flur entlang, von dem ein paar Türen abzweigten, und betraten den letzten Raum. Als Kamose die Tür hinter sich geschlossen hatte, blieb er am Tür-

rahmen stehen. Begeistert ging Teti im Zimmer umher, sah sich die geschmackvolle Bemalung der Wände an, musterte die elegante, höchst erlesene Ausführung der beiden gepolsterten Sessel, des Bettes mit den feinen, weißen Leinenlaken, der mit Einlegearbeiten verzierten Truhen, des niedrigen Tisches und der alabasternen Öllampen. Sie hob hier einen schön gearbeiteten Krug und dort eine goldene Schale hoch und betrachtete die wertvollen Stücke. Und auch die Wasserschale mit den duftenden Blüten entging ihrem Blick nicht.

»Dein Zimmer ist ungemein luxuriös eingerichtet. Es gefällt mir sehr gut, ebenso wie das Haus«, meinte sie anerkennend. Dann schob sie den dünnen Vorhang zur Seite und blickte aus dem mit einem geschnitzten Gitter versehenen Fenster. »Oh, wie schön! Von hier aus kann man ja in den Garten sehen. Die vielen Blumen. Und da vorne gleich der riesengroße Baum. Und jede Menge Salat und Gemüse gibt es auch. Und dort hinten ist sogar ein Teich mit Lotosblumen!«

Kamose, der mit den Augen jeder ihrer Bewegungen gefolgt war, trat hinter sie, umfaßte ihre Schultern. »Sag, Schönste, ist dein Wissensdurst nun gestillt?«

»Noch nicht!« Sie drehte sich langsam zu ihm um und stellte sich auf die Zehenspitzen, damit sie ihm besser in die Augen schauen konnte. »Ich möchte mir sehr gern auch das Zimmer ansehen, in dem ich wohnen würde, falls ich hier einziehen sollte.«

»Ich werde dir dein Zimmer zeigen«, sagte er und küßte sie auf den Mund. »Doch später, Schwester meines Herzens, später.«

Er hob sie so plötzlich hoch, daß sie nach Luft schnappte und sich an ihn klammerte. Seine zederndufte Nähe war ihr nun schon vertraut, nur das fremde Zimmer machte sie befangen. Als sie merkte, daß er sie zum Bett trug, schloß sie die Augen.

»Aber wir haben doch so schmutzige Füße«, flüsterte sie

und erstickte an seiner Schulter ein helles, ein bißchen aufgeregtes Lachen.
Doch er hatte kein Ohr für ihren Einwand. Auf dem Bett setzte er sich neben sie, preßte sie an sich und sagte: »Ich will dich für mich haben! Du gehörst ganz allein mir, nicht wahr Teti-scheri?«
Sie antwortete ihm nicht.
Na schön, sagte sie sich im stillem. Sie würde ihm gehören in dieser rosigen Morgenstunde, weil er es eben unbedingt wollte. Und sie hoffte, daß er zärtlich und nicht so ungestüm sein würde. Aber danach gehörte sie doch wieder niemand anderem als sich selbst, oder?

Teti hatte sich zurechtgemacht und war in die Eingangshalle zurückgekehrt. Dort saß sie vor einem Tischchen, eingehend gemustert von einer Dienerin, die eine Schale Minztee, Obst und Kuchen auftrug. Teti nahm etwas davon und lehnte sich auf dem prächtigen Sessel zurück. Viele ihrer Fragen waren beantwortet. Sie hatte die Räumlichkeiten besichtigt, hatte herausgefunden, was sie wissen wollte. Aber trotzdem – entscheiden, nein, entscheiden konnte sie sich noch nicht. Kamose mußte ihr Zeit lassen für eine Zwiesprache mit der Göttin.
Sie hielt die dampfende Trinkschale mit beiden Händen und nippte vom Tee, als eine Frau mit einem Kind auf dem Arm die Treppe herunterstieg; ihr folgte ein kleiner Junge, der sich Stufe für Stufe mit der Hand abstützte. Die Frau nickte Teti kurz zu und setzte sich mit den Kindern auf die Bank.
Gleich darauf kamen zwei weitere Frauen, begleitet von drei größeren Kindern, vom oberen Stockwerk herunter. Die jüngere der beiden Frauen war hochschwanger. Sie blieb stehen und sah Teti mit ausdrucksloser Miene an, während die ältere auf Teti zukam und mit ruhiger Stimme sagte: »Möge Re dich gesund erhalten! Mein

Name ist Mutnefer, ich bin Kamoses erste Nebenfrau, und das sind drei meiner Kinder.«
Die Frau, die mit ihr gekommen war, murmelte kaum hörbar ihren Namen: »Ich heiße Henut.«
»Mein Name ist Taheb, ich bin die zweite Nebenfrau«, ließ sich auch die Frau auf der Bank vernehmen.
Teti erhob sich, wagte ein Lächeln und grüßte: »Gesundheit und Leben euch allen! Ich bin Teti. Kamose hat mich gebeten, die Herrin des Hauses zu werden, aber ich habe noch nicht eingewilligt. Was meint ihr? Würden wir denn miteinander auskommen?«
Verblüfft sahen die Frauen sie an.
Teti sprach weiter: »Ich habe vor, einige Tage im Hathor-Tempel zu verbringen, um mich in dieser Angelegenheit an die Göttin zu wenden.«
»Nun, die Göttin möge dir ihre Gunst leihen und dich zu der für dich richtigen Entscheidung führen.«
Mutnefers Worte hatten steif, aber nicht ganz unfreundlich geklungen. Mit einem knappen Gruß entfernte sie sich in die Richtung, in der Teti die Küche vermutete. Auch Taheb, Henut und die Kinder verschwanden im inneren Teil des Hauses.
Teti setzte sich wieder hin und beobachtete das geschäftige Tun der Dienerschaft. Einige Dienerinnen nahmen denjenigen, die gerade Wasser geholt hatten, die Krüge ab, und ein Küchenmädchen brachte einen Korb mit frischem Salat aus dem Garten herein. Draußen wurde der Vorplatz zuerst mit Wasser besprengt und dann gefegt. Die Türhüter hatten sich in die Halle zurückgezogen, schlürften Bier und schwatzten.
Als Teti zum Hausaltar hinüberblickte, mußte sie den Hals verdrehen, um die goldene Hathor-Statue sehen zu können. Sie wurde von einer Steinfigur der Göttin Sachmet fast verdeckt. Und da war es Teti plötzlich, als schüttele Sachmet grimmig ihr Löwenhaupt. Und noch dazu funkelten die Augen der wilden, mächtigen Göttin sehr

gefährlich. Teti blinzelte ungläubig. Sie war sich mit einem Mal nicht mehr sicher, ob es richtig gewesen war, in dieses Haus mit den vielen ihr unbekannten Menschen zu kommen. Hatte sich Sachmet nicht drohend vor Hathor gestellt, um sie Teti, davor zu warnen, als Hausherrin in dieses Haus einzuziehen? Nichts war aus Kamoses Versprechen geworden, sie miteinander bekanntzumachen. Und sicher würde er auch nichts klarstellen. Wie sollten die Nebenfrauen sie da angemessen behandeln? Vielleicht würden sie stets unausstehlich sein und sie von allem ausschließen, so daß sie sich immer und ewig als Fremde fühlen mußte. Und wie würden die Diener sich betragen? Ganz bestimmt wurde sie auch jetzt von ihnen aus sämtlichen Ecken mit abschätzenden Blicken beobachtet. O große Göttin, woher sollte sie denn wissen, wie sie sich richtig verhielt? Nein, nein, bei diesen fremden Menschen konnte sie nicht bleiben.
Oben ging eine Tür. Sie hörte, wie Kamose mit Baki sprach und dann die Treppe herabkam. Eilig stand sie auf und rannte auf das Haustor zu, dessen von hellem Licht erfüllte Öffnung ihr wie ein rettender Ausweg erschien. Niemand konnte sie zwingen zu bleiben. Bloß schnell weg. Nicht einen einzigen Augenblick länger würde sie sich in einem Haus aufhalten, in dem Sachmet so mächtig war.
»Ich bitte dich, Liebste! Willst du dein neues Zuhause so rasch wieder verlassen?«, fragte Kamose befremdet. »Außerdem wollten wir doch eine Runde durch den Garten gehen, damit du dir auch dort in Ruhe alles ansehen kannst.«
»Nein! Nein!« Sie wandte kaum den Kopf. »Ich werde mit dir nirgendwo mehr hingehen. Ich will heim. Hier ist nicht mein Zuhause. Nicht hier am Palastufer. Mein Zuhause ist dort drüben auf der anderen Seite des Flusses. Dort wartet meine Familie auf mich.«
»Aber, meine Beste, ich habe bereits einen Boten ge-

schickt, der deinen Bruder davon in Kenntnis setzt, daß du bei mir bist. Ich verstehe ganz und gar nicht, warum du unter allen Umständen schon zurück willst.«
Er kam hastig hinter ihr her, doch sie wich sofort zurück. »Nun gut«, lenkte er ein. »Wie ich sehe, kann ich dich leider nicht aufhalten. Doch bitte bedenke, wenn du gehst, daß es mein Wunsch ist, Herzensschwester, daß du schon sehr bald für immer hier einziehst. Verbringe nicht zu viele Tage im Tempel. Laß mich nicht so lange warten.« Er schnippte mit den Fingern. »Baki, die Sänfte!«
»Nein«, rief Teti und war schon aus der Tür. »Ich mag keine Sänfte, ich will laufen. Und ich muß allein sein. Ich habe ja über so vieles nachzudenken.«

Kapitel 3

Tanz für die Göttin

»Überlegen, überlegen!« Imiu war außer sich. »Was gibt's denn da zu überlegen? Wenn dir jemand Honigkuchen in den Mund schiebt, mußt du doch auch nicht überlegen, ob du schlucken sollst.«
»Nein«, gab Teti zu, nachdem sie sich auf eine Matte in der Zimmerecke hatte fallen lassen. »Aber ich werde langsam schlucken, um nicht daran zu ersticken.«
»Nicht vielen Mädchen haben die Götter ein so günstiges Schicksal zugedacht wie dir. Also nimm es dankbar an. Wenn du den Hofbeamten warten läßt, wird er sich anders besinnen. Schon in ein paar Tagen wird er dich vielleicht nicht mehr wollen.« Imius Stimme wurde schriller. »Nicht auszudenken wäre das. Was für eine Demütigung, was für eine Schande! Die Nachbarn! Die Verwandten!«
»Alle, alle würden dich auslachen«, rief Tetis Neffe, der gerade vorbeihüpfte.
Pepis Miene war sehr besorgt geworden. »Ich werde mich gleich auf den Weg machen, um dem Hofbeamten mitzuteilen, daß du seinen Antrag selbstverständlich annimmst. Dankbar und hocherfreut«, erklärte er. »Ja, das werde ich dem königlichen Schreiber Kamose ausrichten!«
»Nein, sie soll selbst gehen und es ihm sagen.« Imiu wandte sich zu Teti um. »Und wenn er möchte, bleibst du gleich dort. Dein Bündel habe ich dir längst geschnürt.«
»Ich gehe erst dann zu ihm, wenn ich mag. Und wenn ich

nicht will, gehe ich überhaupt nicht hin!«, entgegnete Teti trotzig.
Imiu kam mit ihren Fingernägeln Tetis Gesicht gefährlich nahe.
»Du Brut der Unterwelt«, kreischte sie. »Pepi, hast du das gehört?«
»Laß sie«, sagte Pepi. »Sie weiß vor Erschöpfung nicht, was sie spricht. Sie hat an diesem Fest teilgenommen, kaum geschlafen, dann hat die wilde Sachmet sie so fürchterlich erschreckt, und danach ist sie noch den ganzen weiten Weg nach Hause gelaufen.«
»Ja, wenn man zu dumm ist, sich mit der Sänfte heimbringen zu lassen. Mach deiner Schwester gefälligst klar, was sie ihrer Familie schuldig ist.«
»Jetzt paß mal auf, kleine Schwester! Ich erkläre es dir.« Pepi hob mahnend den Zeigefinger. »Dieser Palastbeamte hat erstens ein schönes, großes Haus. Zweitens Landgüter. Drittens eine hohe Stellung bei Hofe. Er braucht nicht mal selbst zu schreiben, dafür hat er seine Unterschreiber. Und du, Schwesterchen, wirst von ihm Schmuck, Perücken, Kleider bekommen. Er hat Sänften und eine große Barke. Bei den Götterfesten wirst du an seiner Seite sein. Du kannst im Palast ein und aus gehen, wirst vielleicht eines Tages selbst Hofdame werden. Und, ach, was hätten wir – deine Verwandten, die dich seit deiner Geburt mit so viel Liebe umsorgt und behütet haben – nicht alles davon! Du bist noch zu jung, Teti, um zu begreifen, was das für uns bedeutet. Du mußt wissen, daß ich mich erkundigt habe. Der königliche Abteilungsvorsteher Kamose hat auch Ämter in der Verwaltung des Amun-Tempels. Er hat dort Einfluß. Durch seine Fürsprache würde ich sicher bald befördert werden. Wir könnten das Haus herrichten oder ein neues bauen. Er würde uns viele, viele Geschenke schicken lassen. Notfalls könnten wir sie natürlich auch abholen. Und Imiu würde die Belohnung kriegen, die er ihr versprochen hat ...«

»Aber deine dumme Schwester...«, schrie Imiu, und ihre Stimme schnappte fast über. »Aber nein, deine dumme Schwester muß etwas von einer Bedenkzeit im Tempel faseln. Und dann rennt sie weg, als hätte sie ein paar goldene Schüsseln mitgehen lassen.«
Pepi seufzte. »Daß Teti im Tempel beten, Hathor ihr Inneres öffnen und heiligen Eingebungen folgen will, halte ich für gottgefällig. Orakel und Zeichen sind Hinweise der Götter darauf, wie wir unser Leben gestalten sollen. Aber deinen überstürzten Aufbruch aus Kamoses Haus kann ich gar nicht billigen, Teti! Du bist erwachsen genug, um zu wissen, daß man sich, auch wenn einem ein heiliger Schrecken in die Knochen gefahren ist, nicht so kindisch und kopflos aufführen darf.«
Pepi, äußerst vorwurfsvoll, und Imiu, bebend vor Grimm, drehten sich zu Teti um, doch deren Kopf war zur Seite gesunken, ihre Augen waren geschlossen. Sie war bereits eingeschlafen.

Am darauffolgenden Morgen machte sich Teti auf den Weg zum Hathor-Tempel. Sie überquerte den Vorplatz, wo Priesterinnen die Opfergaben der betenden Menschen entgegennahmen und kleine, im Tempel hergestellte und geweihte Amulette verteilten; sie ging am hochaufragenden wimpelgeschmückten Pylon vorbei und ein Stück die aus Lehmziegeln wellenförmig aufgeschichtete Umfassungsmauer entlang. Durch eine schmale Tür betrat sie erleichtert die Anlage. Auch hier war der Tempel mit den Symbolen der Göttin festlich geschmückt, um auf den morgigen Feiertag hinzuweisen. Dieses Fest, das zudem auf den vorletzten Tag des Heb-Sed, des königlichen Regierungsjubiläums fiel, war auch der Grund, warum Teti ihre Vorgesetzte, die Vorsteherin der Tänzerinnen, aufsuchen wollte. Sie war nämlich der Meinung, daß Hathor an diesem Tag zu ihren Ehren ganz gewiß vom Himmel herabsteigen und

in ihrem Götterbild anwesend sein werde. Die Goldene würde nicht nur Hymnen und Huldigungen entgegennehmen, sondern auch – wie Teti inständig hoffte – irdischen Bitten und Fragen zugänglich sein.
Endlich fand sie die Oberste Tanzmeisterin am Ufer des heiligen Sees im Gespräch mit einer noch höhergestellten Priesterin. Sie wartete in der Nähe, bis sich die andere Priesterin entfernt hatte und die Vorsteherin sie aufforderte zu sprechen.
»Tanzmeisterin Hetepet, hier bringe ich dir die Perücken zurück, die du mir geliehen hast«, sagte sie. »Und außerdem habe ich ein Anliegen!«
Hetepet nahm die Perücken, betrachtete sie eingehend und meinte: »Hoffentlich sind keine Läuse darin!«
»Aber ich habe keine Läuse«, erwiderte Teti entrüstet.
»Das weiß ich. Du bist Priesterin und hältst dich rein. Aber hatte nicht deine Dienerin die andere Perücke auf dem Kopf?«
»Seni hat auch kein Ungeziefer.«
Hetepets Vorbehalte waren noch nicht ausgeräumt. Mit spitzen Fingern hielt sie die Perücken von sich. »Was willst du also noch?«
»Ich bitte sehr darum, morgen am festlichen Tanz zu Ehren der Göttin teilnehmen zu dürfen«, sagte Teti ernst. »Ich habe eine wichtige Entscheidung zu treffen und hoffe, daß mir die Goldene beim Tanz ihren Willen kundtut.«
Hetepet sah sie mißmutig an. »Ich kann dir die Erlaubnis dazu keinesfalls erteilen. Du bist in diesem Monat nicht zum Tempeldienst eingeteilt. Und du hast die Vorschriften der Web nicht erfüllt.«
»Aber ich kann die Reinigungszeremonie doch nachholen. Ich habe den ganzen Tag dazu Zeit. Ich verspreche dir, ich werde mit den anderen beten, baden und fasten. Bitte! Es ist so wichtig für mich!«
Noch zögerte Hetepet. »Gut«, sagte sie dann. »Da du bis-

her alle Vorschriften gewissenhaft eingehalten hast, bin ich ausnahmsweise mit einer Abweichung vom Dienstplan einverstanden. Außerdem bist du eine gute Tänzerin und wirst beim Fest die Göttin erfreuen.«

Wie immer herrschte große Aufregung vor dem Tanz. Hier mußten noch ein paar Reife übergestreift, dort ein paar Bänder gebunden und ein Gürtel angelegt werden. Ein Sistrum wurde vermißt, dafür gab es zwei Klappern zuviel. Nachdem die Tänzerinnen die Reinigungsrituale absolviert und die erforderlichen Gebetsformeln gesprochen hatten, machten sie sich fertig für ihren Einsatz; dabei fanden sie trotz aller Geschäftigkeit Zeit, miteinander zu schwatzen, und auch Teti unterhielt sich mit Kafi, ihrer besten Freundin. Als eine Tempeldienerin herbeigeeilt kam, blickten die beiden Mädchen verwundert auf. Die Frau nahm Teti beiseite und teilte ihr leise mit, daß draußen vor dem Tor eine Sänfte des Hofbeamten Kamose für sie bereitstehe.
»Aber ich habe ihm doch gesagt, daß ich einige Tage hier bleiben werde«, erklärte Teti verdrossen.
Die Dienerin antwortete: »Die Träger haben aber Anweisung, den ganzen Tag zu warten für den Fall, daß du heute schon in das Haus des königlichen Schreibers zurückkehren möchtest.«
Teti schüttelte entschieden den Kopf, zog den Knoten ihres Tanzschurzes fester und wandte ihre Aufmerksamkeit wieder der Vorsteherin der Tänzerinnen zu.
Hetepet befahl den wartenden Tänzerinnen und Musikern, ihre Plätze einzunehmen, klatschte in die Hände und rief: »Musiker und Tänzerinnen! Voller Freude begehen wir heute den Festtag der Goldenen, der Herrin des Himmels, Hathor! Auch Amun, der Götterkönig, wird an dieser Feier teilnehmen, das hat er durch sein Orakel bekanntgegeben. Wie ich soeben aus Karnak erfahre, befindet sich der höchste Gott bereits auf dem

Weg. Er wird von seinen Priestern zu unserem Tempel geleitet. Laßt uns also Amun, den Herrn der Weltenthrone, mit Musik und Tanz begrüßen!«
Teti und Kafi wechselten einen kurzen, freudlosen Blick, dann schlossen sie sich der Tanzgruppe und den Musikern an, die den Tempel verließen, um sich vor dem großen Tor zu sammeln.
Schon nahte unter Gesängen die Prozession aus Karnak. An der Spitze des Zuges führte Si-Mut, der zweite Prophet Amuns, eine Schar singender Priester an. Ehrfürchtig machte die Menge Platz. Sobald die Diener Amuns mit der heiligen Barke, die den goldenen Götterschrein enthielt, herangezogen waren, griffen die Musiker zu ihren Instrumenten und machten die Tänzerinnen die ersten wiegenden Schritte. Sie alle folgten den Weihrauch- und Wassergefäße schwenkenden Priestern durch den Pylon in den Tempel.
Im Säulenhof hielt die Prozession an, und Teti schaffte es gerade noch, dem vor ihr gehenden Trommler nicht in den Rücken zu hüpfen. Die Tatsache, daß Kamoses Sänfte draußen wartete, ging ihr nicht aus dem Kopf, aber nun nahm sie sich vor, nicht mehr zuzulassen, daß sich der Hofbeamte derart in ihre Gedanken drängte.
Prophet Si-Mut begann, vor den Opfertischen, auf denen Blumen, Früchte, Brote und andere Gaben angehäuft lagen, Gebete zu sprechen. In dichten Wolken stieg der Weihrauch auf, und Teti fühlte beglückt die immer festlicher werdende Atmosphäre. Wie selig waren doch die Würdenträger, deren Standbilder hier aufgestellt waren. Ewig durften sie an den Opfern und an der göttlichen Erhabenheit teilnehmen. Sie hob den Blick zu den Götterabbildungen an den Wänden, betrachtete die leuchtenden Farben und ließ die Darstellungen auf sich wirken. Heute erglänzte der Tempel in einer ganz besonderen Heiligkeit, denn die Götter hatten sich, angelockt vom duftenden Rauch, in ihrer Wohnstätte niedergelas-

sen. So war Amun in seiner goldenen, noch unter bestickten Tüchern verborgenen Statue gegenwärtig, und Hathor, die von ihren mit Sistren rasselnden Priesterinnen aus dem Allerheiligsten geleitet worden war, wartete vor der schweren, wieder verriegelten Doppeltür zur Säulenhalle.

Nach Si-Muts Gebeten erklangen feierliche Hymnen, und danach gab Hetepet den Musikern und Tänzerinnen erneut ein Zeichen. Die Mädchen fingen an, sich zu drehen und zu verneigen, und wirbelten schneller und immer schneller herum.

Teti spürte den Weihrauch in der Nase und atmete den Duft würziger Kräuter. Sie überließ ihren Körper ganz den Empfindungen, die der Klang, der Musikinstrumente in ihr auslöste – da war das Wummern der Trommeln, das den Rhythmus bestimmte und ihr Herz schneller schlagen ließ, dann das zärtliche Zupfen der Lauten und das fröhliche Rasseln der Sistren. Der reine Ton der Flöten schließlich ließ alle Sorgen von ihr abfallen. Wie ein Vogel flog ihre Seele über das schimmernde Wasser des Nils und über die Felder, bis sie das Wüstengebirge erreichte. Doch dort stellten sich ihr schroff die Felsenberge entgegen, bedrohten sie mit einem schrillen Ton, so daß sie sich verzweifelt bemühte, höher zu fliegen. Ein furchtbarer Windwirbel kam auf, packte sie und schleuderte sie in einen Abgrund hinab, wo nichts als Dunkelheit und Angst herrschten. Sie wollte schreien und die Furcht abschütteln, aber konnte nur stumm gegen das Schreckliche ankämpfen. Sie fühlte, wie ihre Kraft erlahmte, ihr Wille sich erschöpfte und ihr Lebensfunke mehr und mehr erlosch.

Aber dann, als bloß noch ein kümmerliches Glimmen in ihr war, wurde ihr Leben vom goldenen Leuchten der Göttin neu entzündet. Endlich, endlich erschien ihr das Licht. Sie sah, wie sich der Himmel hinter der Großen Herrin öffnete und in wunderbaren, unbeschreiblich schönen Farben schillerte. Dann vernahm sie, wie diese Farben mit zarten Klängen nach ihr riefen. Hatte sie jemals Zauberhafteres gesehen und gehört? Ein Gefühl vollkommenen Glücks durchströmte sie und ließ sie die allumfassende Liebe der Göttin spüren.

»Goldene!«, stöhnte sie. »Auge der Sonne!«

Zwei Mädchen hoben sie auf, trugen sie zur Seite und legten sie zwischen den Säulen auf eine Matte. Erschöpft und mit geschlossenen Augen blieb Teti liegen, ihr Mund zuckte. Die Goldene hatte sich ihr gezeigt. Aber warum hatte sie ihr keinen göttlichen Rat erteilt? Wieso war die Himmelsherrin stumm geblieben?

Teti setzte sich auf. Sie fühlte sich sehr schwach vor Anstrengung und Hunger und nahm Amuns enthülltes Götterbild im geöffneten Schrein, den man gegenüber der Statue der Göttin abgesetzt hatte, nur verschwommen wahr. Erst allmählich konnte sie die Priesterinnen, die Weihrauchkügelchen in das Opferfeuer warfen, deutlich erkennen und sie bemerkte, daß die Priester, die die Barke getragen hatten, genauso schwitzten wie die Tänzerinnen.

»Weißt du jetzt, wie du dich entscheiden sollst?«, fragte Kafi flüsternd. Die Freundin rutschte näher heran und reichte Teti eine Handvoll mit Kräutern vermischter Beeren. Teti richtete sich ein wenig aus ihrer kauernden Stellung auf und schüttelte traurig den Kopf.

Mittlerweile war das goldbeschlagene Doppeltor zur Säulenhalle entriegelt worden, die Priester nahmen die Götterbarken wieder auf ihre Schultern, und der Zug bewegte sich weiter in den Tempel hinein. Während auch im Dämmerlicht der Säulenhalle feierliche Rituale vollzogen wurden, blickte Teti den Rauchschwaden nach, die sich über den kahlgeschorenen Köpfen der Priester zusammenballten, zur Decke emporschwebten und durch die Lichtschächte abzogen. Sie sah an den mächtigen Säulen empor und zeichnete mit dem Finger heilige

Schriftzeichen nach. Was geschrieben stand, war Wirklichkeit, dauernde, lebendige Wahrhaftigkeit.
Früher, so hatte man ihr erzählt, hatte stets Pharao selbst die Zeremonien geleitet, und die Königin hatte die Schar der Priesterinnen angeführt. Aber nun nahm die königliche Familie lediglich an den wichtigsten Feierlichkeiten teil, die zumeist in den großen Heiligtümern in Karnak oder in den Gedächtnistempeln am westlichen Nilufer stattfanden. Die Bevölkerung aus Stadt und Land jedoch strömte nach wie vor an den Festtagen hier zusammen. Für sie hatte der alte Tempel, der sich inmitten der Stadt am östlichen Ufer erhob, nichts an Bedeutung verloren. Und auch heute würden die Beter im Vorhof lauschen, bis Gesang und Musik aus dem Tempel verklungen waren.
Nachdem die Götterbilder von den obersten Priestern ins Allerheiligste gebracht worden waren, kehrten alle in den Säulenhof zurück, und wieder forderte Hetepet die Mädchen auf zu tanzen. Diesmal tanzte Teti, ohne sich allzusehr zu verausgaben.
Musikers und Tänzerinnen konnten erst nach mehreren Darbietungen eine Pause einlegen. Es dämmerte bereits, und überall wurden Lampen angezündet. Während Teti ihren Hüftschurz in Ordnung brachte und die bunten Bändern festband, die sie um den Oberkörper gewunden hatte, hörte sie eine Priesterin freudig sagen, daß die Opfergaben, die von den Gläubigen aus Freude über das göttliche Fest und über den Besuch des Götterkönigs dargebracht worden waren, besonders reichlich ausgefallen waren.
Als Hetepet die Tänzerinnen ein letztes Mal herbeiwinkte, war es draußen völlig dunkel geworden. Teti wußte, jetzt kam ihr Lieblingstanz, und sie würde sich dem wilden Ruf der Trommeln nicht entziehen können. Sie wollte ihr Bestes geben zur Erbauung der Götter, tanzte sie doch fast ebenso gut wie Kafi, deren Mutter

Nubierin war und die den Rhythmus des Südens im Blut hatte. Die Füße der Mädchen stampften, die Hüften kreisten, die Haare flogen. Mit Händeklatschen feuerten die Priester die Tänzerinnen an und verfolgten mit brennenden Blicken die geschmeidigen Bewegungen, bis ein Mädchen nach dem anderen vor Anstrengung keuchend zu Boden sank.

»Du tanzt immer besser«, sagte Kafi und holte Luft. »Du wirst mir fehlen, wenn du nächstes Mal nicht mehr dabei bist.« Sie erhob sich und ging voraus in einen der Nebenräume, die sich an die Säulenhalle anschlossen.

Noch atemlos lief Teti hinter ihr her. »Aber Liebes, die Göttin hat mir nicht geraten, Kamose zu heiraten. Vielleicht bin ich ihr ja doch als Tänzerin lieber.«

Kafi nahm das Gespräch erst wieder auf, nachdem sie einen Becher Wasser hinuntergestürzt hatte. »Ich weiß nicht, ob es klug wäre, Tänzerin zu bleiben. Dieser Hofbeamte scheint doch ein freundlicher Mann zu sein. Du hättest es weitaus schlimmer treffen können.«

Teti setzte ihre Wasserschale ab. »Ja, das stimmt.«

Beide schwiegen eine Weile, bis Kafi vorsichtig fragte: »Teti, begleitest du mich heute nochmal? Bitte komm'. Die anderen sind schon hinübergegangen.«

Langsam setzte Teti einen Fuß vor den anderen. »Ja gut«, sagte sie zögernd, »ich komme ein letztes Mal mit. Aber bloß, um etwas zu essen. Den ganzen Tag haben wir gefastet, und ich bin hungrig wie ein Krokodil. Das Essen dort ist gut. Vielleicht können wir uns noch ein bißchen unterhalten und einen Schluck Wein miteinander trinken.«

Sie hatten inzwischen das aus Stein gebaute Tempelhaus verlassen und waren zum Hintereingang eines unscheinbaren Lehmgebäudes gelangt. »Trotz meines Hungers möchte ich am liebsten gar nicht hinein. Aber Si-Mut erwartet mich«, flüsterte Kafi.

Teti merkte, daß ihre Freundin zitterte. Stumm umarm-

ten sie einander, dann betraten sie das Haus. Sie erreichten über eine Treppe eine weit offenstehende Tür, aus der das helle Licht von Fackeln und Öllampen strömte. Kafi blieb an der Schwelle stehen, um auf Teti zu warten. Auf weichen Teppichen durchschritten sie mehrere Räume, die verschwenderisch mit Blumenschmuck und leuchtend bunten Polstern ausgestattet waren. Süßer, berauschender Blütenduft durchzog das ganze Haus und vermischte sich mit dem Geruch der köstlichen Speisen, die ebenso wie Weinkrüge, dazu Becher und Schalen, auf niedrigen Tischen bereitstanden. Die Luft war von den perlenden Klängen einer Harfe erfüllt, doch außer dem blinden Musiker war kein Diener zu sehen. Alles schien wie von Zauberhand herbeigeschafft. Und es war in der Tat ein großer Zauberer, ein Eingeweihter und Wissender, der für all das Wunderbare gesorgt hatte: Si-Mut, der zweite Prophet Amuns und einer der mächtigsten Männer des ägyptischen Reiches.
Er stand in der Mitte des größten Raumes und beobachtete, wie seine Gäste hereinkamen. Außer Hetepet und den jungen Tänzerinnen, die noch ihre knappen, vorne offenen Tanzschurze trugen, hatten sich die Priester, die die Götterbarke getragen hatten, und mehrere ranghohe Verwaltungsbeamte aus den verschiedenen Tempelbezirken eingefunden. Als Si-Mut Kafi sah, lächelte er, und für einen kurzen Moment wurde die Schärfe seiner Züge durch einen freundlicheren Ausdruck gemildert. Scheu erwiderte Kafi sein Lächeln und ließ sich auf einem der üppigen Polster nieder.
Teti jedoch kam nicht dazu, sich zu setzen, denn Si-Mut winkte sie zu sich. Und wie jedes Mal, wenn sie vor ihn hintreten mußte, wurde ihr ganz schlecht vor Schreck. Auf Si-Muts Brust prangten Amulette, die mit Zaubersprüchen und magischen Zeichen versehen waren und ihm übernatürliche Kräfte verliehen. Aber nicht nur deshalb fürchtete sie sich vor ihm.

»In der Gunst Amuns«, grüßte er von oben herab. »Dein Name ist Teti, wenn ich das recht erinnere?«
»Ja, ehrwürdiger Prophet«.
»Du bist in den Tempel gekommen, um beim Tanz Hathors Weisung zu empfangen. Hat sich die Göttin dir offenbart?«
»Die Göttin ist mir erschienen, Erhabener! Aber sie schwieg.«
»Allein die Tatsache, daß sich die Goldene dir zeigte, bedeutet, daß sie wünscht, daß in deinem Leben eine Veränderung eintritt«, erklärte er in bestimmendem Ton. »Du bist nicht einmal fähig, die einfachsten Götterzeichen zu deuten. Im Priesterinnenamt würdest du es wohl nicht weit bringen.«
Teti wäre am liebsten im Erdboden versunken, aber sie mußte es genau wissen. »Du meinst, Ehrwürdiger, die Göttin rät mir zu heiraten?«
Er durchbohrte sie förmlich mit seinem Blick. »Du Ausgeburt der Dummheit, eines merke dir. Hathor hat sich dir nicht mitgeteilt, um dir einen Vorschlag zu machen, sondern um dir zu befehlen.«
»Aber es könnte doch sein, daß die Goldene...«, wendete sie ein, unterbrach sich jedoch wieder, wählte ihre Worte neu: »Ja, die Göttin möchte vielleicht, denke ich...«
»Nicht denken, glauben sollst du«, fuhr er sie an und zog die breiten, dunkel geschminkten Augenbrauen furchterregend zusammen. »Nach Hathors Willen hast du dich in die Ehe zu fügen. Hast du das begriffen?«
Sie bejahte mit gesenktem Kopf.
»Gut! Mein Freund Kamose wird zufrieden sein«, murmelte er wie im Selbstgespräch und blickte geistesabwesend vor sich hin. Erst dann geruhte er, Teti wieder zur Kenntnis zu nehmen, wedelte ungeduldig mit der Hand und sagte: »Du kannst gehen. Du bist von der Teilnahme am Fest befreit.«

Sie mußte ihren ganzen Mut zusammennehmen, um zu fragen, was sie fragen wollte, aber mittlerweile hätte sie ein Nilpferd verspeisen können. »Verzeih', Prophet. Ich bin so hungrig. Darf ich mir was zu essen holen?«
»Meinetwegen. So viel ißt und trinkst du ja nicht.« Ein spöttisches Lächeln verzerrte seinen Mund. »Und dein Wunsch, noch zu bleiben, zeigt mir, wie wohl du dich bei uns fühlst.« Er ließ sich herab, ihre Schulter zu tätscheln, und sie bekam trotz der Hitze eine Gänsehaut.
»Wie kann Kamose bloß so einen Mann zum Freund haben«, flüsterte sie, als sie zu dem Platz ging, wo Kafi saß.
»Ich hab' schon Essen für uns geholt«, sagte Kafi und zog Teti zu sich auf das Polster herunter. »Bitte schenk mir ein! Der Wein wird meinen Kummer vertreiben... und die unangenehmen Gefühle.«
Teti reichte der Freundin einen gefüllten Becher und schenkte auch sich selbst ein. »Si-Mut sagt«, berichtete sie, »das Erscheinen der Göttin bedeutet, daß ich Kamose heiraten muß. Mein Schicksal ist also besiegelt.«
»So schlimm wird es schon nicht werden«, sprach Kafi ihr Mut zu. »Als Hausherrin bist du viel besser dran als ich. Und dir bleibt ja weiterhin die Möglichkeit, ein Priesterinnenamt auszuüben. Aber, ach Teti, beim Tanzen wirst du mir so furchtbar fehlen.«
Zum Glück konnten sie eine Zeitlang ungestört miteinander reden. Nicht weit entfernt saßen einige Priester, darunter der Obervorsteher der Schriftrollenträger aus dem Min-Tempel. Mit gierigen Augen tastete er die vorbeigehenden Mädchen ab. Auf einmal kam er herüber und starrte Teti so aufdringlich an, daß sie keinen Bissen mehr hinunterbrachte.
»Willst du dich nicht zu mir setzen, Tänzerin Teti?«, fragte er, bemüht, seiner Stimme einen schmeichelnden Ton zu geben. »Die Verwahrer der königlichen Listen spielen mit deinen Freundinnen Sennet. Und wir zwei könnten ihnen doch ein Weilchen zusehen, bevor wir...«

Unversehens tauchte Si-Mut neben ihm auf. »Laß die Finger von ihr«, sagte er. »Sie ist einem hohen königlichen Beamten versprochen.«
»Das wußte ich nicht, erhabener Prophet!« Der Schriftrollenträger glotzte von Si-Mut noch einmal zu Teti, wischte sich den Schweiß von seinem feisten Nacken und ging zu der Gruppe zurück, die mit dem Brettspiel beschäftigt war. Er legte einer der Tänzerinnen den Arm um die Hüften. Das Mädchen erstarrte unter seiner Berührung und sah sich hilflos um, doch er zog sie an sich und bedrängte sie mit einer Weinschale, die er ihr solange an die Lippen hielt, bis sie schließlich trank.
Kafi und Teti aßen schweigend weiter, keiner von ihnen war mehr nach Plaudern zumute. In Gedanken versunken tranken sie Schluck für Schluck ihren Wein, als sich unversehens ein junger Priester zu ihnen gesellte. Freundlich stellte er sich als Pa-Wah aus Taseni vor, setzte den Krug ab, den er mitgebracht hatte, und nahm unaufgefordert bei ihnen Platz.
»Nachdem ich euren Tanz gesehen habe, verstehe ich, warum man sich bei uns darum reißt, an einem Fest in Hathors Heiligtum teilzunehmen«, erklärte er mit Begeisterung. »Ich tue noch nicht lange im Amun-Tempel Dienst und war daher sehr froh, heute als Barkenträger einspringen zu dürfen!«
Mißmutig blickten ihn die beiden Mädchen an. »Ach du!«, sagte Kafi. »Du verstehst gar nichts.« Sie wandte sich an Teti. »Ich danke dir, daß du mich herbegleitet hast. Bis morgen also. Si-Mut erwartet, daß ich zu ihm komme.« Mit einer hastigen Bewegung sprang sie auf und folgte dem Amun-Propheten, der, nachdem er sich kurz nach ihr umgeblickt hatte, das Zimmer verließ.
Betrübt sah Teti der Freundin nach. »Ich hole mir nochmal etwas zu essen«, sagte sie kurzentschlossen und musterte Pa-Wahs in den Schultern breite, sonst aber

eher magere Gestalt. »Und du siehst auch aus, als ob du eine Mahlzeit vertragen könntest.«
Sie brachte zwei mit köstlich duftender Soße gefüllte Schüsseln und ein paar Brotfladen. Mit Dank nahm Pa-Wah seine Portion entgegen, brach einen Fladen auseinander und tunkte die eine Hälfte hingebungsvoll in die Soße.
»Was soll das hier eigentlich?«, fragte er unvermittelt und fuchtelte mit dem angebissenen Stück Brot herum.
»Das wirst du schon noch herausfinden«, meinte Teti tiefgründig. »Ich für meine Person werde bald von hier verschwinden. Ich habe bloß meine Freundin herbegleitet.«
Mit einem Kopfschütteln vertiefte er sich wieder in sein Mahl, hielt aber schon nach kurzem inne, als habe er einen Geistesblitz gehabt.
»Jetzt weiß ich's«, platzte er heraus und warf nochmals einen Blick in den Raum. »Hier sieht's aus wie in einem babylonischen Freudenhaus.«
Teti hätte sich beinahe verschluckt. Sie mußte heftig husten. »Gibt's denn so was in der Kleinstadt, aus der du kommst?«, fragte sie, als sie sich wieder beruhigt hatte, und entfernte einen Spritzer Soße von ihrem Oberschenkel.
»Hmpfh, hmpfh«, machte er eifrig nickend. »Ein Babylonier hat bei uns eine Schenke eröffnet mit einem rot ausgeschlagenen Hinterzimmer. Und über der Tür steht in babylonischer Keilschrift und auch in ägyptischem Hieratisch ›Rose von Babylon‹.«
»Sieh an, sieh an«, sagte Teti gedehnt. »Und du warst schon dort.«
»Aber nicht während ich Priesterdienst hatte«, beteuerte er. »Denn während des Tempeldienstes ist es ja verboten ...«
Teti bedachte ihn erneut mit einem unergründlichen Blick, stand auf und nahm die leergegessenen Schalen in

die Hand. »Ich gehe jetzt«, sagte sie. »Und dir wünsche ich viel Erfolg und einen angenehmen Abend.«
»Halt!«, rief er. »Warte mal. Ich muß dich unbedingt was fragen. Deswegen habe ich mich doch zu dir gesetzt.«
Sie stellte die Schüsseln zur Seite. »Was willst du denn wissen?«
»Ja, da ist nämlich etwas, um das ich dich bitten wollte. Ich wollte dich fragen ... ja, eigentlich ... die Sache ist die ...«, begann er umständlich. »Es ist nämlich so, daß ich mich seit längerem eingehend und umfassend mit den Zeichen beschäftige, die uns die Götter geben. Und deshalb wüßte ich gern, welche Empfindungen du zu vorhin beim Tanz hattest. Was fühltest du, als du dich im heiligen Zustand befandest? Hast du die Göttin wirklich gesehen? Und wenn ja, was geschah dabei? Was hast du erlebt?«
Teti machte einen Schritt rückwärts. »Das kann ich dir nicht erzählen«, entgegnete sie abweisend.
»Und warum nicht?«
»Na ja ... die Gedanken wallen. Das Herz schwebt. Nein, ich kann's einfach nicht beschreiben.«
»Aber es muß doch eine Art Handlungsablauf oder so was geben? Versuch' am besten, dich Schritt für Schritt zu erinnern.«
Sie überlegte einen Augenblick, dann setzte sie sich wieder auf das Polster. Sie hatte entdeckt, daß ihr Becher noch nicht ganz leer war und führte ihn an die Lippen.
»Na gut.« Während sie den letzten Schluck trank, schaute sie den jungen Priester über den Rand des Bechers hinweg an. »Wenn du unbedingt einen Handlungsablauf willst. – Hm, na ja, ich erinnere mich schon ... Ja, ich sah ...«
»Halt! Warte!«, rief er wieder. »Die Fackel da brennt noch hell genug, und ich werde mir gleich ein paar Notizen machen.«
Er griff in die geflochtene Tasche, die er umhängen hatte, und entnahm ihr ein Stück Papyrus, einige Bin-

senpinsel und eine Schreibpalette mit schwarzer und roter Farbe. Das Schreibblatt legte er so auf die Tasche, daß er sie als Schreibunterlage benutzen konnte.
Teti beugte sich interessiert vor. »Rührst du die Tinte mit Wein an? Oder mit Spucke?«
Ohne sie einer Antwort zu würdigen, holte er ein Wasserfläschchen hervor, versprengte ein paar Tropfen als Spende für den Gott Thot und goß etwas Wasser in die Farbtiegel. Daraufhin ergriff er einen Schreibpinsel und tauchte ihn in die schwarze Farbe.
»Ich bin bereit! Schieß los«, sagte er erwartungsvoll.
Teti nahm den Weinkrug, den er mitgebracht hatte und schenkte etwas daraus in ihren Becher. Versonnen trank sie zwei, drei Schlucke. »Ja, also, ich sah ... Zuerst sah ich vor mir das blaue Wasser des Nils und hinter mir das gelbe Wüstengebirge. Und dann tauchte eine Maus auf. Sie kroch aus ihrem Mauseloch, doch eine Katze kam daher und fraß die Maus. Die Katze aber wurde von einem Panther gefressen, der infolgedessen Durst bekam und zum Wasser ging. Im Wasser lauerte schon ein Krokodil, das seinen riesigen Rachen aufsperrte und den Panther verschlang. Doch das bekam dem Krokodil ausgesprochen schlecht. Es kriegte Bauchweh, färbte sich schwarz und rot und fing an, ganz fürchterlich zu weinen. Es hat nämlich nicht bloß Bauchschmerzen bekommen, sondern ihm ist auch eingefallen, daß es in ein paar Tagen einen Mann heiraten soll, der drei Nebenfrauen, ein Haus voller Kinder, jede Menge Diener und mindestens zwei Sänften hat ...«
Mit einem Satz war Pa-Wah aufgesprungen. »Hast du einen Knall? Was erzählst du mir da«, schrie er, zerknüllte wütend das Stück Papyrus und schleuderte es in die Ecke.
Teti sagte nichts. Mit gesenktem Kopf saß sie da, die Schultern hochgezogen. Tränen tropften auf ihre nackten Beine.

»Was soll denn das jetzt?«, fragte er etwas leiser, aber immer noch sehr aufgebracht. »Warum heulst du?«
»Ach, ich bin das Krokodil«, schluchzte sie. »Und mir ist auf einmal so schrecklich kalt.«
Er kniete neben ihr nieder, legte ihr die Hand auf die Stirn. »Fieber hast du nicht. Du bist nur erschöpft. Leg dich eine Weile hierher.« Er klopfte mit der Hand auf das Polster. »Glaub mir, ich werde dich nie wieder mit Fragen belästigen... Und was soll das überhaupt? Du bist das Krokodil?«
»Ach, das begreifst du ja doch nicht.« Sie preßte die Lippen aufeinander, warf sich auf die Kissen und drückte ihr Gesicht hinein. Eine ganze Weile lag sie so, während Pa-Wah mit einem Ausdruck wachsender Mißbilligung den Blick auf sie gerichtet hielt.
Schließlich begann er in tadelndem Ton zu sprechen: »Ist dir endlich klar geworden, wie unglaublich frech und lästerlich deine Antwort auf meine geistig bedeutungsvollen Fragen war? Mehr als schändlich ist es, was du dir da geleistet hast. Aber siehst du, so ergeht es denen, die anmaßend sind. So schnell wird aus gottlosem Übermut heulendes Elend. Ja, wer so über die Stränge schlägt, den strafen die Götter. Hoffentlich hast du wenigstens daraus gelernt, daß man mit einem Priester Amuns keine Späße treibt.«
»Halt bloß die Luft an!« Teti war wieder aus den Kissen aufgetaucht. Zornig wischte sie sich die Tränen ab und stand auf. »Nichts wie weg von hier. Hathor schütze mich! Bevor du platzt vor lauter Selbstgefälligkeit.«
»Warte doch«, er sprang auf, hielt sie an den Armen fest. »Bleib da! So war's ja nicht gemeint. Sag mir, warum du traurig bist. Bitte! Ich möchte es wirklich gern wissen.«
»Ehrlich?« Sie mußte zugeben, daß seine Stimme sehr überzeugend geklungen hatte. Also ließ sie sich auf das Polster zurückfallen, erzählte ihm frei heraus von Kamose, dem prächtigen Haus und seinen Bewohnern.

»Was für ein Glück du hast! Das alles klingt ja märchenhaft«, sagte er beeindruckt, doch als er ihr enttäuschtes Gesicht bemerkte, meinte er: »Natürlich ist mir klar, daß du bekümmert bist, weil du von deinem bisherigen Leben und der gewohnten Umgebung Abschied nehmen mußt und nicht mehr täglich mit deiner Familie und deinen Freundinnen zusammensein kannst.«
Sie nickte lebhaft. »Versetz' dich mal in meine Lage. Ich kenne Kamose doch noch nicht lange. Jetzt ist er nett zu mir, aber irgendwann fängt er vielleicht an, gemein zu werden. Und du hast ja keine Ahnung, was für eine Angst ich habe, in das fremde Haus mit den vielen fremden Leuten zu ziehen.«
»Doch, das verstehe ich gut«, erwiderte er. »Mir selbst ist es vor kurzem ähnlich ergangen, als ich hierher nach Theben kam. Da befand ich mich auch auf einmal unter lauter fremden Menschen in einer fremden Umgebung und noch dazu in einer unbekannten Stadt. Wie du siehst, sind wir sogar so was wie Schicksalsgenossen.«
»Sozusagen.« Sie sah ihn mit ganz anderen Augen. Mitfühlend erkundigte sie sich: »Und unter Si-Mut Priesterdienst im Amun-Tempel zu tun, ist sicher auch kein Honiglecken?«
»Wir einfachen Priester bekommen ihn kaum zu Gesicht. Es ist heute das erste Mal, daß ich an einer Zeremonie teilnehme, die Si-Mut leitet. Er hat vielfältige Aufgaben, die ihn oft in andere Stadtteile und in den Palast führen. Es sind die uns unmittelbar vorgesetzten Priester, die uns unterweisen und ausbilden. Übrigens, in Taseni habe ich im Chnum-Tempel Dienst getan.«
»Das habe ich mir schon gedacht. Es ist ja das größte Heiligtum dort. Aber in Karnak gibt es sicherlich bessere Aufstiegsmöglichkeiten.«
»Klar! Ein Verwandter hat meine Versetzung in die Hauptstadt ermöglicht. Er ist ein hoher Beamter im königlichen Palast, und ich habe ihm und seiner Frau bei

meiner Ankunft einen kurzen Besuch abgestattet. Aber seitdem haben sich die beiden nicht mehr um mich gekümmert. Sie meinen wohl, ihre Schuldigkeit getan zu haben. Wahrscheinlich werden sie ihre Zuneigung zu ihrem unbedeutenden Neffen erst wieder entdecken, wenn er das Leopardenfell trägt.«

»Oh, du hast dir ein hohes Ziel gesteckt!«

»Ja, doch!« Er strich sich über den glattrasierten Kopf. »Ich war im Chnum-Tempel auch nicht untätig, sondern habe gelesen, was ich in den Archiven finden konnte. Alle heiligen Werke des Weisen habe ich bereits abgeschrieben und auswendig gelernt.«

»Ach, deswegen weißt du so genau, daß die Götter Mutwillen streng bestrafen?«, fragte sie schnippisch. »Ich höre mir lieber Märchen an. Bestimmt kennst du das eine oder andere. Ich mache es mir bequem und höre dir zu.« Sie rutschte weiter hinter in die Ecke. »Huch, was ist denn das?« Noch etwas erschrocken hielt sie den zerknüllten Papyrusbogen in die Höhe und reichte ihn Pa-Wah.

»Mist«, schimpfte er. »Wenn er nicht so zerknittert wäre, könnte ich ihn abwischen und nochmal verwenden.«

»Vielleicht läßt er sich wieder glätten.«

»Das kann ich erst bei Tageslicht feststellen. Hier brennen ja nicht mal mehr alle Fackeln.« Verwundert sah er sich um. »Und wir sind unterdessen ganz allein im Raum.«

»Ja, die anderen … hm … haben sich zurückgezogen.«

»Ach so«, sagte er langsam. »Also ist doch was dran an dem, was ich in Taseni habe tuscheln hören. Und ich wollte es nicht glauben!«

»Oh, wie ich Si-Muts Feste verabscheue! Arme, kleine Kafi! Bitte, erzähl' mir schnell ein Märchen.«

»Im Märchenerzählen bist du besser«, erwiderte er mit schiefem Grinsen.

»Hör mal zu, Pa-Wah! Was ich dir jetzt erzähle, ist kein

Märchen, sondern die bittere Wahrheit.« Sie stand auf, lief zur Tür und vergewisserte sich, daß sie richtig geschlossen war. »Uns allen hat Si-Mut damit gedroht, daß wir beim geringsten Ungehorsam nicht Tänzerin bleiben dürften, sondern den Tempel der Goldenen für immer verlassen müssen. Und du kannst dir die Schande vorstellen, die über eine Familie kommt, wenn die Tochter oder Schwester wegen Unfähigkeit oder ungebührlichen Betragens vom Tempeldienst ausgeschlossen wird. Keine von uns wagt es da, sich zu widersetzen. Außerdem würde Si-Mut uns Krankheiten anzaubern und Dämonen aus der Unterwelt auf uns hetzen, wenn wir nicht zu seinen Festen kämen und das täten, was man von uns verlangt. Und niemandem dürfen wir irgendetwas erzählen. Weil wir doch alle durch den Eid, den wir beim Eintritt in den Tempel geleistet haben, zum Schweigen verpflichtet sind.«
»Und hat keine von euch jemals mit einem Priester oder Beamten gesprochen, so wie du mit mir sprichst? Vielleicht würde sich einer von ihnen Si-Mut entgegenstellen.«
»Nein, von ihnen stört sich keiner daran. Wieso auch!«
»Wenn ich nur schon einen höheren Rang innehätte! Ich würde versuchen, euch zu helfen. Irgendwie müßte man Si-Mut und den anderen doch Einhalt gebieten können.«
»Es hat keinen Sinn, sich darüber aufzuregen. Wenn ich heirate, brauche ich dieses Haus nie wieder zu betreten. Der Brautpreis, den Kamose meiner Familie gibt, wird sie mehr als genug für die kärglichen Opfergaben entschädigen, die ich vom Tempeldienst mitbrachte. Wußtest du übrigens, daß die Tänzerinnen und Sängerinnen des Amun in Karnak einen viel höheren Anteil an den Opfern erhalten als wir hier im Hathor-Tempel? Kein Wunder, denn unter ihnen befinden sich ja einige vornehme und einflußreiche Damen. Schau, mein Becher ist leer! Hast du noch ein bißchen Wein in deinem Krug?«

Bereitwillig füllte er ihren Becher. »Und Kafi ist also Si-Muts Geliebte?«
»Gezwungenermaßen. Wobei man zugeben muß, daß er sich ihr gegenüber halbwegs annehmbar verhält. Was also soll ein Mädchen in ihrer Situation anderes tun, als damit zu leben? Täglich preisen die Brüder die Gunst Amuns, weil sie alle eine gut entlohnte, wenig anstrengende Arbeit gefunden haben. Natürlich hat Si-Mut das bewerkstelligt, aber sie wissen es nicht. Und Kafis Eltern freuen sich über die regelmäßigen Geschenke, die ihre Tochter nach Hause bringt, und fragen nicht lange, woher sie kommen. Aber da ist noch diese Angst.«
»Welche Angst? Welche Angst braucht Kafi zu haben, wenn sie unter dem Schutz eines so mächtigen Mannes steht?«
Teti lachte. »Wie könnte es anders sein: Sie hat Angst vor seiner Frau. Dann wurde sie ernst. »Ach, es ist überhaupt nicht zum Lachen. Si-Muts Gemahlin ist eine zauberkundige Priesterin im Tempel der Göttin Mut. Und wenn sie erst herauskriegt, daß ihr Mann eine neue Geliebte hat, hat Kafi allen Grund zur Furcht. Gütige Hathor! Nur noch ein einziges Öllämpchen brennt und ich müßte schon längst gegangen sein. Ich werde jetzt aufbrechen.«
Er ergriff ihre Hand. »Und wenn ich dich bitte, noch ein wenig zu bleiben?«
»Na ja... einverstanden! Die weiße Scheibe des Mondgottes leuchtet so hell, daß ich sowieso nicht gleich einschlafen kann.«
Er rückte ein Stück näher. »Haben wir nicht einen sehr schönen Abend miteinander verbracht?«
»Ja«, sagte sie sanft, »wir haben uns angeregt unterhalten. Ich habe dir mein Herz ausgeschüttet, und du hast mir Trost gespendet. Es wäre töricht zu gehen, solange noch Wein im Krug ist.«

»Und du nimmst mir nicht übel, daß ich dir kein Märchen erzählt habe?«
Sie kicherte. »Wenn du nicht mehr sauer bist, daß ich dir eines erzählt habe.«
»Schon vergessen. Ist dir noch kalt?« fragte er und rückte noch näher.
Sie schüttelte den Kopf, warf ihr Haar zurück. Unter den langen Wimpern hervor sah sie ihn an, und er erwiderte ihren Blick. Das matte Licht der Lampe lag auf seinem Gesicht, und seine hübschen, braunen Augen leuchteten. Was hatte er doch für ein anziehendes Lächeln! Tetis Herz war auf einmal voll überströmender Freundlichkeit und Zuneigung für ihn. Sie streichelte seine Wange und hielt ihm ihren Weinbecher hin. Er trank und sah sie dabei an. So nahe war er ihr, daß sie seine Wärme spürte. Und jetzt legte er den Arm um ihre Schultern. Das war sehr hilfreich und auch wirklich notwendig, denn ihr war plötzlich ganz schwindlig. Ob das vom Wein kam?
Und mit einem Mal mußte sie über ihr komisches Schwindelgefühl lachen und darüber, daß sie dieses gastliche Haus so schnell wieder hatte verlassen wollen. Wieso bloß? War es nicht sehr behaglich hier? Und wie hatte sie es nur vergessen können! Es gab doch etwas zu feiern heute Nacht.
Taumelnd richtete sie sich auf, hob so stürmisch ihren Becher, daß ein bißchen Wein auf Pa-Wah herunterschwappte, und rief fröhlich: »Ich leere meinen Becher zu Ehren Hathors, der Göttin, die ich so liebe und die mir die Tür zu einer verheißungsvollen Zukunft geöffnet hat!« Sie stockte, fuhr aber gleich darauf vergnügt fort: »Und weißt du was, Pa-Wah? Ich wette, daß dieses grüne Zeug – ich meine damit natürlich diesen Wein hier – von einer großen Insel stammt, die weit, weit weg in einem Gartenteich liegt. Oder… oder bringe ich da irgendwas durcheinander? Sag doch, Pa-Wah, mein Lieber.«

Mit großen, schimmernden Augen sah sie auf den jungen Priester hinab, trank aus und warf mit Schwung den Becher fort. Dann schwankte sie ein paarmal hin und her, kippte um und fiel schwer wie eine reife Frucht in seine Arme.

Die jeden Morgen von Nut, der Göttin des Himmels geborene Sonne schob sich langsam über den Rand des östlichen Horizonts. Die Dämmerung wich dem Licht, das rasch das letzte Grau im Tempelhof und die Dunkelheit zwischen den Säulen verdrängte. Teti saß auf den Stufen der Treppe zum Innenhof und blickte in den heller werdenden Himmel. Noch in der Nacht hatte sie das Haus verlassen und sie war schon hier gesessen, als die Priester die Götterbarke vorbeitrugen. Sie hatte den Ausdruck auf Pa-Wahs Gesicht im Dunkeln nicht erkennen können, aber er hatte, als er, den Tragebalken auf der Schulter, in der Reihe der Priester geschritten war, kurz den Kopf gewandt und zu ihr herübergesehen.
Zu diesem Zeitpunkt hatten sich auch die anderen Gäste einer nach dem anderen davongemacht, die Tänzerinnen waren aus dem Haus geschlichen und hatten ihre Schlafmatten in einem der Nebengebäude aufgesucht.
Teti beobachtete eine schmächtige Katze, die steifbeinig aus einem Winkel gestakst kam, sich ausgiebig streckte und begehrlich zu ein paar sich auf einem Sims plusternden Spatzen hinaufblickte. Auch Teti begann sich zu strecken und zu räkeln. Aus dem Tempelinneren waren Flötenklänge zu hören, und ein Tamburin wurde geschlagen. Die Musik gehörte zum morgendlichen Ritual, bevor man die Statue der Göttin salben, kleiden und schmücken, ihr Speise- und Trankopfer bringen würde. Teti hatte sich erhoben, ihr Räkeln wurde allmählich zum Tanz, der sich langsam mit dem Rhythmus der Musik steigerte. Sie streckte die Arme in Richtung

Osten, wo die ersten tastenden Strahlen des Sonnengottes den Himmel erhellten. Sicherlich war auch Hathor gegenwärtig und freute sich. Aber so früh am Morgen fehlte Teti noch die nötige Ausdauer und sie begnügte sich damit, das Sistrum, das sie vorhin auf der Treppe gefunden hatte – nur die Goldene selbst mochte wissen, wie es hierher geraten war – zu schütteln, um das Geräusch nachzuempfinden, das Hathor in ihrer Gestalt als göttliche Kuh machte, wenn sie aus dem Papyrusdikkicht trat. Bald ließ sie sich jedoch wieder auf die Treppenstufe sinken, sah zu, wie sich die Katze putzte, und blinzelte ab und an zum Eingangspylon hinüber, der sich scharf gegen den Morgenhimmel abhob.
Kafi überquerte nackt, mit einem Leinentuch in der einen und einem leeren Krug in der anderen Hand, den Hof. »Kommst du mit zum Heiligen See?«, fragt sie.
Als beide Mädchen kurz darauf zaudernd die flachen Stufen in das steinerne Becken hinabstiegen, schien die Sonne bereits wärmend über die Umfassungsmauer und sprenkelte das Wasser golden. Sie reinigten ihre Körper in der vorgeschriebenen Weise, trockneten sich mit dem Tuch ab, und Kafi füllte Wasser aus einer Zisterne in den Krug, den sie sich auf den Kopf setzte. Teti ging neben ihr her und bewunderte wieder einmal den anmutigen Gang ihrer Freundin. Mit ihrer glatten Haut, die etwas dunkler als Tetis war, dem zarten, doch festen Körper, den übergroßen Augen und den leicht aufgeworfenen Lippen war Kafi eine kleine Schönheit, ja, das schönste Mädchen, das sich Teti denken konnte – wenn man einmal von Prinzessin Nofretete und einigen Damen des Palastes absah.
Vor nicht allzu langer Zeit waren königliche Diener hier erschienen und hatten versucht, Kafi für das Frauenhaus des Herrschers zu gewinnen. Doch Si-Mut hatte das zu verhindern gewußt und damit wieder einen seiner heimlichen Siege über Pharao errungen. Teti hatte Kafi

oft gefragt, ob sie nicht das luxuriöse Leben im Harem des Königs vorgezogen hätte. Dann hätte sie wenigstens die Aussicht gehabt, nach einigen Jahren mit einem Höfling oder Beamten verheiratet zu werden, dem Pharao dadurch seine besondere Gunst beweisen wollte. Aber Kafi hatte nur die Achseln gezuckt und gesagt: »Pharao oder der Zweite Prophet Amuns, das ist doch einerlei. Und Si-Mut kenne ich wenigstens.«

Nachdem sie in den Säulenhof zurückgekehrt waren, begann Teti damit, Kafis Haar in viele kleine Zöpfe zu flechten, die sie mit bunten Perlen schmückte.

»Wie ist es dir denn gestern abend ergangen?«, fragte sie liebevoll.

»Ach, Si-Mut bemüht sich sehr, mir gefällig zu sein. Er war freundlich und großmütig und will mir ein großes Stück feinstes Königsleinen schicken lassen. Meine Mutter wird jubeln vor Freude.«

»Es ist wirklich ein Wunder, wie du das Herz dieses Mannes anrühren kannst. Aber wer könnte auch anders als von dir bezaubert sein, Liebes!« Teti drückte einen Kuß auf Kafis glatte Wange.

Kafi wischte den feuchten Abdruck ab. »Und du?«, wollte sie wissen. »Hast du etwa die ganze Nacht im Hof verbracht?«

»Oh nein! Ich habe... ich war...« Teti hörte auf zu flechten und ließ die Arme sinken.

»Hast du Si-Muts Haus gleich verlassen, nachdem du dich gestärkt hattest? Das wolltest du doch tun, oder?«

»Ja ja, das wollte ich, aber...«

Kafi drehte sich zu Teti um. »Im Schlafsaal warst du jedenfalls nicht, als ich zurückkam.«

»Nein, nein. Da saß ich schon hier, weil ich wegen des Vollmonds nicht schlafen konnte. Und vorher bin ich im Tempel herumgewandert und habe den Stundengebeten der diensthabenden Priesterinnen gelauscht. Am Heiligen See war ich auch. Der Mond spiegelte sich im Wasser, und ich betete zu Thot. Die Göttin Bastet erschien mir in Gestalt einer Katze. Und ...«

»Du schwindelst ja!« Kafi sah Teti scharf an. »Wo warst du wirklich? Hast du heimlich den Tempel verlassen?«

»Nein, wo denkst du hin!« Teti senkte die Stimme zu einem vertraulichen Raunen. »Du wirst es nicht für möglich halten, aber ich bin freiwillig in Si-Muts Haus geblieben.«

»Freiwillig? Die ganze Nacht?«

»Nicht die ganze Nacht. Vor dem Morgengrauen habe ich das Haus verlassen. Niemand hat mich gesehen. Du mußt nämlich wissen, daß ich mich über die Essensreste hergemacht habe. Und als ich satt war, bin ich dummerweise eingeschlafen.«

»Das soll ich dir jetzt noch glauben?« Kafi schüttelte entschieden den Kopf. »Wenn es so gewesen wäre, hättest du es mir doch gleich sagen können!«

»Ach glaub, was du willst.«

Kafi sah Teti ahnungsvoll an. »Du hast die Nacht nicht allein verbracht, nicht wahr?«

»Na ja, ich geb's zu. Ich habe keine Reste gegessen. Und ich war nicht allein.«

»Mit wem warst du zusammen? Du kannst doch keinen von Si-Muts Freunden leiden.«

»Verdirb mit nicht den Magen, indem du von diesen blöden Kerlen sprichst.«

»Aber mit wem denn dann?«, rätselte Kafi. »Den Harfenspieler habe ich selbst hinausbegleitet, bevor ich mit Si-Mut allein blieb. Ach ja, da war noch dieser Neue, der von nichts einen blassen Schimmer hatte.«

»Weißt du, er wirkte so verloren, daß ich ihn einfach nicht allein lassen wollte. Du kannst dir nicht vorstellen, wie belesen er ist. Er kennt eine Menge Geschichten. Wir haben es uns in einer Ecke bequem gemacht und einander Märchen erzählt. Weiter nichts. Ganz ehrlich.«

»Märchen erzählt und nichts weiter? Sag mal, für wie

dumm hältst du mich eigentlich? Wieso lügst du mich die ganze Zeit an? Ich sehe doch genau, daß du ein schlechtes Gewissen hast.«

»Ich? Ein schlechtes Gewissen? Ich wüßte nicht, warum. Noch kann ich tun und lassen, was ich will.«

Kafi deutete mit dem Finger auf Teti. »Du ... du hast also mit ihm ...?«

»Ich habe Kopfschmerzen.«

»Allmächtige Göttin! Das war aber keine gute Idee. Was machst du denn, wenn dieser Hofbeamte davon erfährt?« Kafi hob die Hände zum Himmel. »Jetzt, kurz bevor du seine Frau wirst! Wie kannst du da nur so einen Blödsinn machen.«

»Reg' dich nicht auf! Ich sagte doch, daß mich niemand gesehen hat. Kamose wird es niemals erfahren.«

»Hoffentlich.«

Teti wurde unsicher. »Du wirst mich doch nicht verraten?«

»Nein! In Hathors Namen, niemals! Das ist nicht das erste Geheimnis, das wir teilen.«

Teti nickte beruhigt.

»Aber du hättest mir gleich die Wahrheit sagen sollen.« Kafis Verstimmung war nicht zu überhören. »Mich kannst du doch nicht hinters Licht führen. Dazu kenne ich dich viel zu gut.«

»Entschuldige! Es tut mir leid.« Teti sank ein bißchen in sich zusammen und flehte dann weinerlich: »Machst du mir bitte kühlende Umschläge auf die Stirn?« Die Hände an die Schläfen gelegt, verzog sie das Gesicht und jammerte weiter, bis sich Kafi endlich erbarmte und eine Schale mit Wasser und ein paar Tücher holte.

Gerade als Kafi ein Tuch auswrang, kam die Tempeldienerin angelaufen.

»Heute warten zwei Sänften auf dich, Tänzerin Teti«, rief die Frau schon von weitem.

»Gütige Herrin des Himmels«, murmelte Teti. »Was ist denn jetzt passiert?«

»Draußen steht wieder die Sänfte des Palastbeamten Kamose«, erklärte die Tempeldienerin. »Und die andere hat der Sänftenvermieter geschickt.«
»Hapu hat's immer noch nicht begriffen.« Tetis Augen waren zwei kleine, unglücklich blickende Punkte unter einem Helm von feuchten Leinentüchern.
»Ja, er gibt nicht so schnell auf. Er ist eben immer noch in dich verliebt«, vermutete Kafi.
Teti verzog das Gesicht noch mehr.
»Kümmere dich nicht drum«, riet Kafi. »Irgendwann wird er sich damit abfinden. Und was ist? Ziehst du heute bei Kamose ein?«
»Nein, nein! Heute schon kann ich unmöglich zu ihm gehen.« Teti klammerte sich an Kafis Arm. »Heute möchte ich nichts anderes, als bei dir im Tempel bleiben. Liebes, mir ist doch noch so kläglich zumute.«
Als Kafi am nächsten Tag berichtete, daß die Zahl der Sänften zwar dieselbe geblieben sei, Kamose aber seine Prunksänfte mit sechs Trägern und zwei Dienern zusätzlich zur Verstärkung geschickt habe, um Hapu in die Schranken zu weisen, winkte Teti gleich ab.
»Bin schon unterwegs«, sagte sie. »Bei Hetepet habe ich mich abgemeldet und zu Hause war ich auch und habe meine Sachen geholt. Ich muß nur noch Seni sagen, daß es losgeht.« Sie umarmte die Freundin und sah ihr gerade in die Augen. »Leb wohl! Ich werde zu Kamose gehen, und – diesmal ganz ehrlich, ob du's glaubst oder nicht – ein kleines bißchen freue ich mich darauf. Beneidest du mich, Liebes?«
»Ja, vielleicht.«
»Na, bald wird sich rausstellen, ob du Grund dazu hattest. Bei meinem ersten Hausfest werde ich dir alles erzählen. Vergiß bloß nicht zu kommen.«

Kapitel 4

Herrin des Hauses

Kamose strahlte über das ganze Gesicht, seine Nebenfrauen standen säuerlich lächelnd neben ihm, als Teti, den Korb mit ihrer nötigsten Habe an sich drückend, aus der Sänfte stieg.

»Gesundheit und Leben!«, grüßte Teti und meinte zu Kamose: »Seni kommt mit ihrer Mutter, den Kindern und allen restlichen Sachen in einem Eselskarren nach. Es ist dir doch recht, daß ich Seni und ihre Familie mitbringe?«

»Selbstverständlich«, erwiderte er. »Ab jetzt bist du Herrin des Hauses und somit für die Dienerschaft zuständig. Komm und sieh, ob dir dein Zimmer gefällt.«

Sie gingen durch die Empfangshalle, wo sich die gesamte Dienerschaft versammelt hatte; nur die Türwächter hatten ihre Plätze zu beiden Seiten des Eingangstores nicht verlassen. Es waren wohl vierzig bis fünfzig Leute, die ihre Arbeit liegengelassen hatten und herbeigeeilt waren, um die neue Hausherrin zu begutachten. Teti blickte in erwartungsvolle Mienen. Da waren die runzligen, sonnengegerbten Gesichter von Dienern und Dienerinnen, die Kamose schon seit Jahren, wenn nicht Jahrzehnten dienten und die noch die erste Hausherrin gekannt hatten. Die meisten Dienstboten jedoch waren mehr oder weniger jung, angefangen von den schüchternen Küchenmädchen, die als halbe Kinder in Kamoses Haushalt gekommen waren, damit sie dort etwas lernten und ihren Familien nicht mehr zu Last fielen, über die

Halbwüchsigen, die als Boten, Träger, Gärtner und Wäscher arbeiteten, bis zu den kräftigen Männern, die die Sänften trugen und die schweren Arbeiten verrichteten. Neben ihnen standen die erfahrenen Dienerinnen und Diener, die Vertrauensstellungen innehatten – wie die Zofen, Kindermädchen, Leibdiener und die Verwalter der Wein- und Küchenvorräte.

Gefolgt von Teti, seinen Nebenfrauen und der Dienerschaft trat Kamose vor den Hausaltar.

»Heute ist ein glücklicher und denkwürdiger Tag«, begann er feierlich, und aller Augen hefteten sich auf ihn. »Denn heute zieht endlich wieder eine Hausherrin in dieses Haus ein. Teti ist die Frau, die in meinem Herzen ist, und ihr Arm liegt auf meinem Arm. Sie wird von jetzt an diesem Haushalt vorstehen und mich auch bei meinen Ämtern und bei den Pflichten unterstützen, die ich gegenüber den Göttern und dem König habe. Deshalb paßt auf, was ich euch sage, und merkt es euch gut! Wenn Teti euch einen Befehl gibt, dann habt ihr zu gehorchen, als hätte ich selbst diesen Befehl gegeben. Und wenn sie etwas wünscht, so habt ihr euch zu verhalten, als hätte ich selbst diesen Wunsch geäußert. Und nun laßt uns Myrrhe und Weihrauch verbrennen. Möge der reinigende Duft durch alle Räume ziehen. Und mögen die Götter dieses Haus mit Glück und Liebe erfüllen.«

Kamose warf getrocknete Myrrhe und Weihrauchklümpchen in das Kupferbecken, in dem ein Feuer brannte. Teti sah kurz zu den Nebenfrauen hinüber, die sich in gebührendem Abstand aufgestellt hatten. Auf Mutnefers Gesicht lag ein erstarrtes Lächeln, Henut betrachtete eingehend den Goldreif an ihrem Handgelenk, und Taheb schien irgendetwas neben dem Hausaltar sehr interessant zu finden. Teti folgte ihrem Blick und entdeckte neben der Nische mit den Götterbildern eine schlanke, graubraune Katze, die aussah, als wolle sie angesichts der vielen Menschen gleich das Weite suchen.

»Das ist mein erstes Geschenk an dich«, erklärte Kamose und hielt die Katze, die keine Scheu vor ihm hatte, an ihrem verzierten Halsband fest.
»Da fällt mir aber ein Stein vom Herzen«, sagte Teti und fing an, die Katze zu streicheln. »Ein heiliges Tier der freundlichen Göttin Bastet! Jetzt habe ich keine Angst mehr vor Sachmet, der mächtigen Löwengöttin. Kamose, ich danke dir! Du hast mir einen Herzenswunsch erfüllt.«
Nachdem sich die Katze eine Weile Tetis Aufmerksamkeit hatte gefallen lassen, stand sie auf und stolzierte gemächlich in Richtung Küche davon. Teti entsann sich ihrer weiteren Pflichten als Hausherrin, nahm frische Blumen aus dem Korb, den einer der Gärtner bereithielt, und legte sie vor den Götterstatuen nieder. Aber es fiel ihr schwer, sich auf das Gebet zu konzentrieren, das Kamose sprach. Der Wohlgeruch von Myrrhe und Weihrauch, der ihr sonst das Beten so leicht machte verstärkte noch die verwirrende Wirkung der vielen neugierigen Blicke.
Noch hatte sie kein Wort an die Dienerschaft gerichtet. Und Kamose hielt das offensichtlich auch nicht für nötig, denn er forderte sie auf, ihm in das obere Stockwerk zu folgen.
Die Tür zu dem geräumigen Zimmer, das er ihr bereits bei ihrem ersten Besuch gezeigt hatte, stand weit offen. Der Raum quoll geradezu über von Blumen, und die vorher eher spärliche Einrichtung war mit eleganten Möbelstücken vervollständigt worden. Vor dem Fenster, das zum Garten hinaus ging, wehte ein duftiger, bestickter Vorhang, das Bett war mit neuen, glatten Leinentüchern ausgestattet, und auch saubere Matten auf dem Fußboden fehlten nicht. Außerdem entdeckte sie auf einem Tischchen zwei kostbare Vasen aus buntem Glas.
»Wie hast du das in drei Tagen bloß geschafft?«, fragte sie Kamose. »Das ganze Zimmer ist ja neu. Kannst du zaubern?« Nicht ohne Bewunderung sah sie zu ihm auf.

»Ich danke dir. Alles ist wunderschön. Aber ich muß mich auch bei den anderen bedanken!«
Auf der Stelle machte sie kehrt und lief die Treppe wieder hinunter. Wie sie vermutet hatte, standen Diener und Dienerinnen beisammen, auch die Nebenfrauen waren noch da. Das Gemurmel erstarb, und gespannt wandte man sich ihr zu. Sie blieb auf der untersten Treppenstufe stehen und blickte die Leute nacheinander an.
»Ihr habt euch mit der Ausstattung meines Zimmers sehr viel Mühe gegeben und mir ein glanzvolles Willkommen bereitet«, sagte sie und lächelte. »Und dafür danke ich euch!«
»Das wäre aber nicht notwendig gewesen«, meinte Kamose, als sie wieder neben ihm stand.
»Doch, das finde ich schon!« Noch einmal nahm sie alles im Zimmer in Augenschein. »Oder hast du selbst die Blumen gepflückt und zu Sträußen gebunden? Und die Laken gewaschen und geglättet? Und die Vorhänge angebracht? Und deswegen habe ich mich bei denjenigen bedankt, die das getan haben.« »Und nun sitzt vermutlich die Dienerschaft in der Küche und verwässert meine Suppe mit ihren vor Rührung vergossenen Tränen«, sagte er ein wenig spöttisch. »Und auch die Nebenfrauen werden von deinen Worten tief bewegt sein.«
Komisch, daß er manche Dinge so schwer begreift, dachte sie und erklärte geduldig: »Ich muß mit all diesen Menschen auskommen. Und das ist nicht so einfach, wie du dir das vorstellst.«
»Am wichtigsten ist, daß du mit mir auskommst«, sagte er und nahm sie in die Arme.
»Sicher! Das weiß ich. Und ich bin auch sehr glücklich, bei dir sein und dieses herrliche Zimmer bewohnen zu dürfen.« Erneut blickte sie sich in dem großzügig gestalteten Raum um. »Bei Hathor! Dieses Zimmer ist doch hunderttausendmal größer als die Kammer, in der ich bis jetzt geschlafen habe.«

»Hunderttausendmal? Nun, ist das nicht ein wenig übertrieben?«, gab er zu bedenken.
Sie legte den Kopf zur Seite und kniff prüfend die Augen zusammen. »Na ja, du könntest recht haben«, meinte sie, und das Zugeständnis fiel ihr sichtlich schwer. »Weißt du, beim Schätzen liege ich meistens eine Kleinigkeit daneben.«
»Deine Selbsterkenntnis ist zwar nicht so groß wie deine Schönheit, aber immerhin sehr bewundernswert!« Er küßte sie auf die Wange. »Bist du glücklich, mein Herz?«
»Ja, vollkommen glücklich! Allerdings war da ... hm, dieser Schulterkragen, den Neferti beim Fest trug. Er war aus Gold mit Türkis, Karneol und Lapislazuli. Du erinnerst dich doch? So ein Schulterkragen würde mir sehr gefallen. Oh ja! ... Ach, gütige Göttin! Nein!« Erschrokken verstummte sie und blickte zu Boden.
Die Zunge hätte sie sich abbeißen mögen. Wie unbescheiden war es von ihr, nach dem Unvergleichlichen und Wunderbaren, das Kamose ihr sozusagen zu Füßen gelegt hatte, eine weitere Forderung zu stellen. Und dabei hatte sie sich so fest vorgenommen, ab jetzt ganz außerordentlich zurückhaltend, sanftmütig, fügsam und bescheiden zu sein und sehr ernsthaft nach allen Tugenden zu streben, die eine Ehefrau im Lande Kemet auszeichneten. An ihrem letzten Abend im Tempel hatte sie Hathor aus tiefster Seele um diese Fähigkeiten gebeten und heilige Eide geschworen, daß sie sich bessern würde. Und nun hatte sie die Goldene so schwer enttäuscht – ganz zu schweigen von Kamose, der mit Sicherheit andere Vorstellungen vom Benehmen der neuen Hausherrin hatte. Vorsichtig hob sie den Blick und sah zu ihm hoch.
Er lachte. »Aber, Schönste, das ist doch eine Kleinigkeit. Du hast wohl keine rechte Vorstellung davon, wie vermögend ... Nun, wie solltest du auch. Selbstverständlich wirst du deinen Schulterkragen bekommen. Und zwar

einen, der den von Neferti bei weitem übertrifft. Aber bis morgen hat es doch Zeit, hoffe ich?«
»Ja ja! Ganz klar.«
Die Tür wurde geöffnet, und ein Diener mit einem Tablett kam herein.
»Ich habe uns Essen und Wein bringen lassen«, erklärte Kamose. »Wir wollen uns einen schönen Tag machen, und den Beginn unserer Ehe feiern.«
Das war ja nochmal gut gegangen. Die erste Klippe war umschifft. Doch durfte sie sich auf keinen Fall noch einen Fehler erlauben. Oder sich gar vor den Dienstboten blamieren – nachdem diese möglicherweise angefangen hatten, sie zu akzeptieren. Sie hängte sich bei Kamose ein.
»Bitte, schick' die Diener weg«, sagte sie. »Ich will Wasser über deine Hände gießen, wie es die Pflicht einer Ehefrau ist. Und ich will dich auch bei unserer Mahlzeit selbst bedienen.«
»Nun, ich habe nichts dagegen«, antwortete er angenehm überrascht und gab dem Diener einen Wink. »Nein, ganz im Gegenteil.« Er zog Teti an sich und fing an, ihr zärtlich übers Haar zu streichen. »Ja, liebste Herzensschwester, ich denke, es ist eine ganz besonders hübsche Idee, so zu tun, als befänden wir beide uns allein in einem Papyrusboot, das durch das Dickicht der Vogelteiche fährt, so wie es an den Wänden deines Schlafzimmers dargestellt ist. Und, Liebste, du ...«
Die Tür wurde aufgestoßen. Seni rumpelte mit Tetis Aussteuertruhe herein, stellte das schwere Ding schwungvoll auf dem Boden ab und sagte: »Den anderen Krempel bringe ich auch gleich. Und danach fange ich an, auszupacken und hier ein bißchen umzuräumen.«
»Nein, Seni, jetzt doch nicht«, meinte Teti mit seinem Blick auf Kamose, der sich mit gequälter Miene auf einen Stuhl hatte fallen lassen. »Richte dich mit deiner Familie erstmal im Gesindehaus ein.«

Als Seni gegangen war, hielt Kamose seine Hände über eine Schale, Teti goß aus einer Schnabelkanne Wasser darüber und reichte ihm ein sauberes Leinentuch.
Ja, und dann war der feierliche Augenblick gekommen. Die erste Mahlzeit in ihrem neuen Zuhause gemeinsam mit Kamose, der jetzt, nachdem alle Vereinbarungen mit ihrem Bruder abgeschlossen waren und sie offiziell Einzug in sein Haus gehalten hatte, ihr Ehemann war. Sie hob den Weinkrug aus dem Gestell und füllte die Becher. Aber bevor sie mit dem Essen begannen, gehörte es sich doch, daß sie mit ein paar schönen, zu diesem Anlaß passenden Worten ihre Freude und Dankbarkeit zum Ausdruck brachte! Pepi hatte ihr eingeschärft, daß das sehr angebracht wäre und daß der Palastbeamte Kamose etwas in dieser Art von ihr erwartete.
Sie stellte sich hinter ihren Stuhl, umfaßte die Lehne und atmete tief ein. »Lieber Kamose, ich danke dir für den einzigartigen Empfang in deinem Haus«, begann sie. »Die Katze werde ich Mi-Mi nennen zu Ehren der berühmten Sängerin. Und ich freue mich schon sehr auf den Schulterkragen, den du mir versprochen hast. Und auch für das schöne Zimmer möchte ich dir nochmals danken. Und außerdem … ja … hm …«
Sie dachte angestrengt nach. Am Vorabend im Tempel, als sie ihre guten Vorsätze gefaßt hatte, hatte sie sich auch eine nette kleine Rede zurechtgelegt. Sie war so stolz darauf gewesen, daß sie ihrer Freundin Kafi sogar auszugsweise daraus vorgetragen hatte. Wieso, beim Nilpferd, fiel ihr jetzt, wo es darauf ankam, kein Wort mehr ein? Sie schloß die Augen, öffnete sie wieder. Kamose saß da, wartete, lächelte und wandte den Blick nicht von ihr. Sie hielt die Lehne ihres Stuhles umklammert, und nur der Gedanke bot ihr Trost, daß wenigstens niemand von der Dienerschaft anwesend war. Immer noch ratlos blickte sie über den kleinen, mit Speisen beladenen Tisch.

»Hm, Liebster«, sagte sie endlich und zeigte ihr süßestes Lächeln. »Der Tisch ist gedeckt. Und du brauchst bloß noch zuzugreifen!«

Vorsichtshalber hielt sich Teti am Rand des Betts fest, in dem ihr Kamoses Schultern kaum Platz ließen. Es war ein erfreulicher Tag gewesen, beschlossen von einem ungetrübten Abend. Sie hatten gegessen, köstlichen Wein getrunken, miteinander geplaudert und gelacht. Kamose hatte ihr von den fernen Ländern berichtet, die er vor vielen Jahren bereist hatte und an die noch manches Stück im Haus erinnerte, und er war auch darauf eingegangen, als sie Erlebnisse aus ihrem Leben geschildert hatte. Ihre Unbescheidenheit schien er ihr nicht übelzunehmen, denn er hatte ihr sogar einen weiteren Schulterkragen aus Malachit versprochen, der farblich ganz besonders gut mit ihrer grünen Augenschminke harmonieren würde. Und obwohl ihr die Ansprache vor dem gemeinsamen Essen so mißlungen war, hatte er nichts daran auszusetzen gehabt, sondern gemeint, die Rede sei genau richtig gewesen. Kein Wort zu wenig und kein Wort zu viel! Seine Umarmung war voll verhaltener Glut gewesen; er war einfühlsam und zärtlich.
Am Spätnachmittag waren sie in den Garten gegangen. Sie hatten am Ufer des Teiches gesessen und den Gärtnern zugesehen, die Wasser schöpften und es zu den rechteckig angelegten Beeten brachten. Kamose hatte ihr den Obergärtner vorgestellt, der ihr aber vom ersten Augenblick an unsympathisch gewesen war, weil er sie irgendwie an Si-Mut erinnerte. Er hatte stechende Augen und einen unverschämten Blick. Um schnell wegzukommen, hatte sie Kamose gefragt, ob sie im Teich baden könnten, doch er hatte vorgeschlagen, zu diesem Zweck sein Badezimmer aufzusuchen. Und so waren sie wenig später zu zweit in das Becken gestiegen und eine Weile in dem kühlen, mit Blütenblättern bedeckten Was-

ser liegengeblieben. Beim Abtrocknen hatte Teti neben der Tür einen polierten Bronzespiegel entdeckt, der fast so groß war wie sie selbst, und sie hatte sich ausgiebig darin betrachtet. Bisher hatte sie nur ihren eigenen kleinen Spiegel gekannt, der ebenso wie das Sistrum und das Klappernpaar zu ihrer Ausstattung als Hathor-Tänzerin gehörte. »Du bist schön wie die Göttin selbst«, hatte Kamose mit heiserer Stimme geflüstert und sie wieder in seine Arme gezogen. Und dann hatte sie Gelegenheit gehabt, sich darüber zu wundern, was königliche Schreiber in ihren luxuriösen Badezimmern so zu tun pflegten.

Es kratzte an der Tür, Teti stand auf und öffnete. Die Katze Mi-Mi schlüpfte herein, trank höflich einen Schluck aus der Wasserschale, die Teti für sie hingestellt hatte, und rollte sich irgendwo im Dunkeln zusammen. Teti stieg die drei Stufen des Tritts wieder hinauf, um in das freistehende, hochbeinige Bett zu gelangen, das ihr immer noch nicht ganz geheuer war. Am liebsten hätte sie sich einfach neben die Katze auf eine Matte gelegt, aber wahrscheinlich hätte sich Kamose beim Aufwachen dann doch sehr über sie gewundert.

Lange Zeit lag sie da und starrte zur Decke hinauf. Und mit einem Mal sehnte sie sich so heftig nach der vertrauten Bettnische zuhause, wo sie, an die Körper ihrer Nichten gekuschelt, geschlafen hatte. Nur diese beiden kleinen Mädchen schätzen meine erfundenen Geschichten, dachte sie betrübt und Heimweh zog ihr das Herz zusammen. Auch Pa-Wah hatte Heimweh gehabt, fühlte sich nach wie vor einsam in Theben; deswegen hatte er sie auch, nachdem er eingeschlafen war, so fest umschlungen gehalten. Aber nein, an ihn durfte sie nie mehr denken. Wie gut, daß Seni und ihre Familie bereit gewesen waren, ebenfalls in Kamoses Haus überzusiedeln. So mußte sie wenigstens nicht ganz ohne Freunde auskommen.

Kamose drehte sich leise schnarchend zur Seite, und sie

konnte von der Bettkante ein Stück in die Mitte rollen. Jetzt hatte sie in dem schmalen Bett mehr Platz. Sie hörte Mi-Mi schnurren. Hatte nicht auch die Katze sich fremd gefühlt, als man sie von ihrer Mutter weggenommen und hierhergebracht hatte? Aber wenn Mi-Mi sich eingelebt und an dieses Haus und dieses Zimmer gewöhnt hatte, mußte es ihr, Teti, doch auch gelingen, sich an dieses Zimmer und dieses Bett zu gewöhnen und – sie blickte nachdenklich auf Kamoses Rücken – an diesen Mann!

Am Morgen, nachdem ein kurzer tiefer Schlaf sie doch noch erfrischt hatte und alle trüben Gedanken mit den Schatten der Nacht verschwunden waren, fühlte Teti sich großartig. Sie durchmaß die Empfangshalle ihres neuen Heims mit kleinen, festen Schritten und nahm auf einem der prächtigen Stühle Platz.

Kamose hatte sich nicht lange nach dem Aufstehen in sein Hausherrenzimmer zurückgezogen. Also war sie auf sich gestellt und mußte sehen, wie sich der Tag anließ. Am besten wandte sie sich erstmal an Baki. Ihn kannte sie am längsten in diesem Haus, und er hatte als Kamoses Leibdiener eine gehobene Stellung inne. Schon am Vortag war ihr aufgefallen, daß er einen Verband um die rechte Schulter gewickelt hatte.

»Du hast dich verletzt, Baki? Wie ist das geschehen?«, fragte sie.

»Es wurde aber auch höchste Zeit, Herrin, daß du dich danach erkundigst!« Nach einer mehr als knappen Verbeugung deutete Baki auf seine Schulter. »Kurz gesagt, es war so, daß die Träger der anderen Sänfte, die ebenfalls vor dem Tempel auf dich warteten, uns mit Steinen beworfen haben. Und einer hat mich hier getroffen.«

»Aber wieso warst du dabei? Hast du dich nicht zu Kamoses persönlicher Bedienung bereitzuhalten?«

»Doch! Aber gestern hatte mich der Herr abbeordert, weil es ja um seine Prunksänfte ging. Ich sollte darauf aufpassen.«

»Hapus Leute haben euch tatsächlich mit Steinen beworfen?«, fragte sie ungläubig.
»Ja, und natürlich haben wir zurückgeworfen, aber leider nicht so gut getroffen.«
»O gütige Göttin! Was hat denn Kamose dazu gesagt?«
»Der Herr hat mich für meinen Einsatz maßlos gelobt. Doch eigentlich, Herrin, habe ich es für dich getan. Nur wegen dir war ich den Angriffen dieses Gesindels ausgesetzt.«
»Aber du hast mich gestern doch gar nicht abgeholt, Baki.«
»Das konnte ich eben leider nicht, Herrin. Denn als ich verletzt war, hielt ich es für besser, schleunigst nach Hause zu gehen.«
»Ja, natürlich.« Sie dachte nach. »Ich weiß, ich kann dich für deine Schmerzen nicht entschädigen. Aber würde es deine Leiden ein bißchen lindern, wenn du einen Monat lang täglich einen Topf Bier mehr bekämst?«
Baki verneigte sich – diesmal schon ein wenig tiefer.
»Bier tut stets gut, wenn man Schmerzen hat. Aber ungelogen«, er grinste jammervoll, »diese Wunde tut schauderhaft weg.«
»Zeig mal her!«
»O nein, Herrin«, wehrte er erschrocken ab. »Es sieht regelrecht scheußlich aus.«
Teti überlegte wieder. »Also gut«, sagte sie. »Das Bier heilt von innen. Und für die Wunde selbst gebe ich dir eine Salbe aus dem Labor des Hathor-Tempels, die eine von den Priesterinnen hergestellte, höchst wirksame Essenz enthält. Mit dem dazugehörigen Zauberspruch, der auf den Deckel der Dose geschrieben ist, entfaltet sie ganz außerordentliche Heilkräfte.«
Offensichtlich hatte sie es geschafft, ihn zu beeindrukken.
»Danke, Herrin«, sagte er zufrieden. »Ich kriege also eine Zaubersalbe aus dem Heiligtum der Goldenen.

Nein, so was habe ich noch nie besessen. Besten Dank! Das wird mir sehr helfen.«
»Gut. Dann schick jetzt Seni zu mir. Sie soll den Behälter mit der Salbe suchen. Er muß sich noch irgendwo unter meinen unausgepackten Sachen befinden.«
Doch Seni war schon auf dem Weg. »Muß ich mich auch noch mit den Mädchen in der Küche rumstreiten?«, fragte sie hitzig und stemmte die Hände in die Hüften. »Sie wollen mir keinen Emmer für den Brei für meine Kinder geben. Und ans Herdfeuer lassen sie mich auch nicht.«
»Nun, in der Küche steht stets ein großer Kessel mit Brei bereit, aus dem sich jeder nehmen kann, was er braucht. Haben dir das die Küchenmädchen nicht gesagt?« Mutnefer, Kamoses erste Nebenfrau, war unbemerkt die Treppe herabgekommen.
Seni verneinte.
»Ich habe in den letzten Jahren den Haushalt geführt und das wegen der Kinder so eingerichtet«, fuhr Mutnefer fort.
»Wieviele Kinder sind eigentlich im Haus?«, wollte Teti wissen.
Mutnefer sah sie mit ruhigem Blick an, schob eine Haarsträhne zurück und antwortete: »Da sind zuerst einmal die beiden kleinen Söhne von Taheb und meine beiden Töchter und mein Sohn, also fünf. Meine drei erwachsenen Kinder sind schon aus dem Haus, ebenso der große Sohn und die bereits verheiratete Tochter der ersten, bei ihrem Ka weilenden Hausherrin. Und dann sind von der Dienerschaft etwa zwölf oder fünfzehn Kinder da, zu denen ja noch deine beiden Kleinen kommen.« Sie nickte Seni zu. »Ich werde mit dir in die Küche gehen und den Dienerinnen Bescheid sagen, daß sie dich nicht so unfreundlich behandeln sollen.«
Teti räusperte sich. »Weil wir schon mal alle drei versammelt sind, möchte ich gleich darüber reden. Ich bitte dich, Mutnefer, wie bisher den Haushalt zu beaufsichti-

gen. Ich habe ja von all dem keine Ahnung und muß es erst nach und nach lernen. Aber ich möchte, daß Seni die Leitung der Küche übernimmt. Sie kocht nämlich vorzüglich, und das wird, denke ich, Kamose zu schätzen wissen.«

Senis Augen blitzten. »Ich werde dir keine Schande machen, das verspreche ich.«

»Mir kann das nur recht sein. Allerdings erwarte ich, daß du dich meinen Anordnungen fügst«, sagte Mutnefer mit Nachdruck.

Seni nickte.

»Das wäre also geklärt«, Teti atmete auf. »Aber noch eines, Seni. Frag' doch mal den Vater deiner Kinder, ob er bei uns als Diener anfangen will. Die Entlohnung wird zwar nicht viel höher, aber die Verpflegung wird bedeutend reichhaltiger sein als dort, wo er jetzt arbeitet.«

Senis Augen leuchteten. »Das wird ja immer besser. Und was Suti betrifft, wirst du auch mit ihm zufrieden sein.«

Ein, zwei Wochen später entließ Teti den Obergärtner und stellte einen Mann ein, den Neferti ihr empfohlen hatte. Die Hofdame kam ab und zu vorbei, füllte die Empfangshalle mit ihrem schweren Lotosparfum und gab Teti zwischen ihren Klatschgeschichten den einen oder anderen Rat.

Als Teti Kamose von den verschiedenen Gesprächen, die sie mit den Nebenfrauen und der Dienerschaft geführt hatte, berichtete und ihn nach seiner Meinung fragte, war er im großen und ganzen mit den Änderungen einverstanden, die sie vorgenommen hatte.

»Mach' es nur, wie du denkst«, sagte er. »Du solltest aber eines der Mädchen zu deiner persönlichen Bedienung bestimmen. Oder willst du lieber eine neue Frau einstellen?«

»Nein. Weißt du, Liebster, ich bin an Seni gewöhnt. Sie soll meine Zofe sein.«

»Aber soviel mir bekannt ist, steht sie der Küche vor. Findest du es nicht ein wenig eigenartig, meine Liebe, von der Köchin frisiert und angekleidet zu werden?«
»Meistens komme ich sowieso allein zurecht. Aber wenn ich Seni brauche, soll sie mir behilflich sein.«
»Nun gut. Ich will mich nicht weiter in diese Angelegenheiten mischen. Mit den Nebenfrauen wirst du deswegen ja hoffentlich keinen Streit bekommen. Sieh zu, daß du dich vor allem mit Mutnefer abstimmst. Wie ich hörte, warst du schlau genug, ihr ihren bisherigen Aufgabenbereich zu belassen. Sie wird sonst nur unzufrieden. Und du, meine Liebe, wirst ohnehin genug zu tun bekommen. Hier, ich zeige dir gleich ein paar Listen. Du kannst schon einmal einen Blick darauf werfen.« Er legte mehrere Schriftrollen auf den Tisch. »Die Verwalter meiner beiden Landgüter schreiben auf, wieviel von den Ernteerträgen sie an unseren Haushalt liefern, und das muß nachgerechnet werden. Aber die Einzelheiten erkläre ich dir ein andermal. Nun muß ich gehen, denn man erwartet mich im Palast. Unter anderem werde ich dort mit dem Haushofmeister über dein Amt als Hofdame sprechen, das du, wie ich annehme, schon bald antreten kannst.«
Er schnippte mit den Fingern, und schon stand Baki da.
»Bring meinen Amtsstab und den hölzernen Dokumentenkasten aus meinem Zimmer.«
»Ja, Herr.«
»Und sorge dafür, daß die Sänfte bereitsteht.«
»Ja, Herr.« Baki – mittlerweile völlig genesen – eilte davon.
Teti sah Kamose mit ernster Miene an. »Solltest du im Palast zufällig auch Wesir Ramosis treffen, dann vergiß bitte nicht, ihn wegen der Kommission anzusprechen, die du zur Überprüfung der Mahlbetriebe einberufen lassen wolltest. Du weißt doch, Liebster, du hast es damals beim Fest des Kronprinzen versprochen.«

»Ja, ja, ja!« Kamose ließ sich von Baki seinen vergoldeten Würdestab geben, wies einen wartenden Diener an, den Dokumentenkasten zu tragen und wandte sich, gefolgt von zwei weiteren Dienern, zum Gehen. »Gelegentlich werde ich mich darum kümmern.«
Allein im Raum blieb Teti auf ihrem Stuhl sitzen. Diese seltsamen, mit Zahlen bedeckten Tabellen konnten warten, sie würde sie sich später ansehen – na ja, gelegentlich, wie Kamose sagen würde.
Sie seufzte und ging in den Garten hinaus, wo die Frauen wie üblich unter der großen Akazie Zuflucht vor der Mittagshitze gesucht hatten. Schlafend lagen die kleinen Kinder im Schatten auf einer Decke. Die Katze strich um Tetis Beine und sprang ihr auf den Schoß. Teti begann, sie träge zu streicheln und ihren Gedanken nachzuhängen. Inzwischen hatte sie erfahren, daß Mutnefer einst die Lieblingszofe von Kamoses verstorbener Frau gewesen war, deren sie auch jetzt noch des öfteren mit bewegten Worten gedachte und der sie regelmäßig Opfergaben ans Grab brachte. Kamose hatte Mutnefer bereits zu Lebzeiten seiner ersten Gattin zur Nebenfrau genommen, und sie war ihm sehr ergeben, widersprach nie und ahmte, wie Teti aufgefallen war, auch seine Art zu reden nach. Henut war sanft und still und wirkte irgendwie hilflos, was möglicherweise mit ihrer Schwangerschaft zusammenhing. Im Gegensatz zu diesen beiden war Taheb schon kecker; mit ihr unterhielt sich Teti am liebsten.
Nun aber wandte sie sich an Henut, die schwer auf ihrem Stuhl saß: »Wir müssen für dich bald die Geburtslaube herrichten lassen, nicht wahr?«
Henut nickte verzagt. »Diesmal wird dein Kind am Leben bleiben, Henut.« Tahebs Stimme klang sehr ermutigend. »Es wird gesund und kräftig sein. Und du wirst sehen, in einem Jahr läuft es schon im Garten herum.«

»Henut hat bereits zwei Kinder geboren, doch beide sind wenige Tage nach der Geburt gestorben«, erklärte Mutnefer. »Aber nun« – auch sie schlug einen aufmunternden Ton an – »leben sie in ewigem Glück im Reiche des Osiris, denn mit ihren reinen Herzen haben sie das Totengericht unbeschadet überstanden.«

Teti blickte Henut mitfühlend an. »Bitte sei nicht mehr traurig. Bestimmt werden die Götter deine Gebete erhören und dir dieses Kind lassen. Daran mußt du ganz fest glauben.«

Henut schwieg. Immer noch sah sie bekümmert und wenig getröstet aus, und Teti überlegte, welches Thema sie anschneiden könnte. Da zog Mutnefer ein gefaltetes und verschnürtes Stück Papyrus unter ihrem Sitzkissen hervor und reichte es ihr. »Meine Schwester hat mir einen Brief schreiben lassen«, klärte sie Teti auf. »Würdest du ihn mir bitte vorlesen? Ich möchte den Hausherrn nicht damit belästigen.«

Teti las, nachdem sie die Schnur und das Lehmklümpchen, das als Siegel diente, entfernt hatte:

»Bakmut, die Frau Amun-nachts, grüßt ihre Schwester Mutnefer, erste Versorgte des Hofbeamten Kamose, in Leben, Glück und Gesundheit und in der Gunst Amuns. Teure Schwester, wie geht es dir? Mir geht es gut, Amun-nacht geht es gut, auch den Kindern geht es gut, abgesehen von etwas Husten. Die ganze Familie ist wohlauf. Siehe, Amun-nacht hat Gelegenheit bekommen, vom Grundbesitzer einige Aruren Land zusätzlich zu pachten, um darauf Gerste anzubauen. Wie du dir denken kannst, sind wir nicht in der Lage, das dafür Erforderliche alleine aufzubringen. Es wäre daher sehr von Nutzen, wenn du gute Leinenstoffe oder Gold schicken würdest, damit wir die Pacht entrichten, Saatgut besorgen, Landarbeiter beschäftigen und Getreidespeicher bauen können. Denn, siehe, wir wollen die Gerste einlagern und warten, bis die Preise hoch sind. Dann werden wir einen so reichlichen Gewinn erzielen, daß du ein Vielfaches von dem, was du uns gegeben hast, zurückbekommst.

– Möge Amun dir und deinen Kindern seine Gunst leihen und dir die Liebe des königlichen Hofbeamten Kamose erhalten!«
Mutnefer seufzte, als Teti ihr den Brief zurückgab.
»Bitte doch Kamose um Gold«, schlug Teti vor. »Für ein gutes Geschäft ist er sicher zu haben.«
Mutnefer schüttelte den Kopf. »Lieber nicht.« Sie seufzte wieder.« Anstatt sich damit zu begnügen, ihr Stück Land zu bewirtschaften, kommen meine Schwester und ihr Mann immer wieder auf solche absonderlichen Ideen.«
»Aber ich finde den Vorschlag großartig«, rief Teti und fühlte förmlich, wie ihr Geschäftssinn erwachte. »Und ich denke, wir sollten diese beiden gescheiten Leute unterstützen und uns an der Sache beteiligen. Dabei müßte eine ganze Menge für uns rausspringen, oder? Kamose wird außerordentlich stolz auf uns sein, wenn wir auf so schlaue Weise unser Vermögen vermehren. Hört her! Wir nehmen das, was wir an Stoffen haben – du, Taheb, Henut und ich. Vielleicht macht auch Seni mit, die ebenfalls ein paar kleinere Stücke Leinen besitzt, wie ich weiß. Stellt euch doch mal vor, wieviel man für die Gerste kriegt, wenn man sie bis kurz vor der nächsten Ernte zurückhält. Fette Gewinne bringt das, sage ich euch.« Ihre Wangen glühten vor Begeisterung, und sie sah die anderen Frauen herausfordernd an.
»Ich weiß nicht…«, murmelte Henut.
»Lieber nicht«, wiederholte Mutnefer.
Taheb zuckte die Achseln. »Weshalb eigentlich nicht?«
»Abgemacht! Gleich morgen schicken wir Suti mit den Stoffen und einem Brief, den ich noch schreiben werde, in Amun-nachts Dorf.« Sie sah die Frauen eine nach der anderen eindringlich an. »Und kein Wort zu Kamose. Wir werden ihn mit unserem Erfolg überraschen.

Mit klopfendem Herzen hatte Teti dem ersten Festmahl entgegengesehen, das sie als Hausherrin auszurichten hatte und das wegen der verspäteten Geburt von Henuts

Tochter Iset um einige Tage hatte verschoben werden müssen. Die Gäste hatten sich gerade am Ufer des Garteneiches niedergelassen, und Teti nahm mit Genugtuung die stumme Bewunderung zur Kenntnis, mit der sich Imiu und Pepi umblickten. Beide hatten von Kamose so großzügige Geschenke erhalten, daß sie seither Teti fast respektvoll behandelten. Und auch die anderen Verwandten, die aus den verschiedenen Stadtteilen Thebens eingetroffen waren, zollten ihr Anerkennung.

Wie aber sah es bei den übrigen Gästen aus? Spielte nicht ein spöttisches Lächeln um Nefertis Lippen, als sie den Blumenschmuck musterte? Und runzelte Parennefer, der aus einer angesehen und einflußreichen alten Adelsfamilie stammte, nicht mißbilligend die Brauen, während er Tetis Verwandte betrachtete? Was war denn, wenn die Speisen, für deren Zubereitung Seni und ihre Helferinnen alle Mühe und ihr ganzes Können aufgewandt hatten, dem verwöhnten Gaumen der Gäste aus den Hofkreisen nicht entsprachen? Teti bereute schon fast, Nefertis Angebot abgelehnt zu haben, ihr für das Fest ihren Koch zur Verfügung zu stellen. Aber sie hatte doch Seni nicht kränken wollen, die mit so viel Eifer bei den Vorbereitungen gewesen war.

Wenigstens beim Wein, den ja Kamose ausgesucht hatte, konnte sie sicher sein, daß der Geschmack der Gäste getroffen war. Sie zwang sich zu lächeln und suchte Kamoses Blick. Als er ihr aufmunternd zuzwinkerte, fühlte sie Erleichterung.

Nach dem Abflauen der Nachmittagshitze machten sich Imiu, Pepi und die anderen Familienmitglieder auf den Heimweg. Beim Verlassen des Grundstücks sahen sie sich mehrmals um, als könnten sie es noch immer nicht fassen, in dem gepflegten, üppig grünenden und blühenden Garten eines wohlhabenden Palastbeamten zu Gast gewesen zu sein. Auch Mutnefer und Taheb zogen sich zurück, um Henut, die sich lediglich kurz mit Iset auf dem Arm gezeigt hatte, Gesellschaft zu leisten. Teti glaubte, ein entspanntes Aufatmen der verbleibenden Gäste zu bemerken. Sie ließ den Harfenspieler holen, der abwechselnd mit einer Gruppe von Musikern für die künstlerische Note sorgen sollte. Auch Tänzerinnen hatte sie gemietet, die sich, verfolgt von Kafis kritischem Blick, im Takt wiegten.

»Wir tanzen aber viel besser«, meinte Tetis Freundin fachkundig. »Erinnerst du dich, was für einen Erfolg wir hatten, als wir vor zwei Monaten bei dem Fest tanzten, das Hapu gab?«

»Nein«, sagte Teti sehr bestimmt. »Ich erinnere mich weder an Hapu noch an das Fest.«

»Die Musik damals war nicht so lahm«, nörgelte Kafi weiter. »Hoffentlich spielen die hier mal was Schnelleres.«

»Es ist die beste Kapelle, die ich auftreiben konnte«, zischte Teti zurück. »Schließlich wurden lauter wichtige Leute eingeladen, und denen kann ich nicht dieses syrische Gedudel zumuten.«

Neferti, die rechts von Teti saß, legte ihr die Hand auf den Arm. »Das Essen ist phantastisch«, flötete sie. »Und ich schäme mich, dir die Dienste meines Kochs angeboten zu haben. Bei meinem nächsten Festmahl mußt du mir deine Köchin ausleihen.«

»Oh wirklich? Das wird für Seni eine Ehre sein.« Kein Wort glaube ich dir, du falsche Schlange, denn ich habe dich längst durchschaut, dachte Teti finster, lächelte dabei aber honigsüß. Dann ließ sie ihren Blick zu den anderen Gästen wandern. Mit einem Mal schien es ihr, als drohe sich eine gewisse Gelangweiltheit breitzumachen. Du gute Göttin! Die Unterhaltung war ins Stocken geraten. Und da war es doch ihre Pflicht als Hausherrin, sie wieder in Gang zu bringen.

Eilends richtete sie das Wort an Kamose: »Wie sieht es

denn mit der Kommission aus, die du zur Überprüfung der Mahlbetriebe einsetzen lassen wolltest, Liebster?«
Doch voller Bestürzung mußte sie mitansehen, wie der liebenswürdige Ausdruck, der soeben noch auf dem Gesicht ihres Gatten gelegen hatte, schlagartig verschwand und seine Miene sich merklich verdüsterte. Oh nein, mit so einer Reaktion hatte sie nicht gerechnet!
»Das hättest du ihn lieber nicht fragen sollen«, kicherte Neferti und hielt einem Diener ihren leeren Weinbecher hin.
Apy griff zu Tetis Überraschung ihre Worte auf. »Ich denke, es ist besser, sich wegen des – angeblich – schlechten Brotes, das an die Bevölkerung verteilt wird, nicht an Wesir Ramosis, sondern an den Obersten der königlichen Sekretäre, Eje, zu wenden. Er hat in letzter Zeit einige von Ramosis' Aufgaben übernommen.«
»Ich glaube kaum, daß sich der Berater der Großen Königlichen Gemahlin für derartige Angelegenheiten interessiert«, brummte Kamose.
»Damit kannst du zwar recht haben«, mischte sich Parennefer ein, »aber mein Vater sagt immer, daß es nicht schlecht ist, wenn man die Augen offenhält. Er meint, man soll seinen Vorgesetzten zeigen, daß man weiß, was die Leute bewegt, eh, eben, was im Volk so los ist.«
»An Gelegenheiten, die Sorgen und Nöte der einfachen Leute kennenzulernen, dürftest du, lieber Kamose, ja mittlerweile keinen Mangel mehr haben«, warf Neferti spitz dazwischen. »Und nie hätte ich es für möglich gehalten, wie beharrlich ein Mädchen aus dem Volk einem Palastbeamten in den Ohren liegen kann.«
Teti ballte die Fäuste und starrte Neferti wuterfüllt an. Aber wenn ich ihr ins Gesicht springe, überlegte sie, werden alle mit dem Finger auf mich zeigen und sagen, ich sei gewöhnlich. Nachdem sie eine Weile ihre hennagefärbten Handflächen betrachtet hatte, blickte sie lächelnd auf.

»Liebe Neferti«, entgegnete sie. »Was wäre das Volk ohne seine Beharrlichkeit? Denk' doch bloß mal an die Bauern! Wie, so frage ich dich, sollten sie ohne die ihnen eigene Beharrlichkeit, mit der sie seit Generationen die Felder bestellen, in der Lage sein, den gesamten Hofstaat durchzufüttern?«

»Ach, die Bauern«, sagte Neferti verächtlich. »Mit Beharrlichkeit hat das doch nichts zu tun. Felder bestellen ist schlichtweg das einzige, was sie können. Was sollten sie denn sonst anderes tun?« Ihre mandelförmigen Augen verengten sich ein wenig, und sie strich mit der Hand über ihre glatte Stirn, um eine verrutsche Blüte zurechtzuschieben. »Denn, wie selbst dir bekannt sein dürfte, hat Re, der Schöpfer, es so eingerichtet, daß eine gewisse Weltordnung besteht, in der alles und jeder seinen vorbestimmten Platz hat. Die Bauern auf den Feldern und der Hofstaat im Palast.«

»Ja, und mein Platz ist hier bei Kamose. Ob es dir nun paßt oder nicht.«

»Kamose kann es sich ja leisten, ein armes Tanzmädchen aus irgendeinem Tempel, das weder Vermögen besitzt noch eine gesellschaftliche Stellung hat, zu heiraten«, schmähte Neferti weiter.

»Nun ist aber Schluß! Ich möchte dieses Thema ein für allemal beendet wissen«, sagte Kamose mit Nachdruck und tätschelte Tetis Hand.

Neferti aber schoß schon wieder giftige Blicke auf Teti ab. Doch plötzlich, gerade als sie zu einer neuen Entgegnung ansetzen wollte, ließ das ohrenbetäubende Losschmettern schriller Musik sie und alle anderen zusammenfahren.

»Kafi«, schrie Teti und sprang auf. Heftig winkte sie der Kapelle, ihr Spiel abzubrechen. Dann versuchte sie, Kafi festzuhalten, die sich im glänzenden Augen umblickte, etwas von einem neuen, syrischen Tanz murmelte und sich gleichzeitig aus ihrem Kleid wand.

»Laß deine Freundin doch«, sagte Parennefer. »Wir sehen uns ihren Tanz gern an.« Apy und Tutu, ein junger Syrer, stimmten begeistert zu.
Unsicher blickte Teti zu Kamose, der die Achseln zuckte. Also ließ sie Kafi los, Kafi stieg aus ihrem Kleid, machte eine lässige Handbewegung, und die Musiker setzten wieder ein. Mit ergebendem Blick nahm Teti neben Kamose Platz. Wie gern hätte sie mitgetanzt! Statt dessen betrachtete sie die welkenden Blumen, fragte sich, ob noch genügend gekühlter Wein bereitstand und ob es nicht angebracht sei, die Schüsseln und Platten nachfüllen zu lassen. Doch schließlich verfolgte sie genauso gebannt wie die anderen Kafis temperamentvolle Bewegungen. Die Musik hatte auch die anderen Tänzerinnen mitgerissen, und sie bemühten sich, bei Kafis kunstvollen Verrenkungen mitzuhalten, bis diese die Darbietung mit einer kleinen Verbeugung beendete.
Die Gäste tobten, Kamose seufzte zufrieden und befahl Baki, auch den Tänzerinnen und Musikern einige Krüge des besseren Weines zu bringen. Teti ging umher und wies die Diener an, die im Garten aufgestellten Fackeln anzuzünden und weitere Speisen aufzutragen. Nachdem sie diese Arbeiten überwacht und sich vom Wohlbefinden ihrer Gäste überzeugt hatte, gesellte sie sich wieder zu der Gruppe am Gartenteich.
»Euch zum Wohl!« Neferti hob ihren Becher und blickte in die Runde. »Sicher ist euch allen bekannt, daß Prinzessin Nofretete ihr zweites Kind erwartet. Aber habt ihr auch schon gehört, daß die Schwester des Kronprinzen, Prinzessin Raja, die so hochnäsig im Palast sitzt, ebenfalls schwanger ist?«
»Bei Hathor! Wer soll denn der Vater sein?«, fragte Kafi.
»Das«, antwortete Neferti mit geheimnisvoller Miene, »scheint – wenn überhaupt – nur die Prinzessin selbst zu wissen.«
»Den Gerüchten nach könnten ja einige Verehrer dafür

in Frage kommen«, ergriff Hatiaj das Wort, ein junger Baumeister, der Kamose soeben die Vorzüge eines Gartenpavillons erläutert hatte.
»Was Raja tut, schickt sich wirklich nicht für eine Prinzessin von königlichem Geblüt.« Parennefers Gattin gab sich entrüstet. »Wenn sie auch nicht so große Titel führt wie ihre Schwester, Erbprinzessin Sit-Amun, so sollte sie als Königstochter doch mehr Würde an den Tag legen und sich mit einem einzigen Günstling begnügen.«
»Da hast du sehr recht, meine Liebe«, murmelte Parennefer und sah seine Frau trübsinnig an.
Kamose, der ebenso wie Apy diese Art von Gerede verabscheute, wandte sich wieder an Hatiaj. »Hast du schon mit Si-Mut gesprochen, der in Theben die Oberaufsicht über die Tempelbauten führt?«
»Ja, ich habe deinen Rat befolgt«, erwiderte Hatiaj. »Aber Si-Mut behauptet, er könne mich nirgendwo als Baumeister einsetzen. Ich glaube, der Amun-Prophet kann mich nicht leiden – wahrscheinlich, weil mein Vater nur ein einfacher Handwerker war, der geschnitzte Holzsäulen für Pavillons herstellte. Daher bleibt mir vorerst nichts anderes übrig, als weiterhin meinen Bruder, der das väterliche Handwerk übernommen hat, bei der Herstellung und dem Verkauf der Gartenpavillons zu unterstützen. Auf diese Weise kann ich mir wenigstens meinen Lebensunterhalt verdienen.« Hatiaj leerte in einem Zug seinen Becher, den eine Dienerin sofort wieder füllte. »Aber ihr seid nicht hergekommen, um euch meine Klagen anzuhören. Kommt, laßt uns die Sorgen vergessen! Laßt uns feiern und trinken!«
Parennefer leerte seinen Becher ebenfalls, dann sagte er zu Hatiaj: »Du weißt bestimmt, daß ich mit dem Kronprinzen recht gut bekannt bin. Er und ich haben ja einige Zeit gemeinsam in der Garnison vom Memphis und an den heiligen Orten von Junu verbracht. Und da meine ich, ich könnte bei ihm ein Wort für dich einlegen.

Ich habe nämlich erfahren, daß auch in anderen Städten Tempelneubauten geplant sind.«

»Wenn du etwas für mich erreichen könntest, edler Parennefer, wäre ich dir ewig zu Dank verpflichtet.« Hatiaj neigte ehrerbietig den Kopf.

»Zwar darf man eigentlich nicht darüber sprechen«, meldete sich Kafi wieder, »aber es wird geflüstert, daß der göttliche Pharao sehr, sehr krank sein soll.«

»Als Gott kann Pharao gar nicht krank sein!« Neferti verzog spöttisch den Mund. »Aber als Mensch hat er schreckliche Zahnschmerzen.« Dann kicherte sie hinter vorgehaltener Hand: »Erst gestern hat mir eine Dienerin aus dem königlichen Frauenhaus ganz im Vertrauen erzählt, wie selten in letzter Zeit eine der Nebengemahlinnen...«

»Mußt du denn jeden Klatsch weitergeben«, unterbrach Apy sie ärgerlich.

»Das Geflüster von der Krankheit der Sonne ist schon längst bis Mitanni vorgedrungen. Oder wußtest du nicht, schöne Tänzerin«, der Syrer Tutu warf Kafi einen schmelzenden Blick zu, »daß Prinzessin Taduchepa die heilkräftige Statue der Göttin Ishtar mitbrachte, als sie als Pharaos Braut nach Theben kam?«

»Aber natürlich weiß ich das. Drüben in der Stadt gehen doch die merkwürdigsten Gerüchte um.«

Parennefers Gesicht drückte Bedauern aus. »Aber – eh, leider – Ishtar hat dem König nicht geholfen. Und auch die mächtige Sachmet hat sich nicht besänftigen lassen, obwohl Pharao so viele ihrer Statuen in Karnak hat aufstellen lassen. Nein, sie hat die Krankheit nicht von ihm genommen. Und, das meint jedenfalls mein Vater, je kränker der Herr der Beiden Länder wird, desto größer wird die Macht der Großen Königlichen Gemahlin Teje.«

»Unsere erhabene Königin hatte schon immer einen beträchtlichen Anteil an den Regierungsgeschäften, auch bevor Pharao so hinfällig wurde«, wandte Kamose

ein. »Wer wüßte das besser als ich, der ich einer ihrer engsten Mitarbeiter bin, wenn es um den Briefwechsel mit den Ländern geht, die im Norden an den ägyptischen Herrschaftsbereich grenzen. Und die Herrscher von Babylon und Mitanni begegnen der Königlichen Gemahlin mit der gleichen Hochachtung und Verehrung wie dem König selbst, was bei diesen fremdländischen Barbaren etwas heißen will. Außerdem war es die Idee Ihrer Majestät, der Königsgemahlin, fähige junge Männer wie dich«, er tippte Tutu auf die Schulter, »aus Retenu an den ägyptischen Hof zu holen.«
Schon ein wenig unsicher, aber dennoch recht flink stand Tutu auf und verbeugte sich vor Kamose. »O geehrter Vorsteher Kamose«, rief er enthusiastisch, »in ihrer endlosen Weisheit und Güte schickte mich die Große Königliche Gemahlin – sie lebe ewig – in deine Abteilung, wo ich täglich unter deiner unübertroffenen Anleitung die hohe Kunst der Korrespondenz erlernen darf.«
»Komm, setz dich wieder, junger Freund«, sagte Kamose und trank ihm und den anderen Gästen zu. »Auch wenn wir den Sachverstand und das Geschick unserer verehrten Königin zu würdigen wissen, soll uns das nicht davon abhalten, den heutigen Abend, das Essen, den Wein und vor allem die Schönheit der Frauen an unserer Seite zu genießen.« Er legte einen Arm um Tetis Taille, mit der anderen Hand griff er nach einem gebratenen Entenflügel.
»Bald werden wir uns öfter sehen, Kleine.« Neferti lächelte Teti unverfroren an. »Soviel ich erfahren konnte, sollst du ebenfalls der Vorsteherin der königlichen Kleiderkammer unterstellt werden. Selbstverständlich mehrere Rangstufen unter mir!«
Teti gönnte ihr keinen Blick, sondern wandte sich an Kamose. »In die Kleiderkammer mag ich aber nicht«, maulte sie. »Du hattest mir doch versprochen, daß ich mein Amt als Hofdame in der Salbenküche des Palastes

ausüben darf. Dort würde es mir viel besser gefallen.«
»Zu meinem größten Bedauern muß ich dich enttäuschen«, Kamose ließ sich das zarte Fleisch auf der Zunge zergehen und spülte mit einem kräftigen Schluck Wein nach, »denn leider ist es mir nicht gelungen, Pharao dazu zu bewegen, eine der dort tätigen Hofdamen in Ungnade fallen zu lassen, damit für dich, mein Herz, ein Posten frei wird und du dich dem göttlichen Wohlgeruch und der Herstellung von Salbölen widmen kannst. Und deshalb wirst du dich wohl oder übel damit zufrieden geben müssen, dein Amt dort anzutreten, wo man eine neue Hofdame braucht.«
Teti war ein Stück von ihm abgerückt. »Ja, ich weiß schon, daß ich mich mit dem begnügen muß, was ich kriegen kann. Aber deswegen brauchst du mich nicht so scharfzüngig und schadenfroh zurechtzuweisen.«
Er zog sie an sich und küßte sie auf die schmollenden Lippen. »Du reizt mich aber dazu«, flüsterte er in ihr Haar. »Wie du mich eben in jeder Hinsicht reizt, Herzensschwester, in jeder! Aber du brauchst dich nicht ängstigen. Man wird dich nicht in die Kleiderkammer sperren. Du wirst Aufgaben bekommen, die du mit Freude erfüllen wirst.«
»Wenn ich bloß nicht sticken und stopfen muß«, murrte Teti und senkte dann die Stimme. »Sag mal, meinst du, daß die Gäste noch lange bleiben?«
»Aber ich bitte dich«, gab er leise zurück. »Wir haben doch zu einem Festmahl geladen! Es ist dein erstes Hausfest. Sei froh, wenn es bis zum Morgen dauert. Dann weißt du, daß es den Gästen gefallen hat.«
Sie lehnte den Kopf an seine Schulter und schloß für eine Weile die Augen. In der Früh war sie mit der ersten Dienerin aufgestanden und den ganzen Tag auf den Beinen gewesen.
»Ich werde nochmal herumgehen und nach dem rechten sehen«, sagte sie schließlich und erhob sich.

»Tu das, meine kleine Hausherrin. Tu deine Pflicht.« Er rückte zur Seite, um sie vorbeizulassen, bevor er seine Aufmerksamkeit wieder den Gästen zuwandte.
Kafi knabberte gerade an einem Brot. »Bist du eigentlich ein Anhänger der Göttin Ishtar?« Sie blickte Tutu fragend an. »Und aus welcher Stadt kommst du?«
Der Syrer sah ihr tief in die Augen. »Laß mich zuerst deine zweite Frage beantworten, du Strahlende, Sternengleiche mit den biegsamen Gliedern! Doch vorher mußt du den Namen der Heimatstadt meiner Mutter herausfinden. Wenn deine Klugheit deiner Schönheit ebenbürtig ist, wirst du ihn schnell erraten. Ich gebe dir zwei Anhaltspunkte. Erstens fängt der Name mit Tu an, und zweitens endet er mit Nip.«
Kafi brach in Lachen aus. »Was soll ich denn da noch raten? Du hast doch schon Tunip gesagt. Offenbar hältst du weder was von meinen geistigen Fähigkeiten noch von meiner Schönheit. Oder ist dein Verstand vielleicht schon im Wein ertrunken?«
Mit dem weiteren Vorrücken der Nacht wurden die Gespräche unzusammenhängender und die Worte undeutlicher. Gegen Morgen brachen nach und nach die Gäste auf. Die meisten wurden von ihren Dienern auf die Tragstühle gehoben und weggebracht, aber einigen gelang es doch noch, Kamose und Teti für das wunderbare Fest zu danken und zu versichern, daß es ihnen – nicht zuletzt wegen Kafis unvergleichlicher Tanzeinlage – ewig in Erinnerung bleiben würde.
Für Kafi und Hatiaj, die auf der anderen Seite des Flusses wohnten, standen Gästezimmer zur Verfügung, und Kafi hatte das ihre bereits aufgesucht. Auch einige Tänzerinnen und Musiker blieben einstweilen im Haus. Für sie hatte man in einem Vorraum Matten ausgebreitet. Den Dienerinnen sagte Teti, daß sie nur die Reste des Weins und der Speisen aus dem Garten hereinbringen sollten; alles andere konnte vorerst stehenbleiben und

später am Tag weggeräumt werden. Noch nie hatte sie sich so sehr nach ihrem schmalen, eleganten Bett gesehnt, das recht bequem sein konnte – wenn man es für sich alleine hatte! Sie gähnte verstohlen. Bald schon würde sie darauf niedersinken können.
Schließlich hielt sich von den Gästen nur noch Hatiaj im Garten auf. Schwankend lehnte er am Stamm einer Palme. »Überleg' es dir nochmal, mein Freund und Bruder«, sagte er zu Kamose. »Jetzt, wo du vier Frauen hast, würde sich ein Gartenpavillon doch wirklich lohnen.«
»Wir werden morgen darüber reden«, meinte Kamose begütigend und rief zwei Diener, damit sie den jungen Baumeister in sein Zimmer führten.
Allmählich kehrte Ruhe in Haus und Garten ein, und nachdem das Durcheinander halbwegs fortgeräumt war, sagte Kamose zu Teti: »Ich bin sehr stolz auf dich, mein Herz! Das Fest war rundherum gelungen.«
Teti, die vor Müdigkeit fast umfiel, nickte und strebte zur Treppe. »Ja, es scheint allen gefallen zu haben. Aber ich wußte gar nicht, daß du Hatiaj eingeladen hattest.«
»Das hatte ich auch nicht«, erwiderte er. »Doch da er heute nachmittag zufällig vorbeikam, bat ich ihn zu bleiben. Und es hat sich ja gelohnt, wenn Parennefer tatsächlich etwas für ihn tun kann.«
»Hast du gesehen«, fragte sie, während sie die Treppe hochstiegen, »daß sich Parennefer in den Gartenteich übergeben hat, statt eines der dafür bereitgehaltenen Gefäße zu benutzen? Und ich dachte immer, diese Leute seien so schrecklich vornehm.«
»Na, die Fische werden sich freuen«, meinte Kamose. »Du kommst doch auf ein Weilchen mit zu mir, Liebste? Du mußt mir unbedingt den Nacken massieren.«
»Auch das noch«, jammerte Teti leise und warf, als sie Kamose folgte, im Vorbeigehen einen sehnsüchtigen Blick in ihr Zimmer, dessen Tür nur angelehnt war.

Kapitel 5

Im Palast

Die schlammbraune Flut des Nils schwoll immer mehr an, überschwemmte die Felder, füllte Kanäle, Teiche und Auffangbecken. Wie Inseln ragten Dörfer und Städte aus dem Wasser; die Viehherden waren in höher gelegene Gebiete getrieben worden. Nun konnte man mit dem Boot fast überallhin gelangen, und die Verteilung der Ernteerträge hatte begonnen. Gleichzeitig verfolgten Priester und Beamte das Ansteigen des Wasserstandes, um schon jetzt die voraussichtliche Ernte des nächsten Jahres berechnen zu können. Als der Nilmesser vierzehn Ellen anzeigte, herrschte große Freude, denn vor Ägypten lag ein weiteres glückliches Jahr.

Das Wasser umspülte auch die Füße der beiden riesigen Statuen, die Pharao vor seinem Totentempel am Westufer hatte aufstellen lassen. Lastkähne mit Getreide und Gemüse kamen von Kamoses Landgütern und legten bei den Lagerhäusern an. Teti beobachtete das geschäftige Treiben zwischen den Booten und den Speichern. Trotz der drückenden Hitze und der über dem Wasser stehenden Schwärme von Mücken ging das Entladen rasch vonstatten. Diener füllten das Getreide in die Kornspeicher, und Sklaven schleppten Säcke, Körbe und Krüge in die Gebäude, wo die anderen Lebensmittel eingelagert wurden. Und während Kamose mit seinen Verwaltern beratschlagte und verhandelte, hatten Seni und die Dienerinnen in der Küche alle Hände voll zu tun, um die große Anzahl zusätzlicher Helfer zu verköstigen. Aber es war

ein fröhliches Arbeiten, bedeutete doch die Fülle der Vorräte Wohlergehen und Überfluß.
Nach einigen Tagen konnten die entladenen Boote zurückfahren. Teti sah ihnen nach, wie sie, gegen das gurgelnde Wasser anrudernd, davonfuhren. Bald verschmolzen die hellen Segel, die man gesetzt hatte, um auch den schwachen, von Norden blasenden Wind zu nutzen, mit dem weißlich flimmernden Himmel. Teti ging zurück ins Haus, wo Kamose sie mit einem Armvoll Schriftrollen erwartete.
»Hier habe ich die Ernteaufstellungen, außerdem Lieferlisten und die Berichte der Gutsverwalter über den Verlauf der Arbeiten während des Jahres, und ich möchte, daß du diese Berichte durchliest und die Beträge auf den Listen zusammenzählst. Aber rechnen! Nicht schätzen, meine Liebe! Für Millionen von Rindern und Hunderttausende von Kornspeichern reicht der Platz auf keinem meiner Landgüter.« Er drückte Teti, die mit verwirrter Miene vor ihm stand, die oberste Papyrusrolle in die Hand. »Nur so kannst du in deine Aufgaben hineinwachsen. Wie du gesehen hast, wird ein großer Teil der Ernteerträge hierher gebracht und eingelagert, damit wir alle etwas zu essen haben und damit die Diener ihren Lohn bekommen. Aber ein Teil bleibt zum gleichen Zweck auf den Landgütern. Ein anderer Teil geht an den Königspalast, und ein weiterer Teil wird dazu verwendet, um auf dem Markt Güter einzutauschen wie zum Beispiel Werkzeug und Holz oder um Sklaven als Arbeitskräfte zu mieten. Und wie du dir vorstellen kannst, ist es überaus wichtig, daß alle Summen und Beträge genau stimmen. Zu gegebener Zeit werde ich dich zu den Landgütern mitnehmen, damit du dir selbst ein Bild machen kannst. Die beiden Verwalter hast du ja schon kennengelernt.«
Teti sah Kamose mit großen Augen an und begann, die Schriftstücke durchzusehen. Es dauerte eine ganze Weile, bis sie sich in den Listen zurechtfand, und mehr

als einmal brauchte sie Kamoses Hilfe, die er ihr wohlwollend gewährte.
»Du kannst froh sein, daß ich meine Einkünfte aus den Goldminen, an denen ich durch Pharaos Gunst Anteile habe, selbst verwalte«, meinte er, als sie eines Morgens mit einer Aufstellung zu ihm kam.
Mit gerunzelter Stirn ging er die Zahlen durch, bevor er auf eine Summe tippte, die sie hingeschrieben hatte. »Hier beim Emmer hast du dich verrechnet. Neunundfünfzig Säcke und einundsechzig Säcke ergeben einhundertzwanzig, nicht hundertundzehn Säcke. So etwas darf dir nicht wieder passieren. Der Verwalter hätte zehn Säcke Getreide für sich behalten können, ohne daß irgend jemand etwas gemerkt hätte.«
Teti sah bestürzt drein. »Am besten werde ich Thot ein Geschenk bringen«, sagte sie, erleichtert, eine Lösung für ihr Problem gefunden zu haben. »Ich werde Seni bitten, eine große Menge süßer Honigkuchen zu backen. Und wenn der Opferpriester die richtigen Gebete und Beschwörungen spricht, wird der Gott meine Gabe gnädig annehmen. Und schon werde ich besser rechnen können.«
Kamose drehte den Blick zur Decke. »Richtiges Rechnen ist weder durch das Opfern von Honigkuchen noch durch Zaubersprüche zu erreichen. Es ist eine Frage der Konzentration und der Übung. Du mußt dich nur weiterhin eingehend mit diesen Zahlen befassen, dann werden dir bald keine Fehler mehr unterlaufen. Die Wasserspende bevor du anfängst zu schreiben genügt völlig.«
Teti seufzte. »Traust du mir denn zu, daß ich es irgendwann schaffe?«
Er strich ihr über die Wange. »Selbstverständlich, mein Herz.«
»Na ja, dann werde ich mich wohl anstrengen müssen.«
»Nun, sicherheitshalber werde ich deine Beträge schon noch eine Weile nachrechnen.«

Von diesem Gespräch erzählte Teti ein paar Tage später ihrem Bruder Pepi, nachdem Suti sie in einem von Kamoses Booten ans östliche Ufer gerudert hatte. Das Haus von Tetis Bruder war inzwischen frisch gekalkt worden und machte sowohl von außen als auch von innen einen äußerst ansprechenden Eindruck. Teti nahm die gerupfte Gans, den Weinkrug und den Topf Honig aus dem Korb, den Suti hereingetragen hatte, und überreichte Pepi und seiner Frau die Geschenke.

»Daß du Kamose geheiratet hast, war das Beste, was du tun konntest, kleine Schwester«, meinte Pepi. »Und du hast allen Grund, mir dankbar zu sein, denn wenn ich nicht dafür gesorgt hätte, daß du lesen und schreiben lernst, und wenn ich dir nicht das elegante Kleid beschafft hätte, dann hättest du Kamose kaum so für dich einnehmen können. Und das mit dem Rechnen kriegst du noch hin, da mach' dir nur keine Sorgen! Du warst schon in der Tempelschule bei denjenigen, die die wenigsten Striemen und blauen Flecken hatten, was ein sicheres Zeichen für eine schnelle Auffassungsgabe und fleißiges Lernen ist. Und jetzt hast du es gut, und auch für uns sind bessere Zeiten angebrochen.« Seine Handbewegung umfaßte das ganze Haus. »Jede Woche bringe ich Opfergaben in den Tempel zum Dank dafür, daß die Göttin unser aller Lebensgeschick so zum Guten gewendet hat. Du bist der Goldenen doch auch von Herzen dankbar, Schwesterchen?«

»O ja«, sagte Teti und meinte, was sie sagte. Sie konnte sich kein besseres Leben vorstellen als das, welches sie nun führte. Pepi mochte ja stolz sein auf sein schmuckes Heim. Sie dagegen hatte für das Haus, in dem sie aufgewachsen war, nur noch einen mitleidigen Blick. Auch jetzt nach seiner Verschönerung konnte es dem Vergleich mit Kamoses Haus nicht standhalten, dessen repräsentative Empfangshalle und großzügige, elegant möblierte Räume sie im Geiste vor sich sah. Und dann der Garten!

Sie hatte ihn nach und nach ihren Vorstellungen entsprechend umgestalten lassen, und er war – auch ohne Pavillon – bildschön geworden. Teti wußte nicht, wieso Kamose sich der Anschaffung eines Gartenpavillons widersetzte. Von seinen Freunden besorgte er für Hatiaj jede Menge Aufträge, aber er selbst konnte sich nicht dazu entschließen; doch die Frauen saßen ja gern unter der riesigen Schirmakazie, die dem Garten ländlichen Charme verlieh. Es gab dichte Hecken, viele fruchttragende Bäume und natürlich die Beete mit Blumen, Gemüse, Salat und Kräutern. Wie genoß Teti schon am Morgen den Blick auf das Grün – ein Luxus, nach dem sie sich im Gewirr der verschachtelten Häuser der Oststadt immer gesehnt hatte.
»Schwesterchen, du hörst mir überhaupt nicht zu«, beschwerte sich Pepi.
»Doch, doch. Was du soeben sagtest, ist, daß du Oberschreiber geworden bist und jetzt die doppelte Getreideration erhältst. Aber alle Geschenke von Kamose, die du einzeln aufgezählt hast, konnte ich mir wirklich nicht merken.«
»Es ist schon etwas ganz anderes, Ehefrau eines Tempelverwaltungsoberschreibers zu sein«, mischte sich Imiu ein, die neben Teti auf dem Fußboden saß. »Deshalb haben wir beim Schreiner nebenan zwei Stühle in Auftrag gegeben. Wenn sie geliefert worden sind, mußt du wiederkommen und sie dir ansehen.«
»Jaja«, sagte Teti. Sie war es nicht mehr so gewohnt wie früher, sich einfach auf einer Matte niederzulassen. Als Kamoses Ehefrau standen ihr stets Stühle zur Verfügung.
»Besuch' uns nur recht oft«, Pepi betrachtete liebevoll die fette Gans. »Laß Imiu und mich teilhaben an deinem Glück! Du bist doch glücklich, Schwesterchen?«
»Natürlich ist sie glücklich«, schaltete sich Imiu wieder ein. »Das sieht man doch. Schau nur, wie sie prangt und

glänzt und wie wohlgenährt sie rundherum ist.« Sie kniff Teti in die Wange.
»Laß das«, Teti entzog sich Imius Berührung. »Du selbst bis ja viel dicker.«
»Das bringt die Schwangerschaft nun mal mit sich. Und du solltest mir nacheifern. Wenn du Kamose erst ein Kind geboren hast, kann dir nichts mehr passieren. Oder bist du vielleicht sogar schon ...?«
»Nein, bin ich nicht«, erwiderte Teti bestimmt und beschloß, ihren Besuch so schnell wie möglich zu beenden. »Erstmal will ich Hofdame werden.«

Mit all den neuen Aufgaben im Haus war Teti so beschäftigt, daß sie das Tanzen und die heiligen Zeremonien nicht allzusehr vermißte. Sie hätte gar keine Zeit gefunden, einen Monat Tempeldienst einzuschieben. Und außerdem wäre, wie sie sich denken konnte, Kamose nicht gerade begeistert gewesen, wenn er nach so kurzer Zeit schon wieder auf sie hätte verzichten müssen. Voller Erwartung blickte sie also dem Tag entgegen, an dem sie als Hofdame im Palast eingeführt werden sollte.
Ausgerechnet an diesem wichtigen Tag kam jedoch morgens Si-Mut ins Haus und hielt Kamose eine ganze Weile auf, so daß sie schließlich erst sehr verspätet aufbrechen konnten. Teti hatte beabsichtigt, Kamose auf dem Weg durch den Palastgarten nach dem Grund von Si-Muts Besuch zu fragen, aber irgendetwas an seiner Miene hielt sie davon ab. Außerdem machte er so große Schritte, daß sie kaum mitkam.
Bei der Blumenwiese jedoch blieb sie stehen. »Weißt du noch, wie wir beim Fest des Kronprinzen hier saßen, uns an den Händen hielten und dem wunderbaren Lied der Sängerin Mi lauschten?«, fragte sie verträumt.
Aber als sie sich zu Kamose umdrehte, sah sie, daß er längst weitergegangen war. Sichtlich ungeduldig wartete

er am weit geöffneten Eingangstor, das von Soldaten der Leibgarde flankiert wurde.
Gemeinsam betraten sie den Palastflügel, in dem sich die Amtsräume, Archive und Schreibsäle befanden. Hier wurden Dokumente und Kopien angefertigt. Die Schreiber saßen mit gekreuzten Beinen auf Schilfmatten, eifrig über ihre Papyrusrollen gebeugt; fast jeder hatte sich einen Ersatzschreibpinsel hinters Ohr gesteckt. Die Köpfe wurden, als Kamose und Teti vorbeigingen, noch tiefer gesenkt, und zwei Diener rissen die Tür zu Kamoses Amtszimmer auf. Dort wartete bereits Neferti.
Mit widerwilliger Bewunderung mußte Teti anerkennen, daß Neferti tadellos schöngemacht war. Frisch und vollkommen wie eine Lotosblüte sah sie aus, und Teti beneidete die erfahrene Hofdame wieder einmal um deren Selbstsicherheit.
»Wir sollten gleich losgehen«, sagte Neferti zu Kamose. »Ihr seid spät dran, aber die Große Königliche Gemahlin hat die Audienzhalle noch nicht verlassen, und du hast Gelegenheit, ihr deine Frau vorzustellen.«
»Ich habe es mir anders überlegt«, gab Kamose mürrisch zur Antwort. »Es ist nicht erforderlich, daß ich Teti der Königin vorstelle. Ich habe hier zu tun. Also nimm sie gleich mit zur Kleiderkammer.«
Neferti stand auf und strich ihr Kleid glatt. »Dann komm, Kleine. Und denk' dran, was ich dir gesagt habe. Du redest nur, wenn du gefragt wirst.«
Teti nickte. Kamose hatte auf seinem Stuhl Platz genommen und las in dem Schriftstück, das ihm einer der Schreiber soeben gebracht hatte.
»Es wäre mir aber sehr viel lieber, wenn du selbst mitkommen würdest«, bat Teti.
»Das fehlte mir noch.« Unwirsch schüttelte er den Kopf. »Es reicht, wenn Neferti dabei ist.«
Beim Verlassen des Zimmers schaute Teti sich noch einmal um. Insgeheim hatte sie wenigstens auf einen

freundlichen Blick von Kamose gehofft, aber er sah nicht einmal zu ihr her.
Die Vorsteherin der königlichen Kleiderkammer erwies sich als eine überaus elegante alte Dame. Ein juwelenbesetztes Band, das Teti an die Halsbänder denken ließ, die die königlichen Katzen trugen, umschloß ihren welken Hals, und sie musterte Teti mit lebhaften Augen.
»Wie man mir zugetragen hat, Kind«, näselte sie, »hast du leider keinerlei Erfahrungen bei Hofe. Deshalb hältst du dich vorerst vollkommen im Hintergrund, beobachtetest Neferti und die anderen Hofdamen genau und lernst auf diese Weise von ihnen. Während der ersten Zeit deines Hofamtes hast du noch keine selbständigen Aufgaben zu übernehmen. Neferti wird dich nun Prinzessin Nofretete vorstellen. Das ist dann alles für heute.«
Sie machte eine huldvolle Handbewegung und fuhr fort, die königlichen Gewänder zu inspizieren, die ihre Dienerinnen aus Truhen geholt und im Zimmer ausgebreitet hatten. Teti warf einen ergebenen Blick zu der mit Stierköpfen und Rosetten bemalten Decke hinauf und folgte Neferti weiter. In den Höfen und Hallen, die sie durchquerten, wimmelte es von Dienern, Schreibern, Zofen und Palastsoldaten. Endlich machte Neferti vor einer breiten Tür Halt, neben der zwei Leibwächter auf dem Boden hockten. Sie nickte den Männern kurz zu und versäumte nicht, Teti eine letzte Anweisung zu geben, bevor sie die privaten Gemächer der Gemahlin des Kronprinzen betraten.
»Sei doch nicht so aufgeregt«, zischte sie. »Wie eine dumme Gans benimmst du dich. Und jeder sieht dir an, daß du neu bist.«
»Du hast leicht reden! Du bist seit deiner Geburt Hofdame.« Teti wischte ihre feuchtwerdenden Handflächen so unauffällig wie möglich an ihrem Kleid ab. Schicksalsergeben ging sie hinter Neferti her.

In einen leichten Umhang gehüllt saß Prinzessin Nofretete auf einem reichverzierten Sessel und ließ sich von zwei Dienerinnen die Zehennägel färben. Die Schale mit dem angerührten Henna und ein Korb mit Obst, auf dem sich ein Schwarm Fliegen niedergelassen hatte, standen auf einem Tischchen neben ihr. Ein nacktes Mädchen schwenkte träge einen Fächer, ein anderes zupfte die Saiten einer Harfe und sah gelangweilt aus dem Fenster. Die Hofdame, die aus einer Schriftrolle Gedichte vorgelesen hatte, verstummte, als Nofretete den Eintretenden ihr elfenbeinhelles, makelloses Gesicht zuwandte. Neferti und Teti verneigten sich. Die Prinzessin öffnete ihre leicht schrägstehenden Augen, die sie bis dahin geschlossen gehalten hatte, und forderte Neferti auf zu sprechen.

»Hoheit, ich bitte um die Erlaubnis, dir eine neue Hofdame vorstellen zu dürfen! Sie ist die Gattin des königlichen Hofbeamten Kamose. Ihr Name ist Teti.«

Prinzessin Nofretete verzog die rotgeschminkten Lippen zu einem winzigen Lächeln und blickte zielsicher an Teti vorbei. Dann winkte sie einer Dienerin, die Neferti eine Alabasterschatulle übergab.

»Bring' das meiner königlichen Schwiegermutter zurück, Edle Neferti! Mit dem Ausdruck meiner höchsten Wertschätzung, meines ergebensten Dankes und so weiter und so weiter«, sagte sie und schloß schläfrig die Augen. »Ihr dürft euch entfernen.«

Kaum hatten die Leibwächter die schweren Türflügel hinter ihnen geschlossen, als Teti protestierte: »Zu Königin Teje gehe ich nicht. Sie hat einen so durchdringenden Blick.«

»Sei nicht albern«, Neferti sah sie abschätzig ab. »Und denk' daran, Gänschen, wenn du vor der Großen Königlichen kniest, bleibt die Stirn auf dem Boden. Und paß' auf, daß deine Perücke nicht verrutscht.«

Teti blieb nichts anderes übrig, als Neferti zu folgen.

Über einen der baumbestandenen Höfe liefen sie zum Palast der Königin. Von mehreren Beamten umgeben thronte Königin Teje in ihrer Audienzhalle und hörte mit ernster Miene einem jungen Mann zu, der einen modischen, knöchellangen Schurz trug und auf ihrer Fußbank saß.

»Ausgerechnet Prinz Paneb. Der arroganteste und unangenehmste Mensch am ganzen Hof«, flüsterte Neferti. »Obwohl wir uns von Kindheit an kennen, und ich ihm schon dreimal offiziell vorgestellt wurde, behandelt er mich wie Luft.«

Da der Prinz seine Rede keineswegs unterbrach, sondern, seine Worte mit ausholenden Gesten unterstreichend, der Königin weiter seine Ansichten darlegte, mußten Teti und Neferti warten. Währenddessen konnte Teti die Tanzzwerge betrachten, die sich unweit des königlichen Throns aufhielten. In ihrer Mitte saß auf einem goldbestickten Polster eine kindliche Prinzessin, die versuchte, einem der kleinen Leute seine glitzernde, klimpernde Kette zu entreißen. Stumm und erschrocken sahen die anderen zu. Der spärliche, mit bunten Bändern umwundene Jugendzopf der Prinzessin flog auf und ab, während sie mit zornrotem Gesicht an der Kette zerrte. Teti sah noch, wie eine Kinderfrau herbeieilte, konnte das Geschehen aber nicht mehr weiterverfolgen, da die Königin auf Neferti aufmerksam geworden war. Auch Teti mußte niederknien. Mit ein paar höflichen Worten erledigte Neferti ihren Auftrag und händigte einer Dienerin das Kästchen aus.

Immer noch vor dem Thronsessel kniend hatte Teti aus den Augenwinkeln beobachtet, daß sich die kleine Prinzessin von der Kinderfrau losgerissen hatte und aufgesprungen war. Das Kind kam direkt auf sie zugelaufen und schon spürte sie den Stoß des kleinen Fußes in ihrer Seite. Vor Schreck hob sie den Kopf, sah, wie ein Ausdruck spöttischer Belustigung über das Gesicht von

Prinz Paneb huschte. Die Große Königliche Gemahlin blickte ihre jüngste Tochter mit milder Nachsicht an.
»Das muß nicht sein, Baket-Aton, Liebchen«, sagte Königin Teje sanft.
Bevor die Kleine zu einem zweiten Stoß ausholen konnte, ergriff die Kinderfrau sie bei der Hand und führte sie fort. Teti hatte sich flach auf den Boden fallen lassen. Verstört und bewegungslos verharrte sie so, bis sie nach einem ungeduldigen Wink der Königin von Neferti zum Aufstehen aufgefordert wurde. Rasch erhob sie sich und verließ unter hastigen Verbeugungen hinter Neferti den Saal.
»Wieso nur hat mich Prinzessin Baket-Aton getreten?«, fragte sie fassungslos und noch ein wenig zitternd.
»Bin ich ein Gott, der alles weiß? Du hast doch selbst gesehen, daß die Prinzessin schlechter Laune war.« Neferti sah Teti kopfschüttelnd an. »Wie eine ausländische Sklavin hast du dich auf den Bauch geworfen. Der Länge nach. Eine wie du … und Hofdame! O große Göttin! Kamose hat Vorstellungen.«
Teti war schwer gekränkt und legte den Weg zu den königlichen Amtsräumen schweigend zurück.
»Von hier aus wirst du ja hoffentlich in der Lage sein, allein zu Kamoses Amtszimmer zurückzufinden«, meinte Neferti am Eingang des Gebäudes.
Sie trennten sich, und Teti machte sich auf die Suche nach Kamose. Erst nach einiger Zeit, nachdem sie sich fast noch verlaufen hätte, fand sie ihn. Er hielt sich nicht in seinem Amtszimmer auf, sondern saß im königlichen Archiv vor einem Fenster und verglich den Text einer Tontafel mit dem einer Papyrusrolle.
Er blickte kurz auf. »Und? Wie ist es dir ergangen?«
»Prinzessin Baket-Aton hat mich getreten.« Die Empörung stand Teti noch ins Gesicht geschrieben.
»Wie unerfreulich.« Er vertiefte sich wieder in seine Dokumente und brummte dabei: »Das muß in der Tat

ein entsetzliches Erlebnis gewesen sein, wenn man bedenkt, welche elementaren Kräfte im Fuß einer Dreijährigen stecken.«
»Würde es dir etwas ausmachen, ein bißchen netter zu mir zu sein?« Tetis Stimme hatte lauter als beabsichtigt geklungen und außerdem ziemlich weinerlich. Die in der Nähe sitzenden Schreiber sahen von ihren Schriftrollen auf und blickten gespannt von Teti zu Kamose. Auch dieser hatte wieder den Kopf gehoben. Er fixierte Teti mit schmalen Augen, in denen ein so düsteres Drohen lag, daß sie eiligst zwei Schritte rückwärts stolperte.
»Ich... ich gehe jetzt nach Hause«, wisperte sie, »denn ich habe die königliche Erlaubnis, mich zu entfernen.«

Tränenblind starrte Teti aus dem Fenster. Unten im Garten waren Nebenfrauen und Dienerinnen mit der Wäsche beschäftigt, schwatzten und lachten. Nein, dieser Tag war kein Erfolg gewesen. Und dabei hatte sie sich ihr Amt als Hofdame so schön vorgestellt. Sie würde, hatte sie gedacht, gemeinsam mit den kleinen Prinzessinnen mit goldenen Bällen spielen und mit bunten Holzkrokodilen, die mit dem Kiefer klappen konnten. Doch stattdessen war sie getreten worden. Ach, und mit wieviel Diensteifer war sie in die Gemächer von Prinzessin Nofretete geeilt! Aber wie konnte sie freudig einer Gebieterin dienen, die nicht mal Notiz von ihr nahm? Wie herablassend war sie behandelt worden, ganz zu schweigen von Nefertis verächtlicher Art.
Und Kamose, von dem sie Unterstützung und Ermunterung erhofft hatte, hatte nichts als barsche Worte und unheilvolle Blicke für sie gehabt. Ja, das war von allem das Schlimmste gewesen! Sie schluchzte auf und wischte sich die schwärzlichen, mit Kajal vermischten Tränen aus dem Gesicht. Wieso war er so gemein zu ihr? Hatte sie sich wieder bei den Warenaufstellungen verrechnet oder sonst einen Fehler gemacht? Vom Verdacht der Unbe-

scheidenheit dagegen konnte sie sich selbst mit allerreinstem Gewissen freisprechen. Geradezu aufgedrängt hatte er ihr all die neuen Kleider und die hübschen Schmuckstücke. Wodurch also hatte sie sich seinen Unmut zugezogen? Bis jetzt war ihr Ehemann doch – wenn sie ihn nicht gerade auf Expertenkommissionen in Sachen Brotverteilung ansprach – immer friedlich und verständnisvoll gewesen.

Oder war jetzt etwa der Zeitpunkt gekommen, den sie von Anfang an gefürchtet hatte? Waren das die Anzeichen dafür, daß Kamose sie von nun an schlecht behandeln würde? Oder – ein fürchterlicher Schreck durchzuckte sie, und ihr Herz krampfte sich zusammen – war er ihrer gar schon überdrüssig und hatte beschlossen, sie zu verstoßen?

Oh, und sie war sich doch so sicher gewesen, einen Platz in seinem Herzen erobert zu haben! Entsetzen schüttelte sie. Was für eine ungeheure Schande, wenn er sie zu ihrer Familie zurückschickte. Zwar stand, wie sie sich erinnerte, im Ehevertrag festgeschrieben, daß im Fall einer Scheidung die erhaltenen Geschenke nicht zurückgegeben werden mußten – aber diese Schmach, diese Demütigung! Sollte das Schicksal von ihr verlangen, wieder mit der engen Kammer im Haus ihres Bruders vorliebzunehmen und ohne zahlreiche Dienerschaft auszukommen? Wie könnte sie jemals auf den von ihr so schön gestalteten Garten verzichten? Und möglicherweise, auch diesen schmerzlichen Verlust zog sie in Betracht, würden ihr sogar Kamoses Belehrungen fehlen.

Sie schniefte noch einmal, dann nahm sie entschlossen ihre inzwischen ohnehin schiefsitzende Perücke ab, wusch sich das Gesicht, kämmte ihr Haar, und legte neue Schminke auf. Nein, beschloß sie, so leicht würde sie sich nicht abschieben lassen.

Sie lauschte aufmerksam, als sie im Erdgeschoß Stimmen hörte. Kamose war heimgekommen, und sie hörte, wie er die Diener anherrschte. So hatte er sich ja noch nie benommen! Er kam die Treppe heraufgestapft, dann knallte seine Tür. Teti saß ganz steif und still. Sie hatte vorgehabt, in sein Zimmer zu gehen und ihn geradeheraus zu fragen, welche ihrer schrecklichen Befürchtungen berechtigt war. Aber nun war ihr Mut wieder gesunken, und sie wußte nicht, was sie machen sollte. Niemand war da, den sie um Rat fragen konnte! Da kam ihr ein Zauberspruch in den Sinn, der sogar die wilden Tiere der Wüste besänftigte. Schnell, bevor ihre Beherztheit wieder verschwand, verließ sie ihr Zimmer, nicht ohne dabei die beschwörende Formel vor sich hin zu murmeln.

Immer noch tapfer betrat sie den Vorraum und öffnete geräuschlos die Tür zum Hausherrenzimmer. »Kann ich dich bitte sprechen?«, fragte sie im Flüsterton.

Kamose nickte mißmutig, blickte aber nicht auf.

Hatte er sie schon so satt, daß er sie nicht einmal mehr ansehen mochte? Aber jetzt war sie da und mußte ihr Anliegen vorbringen. »Warum warst du denn vorhin im Palast so feindselig zu mir?«, fragte sie leise. »Wenn ich nicht unter dem Schutz der Göttin stehen und mein Amulett mit dem heiligen Horus-Auge tragen würde, hätte dein Blick mir sehr schaden können.«

»Unsinn«, brummte er. »Ich wollte lediglich verhindern, daß du mir dort eine Szene machst.«

»Aber ich weiß doch, was ich deiner Stellung schuldig bin«, behauptete sie unerschrocken. »Obwohl du so gemein zu mir warst, hätte ich so was niemals getan.«

»Nun, ich glaube, daß du bisweilen gar nicht weißt, was du tust.« Er musterte sie eindringlich. »Und es kommt dir anscheinend nicht einmal zu Bewußtsein, welche schlimmen und verwerflichen Taten du in deinem Unverstand begehst.«

»Was? Ich?« Sie schluckte. »Ach, es sind die Listen! Ich habe wieder einen Fehler gemacht, nicht wahr? Aber ich

werde nochmal alles nachrechnen. Kein einziger Sack Getreide«, beteuerte sie, »soll dir verlorengehen.«
»Es sind nicht die Listen«, sagte er tonlos. »Ich habe heute morgen etwas erfahren, das mich sehr, sehr gekränkt und ganz außerordentlich verletzt hat.«
»Und es hat mit mir zu tun?«
Er nickte verbittert.
»Was ist es denn?«, fragte sie unglücklich. »Willst du es mir nicht sagen?«
Er setzte zum Sprechen an, bewegte die Lippen. Doch dann kam kein Wort. Er zog die dunklen Brauen zusammen und starrte Teti mit finsterem Groll an. Ja, fast war ihr, als knirsche er mit den Zähnen.
»Nein«, sagte er und wandte endlich den Blick von ihr. »Ich möchte nicht darüber sprechen. Lassen wir das! Vielleicht später einmal...«
Oh, was hatte das bloß zu bedeuten? Sie hatte immer noch ein so ungutes Gefühl. Doch wenn er um alles in der Welt nicht darüber reden wollte, blieb ihr nichts übrig, als ihn seiner finsteren Heimlichkeit zu überlassen. Vielleicht konnte sie ihn ja auf andere Gedanken bringen. Das zu versuchen, war auf jeden Fall besser, als dazusitzen – das heißt, sie stand ja noch – und sich anzuschweigen.
»Im Archiv hast du dir diese Tontafeln angesehen«, machte sie einen Vorstoß. »Kannst du denn die komischen Schriftzeichen darauf lesen?«
»Bei Amun! Selbstverständlich muß ich die babylonische Sprache und Schrift beherrschen. Wie sollte ich sonst den Briefwechsel mit dem Ausland führen und die Verträge mit Babylon, Mitanni und den syrischen Stadtfürsten abfassen. Du hast wohl geglaubt, wir Hofbeamte würden den ganzen Tag um den König herumsitzen und ihm Geschichten vom Bau der Pyramiden erzählen?«
»Nein, das habe ich nicht geglaubt. Wieso willst du mich als dumm hinstellen? Paßt dir auf einmal nicht mehr,

daß ich nicht am Hof aufgewachsen bin? Und daß ich erst ein Drittel deines Lebensalters erreicht habe?« Sie holte Luft und schob das Kinn vor. »Bei Hathor, ist dir denn ganz und gar entfallen, daß du mich vor nicht mal drei Monaten auf Knien darum gebeten hast, deine Frau zu werden!«

»Ich habe niemals auf Knien vor dir gelegen«, entgegnete er gereizt.

»Dann eben nicht! Ich jedenfalls war nicht versessen darauf, hier Hausherrin zu werden.« Wütend funkelte sie ihn an.

»Dann bereust du also, mich geheiratet zu haben«, fragte er mit einem seltsamen Klang in der Stimme und griff nach dem Skarabäus, der an einer breiten goldenen Kette auf seiner Brust hing.

»Wieso fragst du das?« Mit einem Mal waren ihre Bedenken wieder da.

»Weil es für mich von einer gewissen Wichtigkeit ist!«

Niedergeschlagen senkte sie den Kopf. »Du machst dich die ganze Zeit über mich lustig, nicht wahr?«

»Ich mache mich weder über dich lustig noch halte ich dich für dumm, auch wenn du eine große Dummheit begangen hast«, sagte er. »Ich verstehe mich selbst nicht recht, aber seltsamerweise liegt mir trotzdem noch etwas an dir.«

»Meinst du das ernst«, fragte sie zweifelnd, fühlte aber gleichzeitig, wie die Anspannung langsam von ihr wich.

»So ist es wohl«, erwiderte er matt.

Ihr zaghaftes Lächeln wurde zu einem freudigen Strahlen. »Dann willst du mich also behalten?«, fragte sie und hätte sich vor Erleichterung am liebsten in einen Sessel fallen lassen.

»Ganz sicherlich«, erwiderte er. Seine Stirn glättete sich, und, obwohl es ihn noch große Überwindung zu kosten schien, brachte er endlich ein Lächeln zustande.

Da Neferti für zwei, drei Wochen zu ihrem Landgut gereist war, hatte auch Teti nicht im Palast zu erscheinen. Sie konnte ihre ungeteilte Aufmerksamkeit Kamose widmen und erreichte zu ihrer Befriedigung schon bald, daß sich der Schatten, der so plötzlich ihr eheliches Verhältnis getrübt hatte, wieder auflöste. Anfangs empfand sie Kamoses Verhalten noch als ein wenig ungnädig, doch es besserte sich von Tag zu Tag, und die Zurückhaltung, mit der er sie behandelt hatte, wich der früheren Vertrautheit. Ab und zu grübelte sie der Ursache seiner Verärgerung nach und fragte sich, welche Rolle Si-Mut dabei gespielt haben mochte, aber sie war so froh über das Verschwinden der häuslichen Mißstimmung, daß sie die Sache auf sich beruhen ließ.
Eines spätnachmittags, als sie gerade mit Stolz dachte, wie gut es ihr gelungen war, während der vergangenen Woche Kamose gegenüber jegliche Widerworte oder schnippische Bemerkung zu unterdrücken, kam er mit der Eröffnung vom Palast zurück, daß sie ihn zu einer Audienz bei der Königin begleiten dürfe.
»Das ist eine gute Gelegenheit, den etwas ungünstigen Eindruck zu verwischen, den du bei deinem Amtsantritt hinterlassen hast«, sagte er.
So geht es also auch, dachte sie am nächsten Tag, als sie sich mit Kamose auf dem Weg zum Palast der Königin befand. Mit Sicherheit würde man sie in Kamoses Gegenwart anders behandeln als bei ihrer ersten Vorstellung, als sie schüchtern hinter Neferti hergeschlichen war. Diesmal hingegen konnte niemand übersehen, daß sie die Gattin eines hohen Beamten war. Ihre Amtseinführung am Hof war doch bloß deswegen mißlungen, weil Kamose ihr seine Unterstützung versagt hatte. Er hatte sie an ihrem ersten Tag Neferti überlassen, von der er selbst nicht viel hielt und deren Abneigung gegen Teti er kannte. Er hatte also sehr genau gewußt, daß es schieflaufen mußte. Ja, an diesem wichtigen Tag hatte er sie

ganz einfach hängen lassen. Und das nur, weil er – Amun allein kannte den Grund – wütend auf sie gewesen war.
»Dich möchte ich aber nicht zum Feind haben«, bemerkte Teti und sah Kamose von der Seite an.
Erstaunt zog er die Augenbrauen hoch. »Wie kommst du denn darauf?«
»Na, ich glaube, daß es ziemlich leicht für dich ist, jemandem zu schaden oder ihn sogar zu vernichten.«
Er konnte ein kurzes, überlegenes Lächeln nicht unterdrücken. »Du wählst zwar harte Worte, aber ich komme nicht umhin anzuerkennen, daß du von rascher Auffassung bist, meine Liebe. Das ist eine Gabe, über die leider nicht jeder verfügt. Und deshalb sehe ich mich zu meinem Bedauern immer wieder gezwungen, bei uneinsichtigen Menschen Maßnahmen zu ergreifen, die ich im Grunde lieber vermeiden würde.«
»Langsam verstehe ich«, sagte sie und bemühte sich, mit ihm Schritt zu halten, »was für ein einflußreicher Mann du bist.«
Liebenswürdig lächelte er auf sie herab. »Nun, es läßt sich nicht leugnen, daß mein Amt ein gewisses Maß an Macht mit sich bringt. Viele Menschen suchen meine Freundschaft, und eine große Zahl Untergebener ist von meinen Entscheidungen abhängig.«
Sie hatten den Palast fast erreicht, als wie zur Bestätigung seiner Worte zwei Männer vor sie hin traten und sich tief vor ihnen verbeugten. Der eine war ein Schreiber aus Kamoses Büro, und der andere, der nun zu sprechen anfing, schien von ihm hergeführt worden zu sein.
»Hör' mich an, o hoher Herr!«, sagte der Mann unterwürfig. »Wegen meines Sohnes bin ich zu dir gekommen. Nur unter vielen Mühen und Entsagungen ist es mir gelungen, meinem geliebten Sohn eine Ausbildung zum Schreiber zu ermöglichen. Und, Herr, mein Sohn ist ein Schreiber von solch außerordentlicher Tüchtigkeit

geworden, daß mein Herz vor Glück und Dankbarkeit gegenüber den Göttern überfließt. Zugleich aber, o Herr, ist mein Herz unsagbar betrübt, weil der sehnlichste Wunsch meines geliebten Sohnes bis jetzt unerfüllt geblieben ist. Trotz seiner überragenden Befähigung muß er noch immer im Amun-Tempel unserer Heimatstadt, die im Gau der Doppelfeder liegt, als untergeordneter Beamter Dienst tun. Und wenn ich dir erkläre, Herr, daß er sich in dem Wunsch verzehrt, zum Palastschreiber aufzusteigen, dann wirst du das doch verstehen, Geehrter? Dieser Palastschreiber hier, dein Untergebener, ist mein Freund. Als dein treuer Diener hat er mir von deiner Güte und großen Weisheit berichtet. Und deshalb, o Herr, wage ich zu hoffen, daß du dafür sorgen wirst, daß die Begabung meines Sohnes erkannt wird.«
Er verneigte sich bis zur Erde und sprach mit verhaltener Stimme weiter: »Gern hätte ich die Ehre, einen fetten Ochsen zu deinem in der Nähe meiner Heimatstadt gelegenen Landgut bringen zu dürfen, Herr, als bescheidenen Ausdruck meiner allerhöchsten Achtung vor deinem Amt und deiner Würde ...«
»Schweig!« Kamose machte eine heftige Bewegung mit seinem Amtsstab.
Der Mann fiel in sich zusammen, seine Miene spiegelte Bestürzung wider, doch seine listigen Augen glitten von Kamose zu Teti.
»Meine Tochter, junge Herrin«, flüsterte er in vertraulichem Ton, »zieht eine kleine, von ihrer Mutter verlassene Schilfkatze auf, ein allerliebstes Geschöpfchen, genau richtig als Spielgefährtin für eine junge Dame wie dich.«
»Wir haben bereits eine Katze zuhause«, sagte Kamose barsch und wich Tetis bittendem Blick aus. Rasch ging er zwei, drei Schritte weiter, was den Mann zu einem kläglichen »Mehr habe ich doch nicht, Herr!« veranlaßte.
Kamose blieb stehen und wandte sich um. »Nun, wenn ich mich recht entsinne, könnte es tatsächlich sein, daß in

einem meiner Ämter noch ein guter Schreiber gebraucht wird. Ich werde deinen Sohn rechtzeitig von seiner Versetzung und Beförderung benachrichtigen lassen.«
»Ich danke dir für deine unendliche Güte, hochgeehrter Herr!«, sagte der Mann. »Die Götter mögen ihren Segen über dir ausgießen.«
Teti mußte sich beherrschen, um nicht neben Kamose herzuhüpfen. »Wie hübsch«, sagte sie. »Wir kriegen noch ein kleines Kätzchen. Aber warum warst du denn zuerst so unfreundlich zu dem Mann?«
»Nun, ich wollte wissen, ob er sein Angebot nicht noch erhöht. Aber ein Ochse ist nicht schlecht. Ich werde ihn Amun opfern, allerdings hier in Theben, wo meine Gaben verzeichnet werden. Damit hat dann alles wieder seine Richtigkeit.«
Sie durchschritten das Palasttor und betraten den Audienzsaal der Großen Königlichen Gemahlin. Kamose stellte Teti so vielen Würdenträgern vor, daß sie sich schon bald deren Namen nicht mehr merken konnte.
Kamose hörte Apuia zu, dem königlichen Mundschenk, der ununterbrochen von seinem Sohn Parennefer erzählte. Nach seinen Worten stand Parennefer ja so hoch in der Gunst des Kronprinzen und fuhr so ausgezeichnet mit dem Streitwagen und war so gebildet und arbeitete sich schon jetzt so gewissenhaft in seine – Apuias – Ämter ein, daß er später einmal gut vorbereitet die Nachfolge seines Vaters würde antreten können. Teti spürte, daß Kamose immer ungeduldiger wurde. Und als Apuia doch einmal Luft holen mußte, legte er los.
»Mein ältester Sohn macht seine Militärausbildung in Memphis und in ein, zwei Jahren wird er in die Streitwagentruppe aufgenommen. In jeder Kampfart ist er der Beste, ob mit dem Bogen, mit Lanze, Dolch oder Schwert – er handhabt alles vortrefflich. Sogar die schwere Kriegskeule weiß er geschickt zu gebrauchen. Mein Schwiegersohn, der in der nördlichen Garnison Rekru-

tenschreiber ist, hat sich sehr zufrieden über die Fortschritte des Jungen geäußert und ihn bereits in höchste Militärkreise eingeführt.«
»Und wenn er seine Ausbildung in Memphis beendet hat, wirst du ihn in dein Amt einweisen?«, vermutete Apuia.
Kamose nickte. »Gewiß, gewiß! Jetzt soll er sich dort im Norden erst einmal die Hörner abstoßen und lernen, auf eigenen Füßen zu stehen. Und ein hartes, kriegerisches Training hat noch niemandem geschadet. Wer wüßte das besser als wir!«
Apuia klopfte ihm auf die Schulter. »Wir beide wurden mit wohlgeratenen Söhnen gesegnet, auf die wir, bei Amun, stolz sein können.«
Die Tür flog auf, und Cheruef, der Haushofmeister der Großen Königlichen Gemahlin, stürzte in den Raum. Doch bevor er seinen Stab das dritte Mal auf den Boden stoßen und seine Herrin ankündigen konnte, stand Königin Teje schon im Saal. Mit einem Blick erfaßte sie die Anwesenden, die niedergekniet waren, dann stieg sie die Stufen des Podiums hinauf und nahm auf ihrem Thronsessel Platz.
Wesir Ramosis und Sekretär Eje, ihr engster Vertrauter, waren mit dem Gefolge gekommen, und Ramosis forderte die Beamten auf, über die ihnen unterstellten Tätigkeitsbereiche Bericht zu erstatten. Zuerst legten der Schatzmeister und der Aufseher über die Kornspeicher Rechenschaft über Zugänge und Abgänge und den derzeitigen Stand der ihnen anvertrauten Güter ab. Dann sprach ein Beamter aus Karnak über das Voranschreiten der Bauarbeiten am Amun-Tempel.
Tetis Interesse erlahmte rasch, als nur noch von der Größe der Steinblöcke, der Höhe der Säulen und der Zahl der eingesetzten Handwerker und Sklaven die Rede war, und sie schaute verständnisvoll zu einem alten Oberschreiber hinüber, dem der Kopf auf die Brust gesunken

war. Kamose aber schien von den Gesprächen gefesselt zu sein, ab und zu wechselte er einen bedeutungsvollen Blick mit Apuia. Aus der Stimme der Königin war wachsender Ärger herauszuhören, und Teti bedauerte den Beamten sehr, der stotternd und sich verhaspelnd vor dem Thron kniete und mehr und mehr in sich zusammenzusinken schien.
»Richte deinem Vorgesetzten, dem zweiten Propheten Amuns, aus, daß er künftig persönlich zu erscheinen hat! Ich, die Königin, werde mir nicht nochmals das Gestammel seines überforderten und unzureichend informierten Untergebenen anhören. Und jetzt geh' mir aus den Augen!«
Schlotternd sprang der Mann auf und verließ so schnell er konnte rückwärts und in gebückter Haltung die Audienzhalle.
»Es müßte doch sowohl Si-Mut als auch Mai, dem Oberpriester, klar geworden sein, daß sie an dieser Besprechung teilzunehmen gehabt hätten«, rief Königin Teje mit zornblitzenden Augen.
»Sicher lediglich ein bedauerliches Mißverständnis, allergnädigste Majestät«, meinte Wesir Ramosis entschuldigend und knetete seine Hände.
»Das ist öffentliche Mißachtung einer königlichen Anweisung«, hielt der königliche Obersekretär Eje grimmig dagegen.
Die Königin zupfte an der goldenen, mit der Uräusschlange geschmückten Geierhaube und befahl den bei ihrem Thron stehenden Damen, die Wedel aus Straußenfedern schneller zu bewegen, mit denen sie ihr Kühlung zufächelten. Eine Dienerin tupfte der Königin das Gesicht ab.
»Ihr werdet euch morgen zusammen mit den anderen Mitgliedern des Bauausschusses erneut hier einfinden«, sagte Teje zum leitenden Architekten und zum Oberbildhauer. Sie wandte sich an Wesir Ramosis: »Und du bist

mir dafür verantwortlich, daß Mai und Si-Mut ebenfalls anwesend sind.«
»Selbstverständlich, erlauchte Majestät.« Ramosis trat zur Seite.
»Weiter! Apuia, wie sieht es mit der Versorgung der Tempel mit Opfergaben aus?«
Apuias ruhige, sichere Art und der positive Inhalt seines Berichtes besänftigten die Königliche Gemahlin. Sie lauschte aufmerksam seinen Worten und den nachfolgenden Erklärungen der anderen Beamten.
Endlich kam Kamose an die Reihe. »Erwartungsgemäß, Königliche Hoheit«, sagte er mit feinem Lächeln, »können wir auch in diesem Monat den Eingang eines Schreibers aus Byblos verzeichnen. Der Bote des Fürsten kam gestern, und die Übersetzung des Briefes liegt mir bereits vor.«
»Dein Büro arbeitet schnell! Du teilst mir die Nachricht Fürst Ribaddis im Anschluß an unsere Besprechung mit, Kamose. Ist die kleine Person, die hinter dir kniet, deine neue Frau?«
»Ja, erlauchte Majestät.«
Sie erinnerte sich bestimmt nicht daran, daß ich schon mal hier war, dachte Teti und hielt weiterhin den Kopf gesenkt.
»Wie macht sich Tutu, der junge Syrer, der vor wenigen Monaten in deine Abteilung versetzt wurde?«, fragte die Königin weiter.
»Sehr gut, Majestät! Ein Teil des Briefes wurde von ihm übersetzt, und ich hatte nur wenig an seiner Arbeit zu beanstanden.«
»Hervorragend! Dann hat mein Sohn die Fähigkeiten und das sprachliche Talent dieses jungen Mannes richtig erkannt.«
Je zufriedener die Königin wurde, desto erleichterter wirkten die Beamten. Die Diener bewegten die Fächer jetzt nur noch sehr langsam. Ihnen müssen ja bald die

Arme abfallen, dachte Teti für sich, als sie wieder an Kamose vorbei nach vorne lugte.
»Sind weitere Briefe eingetroffen?«, erkundigte sich die Königin.
»Nur einer aus Mitanni von König Tuschratta. Er übermittelt Grüße an Pharao und dich, Majestät, und auch an seine Tochter, Prinzessin Taduchepa. Und er bittet um die Übersendung der goldenen Statuen, die Pharao ihm zugesagt hat.«
»Ach was!« Mit einer knappen Geste drückte die Königliche Gemahlin ihren Unwillen aus und verkündete, daß die Versammlung beendet sei. Würdenträger, Beamte und Schreiber drängten aus der Audienzhalle.
Doch draußen vor der Tür war ein Tumult entstanden, und plötzlich konnte man die Stimme des Herolds hören: »Der König kommt! Der König kommt!«
Teti versuchte, sich hinter Kamoses breitem Rücken zu verstecken. Wie nah befand sie sich doch bei den Thronen! Oh, viel zu nah! Wenn Pharao kam, um sich auf seinem Thronsessel niederzulassen, würde sie – Teti – die machtvolle Gegenwart des vollkommenen Gottes aushalten können? Obwohl... Sklaven und Diener hatten bis jetzt ja auch überlebt. Mutig spähte sie zur Tür, durch die der Haushofmeister des Königs hereinkam. Dann, nachdem er vollständig und ausführlich angekündigt worden war, erschien Pharao Amun-hotpe selbst, auf seine beiden Kammerdiener gestützt. Er trug das königliche Kopftuch; um seinen fülligen Leib war ein golddurchwirkter Schurz gewunden, und Teje erhob sich, um ihrem göttlichen Gemahl ihre Ehrerbietung zu erweisen.
Staunend beobachtete Teti, was sich vor ihren Augen abspielte. Doch da bemerkte sie, wie sich Kamose im Knien diskret zu ihr umwandte und etwas wie »Mund zu, Kopf runter!« raunte – eine Aufforderung, der sie eiligst Folge leistete. Wesir Ramosis und Eje waren eben-

falls im Saal geblieben, das Gefolge bildete weiter hinten einen Halbkreis. Es herrschte ehrfürchtige Stille.
»Wie es aussieht, hat Meine Majestät wieder einmal den wichtigsten Teil der Konferenz verpaßt«, sagte Pharao, nachdem er auf seinem Thronsessel Platz genommen hatte.
»Kamose wird uns ein Schreiben des Fürsten von Byblos vortragen, bevor es im Archiv abgelegt wird«, erklärte Königin Teje. »Und wenn es Deine Majestät nicht zu sehr ermüdet, lassen wir uns noch einen Brief aus Mitanni zu Gehör bringen.«
»Ermüden? Nein! Meiner Majestät geht es ausgezeichnet. Sachmet, die Mächtige, ist mir heute freundlich gesinnt, und meine Ärzte haben mir soeben meinen Gesundheitswein mit Mohnblumensaft verabreicht. Nur zu, Kamose, alter Freund, laß die Neuigkeiten hören!«
Kamose setzte sich auf die oberste der zum Thron führenden Stufen, entrollte den Papyrus und begann vorzulesen. Während das Königspaar, der Wesir und der Oberste königliche Sekretär mit höflicher Aufmerksamkeit zuhörten, lauschte Teti über alle Maßen begeistert. Doch nicht der Inhalt der Briefe versetzte sie in Entzükken, nein, es waren die ihrem Gatten entgegengebrachte Wertschätzung und die freundschaftliche Vertrautheit, mit der das Herrscherpaar ihn behandelte. Kamose erschien ihr in einem ganz neuen Licht. Hatten bereits die lobenden Worte der Königsgemahlin ihn weit aus der Menge der Beamten herausgehoben – na ja, mit Apuia und einigen anderen war Teje auch zufrieden gewesen, aber was zählte das schon –, so machte ihn die großmütig gezeigte Zuneigung des lebendigen Gottes in ihren Augen zu einem strahlenden Helden.
Und Pharao richtete erneut das Wort an diesen Helden. »Laß' bis zu den Antwortbriefen ruhig einige Zeit verstreichen. Dann schreibst du das Übliche. Meine Majestät hat sich mit wichtigeren Dingen zu befassen. Wie

sieht es denn mit der Prinzessin aus, die der babylonische König für mein Frauenhaus schicken wollte?«
»Babylon hat den Brautpreis erhöht, erhabener Herr«, sagte Kamose mit Bedauern. »Und auf unser jüngstes Angebot haben wir noch keine Antwort.«
»Hoffentlich ist die babylonische Königstochter ebenso hübsch wie die Hofdame da hinter dir.« Pharao musterte Teti mit fiebrigen Augen.
»Diese Hofdame ist die Herrin meines Hauses, göttliche Majestät«, sagte Kamose schnell. »Ich habe sie nach langen Jahren der Witwerschaft vor etlichen Monaten geheiratet.«
»Steh doch mal auf, Kleines«, forderte Pharao Teti auf. »Kannst du denn auch tanzen?«
Teti nickte stumm. Das Aufstehen war ihr noch mit Anmut gelungen, aber jetzt zitterten ihre Knie gewaltig.
»Meine Frau war Tänzerin im Hathor-Tempel, mächtiger Horus«, antwortete Kamose.
»Das klingt ja äußerst vielversprechend! Machen wir doch einen Tausch, alter Freund«, schlug der König munter vor. »Du läßt sie hier im Palast, damit Meine Majestät sie mit Göttlichkeit beglücken kann. Und dafür bekommst du die Babylonierin, wenn sie irgendwann eintrifft.«
»Äh, aber ich ... Gerechter Gott, in deiner Gnade ... Ich möchte eigentlich nicht ...«
»Hast du nicht für die üppigen Damen Babylons geschwärmt, seit du von deinen Reisen zurück bist, Kamose?« Pharao stützte sich mit den Händen auf die beiden Löwenköpfe, die den Abschluß der Armlehnen seines Thronsessels bildeten, und sah Kamose mit einem schalkhaften Ausdruck auf dem göttlichen Antlitz an.
»Aber, mein guter Herr, mir fehlen doch die Mittel für einen Palast, der einer Königstochter angemessen wäre«, wandte Kamose ein.
»Selbstredend bekommst du das Erforderliche aus der Staatskasse.«

»Aber bis eine derartige Anweisung durch alle Behörden und Instanzen wäre, würden Jahre, wenn nicht Jahrzehnte, vergehen! Und bedenke, o Herr der Beiden Länder, daß aller Wahrscheinlichkeit nach das Weiterreichen einer königlichen Prinzessin die Beziehungen zwischen Babylon und Ägypten doch stark belasten würde.«

Pharao geruhte, sich erheitert zu zeigen. Dann wanderte sein flackernder Blick eine Weile zwischen Kamose und Teti hin und her. »Wie Meine Majestät leider feststellen muß, bringst du meinem Vorschlag nicht den nötigen Enthusiasmus entgegen, mein Freund. Und deine Frau sieht noch verschreckter aus als das Reh der Wüste, das sich auf der Flucht befindet vor dem Löwen« – er richtete sich im Thronsessel auf – »vor dem königlichen Löwen!«

»Mir scheint, als hätte der Löwe mittlerweile einiges von seiner Wildheit verloren und sei schon etwas zahnlos geworden.« Königin Teje hatte ihre Beratung mit Obersekretär Eje unterbrochen und legte begütigend ihre Hand auf die ihres königlichen Gemahls.

»Meine Majestät könnte Kamoses Frau doch einen Titel verleihen«, meinte Pharao. »Wie gefällt dir das meine liebliche Königliche Gemahlin?«

Die Königin nickte zerstreut. »Wenn es Deiner Majestät Freude bereitet! Mir soll es recht sein. Und Kamoses Frau wird es für den Tritt entschädigen, den ihr unsere Tochter versetzt hat.«

Sie erinnert sich tatsächlich an mich, dachte Teti verwundert. Bestimmt ist sie genauso allwissend und unfehlbar wie der göttliche Pharao selbst.

»Es ist beschlossen«, verkündete Pharao. »Ab heute darfst du den Titel ›Zierde des Königs‹ führen! Und als Zeichen meiner königlichen Huld sollst du aus dem Schatzhaus einen Gedenkskarabäus erhalten. Wenn du Glück hast, Kindchen, bekommst du ihn auch, bevor du Großmutter bist! Du, Eje, machst alles amtlich.«

Teti machte den Mund auf, brachte aber keinen Ton heraus.
»Wir sind Deiner Majestät sehr, sehr dankbar«, sagte Kamose rasch. Er küßte Pharaos Hände, und Teti beeilte sich, es ihm gleich zu tun.
Der König erhob sich ächzend und wandte sich mit der Königlichen Gemahlin zum Gehen. Teti sah ihnen ehrfürchtig nach, und noch lange, nachdem das Königspaar entschwunden war, ließ sich in der Halle der leichte Myrrhenduft wahrnehmen, der den königlichen Personen anhaftete.
Nur der Wesir, Kamose und Teti waren in der Audienzhalle geblieben. Ramosis nahm Einsicht in die Schriftrollen, aus denen Kamose vorgelesen hatte. Teti fühlte sich nach wie vor ganz benommen und erst allmählich wurde ihr klar, was sich in der vergangenen Stunde zugetragen hatte. Sie hatte in der Nähe königlicher und göttlicher Hoheiten geweilt, und es hatte sich herausgestellt, daß sie die Frau eines ganz besonders begünstigten Mannes war, der nicht nur den Titel ›Freund des Königs‹ trug, sondern mit dem der Herr der Beiden Länder wahrhaftig freundschaftlich sprach und mit dem er sogar zu scherzen beliebte.
Und nun trug auch sie einen Titel! Als ›Zierde des Königs‹, fragte sie sich, konnte sie da nicht mit dem Wesir ein Wörtchen reden? Als Ramosis zu Ende gelesen hatte, trat sie auf ihn zu.
»Wesir Ramosis, Priester der Ma'at, Oberster Siegelbewahrer und Bürgermeister von Theben«, sprach sie ihn im vollen Bewußtsein seiner alten und ihrer neuen Würde an. »Wenn ich auf die großen Feste der letzten Jahre zurückblicke, dann drängt sich mir bedauerlicherweise die Feststellung auf, daß die Qualität des Brotes, das man anläßlich der Feierlichkeiten für die Bewohner der Stadt und für anreisende Besucher bereitstellt, immer mehr nachläßt. Kurz gesagt, die Beschaffenheit

des Brotes ist so, daß die Gesundheit der Bevölkerung gefährdet ist. Diese Gefahr muß abgestellt werden, beispielsweise durch die Gründung einer Kommission, wie sie auch zur Überwachung der Tempelbauten und der Arbeiten an den Königsgräbern eingesetzt wird. Wie ich bei meinen Nachforschungen herausfinden konnte, sind nämlich die Mahlbetriebe an der Verunreinigung des Mehls schuld. Ich weiß nicht, ob diese Angelegenheit in deinen Zuständigkeitsbereich fällt, aber ich finde, daß du als Bürgermeister davon wissen und etwas dagegen unternehmen solltest.«

Da sie mit ihrer Rede eigentlich recht zufrieden war, sah sie dem Wesir höflich abwartend ins Gesicht, ohne sich um Kamoses heftiges Schnaufen im Hintergrund zu kümmern. Die Falten um Ramosis' Augen vertieften sich, und, nachdem er sich mit einer fahrigen Bewegung über die Stirn gewischt hatte, wurde sein Lächeln noch intensiver.

»Was für eine reizende junge Frau du hast, Vorsteher der Korrespondenzabteilung!« Er gab Kamose die Schriftrollen zurück. »Wir sehen uns morgen.« Mit langen Schritten ging er, seinen Amtsstab fest in der Hand, aus dem Saal.

»Welcher Dämon ist denn in dich gefahren?«, hörte sie Kamoses mühsam beherrschte Stimme hinter sich. »Was, im Namen der Götterneunheit, hast du dir da soeben erlaubt?«

Zögernd drehte sie sich zu ihm um. »Na, ich dachte, du hättest die ganze Sache längst vergessen, weil du ständig so beschäftigt bist. Und jetzt war die Gelegenheit günstig, um mit Wesir Ramosis darüber zu sprechen.«

»Es ist doch nicht zu fassen! Vor Pharao bringst du kein einziges Wort heraus, schaffst es nicht einmal, dich für die königliche Gunst zu bedanken. Und den Wesir, der nicht im entferntesten auf irgendeine Meinungsäußerung von dir Wert legt, überschüttest du mit einem sol-

chen Redeschwall. Bei Amun! Nicht nur dich, sondern auch mich hast du maßlos blamiert.«
»Das finde ich nicht. Ramosis hat doch offensichtlich überhaupt nicht begriffen, was ich zu ihm sagte. Genauso gut hätte ich zu dem Pavian sprechen können, der dort drüben auf der Fensterbank sitzt.«
»Hüte deine Zunge«, fuhr er sie an.
»Er hat sich blamiert, nicht ich. Wie kann der Mann, der über allen Beamten Oberägyptens steht, so begriffsstutzig sein. Und dabei habe ich absichtlich besonders langsam, deutlich und laut gesprochen für den Fall, daß er schon ein bißchen schwerhörig ist. Aber wenn ich Wesir Ramosis irgendwann wiedertreffe, versuche ich es eben nochmal.«
»Das wage nicht! Oder, bei Seth, du wirst mich kennenlernen«, knurrte Kamose und schritt mit einem ärgerlichen »Komm jetzt!« vor ihr her und zur Tür hinaus.
»Meinen Titel habe ich bloß bekommen, weil Pharao dich liebt«, sagte Teti, als sie zwischen den Beeten mit den bunten Blumen hindurchgingen.
Sie bogen in den Weg ein, der zu dem von ihnen meistens benutzten Nebentor führte. Kamose, allem Anschein nach immer noch verstimmt, murmelte etwas Undeutliches, von dem sie nur das Wort Löwenjagd verstehen konnte.
»Du warst mal mit Pharao bei der Löwenjagd?«, fragte sie neugierig.
»Ja, früher, vor vielen Jahren. Bei Amun, ist das lange her! Es war stets ein riesiges Spektakel, und das Unwichtigste an der ganzen Sache waren die Löwen. Wir waren eine Gruppe junger athletischer Männer um den König und wir verstanden uns prächtig. Eines Tages stießen wir tatsächlich auf Löwen. Sie hatten eine Antilope gerissen und lagen eigentlich nur satt und faul herum. Pharao tötete alle vom Streitwagen aus. Daraufhin stieg er herunter, um sich die erlegten Tiere anzusehen. Plötzlich

griff ihn ein Löwe an, der sich bis dahin im Gebüsch verborgen hatte. Ich lenkte den Streitwagen hinzu, zog Pharao hinauf, und wir jagten davon. Außer einer Fleischwunde hatte Seine Majestät glücklicherweise nichts abbekommen. Nun ja, das war eines unserer gemeinsamen Abenteuer aus der Jugendzeit.«

Fasziniert hatte Teti an Kamoses Lippen gehangen. »Du hast dem vollkommenen Gott das Leben gerettet«, hauchte sie mit versagender Stimme und setzte sich auf eine Steinbank. »Ehrlich, du bist der großartigste Held, den ich kenne!«

»Nun, nun! So großartig war es auch wieder nicht«, wehrte er ab. Doch der letzte ärgerliche Schatten auf seinem Gesicht hatte sich verflüchtigt, seine Schultern strafften sich, und er zog, so gut er konnte, den Bauch ein.

»Das ist eine märchenhafte, ganz und gar wunderbare Geschichte«, sagte Teti, als sie wieder normal sprechen konnte und Kamose nicht mehr voller Bewunderung anstarren mußte. Sie sprang auf und umarmte ihn. »Du mußt mir zwei Dinge versprechen! Erstens, daß du nie wieder zur Löwenjagd gehst, weder mit Pharao noch mit irgend jemand anderem. Es wäre viel zu gefährlich.«

»Natürlich werde ich das nicht tun. Ich habe es seit zwanzig Jahren nicht mehr getan.«

»Hathor sei Dank! Und zweitens mußt du mir schwören, daß du mich niemals eintauschen wirst.«

»Was ist das nur wieder für dummes Zeug? Wer sollte so etwas von mir verlangen?«

»Trotzdem! Sicherheitshalber! Schwöre es beim Leben Amuns!«

»Also gut, um die Sache aus der Welt zu schaffen. Ich schwöre es, so wahr Amun und der Pharao leben. Bist du nun zufrieden?«

»Oh ja, Liebster«, sagte sie und machte jetzt doch einen kleinen Freudensprung. »Ist heute nicht ein herrlicher Tag?«

Kapitel 6

Die Tempelstadt

In der Mitte des Monats Tybi erreichten zwei Botschaften das Haus des Hofbeamten Kamose. Die erste war, daß auf Kamoses Landgut ein gutgenährter Ochse eingetroffen war, die zweite, daß Neferti ihren Auswärtsaufenthalt verlängern würde. Da deshalb auch Teti keinen Hofdamendienst hatte, begleitete sie Kamose häufig zu seinen Amtsräumen und unternahm von dort aus Erkundungsgänge durch den Palast. Dadurch verlor dieser immer mehr von seiner verwirrenden Fremdheit, und sie fand nach und nach heraus, wer wo anzutreffen war, wem welche Aufgaben oblagen und wer welche Gewohnheiten und Kontakte pflegte.

Als Neferti schließlich in die Hauptstadt zurückkehrte, sank das Fruchtbarkeit bringende Nilwasser bereits wieder. Durch einen Boten ließ Neferti Teti auffordern, sich am nächsten Tag bereitzuhalten, da sie beide im Auftrag von Prinzessin Nofretete mit der königlichen Barke zum großen Amun-Tempel nach Karnak zu fahren hatten.

Teti hatte sich dem offiziellen Auftrag entsprechend gekleidet und schon früh am Morgen fertiggemacht. Die Zeit, bis Neferti sie abholen kam, wollte sie nutzen, um die Warenaufstellungen durchzurechnen, die am Vortag eingetroffen waren. Sie entrollte den ersten Papyrus und stöhnte leise. Der Gutsverwalter hatte einen bereits benutzten und dann abgewaschenen Papyrus verwendet und schrieb zudem in einer schrecklich kleinen Handschrift. Sie kniff die Augen zusammen. Was las sie da?

Gerste, Emmer, Bohnen, Lauch, Knoblauch, Zwiebeln, Melonen, Datteln und Feigen. Und dann das Vieh, Kühe, Schafe, Lämmer, Kälber, Ochsen, Ziegen und Esel. Alles war genau aufgeführt, und sogar die Summen standen schon da. Sie mußte sie bloß überprüfen.
Wie gut, daß Kamose nicht sehen konnte, daß sie zum Rechnen nach wie vor die Finger zu Hilfe nahm. Aber immerhin waren die letzten Listen, die er nachgesehen hatte, fehlerfrei gewesen. Und wie sie zu den Ergebnissen kam, war doch unwichtig, wenn sie nur richtig waren. Da! War das möglich? Der gute Mann hatte sich tatsächlich verrechnet. Pflichtschuldig verrichtete sie die Wasserspende für Thot, den Gott des Rechnens und Schreibens, tauchte ihren Pinsel in die Tinte und schrieb den richtigen Betrag hin.
Sie rechnete weiter, aber als sie zur Gerste kam, schweiften ihre Gedanken wieder ab. Mutnefer hatte inzwischen einen zweiten Brief erhalten, in dem Amun-nacht und Bakmut mitteilten, daß sie erstklassiges Saatgut bekommen hatten und mit der Aussaat beginnen wollten, sobald die Nilflut die Felder freigab. Es lief also alles nach Plan, und auch den Nebenfrauen war endlich klargeworden, was für ein vorteilhaftes Geschäft sie abgeschlossen hatten. Henut beispielsweise malte sich schon die beachtliche Mitgift für ihre Tochter Iset aus, die ihr der reichliche Gewinn ermöglichen würde. Taheb spielte mit dem Gedanken, dem Hathor-Tempel eine wertvolle Statue der Göttin zu stiften, damit ihre Gebete um weiteren Kindersegen und um die Erhaltung ihrer Schönheit besseres Gehör fanden. Und Mutnefer freute sich ganz einfach darüber, ihrer Familie behilflich sein zu können, ohne Kamose um Unterstützung angehen zu müssen.
Nach längerem Überlegen hatte sich Teti entschlossen, Tahebs Beispiel zu folgen und ebenfalls eine Götterstatue für das Heiligtum anfertigen zu lassen. Nicht nur Imiu sprach andauernd davon, wie wichtig es wäre, daß

Teti so bald wie möglich ein Kind bekäme, sondern auch Pepi hatte ihr mehrmals geraten, im Tempel ein Dankopfer zu bringen und sich gleichzeitig durch eine großzügige Spende der Gewogenheit der Göttin zu versichern.
Als Seni schließlich meldete, daß Neferti in der Empfangshalle wartete, war Teti keinen Strich weitergekommen. Immer noch hatte sie endlose Zahlenreihen vor sich und war daher nur zu glücklich, dieser Aufgabe einstweilen entfliehen zu können.
Doch so gespannt sie gewesen war zu hören, was Neferti Neues zu berichten hatte, so enttäuscht war sie, als diese nach einer äußerst knappen, um nicht zu sagen unfreundlichen Begrüßung in Schweigen verfiel und nichts mehr sagte, bis sie zum Palasthafen kamen, wo goldglänzend und edelsteinfunkelnd Pharaos Barke ›Aton leuchtet‹ auf dem Wasser schaukelte. Da erst ließ sich Neferti herbei zu erklären, daß dieses Boot ausschließlich der königlichen Familie und höchsten feierlichen Ereignissen vorbehalten war, was Teti allerdings längst wußte. Doch sie verkniff sich eine diesbezügliche Bemerkung und folgte Neferti zu einem kleineren Boot, das auch sehr prächtig anzusehen war und von Dienern mit Opfergaben beladen wurde. Ein dicklicher junger Beamte beaufsichtigte die Arbeiten und verglich das an Bord Transportierte genau mit seinen Listen. Auf den Treppenstufen, die zum Wasser führten, hockten ein paar Soldaten und waren eifrig dabei, einander im Weitspucken zu übertreffen.
Der Bootsführer half Neferti und Teti an Bord, wo sie sich unter einem Sonnendach niederlassen konnten. Nachdem alle Körbe mit Brot, Kuchen, Früchten, Geflügel und Blumen eingeladen worden waren, gingen auch der Beamte, die Soldaten und die Diener an Bord, und das Schiff legte ab. Ein Priester und ein Chor von Tempelsängern, die sich vorne am Bug aufgestellt hatten, stimmten eine feierliche Hymne an. In der Nähe von

Tetis und Nefertis Sitzplatz standen ein hölzerner Dokumentenkasten und eine kostbare, mit Elfenbein eingelegte Truhe.

Teti drängten sich so viele Fragen auf, daß sie das Schweigen nicht länger ertrug. Sie schaute Neferti an, die mehr auf dem Polster lag als saß, und fragte: »Bist du krank?«

Neferti lehnte den Kopf an eine der Stangen, die das Sonnendach stützten, und ihre Stimme klang ziemlich kratzig, als sie sagte: »Wenn das Fest gestern Nacht wenigstens so schön gewesen wäre, wie es mir heute schlecht geht. Es gab billigen Wein dort, und ich sehe heute morgen fürchterlich aus.«

»Halb so wild«, versicherte Teti freundlich. »Die Schminke verdeckt recht gut, daß du ein bißchen grün im Gesicht bist.«

»Hofdame Teti, halt' den Mund.«

»Nein! Ich werde erst still sein, wenn du mir erklärt hast, worum es bei unserem Auftrag eigentlich geht. Ich habe keine Lust, ständig hinter dir herzutrotten wie eine Ziege am Strick hinter dem Bauern.«

Eine steile Falte erschien zwischen Nefertis sauber mit schwarzer Schminke nachgezogenen Augenbrauen.

»Wenn du dir wie eine Ziege vorkommst, ist das deine Sache. Aber mich laß aus deinen blöden Vergleichen gefälligst raus.«

»Bei Hathor! Bist du aber geladen. Möchtest du nicht die Freundlichkeit haben, mir wenigstens zu sagen, wer der Beamte ist, der so eifrig die Aufsicht führt? Schließlich kann ich ja noch nicht alle Leute kennen.«

»Ach der!« Neferti machte eine schlaffe Handbewegung. »Das ist Panehesi, der alte Schleimer. Ein Günstling von Prinzessin Nofretete.«

»Ja, und weiter«, bohrte Teti. Das wäre das erste Mal gewesen, daß sich Neferti damit begnügt hätte, zu einer Person eine so knappe Beschreibung abzugeben. Schon sprudelte die Quelle in bewährter Weise.

»Er ist der Adoptivsohn von Nofretetes Onkel«, klärte Neferti Teti auf, »und wurde einst als armes Bettelkind irgendwo auf Thebens kotbedeckten Straßen aufgelesen. Die Prinzessin fühlte sich verpflichtet, ihrem sogenannten Cousin ein Amt zuzuteilen. Sie läßt es sogar zu, daß er ihren Besitz verwaltet.«
»Ich hab' nicht gewußt, daß die Prinzessin ein so gütiges Herz hat«, erwiderte Teti gerührt. »Und ich finde, Panehesi macht einen zuverlässigen und kundigen Eindruck.«
»Natürlich wurde er zum Schreiber ausgebildet. Aber«, Neferti zog abfällig die Mundwinkel nach unten, »wie kann einer, der früher wie ein streunender Hund gelebt hat, zum Beamten taugen?«
»Ach, hör' auf zu stänkern!«
Lächelnd schloß Neferti die Augen bis auf einen tückisch glitzernden Spalt. »Sag mal, Kleine«, säuselte sie. »Stimmt es eigentlich, daß du Kamose im Palasthof zugelaufen bist...?«
Teti ballte die Fäuste.
»An einem noblen Ort«, fuhr Neferti fort, »an dem deinesgleichen absolut nichts zu suchen hat.«
»Behalt' deine Gemeinheiten für dich.«
Wieder verengten sich Nefertis Augen zu schmalen Schlitzen, und sie sagte: »Du brauchst dir keine Mühe zu geben. Es läßt sich nun mal nicht verbergen, daß du aus der Gosse kommst. Und irgendwann wird auch der arme Kamose einsehen müssen, daß eine wie du weder eine passable Herrin abgibt noch in irgendeiner Weise als Hofdame geeignet ist.«
Teti versuchte krampfhaft, die Tränen des Zorns zurückzuhalten. »Du Miststück«, stieß sie mit wuterstickter Stimme hervor. »Glaubst du, deine Boshaftigkeit macht dich vornehmer, eleganter und schöner? Du müßtest dich mal im Spiegel sehen, du Spatzenhirn. Dein Gesicht ist vom Wein verwüstet, und deine Schweinsaugen sind

rot und böse wie die von Seth. Gar nichts brauchst du dir auf deine Herkunft einzubilden, du unverschämte, widerwärtige, giftsprühende Palastschlange, du!«
Neferti hatte die Augen weit aufgerissen. »Verdammt«, schrie sie. Ihre Hände schossen nach vorn und umklammerten Tetis Hals. »Du verdammtes Biest! Ich erwürg' dich und schmeiß' dich zu den Krokodilen!« Sie drückte fester.
»Wie vulgär du plötzlich...«, gurgelte Teti, wild um sich schlagend.
Der junge Beamte und ein Diener kamen herbeigestürzt. »Meine Damen! Meine Damen, bitte!« So vorsichtig wie möglich löste Panehesi Nefertis Finger von Tetis Hals. Der Diener zog sich zurück, als er merkte, daß die Gefahr gebannt war.
Einen Augenblick noch starrten sich beide Kontrahentinnen wuterfüllt an, dann fing Neferti an zu lachen. »Jetzt geht es mir tatsächlich besser! Teti, du bist mindestens so viel wert wie eine Portion Kopfwehpulver.«
»Schscht, sei doch still.« Teti war rot angelaufen. »Oh, ist mir das peinlich.« Alle, aber auch alle sahen zu ihnen herüber. Sogar die Tempelsänger hatten ihr Lied unterbrochen, nur der Priester hatte nichts mitbekommen und sang unbeirrt weiter, den Blick fromm auf die Tempel von Karnak gerichtet.
Panehesi stimmte ein meckerndes Lachen an. »Ein Scherz, meine Damen, ein wunderbarer Scherz.« Er warf ihnen einen bitterbösen Blick zu, stand auf, glättete seinen Schurz und ging langsam und würdevoll zu seinem überdachten Sessel in der Schiffsmitte zurück. Dabei rief er den Dienern und Soldaten zu, sie sollten aufhören zu gaffen.
Teti hätte sich am liebsten zwischen den Körben verkrochen. Aber Neferti tat, als wäre nichts geschehen, nahm sich aus einem der Opferkörbe ein paar Feigen und reichte auch Teti eine davon. »Ich komme wohl nicht

darum herum, mich bei dir zu entschuldigen«, sagte sie und biß in eine Frucht. »Glaub mir, ich wollte dir nicht wirklich ans Leben.«
»Das hättest du auch gar nicht geschafft«, entgegnete Teti und fügte nach kurzem Zögern hinzu: »Aber auch ich habe vielleicht manches gesagt, was ich besser nicht hätte sagen sollen.«
»Das hast du durchaus richtig erkannt, Kleine.« Neferti hatte wieder zu ihrer herablassenden Art zurückgefunden. »Da ich jedoch trotz meines mitunter ein wenig aufbrausenden Temperaments ein sehr großmütiger Mensch bin, biete ich dir meine Freundschaft an. Laß uns den Streit begraben!« Lächelnd strich sie Teti über die Wange, zeichnete die Ohrmuschel nach, dann hakte sie einen Finger in Tetis Ohrring und zog deren Kopf ein Stück zu sich her. »Du wirst meine Freundschaft brauchen können, Gänschen.«
Teti mußte in dieser Stellung ausharren, bis Neferti den Ohrring wieder losließ. »Gut«, sagte sie leise. »Laß uns Frieden schließen und Freundinnen sein.« Gleichzeitig aber nahm sie sich vor, vor dieser Frau immer auf der Hut zu bleiben.
Unterdessen war die Barke in den Kanal eingebogen, der zur Kaianlage von Karnak führte. Die Tempelmauer und der äußere hochaufragende Pylon mit seinen bunten Wimpeln waren schon ganz nah. Das Boot legte an, und nachdem die Diener alles ausgeladen hatten, trugen sie, angeführt von dem Priester und den Sängern und begleitet von den Soldaten, die Körbe in feierlichem Zug durch das neu errichtete Tor in den ersten Hof. Dorthin war Teti bereits früher bei festlichen Opfergängen gekommen, und auch heute übernahmen hier Priester die Gaben. Die Palastdiener ließen sich geduldig im Schatten der Mauer nieder, während die Behälter mit den gespendeten Lebensmitteln weggebracht wurden. Je zwei Priester hoben den Dokumentenkasten und die

Truhe hoch und gingen mit Neferti und Teti hinter Panehesi her.
Das hohe Doppeltor des zweiten Pylons blieb abweisend geschlossen, so daß die kleine Gruppe den leicht ansteigenden, von zwei Obeliskenpaaren flankierten Mittelweg verlassen und die Säulenhalle durch einen Nebeneingang betreten mußte. Teti hatte die Aufregungen der Fahrt bereits einigermaßen überwunden und hätte sich gern – wenn Neferti und Panehesi aufgehört hätten, sich unentwegt zu unterhalten – der weihevollen Stimmung hingegeben, die im Dämmerlicht zwischen den hohen, in leuchtenden Farben bemalten Säulen herrschte. Da sich das Überschwemmungswasser seit einigen Tagen wieder aus dem Tempel zurückgezogen hatte, lag der silbern schimmernde Fußboden frei, und für einen beglückenden Augenblick fühlte sich Teti wie ein quicklebendiger, junger Fisch im Ursumpf der Schöpfung.
»Ich wäre dir dankbar, wenn du es übernehmen könntest, Edle, die Dokumente ins Archiv zu bringen«, sagte Panehesi zu Neferti, nachdem sie die nächste Tür durchschritten hatten.
Neferti stimmte zu, Panehesi rollte seine Listen zusammen und verschwand in einem Nebenraum, wo ihn der Vorsteher der Opferpriester bereits erwartete. Die beiden Priester, die den Dokumentenkasten trugen, blieben zurück, während Neferti und Teti einen anderen Nebenraum aufsuchten, in dem sie sich einer kurzen Reinigungszeremonie unterziehen und Sandalen anlegen mußten. Dann ging Neferti, begleitet von den Männern mit der kostbaren Truhe, durch ein weiteres Tor.
Teti folgte nur zögernd. Sie wußte, daß sie sich dem Vorraum von Amuns Allerheiligstem näherten. War der Gott anwesend? Und wenn ja, war er gnädig gestimmt? Hoffentlich hatten die Priester am Morgen beim Erwachen des Götterkönigs richtig gesungen und das Ritual vorschriftsmäßig ausgeführt.

»Komm schon«, rief Neferti, während Teti noch unschlüssig verweilte. »Wir müssen unseren Auftrag ausführen.«
Teti sprach sich selbst Mut zu. Da weder Neferti noch die Priester, die die Truhe schleppten, irgendwelche Befürchtungen hatten, mußte ja alles in Ordnung sein. Gemeinsam mit den anderen erreichte sie die schmale, durch die Lichtschächte in der Decke nur spärlich erleuchtete Halle vor dem heiligen Raum. Dort warteten sie schweigend, und Teti sah sich verstohlen um. Die Opfertische waren bereits blitzblank, nicht der kleinste Rest des göttlichen Morgenmahls war mehr zu sehen. In den magischen Darstellungen an den Wänden brachte Pharao den Göttern Opfer dar und glänzende, lebensgroße Widder aus Gold bewachten das göttliche Mysterium. Teti schrak zusammen, als sich plötzlich das goldene Doppeltor öffnete und Mai, der Hohepriester Amuns, in Begleitung des dritten und des vierten Propheten heraustrat.
»Du bringst für den Gott Stoffe und Gewänder aus der königlichen Kleiderkammer, Hofdame Neferti?«, fragte Mai und legte seine knochigen Hände aneinander.
»Ja, Oberster Prophet. Es ist Prinzessin Nofretetes Bestreben, Amun zu ehren und ihm zu geben, was ihm gehört. Leider fühlt sich die Prinzessin nicht wohl genug, um mit ihren Geschenken selbst vor den Götterkönig zu treten. Sie erfleht Amuns Segen für ihr ungeborenes Kind, für ihre Familie, für das ganze Land und für sich selbst.«
Mai neigte kurz das kahle Haupt. »Obgleich es in hohem Maße beklagenswert ist, daß weder der Kronprinz noch die erlauchte Prinzessin den Weg in das erhabenste Heiligtum des Landes finden, so hat unser höchster und gändigster Gott doch für viele Schwächen Verständnis.« Er gab den Priestern einen Wink, die Truhe wegzubringen, und wandte sich erneut an Neferti: »Amun schützt

jeden Schritt der Prinzessin, sein süßer Hauch gibt jedem ihrer Atemzüge Leben. Und auch wenn Prinzessin Nofretete nicht selbst nach Karnak kommt, kann sie gewiß sein, daß der Gott sie liebt.« Mais Stimme wurde lauter und schärfer, und Teti starrte gebannt auf seinen hervorspringenden Adamsapfel. »Sag ihr das, Edle Neferti. Sag ihr, daß Amun sie liebt. Sie und den Kronprinzen.«

Er drehte sich abrupt um, wartete, bis ihm die beiden untergeordneten Propheten die goldenen Türflügel aufhielten, und begab sich wieder in den innersten, heiligsten Raum des Tempels. Neferti verharrte eine Weile in den Anblick der göttlichen Widder versunken, dann hob sie den Kopf. »Das wäre erledigt. Jetzt müssen wir nur noch die Schriftstücke loswerden.«

Nachdem sie ihre Sandalen geholt hatten, kehrten sie zu den Priestern mit dem Dokumentenkasten zurück, folgten ihnen gemächlich und verließen das eigentliche Tempelhaus. Wieder draußen im blendenden Sonnenlicht sah Teti ein riesiges Gelände mit Wirtschafts- und Wohngebäuden, Speichern und Lagerhäusern vor sich. Sie entdeckte sofort das Lebenshaus; unter den aus Lehmziegeln erbauten Verwaltungsgebäuden war es das größte. Auf dem Weg dorthin begegneten ihnen Schüler und Priester, Tempelbedienstete, Handwerker, Arbeiter und Gärtner. Mit einmal nahmen sie verlockenden Essensduft wahr, der einem nicht weit entfernten, niedrigen Gebäude entströmte, vor dem sich außer vielen hungrigen Menschen auch etliche Paviane versammelt hatten.

Neferti und Teti betraten das Innere des Lebenshauses. Das Archiv befand sich in einem hohen Raum, wo in unzähligen, mit Schildern aus Alabaster gekennzeichneten Wandfächern Tausende von Papyrusrollen lagen. Der Vorsteher des Archives nahm den Dokumentenkasten in Empfang und band mit zittrigen Fingern die um die Verschlußknöpfe geschlungene Kordel auf.

»Es handelt sich um Kopien von Urkunden über Prinzessin Nofretetes Grundbesitz, die hier aufbewahrt werden sollen«, erklärte Neferti.
Der alte Mann nickte und holte die Schriftrollen aus dem Kasten. »Ich werde sie im entsprechenden Fach ablegen lassen«, sagte er.
Die Erhabenheit des Ortes hatte Teti gefangen genommen, und während ihr Blick über die sich endlos türmenden Schriftrollen wanderte, murmelte sie ehrfürchtig: »Hier ruht das Wissen der ganzen Welt.«
»Mit dem Ruhen allein ist es aber nicht getan«, sagte plötzlich jemand hinter ihr. »Das Wissen muß schon auch in unseren Köpfen und vor allem in unseren Herzen sein.«
Bei Hathor! Diese Männerstimme kannte sie doch.
»Ah, der Neffe aus Taseni«, hörte sie Neferti sagen und drehte sich um. »Teti, darf ich dir Pa-Weh, Apys Verwandten aus der Provinz, vorstellen«, sprach Neferti weiter. »Er ist in die Hauptstadt gekommen, weil er meint, zum Propheten Amuns berufen zu sein. Allerdings wird er dafür wohl noch ein Weilchen studieren müssen.«
Pa-Wah begrüßte Neferti höflich, jedoch ein wenig flüchtig. Voller Freude ergriff er Tetis Hände. »Gesundheit und Leben, Teti! Wie schön, dich wiederzusehen.«
»Ihr kennt euch?« Neferti war überrascht.
»Oh ja!« Pa-Wah warf Teti einen langen Blick zu.
»Ich brenne darauf zu erfahren, wie ihr euch kennengelernt habt. Kommt, laßt uns einen Spaziergang zum Heiligen See machen«, schlug Neferti vor.
»Aber haben wir denn so viel Zeit?«, gab Teti zu bedenken. »Warten nicht Panehesi und die königliche Barke auf uns?«
Neferti sah sie mitleidig an. »Natürlich haben wir Zeit. Wenn wir schon so bald zurück sind, wird man die Wichtigkeit unserer Aufgabe völlig unterschätzen.«
Pa-Wah nahm die Schriftrollen, die er ausgesucht hatte,

die anderen legte er sorgfältig in ihr Fach zurück. Zu dritt verließen sie das Lebenshaus und schlenderten über den Rasen. Pa-Wah ging neben Teti her, der seltsam zumute war. Nie hätte sie gedacht, daß sie unter den vielen Menschen, die die Tempelstadt bevölkerten, ausgerechnet Pa-Wah treffen würde. Sie fand ihn auch bei Tageslicht sympathisch. Und wie freudig er ihre Hände ergriffen hatte. Das Wiedersehen mit ihr schien ihm nicht unangenehm zu sein. Zu dumm, daß Neferti hier war. Nein, nein, es war natürlich viel besser, daß Neferti da war!

»Nun erzähl schon«, forderte Neferti Pa-Wah auf. »Wann und wo habt ihr Bekanntschaft geschlossen?«

»Ja, das war so! Wir beide, Teti und ich, begegneten uns vor einigen Monaten«, begann er zu berichten, »nämlich an dem Tag, als Amun wünschte, anläßlich von Pharaos Regierungsjubiläum am Fest der Göttin Hathor teilzunehmen. Ich war bei der Schar der Priester, die Amuns heilige Barke zur Wohnung der Göttin trugen. Für seine Reise hatte der Götterkönig nicht die schwere, goldprunkende Prozessionsbarke gewählt, sondern eine kürzere und leichtere Barke, die sich recht gut durch die Straßen der Stadt bewegen läßt. Verhüllt stand der höchste Gott in seinem Schrein, als wir in den Tempel der Goldenen einzogen.«

»Offensichtlich ist eure Begegnung mit einer langen, langweiligen und sehr frommen Geschichte verbunden«, bemerkte Neferti mit leichtem Überdruß. »Aber, meinetwegen, erzähl weiter.«

»Das Aufregende kommt noch, Tante Neferti.«

»Verdammt! Nenn' mich nie wieder Tante!«

»Tut mir leid. Wir hatten also am späten Nachmittag den Tempel der Goldenen erreicht, nahmen an all den feierlichen Zeremonien teil und sahen den zauberhaften Tänzen zu. Dann zündete man die Lampen an, und im Anschluß daran erwartete uns – und ganz besonders

mich – etwas Wundervolles, Unvergleichliches, Unvergeßliches. Was das war, wirst du fragen, liebe Neferti! Nein, du wirst es nicht erraten! Denn da...«
Teti stand das Herz still. Während Pa-Wahs Bericht hatte sie immer wieder den Finger an die Lippen gelegt und den jungen Priester mit beschwörender Eindringlichkeit angesehen, aber er hatte weitergesprochen, weitererzählt und war jetzt im Begriff, ihr geheimstes Geheimnis preiszugeben und damit ihr Leben, ihr Glück, ja, alles zu zerstören! Ihr war schwindlig, ihr war schlecht. Gleich würde sie sich ins Gras setzen und weinen.
»...denn da kommt mein Freund Pentu«, verkündete Pa-Wah.
Teti, im allerletzten Augenblick vor dem schlimmsten Verhängnis errettet, sah, daß sich ein schlanker, schwarzbärtiger Mann in einem bunten Umhang näherte. Auch Neferti stand wie vom Donner gerührt, wie erstarrt schaute sie dem Fremden entgegen.
»Pentus Heimat«, erklärte Pa-Wah weiter, »ist Retenu. Er besucht wie ich das Lebenshaus. Dort betreibt er eingehende Studien der ägyptischen Heilkunst.«
Auf jeden Fall mußte Teti verhindern, daß Pa-Wah seine Erzählung fortsetzte. Also machte sie einen raschen Schritt auf den Syrer zu, befühlte den Stoff seines Umhangs, den er mit stolzer Würde trug, und rief begeistert: »Was für unbeschreiblich feine Wolle. Und diese leuchtenden Farben!«
»Ja, wahrlich«, strahlte Pentu. »Die Frauen in meiner Heimat verstehen zu färben, zu spinnen und zu weben.« Er machte eine leichte Verbeugung, wandte sich mit blitzendem Lächeln an Neferti und sagte: »Fürwahr, nie durften meine Augen eine Anmutigere unter Kemets kuhäugigen Schönen erblicken als dich, du Betörende! Wahrhaft glücklich bin ich aber erst, wenn du diesen meinen Umhang annimmst, damit er dich in den kalten Winternächten wärmen kann.«

Neferti war nun nicht mehr starr, sie hatte den Kopf hoch erhoben und musterte den jungen Mann mitsamt seinem Umhang langsam von oben bis unten. »Wie fein und unvorstellbar weich dieser Stoff auch sein mag«, sagte sie und blickte mühelos durch Pentu hindurch, »er würde doch nur meine empfindsame Haut zerkratzen.«

»Das ist wahrhaftig unmöglich!« Der Syrer riß sich den Umhang von den Schultern und reichte ihn Neferti. »Hier nimm ihn. Überzeuge dich selbst.«

Neferti betastete kurz den Stoff und gab den Umhang zurück. »Nein, danke«, lehnte sie ab und war imstande, ihr hübsches Kinn noch höher zu heben. »Ich kann mir wirklich nicht vorstellen, meinen Körper in diesen Umhang zu hüllen.«

»Ihr könnt dieses ernste und weltbewegende Problem ja noch weiter erörtern«, meinte Pa-Wah und tippte sich mit einer Papyrusrolle an die Stirn. »Ich gehe mit Teti schon mal ein paar Schritte voraus. Ich muß nämlich etwas mit ihr bereden.«

»Teti, merke gut auf, wenn Pa-Wah dir etwas erklärt.« Neferti schlug nun auch Teti gegenüber ihren anmaßenden Ton an. Der Umgang mit gelehrten Priestern kann sehr erhellend für dich sein.«

Teti preßte fest die Lippen aufeinander, damit ihr nicht wieder eine grobe Antwort herausrutschte, und ging mit Pa-Wah voraus.

»Na, du wärmebedürftiges Krokodil, wie geht es dir denn so?«, fragte er, kaum daß sie außer Hörweite waren. »Tante Neferti ist heute ja reichlich ungenießbar. Hattest du sehr unter ihr zu leiden?«

»Und wie! Auf der Fahrt hierher hat sie mich fast ermordet. Aber das ist noch gar nichts gegen den Schreck, den du mir eingejagt hast. Hat dich einer der Tempelaffen gebissen? Wie kannst du anfangen, der größten Klatschtante von Theben von jener Nacht in Si-Muts Haus zu erzählen?«

»Quatsch! Kein einziges Wort hätte sie erfahren.« Er grinste. »Ich habe mich nur bemüht, ein Märchen zum besten zu geben. Das wolltest du doch immer. Aber jetzt paßt es dir doch nicht.«
»Ich fürchte, deine Märchen sind zu aufregend für mich. Ich wußte vor Entsetzen ja nicht mehr, an welchem Ort der Erde ich mich befinde. Glücklicherweise hat Pentu Nefertis Neugierde von uns abgelenkt. Kein übler Bursche.«
»Ich habe nur nette Freunde«, sagte Pa-Wah. Dann tastete er mit seiner Hand durch die Haare und Wollfäden von Tetis Perücke hindurch und umfaßte leicht ihren Nacken. »Übrigens, für mich gibt es da noch was zu klären zwischen uns beiden. Sag mal ganz ehrlich«, er schüttelte sie sanft, »war ich für dich nur eine letzte Gelegenheit, bevor du dich in diese Ehe gestürzt hast?«
»Au! Nein! Nein! So darfst du die Sache doch nicht sehen!« Teti wand sich unter seinem Griff. »Für mich, ja, für mich warst du ein außergewöhnlicher Mann... in einer außergewöhnlichen Situation. Oder bist du mir etwa böse?«
»Du stellst aber Fragen!« Er grinste wieder und ließ sie los. »Ich wollte es nur wissen.« Er blieb stehen und streckte ihr die Hand hin. »Wollen wir Freunde sein?«
Freundschaft! Ja, das klang gut und kam ihr richtig vor. Sie ergriff seine Hand und drückte sie. »Einverstanden! Sehr gern.«
Er behielt ihre Hand in der seinen und sah sich heimlich um. »Ich habe oft an dich gedacht, Teti, und mich gefragt, wie es dir ergangen ist. Nun sehe ich, daß du es schon zur Hofdame gebracht hast.«
»Ja, ist das nicht wundervoll? Pharao und die ganze königliche Familie darf ich aus der Nähe sehen.« Etwas leiser fuhr sie fort: »Wenn ich bloß nicht ständig Neferti am Hals hätte.«
»Kein Geflüster da vorne«, Neferti hatte sie eingeholt.

»Pa-Wah, du sollst Teti Bildung vermitteln und nicht ihre Hand halten. Und ganz nebenbei, dein Freund Pentu ist ein bewanderter Mann. Er kennt sich erstaunlich gut mit Kräuterzubereitungen aus.«
Auch Pentu hatte seinen Schritt beschleunigt und war hergekommen. »Ich wurde in meinem Heimatland bereits von einem Kräuterheilkundigen ausgebildet. Und, fürwahr, jetzt bemühe ich mich darum, in Karnak als Tempelschüler aufgenommen zu werden.«
»Ich stehe vor der zweiten Priesterprüfung. Und da sie in wenigen Wochen stattfindet«, erklärte Pa-Wah und deutete auf seine Papyrusrollen, »ist das hier mein tägliches Brot.«
»Und wenn ich nach Hause komme, wartet ein ganzer Stapel Erntelisten auf mich«, seufzte Teti. »Ich muß sie alle durchrechnen und die Fehler finden.«
»Du Ärmste! Er läßt dich schuften, dieser Kamose.«
Teti sah Pa-Wah mißtrauisch an. »Auf dein Mitleid kann ich verzichten. Das gehört eben zu meinen Pflichten als Hausherrin. Kamose sagt, ich muß da hineinwachsen.«
»Apy hat für diese Arbeiten einen Schreiber eingestellt«, meinte Neferti. »Ich habe für Zahlen weder ein Gespür noch die geringste Geduld.«
Sie hatten den Tempelgarten erreicht und gingen ein Stück am Heiligen See entlang, in dessen ruhiger Wasserfläche sich Mauern und Tore spiegelten. Vor dem in Stein gehauenen Abbild eines Skarabäus blieben sie stehen.
»Seht! Da ist er, der ins Leben tritt«, sagte Pa-Wah feierlich und erklärte: »Wenn Pharao und der Kronprinz nach Karnak kommen, um dem Gott zu huldigen und Opfer darzureichen, verbringen sie mehr Zeit hier draußen am Heiligen See beim Sinnbild der aufgehenden Sonne als im Dunkel vom Amuns Allerheiligstem.«
»Da sagtest du mir als Hofdame nichts Neues«, meinte Neferti. »Und das kleine Heiligtum, das der Prinz für

die Sonnenscheibe errichten läßt, wird kostbarer ausgestattet als die übrigen Tempel. Es müßte doch bald vollendet sein?«
»Ja, die Handwerker sind schon mit der Bemalung und dem Anbringen der Goldverkleidungen beschäftigt«, gab Pa-Wah Auskunft. Dann wandte er sich zu Teti um, die noch bei dem steinernen Käfer stand. »Du weißt doch, daß Chepre, der die Beiden Länder erhellt, die schöpferische Kraft ist, die sich selbst immer wieder neu erschafft. Wenn du möchtest, darfst auch du die Sonne der Morgendämmerung berühren. Es wird dir Glück bringen.«
Teti nickte, legte ihre Hand auf den warmen Steinsockel und versenkte sich in den Anblick des heiligen Skarabäus.
»Hat man in Karnak schon davon gehört«, riß Nefertis Stimme sie aus der Andacht, »daß zur Einweihung des neuen Heiligtums auch eine Abordnung von Re-Priestern aus Junu anreisen soll? Daß die nur stumme Zuschauer spielen werden, glaubt nicht einmal der Dümmste!«
»Man wird sehen.« Pa-Wah wedelte nach einer Fliege, die seinen geschorenen Schädel umschwirrte.
»Auch wenn ihnen die Anwesenheit dieser Gäste sehr ungelegen kommt, werden Mai und Si-Mut kaum etwas dagegen unternehmen können«, meinte Neferti. Dann hatte sie es plötzlich eilig. »Komm, Teti, wir müssen uns endlich auf den Weg machen.«
Pa-Wah nahm Tetis Hand und legte sie auf sein Herz. »Nur Amun weiß, wann wir uns wiedersehen«, sagte er und blickte sie sanft und ein bißchen traurig mit seinen braunen Augen an.

Weil sich Pentu nicht verabschiedet hatte, ohne Neferti gegenüber sein Angebot zu erneuern, lag auf ihrem Gesicht ein ungewohnt liebliches Lächeln, als sie mit Teti

im Tempelhof auf Panehesi wartete. »Ausgerechnet heute muß ich einem Mann wie ihm begegnen«, sagte sie versonnen. »Ausgerechnet heute, wenn ich mich scheußlich fühle und meine Wangen eine so wenig frische Farbe haben.«
»Du siehst inzwischen viel besser aus«, tröstete Teti. »Und du hast recht, Pa-Wah ist wirklich sehr nett.«
»Wer spricht denn von Pa-Wah!« Neferti hatte ihren milden Moment schon wieder überwunden und nutzte den halben Kopf, um den sie Teti überragte, zu einem gekonnten Blick von oben herab. »Ich meine doch Pentu, den Syrer.«
»Nein, so was! Darauf wäre ich ja nie gekommen.« Teti gefiel sich in ihrer Unschuldsrolle. »Und dabei hast du ihn gleich am Anfang so angegiftet.«
»Was heißt angegiftet! Ich war lediglich ein wenig distanziert. Denn mein Wahlspruch ist, fremden Menschen gegenüber zuerst einmal auf Abstand zu gehen. Man muß ihnen doch zeigen, wer man ist. Ich habe es nicht nötig, mich bei wildfremden Leuten anzubiedern. Dein Getue wegen seines Umhangs erschien mir süßlich und naiv.«
»Aber trotzdem wollte er ihn dir andrehen und nicht mir. Irgendwie muß er die alte Decke ja loswerden, denn wenn er seinen Priesterdienst antritt, darf er keine Wolle mehr tragen.«
»Nein, nein! Das war doch nicht der Grund für sein Angebot. Es handelt sich um einen wunderschönen, ganz neuen Umhang. Und Pentu wollte ihn mir aus vollkommen uneigennützigen Gründen schenken.«
»Streng' dich nicht an, Neferti! Ich hab's längst gemerkt. Mit seinem strahlenden Lächeln hat er dich ganz schön aus der Fassung gebracht.«
Die Diener hatten die leeren Körbe bereits neben dem Eingangstor aufgestapelt, und endlich erschien auch Panehesi. Der kleine Zug bewegte sich zum Schiff zurück, diesmal ohne Priester und ohne Tempelsänger.

Es war nicht zu übersehen, daß Panehesi während seines Aufenthaltes in der Tempelverwaltung dem Wein zugesprochen hatte. Leutselig legte er einen Arm um Nefertis Schultern und einen um Tetis.
»Wir bleiben doch bei unserer Darstellung, meine Damen? Ihr habt euch heute vormittag lediglich einen kleinen Scherz erlaubt, nicht wahr?«, vergewisserte er sich und atmete ihnen Weindunst ins Gesicht. »Ich habe nämlich nicht die geringste Lust, wegen derlei Vorkommnissen ein Protokoll anzufertigen.
Teti und Neferti nickten Einverständnis und setzten sich wieder unter ihr Sonnendach. Es war sehr heiß geworden, der Himmel hatte sich milchig blaß bezogen, das Wasser glänzte wie flüssiges Silber. Teti rutschte auf dem Polster in eine bequeme Lage und nutzte die Rückfahrt, um ein bißchen zu dösen. Nur sehr undeutlich drang die verwunderliche Tatsache in ihren Schlummer, daß Neferti ein Lied vor sich hinsummte.

Als Teti zuhause ankam, saß Kamose im Garten auf einem Klappsessel. Er hielt seine schlafende Tochter Iset im Arm, die anderen Kinder tollten um ihn herum. In respektvoller Entfernung hielten sich die Kindermädchen bereit.
»Mußt du deine Kinder heute selbst hüten?«, fragte Teti.
»Was bleibt mir anderes übrig, wenn ihre Mütter nicht zu Hause sind«, erwiderte er gutgelaunt. »Mutnefer ist mit Taheb und Henut nach Theben übergesetzt, um einzukaufen und Freundinnen zu besuchen.«
»Ja, das haben sie mir am Morgen gesagt. Schade, daß ich nicht mitkommen konnte.«
Er lächelte. »Nun, ich hoffe, es fällt dir nicht allzu schwer, dich mit meiner Gesellschaft zu begnügen.«
Mutnefers fast erwachsene Tochter, die allem Anschein nach auf der Lauer gelegen und auf Teti gewartet hatte, kam herbei, ein Spielbrett unter dem Arm.

»Du machst doch ein Spiel mit mir?«, fragte sie und wollte, ohne eine Antwort abzuwarten, Teti die Spielsteine in die Hand drücken. Doch Teti schüttelte den Kopf, und sie zog enttäuscht ab.
Gedankenvoll blickte Kamose ihr nach. »Wieder eine Tochter, für die es bald einen Mann zu finden gilt.«
»Aber deswegen brauchst du dir doch keine Sorgen zu machen. Deine beiden anderen Töchter sind gut verheiratet, und auch diese wird einen netten Ehemann finden.« Teti ließ sich zu Kamoses Füßen ins Gras fallen und rieb ihre Wangen an seinem Knie. »Wenn es auch ausgeschlossen ist, daß sie jemals einen so guten Ehemann kriegt wie ich.«
»Kleine Schmeichlerin«, sagte er und stand auf. »Komm, laß uns eine Runde durch den Garten gehen.« Er übergab Iset einem der Kindermädchen. »Und dabei kannst du mir von der Aufgabe berichten, die du heute als Hofdame zu erfüllen hattest. War es denn schön, mit der königlichen Barke nach Karnak zu fahren?« Er legte einen Arm um Tetis Schultern.
»Ja und nein.«
»Was hat das nun wieder zu bedeuten?«
»Auf der Hinfahrt zum Tempel ist etwas passiert, das mir sehr unangenehm war. Es waren so viele Leute dabei. Dieser Panehesi und die Diener, die Ruderer und die Soldaten und der Priester und die Tempelsänger. Ach, Liebster, ich hab' mich ja so geschämt!«
Er nahm seinen Arm wieder weg. »Was, in Amuns Namen, hast du ausgefressen?«
»Ich war's nicht, die etwas angestellt hat«, wehrte sie sich. »Nein, ich kann wirklich nichts dafür. Neferti ist an allem schuld. Sie hat angefangen!«
»Willst du mir nicht endlich erzählen, was los war?«
Teti überlegte fieberhaft. Panehesi konnte nichts von dem gehört haben, was sie zu Neferti gesagt hatte. Dazu war er viel zu weit weg gewesen, und er war erst gekom-

men, als Neferti handgreiflich geworden war. Die Frage war nur, wieviel die umsitzenden Diener mitbekommen hatten. Doch da sie in dem Versuch, ihre Wut zu unterdrücken, sicher nicht allzu laut gesprochen hatte, war es durchaus möglich, daß niemand ihre Worte hatte verstehen können. Dann war also Neferti die einzige, die sie gehört hatte. Und die würde wohl in ihrem eigenen Interesse den Mund halten.

Nein, ich werde ihm gar nichts von dem sagen, was ich Neferti an den Kopf geworfen habe, entschied sie rasch und gab mit dem Ausdruck gerechter Empörung ausschließlich Nefertis beleidigende Worte wieder.

»Und plötzlich sprang sie mir an die Kehle! In ihrer rasenden Wut wollte sie mich erwürgen und ins Wasser werfen«, beendete sie ihre Schilderung, während sie Kamose mit lebhaften Handbewegungen das dramatische Geschehen veranschaulichte. »Wenn sich Panehesi und sein Diener nicht mit vereinten Kräften auf die Tobende gestürzt und mich aus ihrem Würgegriff befreit hätten, dann, mein ärmster Liebster, wärst du schon wieder Witwer geworden.«

Doch statt sie erleichtert und gerührt in die Arme zu schließen, sagte Kamose bloß: »So so.«

»So so?«, schnaufte sie. »Ist das alles, was zu zu sagen hast, wenn man versucht, deine Frau umzubringen?«

»Langsam! Ich verstehe nach wie vor nicht recht, warum Neferti so raste.«

»Sie war schon schlecht aufgelegt, als sie mich abholte, fing dann an, mich zu beschimpfen, und wurde immer ausfallender, bis sie schließlich völlig die Beherrschung verlor. Das ist doch einleuchtend, oder?«

»Ah ja? Und du hattest ihren Schmähungen nichts entgegenzusetzen? Du hast ihre Angriffe nicht zurückgewiesen und dich verteidigt?« Er schüttelte ungläubig den Kopf. »Das alles hast du dir gefallen lassen, ohne dich zu wehren? Hast alles hingenommen und stumm

und still die Bosheiten dieser eingebildeten Nilgans ertragen?«
»Ich? Stumm und still? Alles ertragen? Ha! Da kennst du mich aber schlecht! Miststück hab' ich sie genannt und mit Seth verglichen. Und giftsprühende Palastschlange war genau der Ausdruck, der sie hochgehen ließ! Und ...!« Das Blut war ihr in die Wangen geschossen, und sie biß sich auf die Lippe. »Verdammt, verdammt! Jetzt hast du mich doch drangekriegt.«
»Und wir sind dem, was tatsächlich geschehen ist, ein ganzes Stück nähergekommen. Meinst du nicht, daß einer zarten Frau wie dir, die außerdem den Titel ›Zierde des Königs‹ trägt, das Fluchen und das Aussprechen derart derber Worte schlecht ansteht?«
»Aber Neferti hat doch auch ...«
»Hast du dir etwa Neferti zum Vorbild genommen?«
»Nein, natürlich nicht.«
»Nun, dann halte dich an das, was ich dir soeben nahelegte. Und jetzt will ich die ganze Geschichte hören, und zwar ohne irgendwelche Auslassungen oder Beschönigungen. Also von vorne.«
»Oje, oje!« Stockend rückte Teti mit der Wahrheit heraus. Dabei entging ihr nicht, daß sich Kamose sehr bemühen mußte, ernst zu bleiben. »Du bist mir nicht böse?«, fragte sie hoffnungsvoll.
»Nein«, sagte er und verkniff sich das Lachen. »Im Ganzen ist deine Erzählung nicht ohne Witz. Und ich muß schon sagen, du hast dich tapfer geschlagen. Mit ihren schamlosen Behauptungen hat Neferti nicht nur dich, sondern auch mich beleidigt. Wenn sie nicht Apys Frau wäre, würde ich in der Tat ...«
»Eben«, stimmte Teti zu. »Das konnte ich doch unmöglich auf uns sitzen lassen.«
Er sah sie nachdenklich an. »Aus all den langen Jahren meiner Amtszeit ist mir kein solcher Vorfall in Erinnerung. Nein! Und das in einer königlichen Barke mit

Opfergaben und Tempelsängern an Bord. Na, das wird den Hofklatsch gehörig anheizen, auch wenn Panehesi es zu vertuschen sucht. Oder gerade deshalb! Ich werde den Gerüchten, so gut ich kann, entgegentreten. Sehr wahrscheinlich wird die Sache aber trotzdem bis zum Kronprinzen und möglicherweise bis zu Pharao selbst vordringen.«

Teti bekam weiche Knie. »Wird man uns bestrafen?«

»Nun, kaum, denke ich. Da es Neferti als die Ranghöhere war, die sich zu Tätlichkeiten hat hinreißen lassen, wird man den Vorgang nicht weiter verfolgen. Es wird euch vielleicht einen Tadel wegen ungehörigen Verhaltens einbringen, mehr nicht. Du solltest allerdings aus dem Vorgefallenen eine Lehre ziehen und dich künftig nicht so leicht herausfordern lassen. Wie gesagt, ich verurteile dein Verhalten nicht, aber alles hat seine Grenzen.«

Mittlerweile waren sie in dem kleinen Hain aus Feigenbäumen und Granatapfelbüschen angelangt, der die Gemüsebeete vom Rasen und den Blumen trennte. Teti sah eine Weile den Gärtnern zu, die die Bewässerungsrinnen zwischen den Beeten ausbesserten.

»Ja, ich merk's mir. Ganz bestimmt werde ich deine Langmut nicht mehr so schnell in Anspruch nehmen.« Sie hängte sich bei Kamose ein. »Und jetzt laß dir weitererzählen. Stell dir vor, wir haben zufälligerweise im Archiv des Lebenshauses einen von Nefertis Verwandten getroffen.«

»Ah ja?«

Sie hatte sich entschlossen, Kamose von Pa-Wah zu berichten. Der Aufenthalt im Tempelgarten war ja vollkommen unverfänglich gewesen, und durch Neferti oder Apy würde Kamose vermutlich ohnehin von der unerwarteten Begegnung erfahren. Da wäre es eher merkwürdig, wenn sie ihm nichts erzählt hätte!

»Ja! Er ist Amun-Priester und heißt Pa-Wah.«

»Ach.«
War er nicht soeben zusammengezuckt? Teti sah Kamose aufmerksam an und beeilte sich zu erläutern: »Wir hatten Dokumente ins Lebenshaus zu bringen. Dort war ich vorher noch nie gewesen. Dieses Archiv ist ja viel größer als jenes im Hathor-Tempel. Du kennst es sicherlich. Nachdem wir die Schriftstücke abgegeben hatten, gingen Neferti, Pa-Wah und ich zusammen in den Garten, und da kam doch wahrhaftig Pa-Wahs Freund Pentu dazu, ein junger Syrer, von dem Neferti ungeheuer beeindruckt war. Du hättest sie sehen sollen mit ihrem dümmlichen Grinsen.«
Er lächelte angestrengt. »Neferti blieb aber weiterhin in deiner Nähe?«
»Ja, natürlich. Wieso willst du das wissen?«
»Es war nur eine Frage«, sagte er. »Sprich weiter.«
»Dann sind wir zum Heiligen See gegangen und haben dabei geplaudert. Und beim wundertätigen Skarabäus habe ich mir etwas gewünscht.«
»Hm. Und stets war dieser Pa-Wah und sein Freund dabei? Ihr hieltet euch aber recht lange auf dem Tempelgelände auf.«
»Neferti hat gesagt, wir hätten Zeit für eine Pause. Sieh mich doch nicht so streng an. Willst du denn gar nicht wissen, was ich mir gewünscht habe?« Sie blieb bei einem Baum stehen und ließ ihre Finger über die Rinde gleiten. Kamose hielt ihre Hand fest. Seine Kinnpartie wirkte angespannt. »Gewiß doch. Was war es?«
»Ich habe mir gewünscht«, sagte sie und lächelte ihn an, »daß du mich lieben wirst bis ans Ende aller Zeiten. Und daß wir ewig glücklich sein werden.«
»Bist du denn jetzt glücklich?«
»Wenn du aufhörst, so gefährlich auszusehen! Wieso bist du auf einmal wütend?« Sie fuhr ihm mit der Hand über die Schläfe. »Ich sehe es doch, weil diese Ader da so hervortritt.«

»Ich bin nicht wütend. Ich denke lediglich angestrengt nach.« Seine Stimme wurde zum Murmeln. »Ja, und ich denke, ich werde Vorkehrungen treffen müssen.«

»Was denn für Vorkehrungen?«

Er hob den Kopf und schaute zum Gartenteich hinüber. »Das brauchst du nicht zu wissen.«

»Ist das deine ganze Antwort?«

»Sehr richtig«, erwiderte er und setzte seinen Weg fort.

Teti kam hinter ihm her. »Jetzt handelst du aber äußerst ungerecht. Während ich ständig und andauernd mein Herz öffne und alle meine Gedanken vor dir ausbreite, hüllst du dich in Schweigen.«

Er riß von einer Hecke einen Zweig, zupfte die Blätter ab und zerrieb sie zwischen den Fingern. »Mit dem Öffnen und Ausbreiten deinerseits ist es nicht weit her«, sagte er dumpf. »Was meinst du, was ich dafür gäbe, jetzt, in diesem Augenblick in dein Herz sehen zu können?«

»Soll das heißen«, fragte sie mit großen Augen, »daß du glaubst, ich würde dich anlügen?«

»Wie wir soeben festgestellt haben, kann das Weglassen gewisser Tatbestände einer Geschichte einen völlig anderen Sinn geben.«

»Aber ich habe wirklich nichts ausgelassen. Und ich werde auch weiterhin offen zu dir sein und dir alles erzählen«, beteuerte Teti und blickte zu den Wipfeln der Palmen und den schroff aufragenden Höhen des Wüstengebirges hinauf. Etwas leiser fügte sie hinzu: »Alles, was du wissen mußt.«

»Ich habe schon verstanden«, sagte er. »Wir werden also auch in Zukunft unser Katz- und Mausspiel fortsetzen.«

»Im Gegensatz zu dir verstehe ich überhaupt nichts. Ich weiß nicht, was du meinst und wovon du sprichst. Genausogut könntest du babylonisch mit mir reden.«

Kamose antwortete nichts darauf, und sie beendeten ihren Rundgang. Den Abend verbrachten sie bei Hatiaj, der ein großes Abschiedsfest ausgerichtet hatte. Durch

Parennefers Vermittlung war der junge Baumeister in die Gruppe der königlichen Architekten aufgenommen worden und sollte mit dieser nach Sesibi segeln. Da abzusehen war, daß er sich längere Zeit fern der Heimat aufhalten würde, erhielt er von seinen Freunden Geschenke. Kamose gab ihm ein paar Krüge seines besten Weins mit, damit ihm der Abschied von Amuns heiliger Stadt nicht so schwerfalle. Und es war Hatiaj anzumerken, daß er das großzügige Geschenk zu schätzen wußte. Zu Beginn des festlichen Abends war Kamose noch ein wenig in sich gekehrt, aber irgendwann hatte er seine grüblerische Stimmung abgelegt und feierte heiter mit.

»Unverzüglich hat er gesagt! Unverzüglich!« Seni hatte sich in ihrer ganzen Rundlichkeit neben Tetis Bett aufgebaut und wedelte auffordernd mit einem Umhang. Es war schon später Vormittag, und Teti lag gegen ihre Gewohnheit noch im Bett. Hatiajs glanzvolles Abschiedsfest hatte sich bis zum Morgengrauen hingezogen, und jetzt erging es ihr genauso wie Neferti am Vortag. Obwohl der Wein vorzüglich gewesen war, fühlte sie sich todmüde und zerschlagen. Da hatte es ihr gerade noch gefehlt, daß ein königlicher Bote in der Halle erschien und ihr sofortiges Erscheinen im Palast forderte. Mühsam stieg sie aus dem Bett mit den hohen Löwenbeinen.
»Schläft Kamose noch?«, fragte sie und ließ sich von Seni in den Umhang wickeln.
»Ja«, antwortete Seni beruhigend. »Mach', daß du ins Badezimmer kommst! Und beeile dich! Ich hole dir unterdessen was zum Frühstück und warte dann, um dich zu schminken.«
Teti nahm sich nicht einmal die Zeit, sich abzutrocknen. Während sie rasch ein Stück Brot hinunterwürgte und kalten Tee dazu trank, gab sie Seni Anweisungen.
»Seid um Amuns Willen leise und weckt Kamose nicht auf. Baki soll im Vorraum warten und heißes Wasser

bereithalten, damit er ihm Umschläge machen kann, wenn er unausgeschlafen und gereizt erwacht.«
»Baki ist schon dort. Er hat den Auftrag, den Hausherrn gegen Mittag zu wecken. Und für heißes Wasser werde ich sorgen.«
»Gut. Gib ein wenig Pfefferminz- und Zypressenöl hinein. Und nachher bietest du Kamose mit Honig gesüßten und mit Blüten gewürzten Wein an. Am besten bittest du Mutnefer, ihm den Becher zu bringen. Der Wein und seine geduldige Nebenfrau werden ihn besänftigen.«
»Hoffentlich tut das Zeug seine Wirkung. Sonst entlädt sich wieder seine ganze schlechte Laune auf uns arme Diener.«
Teti zuckte die Achseln. Sie hatte genug damit zu tun, die übernächtigten Augen offenzuhalten, damit Seni diese mit Kajal umranden konnte. Dann tupfte Seni ihr ein wenig Rot auf die blassen Wangen. Nachdem sich Teti angekleidet, frisiert und reichlich parfümiert hatte, fühlte sie sich schon besser. Gerade als ein zweiter Bote, der noch dringender tat als der erste, anlangte, war sie fertig.
»Ich würde lieber mit dir das Haus verlassen, als Kamoses Erwachen ausgeliefert zu sein«, sagte Seni. »Wer weiß, was für Sonderwünsche er für das Frühstück hat.«
»Gib ihm wie gewöhnlich als erstes seinen Salat. O Seni, ich würde gern mit dir tauschen. Kamoses Frühstück wird mit Sicherheit erfreulicher werden, als das, was mich im Palast erwartet.« Düster runzelte Teti die Stirn. Und ihre Befürchtung schien sich zu bewahrheiten, denn außer Prinz Amun-hotpe und Prinzessin Nofretete, die auf reichverzierten, gepolsterten Sesseln saßen, befanden sich auch Neferti und Panehesi im Empfangssaal des Kronprinzenpalastes. Neferti stand offensichtlich schon seit längerem in gebückter Haltung vor dem Prinzenpaar und lauschte Amun-hotpes Worten.
»Sträfliche Entgleisung, Frevel gegen Amun, Verstoß

gegen die Würde der Tempelordnung und gegen die heilige Opferhandlung, Lästerung und unverzeihliche Sünde! Das sind die Anschuldigungen, die der Priester, der gestern auf der Barke mit den Gaben der Prinzessin seines Amtes waltete, gegen euch vorbringt«, schloß der Kronprinz. »Und aus seinen Worten ergibt sich ein völlig anderes Bild als aus deiner Darstellung der Ereignisse, Edle Neferti.«
Neferti richtete sich ein wenig auf. »Aber natürlich, Hoheit, das liegt doch auf der Hand. Ich schildere wahrheitsgetreu das tatsächliche Geschehen. Das hingegen, was der Priester von sich gegeben hat, ist frei erfunden. Er kann nämlich gar nicht gesehen oder gehört haben, was im Boot vor sich ging, weil er während der Fahrt ununterbrochen nach vorne blickte und sang.«
»Kannst du das bestätigen, Schreiber Panehesi?«
Der junge Beamte kam nach vorne und verneigte sich. »Ja, Hoheit! Der Priester hat doch keine Ahnung, wovon er spricht.«
»Diesen Verdacht hatte ich von Anfang an. Und deshalb erkläre ich seine Beschwerde für haltlos. Wie mir scheint, lassen die hohen Herren in Karnak nur ungern eine Gelegenheit aus, um die Beauftragten des Königshauses in Verruf zu bringen.« Eine unerwartet energische Bewegung seiner feingliedrigen Hand, an der ein Siegelring aus schwerem Gold glänzte, unterstrich Prinz Amun-Hotpes Worte. »Ich schenke eurer übereinstimmenden Schilderung Glauben, daß es sich bei der angeblichen Übertretung lediglich um einen Scherz zwischen Neferti und der ihr untergeordneten Hofdame handelte.«
Er richtete den Blick seiner länglichen Augen auf Teti, die schüchtern stehengeblieben war, und winkte auch sie zu sich heran.
Wegen der Anklage des Priesters ist die Neuigkeit schneller vorgedrungen, als Kamose auch nur hat ahnen kön-

nen, dachte sie besorgt beim Niederknien. Und jetzt werde ich zur Verantwortung gezogen, während Kamose seelenruhig daheim schläft und mir nicht helfen kann.
»Ist das die neue Hofdame, die du der Edlen Neferti für die gestrige Fahrt auf dem Opferschiff zugeteilt hattest, geliebte Gemahlin?«, fragte der Kronprinz.
»Ich glaube ja.« Prinzessin Nofretete spuckte einen Dattelkern in eine Schale und steckte sich eine weitere Dattel in den Mund.
»Dich, lieber Cousin«, wandte sich der Kronprinz wieder an Panehesi, »möchte ich loben. Du hast Besonnenheit bewiesen und deinen Auftrag hervorragend erledigt. Den beiden Hofdamen dagegen muß ich eine Rüge erteilen. Eine Opferbarke ist kein Ort für Scherze. Alle Gedanken sind ausschließlich auf den Gott zu richten. Es ist höchstens erlaubt zu jubeln. Das solltet ihr eigentlich wissen. Hast du dem noch etwas hinzuzufügen, geliebte Gemahlin?« Er lächelte Nofretete an. »Bist du der Ansicht, das ungebührliche Betragen deiner Hofdamen hätte dein Opfer an Amun beeinträchtigt?«
»Nein, mein Gemahl! Alles wurde ordnungsgemäß abgeliefert. Der Gott erhielt neue Gewänder, der Tempelschatz wurde vergrößert, Amun und seine Priester haben ihr Teil erhalten. Sie haben allen Grund, zufrieden zu sein.«
Auch Prinzessin Nofretete lächelte nun. Es war ein hinreißendes Lächeln, das Grübchen auf ihre Wangen zauberte. Die Schwangerschaft hatte die klaren Züge der Prinzessin weicher gemacht und ihre Schönheit sogar vergrößert. Ihre Gestalt wurde von einem weiten, plissierten Gewand umflossen, und ein goldenes, mit Edelsteinen besetztes Band hielt ihr Haar. Sie hatte auf eine Perücke verzichtet, während der Kronprinz eine üppige blauschwarze Perücke trug, die sein Gesicht noch schmaler wirken ließ.
Hathor sei Dank, daß Neferti und Panehesi so gut für

uns gesprochen haben und so Bestrafung und Ungnade, ja sogar eine schärfere Zurechtweisung, verhindern konnten, dachte Teti und wurde langsam ruhiger. Bestimmt bekomme ich gleich die Erlaubnis, aufzustehen und mich zu entfernen. Dann gehe ich nach Hause und frühstücke erst mal richtig.
Sie sah den linken Fuß des Kronprinzen in seiner goldenen Sandale auf und ab wippen. Dabei schienen seine myrrheduftenden Zehen auf sie zu zeigen.
»Von der neuen Hofdame möchte ich nun«, sagte Prinz Amun-hotpe, »die Worte erfahren, die Oberpriester Mai sprach, als er die Truhe mit den wertvollen Opfergaben für Amun entgegennahm.«
»Was, Hoheit? Von mir?«, piepste Teti und fing wieder an, vor Aufregung zu zittern.
»Ja, von dir! Und wenn du es vermagst, Hofdame, darfst du beim Sprechen den Kopf heben. So können meine geliebte Gemahlin und ich dich besser verstehen.«
»Wie du befiehlst, Hoheit.« Teti schaute zuerst zum Kronprinzen und dann zu Nofretete.
Die Prinzessin erwiderte ihren Blick ruhig und freundlich, und Teti hatte zum ersten Mal das Gefühl, bewußt von ihr angesehen zu werden.
»Sei unbesorgt, Hofdame, und berichte meinem Gemahl, was er von dir zu wissen wünscht«, sagte Nofretete mit liebenswürdigem Lächeln.
Beglückt schloß Teti für einen Moment die Augen und setzte zum Sprechen an: »Oberpriester Mai bedauerte es sehr, daß Prinzessin Nofretete nicht selbst die Opfergaben überreichen konnte und daß sie und Kronprinz Amun-hotpe so selten nach Karnak kommen. Der Oberste Prophet meinte aber auch, daß Amun Nachsicht übt und die Prinzessin trotzdem schützt und liebt. Und den Kronprinzen liebt Amun auch. Ja, ich denke, das war so ungefähr alles, was er sagte.«
Ungefragt richtete Neferti das Wort an den Kronprin-

zen. »Der Oberpriester bezichtigte dich, Kommender Horus, und die erhabene Prinzessin der Schwäche! Das, Hoheit, ist die entscheidende Aussage, die er machte. Nicht einmal der dümmsten Hofdame konnte das entgehen.«
»Prinzessin Nofretete und ich sind auch ohne deine Erläuterungen sehr wohl in der Lage, aus dem Gehörten unsere Schlüsse zu ziehen«, entgegnete Prinz Amunhotpe verärgert. »Und wähle deine Worte sorgfältiger, Edle Neferti. Wenn das die Späße sind, die du mit den dir Unterstellten treibst, so erscheinen sie mir reichlich grob.«
»Ich habe es nicht so gemeint, Hoheit! Ich bitte um Verzeihung.« Neferti verbeugte sich, ging an Panehesi vorbei und sackte auf einen Hocker.
»Wir danken dir für deinen Bericht, Hofdame.« Prinzessin Nofretete nickte Teti zu und sah sie mit einer gewissen Eindringlichkeit an. »Wir wir erfahren haben, bist du Priesterin der Göttin Hathor und hast dich im Tempellabor mit der Herstellung vom Salben befaßt.«
Teti staunte. »Ja, Hoheit... Prinzessin! Ich habe ab und zu in der Salbenküche ausgeholfen, weil mir der Umgang mit Ölen und Essenzen, Kräutern und Blüten Freude macht.« Sie überlegte, ob sie sich der Prinzessin anvertrauen sollte, und tat es auf deren ermunterndes Nicken hin. »Und deswegen wäre ich auch im Palast viel lieber im Laboratorium tätig als im Bereich der Kleiderkammer.«
Nofretete bedachte sie wieder mit ihrem reizenden Lächeln. »Eines Tages könnte das Wirklichkeit werden. Allerdings nur unter der Bedingung, daß du dir die Voraussetzungen dazu erwirbst«, sagte sie. »Übst du denn noch regelmäßig dein Amt als Priesterin aus?«
»Bis jetzt habe ich leider keine Zeit gefunden, Hoheit. Doch sobald es mir möglich ist, werde ich mich zum Priesterinnendienst einteilen lassen.«

»Ein lobenswerter Vorsatz. Und ich würde es sogar sehr begrüßen, wenn du dich binnen kurzem im Tempel der Goldenen einfinden würdest. Was hältst du davon, liebe Hofdame?« Prinzessin Nofretete hatte sich vorgebeugt und winkte Teti noch näher zu sich heran.
Teti ergriff die ausgestreckte, juwelenglitzernde Hand und küßte sie. Dabei sank sie der Prinzessin zu Füßen. »Wie du befiehlst, Hoheit.«
»Aber das ist doch kein Befehl, liebe Hofdame! Es ist ein Wunsch, eine Bitte, ein Anliegen. Und da du gescheit und des Schreibens und Lesens kundig bist, stellen alle diese geheimen Rezepte, die im Tempel aufbewahrt werden, auch keinerlei Schwierigkeit für dich dar, nicht wahr?«
Teti hob den Kopf und blickte in Nofretetes lächelndes Gesicht.
»Weißt du, meine Hofdame«, fuhr die Prinzessin in ihrer bezaubernden Art fort, »wie alle Frauen interessiere auch ich mich für Schönheitsmittel und wohlriechende Öle. Und der offizielle Weg ist so mühsam. Es bedarf Pharaos Genehmigung und Siegels sowie der langwierigen Bearbeitung durch unzählige Priester und Beamte in der Tempelverwaltung. Und das alles wegen ein paar Abschriften von Salbenrezepten. Das können wir beide doch viel einfacher erreichen, meinst du nicht?«
Teti nickte begeistert.
»Du könntest beispielsweise«, sprach Nofretete weiter, »wenn du Nachtwache im Tempel hast, ab und zu ein Rezept abschreiben. Wäre das zu viel verlangt, liebe Teti?«
»Oh nein, gütigste Prinzessin! Ich will deinen Auftrag nach besten Kräften erfüllen.«
»Und wenn du im Fackelschein nach einem Papyrus greifst, der statt eines Rezeptes für eine Hautsalbe die Anleitung für die Herstellung von heiligen Wohlgerüchen für magische Rituale enthält, so kannst du auch sie

abschreiben. Und ich brauche dir wohl nicht zu sagen, daß du über diesen geheimen Auftrag Stillschweigen zu bewahren hast. Siehst du ein, daß das sehr, sehr wichtig ist?«
»Ja, Hoheit, das sehe ich ein.« Teti fühlte sich ganz benommen und fragte sich, worauf die Prinzessin hinauswollte.
Nofretete fuhr fort: »Ich halte dich sogar für so verschwiegen, daß du nicht einmal deinem Gatten Kamose von dieser ganz besonderen Aufgabe erzählen wirst. Habe ich recht, meine Liebe?«
»Ja, gnädigste Prinzessin. Ich werde so schweigsam sein, wie es von mir gefordert wird.«
Innerlich stöhnte Teti auf. Was verlangte man da von ihr, und wieso durfte sie Kamose nichts davon erzählen, konnte ihn nicht um Rat fragen? Andererseits lockte sie die Herausforderung. Wenn das Kronprinzenpaar solche Erwartungen in sie setzte, die Prinzessin ihr einen solchen Geheimauftrag erteilte, war das nicht einige einsam durchgrübelte Stunden wert? Noch vor Antritt des Tempeldienstes mußte sie ihre Überlegungen anstellen. Denn dieses Vorhaben bedurfte sorgfältigster Planung, das war klar.
Der Kronprinz hatte während des Gesprächs ruhig dabei gesessen. Schließlich hörte er auf, an seinem Siegelring zu drehen, und sagte: »Gut, steh auf, Hofdame Teti. Ich denke, du hast verstanden, um was es geht. Unser lieber Cousin Panehesi ist Priester in der Kapelle des Gottes Min, und die Hofdame Neferti ist Sängerin und Priesterin im Tempel der Göttin Mut. Beide leisten wertvolle Dienste für uns und wissen, daß ich als kommender Horus ein berechtigtes Interesse daran habe, sowohl enge, jedoch nicht allzu offenkundige Verbindungen zu den verschiedenen Heiligtümern zu pflegen als auch Einblicke in deren innerste Angelegenheiten zu erhalten.«

Alle vier lächelten, und Teti lächelte mit. Sie war von tiefstem Vertrauen erfüllt. Der Kronprinz war dazu bestimmt, irgendwann einmal ein Gott zu sein. Und deshalb handelte er ausschließlich nach den Regeln der Ma'at, der gottgegebenen Weltordnung. Nein, er konnte gar nicht anders, als das Richtige tun.

Nachdem sie entlassen worden waren, nahm Neferti Teti zu den Amtsräumen von Wesir Ramosis mit. Auf dem Weg dorthin nutzte sie die Gelegenheit, um vom gestrigen Besuch in Karnak und vor allem von Pentu zu reden. In jedem Satz, den er geäußert hatte, versuchte sie, einen tieferen Sinn zu finden. Dabei schien sie für Tetis geduldiges Zuhören so dankbar zu sein, daß sie zum Schluß sogar den Arm kurz um Tetis Schultern legte.
Dann seufzte sie tief und sagte, bevor sie das Amtszimmer des Wesirs betraten: »Wir müßten Apy und wahrscheinlich auch Kamose antreffen. Deshalb sind wir ja hergekommen. Aber sicher bist du über die Unternehmungen deines Mannes besser unterrichtet als ich.«
Teti gab nur einen undeutlichen Laut von sich. Nein, Kamose hatte ihr, wie so oft, nichts von einer Besprechung gesagt. War sie denn dazu verurteilt, immer und ewig unwissend hinter Neferti herzutappen?
Stimmengewirr empfing sie. Alle hohen Beamten waren versammelt, doch der Wesir selbst war noch nicht da.
»Wie schön, dich zu sehen, mein Herz«, sagte Kamose und drückte Teti an sich, ganz im Gegensatz zu seiner bei offiziellen Anlässen eher steifen Art. »Der aromatische Wein, den du für mich bereitstellen ließest, hat mir überaus gutgetan, und Mutnefer hat mich mit einem sehr melodischen Lied unterhalten.« Er zog sie fester an sich, und sie nahm schwachen Zypressenduft wahr.
»Wieso hast du mir nichts von diesem Treffen gesagt? Neferti ist besser über dich informiert als ich. Findest du das richtig?«

»Ich habe nicht angenommen, daß du, meine Liebe, es für so wichtig erachtest zu erfahren, mit welchen wenig aufregenden Beschäftigungen ich den Tag verbringe. Nur deshalb erwähnte ich dir gegenüber nichts. Kannst du mir verzeihen?«
Sie kniff die Lippen zusammen. »Muß ich ja wohl«, sagte sie mißvergnügt.
»Deine gütige Nachsicht für meine Unzulänglichkeit befreit mein Herz von einer seiner drückendsten Bürden. Noch erleichterter wäre ich allerdings, wenn du dich entschließen könntest, wieder zu deinen Pflichten als Hofdame oder als Hausherrin zurückzukehren. Denn ich hege Zweifel daran, daß du, meine Beste, eine Besprechung der königlichen Schreiber und Beamten erbaulich finden wirst.«
»Ach, ich bleibe einfach mal da und höre zu. Dann merke ich ja, ob es mir gefällt.« Sie stellte sich auf die Zehenspitzen, brachte ihren Mund nah an sein Ohr und flüsterte: »Übrigens hat Neferti vom Kronprinzen einen Riesenrüffel gekriegt.« Und als Kamose hörbar die Luft einzog, setzte sie noch eins drauf: »Das wäre doch eigentlich deine Pflicht gewesen, oder?«
Er sah sie scharf an. »Abgesehen davon, daß ich deine Ausdrucksweise bei gleichzeitigem Nennen einer der höchsten Persönlichkeiten dieses Landes als zutiefst unpassend beanstanden muß, frage ich dich, wann ich denn Gelegenheit gehabt hätte, deine Freundin Neferti zur Rede zu stellen? Und hast du ihr nicht bereits selbst hinreichend die Meinung gesagt?«
»Dennoch«, entgegnete sie starrsinnig. »Ich mag es, wenn jemand hinter mir steht.«
»Ich stehe hinter dir, liebe Teti«, quäkte plötzlich eine Stimme, und Teti drehte sich um.
»Das sehe ich«, sagte sie unwillig und musterte Parennefer, der, gefolgt von seinem Vater Apuia, hereingekommen war. Mit einem »Gesundheit und Leben! Seid

gegrüßt im Namen Amuns!« drängten sich Vater und Sohn an ihr und Kamose vorbei und nahmen unweit von Ramosis' Amtssessel Aufstellung. Als der Wesir in seinem langen, von den Achseln bis zu den Knöcheln reichenden Gewand erschien, erstarb das Gemurmel.

»Ich freue mich, daß ihr zu unserer Zusammenkunft, die wir letzte Woche anberaumt hatten, erschienen seid«, begrüßte Ramosis die Anwesenden und hob seinen Würdestab.

Teti stieß Kamose leicht an. »Du wußtest es schon seit voriger Woche«, flüsterte sie vorwurfsvoll.

»Psst!« Unwillig schüttelte er den Kopf.

Der Wesir sprach weiter: »Es ist nicht das erste Mal, daß sich Parennefer, ein junger begabter und aufstrebender Beamter, zu Wort meldet. Leihen wir also dem Sohn des königlichen Mundschenks auch heute wieder das Ohr.«

Parennefer machte einen Schritt nach vorne. »Ich will vom Brot reden, eh... zu euch sprechen«, sagte er mit seiner dünnen Stimme. »Das Brot ist schlecht. Mit groben Verunreinigungen! So was sollte man nicht ans Volk verteilen. Es könnte seine Gesundheit – eh... ich meine die des Volkes – und seine Arbeitskraft schwächen. Es ist doch unsere Aufgabe, da etwas zu unternehmen. Ja ich denke, man sollte etwas tun.« Bescheiden stellte er sich wieder neben seinen Vater.

Teti starrte Parennefer an. »Das darf doch nicht wahr sein«, rief sie und wollte nach vorne stürmen, doch Kamose hielt sie am Kleid fest.

»Bleib hier und schweig still«, zischte er.

Mit stolzem Strahlen auf dem Gesicht trat Vater Apuia vor. »Der weitblickende Wesir und umsichtige Bürgermeister von Amuns Heiliger Stadt, der von uns allen sehr, sehr geliebte und sehr, sehr verehrte Fürst Ramosis, der Oberste Siegelbewahrer und höchste Richter, der seit Jahrzehnten hoch in Pharaos Gunst steht,« – er verneigte sich in Richtung des Wesirs – »hat die Beobachtungsgabe

und das klar erfassende Denken meines Sohnes erkannt und ihn deshalb zum Leiter einer Kommission bestimmt, die dieser leidigen Sache auf den Grund gehen und sie zu unser aller Zufriedenheit bereinigen wird.«
Die bunten Bilder an den Wänden des Saales begannen, vor Tetis Augen zu tanzen und sich zu drehen. Große Göttin, das darfst du nicht zulassen. So eine Niedertracht!
»Darüber habe ich schon vor Wochen klar und deutlich mit Wesir Ramosis...« schrie sie. Einige der Umstehenden wandten die Köpfe.
Kamose hatte Teti hart am Arm gepackt. »Kein Wort mehr«, gebot er.
»Aber verstehst du denn nicht? Seit wir uns kennen, bitte ich dich, etwas zu unternehmen. Und mit dem Wesir habe ich doch auch gesprochen. Und jetzt kommt Parennefer, dieser Schuft, und bringt meinen Vorschlag an.«
»Das mit der Kommission war nicht deine, sondern meine Idee«, stellte Kamose richtig und hielt sie weiterhin fest. »Ich weiß, es ist nicht gerade korrekt, was hier geschieht, aber wir können es nicht ändern. Es sind Tatsachen, vor die wir gestellt werden, und du mußt dich damit abfinden.«
»Nein, das werde ich nicht. Ramosis muß sich doch an mich und meine Worte erinnern. Ich werde gegen Parennefer antreten.‹«
»Wenn du das tust, wird es Konsequenzen für unsere Ehe haben.« Kamoses Gesicht war aschgrau geworden, seine Züge waren wie versteinert.
»Statt mir beizustehen, stellst du dich auf die Seite dieser Betrüger? Das hätte ich nicht von dir erwartet.« Teti hatte sich noch nie so maßlos enttäuscht gefühlt. Sie unterdrückte ein Schluchzen. »Ich werde schweigen«, sagte sie niedergeschmettert. »Aber du kannst mich

nicht zwingen, hierzubleiben und mir das weiter anzuhören.«
Mit einem Ruck befreite sie sich aus seinem Griff und ging hinaus. Als sie, sich noch den Arm reibend, an Neferti vorbeikam, rechnete sie mit einem hämischen Grinsen, doch Nefertis Gesichtsausdruck war nicht spöttischer als sonst, und – o Wunder – sie folgte ihr aus dem Saal.
»Du hast doch nicht etwa mit Kamoses Unterstützung gerechnet?«, fragte sie und legte Teti die Hand auf die Schulter. »Dazu hat er viel zu viel Angst um seine Karriere. Er steht kurz vor der Ernennung zum Obervorsteher. Und außerdem hat ihn Wesir Ramosis bei Pharao zur Verleihung des Ehrengoldes vorgeschlagen.«
Teti hatte sich auf eine Stufe der nach außen führenden Treppe gesetzt und das Gesicht mit den Händen bedeckt. Zwischen ihren Fingern tropften Tränen hervor.
»Alle sind so gemein«, weinte sie.
»Ja, es wird Zeit, daß diese alten Beamten wegkommen«, sagte Neferti mit Entschiedenheit. »Schon seit Jahrzehnten sind sie im Amt!« Sachte klopfte sie Teti auf den Rücken.
»So was darfst du auch wieder nicht sagen angesichts des Herrschenden Horus«, schluchzte Teti dumpf in ihre Hände. »Und«, sie hob ihr verquollenes Gesicht »wenn Parennefer die neue Beamtengeneration verkörpert, gibt das auch nicht gerade zu großen Hoffnungen Anlaß.«
»Damit hast du zweifellos recht«, gab Neferti zu. »Die Welt ist schlecht und wird es bleiben. Und nun komm. Ich werde dich nach Hause begleiten. Dort wird deine fabelhafte Köchin dir eine fabelhafte Honigmilch zubereiten und dich mit Kuchen füttern, damit du deinen Kummer vergißt.«
»Ha, Honigmilch«, schniefte Teti. »Ich werde mich mit Wein betrinken.«

»Auch das ist eine Möglichkeit. Aber sei nicht beleidigt, wenn ich dir morgen sage, daß du grün im Gesicht bist.«
»Nein, ich habe eine viel bessere Idee. Ich werde in Wein baden. Und dich lade ich ebenfalls ein. Alle Krüge aus Kamoses Vorrat lasse ich in das Becken im Badezimmer leeren«, verkündete Teti großartig. »Und vielleicht hätten Pentu und Pa-Wah Lust, uns Gesellschaft zu leisten. Was hältst du davon?«
»Nichts! Ach, da kommt ja Panehesi.«
»Schon wieder einer eurer Scherze, meine Damen?«, fragte der junge Beamte, als er Tetis verheultes Gesicht sah.
Beide Hofdamen schüttelten einträchtig die Köpfe.
»Re sei Dank!«, meinte er erleichtert. »Ich war bis jetzt bei Prinzessin Nofretete und dem Kronprinzen. Sie sind übereingekommen, daß du, Teti, die Abschriften, die du im Tempel anfertigst, mir übergibst. Und von mir bekommst du auch Papyrus und Tinte.«
Teti wischte an ihren Augen herum und nickte. »Gleich morgen werde ich bei den Priesterinnen nachfragen, wann ich zum Tempeldienst kommen kann.«
»Ausgezeichnet«, sagte Panehesi. »Meine Damen, darf ich euch in mein Büro einladen? Auf daß wir Re zu Ehren, auf das Wohl des Kronprinzen und seiner Gemahlin sowie auf das Gelingen unserer zukünftigen Zusammenarbeit einen oder mehrere Becher Wein miteinander trinken.«

»Geistiger Diebstahl ist das. Eindeutig! Und ich glaubte, daß du«, Teti war im Begriff, ihre Augenschminke zu erneuern, doch nun stach sie mit dem Schminkstäbchen in die Luft, »daß du über genügend Durchsetzungskraft verfügst, um die Dinge klarzustellen und mir zu meinem Recht zu verhelfen.«
Kamose, der kurz nach ihr nach Hause gekommen war, begann, im Zimmer auf und ab zu gehen. »Mit Durchset-

zungsvermögen hat das nichts zu tun. Du mußt Verständnis haben. Ich kann es mir nicht leisten, mich mit Parennefer, Apuia und dem Wesir anzulegen.«
»Ja, ich weiß. Deine Beförderung steht bevor.«
»Von wem hast du das erfahren?«
»Neferti hat's mir gesagt. Sie weiß über dich Bescheid.«
Der Augenstrich wollte Teti nicht recht gelingen, also steckte sie den Griffel in den Schminkbehälter zurück und legte ihn auf das Tischchen. Auch in ihrem Zimmer begannen die Wände zu kreisen. Aber diesmal lag es nicht an der Empörung, die sie vorhin fast ohnmächtig hatte werden lassen, sondern an dem Wein, den sie mit Panehesi und Neferti getrunken hatte.
»Ich wollte dich damit überraschen, wenn es soweit ist«, sagte Kamose und blieb vor ihr stehen.
Teti ging auf Abstand von ihm. Wie sie aus Erfahrung wußte, zogen ihn ihre weinglänzenden Augen und zartgeröteten Wangen an. Und das war das letzte, was sie jetzt wollte! Aber er kam wieder einen Schritt näher.
»Sieh mal! Für dich. Ich habe es bei einem der Hofgoldschmiede erstanden«, sagte er und drückte ihr etwas Dünnes, Glattes, Schimmerndes in die Hand.
Obwohl sie kaum hingeschaut hatte, hatte sie doch erkennen können, daß es sich dabei um so ziemlich die hübscheste, geschmackvollste und auserlesenste Halskette handelte, die sie jemals gesehen hatte. Perlen aus poliertem Karneol wechselten mit kleinen goldenen Kugeln und Blüten.
»Das will ich nicht! Ich lasse mich nicht bestechen.« Mit abgewandtem Gesicht ließ sie die Kette neben dem Schminkbehälter auf das Tischchen gleiten. »Was ich will, ist Anerkennung.«
»Manchmal muß man eben auch zurückstecken können«, sagte er nachdrücklich. »Immerhin hast du erreicht, daß die Angelegenheit aufgegriffen wird. Du wolltest eine Verbesserung für die Leute, und diese ist in

greifbare Nähe gerückt. Doch die Begleitumstände sind einfach widerlich.«
Sie hob die Hände. »Und du hast dich für diese Widerlinge und gegen mich entschieden«, rief sie anklagend.
»Ach, Teti! Übel ist mir geworden, als ich Parennefer so reden hörte. Glaub' mir, es war nicht leicht für mich, diese Intriganz zu ertragen.«
»Tatsächlich? Wie unerfreulich«, entgegnete sie höhnisch. »Du kannst den Göttern danken, daß ich nicht aus einer mächtigen Familie komme, die dir mindestens ebenso viele Schwierigkeiten bereiten könnte wie der Wesir und Apuia. Aber so mußtest du an meine Gefühle ja nicht allzu viele Gedanken verschwenden. Nein, die Entscheidung ist dir sogar ausgesprochen leicht gefallen, denn ich kann nichts anderes tun, als mich fügen. Meine Verwandten beten dich an wie einen Gott, egal, was du auch tust, wenn es ihnen nur ein bißchen besser geht.«
Sie war nahe daran gewesen, mit dem Fuß aufzustampfen, aber der Umstand, daß er ihren Redeschwall hatte über sich ergehen lassen, ohne sie zu unterbrechen, hatte sie doch etwas beschwichtigt.
Er setzte sich auf eine ihrer Kleidertruhen. »Wie oft soll ich dir noch sagen, daß mir der Entschluß schwer war? In einem einzigen Augenblick mußte ich Für und Wider abwägen. Meine Entscheidung hätte ja nicht nur dich und mich betroffen, sondern auch meine Kinder, die Versorgten, die Dienerschaft, die beiden Landgüter.«
»Du hättest wenigstens mit mir die Audienzhalle verlassen können, so wie Neferti es getan hat.« Verstohlen befühlte sie die glatten Kugeln der Kette.
»Mit Sicherheit wäre es anders bewertet worden, wenn ich aus Protest den Saal verlassen hätte, als wenn Neferti das tat.« Mit einem Seufzer stand er auf. »Und jetzt nimm die Kette.«
Rasch zog sie ihre Hand zurück. »Nein! Ich bin nicht in der Stimmung, von dir Geschenke anzunehmen. Übri-

gens werde ich mich so bald wie möglich zum Tempeldienst einteilen lassen.«

Er blieb kerzengerade vor ihr stehen. »Du willst dich mir entziehen?«, fragte er grollend.

»Das auch, aber nicht nur«, antwortete sie und sah zum Fenster hinaus. »Ich habe einfach das Verlangen, mich innerhalb der heiligen Mauern des Tempels aufzuhalten, den Glanz der Goldenen erleben zu dürfen und ihr zu dienen.« Sie wandte den Kopf, sah Kamose aber nicht in die Augen, sondern heftete den Blick auf seine Nasenspitze. »Und bestimmt werden dich Apuia, sein vorbildlicher Sohn Parennefer und Wesir Ramosis mit ihrer hochgeschätzten Freundschaft mehr als genug für meine Abwesenheit entschädigen.«

Kapitel 7

Nofretetes Auftrag

Ein Schatten fiel auf Teti, und sie öffnete die Augen. Pa-Wah stand vor ihr und grinste. Sie blinzelte ihn verwundert an.

»Was machst du denn hier? Du hast mich bei der Meditation gestört!«

»Stimmt nicht! Du hast geschlafen!« Er ging neben ihr in die Hocke. »Tante Neferti hat Pentu und mich im Lebenshaus besucht. So habe ich erfahren, daß du in diesem Monat Tempeldienst hast.«

»Ja, ich habe Nachtwache. Deswegen bin ich tagsüber manchmal ein bißchen müde.« Sie rieb sich die Augen und lauschte schlaftrunken dem Lied einiger Priesterinnen, die singend und musizierend durch den Tempelgarten zogen.

»So ein Zufall. Auch ich habe im Amun-Tempel bald Nachtstundenwache«, sagte Pa-Wah und setzte sich neben sie auf die Schilfmatte. »Was für eine ausnehmend hübsche Kette du trägst. Goldene Blüten passen zu dir. Ein Geschenk Kamoses?«

»Natürlich! Wer sonst sollte mir solche Geschenke machen, du Schriftgelehrter? Wie steht es mit deiner Prüfung? Mußt du nicht ununterbrochen lernen?«

»Alles, was ich wissen muß, ist bereits hier und hier« – er legte eine Hand auf seine Stirn und eine auf sein Herz – »eingegraben für alle Ewigkeit. Wie die heiligen Schriftzeichen in den Tempelwänden.«

»Hat Pa-Wah Kopfschmerzen oder macht er dir eine Lie-

beserklärung?«, fragte Kafi, die mit einem Korb Blumen daherkam.
»Das käme aufs gleiche heraus«, antwortete Teti. »Wenn er mir eine Liebeserklärung machte, würde er wohl früher oder später Kopfweh kriegen.«
»Ja, von Kamoses Amtsstab«, kicherte Kafi und setzte den Korb auf einem Steinmäuerchen ab.
»Ich habe nicht vor, Teti zu nahe zu treten«, erklärte Pa-Wah beleidigt. »Freundschaft ist alles, was ich will. Und einen Tropfen Salböl, wenn's recht ist.« Er zog ein Tonfläschchen aus seiner unvermeidlichen Tasche. »Ich habe mir sagen lassen, daß das Öl, das im Tempel der Goldenen hergestellt wird, viel besser ist als jenes aus den großen und berühmten Tempellabors von Karnak.«
»Stimmt. Unsere Salböle sind unvergleichlich«, bestätigte Teti. »Und da ich sowieso in der Salbenküche aufräumen muß, kann ich dir gleich etwas abfüllen.«
»Du hast doch nichts dagegen, wenn ich jetzt gleich mit dir mitkomme?«
»Nein!« Teti erhob sich von der Matte. »Wann findet denn die besagte Prüfung statt?«
»Noch vor Ende des Monats.«
»Si-Mut hat mir davon erzählt«, sagte Kafi. »Nach seinen Worten gibt es so viele Anwärter wie nie zuvor. Wenn sie die Prüfung bestanden haben, muß man sie auf andere Tempel im Land verteilen.«
»Ich bleibe auf jeden Fall in Theben«, erklärte Pa-Wah, stand ebenfalls auf und nahm seine Tasche. »Ich bin nicht aus Taseni hergekommen, um mich irgendwohin in eine andere Provinzstadt schicken zu lassen. Meine Lehrer sind sehr mit mir zufrieden und werden sich für mich einsetzen.«
»Ja, gute Lehrer machen sich für ihre Schüler stark. Ich weiß das, weil ich selbst Lehrerin bin«, meinte Kafi mit wichtiger Miene. »Jetzt muß ich aber los! Meine Schülerinnen warten, und vorher will ich die Blumen in den

Tempel bringen.« Sie nahm den Korb wieder auf und entfernte sich mit ihrem anmutigen Gang.

»Kafi unterrichtet eine eigene Gruppe von Tänzerinnen. Und das sind nicht einmal die Anfängerinnen, sondern diejenigen Mädchen, die kurz davor stehen, bei Götterfesten tanzen zu dürfen«, teilte Teti Pa-Wah auf dem Weg zum Tempellabor mit. Die Salbenküche befand sich in einem von Beeten mit Heilkräutern umgebenen Verwaltungsgebäude unweit des Gartens.

»Aber du tanzt nicht mehr mit?«

»Nein! Aber zuhause tanze ich ab und zu. Kamose ist davon begeistert.«

»Das glaube ich gern«, meinte er betrübt.

Als Teti die Tür zum Laboratorium öffnete, strömte ihnen ein Gemisch der verschiedensten Gerüche entgegen. In diesem Raum wurden nicht nur die Salben, Duftöle und Schminken für den Gottesdienst und den Bedarf der Priesterschaft, sondern auch zur Entlohnung der Tempelbediensteten und zum Verkauf an die Bevölkerung zubereitet. In Ständern steckten Tonkrüge, die bereits gefüllt und versiegelt waren. Leere Salbenbehälter – niedrige, bauchige und gerade, hohe –, dazu Schüsseln, Schalen, kleine und kleinste Töpfchen, Mörser, Spatel, Löffel, Meßgefäße und andere Gerätschaften standen auf einer großen Arbeitsfläche bereit. Die Schriftrollen, von denen Teti während der Zeit ihrer Nachtwache Rezepte abschrieb, wurden in einer Truhe mit einem schweren Deckel verwahrt. Um zwei kupferne Kohlenbecken herum lag Asche verstreut, in einer Feuerstelle war noch Glut. Keine der diensttuenden Priesterinnen war anwesend; nur ein sechs oder sieben Jahre altes Mädchen kauerte auf einem Schemel. Der Anblick dieser kleinen, an die Wand gelehnten Gestalt weckte in Teti Erinnerungen an die Zeit, als sie selbst neu im Tempel gewesen und ebenfalls zu Aufgaben wie dem Bewachen des Feuers herangezogen worden war.

Sie rief das Mädchen leise beim Namen und schickte es hinaus. Dann trat sie an den Arbeitstisch, wischte ein paar Krümel von getrockneten Kräutern und Rindenstückchen zur Seite und räumte eine Schale mit Beeren und ein Töpfchen mit pulverfeiner Erde in ein Regal. Sie nahm Pa-Wahs Tonflasche und füllte sorgfältig aus einem enghalsigen Krug ein klares, hellgelbes Öl hinein.
»Es riecht gut«, meinte er, nachdem er an der Flasche geschnuppert hatte.
»Mein Spezialrezept«, sagte sie stolz. »Mit verschiedenen Beimischungen immer wieder abgewandelt. Ein bißchen Kräuter und Harz, nicht so herb im Geruch wie Zedernöl, aber dafür ist Myrrhe dabei.«
»Ich danke dir! Du befaßt dich recht ernsthaft mit diesen Dingen, nicht wahr?«
»Das erfordert meine Tätigkeit auch. Manche Salben zum Beispiel müssen zu einer bestimmten Nachtzeit umgerührt oder mit weiteren Zutaten versehen werden. Das erledige ich zwischen den Stundengebeten. Ansonsten sitze ich im Schein der Lampen da, denke nach, schreibe ab und zu etwas auf und probiere das eine oder andere Rezept aus.«
»Weiter so! Aber jetzt, Teti, will ich dir schnell einen Vorschlag unterbreiten. Den besten, den ich je zu machen hatte.« Er blickte zur Tür. »Bevor uns jemand stört.« Dann sagte er: »Ich will dir ermöglichen, in dem Raum vor Amuns Allerheiligstem zu beten. Nächste Woche, wenn ich Nachtwache habe, kann ich dich einlassen.«
»Was? Pa-Wah, das ist nicht dein Ernst.«
»Aber ja doch! Ich möchte, daß du die Heiligkeit dieses Ortes erfährst.«
»Und wenn's schiefgeht? Amun könnte etwas dagegen haben, daß ich mich nachts dort aufhalte. Es ist schon nicht immer einfach, Hathor besänftigt zu halten. Und mit dem großen, mächtigen Götterkönig ist das noch viel schwieriger. Nein, es ist mir zu gefährlich.«

»Aber, Teti, der Gott ist doch so mitleidsvoll. Amuns Nähe wird dir eine Offenbarung sein und deine Seelenkräfte stärken. Der Herr der Weltenthrone hört nicht nur die Gebete Pharaos, nein, auch du kannst dich ihm anvertrauen. Er ist der ewige Schöpfer, das Oberhaupt der Götterneunheit und unbeeinflußbar in seiner Gerechtigkeit. Er sorgt für alle seine Geschöpfe. Und ein jeder und eine jede kann sich an ihn wenden.«
»Bestimmt wird Amun zürnen, wenn man ihn in seiner Nachtruhe stört.«
»Der Gott wacht immer. Gebete zu ihm sind an keine Tages- oder Nachtzeit gebunden«, versicherte er. »Du darfst dir nicht vorstellen, daß Amun im Allerheiligsten schläft.«
»Aber die Priester wecken ihn doch jeden Morgen auf, indem sie ›Erwache in Frieden‹ singen.«
»Schon richtig. Aber dabei mußt du dir vor Augen halten, daß in allen Tempeln im ganzen Land zur gleichen Zeit dieselbe Hymne gesungen wird, weil Amun in allen seinen Allerheiligsten, in allen seinen Statuen anwesend ist. Gleichzeitig kann er im Himmel sein und mit der Sonnenbarke durch die Unterwelt fahren. Teti, er ist allezeit allgegenwärtig!«
Sie überlegte einen Augenblick. »Schön, das zu wissen.«
»Ja, nicht wahr? Allerdings ist Karnak der Ort, der ganz besonders heilig und vom Gott bevorzugt ist. Denn dorthin kommt Pharao am häufigsten, um Amun zu begegnen und ihm zu opfern, und dort sind die Priester am gewissenhaftesten und in allen Künsten und Wissenschaften am besten ausgebildet. Dort hat der Götterkönig seinen Lieblingsaufenthalt. Und ich will dafür sorgen, daß du dich ihm in nächtlicher Abgeschiedenheit bis zum Raum vor dem Allerheiligsten nähern kannst. Und er wird voll Güte auf dich herabsehen.«
»Aber ich genieße doch Hathors Schutz und Gnade. Und es genügt mir völlig, daß ich in Karnak den wundertätigen Käfer berühren durfte.«

»Welchen wundertätigen Käfer?«
»Na, den riesigen Skarabäus aus Stein, den Pharao am Heiligen See hat aufstellen lassen.«
Pa-Wah sah sie verständnisvoll an. »Und was soll an ihm wundertätig sein?«
»Aber du sagtest doch selbst, wenn ich ihn anfasse, wird es mir Glück bringen.«
»Ja, aber dabei hatte ich die glückseligmachende Verklärung, die Verwirklichung geistiger Erkenntnisse und den Gewinn an Vertrauen in die Göttlichkeit im Sinn.« Er machte eine bedeutungsvolle Pause, hob den Zeigefinger und sprach weiter: »Hast du so wenig auf meine Worte geachtet? Auf die höhere Macht, die mit ihrem göttlichen Licht unser menschliches Dunkel erhellt, habe ich hingedeutet. Wundertätig! Glück bringen! Also, Teti, manchmal redest du daher wie ein Bauernweib.«
Sie legte den Kopf schief und spitzte die Lippen. »Hab Dank für deine unmißverständlichen Worte, o Weisester aller Weisen. Jetzt weiß ich, was du von mir hältst.«
»Du darfst das nicht persönlich nehmen, Teti. Nicht nur du, sondern alle Priester und Priesterinnen unteren Grades haben kaum eine Ahnung von diesen höheren Dingen. Natürlich wird kein vernünftiger Mensch die Gegenwart von Geistern und Dämonen leugnen, die man durch Zaubersprüche und Rituale beschwören kann. Dazu ist ihre Anwesenheit viel zu offensichtlich. Aber sie existieren sozusagen auf einer niedrigen, einer erdgebundenen Ebene.« Er hatte immer schneller gesprochen; nun atmete er tief ein und sah Teti mit Inbrunst an. »Die Götter… die Götter dagegen haben kosmische Bedeutung.«
»Du strahlst plötzlich so. Hattest du eine Erleuchtung?«
»Nein«, erwiderte er, und der schwärmerische Glanz in seinen Augen nahm wieder ab. »Ich versuchte lediglich, dir etwas zu erklären, dadurch dein Denken zu erweitern und dein Bewußtsein zu erhellen.«

»Als ich noch im Tempel für die Göttin tanzte, war ich dabei manchmal unendlich glücklich, fühlte mich einen seligen Augenblick lang vom Licht der Goldenen durchdrungen. Kann man auch das Verklärung nennen?«
Er nahm Tetis Hand in seine beiden Hände. »Siehst du, das ist es, was ich damals von dir wissen wollte. Der Raum vor Amuns Heiligtum ist genau der richtige Ort, mir alles genauestens zu schildern. Du kommst doch? Bitte schlag' mir den Wunsch nicht ab. Mir liegt so viel daran!«
»Ich werde es mir überlegen.«
Draußen auf dem Flur waren Schritte zu vernehmen, Türen wurden geöffnet und geschlossen, man hörte Stimmen, darunter die von Si-Mut.
»Kafi sagte, daß Si-Mut in diesen Tagen die Lagerbestände des Tempels registrieren lassen will«, flüsterte Teti. »Aber hierher wird er sicher nicht kommen. In diesem Raum gibt es ja keine Vorräte zu überprüfen.«
Doch mit einem Mal ging auch die Tür zur Salbenküche auf. Si-Mut, umgeben von einem Schwarm von Dienern, Beamten, Schreibern und den leitenden Priesterinnen und Priestern des Hathor-Tempels, kam herein. Teti sandte ein Dankgebet zur Goldenen empor, daß Pa-Wah gerade seine Ölflasche hielt und nicht, wie noch einen Augenblick zuvor, ihre Hand.
Auf seinen Würdestab gestützt musterte Si-Mut die Salbengefäße und Ölkrüge, die Säcke mit den Behennüssen, die Körbe und Kisten.
»Und was ist mit allen diesen Vorräten? Wolltest du sie mir etwa vorenthalten?«
»Niemals, Erhabener! Die Göttin sei meine Zeugin«, beeilte sich der Oberpriester des Heiligtums zu versichern. »Hier befinden sich ausschließlich angebrochene Krüge, in Verarbeitung befindliche Rohstoffe und ein nicht nennenswerter Bestand an fertigen Salbölen.«
»Auch das muß verzeichnet werden. Um welche Mengen handelt es sich?«

Der Oberpriester hob die Schultern und sagte in gekränktem Ton: »Bin ich der Verwalter der Vorräte? Oder die Vorsteherin der Salbenküche? Nein, Prophet! Ich bin das Oberhaupt dieses Tempels und habe mich um alles zu kümmern. Daher kann ich über diese speziellen Dinge keine Aufklärung geben.«
»Und wo ist der Verwalter der Tempelvorräte? Warum ist er nicht hier?«
»Er hat sich krank gemeldet. Ein lästiges Leiden hindert ihn seit heute an der Erfüllung seiner Pflichten.«
Si-Muts Hängebacken zitterten ein wenig. »Ich sehe auch die Vorsteherin der Salbenküche nicht...!«
»Gewisse Anstrengungen und Aufregungen kann man dieser gebrechlichen Dame in würdigem Alter nicht mehr zumuten.« Der Oberpriester drehte die Handflächen nach oben. »Aber gern kannst du deine Schreiber anweisen, alles abzuzählen und abzuwiegen, um die gewünschten Werte zu erhalten, Erhabener.«
Si-Mut blickte ebenso angewidert wie seine Leute auf die Kisten mit seltsam geformten Wurzeln und verschiedenfarbiger Erde, auf die Behälter mit trüben Essenzen und auf die Körbe mit eigenartigen, getrockneten und ziemlich unangenehm riechenden Früchten.
»Kaum zu glauben, daß sich aus diesen unansehnlichen Zutaten unter Mitwirkung unscheinbarer Geschöpfe die heilkräftigsten und hervorragendsten Salben herstellen lassen, die das Land kennt«, sagte er und wandte sich, ohne daß seine Miene den Ausdruck der Abneigung verlor, an Teti: »Obliegt dir stellvertretend die Aufsicht über die Salbenküche?«
»Nein. Es gibt keine Stellvertreterin. Ich gehe der Vorsteherin bloß zur Hand, weil ihre Augen schwächer, ihre Finger immer unsicherer werden«, erwiderte Teti ohne die geringste Andeutung eines Lächelns. »Unscheinbare Geschöpfe wie ich sind nicht befugt, irgendwelche Angaben zu machen.«

Bei Hathor, sie würde sich hüten, etwas preiszugeben, nachdem der Oberpriester dem Zweiten Propheten Amuns so nachdrücklich jede Auskunft verweigert hatte. Die Salböle waren das wertvollste Produkt des Tempels. Alle seine in- und ausländischen Besitzungen waren auf den Anbau der wertvollen Rohstoffe ausgerichtet. Und der Tauschhandel mit den fertigen, überall begehrten Salben und Ölen war sehr ertragreich, was Si-Mut natürlich wußte. Deshalb forderte er für den Amun-Tempel von Zeit zu Zeit einen Teil der Produktion an, der aber nie dort ankam. Also erbrachte Karnak auch keine Gegenleistung. Die darauffolgende Auseinandersetzung erschöpfte sich in einem erfolglosen Schriftwechsel und dem sinnlosen Hin- und Herschicken von Beamten. Si-Mut aber hatte die verschwundene Ware an sich selbst umgeleitet. Er betrieb seine eigenen Handelsgeschäfte damit.

Das alles wußte Teti von der Salbenküchenvorsteherin, die manchmal über einem Becher Wein ein wenig geschwätzig wurde. Sie hatte Teti auch verraten, daß es unter dem Tempel ein geheimes Versteck gab, in dem ein nicht unerheblicher Teil des Bestandes aufbewahrt wurde. Si-Mut ahnte wohl etwas davon, und die Verschlossenheit des Oberpriesters erboste ihn schon allein deswegen, weil er den Mann selbst in dieses Amt gehoben hatte, jetzt aber nicht die Früchte seines Entgegenkommens ernten konnte, mit denen er so fest gerechnet hatte. Doch der Oberpriester des Hathor-Tempels hatte offenbar Verpflichtungen zu erfüllen, die noch dringender waren. Selbstverständlich würde Si-Mut nicht locker lassen, aber fürs erste mußte er sich zufrieden geben.

»Ich habe den Verdacht, daß man mir etliches verheimlichen will. Doch ihr könnt gewiß sein, daß ich es bald herausfinden werde«, äußerte er drohend. Als er seinen Blick erneut im Labor umherschweifen ließ, entdeckte er Pa-Wah. Seine Miene wurde gnädiger. »Und du, mein

Sohn, bist einer der Anwärter, die ich demnächst prüfen werde? Hast du dein Lernpensum bewältigt und dich gut vorbereitet?«

Pa-Wah verneigte sich. »Ja, das habe ich, o Si-Mut! Ich habe mir Kenntnisse über alles, was die Götter, ihre Taten und Werke betrifft, zu eigen gemacht und mir sämtliche Auslegungen der Schriften der Weisen eingeprägt. Nun warte ich begierig darauf, mein Wissen unter Beweis zu stellen.«

»Aber du wirst auch weiterhin lernen und an der einen oder anderen Textstelle arbeiten?«, fragte Si-Mut und rieb seine Hände aneinander.

»Das werde ich gewiß tun, ehrwürdiger Prophet.« Pa-Wah beugte wieder sein geschorenes Haupt. »Ich werde alles mehrmals wiederholen.«

»Das beruhigt mich, mein Sohn, das beruhigt mich. Denn, wie ich erfahren habe, bist du ein hoffnungsvoller Kandidat.« Ein rasches Nicken, ein Lächeln zuckte über sein Gesicht. Er wandte nochmals den kahlen Kopf und streifte Teti mit einem kurzen Blick, bevor er, gefolgt von den anderen, den Raum verließ.

Teti schüttelte sich. »Selbst ein Krokodil lächelt lieblicher als dieser gräßliche Si-Mut.«

»Er gab sich doch recht umgänglich«,entgegnete Pa-Wah mit Zuversicht. »Er scheint mich zu mögen.«

»Laß dich nicht täuschen«, warnte sie. »Er hat schon oft mit Prüflingen so liebenswürdig gesprochen, daß sie ihre Prüfung halb bestanden glaubten. Und danach hat er sie durchrasseln lassen und so kleingemacht, daß ihnen ihre Sandalen zu groß waren.«

»Mir kann das nicht passieren. Ich weiß alles«, meinte Pah-Wah selbstbewußt. »Und Si-Mut weiß, daß ich alles weiß. Ich bin einer der aussichtsreichsten Aspiranten. Wenn nicht der beste.«

»Dein Wort in Amuns Ohr! Der Götterkönig möge dir beistehen. Soll ich dir verraten, was ich glaube?« Jetzt war es Teti, die Pa-Wahs Hand ergriff. »Ich bin davon überzeugt, daß Si-Mut sogar Seth an Hinterlist übertrifft. Und es würde mich nicht wundern, wenn er sich nachts in ein schreckliches Nilpferd verwandelt, das durchs Schilf schnaubt und Menschen und Tiere ins Wasser zieht. Es ist mir ein Rätsel, wie Kafi mit diesem Mann das Bett teilen kann, ohne vor Abscheu zu sterben.«

»Und außerdem, nicht wahr, liebe Teti, tut es dir entsetzlich weh, daß Kamose mit ihm befreundet ist?«

Sie sah ihn an und nickte.

»Ich will natürlich nicht behaupten, daß dein verehrungswürdiger Gatte einen ähnlichen Charakter hat wie Si-Mut. Wahrscheinlich ist Kamose nur ein schlechter Menschenkenner. Ich dagegen suche mir meine Freunde viel sorgfältiger aus. Und dich, Teti, kann ich besonders gut leiden.« Er hob ihre Hand hoch und berührte die Fingerspitzen mit den Lippen. »Hast du mich auch ein ganz klein wenig gern?«

»Natürlich habe ich dich gern. Wir sind doch Freunde.«

»Beantworte mir eine Frage.« Er küßte ihre Handflächen. »Wirst du, wenn ich in ein paar Jahren das Leopardenfell trage und zu den obersten Priestern dieses Landes gehöre, Kamose verlassen? Und zu mir kommen?« In atemloser Erwartung sah er sie an.

Sie entriß ihm ihre Hand. »Wie kannst du mich das fragen? Und du willst mein Freund sein!«

Mit einem Schritt war er bei ihr, schlang die Arme um sie und küßte sie. Bevor sie versuchen konnte, sich zu befreien, hatte er sie bereits wieder losgelassen.

»Ich danke dir«, rief er. »Diese Umarmung und die Tatsache, daß du nicht nein gesagt hast, werden mich durchhalten lassen.«

Die Tür knarrte, Kafi schlüpfte leise herein. »Seid ihr immer noch da?«

»Wir wollten gerade gehen«, sagte Teti. Sie vergewisserte

sich, daß die Glut im Kohlenbecken ausgegangen war, und verließ mit den beiden die Salbenküche.

Warum habe ich nicht nein gesagt?«, grübelte Teti während des ganzen Weges zurück in den Tempelgarten. Ich muß besser auf meine Worte achten. Aber ich war so verwirrt. Wieso habe ich bloß nicht nein gesagt?
Sie grübelte weiter, als sie nachts in der Salbenküche saß und beim Schein mehrerer Öllampen Rezepturen abschrieb. Sie hatte Pa-Wah ja recht gern und bereute es auch nicht, in jener Nacht mit ihm geschlafen zu haben. Aber sollte sie ihm zuliebe in ein paar Jahren Kamose verlassen? Nein, das würde sie mit Sicherheit nicht tun. Sie schüttelte energisch den Kopf und fühlte sich auf einmal erleichtert. Endlich war es gekommen, dieses Nein! Kamose bedeutete ihr inzwischen sehr viel, ja, sie hing an ihm und empfand ihm gegenüber eine starke Zuneigung – trotz des unangenehmen Zwischenfalls mit dem ruchlosen Parennefer. Und in ein paar Jahren würde sie doch hoffentlich Kinder haben. Nein, da konnte Pa-Wah wirklich nicht verlangen, daß sie ihre Familie verließ. Genau das mußte sie ihm sagen, wenn sie ihn wieder traf. Bestimmt würde er bald kommen, um sie zu überreden, nachts im Vorraum von Amuns Allerheiligstem zu beten. Aber auch das würde sie ablehnen, obwohl es sie schwer ankam, sein Angebot auszuschlagen.
Ihr Blick fiel auf die kleine Hathor-Statue aus Holz, die sie mitgebracht und in einer Nische aufgestellt hatte. Eigenhändig hatte sie die Göttin mit Goldblättchen überziehen wollen, doch leider hatte es bloß für den Kopf gereicht. Sie hatte von den Blattgoldresten, die Kamose in seinem Zimmer aufbewahrte, nur so viel genommen, daß es nicht auffiel. Denn er hätte sie bestimmt ausgelacht, wenn sie ihm gesagt hätte, wozu sie das Gold haben wollte. Sie sei noch so jung und könne sich viel Zeit las-

sen, hätte er gesagt. Eine Statue mit der Bitte um Kindersegen im Tempel aufzustellen, das sei ganz und gar verfrüht. Ach, er wußte ja nicht, wie es war für sie, von Mutnefer, Taheb, Henut und deren Kindern umgeben zu sein.

Sie rollte den ersten Papyrus für diese Nacht zusammen. Stinklangweilig war es, die Rezepte abzuschreiben. Hoffentlich hatte sie sich nicht allzu oft verschrieben und vor allem bei den Mengenangaben keinen Fehler gemacht. Sie gähnte. Später würde sie die Schriftrollen, die sie fertig hatte, in Kafis Priesterinnenzimmer bringen. Kafi hatte in einem der Wohngebäude ein eigenes Zimmer erhalten und übte außer ihrer Funktion als Tanzmeisterin noch ein Amt in der Verwaltung aus. Ein stetiger, unaufhaltsamer Aufstieg lag vor ihr. Kafi nahm es gleichmütig hin. Sie war Teti nach wie vor in Freundschaft verbunden, ja, jetzt schien ihr noch mehr daran zu liegen als früher. Und trotz Kafis Verhältnis mit Si-Mut, das in ihrer beider Gesprächen lediglich am Rand erwähnt wurde, stand es für die Freundinnen unverrückbar wie das Wüstengebirge fest, daß sie einander weiterhin ins Vertrauen ziehen konnten. Und so hatte Teti Kafi auch in ihren geheimen Auftrag eingeweiht – hatte es tun müssen.

Die erhabene Prinzessin stellte sich die Ausführung ihres Wunsches nämlich einfacher vor, als die Sache in Wirklichkeit war. Teti war unbedingt auf eine Verbündete angewiesen, die zur gleichen Zeit Nachtwache tat, damit sie ungestört schreiben konnte, und die ihr außerdem half, die Schriftstücke zu verstecken.

Als sie die nächste Papyrusrolle mit einem der oft benötigten Rezepte in die Truhe zurücklegte, fiel ihr eine Aussparung im Boden auf. Sie langte hinein und stieß einen Schrei der Überraschung aus. Das Bodenbrett ließ sich hochklappen, darunter waren weitere Schriftrollen zu sehen. Aufgeregt hielt sie eine ins Licht der Öllampe

und las mit angehaltenem Atem die Überschrift. ›Sehr geheime Schutzsalbe des Lebenshauses‹ stand da, und es folgten nicht nur Anweisungen für die Zubereitung, sondern auch die Zauberformeln, die aufgesagt werden mußten, um die mit der Salbe eingeriebene Person wirksam zu schützen. Dem Wortlaut nach war diese Person, die vor Dämonen und Krankheiten bewahrt werden sollte, eindeutig die Königin. Große Göttin, war sich Prinzessin Nofretete bewußt, daß sie nach heiligen Dingen griff, die ihr noch gar nicht zustanden?
Dann ging Teti die Rezepturen für duftende Salböle durch, die bei den großen Götterfesten Anwendung fanden, wie die Salbe zum Neujahrsfest und die Öle für das heilige Gottesritual. Von Festduft war die Rede, von Weihrauch und Myrrhe und davon, wie man die Götter anlocken und zum Verweilen im Tempel veranlassen konnte. Von wohlriechenden Salben und Ölen lebten die Götter – ein großes mystisches Geheimnis war damit verbunden! Fast wünschte Teti, Pa-Wah hier zu haben, damit er ihr die magische Bedeutung genauer erklären könnte. Doch so viel wußte auch sie: Diese Anleitungen gaben demjenigen, der sie besaß und nutzte, große Macht.
Obwohl es sich bei diesem geheimen Wissensschatz nicht um die großen Zauberbücher mit den Giftmischungen, Drogenzubereitungen und den machtvollsten Beschwörungen handelte – ihre Kenntnis stand ganz allein Pharao und den Propheten zu –, so war bereits das Lesen und Abschreiben der vorliegenden Anweisung sehr gefährlich. Ein Wort im falschen Zusammenhang ein wenig zu laut gemurmelt, und schon war es passiert. Scharen von Geistern warteten nur darauf, sich des unglücklichen Übeltäters zu bemächtigen, ihn zu töten oder zumindest bis an sein Lebensende mit Unheil zu verfolgen.
Teti verschloß ihre Lippen mit der Hand, damit keine

Silbe entweichen und sich unbemerkt in einen Fluch verwandeln konnte. Sie fühlte sich unbehaglich. Der Gedanke an das, was geschehen würde, wenn man sie und Kafi bei ihrer heimlichen Arbeit ertappte, ließ sie zittern. Als Verräterinnen der heiligen Dinge würde man sie anklagen und hart bestrafen. Vor nichts würde die Priesterschaft der Goldenen zurückschrecken, um die Geheimnisse ihrer wirkungsvollen Magie zu verteidigen.
Nur widerstrebend erinnerte sie sich an ihren Auftrag und an die ausdrücklichen Worte Nofretetes. Sie fragte sich beklommen, ob sie von der Prinzessin nicht hin und her geschoben wurde wie eine Figur auf einem Spielbrett. Aber sie hatte bereits versprochen, die Rezepte zu liefern, und wenn sie jetzt die Mitarbeit verweigerte, würde es ihr an den Kragen gehen. Nein, sie konnte nicht mehr zurück.
Es wird etliche Nächte dauern, bis ich das alles abgeschrieben habe, dachte sie beunruhigt, als sie die Rezepturen für die sieben Heiligen Salböle überflog. Dann kam sie zum ›Duft der das Antlitz erfrischt‹. Wieder zögerte sie, füllte zuerst einmal neues Öl in ihre Lampe. Wollte denn auch der Kronprinz seiner Göttlichkeit vorgreifen? Wünschte er etwa, daß mit dem gleichen Duft vor ihm geräuchert wurde, wenn er in der neuen Kapelle zur Sonnenscheibe betete, mit dem auch Pharao während der heiligen Handlungen in seinem Opet-Festtempel umgeben war?
Sie fuhr von ihrem Hocker hoch, als sich auf dem Gang Schritte näherten. Fieberhaft rollte sie den Papyrus zusammen, konnte ihn gerade noch zu den anderen in die Truhe werfen, bevor die Tür geöffnet wurde. Sie drehte sich um und stellte sich mit dem Rücken vor den Arbeitstisch, obwohl sie wußte, daß es unmöglich war, auf diese Weise Tintennäpfe, Pinsel und die beschriebenen Papyrusblätter zu verdecken. Auf das Schlimmste gefaßt blickte sie dem Eindringling entgegen. Es war der

Oberste Schriftrollenträger aus dem Heiligtum des Gottes Min.
»Was für eifrige Priesterinnen man doch zu nächtlicher Stunde im Salbenlabor der Goldenen antrifft«, meinte er erstaunt, trat ein, ließ aber die Tür hinter sich offen. Lächelnd verschränkte er die Arme. »Was schreibst du denn, kleine Schreiberin?«
Schuldbewußt senkte sie den Kopf. »Eine Strafarbeit, ehrwürdiger Obervorsteher«, gestand sie. »Durch meine Schuld ist die Schönheitssalbe, die für den Verkauf bestimmt war, unbrauchbar geworden. Ich habe zehn Ro Wacholderbeeröl zuviel hineingetan. Deswegen muß ich jetzt fünfzigmal das Rezept abschreiben, damit ich's mir in Zukunft merke. Ich muß das unbedingt heute nacht noch schaffen. Darum laß mich bitte schnell weiterschreiben.« Sie lächelte flehentlich.
Er kam langsam näher. »Leider muß ich dich kurz von deiner Arbeit abhalten. Ich benötige eine Schriftrolle aus dieser Truhe.«
Heilige Göttin, was tun?, dachte sie verzweifelt. Gleich merkt er, daß das Geheimfach aufgeklappt ist und daß ich etwas ganz anderes abschreibe.
In diesem Moment erschien Kafi im Türrahmen. Teti warf der Freundin einen hilfesuchenden Blick zu.
Kafi zwinkerte zweimal und sagte beherzt: »Gut, daß ich dich endlich finde, Obervorsteher der Schriftrollenträger! Soeben war ich beim zweiten Propheten Amuns. Si-Mut möchte dich in einer sehr dringenden Angelegenheit sprechen. Du weißt ja, wo du ihn antriffst.«
Der Priester nickte dienstbeflissen, machte eine Kehrtwendung und eilte hinaus.
»So, den Schnüffler sind wir los.«
»Aber, Liebes«, fragte Teti ängstlich, »was wird Si-Mut sagen, wenn unvermutet der Oberste Schriftrollenträger bei ihm aufkreuzt? Er hat dich doch gar nicht zu ihm geschickt.«

»Ihm wird schon irgendein Auftrag für ihn einfallen.« Kafi schien deshalb wenig beunruhigt, aber sie stutzte, als sie in die Truhe blickte. »Bist du sicher, daß er nicht mitgekriegt hat, was du hier machst?«
»Nein, nein, er hat nichts gesehen. Er war noch zu weit weg«, antwortete Teti und sammelte ihre Schreibblätter ein. »Ich möchte wissen, wieso er mitten in der Nacht hier antanzt, bloß um ein Rezept zu holen.«
»Vielleicht wollte er auf eigene Faust etwas über unsere geheimen Salbenvorräte herausbekommen«, meinte Kafi. »Und jetzt mach' die Truhe zu! Und laß uns so schnell wie möglich mit den abgeschriebenen Rezepten verschwinden.«

Am übernächsten Tag erhielt Teti Besuch von Seni. Die Dienerin war gekommen, um zu berichten, wie die Dinge zuhause standen. Sie saß neben Teti, die ihr schmales, enganliegendes Priesterinnengewand trug, auf einem Mäuerchen im Tempelgarten.
»Daß die Versorgten deine Abwesenheit weidlich ausnutzen, kannst du dir ja denken«, bemerkte Seni und baumelte mit den stämmigen Beinen.
»Jaja! Ich kann mir lebhaft ausmalen, wie Henut ständig hinter Kamose herläuft und ihn fragt, was sie als nächstes tun soll. Taheb wird versuchen, ihn mit ihren lustigen Geschichten zu erheitern. Und Mutnefer singt ihm unentwegt melodiöse Lieder vor.«
»Nicht nur das, Teti. Nicht nur das!«
Teti preßte die Lippen aufeinander. »Das Nilpferd soll sie verschlingen! Alle drei!« Sie seufzte »Ach, Seni, du hast es gut. Du hast Suti für dich allein. Er ist nicht so reich, daß er sich Nebenfrauen leisten kann.«
»Und dabei mußt du noch froh sein, daß es bloß drei sind. Kamose könnte sich einige mehr zulegen.«
»Wenn er das tut, werde ich ihn auf der Stelle verlassen. Das schwöre ich dir.«

Seni zuckte die runden Schultern. »Ich glaube nicht, daß er das vorhat. Er scheint ganz zufrieden zu sein.«
»Dann vermißt mich zuhause also niemand?«
»Doch! Ich vermisse dich. Wer außer dir kommt in die Küche, wenn ich gerade bis über die Ellbogen im Brotteig stecke, und bringt mich so zum Lachen, daß ich zu schwach zum Weiterkneten bin.«
Ein Lächeln stahl sich auf Tetis Gesicht, verschwand aber gleich wieder. »Ich bin wohl keine besonders würdige Hausherrin, nicht wahr?«
»Ich finde schon, daß du manchmal recht ernsthaft und gemessen wirkst«, erwiderte Seni. Dann schlug sie sich mit der Hand vor die Stirn. »Beinahe hätte ich vergessen, dir zu erzählen, wie merkwürdig sich der Hausherr vorgestern benommen hat. Er hatte eine Nachricht von Si-Mut erhalten. Und da fing es an! Er rannte in seinem Zimmer hin und her. Er war furchtbar mürrisch und ließ am Abend keine der Nebenfrauen zu sich kommen. Und gestern mußte Suti ihn nach Karnak rudern. Von dort kam der Herr ruhig und mit zufriedener Miene zurück. Und heute schickte er mich zu dir und trug mir auf, dir Grüße von ihm zu bringen und dir auszurichten, daß er auf keinen Fall bereit sei, nach Beendigung deines Tempeldienstes auch nur einen Tag länger auf dich zu warten. Diesmal denke er nicht daran, drei Tage lang Sänften zu schicken, sondern er würde gleich selbst kommen, um dich zu holen.«
»Also vermißt er mich doch«, strahlte Teti. »Wieso sagst du mir das nicht gleich, du Dummerchen.«
»Aber ich wollte alles der Reihe nach berichten«, rechtfertigte sich Seni. »Und in den ersten Tagen, oder besser gesagt Nächten, ließ er die Versorgten, eine nach der anderen ...«
»Hör auf! Hör auf! Das hatten wir schon. Fang' bloß nicht nochmal von vorne an.« Einzig und allein das Geräusch näherkommender Schritte hielt Teti davon ab,

Seni von der Mauer zu schubsen. Sie blickte auf und rief: »Nanu, Pa-Wah, du siehst ja richtig verstört aus! Was ist los? Weshalb hast du es denn so eilig?«
Der junge Priester kam mit Riesenschritten auf sie zu. »Man schickt mich nach Memphis«, schrie er erregt.
»Nach Memphis?« Bestürzt sah Teti ihn an. »Aber dann bist du doch niemals bis zum Prüfungstag zurück.«
»Si-Mut schickt mich mit einem unsinnigen Auftrag, den jeder Hilfspriester genausogut erledigen könnte, nach Norden«, sagte er und hielt keuchend vor Hast und Entrüstung an. »Er sagt, ich könne die Prüfung nachholen, wenn ich zurück bin. Aber ich glaube ihm nicht. Kein Wort mehr glaube ich diesem Unmenschen. All mein Lernen, all mein Studieren war umsonst.«
»Aber nein.« Teti war von der Mauer gesprungen. »So schnell wirst du doch nicht alles vergessen«, versuchte sie, ihn zu beruhigen. »Und vielleicht hält er ja sein Versprechen und gibt dir tatsächlich die Möglichkeit, die Prüfung nachzumachen, wenn du wieder da bist.«
Doch sie glaubte selbst nicht, was sie sagte. Aus reiner Bosheit würde Si-Mut etliche Monate, wenn nicht ein ganzes halbes Jahr bis zur nächsten Prüfung verstreichen lassen. Und bis dahin hätte Pa-Wah natürlich einen Teil des Stoffs vergessen und würde ihn sich erneut aneignen müssen.
Die beiden Neins, die sie Pa-Wah gegenüber aussprechen wollte, kamen ihr in den Sinn. Doch wäre es nicht geradezu herzlos, seine Verzweiflung durch ihre Absagen noch zu vergrößern? Und es war völlig unnötig. Seine großartigen Pläne waren fürs erste ja hinfällig. Das Schicksal hatte das Nein längst gesprochen.
»Ich reise schon morgen. Ich sehe dich doch, wenn ich zurück bin?«, fragte er und schielte zur Seni hinüber, die sich bemühte, so unbeteiligt wie möglich dreinzuschauen.
»Aber natürlich! Du brauchst nur Neferti Bescheid zu

geben. Paß' gut auf dich auf! Die Göttin möge dich beschützen!«
Pa-Wah machte noch keine Anstalten aufzubrechen. »Alles, was ich vorhatte, ist zunichte gemacht. Teti, ich bin so unglücklich. Mein Leben ist sinnlos! Warum hat Amun mich verlassen? Ich habe mich immer so bemüht, ihm ein treuer und eifriger Diener zu sein.«
»Amun hat dich nicht verlassen. Er hat nur einen anderen Weg für dich gewählt.« Ach, ihre Worte klangen so hohl. Wie oft schon hatte man ihr selbst mit einer ähnlichen Redensart über eine Enttäuschung hinweghelfen wollen. Wie kummervoll Pa-Wah vor sich hinstarrte. Sie legte die Hände auf seine hängenden Schultern.
»Deine Inspiration! Pa-Wah, du hast doch deine Inspiration! Deine Verklärung, das Erleben des Göttlichen und deine geistigen Erkenntnisse, von denen du mir erzählt hast. Das, mein Lieber, bleibt dir doch. Niemand kann es dir nehmen. Nicht einmal Si-Mut. Deine Seelenkraft wird dich weiterführen. Glaub mir, alles wird gut! Hm, irgendwann. Vertraue darauf! Amun wird dich leiten.«
Ihre Hände fielen herab. Es hatte ja doch keinen Sinn. Si-Muts Gehässigkeit, seine böswillige Schikane ließen sich nicht schönreden. Wie stumpf und entmutigt Pa-Wahs hübsche Augen blickten. Doch mit einem Mal blitzte ein Funke in ihnen auf.
»Du wenigstens glaubst an mich, Teti. Und genauso, wie du jetzt vor mir stehst, werde ich dich in Erinnerung behalten«, rief er. »Wenn ich am Bug des Schiffes stehe, das mich nach Memphis bringt, werde ich dich vor mir sehen. Eine entzückende Hathor-Priesterin im weißen Gewand mit roten Bändern. Als mein leuchtender Glücksstern wird dein Bild vor mir herschweben.« Er schulterte seine Tasche, winkte zum Abschied. »Und außerdem soll Memphis ja ganz schön sein. Re möge dich gesund erhalten, bis ich wiederkomme.«

»Weiß Kamose eigentlich, was für einen glühenden Verehrer du da hast?«, fragte Seni.
»Pa-Wah ist kein Verehrer, sondern ein Freund. Er ist Apys und Nefertis Neffe. Und das weiß selbstverständlich auch Kamose«, klärte Teti ihre Dienerin auf und fügte mit gewinnendem Lächeln hinzu: »Es gibt bloß ein paar klitzekleine Einzelheiten, die ihm nicht bekannt sind.«
»Und die sind bestimmt auch gar nicht wichtig?«
»Nein, überhaupt nicht«, erwiderte Teti mit sehr viel Überzeugung und streichelte Senis pummeligen Arm. »Und jetzt richtest du dem Hausherrn die allerherzlichsten Grüße von mir aus und sagst, daß ich bald wieder bei ihm sein werde, um ihn mit einem Tanz und auch sonst nach besten Kräften zu erfreuen.«

Während der folgenden Tage war Teti nicht mehr recht bei der Sache. Einerseits begleitete sie in Gedanken Pa-Wah, den ein Schiff flußabwärts nach Memphis trug, und sie fragte sich unablässig, welche Gründe Si-Mut haben mochte, dem jungen Priester so übel mitzuspielen. Andererseits weilte sie im Geist immer öfter zu Hause. Sie freute sich darauf, bald wieder mit Kamose im Garten spazierengehen und lange Gespräche führen zu können. Sie war überzeugt, daß er sich wieder ihr zuwenden würde und den Nebenfrauen die zweitrangige Rolle zugewiesen würde, die sie vorher gespielt hatten. Natürlich konnte Kamose Mutnefer, Taheb und Henut nicht vernachlässigen, das sah sie schon ein. Aber es war auch klar, daß der erste Platz ihr gebührte. Und bis jetzt hatte es ja keinerlei Schwierigkeiten gegeben. Die Nebenfrauen hatten das akzeptiert, und sie hatten in gutem Einvernehmen miteinander gelebt.
Sie ließ sich noch einmal Senis Worte durch den Kopf gehen, fand aber für Kamoses seltsames Verhalten ebensowenig eine Erklärung wie für das von Si-Mut. Von Kafi

konnte sie nur recht wenig über Si-Mut erfahren. Zwar unterrichtete er Kafi von der einen oder anderen Sache, die er vorhatte, aushorchen ließ er sich jedoch von seiner jungen Geliebten nicht. Auch ihr gegenüber konnte er recht unangenehm werden, wenn sie es versuchte. Teti hatte Kafi von ihren Gesprächen mit Seni und Pa-Wah berichtet. Sie mußte sich einfach alles von der Seele reden. Kafi hatte ihr zugehört und sie mit ihren großen, sanften Augen angesehen.
»Si-Mut muß Kamose berichtet haben, daß Pa-Wah dich im Tempel besucht hat«, hatte sie schließlich gefolgert.
»Aber, Liebes, es ist doch kein Unrecht, hierher zu kommen und mit mir zu reden. Du selbst warst doch dabei.« Teti war ganz außer sich gewesen. »Sich zu unterhalten und im Labor Öl abzufüllen. Was soll denn daran verkehrt sein?«
Kafi hatte nur die Achseln gezuckt und sich wieder ihrer Arbeit zugewandt.
Mit dem Abschreiben der Rezepte war Teti gut vorangekommen und sie freute sich, daß sie diese Arbeit bald beenden konnte. Die Nachtwachen mit den stündlichen Gebeten im düster beleuchteten Tempel behagten ihr bei weitem nicht so wie die Zeremonien am Tag, die Gesang, Musik und Tanz einschlossen. Doch der Morgengruß an die Göttin war jeden Tag aufs neue überwältigend. Wenn Re als Chepre am Horizont erschien, sich in seiner Schönheit, zuerst matt glänzend in einem müden Rot, riesig groß und noch etwas unförmig durch das Grau der Morgenwölkchen schob, sich dann rötlichgolden färbte und schließlich immer heller und strahlender wurde, erklang aus dem Tempelinneren der jubelnde Chor der Priesterinnen. Und die Goldene wurde mit einem Tanz im Säulenhof begrüßt. Damit war die Nachtwache beendet, und Teti und Kafi wuschen sich in dem großen Wasserbecken, das allerdings nicht die Ausmaße des Heiligen Sees in Karnak hatte. Sie reinigten sich, wie sie es schon zu Be-

ginn ihrer Nachtwache und noch einmal während der Nacht getan hatten. Und im Laufe des Tages mußten sie sich wiederum zum Tempelbecken begeben.
Es war unerläßlich, daß Priester und Priesterinnen rein waren. Schmutz und Gestank hätte die Götter aufs Ärgste beleidigt. Genauso wie die Anforderung der Reinheit an die Obersten der Priesterschaft gestellt wurde, die sich den Göttern nähern durften, war es auch Kafis und Tetis Bestreben, rein und duftend zu sein, obwohl keine von beiden das Allerheiligste irgendeiner Gottheit betreten durfte. In allen Tempeln war der Verbrauch an wohlriechenden Salben enorm. Der Duft der Öle, die den Göttern angenehm waren und die Haut der Gottesdiener vor Sonne und Austrocknung schützten, vermischte sich mit dem Weihrauch, der Hallen und Höfe durchzog und alle in seinen reinigenden Dunst hüllte. Teti liebte den frischen Zitronenblütenduft von Kafis bevorzugtem Öl, hatte aber für sich ein blumigeres Öl gemischt. Sie hatte dem gewohnten Lilienduft einige neue Ingredienzien hinzugefügt und war schon sehr gespannt zu erfahren, wie Kamose diese Komposition gefiel.
Als sie endlich den Tempel verlassen konnte, wurde sie von Kafi begleitet. Beide Frauen trugen große Körbe, in denen die Papyrusrollen unter Leinenstoffen versteckt waren. Sie hatten keine andere Möglichkeit gesehen, die Schriftstücke unbemerkt vom Tempel in den Palast zu bringen.
Teti bat Kafi, in der Eingangshalle zu warten, und trug die Körbe allein in Panehesis Büro. Zuerst zeigte er sich sehr erfreut, wobei er ihren Einsatz und ihren Eifer lobte, als er aber hörte, daß sie Kafis Hilfe in Anspruch genommen hatte, fing er an, ihr Vorwürfe zu machen.
»Du warst unvorsichtig genug, Kafi ins Vertrauen zu ziehen, die Konkubine des Zweiten Propheten Amuns?«, fragte er und sah sie mißbilligend mit seinen leicht vorstehenden Augen an.

»Woher weißt du, daß sie Si-Muts Geliebte ist?«, war Tetis verblüffte Gegenfrage.
»Hach, meine Dame«, meinte er und klatschte in die Hände. »Wo kämen wir hin, wenn wir über derlei Dinge nicht auf dem laufenden wären!«
»Trotzdem ist Kafi absolut vertrauenswürdig. Ihre Verbindung mit Si-Mut ist von ihrer Seite nämlich nicht freiwillig.«
»Ah, ein interessanter Sachverhalt. Gewiß ist er nur wenigen bekannt.«
»Er ist noch geheimer als die Tatsache, daß Kafi was mit Si-Mut hat«, erklärte Teti verschwörerisch.
»Na gut, meine Dame! Ich nehme die Schriftrollen und behalte sie da. Und dann warten wir erst einmal ein Weilchen ab, ob von irgendwo irgendetwas verlautet. Wenn sich nichts tut, nehme ich das als Zeichen, daß das, was du gesagt hast, wahr ist.«
»Was solltest du denn hören und was sollte sich denn tun?«, fragte Teti, die aus seinen Worten nicht schlau wurde. »Meinst du, wenn Kafi Si-Mut etwas verraten hätte, hätte man mich unbehelligt weiterschreiben lassen?«
»Das könnte durchaus zu einer vorläufigen Taktik gehören«, sagte Panehesi. »Sollte dies der Fall sein, wird es allerdings früher oder später irgendwelche Aktivitäten geben, die uns nicht verborgen bleiben können.«
»Wenn du mir nicht vertraust, warte eben ab.«
»Dir vertraue ich schon, Hofdame Teti, nicht aber dieser zwielichtigen Kafi. Du wirst verstehen, daß wir da sehr, sehr vorsichtig sein müssen.«
»Wenn du dich mit deiner Herumtrödelei nur nicht unbeliebt machst. Ich glaube nämlich, daß Prinzessin Nofretete ihre Salben schon bald hergestellt haben will. Gerade jetzt, wo ihre Niederkunft bevorsteht, wird sie dringenden Bedarf haben.«
»Oh, keine Bange, meine Dame! Denn wie du inzwi-

schen bestimmt gemerkt hast«, sagte er mit verhaltener Stimme, »geht es in erster Linie nicht um die Hautpflege der Prinzessin, sondern um weitaus höhere Ziel.« Er legte Teti, die hatte nahe kommen müssen, um seine Worte zu verstehen, die Hand unters Kinn. »Darüber denk' mal nach und überlege es dir beim nächsten Mal sorgfältiger, bevor du dein hübsches Plappermäulchen aufmachst.«

Teti wich zurück und schob die Unterlippe vor. »Was soll das? Ich habe nicht leichtfertig gehandelt«, verteidigte sie sich. »Ich habe lange über alle Möglichkeiten nachgedacht, bevor ich Kafi bat, mir zu helfen. Aber es ging nicht anders. Schau, allein schon die Körbe! Hätte ich beide aus dem Tempel geschleppt, wäre das doch verdächtig gewesen. Zusammen mit Kafi, einer Lehrmeisterin der Tänzerinnen, aber fiel es nicht weiter auf. Und im Tempel benötigte ich eine sichere Unterbringungsmöglichkeit, wie sie nur Kafi mir bieten konnte.«

Panehesi runzelte die Stirn. »Das leuchtet mir einigermaßen ein. Aber beim nächsten Mal müssen wir die Sache anders aufziehen. Ich nehme doch an, daß du, wenn der Winter vorbei ist, wieder Tempeldienst tun wirst?«

Teti nickte ergeben und verabschiedete sich rasch. Auf dem Weg zu Kafi in die Halle fiel ihr ein, daß sie die Götterstatue mit dem goldenen Kopf in der Salbenküche vergessen hatte. Sie hatte nicht vorgehabt, ein so unvollständiges Weihegeschenk im Tempel zurückzulassen. Doch daß die Göttin dort stand, war möglicherweise gar nicht so schlecht. Es konnte sich durchaus als noch wirkungsvoller erweisen, als wenn sie sie zuhause unter ihr Bett gestellt hätte.

Kafi wollte Teti nicht heimbegleiten, sondern gleich nach Theben zurückkehren. Das kam Teti gelegen, denn sie beabsichtigte, ganz still, ohne Aufsehen und nach Möglichkeit von der Dienerschaft unbemerkt, nach Hause zu kommen. Das gelang ihr zwar, aber ihr Heimkommen

war nicht so, wie sie es sich vorgestellt hatte. Es war ein Fest im Gang, der Garten war vom Reden und Lachen der Gäste erfüllt. Zögernd blieb sie am Gartentor stehen. Sie hatte sich so darauf gefreut, sich mit Kamose in die Stille ihres Lieblingswinkels zurückziehen zu können. Auch ohne die Dinge, die sie ihm nicht sagen durfte, gab es so viel zu erzählen. Und jetzt bemerkte er sie nicht einmal, als sie den Garten betrat.
Seni aber tat es, lief ihr entgegen und rief laut: »Teti ist wieder da! Die Hausherrin ist zurück!«
Und nun kam auch Kamose, der mit Tutu und Apy zusammengesessen hatte. Als er lächelnd vor ihr stand und ihr die Hände entgegenstreckte, da konnte sie nicht anders – sie mußte sich in seine Arme werfen! Erst jetzt kam ihr zu Bewußtsein, wie sehr sie sich nach ihm gesehnt hatte. Bebend vor Freude preßte sie ihr Gesicht an seine Brust, atmete den vertrauten Zederndufl.
Eine Weile drückte er sie an sich, dann sagte er bewegt: »Die Herrin des Hauses ist wieder daheim. Seht, ich halte die Frau meines Herzens in den Armen.« Er führte sie zu einem blumengeschmückten Sessel und sagte: »Neferti regte mich dazu an, anläßlich deiner Rückkehr einige Freunde einzuladen.«
»Sie war es aber vermutlich nicht, die Parennefer auf die Gästeliste gesetzt hat«, meinte Teti, als sie neben dem Gestell mit den Weinkrügen den Sohn des Mundschenks stehen sah.
»Nein, das habe ich getan. Eine reine Förmlichkeit! Es gibt ein paar eingefahrene Regeln, die ich nicht umgehen kann«, redete er sich heraus. »Freust du dich, wieder zu Hause zu sein, Liebste? Und gefällt dir das Fest, das dir zu Ehren stattfindet?«
»Oh ja, sicher«, seufzte sie. »Es ist zauberhaft.«
»Nun, dann werde ich das Feld räumen, denn alle wollen dich begrüßen und ein paar Worte mit dir reden.«
Und sie kamen, einer nach dem anderen: Neferti und

Apy, Tutu, Parennefers Frau, Apuia und schließlich Parennefer selbst.
Er setzte sich auf den Sessel neben Teti und sah ihr ins Gesicht. »Wir verdanken dir was, na, du weißt schon! Wir werden uns, glaube ich, irgendwann mal erkenntlich zeigen müssen. Mein Vater meint, daß du regelrecht Anerkennung verdienst, weil du dich so manierlich verhalten hast. Na ja, Kamose hat dich wohl fest im Griff.«
»Nicht in dem Maß, in dem du unter der Fuchtel deines Vaters stehst. Sieh dich vor, Parennefer! Ich bin nicht so schwach und schutzlos, wie ihr glaubt. Das kannst du auch deinem Vater ausrichten. Und eines sag' ich dir.« Sie beugte sich so heftig zu ihm hinüber, daß die Blumengirlanden von der Sessellehne rutschten, »wenn du nochmal in meinen Gartenteich kotzt, kannst du was erleben!«
Er zuckte zusammen, entgegnete aber nichts, sondern erhob sich und ging mit vergrämter Miene davon.
Die Diener und Dienerinnen kamen der Reihe nach, verbeugten sich, und Teti fragte nach dem Stand dieser oder jener Arbeit. Am Schluß erschienen die Nebenfrauen. Mutnefer war ein wenig aufgeregt, weil sie lange kein Fest mehr organisiert hatte und ständig nach dem rechten sehen mußte. Sie berichtete hastig, daß ihre Schwester durch einen Dorfbewohner, der in einer familiären Angelegenheit nach Theben gekommen war, eine mündliche Nachricht habe übermitteln lassen, aus der hervorging, daß in Sachen Gerste alles zum besten stünde.
Mit trippelnden Schritten kam Henut herbei und klärte Teti darüber auf, für wie notwendig sie es bereits zum gegenwärtigen Zeitpunkt hielt, ihr Augenmerk auf die Mitgift ihrer Tochter Iset zu richten.
»Und von Kamose habe ich die Zusage, daß er sich ebenfalls um Isets Aussteuer kümmern wird«, sagte sie und ging stillvergnügt zur Seite.

Taheb dagegen trat geradezu großspurig auf. Sie ließ sich auf den Stuhl neben Teti fallen.
»Mit mir hat Kamose die meisten Nächte verbracht, als du weg warst«, behauptete sie. »Und ich bin sicher, daß ich schwanger bin! Um das festzustellen, habe ich ein zuverlässiges Mittel eingenommen, und alle Anzeichen deuten darauf hin, daß ich ein Kind erwarte. Zu meinen beiden Söhnen wäre ein Mädchen doch ein wahres Geschenk der Götter! Meinst du nicht, Hausherrin?«
»Trotz des Mittels kannst du nach so kurzer Zeit noch gar nichts wissen«, schnappte Teti. »Und wenn du wirklich schwanger bist, solltest du schleunigst aufhören, Wein in dich hineinzuschütten! Außerdem wünsche ich, daß du verschwindest. Du und Henut und Mutnefer. Nehmt eure Kinder und verzieht euch!«
Es war das erste Mal, daß sie eine so drastische Anordnung traf. Aber bis jetzt hatten die Nebenfrauen ja auch immer gewußt, wann sie sich zurückzuziehen hatten.
»Wir sind mit ausdrücklicher Genehmigung Kamoses hier«, entgegnete Taheb und wich nicht von ihrem Stuhl.
»Wenn du es unbedingt darauf ankommen lassen willst.« Teti fühlte sich auf einmal sehr stark. »Dann werde ich den Hausherrn vor die Wahl stellen, ob ihm mehr an eurer oder an meiner Anwesenheit liegt. Und ich denke nicht, daß seine Entscheidung zu euren Gunsten ausfallen wird.«
Nun erst gab Taheb klein bei.
»Das glaube ich auch nicht«, sagte sie und stand auf.
»Merk dir, daß du nicht mehr ausschließlich mit Kamose, sondern auch wieder mit mir auskommen mußt«, rief Teti der Nebenfrau nach. Oho, dachte sie bei sich. Wie anders hätten ihre Worte noch vor ein paar Monaten geklungen, als sie selbst so bemüht gewesen war, sich mit den anderen gutzustellen.
Kamose setzte sich zu ihr. »Worüber hast du denn mit Parennefer gesprochen? Er wurde ja ganz blaß.«

Teti lächelte verschmitzt. »Ach, über nichts besonderes. Aber wir sind schon miteinander klargekommen.«
»Das freut mich außerordentlich. Es war klug von dir, einzulenken und dich mit diesem angesehenen Beamten zu verständigen.« Er sah sie liebevoll an. »Endlich bist du wieder für mich da, mein Herz! Ich kann dir gar nicht sagen, wie glücklich ich darüber bin.« Er blickte ihr in die Augen, und sie hatte das seltsame Gefühl, als ob plötzlich Sessel und Boden unter ihr weggezogen würden und sie zu schweben anfinge.
Doch sie zwang sich, die Lider zu senken. »Taheb ist aufmüpfig geworden«, sagte sie. »Sie bildet sich ein, daß sie schwanger ist.«
»Nun, wenn dem so wäre, wäre das durchaus erfreulich«, meinte er leichthin. »Allerdings gibt ihr das keinen Grund, aufsässig zu werden. Ich werde sie zurechtweisen. Aber wir wollen nicht mehr von den Nebenfrauen reden. Es ist gut, daß du sie weggeschickt hast. Sie würden nur stören. Jetzt, da deine Hand wieder auf meiner liegt, und deine Schönheit meine Augen strahlen und mein Herz jubeln läßt.«
Auch er schien kaum erwarten zu können, daß die Gäste das Fest verließen. Teti legte ihm einen Kragen aus Blütenblättern um die Schultern, er befestigte eine Lotosblume in ihrem Haar. Und während des Essens hielten sie sich an den Händen und blickten einander zärtlich an. Die Gäste schauten zu ihnen her und schmunzelten, und zum Schluß brachte Apy einen Trinkspruch aus. Dabei rühmte er Kamose, den edlen, der den Wein liebt, der mit Wohlgerüchen gesalbt ist, dem es an nichts mangelt und der sich in seinem schönen Haus erquicken kann.
»Und mit seiner schönen Hausherrin«, ergänzte die Gästeschar johlend und zog endlich ab.
Als Teti in Kamoses Armen lag, konnte sie sich, neugierig wie sie eben war, nicht verkneifen zu fragen, was ihn

während ihrer Abwesenheit in Unruhe versetzt hatte. Er sah sie mit leisem Lächeln an, betrachtete eine Weile ihr Gesicht, das ihm erwartungsvoll zugewandt war, und sagte schließlich: »Nun, du sprichst da eine Sache an, die mir tatsächlich nicht wenig Kopfzerbrechen bereitete. Aber mit Hilfe eines guten Freundes gelang es mir, diese leidige Angelegenheit endgültig aus der Welt zu schaffen.«

Mit einem Ausdruck gelassenen Triumphes beugte er sich über sie und fing an, ihre Stirn, ihre Wangen, ihre Schläfen und ihre Augenlider zu küssen. Teti seufzte vor Glück. Und die Art, wie er den Seufzer von ihren Lippen küßte, zeigte ihr, wie sehr er sie liebte und begehrte.

In einer der kältesten Nächte dieses Winters brachte Pharaos Schwiegertochter, Prinzessin Nofretete, eine weitere Prinzessin zur Welt, wohingegen Pharaos Tochter, Prinzessin Raja, einem Knaben das Leben schenkte. Die beiden glücklich verlaufenden Geburten lösten bei der königlichen Familie und beim Hofstaat großen Jubel aus. Ja, Pharao war so freudig erregt, daß er das Ereignis der Beamtenbeförderungen vorverlegte. Kamose wurde zum Obervorsteher der für die nördlichen Fremdländer zuständigen Abteilung ernannt. Er erhielt vom König das Ehrengold verliehen, was in seinem Fall mit der Übereignung eines weiteren Landgutes verbunden war. Bei der Namensgebung der königlichen Kinder machte der Kronprinz seinen Einfluß geltend. So wurde seine zweite Tochter Maket-Aton, sein Neffe Semenchkare genannt. Außer den folgenden Dankesfeierlichkeiten für die Götter wurde auch die festliche Einweihung des kleinen Aton-Heiligtums in der Nähe des Amun-Tempels abgehalten. Wie Neferti vorausgesagt hatte, traf eine Abordnung von Re-Priestern aus dem Norden ein, und bald herrschte in Karnak und in der Stadt am Ostufer eine seltsam gespannte Atmosphäre, obwohl sich die

Priester aus Junu meist am westlichen Ufer und im Königspalast aufhielten.
Tetis Anspannung löste sich, als sich herausstellte, daß Taheb nicht schwanger war. Aber nach wie vor wartete sie mit Besorgnis auf eine Nachricht von Pa-Wah. Einige Wochen, nachdem er abgereist war, meinte sie, jetzt müsse er auf jeden Fall aus Memphis zurück sein und schickte Seni mehrmals nach Karnak, um Ausschau nach ihm zu halten. Doch jedesmal kehrte die Dienerin unverrichteter Dinge zurück. Also stellte sie ihre Bemühungen bald ein. Während des Frühjahrs hatten Neferti und sie zwar häufig Aufträge im großen Amun-Tempel auszuführen, doch auch bei diesen Besuchen trafen sie weder auf Pa-Wah noch auf Pentu. Schließlich erkundigte sich Neferti nach ihrem Verwandten, aber das einzige, was sie in Erfahrung bringen konnte, war, daß Pa-Wah unmittelbar, nachdem er aus Memphis zurückgekehrt war, in den Süden des Landes gesandt worden war.
Die Tage wurden rasch wärmer, die Nächte milder, und in der Zeit all des Grünens und Gedeihens ringsumher brachte ein Bote einen Brief Bakmuts und Amunnachts, in dem die Landleute versicherten, daß die Gerste hervorragend wuchs, daß bereits Vereinbarungen mit den Erntearbeitern getroffen und die Kornspeicher fast fertiggestellt seien, kurzum, daß weiterhin alles zum besten stehe.
Beruhigt trat Teti einen weiteren Monat Tempeldienst an, widmete sich gewissenhaft ihrer Arbeit und genoß es, die freien Stunden mit Kafi zu verbringen. Panehesi hatte sich inzwischen von Kafis Aufrichtigkeit überzeugen lassen, und es war bei der bewährten Hilfestellung der Freundin geblieben. Wenn Teti tagsüber irgendwo schläfrig im Schatten saß, schreckte sie manchmal auf, weil sie meinte, Pa-Wahs Schritt zu erkennen. Doch sie hoffte vergebens – der junge Priester war und blieb verschwunden.

Nachdem auch diese Zeit des Tempeldienstes um war, machte Teti sich wieder zusammen mit Kafi auf den Nachhauseweg, diesmal in der drückenden Hitze eines Sommervormittags. Kamose empfing sie erfreut, hatte aber auf ihren Wunsch kein Fest ausgerichtet. Teti hatte nach den vielen, mit Arbeit verbrachten Nächten und den heißen Tagen, an denen sie höchstens hatte dösen, aber nicht richtig schlafen können, ein großes Ruhebedürfnis. Sie bat Seni, sie an den kommenden Tagen erst später zu wecken, denn sie fühlte sich recht matt. Oft hatte sie mit Übelkeit zu kämpfen und sie fing an, sich um ihre Gesundheit Sorgen zu machen. Wahrscheinlich hatte sie sich im Tempel überanstrengt, doch das durfte niemand merken, denn den Grund dafür konnte sie ja weder Kamose noch Seni nennen. Und es mußte die wachsende Glut dieses außerordentlich heißen Sommers sein, die ihrem Körper auf so ungewöhnliche Weise zu schaffen machte.

»So muß sich ein Brot fühlen, wenn es gebacken wird«, sagte sie zu Seni, als sie eines nachmittags den sandigen Weg entlanggingen, der von Apys zu Kamoses Anwesen führte.

Schon auf dem Vorplatz kamen ihnen eine völlig aufgelöste Mutnefer und ein verschwitzter, bekümmerter Bote aus Bakmuts und Amun-nachts Dorf entgegen.

»Über die Felder sind Heuschrecken hergefallen«, weinte Mutnefer. »Und die gesamte Ernte ist vernichtet. Alles ist verloren! Amun-nacht kann seine Steuern nicht bezahlen. Und alle unsere Stoffe sind dahin! Oh, ein übler Handel war das, zu dem du uns überredet hast.«

Entsetzen durchfuhr Teti. Große Göttin, wer hätte mit so was rechnen können! Was mache ich bloß? Die Frauen geben mir allein die Schuld, dachte sie voll Schreck.

Laut sagte sie: »Hör auf zu weinen, Mutnefer! Irgendetwas wird mir schon einfallen. Irgendwie kriegt ihr euer Leinen ersetzt.« Und ihr kam schon eine Idee. »Ich habe ja meinen Schmuck! Also werde ich meinen Schmuck gegen neue Stoffe eintauschen. Und wenn es nicht reicht, gehe ich ein paar Freunde an. Hab' keine Angst! Ich mache alles wieder gut. Aber sag, in Hathors Namen, Kamose nichts davon. Und Taheb und Henut vorerst auch nicht.«

»Henut und Taheb wissen es schon«, Mutnefer zerfloß in Tränen. »Taheb hat vor Wut eine Schüssel zerschmissen. Und Henut heult, weil sie keine Mitgift für Iset hat.«

»Iset hat gerade erst angefangen zu laufen! Bis ihre Tochter heiratet, hat Henut noch genug Zeit, um Stoffe zu horten«, warf Seni realistisch ein.

»Du bist am besten dran, Seni«, wimmerte Mutnefer. »Du hast den geringsten Anteil beigesteuert.«

»O gütige Hathor«, stöhnte Teti und fühlte, daß auch sie kurz davor war, in Tränen auszubrechen. »Mutnefer, versprich mir, Kamose nichts zu sagen. Wir müssen das, wie auch immer, unter uns ausmachen.«

Während des ganzen Abends, den Kamose glücklicherweise bei Freunden verbrachte, zermarterte sie sich den Kopf, um einen Ausweg zu finden.

Erschöpft sank sie in einen unruhigen Schlaf.

Bereits in aller Morgenfrühe, noch bevor die Wasserholerinnen mit den gefüllten Krügen zurück waren, wurde sie von Kamose aus ihren verworrenen Träumen gerissen. Laut und rücksichtslos schloß er die Tür.

»Ich habe die Nacht mit Mutnefer verbracht«, verkündete er.

Teti hatte die Augen gerade zur Hälfte aufbekommen. »Wie schön für dich«, erwiderte sie. »Und wieso verbringst du nicht auch den Morgen mit ihr?« Ihre Augen klappten wieder zu, und sie drehte sich, das dünne Laken um sich wickelnd, zur Seite.

Doch so leicht ließ sich Kamose nicht abfertigen. Er trat an ihr Bett und rüttelte sie an der Schulter, bis sie sich endlich aufsetzte.

»Mutnefer hat mir von der Sache mit der Gerste erzählt«, sagte er. »Kannst du mir, in Amuns Namen, erklären, aus welchem Grund du diesen Unsinn angezettelt hast?«
Sie blinzelte benommen.
»Ich wollte...«, setzte sie zu einer Antwort an, aber er schien gar keinen Wert auf ihre Stellungnahme zu legen, sondern unterbrach sie mit einer heftigen Handbewegung.
»Man investiert doch nicht«, schnaubte er, »seine Habe und noch dazu die anderer Leute in ein derart unsicheres Projekt. Wie kann man nur so unvernünftig sein! Schon mal etwas von Risiko gehört, du ahnungsloser Naseweis?«
Sie schüttelte verwirrt den Kopf.
»Siehst du! Nicht die geringste Ahnung hast du. Aber dennoch hast du dich bedenkenlos auf fragwürdige Geschäfte eingelassen.«
»Aber ich...«, fing sie wieder an.
»Und du schrecktest auch nicht davor zurück, das hinter meinem Rücken zu tun. Gerade von dir hätte ich so etwas nicht erwartet. Doch damit nicht genug. Der Gipfel deiner Dreistigkeit ist noch nicht erreicht.« Seine Stimme war lauter und lauter geworden. »Denn nicht einmal jetzt, da der Unfug mißlungen ist, hast du es für nötig gehalten, mir ein einziges Wort davon zu sagen.«
Teti rang nach Luft. Kamose hatte den letzten Satz geschrien. Ja, er hatte sie tatsächlich angeschrien.
Danach hatte auch er Luft holen müssen, doch schon fuhr er fort: »Schlägt dir endlich das Gewissen? Wie willst du also die anderen Frauen für ihre Stoffe entschädigen? Wie ich höre, willst du deinen Schmuck versetzen?«
»Ja«, antwortete sie kleinlaut. »Das ist ja die einzige Möglichkeit, die ich habe.«
Er atmete tief ein, ging vor ihrem Bett ein paarmal schnell hin und her und blieb abrupt stehen.

»In Seths Namen! Das wirst du nicht tun«, brüllte er. »Das wirst du verdammt nochmal bleibenlassen.«
Sie wagte nicht mehr, ihn anzusehen. Noch nie hatte er so getobt, und sie hatte auch nicht gewußt, daß seine Stimme dermaßen laut klingen konnte. Das ganze Haus mußte längst wach sein.
»Vermutlich wolltest du deinen Schmuck auch noch in eines der Tempelschatzhäuser tragen«, unterstellte er ihr und donnerte: »Damit es die ganze Stadt erfährt. Zum Gespött Thebens hättest du mich gemacht!«
»Gut, ich habe die Sache verbockt, das sehe ich ein. Aber wenn du mich weiter so anschreist,« – sie mußte schlukken – »wird mir wieder schlecht.«
Er starrte sie einen Augenblick lang an. »Um meinem guten Ruf nicht aufs Spiel zu setzen, werde ich dich aus deiner peinlichen Lage befreien. Ich werde den Versorgten und der Köchin die Leinenstoffe ersetzen.«
»Dankeschön, Kamose«, meinte sie mit demütigem Augenaufschlag.
»Du aber als Verursacherin des ganzen Aufruhrs wirst dich bei Mutnefer, Taheb, Henut und auch bei Seni entschuldigen«, forderte er barsch und schlug die Tür hinter sich zu.
»Blöder Besserwisser«, sagte sie zu der geschlossenen Tür. »Hättest du vielleicht voraussehen können, daß die Heuschrecken die Felder kahlfressen?«
Sie sprang aus dem Bett, warf sich einen Umhang um und rannte zu Mutnefers Zimmer. Wutentbrannt riß sie die Tür auf.
»Du hinterhältiges Weib! Hast du es ihm doch auf die Nase binden müssen. Und dabei wollten wir die Sache unter uns regeln. Ich hätte es schon fertiggebracht, neue Stoffe aufzutreiben.«
Erschrocken setzten sich die Kinder der Nebenfrau in ihren Betten auf, Mutnefer dagegen blieb ruhig. Fürsorglich strich sie ihrem jüngsten Sohn übers Haar.

»Ich wollte nicht, daß du deinen Schmuck verpfändest«, erwiderte sie. »Dadurch wäre die Geschichte doch unter die Leute gekommen, und der Schaden wäre noch größer geworden. Und außerdem mußte ich den Hausherrn einweihen, damit er meine Schwester und ihren Mann vor den Steuerbeamten beschützt. Nun kommt er für alles auf. Meine Familie ist gerettet. Und wir Frauen erhalten neues Leinen. Dafür konntest du doch die paar Vorhaltungen über dich ergehen lassen.«
»Vorhaltungen?«, japste Teti. »Vorhaltungen sagst du? Der Mann war wütend wie ein Panther.«
»Immerhin hast du es überlebt«, meinte Mutnefer heiter. »Glaub' mir, er beruhigt sich bald. Ich kenne ihn. Lebe ich nicht seit zwanzig Jahren in diesem Haus? Wollen wir gleich zu Taheb und Henut gehen und ihnen sagen, daß alles geregelt ist?«
Teti zögerte, aber sie sah ein, daß es am besten war, die Aussprache so rasch wie möglich hinter sich zu bringen. »Meinetwegen«, sagte sie.
Wenn bloß nicht schon wieder diese Übelkeit dagewesen wäre. Außerdem fror sie plötzlich. Sie zog den Umhang fester um ihre Schultern.
Mutnefer blickte sie forschend an. »Du siehst blaß aus«, stellte sie fest.
»Mir ist ständig so fürchterlich schlecht«, mußte Teti bekennen.
»Also doch!« Mutnefer lachte leise. »Meine Vermutung bestätigt sich. Und wir können gleich noch eine Neuigkeit melden. Da werden Taheb und Henut aber Augen machen!«

Kapitel 8

Glückliche Ankunft

Für das Neujahrsfest hatte Pharao eine Fahrt auf dem Nil angeordnet. Er wollte der sehnlich erwarteten Nilflut entgegenziehen und Hapi, den Herrn der Erd- und Fruchtbarkeitsgötter nach Ägypten einladen. Wie jedes Jahr hing es vom Gott der Überschwemmungen ab, ob Not herrschen würde oder Überfluß. Amun, der Götterkönig, hatte Pharaos Vorhaben durch Orakel gutgeheißen und den Wunsch geäußert, in seinem Schrein die kurze Strecke nach Süden bis zum Opet-Tempel zu reisen.

Doch die Fahrt der göttlichen und königlichen Barken verlief nicht so unbeschwert, wie man es von derartigen festlichen Ereignissen gewohnt war. Es war nicht mehr zu übersehen, daß der König schwer von der Krankheit gezeichnet war, die Sachmet ihm gesandt hatte.

Teti, die Nebenfrauen, die Kinder und einige Diener hatten sich bereits auf Kamoses Schiff eingefunden, als Kamose selbst mit sorgenvoller Miene kam. Zusammen mit der königlichen Familie hatte er in der Säulenhalle des Amun-Tempels von Karnak gewartet, bis Pharao aus dem Allerheiligsten zurückgekommen war. Der Kronprinz und Oberpriester Mai hatten dem König zur Seite gestanden, aber trotzdem hatte die kurze Zeremonie den Herrscher so erschöpft, daß er entkräftet zu seinem Tragstuhl gewankt war. Dann hatte sich der Zug des Hofstaates und der Würdenträger, mit der königlichen Familien an der Spitze, in Bewegung gesetzt und war dem von

Priestern getragenen Götterschrein zur Anlegestelle gefolgt. Nachdem sie Amuns Götterbild in der Prunkbarke abgestellt hatten, begannen die Priester zu singen und Weihrauch zu verbrennen.
Obwohl Pharaos Hinfälligkeit so offensichtlich war und das Fest überschattete, versetzte doch der Anblick des goldstrahlenden Götterschreins, der mit Kupfer, Silber und Gold beschlagenen und mit Edelsteinen verzierten Barken und der blumengeschmückten Boote, die auf der weiten, schimmernden Wasserfläche umherfuhren, das Volk in Entzücken. Allmählich wurde die Atmosphäre von wildem, sich steigerndem Jubel erfüllt. Trommeln, Trompeten, Rasseln, Flöten und Händeklatschen klangen vom Ufer herüber, während die Priester voll Inbrunst Amuns Größe, das segensreiche Wirken der Nilgötter und die Macht des Königs priesen.
Auch die Boote der Beamten glitten zur Mitte des Flusses und fuhren hinter den Schiffen der königlichen Familie her. Für Teti war das Beglückendste an diesem Fest, daß sie an all diesem Glanz teilhaben konnte. Sie empfand das um so freudiger, als sie neues Leben in sich trug, also Selbst den Segen der Götter hatte erfahren dürfen. Sie sah zu den sich am Ufer drängenden Menschen hinüber, die winkten und riefen. Ausgelassen hopsten die Kinder auf dem Boot umher, bis Kamose sie zur Ordnung rief. Mutnefer, Taheb und Henut hatten sich sehr herausgeputzt; sie schienen alles angelegt zu haben, was sie an Schmuck besaßen.
Kamose saß stolz und stattlich auf seinem Sessel in der Mitte des Bootes, und Teti meinte, vor Freude zerspringen zu müssen, wenn sie ihn ansah. Breite, gerippte Reife aus schwerem Gold prangten an seinem Hals, ein durchsichtiges Hemd bedeckte seinen Oberkörper, und er hatte einen langen, kunstvoll gefalteten Schurz an; seine neue Perücke bestand aus einem oberen, gewellten und einem schulterlangen, in Löckchen gelegten Teil

und war so teuer gewesen, daß er ein halbes Vermögen dafür hatte aufwenden müssen. Schwarze Schminke umgab seine Augen mit schützendem Zauber.
Da Kamose als königlichen Gunstbeweis das Ehrengold erhalten hatte, war er davon ausgenommen, Pharaos Barke zu rudern. Diese ruhmvolle Aufgabe war anderen übertragen worden, und Tetis Miene verdüsterte sich ein wenig, als sie Parennefer an einem der Ruder entdeckte.
»Ich habe ein paar Dienerinnen zu den Stellen geschickt, an denen Brot verteilt wird«, sagte sie zu Kamose. »Auf diese Weise will ich herausfinden, ob das Brot jetzt, da Parennefer die Herstellung überwacht, besser geworden ist. Wenn nicht, na, dann kann er sich auf etwas gefaßt machen.«
»Meine Liebe, laß uns doch den Tag genießen! Es soll ein vollkommener Festtag werden«, erwiderte Kamose und stand auf, um sich mit seinem Ehrenschmuck und dem vergoldeten Amtsstab dem Volk zu zeigen, wie es auch die anderen Würdenträger auf den Geleitschiffen taten.
Das war deutlich, dachte Teti. Damit wäre das Thema Brot wohl für heute abgehakt. Und schließlich hatte er recht. Warum sollte sie sich nicht fröhlich und vergnügt ausschließlich den Feierlichkeiten widmen? Sie hatte ja allen Grund zur Freude. Zufrieden sah sie an sich herab. Auch sie war mit Gold und Silber behängt, und sie war Kamose deshalb sehr zu Dank verpflichtet. Nachdem er überglücklich die Nachricht von ihrer Schwangerschaft entgegengenommen hatte, hatte er zu ihrer Erleichterung von sich aus einen erfahrenen Magier kommen lassen, der nach dem Vollziehen einiger Rituale und nach dem Rezitieren von Zaubersprüchen die Amulette ausgewählt hatte, die sie tragen mußte, um während der Schwangerschaft wirkungsvoll geschützt zu sein. Kamose hatte daraufhin die Schmuckstücke anfertigen lassen, die nicht nur für sie und das Kind nützlich und segensreich waren, sondern auch ausgesprochen wertvoll

und schön. Außerdem hatte sie ein neues Bett bekommen. Es war nicht so hoch wie ihr Löwenbeinbett, aber dafür etwas breiter. Die Bettpfosten waren mit den Fingern unheilabwehrender Götter verziert, und die Seiten mit glücksbringenden Symbolen bemalt. Und es war sehr bequem.

Teti konnte sich nicht vorstellen, daß jetzt noch irgendetwas Schlimmes eintreten konnte. Nein, es waren viel zu viele sorgfältige Vorkehrungen gegen jedes Unglück getroffen worden. Und sie vertraute auf das Abkommen, das Kamose ihrer Meinung nach mit Amun hatte und das offenbar für beide Seiten sehr ersprießlich war. Kamose lieferte dem Götterkönig reichlich Opfergaben und genoß im Gegenzug wachsenden Reichtum, Ansehen und Wohlergehen. Früher hatte er sich die Gewogenheit des Herrn der Weltenthrone auch dadurch erworben, daß er ab und zu Priesterdienst im großen Tempel von Karnak geleistet hatte, doch diese Verrichtungen hatte er schon vor ein paar Jahren eingestellt und ausschließlich einige Ämter in der Tempelverwaltung behalten, die ebenso bedeutend wie ertragreich waren. Gleichzeitig hatte er die Menge seiner Opfergaben erhöht, und so war diese Einschränkung im kultischen Bereich von Amun gnädig hingenommen und sogar durch das Orakel gebilligt worden.

Thebaner und auswärtige Festgäste hatten am Ufer die schwimmende Prozession der göttlichen und königlichen Barken und die Boote der hohen Beamten begleitet. Als die Schiffe nacheinander beim Opet-Tempel anlegten, blickte Teti zu den Priestern hinüber, die Wasser sprengten, Fächer schwangen, räucherten und sangen. Zwischen den Standarten am Bug der Götterbarke meinte sie, Pentu in Priestertracht ausmachen zu können, aber sie war sich nicht sicher. Pa-Wah konnte sie nirgends entdecken.

Kamose und Teti verließen das Boot und reihten sich in

die Menschenmenge ein, die sich rund um den Tempelvorplatz aufstellte. Gruppen von Musikanten und Tänzerinnen trafen ebenfalls ein; irgendwo in dieser Schar sah Teti Kafis erhitztes Gesicht, das ihr zulächelte. Sie winkte der Freundin heftig.

Und mit einem Mal wünschte sie sich von Herzen, dort an Kafis Seite zu stehen – verzückt und verzaubert von der aufpeitschenden Musik der Trompeten, Klappern und Trommeln, berauscht vom Weihrauch und dem Jubel der Massen. Kafi kostete ihren Auftritt voll aus. Als Pharao an Land ging, löste sie sich aus den Reihen der Tänzerinnen, um allein vorzutanzen. Bei diesem festlichen Anlaß durfte sie als eine der besten Tänzerinnen, die Theben aufzubieten hatte, natürlich nicht fehlen. Mit leichten tänzelnden Schritten schwebte sie nach vorne. Vor Pharao und der Großen Königlichen Gemahlin warf sie sich zu Boden und blieb anmutig wie eine geschmeidige, zum Sprung geduckte Katze liegen, bis Stimmenlärm und Getöse verstummt waren. Erst als völlige Stille eingetreten war, gab Hetepet, die Vorsteherin der Tänzerinnen, im Hintergrund ein Zeichen, und die Tempelmusiker begannen zu spielen. Die Musik ertönte anfangs leise, wurde lauter und schneller und steigerte sich schließlich zu ekstatischer Wucht. Im Laufe der Zeit hatte Kafi ihr Können so vervollkommnet, daß es schien, als wäre die Goldene selbst vom Himmel herabgestiegen, um die Erde mit ihrer betörenden Grazie zu beglücken. Ein paar Leute aus dem Volk, die sich zwischen Hofstaat und Palastbediensteten hatten hindurchdrängen können, standen mit offenem Mund da – ungläubig und traumverloren.

Es gelang der mitreißenden Musik und Kafi, die sich tanzend auf den Tempel zubewegte, Pharao sein Leiden für kurze Zeit vergessen zu lassen. Seine Gesichtsfarbe belebte sich, seine vor Schmerz verkrampften Züge gaben nach und fast schwungvoll schritt er zum Tor des

Heiligtums, um auch hier seine Pflichten als oberster Priester des Landes zu erfüllen.
Kamose bat Teti, nicht zu lange in der Sonne stehen zu bleiben, sondern Schatten zu suchen; aber seine freundlich-besorgte Miene reizte sie aus irgendeinem Grund zum Widerspruch. Schlagartig wurde ihr klar, wie langweilig ihr Leben geworden war im Vergleich zu dem von Kafi. Umsorgt von ihrem bedächtigen Ehemann und von betulichen Dienerinnen würde sie, Teti, immer dikker und unförmiger werden, während die erfolgreiche, unübertreffliche Kafi von Göttern und Menschen geliebt und bewundert wurde. Doch dann kam ihr zu Bewußtsein, wie fröhlich sie soeben noch gewesen war, wie glücklich über ihren Zustand. Ach, sollten diese wechselnden Gefühle etwas mit der Launenhaftigkeit zu tun haben, von der Frauen während der Schwangerschaft befallen wurden? Na, mit solchen Kleinigkeiten würde sie schon fertig werden! Es war in der Tat nicht richtig, Kamose zu widersprechen und seine gutgemeinten Ratschläge abzulehnen. Gewiß, gleich würde sie folgsam in den Schatten gehen.
»Weshalb darf ich nicht mitkommen?«, fragte sie ihn, gerade als er sich dem königlichen Zug anschließen wollte.
»Aber das habe ich dir doch schon so oft erklärt, meine Liebe! Siehst du, es sind stets dieselben Leute, die an den Zeremonien im Inneren des Tempels teilnehmen dürfen. Pharao hat uns deshalb ausgewählt, weil er einzig die Anwesenheit hoher und höchster Repräsentanten für angemessen hält. Auch Parennefer ist nicht dabei. Und es wäre schlichtweg unmöglich, den ganzen Hofstaat beim feierlichen Ritual zuzulassen. Das würde viel zu viel Unruhe mit sich bringen. Das siehst du doch ein, mein Herz?«
»Aber Parennefer durfte rudern und außerdem hat er den Auftrag wegen des Brotes«, wandte Teti ein.

»Das ist aber doch wieder etwas ganz anderes. Es wird nicht lange dauern, dann bin ich wieder bei dir, mein kleiner Liebling.«
»Und Neferti darf auch mit. Das verstehe ich überhaupt nicht. Immer nimmt sie eine Sonderstellung ein.«
»Ihre Familie mütterlicherseits genießt nun einmal besondere Vorrechte. Deshalb ist sie dabei. Und nun bis später.«
Nachdem Kamose würdevoll enteilt war, trafen die ersten Dienerinnen ein, die Teti ausgeschickt hatte, um die Güte des ausgegegeben Brotes festzustellen. Sie teilten übereinstimmend mit, daß das Brot hervorragend sei und daß sich die Leute geradezu darum rissen. Als hätte er es geahnt, kam Parennefer herbeistolziert.
»Die Brotverteilung ist ein voller Erfolg«, krähte er begeistert. »Von manchen Ausgabestellen werden sogar schon Prügeleien gemeldet. Ich meine, das ist doch tadellos. Mein Vater hat von Anfang an gemeint, wenn ich das in die Hand nehme, kommt die Sache voran.«
»Ja ja, ich habe gehört, daß das Brot nicht schlecht sein soll. Dafür fehlen aber hier auf dem Tempelvorplatz Sessel für die schwangeren Damen des Hofstaates.« Mißgestimmt zeigte Teti nach links und rechts. »Schau nur! Weit und breit keine einzige Sitzgelegenheit für eine Frau in meinem Zustand.«
»Was? Sag bloß!« Parennefer glotzte. »Wie denn? Eh, ich meine... Du bist schwanger?«
»Was ist daran denn so ungewöhnlich?«, fragte sie pikiert. »Und jetzt habe ich den Wunsch, mich zu setzen.«
»Einen Augenblick. Ich werde auch das in die Hand nehmen. Irgendwo muß doch ein Stuhl aufzutreiben sein oder irgendein Hocker oder wenigstens ein kleiner Fußschemel.«
»Auf einen Schemel setze ich mich nicht. Da kannst du dich selber draufstellen, um deine Brote zu überblikken.«

Teti drehte ihm den Rücken zu, woraufhin Parennefer etwas Unerfreuliches murmelnd wegging. Seni kam, brachte ein Stück Melone und girrte solange um Teti herum, bis diese endlich von der Frucht aß; dabei klekkerte sie trotz aller Vorsicht Saft auf ihr Kleid. Als sie ärgerlich zu schimpfen begann, suchten nicht nur Seni, sondern auch die anderen Dienerinnen das Weite. Einsam blieb die Hausherrin stehen und wartete auf das Ende der Zeremonien. Ihre Stimmung hob sich erst, als Pharao aus dem Tempel kam. Die Begegnung mit den Göttern schien den König erfrischt zu haben. Und obwohl Kronprinz Amun-hotpe vorsichtshalber neben statt hinter seinem Vater ging, um ihn notfalls zu stützen, brauchte der König diese Hilfe nicht. Er ließ sich von seinem Sohn lediglich zum Tragsessel geleiten. Nachdem er darauf Platz genommen hatte, fingen die königlichen Fächerträger sofort an, die Wedel aus Straußenfedern hin und her zu bewegen. Der Kronprinz ging zum Tempeltor zurück, vor dem sich ein paar Soldaten versammelt hatten. Verwundert stellte Teti fest, wie ungezwungen er sich mit den Anführern unterhielt.
Auch die Umstehenden empfanden über Pharaos verbesserten Zustand große Freude und fielen jubelnd ein, als der Chor der Tempelsänger eine Lobeshymne auf den König anstimmte. Die Ausstrahlung des Herrschers war wieder machtvoll; sie beruhte nicht nur darauf, daß er Doppelkrone, Reichsinsignien und Stierschwanz trug, sondern entströmte seinem ganzen göttlichen Wesen. Mit tief empfundener Ehrfurcht sang Teti mit und wünschte, Pharao möge ewig leben. Niemand konnte sich die Beiden Länder ohne ihn vorstellen. Allerdings mußte Teti feststellen, daß viele Blicke hin zu Prinz Amun-hotpe wanderten, und sie fragte sich empört, was das für Leute waren, deren Münder den König priesen, deren Augen aber unverhohlen den Kronprinzen suchten. Obwohl auch sie Pharaos Sohn, den Kommenden

Horus, von Herzen verehrte, fand sie das nicht richtig. Alle Hoffnungen ruhten doch allein auf Pharao! Er war ein Gott unter Göttern, nur er konnte von seinem Vater Amun, dem Herrn der Weltenthrone, den göttlichen Segen erbitten und so für das Wohl des Landes sorgen. Sie mußte unbedingt mit Kamose darüber reden, doch sie hielt vergeblich nach ihm Ausschau. Neferti sah sie auf sich zukommen.

»Kamose wurde aufgehalten. Er kommt sicher bald«, Neferti blieb vor ihr stehen und musterte sie von oben bis unten. »Wie geht es dir? Ich habe Pentu unter den Priestern gesehen. Mit rasiertem Haupt und ohne Bart hätte ich ihn fast nicht erkannt. Aber als er mir zulächelte... Hat Kafi nicht großartig getanzt? Sie war geradezu göttlich.«

»Na ja, es ging. Ein paarmal hat sie sich ganz schön verheddert. Und drei Schritte vor dem Tempeltor wäre sie fast gestolpert.«

»Davon habe ich nichts bemerkt. Und die königliche Familie sicher auch nicht. Pharao war ja völlig hingerissen.« Neferti warf Teti einen prüfenden Blick zu. »Oder bist du etwa eifersüchtig auf deine schlanke, leichtfüßige Freundin und mißgönnst ihr den Erfolg, du neidische kleine Dicke?«

»Ich... ich bin noch nicht dick«, schrie Teti. »Sogar dem klugen Parennefer ist nicht aufgefallen, daß ich in anderen Umständen bin.«

»Das hat überhaupt nichts zu sagen. Parennefer kann ein Nilpferd nicht von einer Gazelle unterscheiden.«

»Oh, warum sind heute alle Menschen so unausstehlich zu mir? Du und Kamose, ihr nehmt mich nicht in den Tempel. Parennefer will mir nicht mal das kleinste Schemelchen besorgen, damit ich ein bißchen ausruhen kann. Kafi hält es nicht für nötig, sich auch nur für einen Augenblick nach mir umzusehen. Und du sagst mir ins Gesicht, ich sei plump und häßlich wie ein Nilpferd.« Mit geröteten Augen, in denen schon die Tränen standen, sah Teti Neferti an. »Und dabei wünsche ich mir nichts weiter, als ein schönes Neujahrsfest verleben zu dürfen. Aber die ganze Welt hat sich gegen mich verschworen, um mich unglücklich und schwermütig zu machen und mich ganz fürchterlich zu kränken.«

»Mächtige Mut, Herrin der Götter! Teti, was redest du da zusammen? Und was soll die Heulerei? Deine Augenschminke läuft davon, und du bringst mich in Schwierigkeiten. Wenn Kamose kommt, muß er denken, ich hätte dir wer-weiß-was angetan. Ich versichere dir, du bist hübscher denn je. Und wenn wir auf den Schiffen sind, wirst du auch sitzen können. Da kommt Kamose schon aus dem Tor. Hier! Nimm das und wisch dir das Gesicht ab.«

Neferti ließ sich von einer ihrer Dienerinnen ihr Schminkkästchen geben und fing an, Tetis Augenschminke zu erneuern. Zeit genug hatte sie, da Kamose unterwegs mehrmals stehenblieb, um mit Bekannten ein paar Worte zu wechseln.

»Ist etwas geschehen?«, fragte er, als er endlich zu ihnen durchgekommen war und Neferti noch den letzten Strich von Tetis Augenschminke nachzog.

»Nichts ist geschehen. Teti hat nur eine von diesen kleinen, grünen Fliegen ins Augen bekommen. Der Schaden ist schon behoben. Deine Frau ist wieder lieblich und schön.«

Kamose sah von Neferti vorsichtig zu Teti, der ein mattes Lächeln gelang.

»Die Zeremonie war überaus erhebend«, berichtete er. »Als Pharao vor dem geöffneten Götterschrein Weihrauch verbrannte, neigte sich Amun ihm zu. Die Propheten deuteten das als Zeichen dafür, daß dem Mächtigen Stier noch eine lange Herrschaft beschieden ist. Und am glücklichsten darüber schien der Kronprinz zu sein.«

»Amun in seiner Gnade hat unsere Gebete erhört. Wirst du so lieb sein und mir heute abend das Geschehen im

Tempel in allen Einzelheiten beschreiben, Liebster?«, bettelte Teti.
»Wenn dir so viel daran liegt«, meinte Kamose lächelnd. Von den Soldaten, die sich um den Kronprinzen geschart hatten, klang rauhes Gelächter herüber. Einer der Befehlshaber wirbelte sein Schwert über dem Kopf, so daß es in der Sonne aufblitzte.
»Schade, daß mein Sohn nicht hier ist«, sagte Kamose. »Soviel ich erkennen kann, ist auch eine Abteilung aus der nördlichen Garnison dabei. Aber das sind alles erfahrene Kämpfer. Mein Sohn steckt ja noch in der Ausbildung und ist zu jung, um an solchen wichtigen und ehrenvollen Kommandos teilzunehmen.« Er seufzte leise. »Und es wird wohl Monate dauern, bis er einmal Urlaub bekommt.«
Teti nickte geistesabwesend, während sie zuschaute, wie an die Leute Brot und Bier verteilt wurde. Plötzlich schoß ein Freudenfunke in ihr hoch.
»Das Bankett«, rief sie. »Ich habe gar nicht mehr an das Neujahrsbankett gedacht, das nachher im Palast stattfindet. Oh, und ich befürchtete schon, den ganzen Abend nichts anderes als langatmige Beschreibungen von irgendwelchen Tempelritualen zu hören zu kriegen. Und dabei werden wir später bei Fackelschein und Musik im königlichen Prunksaal speisen. Und ich kann so viel essen, wie ich will! Honigkuchen mit Zwiebeln, Melonenscheiben und Erbsen. Und süßen Brei mit Lauchgemüse!«
Kamoses Gesicht zeigte einen bedenklichen Ausdruck, aber er lächelte nachsichtig.
»Und meine liebe Kafi, die wir heute alle so sehr bewundert haben, wird auch bei Pharaos Fest zu Gast sein«, schwärmte Teti weiter und strahlte Kamose selig an. Ist das Leben nicht ein einziges Fest?, fragte sie sich, hochgehoben und davongespült von einer Woge des Glücks. Jetzt, da Kamoses Augen vor Liebe glänzten, hätte sie

ihn so gern umarmt. Sie nahm seine Hand und drückte sie innig.

»Mein Herz ist sehr, sehr froh, mit dir, Liebster, diesen schönen Tag feiern zu können, den uns der Himmel geschenkt hat. Ich bin so erfüllt von Liebe und Glück und Freude. Aber... ach je, mein Magen ist leer.« Sie fuhr zu Neferti herum. »Schick' schnell deine Dienerin los, damit sie mir eines von Parennefers vorzüglichen Broten holt. Sonst komme ich um vor Hunger!«

Ein paar Monate waren vergangen. Teti war an diesem Mittag nicht zu den anderen Frauen in den Garten gegangen. Sie lag auf ihrem Ruhebett und empfand es als angenehm, daß sich die Katze an ihren Rücken schmiegte. Vor dem Bett hatte sich der Hund ausgestreckt; eine verirrte Biene summte im Zimmer, bis sie zwischen den Schleiern des Vorhangs hindurch den Weg ins Freie fand. Im Haus war es ruhig, vom Garten drang ebenfalls kaum ein Laut herauf. Nur aus Kamoses Zimmer, wo sich auch Baki und Suti aufhielten, um vom Hausherrn Anweisungen entgegenzunehmen, waren Stimmen zu hören. Ein wohliges Gefühl durchströmte Teti. Wie liebte sie dieses Haus! Und wie gut war das Jahr bisher verlaufen! Alle Anzeichen deuteten darauf hin, daß sich das Orakel vom Neujahrsfest bewahrheitete. Das Land erfreute sich des Schutzes der Götter und der Fürsorge Pharaos. Die Überschwemmung war genau in der richtigen Höhe ausgefallen, und nun rieben sich die Steuerbeamten beim Anblick der säenden Bauern die Hände und lachten bei dem Gedanken an die Mengen von Emmer und Gerste, die sie in ein paar Monaten eintreiben und den Kornspeichern des Palastes und der Tempel zuführen konnten. Fruchtbarkeit überall, dachte Teti und lächelte, als sie die Bewegungen des Kindes in ihrem Leib spürte. Sie versuchte, sich zu entspannen, und glitt in einen leichten Schlaf hinüber.

Rufe und lautes Reden weckten sie auf, und sie hörte, daß Kamose immer wieder freudig »mein Sohn« rief. Dann kam Seni mit solcher Hast ins Zimmer gestürmt, daß die Katze fauchend aufsprang.

»Kamoses Sohn ist da«, keuchte die Köchin ganz außer Atem. »Er wird einige Tage bleiben, bevor er nach Memphis zurückkehrt.«

Langsam setzte sich Teti auf. »Meine Beine sind geschwollen, und der Rücken tut mir weh. Bevor du mich nicht mit Öl eingerieben hast, werde ich keinen Schritt aus diesem Zimmer tun.«

Seni machte sich ans Werk und war Teti auch beim Ankleiden behilflich. Schließlich stieg Teti vorsichtig die Treppe hinunter. In der Empfangshalle kam ihr freudestrahlend Kamose entgegen, den Arm um einen schlanken, noch recht jungen Mann gelegt.

»Endlich, Liebste«, sagte er, »lernst du meinen ältesten Sohn kennen. User-Re macht sich gut, nicht wahr? Die Militärausbildung hat schon einen richtigen Soldaten aus ihm gemacht. Sieh nur, seine Muskeln.«

User-Re lächelte verlegen und hob die Hand zum Gruß. Er hatte unter dunklen, geraden Brauen die gleichen, das Gesicht beherrschenden, schwarzen Augen wie Kamose.

Kamose nahm Teti bei der Hand und zog sie zu sicher heran. »Wie du siehst, Sohn, wird es nicht mehr lange dauern, und meine junge, schöne Frau wird dir einen kleinen Bruder oder eine kleine Schwester schenken.« Mit stolzer Freude sah er Teti an und fuhr, wieder an User-Re gewandt, fort: »Wenn es ein Junge wird, soll er Amun-hotpe heißen, genau wie unser mächtiger Pharao und der Kronprinz.«

»Wie einfallslos«, bemerkte Teti. »Tausende heißen so.« Aber als sie Kamoses tadelnden Blick bemerkte, beeilte sie sich hinzuzufügen: »Na ja, Mehi als Kosename ist immerhin ganz hübsch.«

»Wenn es eine Tochter wird«, sprach Kamose weiter, »wird sie Teje genannt wie die große Königin.«
»Anchari gefiele mir bedeutend besser.«
»Bis jetzt«, erklärte er unnachgiebig, »tragen alle meine Kinder die Namen, die ich für sie gewählt habe.«
»Dann wird's Zeit, daß sich das ändert. Die Namen, die ich ausgesucht habe, sind doch viel hübscher.«
»In der Tat, meine Gute«, entgegnete er mit beginnender Gereiztheit, »bisweilen machst du es mir übermäßig schwer, dir die Liebe und Fürsorge angedeihen zu lassen, deren eine Frau während der Schwangerschaft bedarf.«
Teti drehte sich zu User-Re herum und lächelte ihn an. »Dein Vater ist ein geplagter Mann. Seit ich Herrin des Hauses bin, hat er schon eine Menge grauer Haare gekriegt.«
User-Re, dem es zweifellos unangenehm war, Zeuge ihres Wortwechsels zu sein, schickte einen bedrückten Blick von Teti zu Kamose und sagte: »Der Name des Kindes muß doch bis zur Geburt geheimgehalten werden. Sonst können sich ja böse Dämonen des Ungeborenen bemächtigen.«
»Richtig, mein Sohn«, stimmte Kamose ihm zu. »Daran hätten wir denken sollen, anstatt uns lautstark zu streiten.«
Teti reckte trotzig das Kinn vor. »Du hast doch angefangen.«
»Und nun willst du noch einmal beginnen?«, fragte er scharf.
»Nein.« Beschämt schwieg sie.
»Uns wird nichts anderes übrig bleiben, als Weihrauch zu verbrennen und Gebete zu sprechen, um den möglicherweise angerichteten Schaden abzuwenden. Meine Frau und ich haben uns zu Worten hinreißen lassen, die weder den Göttern gefallen noch dem Kind gut tun.« Er fuhr sich mit der Hand über die Augen und verfiel in Schweigen.

Erst Seni, die sich unterdessen in der Küche zu schaffen gemacht hatte, beendete die betretene Stille. Sie brachte Essen und Wein, und User-Re aß mit dem kräftigen Appetit eines jungen Mannes, der sich bei körperlicher Betätigung viel im Freien aufhält. Kamose leerte einen Becher mit ihm, erkundigte sich nach dem Befinden seiner Tochter und nach dem beruflichen Schaffen seines Schwiegersohnes. Bereitwillig gab User-Re Auskunft und sprach dabei so begeistert von Memphis, daß Teti den Eindruck gewann, die Residenzstadt im Norden, die den Namen ›Waage beider Länder‹ trug, müsse für ihn die Stadt der Schönheit und der Freiheit sein.

Auch die Nebenfrauen waren von User-Res Ankunft benachrichtigt worden, und Mutnefer, Taheb, Henut und die Halbgeschwister hießen User-Re herzlich willkommen. Für den Abend lud Kamose Freunde ein, um ihnen voll Stolz seinen Sohn vorzuführen. Bis spät in die Nacht saßen die Männer zusammen, aßen, plauderten, lachten und leerten einen Weinkrug nach dem anderen.

Demzufolge schlief User-Re am nächsten Tag bis zum Mittag. Nach einem kurzen Gespräch mit seinem Vater machte er sich wieder über das Essen her, das Seni ihm auftischte. Teti setzte sich zu ihm.

»Viel zu essen scheinst du ja in Memphis nicht bekommen zu haben, da deine Augen vor Hunger ganz groß sind«, vermutete sie, erstaunt über die Geschwindigkeit, mit der der Inhalt in den Schüsseln abnahm.

Mit vollem Mund nickte er. »Das einzige, was es in der Kaserne reichlich gibt«, meinte er schließlich, »ist sandiges Brot, dünnes Bier, Zwiebeln, Bohnen und Knoblauch. Unsere Lager sind derart hart und unbequem, daß wir gern im frühesten Morgengrauen aufstehen, um uns im Laufen, Ringen, Speerwerfen, Bogenschießen und Schwertkampf zu üben. Und bei unseren Erkundungsmärschen in die Ostwüste sind wir oft gezwungen,

so lange in der glühenden Hitze auszuharren, bis wir fast verdurstet sind.«
»Was für ein entsetzliches Leben.« Sie musterte ihn mit einer Mischung aus Bewunderung und Mitleid. »Besuchst du denn nicht ab und zu deine Schwester, um dich in ihrem Haus von diesen Strapazen zu erholen?«
Er machte eine abwehrende Handbewegung. »Ich verbringe meine freie Zeit lieber mit meinen Freunden. Aber sag bloß meinem Vater nichts davon. Sonst macht er sich wieder Sorgen wegen meiner Karriere. Er verlangt nämlich, daß ich mich so oft wie möglich bei meinem Schwager, dem Rekrutenschreiber, blicken lasse.«
»Nein, nein«, versprach Teti. »Mit keinem Wort werde ich es erwähnen.«
»Aber bald«, fuhr er fort, »wir das Leben für mich besser. Nach meiner Rückkehr komme ich zur Streitwagentruppe und lerne, mit Pferden und Wagen umzugehen. Ich habe schon immer die Wagenlenker beneidet und auch die Bogenschützen, die von den dahinjagenden Streitwagen aus treffsicher ihre Pfeile abschießen.«
»Tatsächlich?«
»Ja«, antwortete er mit leuchtenden Augen. »Als der Kronprinz vor ein paar Monaten die nördliche Garnison besuchte, um die Truppen zu verabschieden, die nach Byblos zogen, ließ er Kampfspiele und Wettrennen abhalten. Den Streitwagen gilt sein besonderes Augenmerk. Und die Wagenkämpfer sind ihm sehr ergeben. Aber auch wir anderen Soldaten lieben ihn. Weißt du, was unsere Anführer glauben?«
Sie schüttelte den Kopf.
»Sie glauben, daß es gut für das Land ist, wenn die Macht Amuns auf ihn übergeht.«
»Ich verstehe das nicht.« Nachdenklich zog sie eine Blüte aus einem der kunstvoll gebundenen Sträuße, die die Empfangshalle schmückten. »Obwohl ich als Hofdame Prinzessin Nofretetes das Kronprinzenpaar hochschätze,

wünsche ich mir doch, daß Pharao auch in Zukunft über die Beiden Länder herrschen möge. Und Kamose, dein Vater, ist überzeugt davon daß das Land noch nie eine so gute, segensreiche und friedliche Zeit erlebt hat wie in den letzten Jahrzehnten.«
»Siehst du, das ist eben Ansichtssache.« Er trank und stellte seinen Becher heftig auf dem Tisch ab. »Auch die älteren unter uns wollen keine Veränderung. Aber wir jungen Soldaten und die Anführer in den unteren Rängen, ja, wir würden einen Machtwechsel begrüßen. Schau, der Kronprinz ist doch kein Kind mehr, sondern ein erwachsener Mann! Und er strahlt Sicherheit und Verantwortungsgefühl aus. Unter ihm möchte ich mal Befehlshaber werden. Und eine Schar eigener Leute anführen.«
Sie lächelte ihn an. »Ganz bestimmt wirst du sein wie Month, der Kriegsgott. Hast du denn deine Ausrüstung schon komplett?«
Er nickte eifrig mit dem schwarzen Schopf. »In einer der besten Werkstätten hat mir mein Vater ein Lederhemd mit Kupferbesatz und verstärktem Kragen anfertigen lassen. Meine Schwester bewahrt es für mich auf. Meinen Helm und meinen Schild habe ich auch bei ihr gelassen. Aber mein Krummschwert habe ich immer dabei.«
»Ja«, sagte Teti, »ich habe es gestern gesehen. Es sieht sehr kostbar aus.«
»Das ist es auch. Mit diesem Schwert hat einer meiner Vorfahren vor vielen, vielen Jahren im Heer des siegreichen Pharao Osiris Thutmosis gekämpft. Es ist schon viel weiter herumgekommen als ich.«
»Es ist ja auch bedeutend älter als du.«
»Ich bin sehr stolz auf diese Waffe. Sie bedeutet für mich eine Verpflichtung zu bedingungsloser Tapferkeit. Ich werde später den Soldaten, die ich befehlige, mit gutem Beispiel vorangehen. Wenn ich mein Schwert im Nahkampf gebrauche, werde ich die Feinde niedermähen

wie Grashalme. Schreckliche Wunden bringe ich ihnen bei. Schlage ihnen die Köpfe ab, zerhacke ihre Leiber! Ihr Blut soll…«

»Hör auf, von Kampf und Tod zu reden angesichts des werdenden Lebens in mir«, unterbrach Teti ihn und zog ihren wollenen Umhang wie schützend um sich.

Er starrte sie an und wurde plötzlich rot. Verlegen rutschte er auf seinem Stuhl hin und her. »Entschuldige! Ich wollte dich nicht erschrecken.«

»Schon gut.«

»Du freust dich sehr auf das Kind, nicht wahr?«

»Oh ja«,nickte sie. »Ich habe es mir so sehnlich gewünscht. Und ich hoffe, daß Chnum, der Herr des zukünftigen Lebens, ihm einen gesunden und schönen Körper gibt, und daß die Geburt nicht allzu schmerzhaft wird. Weißt du, eigentlich habe ich schreckliche Angst davor. Aber mit einer erfahrenen Frau wie Mutnefer als Helferin werde ich's schon überstehen.« Sie senkte den Blick auf ihre Hände, die immer noch mit der Blüte spielten. »Mutnefer ist manchmal wie eine Mutter für mich. Und auch mit den beiden anderen Frauen verstehe ich mich ganz gut. Ist das nicht seltsam?«

»Nein.« Er fing an zu grinsen. »Seltsam nicht, aber selten.«

»Du sagst es«, lachte sie. »Aber jetzt iß weiter! Wenn du keinen Ärger mit Seni, unserer Küchenvorsteherin, kriegen willst, muß du auch die Honigkuchen aufessen. Sie schmecken ausgezeichnet.«

Quer durch die Empfangshalle kam Kamose auf sie zu. User-Re stand auf und trug für seinen Vater den Hausherrensessel herbei. Nachdem Kamose Platz genommen hatte, schenkte Teti auch ihm Wein ein.

»Mit Seni hat Teti eine ganz hervorragende Köchin ins Haus gebracht. Findest du nicht auch, mein Sohn?«

»Ja. Wenn ich vor diesen Köstlichkeiten sitze, wünschte ich, mein Magen wäre doppelt so groß.« User-Re trank

seinem Vater zu. »Und ich bin dabei, mich wieder an deinen Wein zu gewöhnen. Ich hatte schon fast vergessen, wie gut der Wein zuhause ist.«
»Einen Weinbestand wie meinen findest du nicht so leicht ein zweites Mal«, bestätigte Kamose und erkundigte sich dann bei Teti: »Wie fühlst du dich heute, mein Herz?«
»Es geht mir gut«, antwortete sie, nahm schnell einen winzigen Schluck, der kaum ihre Lippen benetzte, aus Kamoses Weinbecher und erklärte nach kurzem Zögern: »Und ich bin mit den Namen einverstanden, für die du dich entschieden hast.«
»Etwas anderes hatte ich nicht erwartet«, meinte er und wandte sich wieder seinem noch mit dem Mahl beschäftigten Sohn zu.
»Wenn du mit dem Essen fertig bist, User-Re«, begann er ein wenig feierlich, »möchte ich, daß du mich in die Totenstadt begleitest, damit ich dir mein Grab zeigen kann. Wie du weißt, habe ich schon vor langer Zeit von Pharao die Erlaubnis erhalten, mir in der westlichen Nekropole eine Wohnung für die Ewigkeit anlegen zu lassen. Ich stehe kurz davor, die Vorhalle mit Wandbildern ausschmücken zu lassen und möchte die Entwürfe der Künstler gern an Ort und Stelle mit dir besprechen.«
User-Re nickte ernst.
Kamose fuhr fort: »Bei dieser Gelegenheit können wir uns die ewige Wohnstätte ansehen, die für Wesir Ramosis hergerichtet wird. Sie hat gewaltige Ausmaße und wird ihm auch dereinst jegliche Bequemlichkeit und allen Luxus bieten. Die Arbeiten sind in vollem Gange, denn Ramosis steht doch in Pharaos Gunst. Nun, du wirst ja selbst sehen. Ich hole gleich die Skizzen aus meinem Zimmer, denn wenn ich Baki schicke, bringt er mir mit Sicherheit die falschen.« Gemessenen Schrittes begab er sich ins obere Stockwerk.

Teti sah User-Re mit zur Seite geneigtem Kopf an. »Tust du mir einen Gefallen?«
»Gern!« Er schob die letzte leere Schale weg und stand bereitwillig auf. »Ab sofort stehe ich als Krieger und Beschützer zu deiner Verfügung.«
»Fein! Dann hol' doch bitte mal die Katze aus dem Garten herein. Wenn sie freundlich gestimmt ist, läßt sie sich ohne weiteres hochnehmen.«
Irritiert hob er die Brauen.
»Natürlich nur«, schränkte sie ihre Bitte ein, »wenn sich das mit deiner Würde als zukünftiger Befehlshaber vereinbaren läßt. Und wenn du Katzen magst.«
»Sie sind eben die heiligen Tiere der Göttin Bastet«, meinte er achselzuckend und trottete in den Garten hinaus.
Tatsächlich kam er mit der schläfrig blinzelnden Katze zurück und legte sie Teti in die Arme. Die Katze fing sofort an zu schnurren, als Teti sie streichelte und leise mit ihr sprach.
»Nun, wie ich sehe, hast du wieder jemanden gefunden, der deinen Launen nachgibt«, bemerkte Kamose mit leisem Spott, nachdem er das Geschehen von der Treppe aus beobachtet hatte. Im Vorbeigehen tätschelte er Tetis Wange und machte sich gemeinsam mit seinem Sohn auf den Weg.

Am letzten Abend vor seiner Rückreise kam User-Re in Tetis Zimmer und warf sich mit einem unüberhörbaren Seufzer auf einen Stuhl. »Den ganzen Tag bin ich von einem Stadtteil zum anderen gelaufen. Ein paarmal mußte ich von Opet nach Karnak und wieder zurück, bis ich mich von allen meinen hiesigen Freunden verabschiedet hatte«, berichtete er und sagte abfällig: »Hier in Theben ist es auch im Winter so staubig. Memphis ist viel schöner.«
Teti reichte ihm einen großen Becher Wasser. »Hier

nimm! Damit kannst du ganz Theben mitsamt seinem Staub hinunterspülen.«
Er trank in einem Zug aus und wischte sich anschließend mit dem Handrücken den Mund ab. »Mit zwei Dienern werde ich zurückreisen«, erzählte er weiter, »weil Vater mir so viele Behälter mit Lebensmitteln mitgibt.«
»Da steckt Seni dahinter«, lächelte sie. »Sie fürchtet, du könntest in Memphis verhungern. Diese Furcht teile ich nicht. Nein, mich plagt eher die Angst, daß du vom Streitwagen fällst.«
Er grinste und streckte sich ausgiebig, was den Stuhl bedenklich knacken ließ. »Freut mich, daß sich Thebens Frauen solche Sorgen um mich machen.«
Sie ging auf seinen Ton ein. »Und während wir hier alle weinen, werden die Mädchen in Memphis jauchzen, weil du zu ihnen zurückkehrst. Zehn oder zwanzig werden es wohl mindestens sein, die nach dir schmachten. Oder nicht, angehender Wagenlenker?«
Mit den Füßen scharrend brummelte er etwas vor sich hin. Sein Gesicht wirkte auf einmal verschlossen, so daß sie sich schon fragte, ob sie etwas Verkehrtes gesagt hatte, doch da begann er zu sprechen.
»Glaub mir«, sagte er und stieß ein paar Mal mit seinen kupferbeschlagenen Ledersandalen gegen den Mittelfuß des Tisches, »ich bin wirklich froh, daß ich endlich zur Streitwagentruppe komme. Denn dort, wo ich jetzt bin, ist es überhaupt nicht mehr zum Aushalten. Kannst du dir vorstellen, daß ich meinen Vater manchmal hasse, weil er mich zur Militärausbildung nach Memphis geschickt hat?«
Erschrocken legte sie einen Finger auf seine Lippen. »Aber Kamose hat es doch nur gut gemeint. Und ich kann mir deine trotzigen Augen nicht auf Schriftrollen und Tontafeln geheftet vorstellen. Vielmehr sehe ich sie in der flimmernden Weite der Wüste nach den Feinden Ägyptens Ausschau halten.«

»Und doch muß ich früher oder später meinem Vater in seinem Amt nachfolgen. Ständig muß ich das tun, was andere wollen. Die Vorgesetzten kommandieren mich herum. Der Mann meiner Schwester gibt mir eine Anweisung nach der anderen, wenn er mich zu fassen kriegt. Mein Vater verfügt über meine Zukunft. Man gibt mir keine Gelegenheit herauszufinden, was ich selbst will.«
»Irgendwie verstehe ich dich schon«, sagte Teti und verglich ihn im Geist mit Parennefer. »Aber wenn du es herausfändest, wäre es immer noch fraglich, ob du die Möglichkeit hättest, es zu verwirklichen.«
User-Re zog die geraden, schwarzen Augenbrauen zusammen. »Noch bin ich dabei, es zu ergründen«, sagte er nach kurzem Schweigen. »Aber wenn ich es weiß, werde ich es in die Tat umsetzen.«
Sie sah ihn an, sagte aber nichts.
»Glaub' bloß nicht, daß ich in der Garnison nicht zurechtkomme«, rief er auf einmal hitzig. »Im Grund macht mir das Soldatenleben sogar Spaß. Es gefällt mir nur nicht dort, wo ich jetzt bin. Das ist alles.«
»Dann müßtest du deinem Vater aber auch dankbar dafür sein, daß er dich nach Memphis geschickt hat.«
»Das ist es eben.« Er schlug mit der flachen Hand auf das Tischchen. »Zuerst war ich wütend auf ihn, weil er mich dorthin geschickt hat. Und jetzt bringt es mich gegen ihn auf, weil er mich mit einem einzigen Wort wieder von dort wegholen kann.«
»Aber so bald wird er das doch nicht tun«, meinte sie beschwichtigend. »Ihm liegt sehr viel daran, daß du eine ebenso gründliche Ausbildung erhältst wie er damals.«
»Genau, genau! Vater bestimmt über seine Kinder. Du kannst sicher sein, daß er dem Kind in deinem Bauch nicht nur einen Namen gegeben, sondern auch längst seine Laufbahn festgelegt hat. Wenn es ein Junge wird, dieses, wenn es ein Mädchen wird, jenes.«

»Aber so ist nun mal die Tradition. Kinder können doch nicht selbst ihren Lebensweg wählen. Er wird von den Göttern vorgegeben und von den Eltern festgelegt.«
»Aber ich behaupte, daß man ab einem bestimmten Alter selbst für sich entscheiden soll, selbst für sein Leben verantwortlich sein muß.«
»Vielleicht hast du recht. Ich werde darüber nachdenken. Ja, an deinen Ansichten könnte etwas dran sein.« In seinen Augen erschien ein Lächeln. »Du bist wirklich ein aufgewecktes Mädchen, Teti. Äh... Frau... Und... Hofdame natürlich!«
»Ich bin die Herrin des Hauses«, begann sie mit so viel Ernsthaftigkeit, wie sie aufbringen konnte, »die Frau deines Vaters und somit deine Stiefmutter...« Sie hielt inne, zwinkerte und mußte lachen.
»Das weiß ich doch.« Er lachte ebenfalls. »Sogar klarer als klar ist mir das. Und deshalb hoffe ich, daß du das bescheidene Geschenk eines nahen Familienangehörigen nicht zurückweist.«
Er fischte etwas aus der Ledertasche, die er am Gürtel trug, und reichte es ihr. Es war ein Amulett und stellte Ta-weret, die schwangere Nilpferdgöttin dar, die aufrecht auf ihren Löwenfüßen und gestützt auf ihren Krokodilschwanz stand und in den Pranken das Lebenszeichen sowie das Symbol für Schutz hielt. Das kleine Kunstwerk bestand aus dunklem, polierten Stein und war an einem Lederband zu tragen. Entzückt blickte Teti auf das Schmuckstück.
»Von meinem Vater hast du goldene und silberne Amulette bekommen, aber auch das hier kann dir von Nutzen sein. Schau, auf der Rückseite sind Zaubersprüche eingeritzt, die dich und das Kind schützen.«
»Ich danke dir sehr, User-Re«, sagte sie und fuhr sanft mit der Hand über seinen Oberarm. »Aber«, stellte sie überrascht fest, »du hast ja deinen Armreif nicht mehr. Hast du ihn etwa dafür eingetauscht?«

Er lachte wieder. »Auf den Armreif kann ich verzichten. Wichtig sind für mich bloß meine Waffen und meine Ausrüstung.« Er stand auf. »Ich muß morgen frühzeitig aufbrechen, um mein Schiff zu erreichen. Da wirst du wahrscheinlich noch schlafen, deshalb verabschiede ich mich schon. Re möge dich gesund erhalten und dir seinen Schutz gewähren!«
Er legte ihr die Hände auf die Schultern, beugte sich hinunter, gab ihr einen flüchtigen Kuß auf die Stirn. Dann verließ er eilig das Zimmer.
Sie erhob sich, so schnell es ihre Körperfülle zuließ. »Aber ich werde morgen früh auf sein«, rief sie ihm nach. »Ich werde mit hinunter zum Hafen kommen, wenn ich es schaffe. Und hab nochmal vielen Dank für das wundervolle Amulett.«

Bevor zwei weitere Wochen um waren, setzten bei Teti die Wehen ein, und sie wurde von Mutnefer, Seni, Senis Mutter und einer Frau, die schon Nefertis Kindern auf die Welt geholfen hatte, in den Garten zur Geburtslaube geführt.
»Es kann noch Stunden dauern, bis das Kind deinen Schoß öffnet und herauskommt«, meinte Mutnefer gelassen und machte sich daran, im Kohlenbecken Feuer zu entfachen.
Seni rieb Teti mit geweihtem Öl aus einem besonderen Krug ein, massierte ihr Bauch und Rücken und ließ auch die intimsten Stellen nicht aus. Nachdem die Frauen alles, was gebraucht wurde, bereitgestellt und die Geburtsziegel zurechtgerückt hatten, machten sie es sich auf einer Matte bequem. Auf längeres Warten eingestellt, begannen sie, Geschichten zu erzählen, die seit urältesten Zeiten von Mund zu Mund gingen, unter anderem die Begebenheit von der Geburt der königlichen Drillinge. Vier Göttinnen hatten damals Geburtshilfe geleistet, und Mutnefer, Seni, Senis Mutter und die

andere Frau stellten sich um Teti herum auf, sprachen mit verteilten Rollen und taten, als wären sie Isis, Nephtys, Mesechnet und die froschköpfige Heket.
Teti ließ sich gern auf diese Weise unterhalten, doch als die Schmerzen immer heftiger zogen, wurde sie unruhig. Erneut tastete die Frau, die Neferti geschickt hatte, Tetis Bauch ab und ermunterte sie umherzugehen. Das empfand Teti zuerst als Erleichterung, aber plötzlich brach Wasser aus ihrem Körper hervor, und ein neuer, andersartiger Schmerz ließ ihre Knie nachgeben. Keuchend hockte sie sich auf den Boden.
»Es geht los! Ich sterbe.«
»Du stirbst nicht! Du wirst leben und Leben geben«, sagte Mutnefer. »Und du tust einen Schritt in die Ewigkeit.«
Sie und die anderen Frauen stützten Teti und schoben sie zu den beiden Ziegelsteinen, so daß sie sich darauf niederkauern konnte.
»Pressen«, riefen die Frauen. Mutnefer rieb Teti mit einem feuchten Tuch Stirn und Schultern ab, Senis Mutter klopfte ihr mit einer Sandale leicht auf das Gesäß. Während sich Teti an Seni klammerte, verständigten sich die erfahrenen Frauen mit Blicken, stimmten ihre Handgriffe aufeinander ab, zogen und drückten, hielten und stützten. Teti wimmerte und schrie. Sie meinte, die Schmerzen nicht mehr aushalten zu können, glaubte, auseinandergerissen zu werden. Und dann ging alles so schnell, daß niemand mehr Zeit fand, göttlichen Beistand anzurufen. Aber – dem Himmel sei Dank – die Göttinnen halfen trotzdem!
Mit einem Mal hob eine der Frauen, Teti konnte nicht einmal erkennen, ob es Mutnefer oder Seni war, das winzige, blutverschmierte Geschöpf in die Höhe, das sich mit der gleichen Kraft und Lebensmacht aus ihr herausgedrängt hatte, mit der auch Re jeden Morgen seine Himmelsbahn begann.

Das Kind! Ihr Kind! Ein Geschenk der Götter, über das man nur staunen konnte.
»Es ist ein Junge«, verkündete Mutnefer.
Das Gottesgeschenk fing an zu schreien.
Die Frauen erledigten mit Ruhe und erleichtert die Dinge, die noch zu tun waren, und nachdem sie das Kind gewaschen und zu Teti ins Bett gelegt hatten, durfte Kamose eintreten. Er umfaßte den Kleinen mit den Händen und hob ihn behutsam hoch.
»Amun-hotpe, mein Sohn«, sagte er leise. »Du siehst prächtig aus, und deine Stimme ist kräftig. Ich konnte sie bereits vernehmen, als ich noch voller Sorge draußen im Garten wartete. So dürfen wir hoffen, daß du am Leben bleibst.« Er legte das Kind zu Teti zurück. »Mit der Gnade der Götter hast du es überstanden, mein Herz. Ich liebe dich und unseren Sohn sehr.«
Da Mutnefer mit den anderen Frauen für einen Augenblick hinausgegangen war, wagte Teti eine Frage: »Sag ehrlich, Liebster, keines deiner Kinder war bei der Geburt so schön wie er? Nicht mal User-Re!«
Lächelnd strich er ihr über das schweißverklebte Haar. »Alle Kinder sind schön, wenn sie nur lebensfähig sind«, sagte er und hielt noch eine Weile ihre Hand, bevor er die Geburtslaube wieder verließ.
Trotz der Mattigkeit, die sie erfüllte, setzte sich Teti im Bett auf. Sie hielt ihren Sohn so, daß sie sein schlafendes Gesicht genau betrachten konnte, berührte mit vorsichtigen Fingern seine Nase, seine Ohren, sein Kinn, den rosigen, leicht geöffneten Blütenblättermund und hauchte ihm einen Kuß auf die durchscheinend schimmernden Augenlider.
»Mehi! Mein kleiner Mehi«, flüsterte sie kaum hörbar und zuerst nur mal versuchsweise. Doch als sie ihre Worte wiederholte – flatterten da nicht seine dunklen Wimpern? »Es ist schon so«, stellte sie strahlend fest. »Ganz eindeutig! Er hört auf Mehi.«

Auch die folgenden Tage verbrachten Teti und ihr Sohn in der Wochenlaube. Es wurde darauf geachtet, daß Dankgebete gesprochen und dem Kind die Schnüre mit den sieben Knoten umgehängt wurden. Teti ließ die Statue des löwenmähnigen Gottes Bes aus ihrem Schlafzimmer herbeischleppen und vor dem Bett aufstellen. Sein Anblick würde böse Geister vertreiben und das Kind schützen, ebenso wie es die anderen Glücksbringer und der Anhänger taten, den User-Re ihr geschenkt hatte. Am innigsten aber dankte sie der Himmelsherrin Hathor, der großen Beschützerin, die während der Schwangerschaft Böses von ihr ferngehalten und sie auch in ihrer schweren Stunde nicht im Stich gelassen hatte. Sie versprach dafür zu sorgen, daß der Goldenen so bald wie möglich ein Opfer dargebracht wurde.
Immer hielt sich jemand – Seni oder ihre Mutter, eine der Nebenfrauen, eine Dienerin oder auch Mutnefers fast erwachsene Tochter – bei Teti in der Laube auf und half ihr, das Kind zu versorgen. Teti genoß es sehr, Mehi zu stillen und zu baden, beobachtete glücklich, wie sein Gesicht von Tag zu Tag niedlicher, sein Körper runder wurde, und bewunderte mit Entzücken die vollkommene Schönheit seiner winzigen Hände und Füße.
Kamose ließ nicht nur dem Hathor-Tempel eine reiche Spende zukommen, sondern übergab auch dem Heiligtum des Götterkönigs in Karnak ein Opfergeschenk: den fetten Ochsen, der auf dem Landgut weitergemästet worden war. Dann, nachdem Teti die Zeit der Reinigung hinter sich gebracht hatte und zusammen mit allen Amuletten und Götterstatuen von der Wochenlaube wieder in ihr Schlafzimmer umgezogen war, veranstaltete er ein großes Fest. Mit Mehi im Arm saß Teti stolz neben ihm, begrüßte die Gäste und nahm Geschenke entgegen.
Von Kafi bekam sie einen hübschen Salbenlöffel aus Elfenbein, Neferti und Apy brachten eine in sanften Blautönen gehaltene Vase, die außerdem noch mit Blu-

mengirlanden bemalt war, und Parennefer und seine Frau schenkten eine mit Lebenszeichen und Glückssymbolen verzierte, etwas protzige goldene Schale. Tutu, Kamoses syrischer Amtsgehilfe, überreichte eine kleine Figur, die einen fremdartigen Gott darstellte, und Teti nahm sich vor, Kamose später zu fragen, für welche Bereiche diese Gottheit zuständig war, denn augenblicklich war sie viel zu aufgeregt, um Tutus Stimme zu lauschen, die geheimnisvoll und sehr leise klang. Da die Statue klein war, würde auch sie noch einen Platz auf dem Hausaltar finden.

Tetis Strahlen verblaßte ein wenig, als Si-Mut im Garten erschien. Er war in Begleitung seiner Gattin gekommen, einer Frau, die selten lachte, was Teti ihr nicht verdenken konnte; Kafi beachtete der zweite Prophet mit keinem Blick. Obwohl Widerwille in Teti hochstieg, mußte sie sein Geschenk entgegennehmen. Es war ein Salbengefäß, gefüllt mit einem Öl, das seinen Worten nach sehr kostbar war und seinem höhnischen Blick nach aus dem Hathor-Tempel stammte. Womöglich habe ich dieses Öl selbst gemischt, und er macht sich einen Spaß daraus, es mir zu schenken, sagte sie sich. Sie fühlte sich unsagbar ohnmächtig, denn sie konnte nichts anderes tun, als sich höflich dafür zu bedanken. Nach Kamoses freundschaftlicher Aufforderung nahm Si-Mut neben ihm Platz, und Teti wurde Zeugin eines Gesprächs, das ihr zu denken gab.

»Auch dir ganz persönlich habe ich etwas mitgebracht«, sagte Si-Mut zu Kamose und gab ihm eine nicht sehr große, aus Stein geschnittene Dose. Auf Kamoses fragenden Blick hin erklärte er: »Sie enthält die Asche jener Briefe. Du weißt wohl, welche ich meine, mein Freund. Ich habe mir erlaubt, einen Teil zu behalten, sozusagen als erste Gegenleistung für meinen Freundschaftsdienst.« Er lachte ein unangenehmes, kurzes Lachen und fuhr fort: »Denn diesen pulverisierten Überbleib-

seln wohnt aufgrund der verzweifelten Worte, die auf den Papyri standen, bevor ich sie verbrennen ließ, eine große Kraft inne, die sie für die Herstellung von Verwünschungen und Zaubertränken äußerst geeignet macht.«
Kamose wog das kleine Gefäß in der Hand. Dann reichte er es Si-Mut zurück. »Behalte auch das. Mach' damit, was du willst, mein zauberkundiger Freund. Ich möchte diese in jeder Hinsicht üblen Rückstände nicht in meinem Hause haben.«
Si-Mut machte wieder dieses Geräusch, das ein Lachen sein sollte, und steckte den Behälter ein.
Teti war richtig erlöst, als Mehi anfing, vor Hunger zu schreien, und sie beiseite gehen und ihn anlegen konnte. Dann kamen nach und nach Kamoses Verwandte, denen sie sich widmen mußte, und Imiu, Pepi, die Kinder und der Rest der Familie trafen ebenfalls ein. Im Haus häuften sich Blumensträuße und weitere Geschenke, bald war der Garten voller Gäste, die aßen und tranken, Blumen abknickten und den Rasen zertrampelten.
Erst als sich Si-Mut verabschiedete, und Kamose zu ihm sagte »Meine Empfehlungen an deinen ehrenwerten Onkel«, fiel Teti der Krug mit dem Salböl wieder ein. Sie mußte dieses Geschenk so schnell wie möglich loswerden, denn sie war fest überzeugt, daß es von Si-Mut verzaubert worden war und sich höchst unheilvoll auf Mehi und sie auswirken würde, wenn sie es behielt oder gar verwendete.

Kamose hatte sich der Dienste der königlichen Eilkuriere bedient, die zwischen Theben und Memphis hin und her pendelten, um seine Tochter und seinen Schwiegersohn von Mehis Geburt zu benachrichtigen. Und umgehend trafen auch aus Memphis Geschenke ein. Bei der Gabe von Kamoses Tochter und ihrem Ehemann, dem angesehenen Rekrutenschreiber, handelte es sich um eine gol-

dene Statue des Gottes Ptah und ein mit Goldfäden durchwirktes Leinenhemd für Mehi.
»Wozu brauchen wir denn Ptah von Memphis?« fragte Teti. »Amun ist doch viel mächtiger.«
Doch Kamose bestand darauf, daß der Herr der Wahrheit noch vor dem syrischen Gott einen Platz auf dem Hausaltar bekam. Teti mußte einlenken, machte aber gleichzeitig klar, daß sie Mehi das Hemd nicht anziehen würde, weil die Goldfäden ihn kratzen und seine Haut reizen könnten.
Auch User-Re hatte ein verschnürtes Päckchen mitgeschickt. Diesem entnahm Teti einen weiteren Glücksbringer, dessen Symbolgehalt ihr zwar nicht recht ersichtlich war, dessen Wert sie aber sehr hoch einschätzte; und sie fragte sich, was er wohl diesmal hingegeben hatte, um diesen ungewöhnlichen Anhänger zu erwerben. Es war ein Tropfen aus wasserblauem Glas mit bunten Linien darauf, glatt und kühl, an einer feinen silbernen Kette, die sie sich sogleich um den Hals legte. Für seinen neugeborenen Bruder hatte User-Re einen kleinen Streitwagen aus Holz beigelegt, zusammen mit einem gefühlvollen Brief, bei dessen Lektüre Kamose immer wieder den Kopf schüttelte.
»Dein ältester Sohn ist ein bemerkenswerter Mensch«, sagte Teti, als Kamose den Brief zur Seite legte. »Sein Ehrgeiz und Tatendrang sind wirklich vielversprechend.«
»Bis jetzt ist er nichts weiter als ein Grünschnabel und ein unsteter Wirrkopf«, erwiderte er. »Aber ich hoffe, daß einmal etwas aus ihm wird.«
»Und du liebst ihn sehr, nicht wahr?«
»Natürlich liebe ich ihn«, sagte er unwirsch. »Wenn sich nur erst sein unruhiger Geist gesetzt hätte.«
»Aber mir kam er nicht unruhig vor. Er hat wenigstens eine eigene Meinung und gibt nicht nur das wieder, was man ihm vorsagt.«

»Es würde durchaus nicht schaden, wenn User-Re mehr auf mich hörte. Er könnte sich an Parennefer ein Beispiel nehmen. Als dieser in User-Res Alter war, konnte man schon erkennen, daß er einmal ein überaus tauglicher Beamter werden würde. Und nachdem er nun die Brotherstellung verbessert hat, hat man ihm weitere Aufgaben übertragen. Anfangs war er noch auf die Führung durch seinen Vater angewiesen, doch nun wird er zunehmend selbständiger. Mein Sohn jedoch hat noch nicht einmal angefangen, seine kümmerlichen Kenntnisse der babylonischen Sprache zu erweitern, obwohl er in Memphis gute Gelegenheit dazu hätte. Er weiß sehr wohl, daß es für mein Amt unerläßlich ist, diese Sprache zu beherrschen, und trotzdem unternimmt er keinerlei Anstrengungen. Nichts als Schwierigkeiten habe ich, ihn auf den richtigen Weg zu bringen.«

»Vielleicht solltest du ihn auf Reisen schicken, damit er diese Sprache – genau wie du – im Kreis üppiger babylonischer Damen erlernen kann«, schlug sie ein wenig spitz vor.

Kamose faltete die Hände und hob den Blick zur Decke. »Oh, wenn Pharao, mein guter Herr, wüßte, was er mit dieser Bemerkung angerichtet hat«, seufzte er. »Selbstverständlich hatte ich mir bereits ausgezeichnete sprachliche Kenntnisse angeeignet, bevor ich in die Fremdländer reiste. Am Königshof von Babylon mußte ich meine Ausdrucksweise nur noch vervollkommnen und eben... nun... verfeinern.«

»Jaja, das kann ich mir ziemlich genau vorstellen.« Sie spielte mit ihrem neuen Anhänger und meinte: »Oder laß User-Re solange in Memphis, bis er die Sache von selbst angeht.«

»Ich halte es für äußerst ungewiß, meine Liebe, daß er sich in absehbarer Zeit freiwillig dazu bereitfindet.«

»Aber mit Zwang erreichst du bei ihm gar nichts. Es kann schon sein, daß seine Ansichten in eine andere

Richtung gehen als deine. Und ein bißchen ungewöhnlich sind sie auch. Aber ich kann mich gut in ihn hineinversetzen.«

»Das liegt daran, daß du selbst genauso jung bist und wenig vom Leben weißt.«

»Aber in einer Beziehung weiß ich mehr als du, denn ich habe ein Kind zur Welt gebracht«, sagte sie triumphierend.

»Gut, gut! Damit hast du recht.«

»Das ist etwas, das du niemals wirst nachempfinden können, wie alt und weise du auch werden magst.«

Kamose seufzte wieder. »Mit einer Ehefrau, die stets recht haben will und ständig Widerspruch auf den Lippen führt, werde ich vermutlich ohnehin weder besonders weise noch besonders alt werden.«

»Das mußt du aber, Liebster«, sagte sie erschrocken und schmiegte sich an ihn. »Auch wenn du mich zwischendurch unerträglich findest. Mehi und ich, wir brauchen dich doch. Immer und ewig! Wie sollten wir denn jemals ohne dich zurechtkommen?«

»Nun, nun! Nimm dir doch meine Worte nicht so zu Herzen. Ich habe nicht vor, mich so bald auf den Weg nach den Binsengefilden zu begeben. Bei Amun, manchmal faßt du alles, was ich sage, dermaßen ernst auf. Und ein andermal wieder zeigst du keinerlei Hemmungen, dich über meine eindringlichsten Ermahnungen hinwegzusetzen. Doch gleichwohl...« – er nahm ein hölzernes Kästchen in die Hand und öffnete es – »...nun sieh her! Mein Sohn hat auch mich mit einer Gabe bedacht. Und diese ist gar nicht einmal so geschmacklos, wie ich ihm zugetraut hätte.«

Verwundert drehte und wendete Teti das Gefäß mit dem fremdartigen Dekor hin und her, bis Kamose ihr erklärte, daß die Trinkschale von einer der Meeresinseln, wahrscheinlich aus Keftiu, stamme. Anerkennend fügte er hinzu: »Ein wirklich auserlesenes Stück.«

»Du solltest User-Re nicht so kurz halten. Da der arme Junge uns solche Geschenke macht, besitzt er bestimmt nichts mehr außer dem Schurz, den er anhat, und sieht aus wie ein Soldat aus ärmlichen Verhältnissen.«
»Darüber mach' dir nur keine Sorgen«, lachte Kamose. »Ich weiß doch, wie dergleichen vor sich geht. Er hat die Sachen beim Glücksspiel einem betrunkenen Seemann abgenommen. Und vermutlich sind es überdies Teile aus einer Piratenbeute.«
»Aus einer Piratenbeute?« Sie holte ihren gläsernen Tropfen hervor und betrachtete ihn staunend und mit leisem Schauder. Dann versenkte sie ihn schnell wieder unter ihr Kleid dorthin, wo ihn niemand so leicht entdecken konnte.

Kapitel 9

Der Falke fliegt zum Himmel

Wenn Teti nicht so von ihren Mutterpflichten in Anspruch genommen worden wäre, hätten die düsteren Umstände, die das diesjährige Opetfest begleiteten, sie sicherlich noch mehr bedrückt. Es fing damit an, daß der Beginn der feierlichen Handlungen durch einen Sandsturm verzögert wurde, was auf einen Kampf der himmlischen Mächte schließen ließ. So gelangte die Götterfamilie erst verspätet, wenn auch mit großem Zeremoniell von Karnak nach Opet, wo sie mehrere Tage weilen sollte. Pharao wurde in seiner Sänfte an Bord von Amuns Barke getragen; reglos saß er dort am Ruder und war, als das Schiff in Bewegung gesetzt wurde, nicht einmal imstande, auch nur so zu tun, als würde er rudern. Die Priester sangen verhaltener als sonst, die Trommeln klangen dumpfer. Und zu allem Unglück hatte sich Kafi kurz vor dem Fest am Fuß verletzt, so daß sie nicht tanzen konnte.

Zuerst, während der Fahrt auf dem Fluß, saß Teti im Boot, hielt Mehi auf dem Schoß und sah zu, wie er mit ernster Hingabe eine Blume zerpflückte, während Kamose auf seinem gepolsterten Sessel sitzenblieb, anstatt wie sonst die Zurufe der Volksmenge entgegenzunehmen. Danach hatte sie mit den anderen Hofdamen aus Prinzessin Nofretetes Gefolge vor dem Tempel zu warten. Und dort wurde sie Hapus ansichtig, ihres früheren, verschmähten Liebhabers. Es freute Teti, an seiner Seite eine Frau mit einem Kind im Tragetuch und

einem zweiten an der Hand zu sehen. Sie lächelte ihm zu, Hapu, der noch kräftiger geworden war, starrte zwar weiterhin in ihre Richtung, ließ sich aber nicht anmerken, ob auch er sie gesehen hatte.
Einige Hofdamen hatten wegen Fieber, auch dies ein ungünstiges Zeichen,k den Feierlichkeiten fernbleiben müssen, und so stand Teti inmitten einer zusammengeschmolzenen Schar auf dem Tempelvorplatz, bis Pharaos Sänfte, gefolgt von den privilegierten Festteilnehmern, im Heiligtum von Opet verschwunden war. Den Priestern folgte eine lange Reihe bekränzter Rinder, die dazu ausersehen waren, im Tempel geschlachtet zu werden, um mit ihrem Fleisch Götter, Priester und die Volksmenge zu speisen. Während der Zeremonien drang ab und zu der erstickte Schrei eines Tieres heraus, und Teti glaubte, den Dunst des warmen, über die steinernen Opfertische rinnenden Blutes, vermischt mit Weihrauch, riechen zu können.
Nach der Beendigung der Zeremonien zeigte sich Pharao kurz dem Volk. Die Menschen brachen in Geschrei und Begeisterungsrufe aus, und die Huldigungen seiner Untertanen ließen Pharao lächeln. Aber Teti fand, daß das Getöse, das die Menge machte, mehr dem schmerzerfüllten Aufbrüllen eines gefesselten Opferstieres glich als freudigem Jubel. Dann bestieg Pharao die königliche Barke, die ihn sogleich zum Palastufer zurückbrachte.
Das Aufgebot an Soldaten war noch größer als bei den vorangegangenen Festen, doch User-Re war auch diesmal nicht dabei. Die Befehlshaber versammelten sich um Prinz Amun-hotpe, und es war unverkennbar, daß sie es vorziehen würden, dem Kronprinzen zu folgen, der immerhin geschickt einen Streitwagen zu lenken vermochte, als einem Pharao, der mehr tot als lebendig in seiner Sänfte saß. Auch die Königin schien viel von ihrer strahlenden Lebenskraft verloren zu haben, aber Prinzessin Nofretete, die Teti zum Anlaß von Mehis Geburt

mit schelmischem Lächeln eine wertvolle Schreibpalette geschenkt hatte, erschien wie eine Lichtgestalt in Weiß und Gold, und die üppige Perücke mit den nach Art der Göttin Hathor eingerollten Seitenhaaren ließ ihr Gesicht zart und mädchenhaft aussehen.

Gerade weil die öffentliche Feier so trübe verlaufen war, freute sich Teti um so mehr darauf, die folgenden Tage im Freundeskreis festlich begehen zu können. An diesem Nachmittag war zum Festmahl in Kamoses Haus geladen worden, und während sich Seni und die Dienerschaft um das leibliche Wohl der Gäste kümmerten, saß Teti mit Mutnefers erwachsener Tochter, die immer noch im Haus lebte, in einer ruhigen Ecke und stillte Mehi. Nachdem der Kleine satt war, bat das Mädchen, ihn ein wenig herumtragen zu dürfen. Teti erlaubte es und setzte sich wieder zu Kamose, der ihr eröffnete, daß er endlich einen geeigneten Ehemann für seine Tochter gefunden habe.

»Und zwar«, schloß er, »habe ich erwogen, sie dem Schreiber zur Frau zu geben, von dessen Vater wir damals den Ochsen bekommen haben. Was hältst du davon, meine Liebe?«

Sie musterte ihn von der Seite. »Als ob dir nicht völlig einerlei wäre, was ich meine. Du hast dich doch längst entschieden. Du willst nur, daß ich es irgendwie Mutnefer beibringe. Denn sie wird recht enttäuscht sein, wenn auch diese Tochter bloß einen Ehemann mit dem Rang eines Palastschreibers bekommt.«

»Du hast mich durchschaut, mein Herz«, gab er wohlgelaut zu. »Und sicherlich habe ich dein Verständnis dafür, daß ich mir Mutnefers leisen, aber erfahrungsgemäß wochenlang anhaltenden Groll ersparen möchte. Bedauerlicherweise wirkt sich ihre Verstimmung stets in nicht unerheblichem Maße auf die Leistungen der Küche aus.«

»Und in diesem Fall könnte dich nicht mal Senis Bereitschaft retten, dich mit den schmackhaftesten Köstlichkeiten zu verwöhnen. Also gut, ich werde sehen, was ich tun kann. Und im übrigen hast du wohl gern deine Schwiegersöhne unter Aufsicht?«

»Zum einen das, und zum anderen hat es einen weiteren Vorteil. Denn was meinst du, wie sehr der junge Mann seinen Eifer verstärken und mir unermüdlich dienen wird, wenn er mit der Tochter einer meiner Nebenfrauen verheiratet ist.«

»Na, dann solltest du ihn bald mal einladen.«

Kamose schmunzelte. »Schon geschehen, meine Beste.« Unauffällig wies er auf einen jungen Mann, der ein wenig verloren zwischen den Gästen saß.

»Wenn das so ist, soll sich deine Tochter um ihn kümmern statt um das Baby«, sagte Teti kurzentschlossen, rief das Kindermädchen und schickte es aus, um Mehi zu übernehmen.

»Mir als Hausherrin ist es etwas peinlich«, sagte sie, als die ahnungslose Eheanwärterin beleidigt, weil man sie nicht mehr den Kleinen hüten lassen wollte, auftauchte, »daß dieser Gast dort drüben so ohne Ansprache ist. Sei bitte so lieb und nimm dich ein bißchen seiner an. Dein Vater und ich möchten nicht, daß er von hier weggeht und herumerzählt, er hätte sich auf unserem Festmahl gelangweilt.«

Das Mädchen machte ein unwilliges Gesicht. »Wenn er sich langweilt, ist es seine Schuld. Genug Leute sitzen um ihn herum, mit denen er sich unterhalten könnte.«

»Hat dich deine Mutter so schlecht erzogen?« Es bedurfte nur dieses einzigen Satzes und des leichten Hebens von Kamoses linker Augenbraue, um seine Tochter zum Gehorsam zu mahnen. Das Mädchen ergriff eine Schale mit Früchten und ging zögernd auf den Schreiber zu. Nach einer Weile konnten Kamose und Teti zufrieden feststellen, daß sich die beiden angeregt unterhielten.

»Ich vertrete die Meinung, daß es immer ganz besonders reizend ist, wenn bei einer Eheschließung Zuneigung im Spiel ist. Findest du nicht auch, Liebste?« Kamoses Augen funkelten vor Vergnügen.
»Es sieht zwar so aus, als ginge deine Rechnung auf, aber um jetzt schon Schlußfolgerungen zu ziehen, ist es... doch zu früh.«
»Noch großartiger finde ich es allerdings«, sprach er weiter, »wenn eine Ehe aus echter Leidenschaft geschlossen wird.«
»Ja«, sagte sie und legte den Kopf an seine Schulter. »Und wenn aus der Leidenschaft Glück erwächst, ist es geradezu himmlisch. Oh, Kamose, ich bin sehr, sehr glücklich mit Mehi. Na ja, und mit dir natürlich auch.«
Trotz ihrer Freude über das in angenehmer Stimmung verlaufene Festmahl befiel Teti am Abend, als sie in ihrem Zimmer neben Mehis Wiege saß und den Schritten im Haus sowie dem Geklapper aus der Küche lauschte, Traurigkeit. Es hatte sie nicht einmal besonders berührt, daß sich Kamose nach ihrem freundschaftlichen Gespräch am Nachmittag mit Henut in sein Zimmer zurückgezogen hatte.
Ihre Gedanken kehrten zu Pharao zurück. Sie erinnerte sich daran, mit welcher Freundlichkeit er damals, als sie das erste Mal zu seinen Füßen gekniet war, zu ihr gesprochen hatte. Das Volk sah in ihm nicht nur den unfehlbaren Gott, sondern auch den Vater Ägyptens und der ganzen Welt. Er war es, der dank seiner heiligen Stärke und seiner überlegenen Weisheit das Weltgefüge im Gleichgewicht hielt. Er war es, der dafür sorgte, daß die Ma'at, die Ordnung, die Wahrheit und die Gerechtigkeit aufrechterhalten blieben. Alle Länder verehrten ihn als göttlichen Herrscher. Wie Kamose ihr erzählt hatte, nannten ihn die Könige der großen Nachbarreiche Bruder, während ihn die Fürsten der kleinen Stadtstaaten im Norden als den Gott, die Sonne, anerkannten. Und es

war doch nicht möglich, daß die Welt ohne das Abbild der lebendigen Sonne existierte.
Schon während der letzten Monate hatte Pharao kaum seine Gemächer verlassen und den Staatsgeschäften keinerlei Aufmerksamkeit mehr geschenkt. Ja eigentlich hatte die Große Königliche Gemahlin allein regiert. Und dennoch waren die Beiden Länder nicht untergegangen. Aber noch lag ja Pharaos Gottesmacht segnend über dem Land. Die Königin war eine fähige, entschlossene Regentin, die überall in Ägypten ebenso wie draußen in den Provinzen auf tüchtige Beamte und treue Heerführer zählen konnte. User-Re hatte damals behauptet, daß die ägyptischen Truppen, wenn es sein müßte, mühelos mit feindlichen Aufrührern fertigwerden würden; er hatte vom Verantwortungsbewußtsein des Kronprinzen gesprochen und dessen Ansehen bei den Soldaten beschworen.
Amun-hotpe, der Kronprinz, der Thronfolger! Amuns göttliche Kraft würde auf ihn übergehen, wenn ... – Teti weigerte sich, weiter darüber nachzusinnen – ... wenn Pharao einmal ... – nein, es war nicht vorstellbar, und doch mußte sie den Satz zu Ende denken – ... wenn Pharao einmal zum Osiris werden würde. Ein trockenes Schluchzen kam aus ihrer Kehle, und sie beugte sich schnell über Mehi und wartete, bis sie an seinen gleichmäßigen Atemzügen erkennen konnte, daß sie ihn nicht aufgeweckt hatte.
Sie fragte sich, wie Pharao es überstehen würde, wenn in einigen Tagen der König der Götter, seine göttliche Gemahlin Mut und der Göttersohn Chons von Opet zu ihren Tempeln nach Karnak zurückgeleitet werden mußten. Würde man dem Volk eine verhängte – leere – Sänfte präsentieren, weil der Herrscher zu schmerzgepeinigt war, um seine Pflichten gegenüber den Göttern zu erfüllen? Oder würde es Ärzten, Magiern und Zauberpriestern noch einmal gelingen, seinen gequälten

Körper so weit wiederherzustellen, daß er die Zeremonien hinter sich bringen konnte? Nicht nur als Priesterin im Tempel, sondern auch als Hofdame im Palast hatte sie oft genug mitbekommen, was das Einnehmen von Zaubertränken und das Einatmen des Rauches gewisser Harze und Kräuter bewirken konnte. Würde sich Pharao noch einmal seinem Volk zeigen können? Oder war es ein Abschiedswinken gewesen, als er matt die Hand gehoben hatte, um die zu grüßen, die ihm huldigten?
Oh, warum waren Pharao nicht unabänderliche einhundertzehn Lebensjahre beschieden? Es mußte Amun, dem König aller Götter, doch ein leichtes sein, seinen geliebten Sohn dieses gesegnete Alter erreichen zu lassen. Und wenn Pharao bald stürbe, wie würde es sich in der Welt bemerkbar machen, wenn sein Ba, seine Seele, den Körper verließ? Würde sein starker Ka, seine göttliche Lebenskraft, auch vom Reich des Osiris aus weiterhin alles Böse von der Erde und von den Geschöpfen, die auf ihr lebten, fernhalten können? War der Schutz des Königreiches dadurch gewährleistet, daß Pharao bei seinem dritten Regierungsjubiläumsfest, bei dem sie und Kamose sich kennengelernt hatten, die Schöpfermacht seines Ka erneuert hatte und daß zu seiner Stärkung im Totentempel am westlichen Ufer von einer zahlreichen Priesterschaft tägliche Rituale und Opfer abgehalten wurden? Genügte das, um auch nach dem Ableben des Königs die Weltordnung aufrechtzuerhalten und Isefet, das Böse, zurückzudrängen, vor allem während der gefährlichen Zeit, die vergehen würde, bis der Thronfolger von den Göttern gekrönt und selbst zum Gott geworden war?
Sie hatte plötzlich Angst, entsetzliche Angst.
Sah denn niemand die Gefahr, die da früher oder später auf die Welt zukam? Dämonen, böse Geister, Unterweltsungeheuer, die Schlange Apep und alle Feinde des Sonnengottes, die ihn schon jetzt jede Nacht in arge

Bedrängnis brachten und die er besiegen mußte, bevor es Tag werden konnte, sie alle warteten doch bloß darauf, die Welt ins Verderben zu stürzen. Vielleicht tat sich schon bald ein unendlicher Abgrund auf, und alles, die Wüste, das Gebirge, der Nil, die Städte und Dörfer, die Felder und Gärten, die Bäume, Blumen, alle Pflanzen und Tiere, die ganze Menschheit, Mehi, Kamose und sie selbst würden darin verschwinden.

Es mußte doch eine Rettung geben! Gab es nicht immer eine Rettung? Von Kamose würde sie Klarheit darüber erhalten, was bei dem sich zusammenbrauenden Unheil getan werden konnte, welche Zaubersprüche herzusagen, welche Gebete zu sprechen, welche Vorkehrungen zu treffen waren. Pharao mochte ja hoffentlich noch lange leben, aber hatte sie sich nicht schon um ihres Sohnes willen sofort darum zu kümmern, um gegen alle verhängnisvollen Ereignisse der Zukunft gewappnet zu sein?

Kamose muß in der Lage sein, mir Auskunft zu geben, dachte sie zuversichtlich, gleich gehe ich zu ihm, hole mir Rat und Antwort auf meine Fragen. Rasch zog sie ihr Kleid an, das sie bereits abgelegt hatte, aber als sie am Verschluß des Schulterkragens herumnestelte, fiel ihr ein, daß ja Henut bei ihm war. Oder hatte sie vielleicht gerade Tahebs aufreizendes Lachen gehört?

Sie dämpfte ihre Enttäuschung und ihren aufsteigenden Ärger mit der Überlegung, daß für derartige Fragen sowieso Kamose nicht zuständig war. Pa-Wah, dieser gelehrte, mit dem nötigen Wissen bestens vertraute Amun-Priester war der richtige Mann. Er würde sie zwar vermutlich zuerst wegen ihrer einfältigen Fragerei tadeln, ihr dann aber geduldig alles erklären. Und wie sehr sie den schwärmerischen Glanz in seinen Augen mochte. Jedoch Pa-Wah war irgendwo weit weg. Hoffentlich ging es ihm wenigstens gut. Nein, er konnte nicht hier sein, sie trösten und ihre Hand halten.

Und, dachte sie betrübt, er hat noch nicht mal Mehi gesehen.

Es war etwa zwei Wochen später, als Teti mitten in der Nacht aufwachte, weil Mehi weinte. Schlaftrunken holte sie ihn in ihr Bett, wickelte ihn mit sich in das Laken ein und gab ihm die Brust. Sie streichelte seine honigfarbene Haut und strich ihm zärtlich über das kurzgelockte, schwarze Haar. Was für ein schönes, kräftiges Kind er geworden ist, dachte sie froh.

Plötzlich fuhren sie und das Kind auf. Laute Schläge dröhnten an das Haustor, hastige Schritte und die Stimmen der Türhüter waren zu hören. Dann hallten Rufe durchs Haus. Erstarrt lauschte Teti, bis ihr der Sinn der Worte zu Bewußtsein kam.

»Pharao ist tot«, rief man. »Wehklagt und trauert, denn König Amun-hotpe ist in dieser Nacht zu seinem Ka gegangen.«

Sie unterdrückte einen Schreckensschrei. Mehi fing wieder an zu weinen, und sie nahm ihn sachte auf den Arm. Als sie nach unten kam, war der Bote zum nächsten Haus weitergeeilt. In der Empfangshalle liefen Dienerinnen und Diener zusammen und scharten sich verstört um Kamose. Er stand neben seinem Hausherrenstuhl, fuhr sich mit der Hand über die Augen und bemühte sich verbissen, seine Müdigkeit zu verdrängen. Mutnefer hatte bei den Göttern des Hausaltars Zuflucht gesucht, hinter ihr kauerten mit furchtgeweiteten Augen Taheb und Henut.

Teti jedoch blieben der Schock und das lähmende Entsetzen erspart. Sie fühlte nur eine tiefe Traurigkeit; ihr war, als wäre Pharao schon beim Opet-Fest von ihnen gegangen, als sie ihn das letzte Mal gesehen hatte.

Noch während der Feiertage hatte sie mit Kamose über ihre Befürchtungen gesprochen und so erfahren, daß auch er schon damals mit Pharaos baldigem Hinscheiden gerechnet hatte. Er hatte sich viel Zeit genommen, ihr zugehört und ihre Fragen beantwortet, war voller Verständnis für ihre Angst gewesen und hatte sie schließlich durch seine eigene Unerschütterlichkeit davon überzeugt, daß es Schu, dem Gott der Luft, auch in Zukunft gelingen würde, die Himmelsgöttin Nut oben und den Erdgott Geb unten zu halten. Außerdem hatte er eine Vielzahl schlüssiger Beweise dafür angeführt, daß die Welt nach Pharaos Ableben nicht unweigerlich im Schlamm der Unendlichkeit versinken würde. Die strikte Einhaltung aller religiösen Vorschriften, hatte er gemeint, würde genügen, um jegliches Unheil abzuwenden.

Also hatte sich Teti mit der schwierigen Lage, die heute nacht eingetreten war, bereits auseinandergesetzt und war deshalb trotz ihrer Trauer in der Lage, dem, was kommen würde, einigermaßen gefaßt entgegenzusehen.

Nun begann Kamose, bedachtsam und in dem Bestreben, die Nebenfrauen und die Dienerschaft zu beruhigen, zu sprechen.

»Wie einst Re hat heute Pharao Amun-hotpe die Menschen verlassen. Und der Weggang Seiner Majestät hat in der Welt eine große Verdüsterung hervorgerufen. Doch«, er hob die Hände, »schon bald wird der Kronprinz aus den Händen Amun-Res, des Herrn der Weltenthrone, Macht und Göttlichkeit empfangen. Die Schöpfung wird sich erneuern, ein neues, goldenes Zeitalter wird anbrechen, und wie sein Vater wird auch der Kommende Lebende Horus die Ma'at, die göttliche Ordnung, die Wahrheit und die Gerechtigkeit erhalten. Ihr werdet sehen! Unser Land Kemet wird weiterblühen und bis in alle Ewigkeit mächtig und stark sein.«

Allmählich löste sich die Erstarrung, und die Anwesenden fingen an, zuerst leise, dann zunehmend erregter, durcheinander zu reden. Kamose wandte sich an Teti, die mit Mehi auf dem Arm am Fuß der Treppe stand.

»Ich gehe sofort zum Palast«, sagte er. »Und ich möchte, daß du mitkommst.«

Der Palasthof füllte sich rasch; von allen Seiten strömten die Menschen herbei. Fröstelnd stand Teti im graudämmernden Morgenlicht, da kam Neferti durch das Eingangstor.
»Das Wehklagen wird mir nicht schwerfallen«, sagte Neferti. »Mein Kopf fühlt sich an wie ein Steinbruch, in dem herumgehämmert wird.« Und während sie sich den Goldstaub aus den Augenwinkeln wischte, berichtete sie seufzend und lächelnd zugleich von einem wunderbaren, ausgelassenen Fest, von dem man sie soeben weggeholt hatte.
Bevor Teti auf ihre Worte eingehen konnte, entstand ein Schieben und Drängen, die Umstehenden bewegten sich auf die große Palasthalle zu, und Neferti und Teti wurden mit hineingezogen. Auf dem Podium an der hinteren Schmalseite des Saales thronte neben dem Kronprinzen die königliche Witwe. Teje sah fahl und übermüdet aus, um ihren Mund zeigten sich scharfe Falten; sie hielt das Königinnenzepter umklammert und musterte angespannt die Menschenansammlung, die zu ihren Füßen wogte. Weiterhin schoben sich Höflinge durch das Tor; dann erschienen die Erbprinzessinnen, deren Diener kaum vermochten, die Versammelten so weit zurückzuhalten, daß ein angemessener Abstand gewahrt blieb.
Doch mit einem Mal machten die Menschen Platz. An- und abschwellender Gesang wurde vernehmlich. Schwaden von Weihrauch breiteten sich aus, und der Palast hallte wider vom dumpfen Dröhnen der Trommeln. Priester zogen durch das große Tor herein; das Licht ihrer Fackeln spiegelte sich in den Goldverzierungen der Wände und erweckte auf geheimnisvolle Art die hölzernen Masken zum Leben, die einige Gottesdiener in der Mitte des Zuges trugen. Angeführt von Anubis, dem

hundeköpfigen Todeskünder, waren die Götter gekommen, um zu Pharaos Gemächern zu gelangen und seinen Körper zum Einbalsamieren in das Gute Haus zu holen, wo die massiven goldenen Särge schon seit langem bereitstanden. Teti wußte, daß sich die Götter der Priester und der Masken bedienten, um Pharao das Geleit zu geben, aber dennoch stand sie ebenso regungslos und gebannt wie die Menschen ringsum. Der Gesang wurde, als die Priester vorbeigeschritten waren, leiser und verwehte zwischen den hohen Säulen wie der klagende Ruf des Ba-Vogels.
Einen Augenblick noch herrschte Stille, dann erhob sich gemessen und hoheitsvoll der Kronprinz. Seine schmerzlich verzogenen, vollen Lippen strafften sich, er lächelte. Im Saal wurde es leiser als leise.
»Der Falke ist zum Himmel geflogen«, sagte der Thronfolger. »Dem vollkommenen Gott ist Leben gegeben ewiglich, denn von jetzt an für alle Zeit fährt Neb-Ma'at-Re, Osiris Amun-hotpe, der Herr der Erscheinungen, mit Re in der Sonnenbarke von Horizont zu Horizont.« Er brach ab, als hätte er schon zu viel gesagt, setzte dann jedoch so beiläufig, daß man meinen konnte, es sei ihm gerade eingefallen, hinzu: »Ich werde die Sonnenfinsternis beenden und die Welt glücklich machen.«
Er nahm wieder zwischen seiner Mutter und seiner Gemahlin Platz. Prinzessin Nofretetes schönes Gesicht zeigte keine Regung, aber sie fing an, mit ihren Fingerringen und den Reifen an ihren Handgelenken zu spielen, als Eje, ihr Vater, gleichzeitig mit Wesir Ramosis das Podium betrat. Fast schien es, als ob sich die beiden Würdenträger nicht einigen könnten, wer von ihnen zuerst dem Thronfolger seine Ehrerbietung erweisen durfte. Sie maßen sich mit abschätzenden Blicken, doch zu guter letzt ließ Eje dem gebeugten Wesir den Vortritt.
Teti stand nach wie vor eingekeilt in der Menge und spürte, wie sich Neferti schwer gegen sie lehnte. Sie hielt

nach Kamose Ausschau und entdeckte ihn endlich inmitten einer Gruppe hoher Beamter, von denen ihr die meisten bekannt waren. Sie wunderte sich, daß alle so schnell hatten kommen können. Sie sah, wie der Kronprinz den mit Lanzen und Schwertern bewaffneten Offizieren, die sich hinter seinem Sessel aufgestellt hatten, erste Befehle erteilte, und dachte flüchtig an User-Re. Ihre Brüste schmerzten; bestimmt schrie Mehi nach ihr, aber eine der Frauen zuhause würde ihn stillen.
Ab und zu schnappte sie einen geflüsterten Satz auf, den jemand neben oder hinter ihr äußerte, dann wurde sie wieder von der Menge hin und her geschoben. Sie merkte, daß sich der Hofstaat zu einem langen Zug formierte, um unter Verbeugungen an der Königinwitwe und dem Kronprinzenpaar vorbeizudefilieren. Mit einem Mal war Kamose neben ihr, zog sie mit sich in Richtung Podium, und sie verneigten sich gemeinsam vor den Thronsesseln.
Teti hielt Kamoses Hand fest, damit sie ihn im Gewühl nicht wieder verlor. Sie verließen die große Halle. Noch bevor sie ins Freie traten, konnten sie das schrille Geschrei der Klagefrauen hören. Mehrere Hofdamen hatten ebenfalls begonnen, zu wehklagen und Asche über sich auszustreuen.
Blutrot und riesig, doch halb verhüllt von grauem Dunst, war Re drüben am östlichen Horizont erschienen. Mit einem Ausdruck großer Bekümmerung starrte Kamose auf die Wolkenschleier, und Teti begriff, daß ihr Mann durch Pharaos Tod nicht nur seinen verehrten Herrn und König, sondern auch einen geliebten Jugendfreund und Altersgenossen verloren hatte. Von derselben Ammenbrust hatten, nach Kamoses Worten, Pharao und er einst getrunken.
Sie drückte liebevoll seine Hand. »Der Thronfolger hat versprochen, die Welt glücklich zu machen«, versuchte sie ihn zu trösten.

»Nun, das ist auch seine erhabene Aufgabe als Sohn des Re«, erwiderte er mit blassem Lächeln. Dann ließ er ihre Hand los. »Du, meine Liebe, solltest nach Hause gehen und noch ein wenig ruhen. Ich aber muß wieder in den Audienzsaal zurück.«

Die Diener baten darum, für den Tag freizubekommen, um sich der Volksmenge anzuschließen, die klagend und Trauerlieder singend durch die Straßen der Stadt zog, und Teti fand, daß sie das erlauben mußte. Sie selbst hatte vor, daheim zu bleiben, war aber noch unentschlossen, was sie beginnen sollte. Das hing vor allem von Mehi ab, und deshalb wollte sie als erstes nach ihm sehen; man hatte ihr ausgerichtet, daß Henut ihn zu sich genommen hatte. Also ging sie in das Zimmer der Nebenfrau, fand dort ihren Sohn schlafend auf ein Polster gebettet, sah jedoch, daß Henuts Tochter ganz fiebrige Augen hatte.

»Iset ist schon mit Fieber aufgewacht, und seitdem ist es immer schlimmer geworden«, erklärte Henut leise. »Fühl' nur, wie heiß ihre Stirn und ihre Wangen sind.«

Teti erschrak. Das Kind glühte regelrecht.

»Wie können wir Sachmet, die Mächtige, besänftigen, damit sie die Krankheit wieder von meiner Tochter nimmt?«, fragte Henut angstvoll.

»Das weiß ich nicht«, mußte Teti eingestehen. »Wegen Pharaos Tod sind alle Tempel geschlossen. Bestimmt ist kein Priester bereit, ein Opfer entgegenzunehmen und eine Beschwörungszeremonie abzuhalten. Wir können ein paar Blumen und Früchte auf den Hausaltar legen, aber ich fürchte, das wird der Göttin nicht genügen.«

Die Nebenfrau schüttelte verzweifelt den Kopf.

»Blumen und Früchte opfere ich Sachmet jeden Tag«, sagte sie. »Du bist doch die Hausherrin und sonst immer so schlau. Sag mir, was ich tun soll, damit mein Kind gesund wird.«

»Laß mich überlegen, Henut. Welche Möglichkeiten bleiben uns?«
Teti erwog diesen Kräutertee und zog jene Ölpackung in Betracht, aber zugleich wurde ihr klar, daß sie damit nicht weiterkommen würde. Dann fiel ihr etwas anderes ein. Sie ergriff Henut am Arm und zog sie in eine Zimmerecke.
»Neferti hat einen schon recht betagten, dafür aber um so erfahreneren Zauberer in ihren Diensten. Ihn werde ich holen, denn ich glaube nicht, daß er in seinem Alter sich in das Gedränge auf den Straßen gewagt hat. Und du sorgst inzwischen dafür, daß Iset ein bißchen Tee trinkt. Und mach' ihr kalte Umschläge.«
Nach nicht allzu langer Zeit kam Teti mit dem alten Mann zurück. Auf dem ganzen Weg hatte er sich bitter darüber beklagt, daß er zu Fuß gehen mußte, weil Nefertis und Apys Sänftenträger ebenfalls an den Trauerbekundungen teilnahmen. Er hatte sich geweigert, auch noch seinen Zauberkasten zu tragen, so daß Teti diesen hinter ihm herschleppen mußte. Mürrisch blickte er sich im Zimmer um, nahm seinen sichelförmigen Zauberstab aus dem Kasten und zog damit einen magischen Kreis um Isets Bett. Nachdem er eine Weile Beschwörungsformeln gemurmelt hatte, hielt er mit geschlossenen Augen inne. Schließlich öffnete er die Augen und deutete auf den schlafenden Mehi.
»Wer ist die Mutter dieses Jungen?«, fragte er mit tiefer Stimme.
»Das bin, dank der Gnade der Götter, ich«, sagte Teti und sah ihn erwartungsvoll an.
»Sehr gut! Du, die du einen Sohn geboren hast, fülle etwas von deiner Milch in diesen Krug.« Er entnahm dem Holzkasten einen Krug und hielt ihn Teti hin. »Über diesem Krug ist ein Zauber gesprochen, so daß deine Milch, wenn sie darin ist, ebenso heilkräftig ist wie die Milch der Göttin Isis, die das Horuskind stillt. Und

davon muß diese kranke Tochter«, er deutete auf Iset, »trinken. Da außerordentlich böse und gefährliche Geister von ihrem Körper Besitz ergriffen haben, benötige ich zur Erhaltung ihres Lebens ein weiteres, noch sehr viel stärkeres Zaubermittel.«
»Böse Geister«, fragte Teti. »Geht es denn nicht darum, die mächtige Sachmet zu besänftigen?«
»Die Löwenköpfige hat mit dieser Krankheit nichts zu tun«, erklärte der Magier mit Bestimmtheit. »Vielmehr handelt es sich, wie ich schon sagte, um einen Geist, und zwar um den rachsüchtigen Geist eines verstorbenen Verwandten dieser Frau«, diesmal zeigte er auf Henut, »der das arme, unschuldige Kind heimgesucht hat.« Er blickte Henut, die in die Ecke gewichen war, durchdringend an und ergänzte mit einer gewissen Befriedigung: »Derartige Vorgänge sind an einem Unglückstag wie heute nicht weiter verwunderlich.«
Er begann, Amulette, kleine Figuren aus Holz, Ton und Wachs sowie Papyrusrollen mit magischen Sprüchen um das Bett herum zu verteilen; daraufhin wandte er sich zum Gehen.
»Ich werde jetzt das erforderliche Zaubermittel beschaffen. Das kann sich als so schwierig erweisen, daß ich nicht vor Mittag zurück bin. Wenn ich wiederkomme, heile ich das Kind. Meinen magischen Kasten lasse ich hier.« Er sah die Frauen drohend mit seinen schwarzumrandeten Augen an. »Wagt nicht, ihn zu berühren. Die Kräfte, die ihm innewohnen, würden euch auf der Stelle töten.«
»Gütige Hathor, sei mir gnädig«, wisperte Teti, als der Magier das Haus verlassen hatte. »Ich habe den Kasten doch schon angefaßt, als ich ihn hierher getragen habe.«
»Aber da hatte der Zauberer ja noch nicht gezaubert«, flüsterte Henut zurück.
Iset warf sich im Bett hin und her. Auf ihrem heißen Gesichtchen brannten rote Flecken, auch der Hals, die

schmale Brust und der aufgetriebene Bauch waren damit übersät.
»Der Zauber wirkt schon«, rief Henut hoffnungsfroh und reichte Teti den Krug. »Nun mach' endlich.«
Doch das fiebernde Kind wollte Tetis Milch nicht trinken. Es weinte und wehrte sich, als Henut sie ihm einflößen wollte. Auch Mehi war mittlerweile aufgewacht und stimmte in das Geschrei ein. Mit Mühe gelang es Teti, ihn zu beruhigen; doch er war im Grunde wohl noch so müde, daß er bald wieder einschlief.
»Wenn doch Mutnefer da wäre! Aber sie ist mit Taheb hinüber nach Theben gefahren«, jammerte Henut und hielt ihre zappelnde Tochter fest.
»Laß Iset los! Es hat ja keinen Sinn. Wenn sie nicht trinken will, sollten wir sie nicht zwingen.«
Isets Anblick machte Teti mehr und mehr Angst. Am Anfang hatte sich das Kind noch heftig gewehrt und laut geschrien, aber jetzt lag es leise wimmernd und schlaff vor Erschöpfung in den Armen seiner Mutter. Henut stellte den Krug zur Seite und fing an zu schluchzen.
»Alles was ich habe, würde ich hingeben, um mein Kind zu retten. Ich habe doch nur diese eine Kleine.«
Auch Teti schlug die Hände vors Gesicht; Henut sollte nicht sehen, wie schrecklich ihr zumute war. Sie konnte sie ja so gut verstehen. Wenn mit Mehi etwas Ähnliches passierte, wüßte sie nicht, was sie in ihrer Not tun würde. Kamose müßte hier sein! Aber er befand sich im Palast und hatte nach dem Tod des Königs wichtige Aufgaben im Kreis der Minister und Hofbeamten zu erfüllen. Und nicht nur Mutnefer und Taheb waren fort, sondern auch Seni und alle Diener; selbst die kleinsten Kinder hatten sie mitgenommen, damit niemand zu ihrer Betreuung zurückbleiben mußte.
Nachdem Teti eine Zeitlang niedergeschlagen und mit wachsender Sorge gegrübelt hatte, nahm sie die Hände vom Gesicht und sah die weinende Nebenfrau an.

»Bis zum Mittag, bis der Magier zurückkommt, möchte ich nicht warten«, sagte sie. »Ich glaube nicht, daß Iset so lange ohne Behandlung bleiben darf. Und da seine Maßnahmen sowieso keine Besserung gebracht haben, müssen wir einen anderen Weg suchen.«

»Was willst du denn tun?«, fragte Henut ängstlich und riß zögernd den Blick von ihrer Tochter los.

»Ich gehe nach Karnak, um Hilfe zu holen«, antwortete Teti.

»Nach Karnak? Das ist doch sinnlos! Amuns Heiligtum ist geschlossen, genau wie alle anderen Tempel. O weh! Der Sohn der Sonne hat uns verlassen. Keine Musik, keinen Tanz, keine Opfer gibt es mehr. Böse Geister sind hervorgekommen und haben sich auf meine kleine Iset gestürzt.« Henut schluchzte heftiger, und das kranke Kind wurde aus seinem fiebrigen Schlummer gerissen.

»Nein, nein, so ist das ganz und gar nicht. Kamose hat gesagt, daß wegen Pharaos Tod niemand etwas zu befürchten hat. Im Inneren der Tempel, im Guten Haus und im Palast werden alle Riten vorschriftsmäßig und gewissenhaft vollzogen, so daß die Welt im Lot bleibt. Kamose muß es doch wissen. Er ist ja so viel älter und klüger als du und ich.« Sie warf noch einen letzten Blick auf Henut und die Kinder, dann verließ sie das Haus.

Unser eigenes Boot kann ich nicht benutzen, denn ich habe keine Ruderer, dachte sie, als sie barfuß, ihre Sandalen in der Hand, zur Anlegestelle rannte. Es gelang ihr, gerade noch auf eine vollbesetzte, abfahrende Fähre zu springen, die diejenigen Leute, die vor Pharaos Totentempel in West-Theben gebetet hatten, wieder auf die andere Seite des Stromes brachte. Viel Volk hatte sich auch am östlichen Ufer versammelt; es wimmelte von weinenden, klagenden und furchterfüllt vor sich hinmurmelnden Menschen. Als Teti an Land ging, wurde sie in die Menge hineingezogen. Nur äußerst mühsam konnte sie sich den Weg zum Amun-Tempel bahnen.

Endlich an der Umfassungsmauer angekommen, wurde sie von einer Gruppe Frauen umringt, deren Haare und Gesichter mit Asche bedeckt waren.
»Re hat uns verlassen«, schrien die Frauen von Verzweiflung geschüttelt und warfen die Arme in die Luft. »Die Schlange der Finsternis wird die Sonne verschlingen!«
»Der Himmel wird auf die Erde stürzen! Und wir alle werden untergehen«, antworteten die vorbeiziehenden Menschen, denen Tränen über die ascheverschmierten Wangen liefen.
Teti machte ebenfalls eine Trauergebärde, dann kämpfte sie sich an der Mauer entlang weiter und gelangte schließlich zu einem der Seiteneinlässe. Aufmerksam beobachtete sie das schmale Tor, und als ein Tempelbediensteter heraustrat, nutzte sie die Gelegenheit, um hineinzuschlüpfen. Im Gegensatz zu früheren Besuchen fand sie den Tempelbezirk heute menschenleer. Sie schlug die Richtung zum Lebenshaus ein. Doch auch dort war niemand zu finden.
Sie hatte keine Ahnung, in welcher der Priesterunterkünfte sie suchen sollte. Da sah sie einen Priester mit gewichtigen Schritten den Hof überqueren und lief auf ihn zu.
»Ich suche den Arzt und Priester Pentu, der aus Retenu stammt«, sagte sie und ging neben dem Mann her. »Kannst du mir bitte behilflich sein?«
Der Priester blieb stehen und musterte sie lange und unwillig. »An einem Tag wie diesem hören meine Ohren sehr schlecht, meine Sehkraft ist äußerst unzulänglich und mein Herz ist ohne jede Erinnerung«, erklärte er.
»Aber der Syrer muß in Karnak sein. Er studiert im Lebenshaus. Ganz bestimmt weißt du, wen ich meine.«
»Ich kenne keinen Pentu. Und wenn ich einen kennen würde, weiß ich nicht, ob es mir gelänge, ihn zu finden.«
Teti zog einen ihrer Ringe ab und hielt ihn dem Priester hin.

Er steckte ihn sich an den kleinen Finger. »Gold ist ein sehr geeignetes Mittel, um Augen, Ohren und Herzen zu öffnen und der Erinnerung nachzuhelfen. Ich sehe nach, ob er in seinem Quartier ist.«
Während Teti wartete und unruhig vor dem Gebäude auf und ab ging, preßte sie die Handflächen aneinander. »Hilf uns, o Amun! Hilf uns, großer Götterkönig«, flehte sie leise.
Als Pentu kam, mußte sie zweimal hinsehen. Der Syrer hatte sich sehr verändert. Ohne Bart und kahlgeschoren wirkte er älter und gesetzter, aber sein strahlendes Lächeln war dasselbe geblieben.
»Gesundheit und Leben«, sagte sie. »Hoffentlich erinnerst du dich an mich.«
Er lächelte liebenswürdig. »Wahrhaftig, solange Pa-Wah noch hier war, verging kein Tag, an dem er nicht von dir sprach.«
»Wirklich?«, fragte sie. »Und wo ist Pa-Wah jetzt? Er soll sich ja irgendwo im Süden aufhalten, aber er hat kein einziges Lebenszeichen von sich gegeben. Eine schöne Freundschaft ist mir das.«
»Leider weiß ich nicht viel mehr als du. Und das sagte ich auch zu der schönen Neferti, als ich ihr heute nacht begegnete. Das Fest mußte wegen Pharaos Tod abgebrochen werden.« Sein Lächeln war traurig geworden. Dann fragte er hoffnungsvoll: »Kommst du in Nefertis Auftrag?«
»Nein«, antwortete Teti. »Ich komme wegen Iset. Du mußt sie retten. Sie ist sehr, sehr krank. Sie hat hohes Fieber und am ganzen Körper rote Flecken. Sie wird sterben, wenn du ihr nicht sofort hilfst. Wir haben keine Zeit zu verlieren. Also bitte komm, beeile dich!« Die Angst und Aufregung, die sie hergetrieben hatten, hatten wieder von ihr Besitz ergriffen, und sie versuchte, Pentu mit sich zu ziehen. Um ihren Worten noch mehr Nachdruck zu verleihen, versprach sie: »Du wirst für

deine Dienste reich belohnt werden.« Doch es gelang ihr nicht, Pentu auch nur einen Schritt vorwärts zu bewegen.
»Fürwahr«, sagte er bedächtig. »Wer du bist, weiß ich. Wer aber ist Iset?«
Heilige Göttin! Was wußte der Mann überhaupt! Der sollte Arzt sein? »Na, Iset ist doch die Tochter von Henut, meiner dritten Nebenfrau.« Sie zupfte weiter an seinem fransenbesetzten Leinenumhang.
Verwundert schüttelte der Syrer den Kopf. »Bei Amun! Ihr Brotesser seid wahrlich ein seltsames Volk.«
»Wieso denn? Oh nein! Natürlich wollte ich sagen, Iset ist die Tochter von Henut, der dritten Versorgten Kamoses, meines Ehemannes. Aber jetzt komm' endlich. Bitte ganz schnell!«
»Immer mit der Ruhe«, meinte Pentu. »Das ist der erste Fall, den ich ohne den mir vorgesetzten Ärztepriester behandeln muß. Ich brauche meine Instrumente und muß mit Sorgfalt die Medikamente auswählen, die ich unter Umständen benötigen werde.«
Als er mit seinen Utensilien zurückkam, wartete Teti gar nicht, bis er heran war, sondern lief schon los und vor ihm her. Auf der überfüllten Fähre kauerten sie nebeneinander auf den Planken und hielten Pentus Medizinkasten fest, damit er nicht ins Wasser gestoßen wurde.
»Erzähl' mal alles, was du von Pa-Wah weißt«, bat Teti den Syrer. »Ich mache mir solche Sorgen um ihn.«
»Auch ich habe keine Nachricht von ihm, seit er nach Sunu versetzt wurde.«
»Nach Sunu? Was macht Pa-Wah denn in Sunu?«
»Als er von Memphis zurückkam, schickte Si-Mut ihn nach Sunu, damit er sich dort auf seine Prüfung vorbereite.«
»Ja und? Hat er sie inzwischen bestanden?«
Pentu zuckte heftig mit den Schultern. »Ich glaube nicht. Bis jetzt ist er nicht nach Karnak zurückgekommen.«

»Hast du Si-Mut mal wegen Pa-Wah gefragt?«
Pentu nickte. »Fürwahr, das habe ich gewagt! Der Zweite Prophet Amuns erteilte mir daraufhin die Auskunft, daß Pa-Wah ein Priesteramt im Amun-Tempel von Sunu ausübt. Ob mit oder ohne Prüfung, weiß ich nicht. Si-Mut war wahrhaftig das, was man kurzangebunden nennt, und ich hatte den Eindruck, daß mir ein ähnliches Schicksal blühen könnte wie meinem Freund, wenn ich weiter nachbohren würde.«
»Pa-Wah hätte ja mal schreiben können.«
Pentu warf ihr einen kurzen Blick zu. »Ich bin überzeugt, daß er das getan hat, denn mein Freund ist wahrlich das, was man einen leidenschaftlichen Briefeschreiber nennt. Und Botschaften werden im allgemeinen mit den Schiffen der Tempelkuriere schnell von Ort zu Ort befördert. Irgend jemand muß ein Interesse daran haben, daß seine Briefe nicht ankommen.«
Bei seinen Worten sank Teti das Herz. »Wer weiß, Pentu, ob wir unseren Freund jemals wiedersehen.«
»Wahrlich, sein und unser aller Schicksal liegt in der Hand der Götter.«
Hilflos nickte sie und berichtete ihm von den Vorkehrungen, die der Magier getroffen hatte.
»Milch?«, fragte Pentu indigniert. »Er wollte Fieber mit Sohnesmuttermilch kurieren?«
»Hm, den Magier zu holen, war eben das erste, was mir einfiel«, rechtfertigte Teti sich. »Erst als ich merkte, daß seine Bemühungen erfolglos blieben, kam ich auf die Idee, dich zu holen. Ach, es ist schon gleich Mittag. Hoffentlich kommen wir nicht zu spät. Ich habe so schreckliche Ahnungen.«
Er hob den Blick zum Himmel und wiederholte: »Das Schicksal aller Menschen liegt in der Hand der Götter. Doch wir Ärzte tun, was wir können.«
»Du wirst Iset doch nicht etwa aufschneiden oder ihr sonstwie wehtun?«, frage sie besorgt.

Er zuckte die Achseln und fing an, über andere Dinge zu reden.
Tränenüberströmt saß Henut da, Iset lag schwach atmend in ihren Armen. Der Zauberer war bereits eingetroffen. Er hatte sich auf den Boden geworfen und stieß mit schriller Stimme unverständliche Worte hervor. Als Teti und Pentu den Raum betraten, stand er auf.
»Warum stört ihr die Heilungszeremonie?«, fragte er böse. Er deutete auf zwei blutige, kleine Körper, die in einer Schale lagen. »Mäusefleisch ist ein unfehlbares Heilmittel für schwächliche Kinder«, gab er griesgrämig bekannt. »Mehr als zwei waren nicht zu bekommen, aber das reicht für ein so kleines Kind.«
Teti starrte auf die enthäuteten Mäuse und wandte sich schnell ab.
»Man möge das Heilmittel rasch zubereiten«, befahl der Zauberer, stieß Teti an und drückte ihr die Schale mit den Mäusen in die Hand. Ratlos blickte sie zu Pentu. Dieser nahm ihr die Schale wieder ab und stellte sie auf den Tisch zurück.
»Ich bin Pentu aus dem fernen Land Retenu, in Amuns Lebenshaus ausgebildeter Priester und Arzt, und ich wurde in diesem Fall hinzugezogen«, sagte er ruhig. »Und fürwahr, jetzt möchte ich das kranke Kind gründlich untersuchen.«
Er legte Iset auf das Bett und tastete ihren schmächtigen Körper ab. Ab und zu stöhnte das Mädchen auf. »Wie alt ist deine Tochter?«, wandte er sich ernst an die Nebenfrau.
»Zwei Jahre.« Aufschluchzend warf sich Henut in Tetis Arme.
»Sie ist sehr zart für ihr Alter«, stellte Pentu fest. »Hat sie denn oft Fieber?«
»Ja, schon! Aber bisher ist es immer schnell wieder vergangen«, erwiderte Teti an Henuts Statt.
»Bring' mir heißes und kaltes Wasser und saubere

Tücher«, ordnete Pentu an und verkündete dann mit fester Stimme: »Das Kind leidet an einer Krankheit, die ich behandeln kann.«
Er breitete ein Klistier vor und entnahm seinem Kasten einige Fläschchen, aus denen er ein paar Tropfen in einen Becher fallen ließ.
Beleidigt sah der Magier zu, schließlich sammelte er seine Amulette, Figuren, Zaubersprüche und die erbärmlichen, kleinen Mäuseleichen ein. Teti begleitete ihn zur Tür. Seine Miene hellte sich auf, als sie ihm einen Silberreif überreichte und sich höflich für seine Dienste bedankte.
Dann hetzte sie zur Küche. Der Herd ist kalt, und es wird ewig dauern, bis ich das Wasser zum Kochen gebracht habe, dachte sie und öffnete voller Ungeduld die Tür. Sie stieß einen Ruf freudiger Überraschung aus, als sie Mutnefer sah. Auch ein Feuer war schon entfacht.
»Bin ich froh, daß ihr wieder da seid.«
»Es war so ermüdend in der Stadt«, Mutnefer rührte in einem Kessel, aus dem ein belebender Duft von Gemüse und Gewürzen aufstieg. »Die Kinder bekamen Hunger, und da du allen Dienern erlaubt hast, das Haus zu verlassen, muß ich nun selbst etwas kochen.«
»Hm«, machte Teti. »Kann ich zwischendurch schnell Wasser heißmachen? Ich brauche es für Iset. Der Arzt ist bei ihr.« Sie berichtete von Isets Erkrankung.
»Was für ein verhängnisvoller Tag«, sagte Mutnefer. »Es wäre entsetzlich für Henut, wenn nun auch dieses Kind stürbe.«
Teti hantierte schweigend, bis sie die Sachen zusammen hatte, die Pentu angefordert hatte. Sie brachte Wasserkannen und Tücher in Henuts Zimmer und holte Mehi, der aufgewacht war und furchtsam um sich blickte. Sie trug ihn zu Taheb und den anderen Kindern in den Garten, und bat sie, auf ihren Sohn aufzupassen. Dann kehrte sie in Henuts Zimmer zurück.

Ein ekelerregender Geruch schlug ihr entgegen. »Der Körper des Kindes war vergiftet«, klärte Pentu sie auf. »Ich mußte Medizin und Zauber anwenden, um das Gift herauszuholen. Jetzt braucht die Kleine viel Schlaf. Ab und zu müßt ihr sie wecken und ihr Tee geben. Sie wird bald in der Lage sein, auch Suppe und Brei zu sich zu nehmen und dann schnell zu Kräften kommen.«
Unter Tränen lächelnd wiegte Henut ihre Tochter in den Armen, und Teti stellte beruhigt fest, daß das Kind wieder von einem lebendigen Schimmer umgeben war.
»Sieh her, Versorgte des Hofbeamten Kamose«, hörte sie Pentu zu Henut sagen. »Außer deine Tochter mit täglichen Gebeten zum Schutz der zauberreichen Göttin Isis, deren Namen sie ja trägt, anzuempfehlen, mußt du ihr das Medikament eingeben, das ich für sie mische. Und ich werde dir sagen, was du darüber hinaus zu beachten hast, um die Gesundheit deines Kindes ganz herzustellen und zu erhalten.«
Na, das kann dauern, dachte Teti und ging nach unten in die Halle. Hoffentlich verliert er nicht die Geduld, bevor Henut alles begriffen hat. Mit einem Seufzer ließ sie sich auf Kamoses prächtigen Hausherrenstuhl fallen. Hier zu sitzen habe ich mir heute wahrhaftig verdient, sagte sie sich. Ich habe mein Bestes getan, um die Angelegenheiten dieses Hauses in Ordnung zu bringen. Hungrig griff sie nach den Feigen in einer Schale. Gerade, als sie in eine Frucht beißen wollte, kam Neferti herein.
»Ist Pentu da?«, stieß sie hervor.
»Ja, er ist noch oben«, gab Teti Auskunft. »Aber woher weißt du...?«
»Wie konntest du die Frechheit besitzen, ihn hierher zu locken«, schrie Neferti mit flammendem Blick.
Teti sprang von Kamoses Sessel auf. »So was! Neferti!«, rief sie fassungslos. »Von Herlocken kann keine Rede sein. Wir haben einen Krankheitsfall im Haus. Iset lag im Sterben. Und Pentu mußte sie retten.«

»So?«, meinte Neferti feindselig. »Mein Magier erzählte mir etwas ganz anderes. Du hast ihn weggeschickt, ohne daß die Kranke sein hochwirksames Zaubermittel eingenommen hatte. Weil du einen Vorwand brauchtest, um Pentu zu holen.«
»Quatsch! Dein Zauberer hätte Iset niemals heilen können. Deswegen mußte ich Pentu um Hilfe bitten.«
»Natürlich hätte der Magier das Kind gesund gezaubert. Und das wußtest du auch! Denn warum hättest du ihn sonst mit zwei Deben Silber entlohnt? Einem Wert, der weit über die übliche Bezahlung hinausgeht.«
»Ich wollte ihn nicht verärgern«, Teti verschränkte die Arme.
»Sein Schweigen wolltest du dir erkaufen«, kreischte Neferti.
»Oh, bei Seth, dem Gott der Hinterlist! Das habe ich von meiner Gutmütigkeit«, schrie Teti, in der jetzt auch die Wut hochkochte. Sie ergriff eines der weniger kostbaren Exemplare von Kamoses Amtsstäben. »Damit werde ich dich aus dem Haus prügeln, wenn du nicht sofort Ruhe gibst! Wie kannst du diesen Unsinn glauben? Wäre es nicht viel einfacher für mich gewesen, gleich Pentu zu holen? Ohne daß du und dein Quacksalber davon erfahren hättet.«
»Wenn man die Sache so betrachtet, hast du anscheinend recht«, Neferti setzte ein versöhnliches Lächeln auf. »Dann werde ich Pentu bitten, mir ein Pulver gegen Kopfschmerzen zu geben.«
»Ich weiß nicht, ob es auf dieser Welt ein Mittel gibt gegen die Art von Kopfschmerzen, an der du leidest«, entgegnete Teti patzig. Blitzschnell packte sie Neferti am Kleid, als diese an ihr vorbei wollte. »Halt, dageblieben! Du wartest, bis die Behandlung beendet ist. Und was soll überhaupt das ganze Gezeter? Ist Pentu vielleicht dein Eigentum?«
»Nein, natürlich nicht. Aber ich hatte Angst, daß du dich

an ihn heranmachen willst«, flüsterte Neferti und bekannte verlegen: »Seit ich ihn wiedertraf, vergehe ich vor Sehnsucht nach ihm. Feuersglut verzehrt mich. Oh, Teti, wenn du wüßtest, was für ein Fieber mich verbrennt.«

Na, bei ihr hätte Pentu ein ganz anderes Fieber zu lindern als jenes, von dem er Iset geheilt hatte, dachte Teti seltsam berührt. Sie machte einen Schritt zurück und musterte Neferti verwundert.

Niemals, nein, niemals im Leben, schwor sie sich in diesem Augenblick, würde sie so der Liebe verfallen. Wenn vor Leidenschaft selbst eine stolze, überlegene Frau wie Neferti die Gewalt über sich verlor, so daß sie unvernünftig und unbeherrscht wurde, ja sich regelrecht verrückt aufführte, war dieser Zustand wirklich nicht erstrebenswert. Richtig peinlich konnte es einem sein. Aber es war auch komisch. Sie sah Neferti weiterhin aufmerksam an, und unwillkürlich drängte sich ihr die Vorstellung auf, daß die vornehme Hofdame gleich losbrüllen könnte wie eine stierige Wildkuh. Ja, nach all dem, was Teti soeben durchgestanden hatte, reizte die Situation doch sehr zum Lachen.

Und mit einem Mal fühlte sie ein unwiderstehliches Kribbeln in der Kehle, sie fing an zu glucksen und platzte schließlich heraus: »Neferti, wie albern du bist. Gütige Göttin! Weißt du, was Pentu mir auf dem Weg hierher erzählt hat? Er hat gesagt, daß sein Vater kein Fürst oder Prinz ist. Nicht einmal Beamter oder Befehlshaber ist er.« Teti mußte nach Luft schnappen. »Oh wie unfein, Edle Neferti! Du bist verrückt nach dem Sohn eines Ziegenhirten.« Sie bog sich vor Lachen.

Begleitet von zwei Palastdienern, die Kästen mit Schriftrollen hinter ihm hertrugen, betrat Kamose das Haus. Sein Schritt stockte, kopfschüttelnd blieb er stehen, als würde er weder seinen Augen noch seinen Ohren trauen.

»Die ganze Welt steht still und trauert«, sagte er mit tiefstem Vorwurf in der Stimme. »Aber die Herrin des Hauses ist voll Übermut und macht sich einen vergnügten Tag.«
Teti war das Lachen recht plötzlich vergangen, nicht nur wegen Kamose, das würde sich schon wieder einrenken lassen, sondern hauptsächlich wegen der beiden Diener, die sich vielsagend ansahen und sicher nichts Eiligeres zu tun hatten, als sie im Palast anzuschwärzen. Doch bevor sie etwas entgegnen konnte, erschien Pentu auf dem oberen Treppenabsatz.
»Die Kleine schläft, und ihr Genesungsschlaf sollte nicht gestört werden.«
Gebieterisch deutete Kamose mit seinem vergoldeten Würdestab nach oben und knurrte: »Wer ist dieser Fremde, der aus dem Zimmer meiner dritten Nebenfrau kommt?«
»Das ist Pentu, Liebster«, erklärte Teti. »Du mußt ihn reichlich belohnen. Er hat deine Tochter Iset vor dem Tod bewahrt. Er ist nämlich Priester und Arzt in Amuns Lebenshaus.« Behutsam entwand sie Kamose den Amtsstab, schielte zu Neferti hinüber und meinte: »Und er ist ein guter Freund von Neferti.«
Auch Henut kam die Treppe herunter. Auf ihren Wangen schimmerten Freudentränen. »Alles, was Teti gesagt hat, ist wahr, Herr des Hauses. Diesen kundigen Zauberarzt hat uns der Götterkönig geschickt. Pentu hat den rachsüchtigen Geist vertrieben, der aus seinem Grab gekommen war, um Iset umzubringen. Er hat meine Tochter erlöst. Bitte komme und überzeuge dich von ihrer Heilung.«
Kamose entließ die beiden Palastdiener. Er folgte Henut nach oben und ging mit unbewegter Miene an Pentu vorbei. Der junge Arzt hatte seinen Medizinkasten bereits mit heruntergebracht und verabschiedete sich von Teti. Doch dann blieb er schweigend und unschlüssig stehen.

Auch Neferti stand da. Sie sah immer noch aus wie vom Blitz getroffen. Die beiden hatten nur Augen für einander. Teti fiel nichts ein, was sie hätte sagen sollen. Nach einer Weile gingen Pentu und Neferti miteinander weg, ohne vorher ein einziges Wort gewechselt zu haben.

»Den Göttern sei Dank! Es stand tatsächlich schlimm um die Kleine«, sagte Kamose, als er zu Teti zurückkehrte. »Nun ist sie auf dem Weg der Besserung. Und für Henut bist du so etwas wie die Heldin des Tages. Es mag für dich heute die einzige Möglichkeit gewesen sein, diesen Pentu zu holen, und ich werde ihm aushändigen lassen, was ihm an Geld und Silber zusteht. Aber in Zukunft will ich ihn nie mehr in meinem Hause sehen.« Er ließ sich auf seinem Sessel nieder und fing an, mit den Fingern auf die Tischplatte zu trommeln. »Und nun möchte ich etwas essen. Außerdem verspüre ich Durst. Weshalb kommt niemand, um mich zu bedienen?«

»Es kann ja niemand kommen, weil ich allen erlaubt habe, an den Trauerumzügen teilzunehmen. Aber ich hole dir gern etwas Wein, Liebster.« Sie nahm einen Becher vom Tisch und eilte davon.

»Und du hast der Dienerschaft nicht ausdrücklich gesagt, wann sie wieder hier zu sein hat?«, rief seine Stimme sie zurück. »Nein? Na, wunderbar.« Verärgert lehnte er sich im Sessel zurück. »Hast du eine Vorstellung davon, was die Diener für den Rest des Tages unternehmen werden, meine überaus umsichtige Hausherrin? Wiederum nein? Nun, dann will ich es dir sagen. Nachdem sich alle heiser geschrien und gesungen haben, ertränken sie ihren Kummer über Pharaos Tod mit Bier, das verbotenerweise doch in irgendwelchen Hinterzimmern ausgeschenkt wird. Und wenn sie nach ungewisser Zeit wieder hier eintreffen, sind alle so stockbetrunken, daß sie zu nichts mehr fähig sind. Geschweige denn dazu, mir eine schmackhafte Mahlzeit zuzubereiten.«

Teti spielte mit dem Becher in ihrer Hand. Kamoses

Tadel und sein vorwurfsvoller Blick waren mehr, als sie jetzt noch ertragen konnte. Zwar bemühte sie sich aufrichtig, jegliche Entgegnung hinunterzuschlucken, aber die Worte drängten ebenso unaufhaltsam nach oben wie vorhin das Lachen. Nein, sie konnte sie nicht mehr zurückhalten, ohne daran zu ersticken.
»Bei allen entfesselten Dämonen der Unterwelt«, rief sie und knallte den Becher vor Kamose auf den Tisch. »Meinst du nicht, daß es an manchen Tagen Wichtigeres gibt als deinen Bauch? Auch Henut und ich haben noch keinen Bissen gegessen. Und dazu die ganze Angst und die Aufregung. Mehr als Wasser werde ich dir nicht bringen. Wein ist während der Staatstrauer sowieso nicht erlaubt, genau wie reichliches Essen. Wenigstens ein paar Tage sollte man sich daran halten. Und dann kannst du Mutnefer zu deiner Heldin des Tages erklären. Sie hat nämlich inzwischen gekocht, und bei ihr kannst du dir deine Suppe holen.«

Siebzig Tage dauerte die Trauerzeit für den verstorbenen Pharao. Priesterinnen und Priester übernahmen die Rollen schützender Gottheiten, während der königliche Leichnam zuerst in Natron, dann in kostbare Öle und Harze gelegt und später mit Leinenbinden umwickelt sowie mit magischen Schmuckstücken und Amuletten versehen wurde. Als die Einbalsamierungsriten vollzogen und die letzten Arbeiten am Königsgrab, das man schon vor langer Zeit in den Fels gehauen hatte, beendet waren, legte man den für die Ewigkeit vorbereiteten Körper des Herrschers in den ersten Sarg, der noch von weiteren Särgen umschlossen wurde.
Wie eine riesige Schlange wand sich die Trauerprozession vom Totentempel am westlichen Nilufer hinauf in das einsame Tal unterhalb der Felsengipfel. Der von Ochsen gezogene Schlitten, auf dem in einer blumengeschmückten Barke der Sarg ruhte, wurde von den bei-

den Wesiren, von Kamose und weiteren Jugendfreunden des Königs begleitet; alle trugen zum Zeichen der Trauer weiße Bänder um den Kopf. Hinter dem Sarg schritten die Mitglieder der königlichen Familie, Priester, Hofstaat und zahlreiche ausländische Trauergäste.
Auch der Zug der Lastschlitten mit den Grabbeigaben nahm kein Ende. Alle die verzierten Möbel, die mit Schmuck und kostbaren Gewändern gefüllten Truhen, Waffen, Gefäße, Statuen und Hunderte von Dienerfiguren, Krüge mit erlesenen Weinen und wertvollsten Salbölen, Speisen in den hölzernen Behältern und kunstvolle Blumengebinde waren vonnöten, um Pharao im jenseitigen Leben die gleiche Bequemlichkeit und Freude zu sichern, wie er sie im diesseitigen Dasein genossen hatte. Die Angehörigen waren darauf bedacht, dem teuren Verstorbenen ebenso prachtvolle wie nützliche Geschenke mitzugeben.
Mit der gebotenen Würde leitete der Thronfolger die Bestattungsriten und nahm die Zeremonie der Mundöffnung vor, damit Osiris Amun-hotpe für sein ewigdauerndes Leben an der Seite der Götter in einen Zustand versetzt wurde, der es ihm erlaubte, zu atmen, zu sprechen und Nahrung zu sich zu nehmen. Unter Darbietung feierlicher Gesänge und ritueller Tänze wurden die Särge und Ausstattung in die Kammer gesenkt. Dann ließen sich die hohen Trauergäste neben dem Eingang zum Grab nieder, um ein Festmahl zu Ehren des göttlichen Toten abzuhalten.
Neferti, Teti und die anderen Hofdamen, die der Verwalterin der königlichen Kleiderkammer unterstellt waren, standen in kleinen Gruppen beisammen, drehten die in der Kühle des Morgens gepflückten und nun in der Mittagshitze welkenden Blumenkränzchen in den Händen und warteten darauf, daß auch sie an die Reihe kämen, zum Grab zu gehen und ihre Blumen neben dem Eingang niederzulegen.

»Gestern habe ich Pentu unserer künftigen Königin vorgestellt«, sagte Neferti, als die Feierlichkeiten beendet waren und sich der Trauerzug auf den Rückweg machte. Alle strebten vorwärts, um möglichst schnell der glühenden Öde zwischen den gelben, sich auftürmenden Felsen zu entkommen. Neferti setzte auf dem steinigen Weg vorsichtig einen sandalenbekleideten Fuß vor den anderen und fuhr fort. »Lange genug mußte ich auf eine günstige Gelegenheit warten. Aber gestern war sie endlich gekommen, als die beiden Prinzessinnen, Merit-Aton und Maket-Aton, Magenschmerzen bekamen, weil sie unbemerkt viel zu viele Süßigkeiten in sich hineingestopft hatten. Also bat ich Pentu zu kommen. Mit seiner gewissenhaften und vertrauenserweckenden Art machte er großen Eindruck auf die Prinzessin. Er sprach wirkungsvolle Gebete, bereitete eine abscheulich riechende Medizin zu und gab strenge Anweisungen. Kurzum«, sie wandte Teti ihr vor Glück und Stolz strahlendes Gesicht zu, »Nofretete hat ihn zum Assistenten des königlichen Leibarztes ernannt. Er hat vor allem die kleinen Prinzessinnen und den Prinzen Semenchkare zu betreuen.«
»Bei Hathor, da hast du eine Menge für Pentu erreicht! Aber geh' bloß nicht zu weit mit deinen Gunstbeweisen. Wenn man dich und Pentu zusammen erwischt, seid ihr dran.«
»Was unterstellst du mir da eigentlich?« Entrüstet streckte Neferti beide Hände mit gespreizten Fingern von sich. »Auch wenn ich manchmal mit Pentu allein bin, bedeutet das noch lange nicht, daß wir etwas zu verbergen hätten. Jederzeit könnte Apy oder sonstwer dazukommen, ohne einen Grund zur Beanstandung zu haben. Wir haben ein reines Gewissen. Denkst du, ich bin so dumm, etwas Unüberlegtes zu tun?«
»Na, damals, als Pentu wegen Iset bei uns war und du daherstürmtest wie die wilde Sachmet bei der Vernich-

tung des Menschengeschlechts, da kamst du mir schon reichlich aufgewühlt vor.«
»Das war nur eine erste Aufwallung der Gefühle. Außerdem hatte ich Kopfschmerzen«, entgegnete Neferti verstimmt.
»Du brauchst nicht gleich sauer zu werden. Und du brauchst dich vor mir auch nicht zu rechtfertigen. Ich finde, es war sehr edel, was du für Pentu getan hast, auch wenn es von mancher Seite bestimmt Neid geben wird. Daß er für die königlichen Kinder zuständig ist, macht ihn mit einem Schlag zu einem wichtigen Mann. Prinzessin Nofretete muß wirklich sehr von ihm angetan sein.«
Neferti lächelte zufrieden und versank in Nachdenken, während sie ihren Weg fortsetzte. Teti aber blieb stehen und schaute in das Niltal hinunter. Das silbern schimmernde Wasser des Stromes war in sein Bett zurückgekehrt, nachdem es die Felder mit dunkler, fruchtbarer Erde bedeckt hatte. Straßen und Wege waren wieder begehbar, die Wohngebäude, Tempelhäuser, Mauern, Obelisken und Pylone der sich an beiden Ufern erstrekkenden Stadt leuchteten weiß, ocker, golden und bunt im Sonnenlicht, die Palmenhaine der Gärten und Tempelanlagen wirkten dazwischen wie grüne Tupfer.
Wie schön lag das Schwarze Land da, wenn Re darüber hinwegschwebte. Mußte Osiris Amun-hotpe nicht glücklich sein, wenn er aus der Barke des Sonnengottes auf sein geliebtes Theben herabblickte? Ob er von dort oben seinen Trauerzug sah? Und ob sie mal zu ihm hinaufwinken sollte? Teti starrte in die Sonne, bis ihre Augen schmerzten, dann raffte sie ihr im Wind flatterndes Kleid und lief Neferti nach.
»Eigentlich finde ich es ja schade um Pentus schönen, schwarzen Bart«, sagte sie, nachdem sie eine Weile hinter einer Gruppe von Priestern hergegangen waren.
Neferti warf ihr einen wachsamen Blick zu. »Was geht denn dich Pentus Bart an?«

»Oh, nichts! Überhaupt nichts. Es war nur eine ganz belanglose Bemerkung.«
»Ich empfinde es, vermutlich im Gegensatz zu dir, als ein Zeichen höchster Kultiviertheit, wenn ein Mann regelmäßig sein Haupt- und Barthaar und alle seine Körperhaare abrasiert und zweimal in der Nacht und zweimal am Tag badet«, erklärte Neferti kühl und erhobenen Hauptes. »Der Dienst an der Gottheit erfordert das. Und es schützt auf alle Fälle vor Läusen und Flöhen.«
»Neferti, Neferti! Also kommst du Pentu doch so nah, daß du Angst haben müßtest, dir Ungeziefer einzufangen, wenn er welches hätte.« Teti konnte ein Kichern nicht unterdrücken. »Aber er ist ja so schmuck und gepflegt. Und auch die Ziegen seines Vaters hat er weit weg in Retenu gelassen.«
»Verdammt!« In Nefertis mandelförmigen Augen braute sich ein Gewitter zusammen. »Halt' den Mund und hör' auf mit deinen vorlauten Reden.«
»Jaja, Edle Neferti«, sagte Teti. »Gleich bin ich still wie eine Maus. Aber vorher muß ich dich noch etwas fragen. Sag' mal, ist wahr, was ich gehört habe? Daß Prinzessin Raja den Prinzen Paneb heiraten wird? Weil er angeblich der Vater ihres Sohnes Semenchkare ist? Wieso haben die beiden so lange ein Geheimnis daraus gemacht, wenn doch alles so einfach und klar ist?«
»Dank sei der Göttin der westlichen Bergspitze! Wir haben das Fruchtland erreicht, ohne daß uns eine Schlange gebissen oder ein Skorpion gestochen hätte!« Neferti drehte sich um und blickte noch einmal zu den Felsengipfeln hinauf, die hoch hinter ihnen aufragten. »Was du sagst, stimmt teilweise«, erklärte sie beim Weitergehen. »Die Eheschließung ist tatsächlich geplant. Was aber die Vaterschaft des Prinzen betrifft, so habe ich meine Zweifel. Nach meiner Einschätzung geht es Paneb um nichts anderes als um den höheren Rang, den er erhält, wenn er Semenchkare als seinen Sohn anerkennt

und die Königstochter Raja ehelicht. Genau das traue ich ihm zu, diesem hochmütigen Intriganten.«
»Na so was. Und ich dachte, es wäre Liebe ...«
»Weil du eben ein naives Gänschen bist«, erwiderte Neferti herablassend, nahm eine Blume, die an ihrem Kleid hängengeblieben war, und fing an, die zarten Blütenblätter, eines nach dem anderen, herauszuzupfen.

Während die Propheten Amuns noch die Sterne befragten und in den alten Schriften forschten, um den günstigsten Tag für die Krönung des neuen Pharao zu bestimmen, bereiste der Thronfolger sein Land. Er besuchte die Götter in ihren Tempeln und nahm an heiligen Zeremonien teil. Zum Schluß wurde er in Memphis vom Erdgott Geb als Herrscher über Ober- und Unterägypten eingesetzt, worauf er wieder die königliche Barke bestieg, um nach Theben zurückzukehren.
Kamose hatte in dieser Zeit alle Hände voll zu tun. Aus den Nachbarstaaten kamen Botschaften, in denen die dort regierenden Herrscher ihr Interesse an einem Fortbestand der guten Beziehungen zum ägyptischen Königshaus zum Ausdruck brachten, und aus den Provinzen trafen Schreiben ein, mit welchen die Absender ihre Treue und Ergebenheit bekräftigten. Königin Teje ließ sich jeden einzelnen Brief vorlesen und teilte Kamose anschließend mit, wie sie die Antwort abgefaßt haben wollte. Er war froh, daß ihm sein tüchtiger Schreiber Tutu, der die babylonische Sprache fließend beherrschte, tatkräftig zur Seite stand.
»Aber es ist erforderlich, daß User-Re bald nach Theben kommt«, sagte er zu Teti, als sie eines abends miteinander im Garten saßen. »Er sollte nicht nur am Königshof präsent sein, sondern ich muß ihn auch darauf vorbereiten, später einmal mein Amt zu übernehmen, was wegen seiner mangelhaften Sprachkenntnisse eine langwierige Sache werden wird.«

»Gemeinsam mit Tutu könnte er dich dann doch mal vertreten. Und wir zwei könnten eine Reise machen«, schlug sie vor.
»Welche Pläne du hast«, meinte er mit nachsichtigem Lächeln.
»Ja! Ich stelle mir das so vor: Zuerst reisen wir von einem Landgut zum anderen und veranstalten herrliche Feste. Dann segeln wir nach Süden bis nach Sunu, wo... wo der herrliche Wein wächst, und dann noch weiter bis ins Land Kusch, wo alles von Gold glänzt. Und kaum sind wir von dort zurück, machen wir eine Wallfahrt nach Abydos, aber danach kehren wir nicht heim nach Theben, sondern fahren weiter nach Memphis und sehen uns die Pyramiden und den riesigen Horus im Horizont an. Schließlich durchqueren wir auf einem großen Byblosfahrer die Papyrussümpfe des Deltas und erreichen die Küste des großen grünen Meeres, um von dort aus nach Norden zu segeln. Und bald darauf kannst du mir Retenu und Mitanni und Babylonien zeigen! Doch sehr lange werden wir uns dort nicht aufhalten. Denn erstens ist es mir zu gefährlich, dich in der Gesellschaft der dortigen Damen zu lassen, und zweitens möchte ich noch nach Punt. Wir kehren also auf dem Landweg zurück und besteigen nach kurzem wieder das Schiff. Das Land Punt ist ziemlich weit weg, nicht wahr? Aber ich denke, die Zeit wird reichen, um hin und zurück zu kommen, bevor Mehi mit dem Unterricht in der Tempelschule beginnt.« Jetzt erst hielt sie inne, um Atem zu schöpfen.
Kamose lächelte milde. »Kindchen«, sagte er, »wer hat dir nur solche Flausen in den Kopf gesetzt? Für so lange Zeit werde ich auf gar keinen Fall von meinen Verpflichtungen freigestellt. Und in Kusch glänzt nicht alles von Gold. Mühsam muß es von Sklaven und Strafgefangenen aus den Bergwerken geholt werden. Außerdem gibt es viele feindliche Völker im Süden, die jede Gelegenheit

zum Aufstand nutzen. Auch in Retenu ist es gefährlich. Man kann in irgendwelche Grenzstreitigkeiten hineingeraten oder von Wüstenbewohnern überfallen werden. Und nach Babylon, nein, nach Babylon möchte ich nun wirklich nicht mehr! Aber alle diese Bedrohungen und Beschwerlichkeiten wären ein Kinderspiel im Vergleich zu den Strapazen einer Reise ins Land Punt. Dort hinein sind nur wenige gekommen, und noch viel weniger sind lebend zurückgekehrt.«

»Ja, aber…« Sie ließ die Arme sinken. »Na ja«, sagte sie, »eigentlich habe auch ich gar keine Zeit für so ausgedehnte Reisen. Denn ich muß meine Aufgaben als Hofdame und als Priesterin wahrnehmen, und um den Haushalt muß ich mich auch noch kümmern.«

»Nun«, erwiderte er, »wir können durchaus ab und an einige Wochen in einem unserer Landhäuser verbringen. Besonders im Sommer, wenn es in Theben so unerträglich heiß ist.«

»Ja, das könnte angenehm sein. Ich denke schon, daß mir das gefallen würde. Obwohl ich so gern einmal mit eigenen Augen die Wunderdinge sehen möchte, von denen die Gesandten und königlichen Kuriere ständig berichten!«

»Glaub' mir, mein Herz, es ist bedeutend ergötzlicher, wirkungsvoll ausgeschmückte Erzählungen von fernen Ländern anzuhören, als an Ort und Stelle die wahren Verhältnisse kennenzulernen.«

Kamose sah sie mit so viel geduldiger Überlegenheit an, daß sie sich sehr unwissend, ja geradezu hoffnungslos töricht vorkam. Als sich Mehi, der zu ihren Füßen auf einer Decke geschlafen hatte, rührte, nahm sie ihn hoch und ging, um zu verhindern, daß er lauter zu quengeln anfing, mit ihm auf dem Arm ein Lied summend hin und her.

»Um noch einmal auf User-Re zurückzukommen«, fuhr Kamose fort, »ich hatte gehofft, daß er bereits mit dem königlichen Gefolge in Theben eintreffen würde. Er war einer der Soldaten, die zur persönlichen Leibwache eingeteilt waren, als der Thronfolger in Memphis und im Delta weilte. Heute hat der Kronprinz mich rufen lassen und mir gnädig mitgeteilt, daß er mit meinem Sohn sehr zufrieden war. Doch offensichtlich hat sich User-Re beim Befehlshaber der Streitwagentruppe bis jetzt noch nicht um seine Entlassung bemüht. Deshalb habe ich dem königlichen Kurier eine unmißverständliche Botschaft für ihn mitgegeben, und ich möchte doch annehmen, daß er sich daraufhin endlich besinnen und meiner Aufforderung Folge leisten wird. Ach, wenn User-Re doch nicht derart unzuverlässig wäre.«

»Vielleicht beurteilst du ihn zu streng, Liebster. Wer weiß, ob es nicht irgendeine Frauengeschichte ist, die ihn in Memphis festhält. Die Stadt selbst kommt mir vor wie eine schöne Frau, die diejenigen, die sie lieben, nicht freigibt.«

»Du weltfremde, kleine Träumerin! Stets erfindest du eine Ausrede für ihn. So etwas würde ich niemals als Entschuldigung gelten lassen. Als Soldat und zukünftiger Palastbeamter kann und darf er sich nicht irgendwelchen Schwärmereien hingeben. Indem er so tut, als gingen ihn die Veränderungen in Ägypten nichts an, macht er nicht nur bei mir, sondern auch bei Hofe den Eindruck, ungehorsam, pflichtvergessen und ohne jeden Ehrgeiz zu sein.«

»Aber Prinz Amun-hotpe hat ihn doch gelobt.«

»Ja, als guten Leibwächter. Was bedeutet das schon! Seine Tätigkeit als Soldat ist nunmehr abgeschlossen. Ab sofort hat er sich um seine Laufbahn als Beamter zu kümmern.«

Mehi war immer munterer geworden, und Teti hatte in der Hoffnung, ihn wieder zum Schlafen zu bringen, auch das Singen aufgegeben. Als Kamose seinem Sohn die Arme entgegenstreckte, strebte Mehi von ihr fort, saß

dann zufrieden auf dem Schoß seines Vaters und spielte mit dessen Ketten. Kamose betrachtete ihn liebevoll.
»In dem Maße, in dem User-Re mir Sorgen bereitet, machst du mir Freude, mein jüngster Sohn«, sagte er zärtlich und hob Mehi empor, um ihn zu küssen. »Aber vielleicht ist es das, was die Weisen unter göttlichem Ausgleich verstehen.«

Kapitel 10

Der neue Pharao

Die Stadt quoll über von Tausenden von Menschen. Seit dem Morgen wälzte sich ein unübersehbarer Menschenstrom nach Karnak, schon seit Stunden brandete der Lärm freudiger Erregung gegen die Mauern des großen Amun-Tempels. Alle wollten dem neuen Pharao zuzujubeln, der heute gekrönt werden sollte. Nach Wochen der Trauer und des Wartens war endlich der Tag gekommen, an dem die Ordnung im Himmel und auf der Erde dadurch wiederhergestellt wurde, daß Ägypten einen Herrscher erhielt. Die Gefahren aus der Unterwelt waren gebannt, und ein neues Goldenes Zeitalter würde seinen Anfang nehmen.

Die Elitetruppen des Heeres flankierten den Eingang zum Heiligtum. Ab und zu schallten Kommandos durch die Luft, von denen manche den Soldaten galten, manche den dunkelhäutigen Mazoipolizisten. Letztere liefen zwischen den steinernen Königsstatuen und den Sphingen, die die Prachtstraße säumten, hin und her, fuchtelten mit ihren Stöcken und schüchterten durch ihr aufbrausendes Benehmen die ausländischen Gesandten ein, die vor dem Tor warteten.

Hofstaat, Tänzerinnen und Musiker waren bereits im vorderen Hof des Tempels versammelt, und die Freude der Anwesenden steigerte sich zu enthusiastischem Jubel, als die Sänfte des Thronfolgers, begleitet von den singenden Haremsdamen Amuns, durch das weit geöffnete Tor hereingetragen wurde. Der Haushofmeister

hatte dem Gefolge den Ablauf der Zeremonien gründlichst eingeschärft, und Teti wußte genau, wo sie zu stehen hatte – natürlich ganz hinten, wo sie fast nichts sehen würde! Aber, wenn sich später alle niederwarfen, würde sie vielleicht den einen oder anderen Blick wagen können, und, tröstete sie sich, schon allein das Dabeisein war eine Gunst.
Sie stellte sich so bequem hin wie möglich und schaute sich im Säulenhof um. Auf den Opfertischen waren Rinderschenkel, gerupftes Geflügel, verschieden geformte Brote und Kuchen aufgetürmt, dazwischen standen Gefäße mit Bier, Wein, Salböl, Weihrauch und leuchtend bunte Blumensträuße. Der duftende Qualm, der niedrigen bronzenen Becken entströmte, verteilte sich zwischen den mit Palmwedeln und Blütenzweigen festlich geschmückten Säulen und ließ die Versammelten die Nähe der Götter und die Heiligkeit des Geschehens spüren.
Jetzt hieß es, geduldig zu warten, bis der Hohepriester aus dem Tempelinneren kommen und als Zeichen dafür, daß die Krönung vollzogen war, die Tauben freilassen würde. Ach, drinnen durfte Kamose gemeinsam mit einer kleinen Schar Auserwählter der Götter ansichtig werden, die vom Himmel herabgestiegen waren. Thot und Horus selbst waren gekommen, um den Thronfolger mit dem Wasser des Lebens zu reinigen, ihn mit heiligem Öl zu salben und ins Allerheiligste zu führen, wo Amun ihn weihen, und Re ihm die Kronen aufsetzen würde.
Hoffentlich würden diese weihevollen Handlungen auch bei Kamose bewirken, daß er wieder froh wurde und nicht mehr so sorgenvoll dreinblickte wie am Morgen. Da war er ihr, als er sich von Baki mit duftendem Salböl hatte einreiben, ankleiden und seine Goldketten anlegen lassen, ziemlich geistesabwesend vorgekommen. Ja, fast bedrückt hatte er gewirkt, aber im allgemeinen Auf-

bruchstrubel hatte sie keine Gelegenheit gehabt, ihn nach der Ursache seiner Besorgnis zu fragen. Auch für Kamose war es die erste Krönungsfeier, an der er teilnahm, denn beim Machtantritt des verstorbenen Königs war er ja, für Teti vollkommen unvorstellbar, noch ein Kind gewesen. Und heute durfte er miterleben, wie aus dem Kronprinzen ein Gott wurde. Hatte Kamoses Kummer vielleicht damit zu tun, daß sein Sohn nicht in Theben eingetroffen war? Doch die Krönungsfeierlichkeiten sollten den ganzen Monat andauern, und vielleicht würde User-Re ja noch kommen.
Nach Stunden des Ausharrens wurde der Hofstaat zusehends unruhiger. Drängende Blicke richteten sich auf das Tor, das zur großen Säulenhalle führte. Die Beamten rückten ihre Schulterkragen zurecht und begannen herumzuwandern, die Hofdamen prüften den Sitz ihrer Perücken und der Blütenkränze darauf und streuten da und dort noch ein paar Blumen auf den Boden. Leise klirrten die Fußreife, wenn sich eine der Tänzerinnen bewegte, ein Mädchen rasselte versehentlich mit seinem Sistrum, und aus einer Flöte kam ein kurzer, schriller Ton. Rastlos drehten die Priester, die die Aufsicht führten, ihre Runden und vergewisserten sich, daß alles seine Ordnung hatte. Sogar die Tauben in den Käfigen trippelten schon ungeduldig hin und her.
Doch als endlich das Tor geöffnet wurde, und Oberpriester Mai heraustrat, zeigte sein hageres Gesicht keine Freude, sondern eher einen Ausdruck der Erschütterung.
»Amun hat den Thronfolger geweiht und ihm Göttlichkeit verliehen«, rief er bemüht, sich nicht von seiner Fassungslosigkeit übermannen zu lassen. »Das Land Kemet hat wieder einen Gottherrscher! Einen Horus auf dem Thron der Lebenden. Mögen dem König ebenso zahlreiche Regierungsjahre beschieden sein wie Re.« Seine Stimme wurde zittrig vor immer noch ungläubiger Be-

stürzung, als er den Versammelten die Neuerung mitteilte, die der soeben gekrönte König angeordnet hatte: »Seine Majestät, Amun-hotpe, Pharao und vollkommener Gott, geruhte zu beschließen, daß der gesamte Hofstaat sowie Hilfspriester, Tänzerinnen und Musikanten an der Verlesung seiner Großen Namen teilnehmen dürfen.«
Ein Raunen der Verwunderung ging durch die Reihen der Wartenden, denn bisher hatten ja nur königliche Familienmitglieder, oberste Würdenträger und ausgesuchte Vertreter des Volkes anwesend sein dürfen, wenn die fünf Königsnamen verkündet wurden.
Der erste Prophet Amuns wankte und mußte sich auf den goldenen Stab in seiner rechten Hand stützen, doch mit ein paar schnellen Schritten trat Si-Mut neben ihn und rief: »Der Gott kommt! Der Gute Gott kommt!«
Ebenso wie die anderen warf sich Teti zu Boden, als der junge König erschien. Er hatte die rote Krone Unterägyptens und die weiße Krone Oberägyptens auf dem Haupt, den goldenen Königsbart am Kinn und hielt sich sehr aufrecht. Seine Hände, die die Reichsinsignien umfaßten, hatte er über der Brust gekreuzt. Am juwelengeschmückten Gürtel des königlichen Schurzes war der Stierschwanz befestigt und schleifte über die blumengestreuten Fliesen, als der vierte Pharao, der den Namen Amun-hotpe trug, majestätisch zu seinem eilig aus der Säulenhalle herausgetragenen Thronsessel schritt und darauf Platz nahm.
Oberpriester Mai hatte offensichtlich den Schreck überwunden. Er holte energisch Luft und verkündete den ersten Thronnamen.
»Amun-hotpe, Starker Stier, mit der hohen Doppelfeder...«
Teti spähte an den vor ihr Knieenden vorbei zum Thron des Pharao. Was für ein Strahlen, was für ein Glanz, dachte sie und atmete den süßen Rauch ein, der die Luft

erfüllte und sich mit Düften mischte, die nur überirdischen Quellen entströmen konnten. Im Allerheiligsten ist Amun-Re dem Kronprinzen erschienen, hat ihm göttliche Macht verliehen und ihn als Herrscher über die Welt gesetzt.
Mai war es gelungen, seiner Stimme noch mehr Festigkeit zu verleihen. »... Mit großem Königtum in Karnak ...«
Teti schloß für einen Moment die Augen.
Der Gott, der dort mit Krummstab und Geißel in den Händen thronte, wurde von den beiden Kronengöttinnen beschützt. Alles Gute und Lebendige würde er sichern und erhalten.
Die Worte kamen jetzt volltönend von Amuns Erstem Propheten. »... Der die Kronen erhebt in Theben ...«
Wie strahlend und anbetungswürdig der Lebende Horus, das Abbild der Sonne aussah. Er würde dafür sorgen, daß die Großen Götter das Land mit Wohltaten segneten; er würde das Land mit reichlichen Ernten beschenken und niemanden verhungern lassen. Andächtig senkte Teti die Stirn wieder auf den Steinboden.
Laut hallte die Stimme des Hohepriesters über den Tempelhof: »... Vollkommen sind die Erscheinungsformen des Re, Einzigartiger des Re ...«
Teti wurde überflutet von einem Gefühl seliger Geborgenheit und zuverlässigen Glückes. In der Macht des Königs von Ober- und Unterägypten stand es, die Ma'at zu bewahren. Und alles, alles würde gut werden.
Mit Genugtuung und Freude sprach der Amun-Prophet Pharaos Geburtsnamen aus: »Sohn des Re... Amunhotpe – Amun ist zufrieden..«
Das ist der weihevollste Tag in meinem Leben, wurde Teti voller Dankbarkeit klar. Langsam hob sie den Kopf.
»... Gottherrscher von Theben ...«, fügte Mai unerwarteterweise hinzu, und alle, die wie Teti im Begriff gewesen waren aufzustehen, duckten sich rasch wieder. Wohl

als Zeichen ihrer besonderen Gnade hatten die Götter Pharao einen zusätzlichen Namen verliehen. Was für eine wundervolle Zeit kam auf die Welt zu.
Ein Priester reichte Pharao einen Bogen und vier Pfeile, und einen Augenblick lang befürchtete Teti, daß der König wirklich schießen würde, doch er legte nur symbolisch in alle vier Himmelsrichtungen an. Ein anderer Priester ließ die Tauben frei, die sogleich flatternd in den Himmel stiegen. Der König setzte sich auf den bereitstehenden Tragsessel, acht verdiente Heerführer hoben ihn hoch und trugen ihn über den Hof in Richtung Pylon.
In die Tempeltänzerinnen kam wirbelndes Leben, als mit einem Mal die Musiker aus Leibeskräften zu spielen anfingen. Die Sänften mit Nofretete, die jetzt Große Königliche Gemahlin war, und Königinmutter Teje wurden hinter der des Pharaos hergetragen. Prinzen, Prinzessinnen und Würdenträger, die vor der Säulenhalle gewartet hatten, strömten ebenfalls zum Tor, das Gefolge schloß sich an, und ein wenig ungeordnet, aber sehr frohgestimmt verließ die Prozession das Tempelgelände.
Draußen tobten die Massen. Etwas Derartiges hatte Teti noch nie erlebt. Die Jubelgesänge der Priester und das beschwingte Spiel der Musiker gingen in den Begeisterungsstürmen völlig unter. Natürlich warfen sich alle auf die Warnrufe des Herolds hin nieder, doch weiter hinten brachen die Leute trotz der ordnenden Soldaten und Polizisten in den königlichen Zug ein.
»Mein Herz ist in Freude! Mein Herz ist in sehr, sehr großer Freude!«, plärrte ein dürrer, alter Mann Teti ins Ohr, bevor er weitertanzte.
Sie hatte die königlichen Sänften längst aus den Augen verloren und konnte sich nur an einem hünenhaften Mazoipolizisten weiter vorne orientieren, der unbeirrt die Prozession begleitete. Die Menschen ringsherum schoben und drückten; Teti verlor ihre Lotosblüte und das Körbchen, aus dem sie Blumen gestreut hatte.

»He, he, Leute, drängt nicht so«, rief ein anderer, aus dem Getümmel auftauchender Mazoi. »Das ist doch der königliche Zug.«
Teti bemerkte, daß noch einige versprengte Hofdamen hinter ihr herkamen und wartete. Unter dem Schutz des nubischen Polizisten erreichten sie endlich die Anlegestelle, doch alle Palastbarken waren bereits abgefahren. Ratlos blieben die Frauen stehen.
»Würde euch schon rüberrudern«, hörte Teti plötzlich eine Stimme hinter sich. Als sie sich umdrehte, blickte sie in Hapus verschwitztes Gesicht.
»Nanu? Bist du von der Sänftenvermietung auf Fährdienste umgestiegen?«, fragte sie verblüfft.
»Bin nicht umgestiegen! Biete beides an! Hab' mein Geschäft erweitert.« Hapu musterte sie eindringlicher, als sie es für angemessen hielt.
»Gut! Irgendwie müssen wir ja über den Fluß kommen. Wir haben nämlich an einem Bankett teilzunehmen, das im Palast stattfindet. Na, wir werden doch hoffentlich alle da hineinpassen.« Entschlossen dirigierte sie den Schwarm Hofdamen in das Boot und stieg selbst ein.
Hapu löste die Leine und sprang an Bord.
»Kamose, mein Ehemann, wird dich für die Fahrt entschädigen«, sagte sie mit abgewandtem Blick zu ihm.
»Kein Quentchen Kupfer, kein einziges Weizenkorn würd' ich von deinem Hofschranzen nehmen. Kann's mir schon leisten, ein paar feine Damen umsonst zu rudern«, sagte er, stieß mit einem barschen »Mach Platz! Ich rudere selbst«, seinen jüngsten Ruderer von der Bank und begann, im Takt mit den anderen Männern das Ruder in den Strom zu tauchen. Während der ganzen Fahrt schenkte er Teti keinerlei Aufmerksamkeit mehr; erst als sie beim Aussteigen seine breite, schwielige Hand ergriff, sah er sie wieder an.
»Danke für die Überfahrt«, meinte sie und fügte, weil sie das Bedürfnis hatte, irgendetwas Freundliches zu

sagen, hinzu: »Du hast eine nette Frau und hübsche Kinder.«

»Hätte lieber dir Kinder gemacht«, erwiderte er derb, aber doch wenigstens so leise, daß es außer ihr niemand hörte.

Sie schluckte und streifte ihn mit einem letzten, kurzen Blick, dann hastete sie den anderen Hofdamen hinterher.

Pharao hatte die beiden Kronen abgelegt. Er trug das königliche Kopftuch und saß, das Haupt in die Hand gestützt, auf seinem Thron aus Elektron und Gold. Versunken blickte er über das Treiben im Bankettsaal hinweg.

Was mag hinter seiner göttlichen Stirn vorgehen?, fragte sich Teti. Ganz bestimmt sind es einzigartige, heilige Gedanken, die kein Mensch je erfassen kann. Am allerwenigsten ich! Die Begegnung mit Hapu hatte ihr ihre Herkunft deutlich vor Augen geführt. Und doch bin ich jetzt die Hofdame einer Königin, dachte sie. Das ist etwas, das ich mir niemals hätte träumen lassen!

Konnte es eine schönere und vollkommenere Große Königliche Gemahlin geben als Nofretete, die mit leisem Lächeln neben ihrem göttlichen Gemahl thronte? Ihr Haar wurde von einer hohen blauen, mit einem edelsteinbesetzten Band umwundenen Krone verdeckt. Teti fand, daß die Königin ein bißchen streng damit aussah, aber bei einer so anmutsvollen Frau war wohl ein gewisses Maß an Strenge notwendig, um die neue Königswürde zu unterstreichen – eine Würde, die Königinmutter Teje seit Jahrzehnten an den Tag legte. Teje trug nach wie vor die Geierhaube mit den beiden langen goldenen Federn und war in ein Gespräch mit Berater Eje, Königin Nofretetes Vater, vertieft. Ausländische Gesandte, Hofdamen, Beamte, Diener und Sklaven umschwirrten das Königspaar und die königliche Mutter wie ... ja wie?

Na, im Augenblick fiel Teti kein passender Vergleich ein. Die offizielle Eröffnung des Banketts war schon vorüber, als sie den großen Festsaal erreicht hatte. Sie war vorher zu Hause gewesen, hatte sich erfrischt, und Mehi gestillt. Dann hatte sie ihm noch ein Lied vorgesungen und war zum Palast geeilt, wo jetzt offensichtlich alle darauf warteten, daß das Essen aufgetragen wurde. Die Gäste begannen, sich auf Stühlen, Sesseln und Polstern Plätze zu suchen.

»Bist du endlich auch da, meine Liebe«, sagte Kamose, als er beim Durchqueren der Halle an Teti vorbeiging. Der Syrer Tutu, seine rechte Hand, begleitete ihn. »Ich sitze dort drüben bei den Diplomaten aus Mitanni, Babylon und Chatti.«

Er lächelte Teti zerstreut zu und ging mit seinem Assistenten zur anderen Seite des Saales hinüber, wo sich vollbärtige Männer in langen Brokatgewändern, farbenprächtigen Mänteln und mit seltsamen Kopfbedeckungen in die Polster lehnten. Kamose mußte sich um die Gesandten kümmern, die seit dem Begräbnis von Pharao Osiris Amun-hotpe am Hofe weilten und auch an den Krönungsfeierlichkeiten des neuen Gottherrschers teilnahmen. Und verständlicherweise hatte er Teti deshalb nicht aufgefordert, sich dazu zu setzen, weil die Ausländer reine Männerrunden bevorzugten; in ihren Heimatländern hatte die Frau nicht eine so hohe Stellung wie in Ägypten.

Neben Parennefer und seiner Frau war noch ein kleiner, blumengeschmückter Tisch frei, aber in deren Nähe zu speisen, würde ihr vielleicht den Appetit verderben. Als sie gleich darauf Panehesis freundliches, rundes Gesicht erblickte, steuerte sie auf ihn zu. Auf der freien Fläche in der Mitte des Saales bewegten sich Tänzerinnen zu einer Musik, die durch das an- und abschwellende Stimmengewirr nur bruchstückhaft zu hören war.

»Na, meine Dame«, sagte Panehesi und half ihr, ein

Tischchen näher an seines zu rücken, »wie geht es uns heute in all dem Trubel?«
»Ach, Panehesi«, seufzte sie, »ich bin noch nicht einmal dazu gekommen, der Königin meine Aufwartung zu machen. Es könnte ja sein, daß sie meine Dienste braucht, obwohl ich heute nicht eingeteilt bin. Auf dem Weg durch die Stadt habe ich mich ziemlich verspätet. Ganz Theben brodelt und blubbert wie ein Kessel mit kochendem Weizenbrei. Und auch hier«, sie machte eine Geste, die den ganzen vollbesetzten, von Lärm erfüllten Saal umfaßte »geht es drunter und drüber. Niemand konnte mir sagen, wo ich sitzen soll. Ich finde, diese Krönungsfeier fängt an, uns über den Kopf zu wachsen.«
»Tja«, meinte er, »aber da hilft kein Klagen.« Er stellte eine bereits leergegessene Schale zur Seite. »Aber wegen der Königin brauchst du dir keine Sorgen zu machen. Sie wird von genügend Hofdamen umschwärmt, die sich bei ihr einschmeicheln wollen. Majestät dies? Majestät jenes? Na, du weißt schon.« Er tauchte seine fettigen Finger in eine Wasserschale, die ihm von einem Diener hingehalten wurde, und trocknete die Hände an einem Tuch ab.
»Pharao hat die Zeremonien im Tempel ganz schön durcheinander gebracht«, meinte sie, nachdem auch ihr Wein eingeschenkt worden war. »Aber ich bin sehr glücklich, daß ich bei der Verkündigung der Thronnamen dabeisein durfte. Und alle anderen, mit denen ich gesprochen habe, sind es auch. Amuns Propheten hat es aber, glaube ich, nicht so recht gefallen.«
Panehesi trank, nickte bedächtig und setzte seinen Weinbecher ab. »Pharao ist göttlich. Er ist der Herr der Ma'at, und sein Wille ist Gesetz. Er kann, nachdem Amun ihn geweiht hat, die Krönung nach Belieben umgestalten. Außerdem bestreitet er den größten Teil der Feierlichkeiten. Du hast ja keine Ahnung, meine Dame, wieviel Gold das alles verschlingt!« Seine gepolsterten Wangen

bebten vor Bekümmerung. »Tagtäglich bricht der Verwalter des Schatzhauses in Tränen aus, weil er mitansehen muß, wie schnell die königlichen Schätze dahinschmelzen, und die Vorsteher von Kornspeichern, Rinderhaltungen, Brauerei und Weinvorräten raufen sich die Haare über das rasende Schwinden der von ihnen verwalteten Güter.«
»Auch Kamose hat geächzt und gestöhnt, als er die Aufzählung der Lebensmittel las, die er für die königliche Feier beisteuern soll.«
»Und dabei sind die Beamten gut weggekommen! Seine Majestät wollte sie nicht gleich zu Beginn seiner Herrschaft allzusehr belasten und dadurch ungünstig stimmen.«
»Kamose meint trotzdem, es sei viel zu viel. Aber er stellt sich jedes Mal so an, wenn er etwas herausrücken muß! Halt«, erhob sie Einspruch, als sie sah, daß Panehesi vor ihr Gemüse in eine Schale häufte und noch ein großes Stück weißen Käse dazulegte. »Nicht so viel.«
»Es ist genau die Menge, die du in der Zeit schaffst, die ich brauche, um dir etwas zu erläutern«, sagte er. »Und es wird sehr angenehm für mich sein, wenn du, während ich spreche, ißt, anstatt mir ständig dazwischenzuplappern.«
Sie schaute ihn gekränkt an, aber dann stieg ihr das anregende Aroma von Koriander, Dill und Kreuzkümmel in die Nase. Sie griff nach einem Stück Brot und tunkte es in die Soße. Auch Panehesi hatte wieder eine gefüllte Schale vor sich stehen, und während er mit flinken Fingern mundgerechte Bissen formte und sich ab und zu ein Stück von dem mit Honig bestrichenen Antilopenbraten abschnitt, redete er auf Teti ein.
»Wenn ich im Palast so fürstlich speise, meine Dame, pflege ich mich daran zu erinnern, wie oft ich als Kind vor dem Eingang des Amun-Tempels hockte und um Essen bettelte. Die Priester dort sind keine allzu freigie-

bigen Spender. Sogar die Essensreste von den Tischen der Wohlhabenden fallen reichlicher aus als das, was man in Karnak an die Armen abgibt. Aber«, er fuhr sich mit der Zunge über die fettglänzenden Lippen und trank von seinem Wein, »für mich ist das längst vorbei und es tut auch nichts zur Sache.«
Teti hätte gern etwas dazu gesagt und fand es auch nicht richtig, daß er beim Essen redete, während sie das nicht durfte, doch sie hielt sich zurück.
»Übrigens«, sprach er weiter, »solltest du deinem Gatten nichts von unserer Unterredung erzählen. Es ist besser, wenn er nicht erfährt, daß seine Frau über gewisse Zusammenhänge mehr weiß als andere Hofdamen. Kamose ist doch ein Freund Si-Muts?«
Teti biß vom Brot ab, kaute und nickte.
»Zudem steht er mit der gesamten Amun-Priesterschaft auf gutem Fuße und ist Nutznießer zahlreicher Ämter in Karnak«, fuhr er fort. »Das alles bringt ihm viele Vorteile, denn die Diener Amuns sind mächtige und einflußreiche Verbündete. Im ganzen Land haben sie Verbindungen, die es ihnen ermöglichen, ihre Augen und Ohren überall zu haben. Und deshalb, meine Dame, habe ich mich hierher in eine Ecke des Saales zurückgezogen, wo man uns nicht so leicht belauschen kann. Es sei denn«, unvermittelt beugte sie sich hinunter »einer von Si-Muts Leuten sitzt unter deinem oder meinem Tisch.«
Teti hätte sich fast verschluckt, weil sie lachen mußte. Panehesi packte das verfängliche Thema auch weiterhin ganz unbekümmert an. »Daß die Diener Amuns allen anderen Tempelgemeinschaften übergeordnet sind und diese kontrollieren, wo sie nur können, ist dir als Hathor-Priesterin bekannt. Nicht allein im thebanischen Gau geht von Tag zu Tag mehr Besitz an Amuns Heiligtümer über. Oberpriester Mai und die anderen Propheten verfügen über«, er nahm seine kurzen, dicken Finger zum

Aufzählen, »Ländereien, Sklaven, Viehherden, Goldminen, ganze Schiffsladungen voll mit Zedernholz, Kupfer, Öl, Wein, Weihrauch und vieles mehr. In ihren Diensten stehen Landarbeiter, Schreiber, Beamte, Handwerker, Künstler. Außerdem haben sie Anteile an vielen in- und ausländischen Geschäften. Sie verteilen die Ämter in den Tempelverwaltungen ausschließlich an Leute, die bereit sind, mit ihnen zusammenzuarbeiten. Für Genehmigungen und Vollmachten lassen sie sich Geschenke geben. Und das nicht zu knapp!«

Sie fühlte sich zunehmend unwohler in ihrer Haut. Zwar waren das, was Panehesi sagte, allbekannte Tatsache, aber mußte er diese so ans Licht zerren? War es nicht besser, gar nicht oder zumindest nicht so unverblümt davon zu sprechen? Doch es kam noch schlimmer.

Auch vor Erpressung schrecken Amuns Priester nicht zurück, wenn sie sich dadurch in den wenigen Bereichen, die noch ihrem Einfluß entzogen sind, die Verantwortlichen gefügig machen können. Und hierbei, meine Dame, liegt die Betonung auf ›noch‹. Denn ihr Streben geht nach grenzenloser Macht. Ihnen allein ist es zuzuschreiben, daß Pharaos Krönung über Wochen und Monate hinausgezögert wurde. Ja, sie wollten sogar verhindern, daß der Thronfolger zur Herrschaft gelangt. Dieses elende Pack aus Propheten und Zauberern, Web-Priestern, Gottesvätern, Heilern und Stundenpriestern läßt sich von Amun zu immer frevelhafteren Verbrechen anstiften.«

Teti hatte aufgehört zu essen. Sie konnte Panehesi bloß noch anstarren. Gleich, dachte sie und saß da wie gelähmt, wird der Götterkönig vom Himmel herniederfahren und diesen Palastbeamten wegen seiner gotteslästerlichen Anschuldigungen in Grund und Boden donnern.

»Wie gesagt, liebe Dame, die Priester Amuns sind zu reich und zu mächtig und damit für das Land unerträglich geworden«, meinte Panehesi munter. Er ließ sich das

Essen schmecken und lebte immer noch. »Und dabei war Si-Mut einmal ein brauchbarer Mann! Als Neffe des Wesirs wurde er von Pharao Osiris Amun-hotpe selbst zum Propheten ernannt. Aber irgendwann ist ihm seine eigene Macht und die Amuns zu Kopfe gestiegen. Man hat mit ihm zu rechnen, aber er ist unberechenbar geworden.«

»Ach, auch ich könnte dir Sachen über Si-Mut erzählen«, sagte Teti und spürte, wie ihr auf einmal ganz heiß wurde. »Sachen, die in einem Haus hinter dem Tempel der Goldenen vorgefallen sind und noch vorfallen.«

Panehesi beugte sich zu ihr herüber. »Ich bin ganz Ohr! Erweise Pharao und deiner Königin diesen Dienst. Berichte über Si-Mut. Du wirst es nicht bereuen, liebe kleine Hofdame.«

Teti zuckte zurück und schwieg. Hier war jemand, der sich ihre Geschichte anhören wollte und der möglicherweise auch in der Lage war, etwas gegen das Verwerfliche, das geschah, zu unternehmen. Üble Erinnerungen stiegen in ihr hoch an verschwiegene, stickige Zimmer, angefüllt mit schalem Weingeruch und den Ausdünstungen und dem Gekeuche von Männern, die sie auf den Tod nicht ausstehen konnte. Sprich! drängte es in ihr. Erleichtere dein Herz und vielleicht das Schicksal anderer!

Sie ballte ihre Hände zu Fäusten. »Nein«, sagte sie verzweifelt. »Ich kann dir nichts berichten. Mein Priesterinneneid bindet mich.«

Panehesi tat ihre Weigerung mit einer leichten Handbewegung ab und meinte: »Wie ich merken kann, fühlst also auch du, meine Dame, dich nicht zu Si-Mut und den Oberen der Amun-Priesterschaft hingezogen. Doch unserer Königin bist du treu ergeben? Habe ich recht?«

Er sah sie so ernst und durchdringend an, daß sie rasch nickte. Er griff nach seinem Weinbecher und trank, den Blick unentwegt auf sie gerichtet.

»Und damit haben wir schon das Dilemma«, setzte er, nachdem er ausgetrunken hatte, das Gespräch in wieder heiterem Ton fort. »Denn auf der einen Seite haben wir Pharao und die Große Königliche Gemahlin und auf der anderen die Priester in Karnak. Wie du siehst, gibt es in unserem Land eine richtige und eine falsche Seite. Da sind wir uns doch einig, oder?«
Teti schüttelte heftig den Kopf. »Jetzt hör' aber mal her! Kamose ist zwar mit Si-Mut befreundet und mit dem Amun-Tempel verbunden, doch er steht völlig loyal zum Königshaus. Das möchte ich schon klarstellen.«
»Ja, meine Dame, unter der Herrschaft von Pharao Osiris Amun-hotpe ließen sich beide Seiten auch noch recht gut miteinander vereinbaren. Sowohl Tempel als auch Palast, um es vereinfacht auszudrücken. Aber es sind andere Zeiten angebrochen. Jetzt wird jeder Stellung beziehen müssen, und zwar ganz eindeutig. Jetzt heißt es Tempel oder Palast!«
Ihr war schwindlig geworden. »Es reicht mir. Wieso regst du mich so auf?«, fragte sie und drehte sich von ihm weg. »Und dabei wollte ich bloß in Ruhe mein Brot essen.«
»Aber, beste Dame, du hast dich doch längst entschieden. Du und ich und eine kleine Schar treuer, hingebungsvoller Beamter, Priester und Soldaten – wir, ja wir sind es, die in die aufgehende Sonne schauen.« Er lächelte über ihre verständnislose Miene. »Du hast Pharao und die Königliche Gemahlin sehr geneigt gestimmt, indem du damals zuverlässig deinen Auftrag ausführtest. Und jetzt wird gewünscht, daß du die restlichen Rezepte abschreibst. Wie du weißt, fehlen aus dem Hathor-Tempel noch die heiligsten und wertvollsten Anleitungen.« Er senkte seine Stimme zu einem geheimnisvollen Flüstern: »Nämlich die Zauberbücher, in welchen die Gifttränke, Drogen, Flüche und die ganz starken Beschwörungen verzeichnet sind.«
Teti verspürte nicht nur ein Frösteln, sondern auch

Empörung. »Wie stellst du dir das vor?«, fragte sie. »Ich habe einen kleinen Sohn zu Hause, um den ich mich kümmern muß. Und wenn es mit diesen Dingen bis jetzt nicht geeilt hat, wird es ja nochmal zwei Jahre Zeit haben.«
»Nein, meine Dame, das hat es nicht. Aber zusammen mit deiner Freundin Kafi wirst du es schon schaffen.«
»Kafi? Ach, hätte ich bloß Kafi niemals in diese Sache reingezogen.« Sie brach einen Brotfladen in kleine Stücke und sah zu, wie sich die Brocken mit der fetten Soße vollsogen.
»Aber deine Freundin sieht das sehr vernünftig. Sie weiß das Wohlwollen des Königspaares zu schätzen. Ich habe sie heute herbestellt. Und da kommt sie auch schon.«
Teti starrte Kafi entgegen, die sich elegant zwischen den Tischen hindurch auf sie zubewegte, und sprang auf.
»Kafi«, rief sie und musterte das Gebilde aus Perlenschnüren, das wie ein Netz Kafis samtbraune Haut bedeckte. »Dein Kleid ist ja atemberaubend.«
»Ich weiß«, erwiderte Kafi mit allerliebstem Lächeln. »Gerade ist ein Krieger mit seinem Schild gegen eine Säule geknallt, als er sich nach mir umdrehte. Das gab ein Geschepper!«
Auch Panehesi war aufgesprungen. »Schönste Dame! Es ist mir ein außerordentliches Vergnügen, die berühmte und unübertreffliche Tänzerin aus dem Hathor-Tempel begrüßen zu dürfen.« Er eilte um beide Tische herum auf Kafi zu. »Und ich muß gestehen, auch ich habe nie ein schöneres Kleid gesehen.«
Kafi kicherte. »Eigentlich ist es ja ziemlich unmodern«, sagte sie fast verschämt.
»Hach, schönste Dame«, meinte er und sah mit überquellenden Augen an ihr herab. »Derlei kommt doch nie aus der Mode.«
»Liebes, wo hast du nur dieses Kleid her?«, fragte Teti.
»Si-Mut hat es mir eigens für das Krönungsfest ge-

schenkt. Er meinte, er hätte mich heute gern in seiner Nähe, und es würde nicht auffallen, wenn ich mich unter die Gäste mischte.«

»Nicht auffallen«, echoten Teti und Panehesi wie aus einem Mund.

»Zuerst demonstrierst du«, rief Teti, »wie du mit diesem Kleid einen Krieg gewinnen könntest. Und dann glaubst du, du würdest damit nicht auffallen?«

Kafi hob die zarten Schultern und sah Panehesi erwartungsvoll an. »Von meiner Verabredung mit dem Domänenverwalter der Königin habe ich dem zweiten Propheten Amuns natürlich nichts gesagt.«

»Das ist lobenswert. Und nun hört mir zu, meine Damen«, Panehesi setzte sich schwerfällig.«

»Sag' uns schon, was du ausgeheckt hast«, drängte Teti. »Willst du etwa verlangen, daß Kafi die Geheimrezepte abschreibt?«

»Nein, nein«, wehrte er ab. »Das ist und bleibt deine Arbeit. Kafi soll nur unauffällig die Schriftrollen aus dem Tempel holen und sie, wenn du fertig bist, genauso unauffällig wieder zurückbringen.«

»Ich soll die Zauberbücher zuhause abschreiben?«

»Ja. So kannst du dich gleichzeitig um dein Kind kümmern. Und da du sowieso die Listen und Berichte von Kamoses Landgütern durchsiehst, was du gewissenhaft und mit viel Sorgfalt und Ausdauer tust, merkt niemand etwas davon.«

»Woher weißt du denn das mit den Listen und Berichten?«

»Hach! Ein stolzer und zufriedener Ehemann trägt sein Herz buchstäblich auf der Zunge.«

Freilich schadete es nichts, daß Panehesi darüber informiert war, aber trotzdem ärgerte es Teti, und der gewichtige Domänenvorsteher wurde ihr zunehmend unheimlicher. Sie setzte sich mit auf den niedrigen Stuhl, auf dem, nach einigen Schwierigkeiten wegen des engen Kleides,

Kafi Platz genommen hatte. Aneinandergeschmiegt saßen die Freundinnen Panehesi gegenüber und lauschten seiner Rede.
Zweifellos war es das Größte überhaupt, Pharao und der Großen Königlichen Gemahlin zu dienen. Und Teti sollte sich eigentlich erhoben und großartig fühlen, weil Kafi und ihr so wichtige Aufgaben übertragen wurden. Aber sie hatte ein eher mulmiges Gefühl. Kafi und sie steckten in einer nicht ungefährlichen Lage. Denn wenn herauskam, daß sie durch die Preisgabe der heiligen Geheimnisse Verrat am Tempel begangen hatten, würden die Priester kein Pardon kennen. Und Kafi war noch viel schutzloser als sie selbst.
Andererseits hatte Teti als Hofdame dem damaligen Kronprinzenpaar den Gehorsam nicht verweigern können. Und den heute göttlich gewordenen Majestäten gegenüber konnte sie es erst recht nicht tun! Sie und Kafi waren also gezwungen, ihre Tätigkeit fortzusetzen, um sich der Gunst Pharaos und Nofretetes zu versichern.
Panehesi kleidete diesen Sachverhalt erwartungsgemäß in andere, sehr viel liebenswürdigere Worte. Voll des Lobes und der Anerkennung sprach er davon, daß sie die Prüfung, der man sie unterzogen hatte, glänzend bestanden hatten und daher zu dem engeren Kreis Begünstigter in der Nähe des Königspaares gehörten, was natürlich zur Voraussetzung hatte, daß sie ungeachtet aller Gefahren weitere Aufträge erfolgreich hinter sich brachten.
Teti betrachtete Panehesi sehr kritisch, wie er da behäbig auf seinem Sessel saß und sich von einem Diener mehrmals Wein nachschenken ließ, von dem er schmatzend kostete. Oh, dieser unmäßige, selbstgefällige Mensch brachte sie noch zur Weißglut!
»Panehesi«, sagte sie schließlich, »du kommst mir vor wie eine große, unersättliche Spinne, die in ihrer Ecke darauf lauert, daß ihr ein paar dumme Fliegen ins Netz

gehen. Und die werden dann so lange in klebrige Fäden gewickelt, bis es kein Entrinnen mehr gibt.«
Er lachte sein meckerndes Lachen. »Wie abscheulich schmeichelhaft, meine Dame.« Im nächsten Moment drehte er sich um und hielt einen vorbeieilenden Diener an. »Laß die Schüssel mit der Kichererbsensoße da«, befahl er, »und bitte den langen, dünnen Kerl dort vorn an meinen Tisch.«
Der Mann, der auf diese Weise herbeigeholt worden war, war noch hagerer als Oberpriester Mai. Zögernd trat er vor Panehesis Tisch und verbeugte sich.
»Mach' mir die Freude und iß ein Häppchen mit mir«, sagte Panehesi zu ihm.
Der Mann verneigte sich wieder. »Es war mir bereits vergönnt, neben dem königlichen Sekretär Eje zu speisen. Aber«, er sah sich nach einem Stuhl um, »ich nehme gern für eine Weile bei dir und diesen Damen Platz.«
Nachdem Panehesi Tetis und Kafis Namen genannt hatte, erklärte er ihnen: »Und wir genießen den Vorzug der Gesellschaft Merires, eines ehemaligen Befehlshabers, der sich ausschließlich dem Priesterdienst widmet und bereits tief in die Geheimnisse des Sonnentempels von Junu eingedrungen ist.«
Inzwischen hatte ein Diener einen Sessel gebracht, und Merire klappte sich darauf zusammen.
»Mhm, Lotossamen!« Panehesi hatte einen ersten Bissen aus der dampfenden Schüssel genommen und schnalzte genießerisch mit der Zunge. Dann neigte er sich zu Merire, der von einer Weinschale nippte. »Haben sich dir auch schon die Geheimnisse des Amun-Tempels erschlossen, lieber Freund?«
»In Karnak gibt es nicht viele Geheimnisse, Domänenverwalter der Königin«, antwortete Merire. »In den letzten Tagen, als wegen der bevorstehenden Krönung der ganze Tempelbezirk in Aufruhr war, konnte ich mir fast überallhin ungehinderten Zutritt verschaffen. Was ich

fand, war ein schönes Bauwerk, bevölkert von habgierigen, lärmenden Priestern und Beamten, die voller Hochmut über ihren Gott hochtrabende Lügen verbreiten.«
Panehesi lächelte in sich hinein und beschäftigte sich mit seiner Kichererbsensoße. Teti und Kafi sahen Merire sehr aufmerksam an.
Merire sprach weiter: »Der Sonnentempel in Junu dagegen ist die erhabenste aller Stätten, gebaut auf dem Urhügel, den der Vollendete Gott schuf. Dort, am ältesten Ort der Welt, gründete Atum die Neunheit der Götter. Er war es auch, der das Licht in die Dunkelheit des Urbeginns brachte. Und er verkörperte die schöpferische Kraft der Sonne in all ihren Erscheinungsformen.«
Teti räusperte sich. »Ich ... ich bin ja nur eine einfache Priesterin der Göttin Hathor, und wenn ich Tempeldienst habe, habe ich meist genug damit zu tun, mit meinem Sistrum zu rasseln und bei der Herstellung von Salbölen mitzuhelfen. Aber ich glaube an die Macht Amuns, des Götterkönigs. Seine Augen sind es, die über der Erde leuchten. Und Hetepet, die Vorsteherin der Tänzerinnen, hat bei ihrer letzten Pilgerfahrt selbst die Schalen des Eies gesehen, aus dem Amun zu Anbeginn der Welt geschlüpft ist.«
Kafi hatte den Arm um Teti gelegt und bei diesen Worten zustimmend genickt. Und jetzt wollten sie mal sehen, was Merire derartig stichhaltigen Argumenten entgegenzusetzen hatte.
»Oh, in welcher Dunkelheit lebt ihr hier«, gab der Sonnenpriester heftig zur Antwort. »Hoch an der Zeit ist es, daß euch das Licht gebracht werde und euch die wahre Sonne und die wahre Gotteskraft erleuchte! Euch und alle anderen im Lande Kemet. Aber seid froh, denn ihr könnt hoffen. Für die Beiden Länder ist die Zeit der Wahrheit und der rechten Ordnung angebrochen. Und die Erde wird erneut ein Goldenes Zeitalter erleben.«
»Das wissen wir auch, daß Pharao uns ein Goldenes Zeit-

alter beschert«, sagte Teti etwas unwirsch. Ein Seitenblick auf ihre Freundin hatte ihr gezeigt, daß Kafi diesen Merire ebenfalls ziemlich überheblich fand.
»Was versteht ihr schon von den Zielsetzungen und den göttlichen Plänen, die Pharaos überlegener Geist zu ersinnen imstande ist?« Merire sah die ihm gegenüber Sitzenden zwar an, schien sie aber nicht mehr wahrzunehmen. »Was wißt ihr vom Großen Er-Sie?«, fragte er mit entrücktem Blick. »Vom Unendlichen, Unfaßbaren, Unbegreiflichen, Ungreifbaren? Von Geist und Materie? Sind denn Gut und Böse, Wunsch und Wahrheit, Angst und ihre Überwindung, Leben und Tod nur faßbar, begreiflich, begreifbar zu machen durch Götter und Göttinnen? Werden sie nicht überstrahlt von der einen, einzigen Schöpferkraft, die Wort und Wille, Ganzes und Einzelnes, Form und Auflösung, Natur und Kosmos in sich trägt?« Sein Blick wurde leer, und er begann, in seine Weinschale zu starren. Dann erhob er sich abrupt. »Darauf muß ich eine Antwort finden«, sagte er und ging davon.
»Also, eines müssen wir ehrlich gestehen«, meinte Teti, nachdem sie sich von ihrer Überraschung erholt und durch einen weiteren Blick Kafis Unterstützung versichert hatte, »so recht verstanden haben wir ihn nicht. Aber bestimmt ist er ein mächtiger Zauberer.«
»Kann schon sein.« Panehesi rieb seine leergegessene Schale mit einem letzten Stückchen Brot sauber, das er sich danach in den Mund schob. »Außerdem singt er wie ein Gott, und auch sonst halten Pharao und der königliche Sekretär Eje große Stücke auf ihn.«
»Dieser Zauberer scheint eine Menge zu wissen«, murmelte Teti. »Er könnte vielleicht über eine neue, machtvolle Magie verfügen. Und die Priester in Karnak mag er auch nicht.«
Panehesi erklärte, während er mit einem Holzstäbchen zwischen den Zähnen stocherte: »Die Sonnenpriester in

Junu, die Schauenden, sind bereit, die Macht des Königs zu stützen. Das entspricht den Regeln, die Re für die Welt vorgesehen hat. Pharao steht das Recht zu, uneingeschränkt und ohne die Einmischung der Amun-Priester über Ägypten zu herrschen. Und um die Ma'at, die gerechte Weltordnung, wiederherzustellen, muß alles auf eine Veränderung hinzielen.«
»Ich wüßte schon eine Veränderung«, sagte Teti, und eine aberwitzige Vorstellung blitzte in ihren Gedanken auf. »Wie wäre es denn, wenn man die Priester Amuns zwingen würde, regelmäßig und reichlich Opfergaben aus Karnak zum Palast zu bringen? So könnte man ihnen einen Teil ihres Reichtums wegnehmen und damit die königlichen Vorrats- und Schatzhäuser wieder auffüllen. Pharaos Herz würde dann bestimmt ganz außerordentlich froh werden.«
Panehesi faltete die Hände über dem Bauch. »Gar nicht so schlecht! Soll ich den König morgen diesen Vorschlag unterbreiten?«
»Lieber nicht! Wenn Seine Majestät es in die falsche Kehle kriegt, werde ich womöglich hingerichtet.« Hätte sie bloß den Mund gehalten! Sie fühlte sich recht beklommen, und Panehesis Gesellschaft sagte ihr auch nicht mehr zu. Als sie sah, daß Dienerinnen riesige Platten mit Früchten und Honigkuchen hereinbrachten, und Panehesi diesen sofort seine ungeteilte Aufmerksamkeit zuwandte, ergriff sie die günstige Gelegenheit, um sich gemeinsam mit Kafi zu verabschieden. Doch sie wurden von einer Menschentraube aufgehalten, die sich vor dem Eingangstor staute und aus der zu allem Überfluß auch noch Si-Mut auftauchte.
»Da wartet schon dein Prophet auf dich«, flüsterte Teti, verließ hastig die Freundin und ging in den Saal zurück zum Podium, wo Nofretetes Thronsessel stand. Jetzt endlich mußte sie der Königin ihre Aufwartung machen.

»Komm' her und hör' dir das an«, rief Kamose, als Teti am nächsten Morgen die Eingangshalle betrat.
Folgsam ging sie zu ihm, obwohl sie, nachdem sie sein Gesicht gesehen hatte, am liebsten gleich wieder kehrtgemacht hätte. Mit finsterem Blick saß er auf dem Hausherrenstuhl; an der Sessellehne lehnte der Amtsstab. Vor ihm, auf dem zierlichen, schön gearbeiteten Tisch, befand sich ein auseinandergefaltetes Stück Papyrus; die Schnur und die Klümpchen des zerbrochenen Siegels lagen daneben.
»User-Re hat mir durch den königlichen Kurier einen Brief gesandt«, sagte er gepreßt. »Er kommt nicht! Er läßt meine Anordnungen unbeachtet! Nein, ich glaube nicht, daß jemals ein Vater einen ungehorsameren Sohn hatte.«
Er nahm das Schreiben in die Hand und starrte mit versteinerter Miene darauf. Plötzlich fingen seine Augen an, Blitze zu sprühen, die Adern an den Schläfen schwollen an und seine Gesichtsfarbe wurde immer dunkler.
»Dieser mißratene Flegel wagt es«, schrie er zornbebend, »sich zu weigern. Bei der Neunheit von Theben! User-Re hat mir zu gehorchen. Und, bei Seth, er wird tun, was ich befehle!« Seine Faust donnerte auf die Tischplatte.
Teti zuckte ebenso zusammen wie die Dienerin, die den Boden fegte. Das Mädchen hielt inne, starrte Kamose mit großen Augen an und floh mit seinem Reisigbesen zur Tür hinaus.
»Da hast du's! Das ganze Haus versetzt du in Angst und Schrecken.« Aufschnaufend legte Teti eine Hand auf ihr heftig pochendes Herz. »Gütige Herrin des Himmels.«
Kamose warf ihr einen vernichtenden Blick zu. »So wahr Amun der König aller Götter ist, so wahr bin ich User-Res Vater. Ich bin es, der anordnet, was getan wird.« Er warf das Schriftstück auf den Tisch.
Teti griff danach und wollte zu lesen anfangen, doch schon wieder schlug er mit der geballten Faust auf den

Tisch, und sie beeilte sich, die aneinanderklirrenden Trinkschalen festzuhalten.
»Dieser uneinsichtige Nichtskönner widersetzt sich mir, weil er das Babylonische nicht beherrscht. Wieviel einfacher ist es für ihn doch, mit dem Streitwagen in der Wüste herumzurasen, was nichts weiter bewirkt, als daß eine Menge Staub aufgewirbelt wird. Hier aber in Theben, in meinem Büro im Palast hätte er seinen Kopf anzustrengen und Verantwortung zu tragen. Er müßte über Schriften zu sitzen und sich bei den ihm gestellten Aufgaben äußerster Gewissenhaftigkeit befleißigen. Aber das ist wohl zu viel verlangt von diesem Hohlkopf von Sohn! Außerdem hat er von Diplomatie nicht die geringste Ahnung, wie mir sein lächerlicher Brief zeigt.«
»Versuch' doch mal, dich in User-Res Lage zu versetzen«, bat Teti und legte Kamose die Hand auf den Arm. »Schau', nachdem er die schlimmste erste Zeit in der Garnison überstanden hat, ist er bei der Streitwagentruppe gelandet, wo es ihm endlich gefällt. Und jetzt kommst du und schreibst ihm vor, daß er seine Militärausbildung abzubrechen und schleunigst nach Theben zurückzukommen hat, um sich von dir in dein Amt einführen zu lassen.«
»Aber das ist der Sinn seines Lebens. Das ist, was dem Staat dient und den Göttern wohlgefällig ist.«
»Er will Pharao eben auf eine andere Art dienen, als du es dir vorstellst«, wagte sie zu widersprechen. »Eine Art, die ihm besser paßt. Wagenkämpfer zu sein ist ja auch nicht schlecht.«
»Ach, was verstehst du als Frau von diesen Dingen! O Amun, ich kann nicht glauben, daß ich mich dermaßen in meinem Sohn getäuscht haben soll«, klagte er mit so viel Erregung, daß Teti befürchtete, ihm würde gleich die Stimme versagen. »Gut, eigensinnig war er schon immer«, fuhr er fort, »aber dann hat er doch stets getan,

was ich von ihm verlangte. Und das ist, bei Seth, auch jetzt seine Pflicht.«
»Natürlich sollte der Sohn das Amt des Vaters übernehmen. Aber ist es dir nicht möglich, aus Liebe zu ihm seinen Wunsch zu respektieren? Willst du ihn unbedingt auf den von dir vorgesehenen Weg zwingen?«
Ärgerlich runzelte er die Brauen. »Man könnte meinen, du seist seine Mutter, so setzt du dich für ihn ein. Dabei bist du kaum ein Jahr älter als er.«
»Aber, Liebster, ich bemühe mich ja bloß, auch seine Seite zu verstehen. Meinst du nicht, es wäre besser, wenn ihr nochmal in Ruhe miteinander reden würdet? Nach den Krönungsfeierlichkeiten, wenn alles wieder seinen geordneten Gang geht, könntest du doch nach Memphis fahren.«
»Nachreisen soll ich ihm wie eine besorgte Amme?«, fuhr Kamose auf. »Nein! Er hat hierher zu kommen. Und zwar sofort.«
»Ich habe eher gedacht, du könntest mit ihm durch die Bierhäuser ziehen und von Mann zu Mann mit ihm reden.«
»Wenn er sich meine Anerkennung verdient hat, dann, meine Beste, werde ich mich möglicherweise herbeilassen, von Mann zu Mann mit ihm zu reden. Ich werde erst wieder mit ihm sprechen, wenn er sich besonnen hat und bereit ist, mir zu gehorchen. Das ist mein letztes Wort!« Er erhob sich und ging mit entschlossener Miene in den Garten hinaus.
Den Kopf auf die Hände gestützt, blieb Teti sitzen. Kamoses Sorgen wegen User-Re belasteten sie. Und auch Panehesi hatte sie mit seinen gestrigen Worten in Unruhe versetzt. Als ob sie nicht genug andere Dinge im Kopf hätte! Sicher, Staatsgeschäfte waren eine ernste Angelegenheit, das mochte wohl stimmen, aber ein Kind aufzuziehen war auch nicht gerade die leichteste Sache der Welt. Und es erforderte ebenfalls sehr viel Mühe,

Konsequenz, die sie allerdings selten aufbrachte, und Nachdenken. Mit Liebe allein war es da nicht getan, genausowenig wie man nur mit Liebe ein Land regieren konnte. Und sie war doch bloß eine Hofdame im Gefolge der Königin und kein Minister und außerdem erst siebzehn. Nein, nicht einen einzigen siebzehnjährigen Minister kannte sie.

Schon die Listen und Berichte, die sie durchzusehen hatte, bereiteten ihr oft genug Kopfzerbrechen. Und jetzt sollte sie auch noch die geheimen Zauberbücher abschreiben. Allerdings war das, was sie darüber hinaus aus Panehesis Mund vernommen hatte, doch spannend. Und deshalb nahm sie sich vor, Augen und Ohren offen zu halten, um sich selbst davon zu überzeugen, wieviel an seinen Worten dran war.

Mutnefer kam hereingehuscht und berührte Teti leicht an der Schulter. »Was war los?«, fragte die Nebenfrau leise. »Warum war der Hausherr so aufgebracht? Bist du etwa wieder in irgendwelche Getreidegeschäfte verwickelt?«

Wider Willen mußte Teti lachen. »Nein! Diesmal geht es nicht um mich, sondern um User-Re.«

Sie beugte sich über das Schriftstück und las Mutnefer den Brief vor, in dem User-Re mit knappen Worten schilderte, welche großen Fortschritte er bei der Streitwagentruppe gemacht habe, wo er mit einem hervorragenden Bogenschützen zusammenarbeite, und daß er deshalb beabsichtige, die militärische Laufbahn weiterzuverfolgen und vorerst in Memphis zu bleiben. Er strebe nicht danach, teilte er weiter mit, durch das Abschreiben endloser Texte babylonisch zu lernen und seine Zukunft in Schreibsälen und Archiven zu verbringen. Zwar sei es auch sein Ziel, diese Sprache besser zu beherrschen, aber das könne er ebenso gut durch praktisches Anwenden und Üben erreichen.

»In Memphis soll es nicht wenige babylonische Freudenmädchen geben«, bemerkte Mutnefer bissig.

Teti ignorierte diese Worte. »Der Familienfriede ist gestört«, sagte sie betrübt. »Was machen wir jetzt?«
»Was können wir Frauen schon tun? Gar nichts. Wir können lediglich abwarten und hoffen, daß sich der widerspenstige Bengel endlich den väterlichen Anweisungen fügt«, erwiderte Mutnefer.
»Da können wir aber lange warten. User-Re ist doch genauso stur und dickköpfig wie Kamose.«
»Was erlaubst du dir da. Wie redest du denn vom königlichen Obervorsteher?« Mutnefer sah Teti mißbilligend an. »Er ist voll und ganz im Recht. Wie der Vater es für den Sohn bestimmt, so soll es geschehen. Nun, der Hausherr wird sich das Bürschchen schon zurechtbiegen.«
»Ich habe nichts anderes erwartet, als daß du Kamose beipflichtest«, sagte Teti und hob das Kinn. »Aber deswegen brauchst du mich nicht so zurechtzuweisen, als wäre ich eine deiner Töchter.«
»Obgleich du seit geraumer Zeit hier die Hausherrin spielst«, entgegnete die Nebenfrau ungewohnt heftig, »bedeutet das noch lange nicht, daß etwas von Kamoses überlegener Klugheit auf dich übergegangen sein müßte. Du bist keineswegs über jeden Tadel erhaben, junge Dame Neunmalklug.«
»Und bei dir merkt man auch nichts von besonderen Einsichten, Versorgte Mutnefer, obwohl du schon viel länger diese weisheitsgeschwängerte Luft atmest.«
»Auch wenn du es wegen deines Mangels an Reife nicht einsiehst, es gibt keine bessere Zukunft für User-Re«, beharrte Mutnefer. »Was glaubst du, wie froh ich wäre, wenn meine Söhne diese glänzenden Aussichten hätten. Ich bin sicher, daß User-Re eines Tages seinem Vater sehr dankbar dafür sein wird, daß er ihn auf den rechten Weg gebracht hat.«
»Da liegst du aber völlig verkehrt. Kamose müßte Zugeständnisse machen«, vertrat Teti weiterhin ihre Meinung. »Ich finde es durchaus richtig, daß User-Re in

Memphis bleiben, seinen eigenen Weg gehen und seine Erfahrungen machen will.«

Ihr Wortwechsel wurde vom Türhüter unterbrochen, der Tutu in die Empfangshalle geleitete. Wie geblendet blieb der junge Syrer in dem breiten Streifen gleißenden Sonnenlichts stehen, das durch die Haustür hereinfiel, und versuchte blinzelnd, sich in dem dämmrigen Raum zurechtzufinden. Teti führte ihn in den Garten, wo Kamose, einen Weinkrug vor sich, unter der Akazie saß.

»Soeben habe ich mich entschlossen, im Garten einen Pavillon errichten zu lassen«, verkündete er und hieß den Gast willkommen. »Setz' dich, junger Freund, und trink vom ›Goldenen Ibisflügel‹ mit mir.«

»Höre ich richtig?«, fragte Teti. »Du hast Überlegungen wegen eines Gartenpavillons angestellt? Und ich dachte, du bist schrecklich wütend wegen User-Re.«

»Nicht mehr, meine Liebe. Ich habe meinen Ärger hinuntergespült und über die Verschönerung des Gartens nachgedacht. Ein Pavillon gehört doch einfach dazu.«

Er winkte Tutu, der ehrfurchtsvoll stehengeblieben war, noch einmal auffordernd zu, schnippte mit den Fingern und befahl der herbeieilenden Dienerin, mehr Wein und noch einen Becher zu bringen. Tutu verbeugte sich sehr tief, wartete einen Augenblick, verbeugte sich nochmals und nahm neben Kamose Platz.

»Dir zum Wohle, Geehrter«, sagte er und hielt den gefüllten Becher hoch. »Ohne Unterlaß danke ich den Göttern Ägyptens und meiner Heimat, daß mir gestattet ist, unter einem der Großen dieses Landes Dienst zu tun und von ihm unterwiesen zu werden. Dankbar, o Geehrter, verneige ich mich vor deiner Weisheit, denn alle meine Kenntnisse habe ich von dir.«

»Nur nicht so bescheiden, junger Freund«, lächelte Kamose. »Ohne deine Fähigkeiten und deine Vorbildung hätte Pharao dich erst gar nicht meine Abteilung geschickt.« Er machte eine Pause und fuhr etwas leiser

fort: »Und wie sieht es aus? Konntest du etwas herausbekommen?«
Diese Worte ließen Teti, die wieder ins Haus hatte gehen wollen, zögern. Lautlos kam sie zurück und setzte sich auf der anderen Seite der Akazie, aber noch in Hörweite ins Gras.
Sie hörte Tutu leise antworten: »Wie du mir aufgetragen hattest, edler Kamose, lenkte ich meine Schritte zum Tempelbezirk von Karnak, wo ich das Heiligtum des Götterkönigs Amun, die Kapelle des Gottes Min und auch den Tempel des Gottes Month aufsuchte. Nach dem Überqueren mehrerer Höfe mit Wäldern voll himmelstrebender Säulen, nach dem Durchschreiten hoher, weiträumiger Hallen, deren Ausschmückung mit Gold, Silber und farbenprächtigen Bildern, die viele Könige und noch mehr Götter darstellen, in mir höchste Bewunderung hervorrief, nach dem Entlanggehen in unendlich scheinenden Fluren und nach dem Befragen mehrerer Priester drang ich zu den Verwahrern der königlichen Listen vor. Bei diesen drei Männern handelt es sich um Beamte von höchster Würde und untadeligstem Verhalten...«
Du hast sie noch nicht bei Si-Muts Gelagen erlebt, dachte Teti erbittert und streichelte die Katze, die sich neben ihr niedergelassen hatte.
»Karnak und seine Beamten sind mir bekannt«, erklärte Kamose knapp. »Du brauchst nicht so weitschweifig zu sein, junger Freund! Fasse dich kürzer.«
»Zuerst trat ich an den Verwahrer der königlichen Listen im Amun-Tempel heran«, sprach Tutu unbeirrt weiter. »Es bedurfte, wie dir, Geehrter, verständlich sein wird, einiger Redekunst, um dem achtbaren Verwaltungsbeamten mein Anliegen glaubhaft zu machen, und aufgrund der außerordentlichen Redlichkeit und Rechtschaffenheit dieses Mannes«, hier seufzten Teti und Kamose gleichzeitig, allerdings jeder aus einem anderen

Grund, »hatte ich große Mühe, ihn zu einer Auskunft zu bewegen.«

»Ja und! Welche Auskunft hast du erhalten?«

»Zuerst erhielt ich die Auskunft, daß unter normalen Umständen das, was ich mitgebracht hatte, nicht ausreicht, um eine Auskunft zu erhalten. Aber der Verwahrer der Listen hatte gütigerweise ein Einsehen und zeigte die Bereitschaft, das Dargebotene anzunehmen, denn die gewünschte Antwort war negativer Natur und somit so kurz, daß er das kleine Geschenk für genau angemessen hielt.«

»Dann ist das Gold, das ich dir mitgegeben hatte, also weg. Und wird sind nicht klüger als zuvor.«

»Mitnichten, Edler, mitnichten! Wir sind durchaus klüger als zuvor. Der Listenverwahrer Amuns konnte in dieser Angelegenheit nämlich auch für die Listenverwahrer Months und Mins sprechen. Insofern haben wir einen geradezu überwältigenden Preisnachlaß erhalten. Drei für eines sozusagen. Aber trotzdem suchte ich noch die beiden anderen Heiligtümer auf, um auch deren Verwahrer der königlichen Listen kennenzulernen und in einer nicht ganz kurzen, jedoch belanglosen Unterhaltung die Auskunft des Verwahrers im Amun-Tempel bestätigt zu finden. Und nun, Geehrter, wisse, daß in keinem der Heiligtümer eine Liste abgegeben wurde, auf der Pharao die Namen der Beamten hat verzeichnen lassen, die beim Antritt seiner Herrschaft in ihrer Amtsausübung bestätigt oder neu ernannt werden sollen.«

»Bei Seth, dann muß ich doch Si-Mut fragen«, knurrte Kamose. »Und gerade das hatte ich vermeiden wollen. Ich wollte mir nicht die Blöße geben, daß ich als Hofbeamter nicht darüber unterrichtet bin, was unter Pharao im Palast vorgeht.«

»Wenn ich mir die Bemerkung erlauben darf, edler Kamose«, ertönte wieder Tutus Stimme. »Von anderen Schreibern und untergeordneten Beamten weiß ich, daß

deren Vorgesetzte ebenfalls über ihre Bestätigung im Amt im unklaren sind.«
»Dann hätten wir uns die ganze Fragerei doch sparen können! Und ich war in dem Glauben, daß ausschließlich ich die Andeutungen, die Pharao zu machen pflegt, nicht mitbekommen und dadurch keinen Aufschluß über die Verteilung der Ämter erhalten habe, weil ich die letzten Tage nicht in seiner Nähe, sondern mit den ausländischen Gesandten verbracht habe.«
»Es hat ganz den unbefriedigenden Anschein, Geehrter, als wären nur die Götter und Pharao selbst über das künftige Schicksal der Obersten des Landes im Bilde«, stimmte Tutu mit sehr viel Mitgefühl zu.
»Schon übermorgen hält der König seine Thronrede, beruft die Wesire des Nordens und des Südens und alle Beamten«, rief Kamose aus. »Und weder bei Hofe noch in den Tempelverwaltungen weiß jemand Bescheid.«
Verwundert glaubte Teti, Verzweiflung in seiner Stimme gehört zu haben. Er schien ziemlich verunsichert zu sein. Doch würde ihm Si-Mut die gewünschte Aufklärung liefern können? Trotz der bis in höchste Hofkreise reichenden Verbindungen des Amun-Propheten rechnete sie nicht damit. Denn wie es aussah, beriet sich Pharao außer mit seiner Gemahlin und seiner Mutter nur mit einigen wenigen Leuten, und diese ließen nicht den kleinsten Hinweis durchsickern.
Seltsam. Jeder war uninformiert, wagte jedoch nicht, diesen Mangel an Einblick den anderen gegenüber einzugestehen, sondern versuchte genau wie Kamose, über Untergebene, Diener oder Konkubinen an die gewünschten Angaben heranzukommen. Niemand wußte, wer im Amt bleiben, wer ersetzt werden würde. Würde Pharao seine Jugendfreunde und Vertrauten in die wichtigen Positionen heben oder auf die bewährten Staatsdiener zurückgreifen?
Ich hätte gestern Panehesi fragen sollen, dachte Teti

ärgerlich. Ob Neferti etwas weiß? Doch auch wenn diese beiden unterrichtet waren, würden sie, ebenso wie die anderen Eingeweihten, schweigen. Auch Panehesi hatte von Veränderung gesprochen. Wenn sie bloß wüßte, was für Umgestaltungen bevorstanden. Doch alles, was sie sich aus dem beim Krönungsbankett Erfahrenen und dem soeben Erlauschten zusammenreimen konnte, war, daß sich um den König und die Königin eine neue Kraft formierte, deren Ziel es offenbar war, diejenigen, die bisher über Wissen und Macht verfügt hatten, zur Seite zu drängen.
»Teti, was machst du denn da hinter der Akazie?«, riß Kamoses Stimme sie aus ihren Mutmaßungen.
»Mi-Mi hält mich hier fest«, antwortete sie rasch. »Und ich muß warten, bis sie zu Ende geschnurrt hat.«
»Tu die Katze weg und komm her«, befahl Kamose etwas ungnädig.
Teti stand auf und ließ Mi-Mi zurück, die sich im Schatten zusammenrollte. Dann schlenderte sie betont langsam zu der Stelle, wo Kamose und Tutu saßen.
»Ich dachte, du seist längst ins Haus zurückgekehrt«, sagte Kamose.
»Aber ich wollte doch unbedingt erfahren, wie du dir den Gartenpavillon vorstellst, Liebster.«
»Später, meine Beste, später«, sagte er und erklärte, wieder an Tutu gewandt: »Das dreiste Betragen meines Sohnes hat mich mehr als erbost. Der Junge weigert sich beharrlich, in mein Büro einzutreten.«
Bedauernd hob Tutu die Hände, wobei Teti ein kurzes Aufflackern in seinen seltsam farblosen Augen nicht entging.
»In diesem Lande gibt es ein Sprichwort«, meinte Kamoses Gehilfe ein wenig vorschnell, »das besagt, daß selbst eine Statue aus Stein besser ist als ein dummer Sohn.«
»Nun, unbegabt ist mein Sohn durchaus nicht. Indes – er ist ein widerspenstiger Tropf«, entgegnete Kamose.

»Doch da im Augenblick die Zukunft ohnehin in einem recht verschwommenen Licht vor uns liegt, und ich nicht einmal zu sagen imstande bin, ob wir, meine Amtskollegen und ich, auf unseren Posten bleiben, halte ich es für geraten, in Ruhe abzuwarten und derweil meinen Sohn ohne jede weitere Beeinflussung in Memphis zu lassen.«
Die Göttin muß mein inniges Gebet erhört haben, dachte Teti tief beeindruckt von Kamoses Gesinnungswandel. Sie ergriff seine Hand und küßte sie. »Du bist aber weise geworden, Liebster! Richtig verehrungswürdig weise.«
Mit einer Geste leichten Unmuts entzog er ihr die Hand und richtete das Wort wieder an seinen Assistenten: »Auch was dich betrifft, junger Freund, kann ich zum jetzigen Zeitpunkt nichts Endgültiges sagen. Sollte ich mein Amt jedoch auch weiterhin ausüben, so werde ich dafür sorgen, daß die hervorragende Arbeit, die du leistest, durch eine Erhöhung deiner Bezüge honoriert wird. Du bist tüchtig, arbeitsam, ehrgeizig und jederzeit bereit, meinen Rat anzunehmen. Sobald sich die Lage hoffentlich in unserem Sinne geklärt hat, werde ich mit Wesir Ramosis darüber sprechen.«
Tutu war aufgestanden und verneigte sich vor Kamose. »Überaus gütig bist du zu deinem Diener, Geehrter«, sagte er mit dem Ausdruck größten Respekts. »Nicht genug damit, daß mir am ägyptischen Königshof eine Heimstatt geboten wurde. Man hat mir auch eine Aufgabe zugewiesen, die ich zu lieben und mit freudigem Eifer zu erfüllen gelernt habe. Ich darf meine Arbeit im Dunstkreis deiner Güte, unter deiner Förderung und Anleitung tun, edler Kamose, und dafür bin ich sehr, sehr dankbar. Wie stets war der Aufenthalt in deinem Hause überaus beglückend für mich. Doch nun werde ich mich auf den Weg machen.« Er verneigte sich vor Kamose und dann auch vor Teti und sagte: »Darf ich mich, bevor ich aufbreche, noch an dich, o Herrin des

Hauses, mit der Bitte wenden, deine Freundin Kafi, deren wunderbaren Tanz ich niemals im Leben vergessen werde und deren überragende Schönheit das Palastfest gestern leider nur allzu kurz überstrahlte, auf das herzlichste von mir zu grüßen? Auch wenn sie mit hochgestellten Persönlichkeiten Umgang pflegt, und ich in ihren Augen ein Niemand bin, den sie mit Sicherheit längst vergessen hat, möchte ich doch nicht versäumen, sie wissen zu lassen, wie sehr ich sie und ihre Kunst bewundere und verehre.«

»Geht in Ordnung«, erwiderte Teti. »Ich werd's ihr ausrichten.« Mißtrauisch beobachtete sie, wie sich Tutu mit weiteren Verbeugungen und Dankesbezeugungen verabschiedete. Waren seine Worte spöttisch gemeint? Spielte er auf das Aufsehen an, das Kafi gestern erregt hatte? Und darauf, daß sie Si-Muts Geliebte war, was inzwischen allgemein bekannt war? Na, wenn schon. Sollten die Leute doch reden, was sie wollten. Kafi hatte keinen Grund, sich zu verstecken. Sie versah ihren Dienst als pflichtbewußte Tempeldienerin, sie war die beste Tänzerin, die Theben zu bieten hatte, und sie stand in unmittelbarem Auftrag der Königin. Und außerdem war sie nach wie vor Tetis liebste Freundin.

Kapitel 11

Vom Reden und Streiten

»Pharao Amun-hotpe zeigt sich jeden Tag gemeinsam mit der Großen Königlichen Gemahlin am Audienzfenster des Palastes, vor dem ihm stets eine große Menschenmenge huldigt«, sagte Kamose. Er saß angekleidet in Tetis Zimmer und schob eine der parfümierten Wachspillen, die den Atem angenehm machten, im Mund hin und her.
»Vielleicht hat der König vor, das für die Dauer der Krönungsfeierlichkeiten beizubehalten«, meinte Teti.
Sie räkelte sich nackt auf dem Bett, und Kamoses Blick ruhte wohlgefällig auf ihr. Nach dem Bad und der Massage schimmerte ihre Haut weich und seidig, und Inhapi, eine neue Dienerin, verteilte mit sanften Bewegungen etwas Lilienparfum. Seni war dabei, Tetis Kleid und Schmuck bereitzulegen.
»Vorgestern nach dem Bankett traf ich Hatiaj, den Baumeister«, fuhr Kamose fort. »Er ist seit einigen Tagen zurück und soll, wie ich bereits von Si-Mut erfuhr, an einem Sonderauftrag arbeiten.«
»Hast du gleich den Gartenpavillon bei ihm bestellt, Liebster?«
»Ja, und denke dir, obwohl er sich mit Pharaos erhabenen Bauwerken zu befassen hat, erklärte er sich einverstanden, den Auftrag zu übernehmen.«
»Das ist ja fabelhaft. Ja, Hatiaj ist ein feiner Kerl.«
Da der Pavillon beschlossene Sache war, konnte sie es kaum erwarten, ihn im Garten zu haben. Man mußte

doch mithalten können. Alles am Königshof, in den Palastbüros und natürlich auch den Villen der Beamten war im Wandel. Fast stündlich trafen neue Meldungen ein, gab es neue Bekanntmachungen, neue Gerüchte.
Sie fragte: »Weißt du, daß Neferti gestern zur Haremsdame Amuns ernannt wurde?«
»Nun«, antwortete Kamose, »es war zu erwarten, daß sie demnächst in diesen erlauchten Kreis aufgenommen wird.«
»Und dabei singt sie schon im Heiligtum der Göttin Mut und ist dort eine Priesterin mit hohem Rang. Warte mal, Inhapi.« Teti unterbrach die Dienerin, die angefangen hatte, ihr das Gesicht zu schminken. »Neferti sagt übrigens, daß Pharao nicht bloß Prinzessin Taduchepa, sondern alle Gemahlinnen seines Vaters in seinen eigenen Harem übernommen hat. Seine Majestät soll geäußert haben, daß auch die älteren Frauen sein Königtum stützen könnten, wenn auch nicht durch Kindersegen, so doch durch ihre Erfahrung und ihren Rat. Ich finde das sehr schön. Der König ehrt damit die Frauen und die Familien, aus denen sie stammen.«
»Diese Entscheidung mag in mancher Hinsicht klug sein. Mich allerdings interessiert in erster Linie nicht, welche Damen Pharao in sein Frauenhaus aufnimmt, sondern welche Beamten er an seiner Regierung beteiligt«, brummte Kamose. »Die allgemeine Unsicherheit schadet dem Ansehen der Beamten im Palast und in den Tempelverwaltungen. In ihrer Ratlosigkeit lassen die Priester im Volk verbreiten, daß Amun selbst dem König erst unmittelbar vor der Thronrede die Namen der betreffenden Beamten eingibt.«
»Aber genauso könnte es doch sein!« rief Teti und unterbrach damit erneut Inhapis Wirken. »Vielleicht erwartet Pharao wirklich die Weisungen seines göttlichen Vaters.«
»Nun«, erwiderte Kamose säuerlich, »in letzter Zeit mußte ich leider den Eindruck gewinnen, daß Amuns

Propheten nicht mehr recht überblicken, in welchem Umfang der Götterkönig wichtige Entscheidungen seinem geliebten Sohn auf Erden überläßt.«
Teti ging nicht auf seine Worte ein; sie hatte gar nicht richtig hingehört. Begeistert betrachtete sie sich in dem silbernen Spiegel, den Inhapi ihr hinhielt.
»Liebster«, fragte sie, »findest du mein neues Lippenrot nicht sehr aufregend? Schau, es ist fast so dunkel wie diese Traube.«
Sie vergewisserte sich, daß er zu ihr hersah, lächelte und steckte sich mit einem verführerischen Augenaufschlag eine Traube zwischen die Zähne. Für einen kurzen Moment glomm es in Kamoses Augen auf, dann wandte er den Blick ab.
»Ja, sehr schön,« sagte er. »Kannst du dir eine Vorstellung davon machen, wie mich diese Ungewißtheit zermürbt? Nicht nur ich frage mich, was Pharao mit seinem undurchschaubaren Verhalten bezweckt.«
Teti war aufgestanden und hob die Arme an, damit die Dienerinnen sie in das bereitgehaltene Kleid hüllen und ihr die Armreife anlegen konnten.
»Ach, Liebster, mach' dich doch nicht verrückt. Schon heute mittag, wenn Pharao seine Thronrede gehalten hat, weißt du mehr.«
»Meine Liebe, so wie die Lage ist, muß ich darauf gefaßt sein, daß der König jemand anderen an meine Stelle setzt. Und dabei kennt niemand die schwierige Materie der Auslandskorrespondenz so gut wie ich. Es könnte dem Land zu erheblichem Schaden gereichen, wenn ein ungeschickter Neuling den Briefwechsel und die Entsendung der Kuriere übernimmt. Außerdem habe ich den Weg für meinen Sohn bereitet. Ihn möchte ich leiten und anweisen, ihm die ausländischen Gesandten vorstellen und ihn mit den Vertretern der Behörden bekannt machen, die mit den Verträgen und den Auslandsgeschäften befaßt sind. Erst sehr viel später und ehrenvoll

wollte ich mich aus meiner Tätigkeit zurückziehen, nachdem ich mich davon habe überzeugen können, daß User-Re das Amt in meinem Sinne weiterführt. Nein, mit einer plötzlichen Enthebung könnte ich mich nicht abfinden.«
»Das wird schon nicht passieren. Und wenn doch, hättest du ja immer noch alle diese Ämter in der Tempelverwaltung.«
Er ballte die Fäuste. »Allein der Gedanke macht mich wahnsinnig, heute noch ein wichtiges und maßgebendes Mitglied der Obrigkeit zu sein und morgen vielleicht schon ein Mann, der nichts weiter zu tun hat, als seine Landgüter zu inspizieren, die Ernten und den Viehbestand zu überwachen und den Ertrag seiner Goldminenanteile zu verzeichnen.«
»Dann wärst du endlich mehr für Mehi und mich da! Das wäre doch auch sehr nett.«
»Ja, nett...«, murmelte er erbittert.
Sie warf ihm einen eingehenden Blick zu. Goldene Göttin, das Gejammer brachte doch nichts! Nur die ganze schöne Vorfreude verdarb er ihr. Sie neigte den Kopf, Seni setzte ihr die Perücke auf und befestigte die Ohrringe. Wieder besah sich Teti gründlich und von allen Seiten im Spiegel.
»Heute werde ich zum ersten Mal diese prachtvolle Perücke tragen, Liebster. Seni, kämm' das Haar ein bißchen zurück, sonst sieht man ja die neuen Ohrringe nicht. Keine der Hofdamen trägt so außergewöhnlich schöne Ohrringe. Nicht einmal Neferti hat...«
»Laß doch den Mund zu«, befahl Seni und tupfte noch etwas Farbe auf. »Ich muß die Lippen nachmalen. Inhapi hat das nicht gleichmäßig gemacht.«
Kamose stand seufzend auf und ging zu Mehis Bett. »Na, du blinzelst, mein Sohn? Bist du etwa aufgewacht?« Er tippte dem Kleinen zärtlich mit dem Finger auf die Brust. Mehi ließ ein kicksendes Lachen hören und

streckte die Arme nach ihm aus. Kamose hob ihn aus dem Bett und stellte ihn auf den Boden, wobei er ihn an beiden Händen festhielt. Zögernd setzte das Kind einen Fuß vor den anderen, und langsam, seine unsicheren Schrittchen führend, ging Kamose mit ihm zum Sessel zurück, setzte sich und nahm es auf die Knie. »Er wird bald alleine gehen können«, stellte er erfreut fest.
»Jaja«, sagte Teti und lächelte den beiden mit ihrem violetten Mund zu. »Hat der Gärtner noch nicht die blaue Lotosblume gebracht, die ich an meinem Diadem tragen will?«
Sie klatschte in die Hände und riß mit einem »na endlich« dem Gärtner, der schüchtern ins Zimmer getreten war, die Lotosblume aus der Hand. Seni befestigte die Blüte an Tetis Haarschmuck und ordnete zum letzten Mal die Perücke; dann machte sie sich daran, das Zimmer aufzuräumen.
Mehi fing an zu schreien und versuchte, sich an seinem Vater festzuklammern, als Kamose ihn dem Kindermädchen übergab. Prüfend sah Teti Kamose an, zupfte die kunstvollen Fältelungen seines Schurzes zurecht und fuhr mit der Hand glättend über sein halblanges, mit Öl behandeltes Perückenhaar. Sie wischte Mehi die Tränen ab und warf ihm rasch noch eine Kußhand zu, bevor sie mit Kamose das Zimmer verließ.
Jeder Tag bringt neue Ereignisse, dachte sie, als sie voller Erwartung in der Sänfte saß. Täglich finden Feierlichkeiten statt, die die Anfänge des neuen Zeitalters deutlich machen. Die ganze Stadt, das ganze Land sind von dem neuen Leben durchpulst, das im Palast seinen Ursprung hat.
Kaum waren sie im Thronsaal angelangt, als Tutu ihnen entgegenkam. »Gesundheit und Leben dir, geehrter Obervorsteher, und dir, Hofdame Teti«, sagte er ganz außer Atem. »Die Würdenträger sind schon dabei, Aufstellung zu nehmen.«

Sie bahnten sich einen Weg in Richtung des Podiums. Da die Umstehenden Kamose respektvoll Platz machten, konnten sie rasch zu den Hofbeamten vordringen, die sich unterhalb der Thronsessel versammelt hatten. Alle, die Rang und Namen hatten, waren da. Nachdem Kamose seine Kollegen begrüßt hatte, nahm er zwischen dem Mundschenk Apuia und Obersekretär Apy seinen Platz ein.

Teti ging zu den Hofdamen hinüber; zu ihrem Bedauern war Neferti noch nicht eingetroffen. Doch, wie sie erwartet und gehofft hatte, bewunderten die Frauen ihre neue Perücke und die neuen Ohrringe. Dann fingen sie an, die Kleidung und den Schmuck der weiter entfernt stehenden Damen zu beurteilen. Teti fühlte sich wohl unter den erwartungsfroh gestimmten Menschen im schönen festlichen Saal. Genießerisch sog sie den Duft ein, den die ausladenden Blumensträuße verströmten.

Endlich kam Neferti.

»Wo bleibst du denn?«, fragte Teti. »Apy ist doch auch längst da.«

»Ich hatte mit Pentu etwas zu besprechen«, entschuldigte sich Neferti. »Er betreut meinen Jüngsten und hat für ihn eine Hustenmedizin zubereitet.«

»Wie entgegenkommend«, Teti kräuselte die Lippen. »Wie ungemein freundlich von Pentu, daß er sich neben der Fürsorge für die Prinzessinnen auch noch der Behandlung deiner Kinder widmet.«

»Er hat mir viel zu verdanken. Und du weißt selbst, wie hilfsbereit er ist«, sagte Neferti mit Nachdruck.

»Ja, das muß man zugeben. Wie findest du meine Ohrringe?«, Teti bewegte den Kopf, so daß die schweren goldenen Gehänge hin und her pendelten.

»Kamose hat dich fein ausstaffiert«, erwiderte Neferti und musterte sie ausgiebig von oben bis unten. »Ja, der hohe Herr zeigt, was er hat.«

»Ein netteres Kompliment von dir wäre mir vollkommen

unnatürlich vorgekommen«, schnappte Teti, beschloß aber, sich an diesem festlichen Tag nicht ärgern zu lassen. Neferti hatte eben manchmal diese unfreundliche Art. Sie legte ihr die Hand auf den Arm. »Ach, Neferti, Kamose macht sich schon seit Tagen wegen der Beamtenernennung Sorgen. Ich bin froh, wenn alles vorbei ist. Egal, wie es ausgeht.«
Neferti setzte ein rätselhaftes Lächeln auf, zuckte die Achseln und fing an, ihre Nachbarin, ebenfalls eine Haremsdame Amuns, über irgendwelche Tempelangelegenheiten auszufragen.
Müßig betrachtete Teti die Anwesenden. Die Mitglieder der verschiedenen Tempelgemeinschaften hatten sich eingefunden, und sie sah den Oberpriester des Hathor-Tempels und Hetepet, die Vorsteherin der Tänzerinnen. Die rangniederen Hofbeamten hatten sich zwar nach ihrer Zugehörigkeit zu den einzelnen Amtsbereichen aufgestellt, gaben sich aber ansonsten recht zwanglos, da sie ihre Oberen weit vorne in der Nähe des Thrones wußten. Um die ausländischen Gesandten, die heute ohne Kamoses Betreuung auskommen mußten, kümmerte sich diensteifrig Tutu. Später sollten an Pharao Geschenke überreicht werden, die in täglich eintreffenden Karawanen aus den Fremdländern herangeschafft wurden. Teti malte sich aus, was in den vielen Körben, Truhen und Kisten sein mochte, die überall herumstanden. Dann betrachtete sie die lebenden Gaben für den König. Auch die Geparden, Affen und die zitternden kleinen Antilopen, die an Halsbändern und Leinen gehalten wurden, warteten ungeduldig auf Pharaos Erscheinen. Sie bewunderte das mustergültige Betragen der vielen fremdländischen Vögel, die ohne allzu lautes Schnattern, Krächzen und Kreischen auszuharrten. Dabei kam sie zu dem Schluß, daß es den Menschen weit weniger gut gelang, ihre Ungeduld, Pharaos ansichtig zu werden, zu bezähmen. Ach, ihr selbst ging es ja genauso.

Und hoffentlich brachte Pharao die königlichen Tanzzwerge mit.
Während sich Palastschreiber und Beamte noch einigermaßen gemäßigt benahmen, betrugen sich die Amun-Priester reichlich auffällig. Sie gestikulierten, führten Dispute und probten unaufhörlich ihre Hymnen. Fast sah es so aus, als wollten sie die Re-Priester aus Junu, die sich in offensichtlich bewußt gewählter Entfernung aufgestellt hatten und zahlenmäßig überlegen waren, wenigstens an Lautstärke übertreffen. Nur ein einzelner Amun-Priester stand nicht weit von den Sonnenpriestern entfernt, verhielt sich ganz ruhig, las, ohne dabei zu rezitieren, in seiner Schriftrolle und ...
Tetis Augen wurden groß und größer. Das gibt's doch nicht! Das ist ja lebendig und leibhaftig Pa-Wah! Im gleichen Augenblick schaute er auf und entdeckte sie. Ein glückliches Lächeln breitete sich auf seinem Gesicht aus, er nickte ihr zu. Teti strahlte, nickte auch und fing, einem plötzlichen Impuls folgend, zu winken an. Pa-Wah grinste, deutete auf sie und dann aufs Eingangstor. Mit erneutem Nicken gab Teti ihre Zustimmung zu erkennen.
»Schau doch, dort drüben«, sagte sie zu Neferti. »Pa-Wah ist wieder da! Wir werden kurz hinausgehen, damit wir uns richtig begrüßen können.«
»Das würde ich an deiner Stelle nicht tun«, gab Neferti zurück. »Den erstens ist schon die Musik zu hören, die den königlichen Zug ankündigt. Und zweitens hat Kamose dich scharf im Auge.«
»Oh!« Teti blickte zum Podium nach vorne, winkte auch Kamose zu, ein wenig halbherzig allerdings. Daraufhin sah sie erneut zu dem jungen Priester hinüber, schüttelte unmerklich, aber sehr bedauernd den Kopf. Pa-Wah grinste und hob die Hände. Teti zog eine schelmische Grimasse und lächelte. Aber dann schob sich ein beleibter Re-Priester vor Pa-Wah und verwickelte ihn in ein Gespräch. Also nahm sie wieder ihren Platz hinter

Neferti ein. Wie schön, dachte sie. So lange haben wir uns nicht gesehen und doch gleich verstanden. Und sogar ohne Worte!
Die Musik schwoll an, kam näher, und der Ruf des Herolds ertönte. »Der König kommt! Der König kommt!«
Ehrerbietig kniete der Hofstaat nieder. Strahlend wie die Sonne und begleitet von zwei Fächerträgern, die üppige, vergoldete Wedel aus Straußenfedern über ihn hielten, schritt Pharao Amun-hotpe heran. Er trug die helmartige Blaue Krone, den reich verzierten königlichen Schurz und sehr elegante Sandalen mit nach oben gebogenen Spitzen. Auf seiner Brust lag ein schweres, goldenes Pektoral mit einer riesigen Sonnenscheibe aus Karneol, die von einem Skarabäus aus Lapislazuli über den Horizont gehoben wurde. Dem König folgten die beiden Königinnen. Nofretetes klare Schönheit wurde von der hohen Kopfbedeckung betont, die die Königin seit der Krönung bevorzugte; schwer schleppte der goldene Saum ihres weißen Gewandes über den Boden. Königinwitwe Teje war angetan mit dem herrschaftlichen Schmuck der Regentin und Erbin. Gemessenen Schrittes stiegen Königliche Gemahlin und Königinmutter die wenigen Stufen hinauf und nahmen auf den Thronsesseln Platz, hinter denen sich wiederum die höchsten Militärführer aufgestellt hatten.
Der König jedoch blieb am vorderen Rand des Podiums zwischen zwei Bronzebecken stehen, aus denen Rauch aufstieg. Durch mehrere kleine Fenster fiel Licht herein und beleuchtete sowohl die Gestalt des Königs als auch den Qualm, dessen Duft nach und nach die ganze Thronhalle erfüllte. Pharao stand hoheitsvoll da, umgeben von einer Aureole aus goldenem Licht. Götterduft ging von ihm aus.
Nicht Mai, der erste Prophet Amuns, sondern Merire, der oberste Re-Priester, erhob seine Stimme, um den König zu preisen.

»O Sohn der Sonne! Re, der Schöpfer, offenbart allein Deiner Majestät seine Macht und seine Absichten. Durch deine Herrschaft wird die Erde erneuert und so gemacht, wie sie am Anbeginn aller Zeiten war.«
Das Licht um Pharao ließ nach, als die Sonne weiterwanderte. Gravitätisch und mit durchgedrücktem Rücken stand der König vor seinem Thron. Teti vermutete, daß Königinmutter Teje ihrem Sohn ans Herz gelegt hatte, sich geradezuhalten. Vielleicht, überlegte sie, hat es ihm aber auch sein göttlicher Vater Amun empfohlen. Unangefochten und ausschließlich stand die Erhabenheit der göttlichen Person des Herrschers im Vordergrund, die alles überstrahlte und von der auch der unvermindert anhaltende Wohlgeruch Zeugnis ablegte.
Einer der Geparden nieste. Dann hüstelte Oberpriester Mai. Laut und mißbilligend klang sein Räuspern in die gespannte Stille hinein. Noch immer hatte Pharao die Amun-Priester nicht aufgefordert, sich in die Nähe seines Thronsessels zu stellen und mit ihren Hymnen zu beginnen. Statt dessen fing Merire mit wohlklingender Stimme zu singen an. Zwischen ihm und den anderen Sonnenpriestern entwickelte sich ein jubelnder Wechselgesang, in dem Res gewaltige Schöpfungskraft und seine ewige Liebe gepriesen wurden.
Anschließend begann Pharao Amun-hotpe mit seiner Rede. »Re, der Sonnengott, der Vater Meiner Majestät, geht als Chepre in der Morgenröte auf, steht in mächtigem und klarem Licht im Zenit und sinkt am Abend als Atum in die Dämmerung nieder. Seine glänzende Schönheit belebt und erleuchtet die Welt. Und auch in der Nacht ist die Helligkeit der Sonnenscheibe im Herzen Meiner Majestät.« Der König ließ seinen Blick nacheinander auf den verschiedenen Gruppen des Hofstaates verweilen und fuhr fort: »Meine Majestät hält euch alle am Leben, ernährt euch und leitet euch das zu, was Res Strahlen tagtäglich erschaffen.«

Er hielt inne, seine Augen blickten in die Ferne. Im Thronsaal herrschte tiefstes Schweigen, niemand wagte sich zu bewegen. Der König holte Atem und hob wieder an zu sprechen.
»Re hat Meine Majestät eingesetzt auf der Erde der Lebenden für immer und ewig. Meine göttliche Majestät lebt und regiert in der Ma'at. Meine Majestät verabscheut Isefet, das Schlechte, und Gereg, die Lüge. Meine Majestät bringt auch euch die Wahrheit. Viele Gottesdiener«, er heftete den Blick auf die Amun-Priester, und seine Stimme wurde eindringlicher, »bedürfen dieser Wahrheit und Klarheit, denn ihr Tun spielt sich im Verborgenen ab. Und sie streben nach einer Macht, die ihnen nicht zusteht.«
Erneut räusperte sich Oberpriester Mai geräuschvoll. Die Höflinge fingen an zu tuscheln. Si-Mut stand mit gesenkter Stirn; die Priester um ihn herum murrten leise. Unter halb geschlossenen Lidern warf ihnen der König einen verächtlichen Blick zu. Teti sah zuerst Neferti an, die aber keine Miene verzog, dann schaute sie wieder nach vorn. Kamose trug eine ebenso eisige Miene zur Schau wie die anderen Beamten.
Der König setzte seine Rede fort. »Nicht den Priestern in Karnak und nicht durch Orakel tut Re seinen Willen kund. Meine Majestät ist der Einzige des Re. In Meiner Majestät offenbart sich der allmächtige Schöpfer auf Erden, denn Meine vollkommene und göttliche Majestät tritt die Nachfolge Res auf dem Thron der Lebenden an, vereinigt alle Herrschaft in sich und ist der Mittelpunkt der Macht.«
Teti fiel auf, daß die Hände des Königs mit den Reichsinsignien ein wenig zitterten und daß sich unter der golden Uräusschlange, wo der blaue Lederhelm die Stirn umschloß, Schweißtropfen gebildet hatten. Königin Nofretetes liebliches Lächeln war starr geworden, und Königinmutter Tejes glutvolle Augen blickten in herri-

schem Hochmut geradeaus. Die Gesichter der Befehlshaber wirkten streng und entschlossen.
»Meine vollkommene und unfehlbare göttliche Majestät ist der Mittelpunkt der Macht«, wiederholte Pharao. Es hörte sich an, als lege er mit größter Anstrengung sein ganzes Wollen in diese Worte. Klangen Sie nicht wie ein beschwörender Zauberspruch? Teti bemerkte, daß Merires Augen brennend auf einen Punkt gerichtet waren und seine Lippen sich bewegten. Er schien etwas in den Händen zu halten, aber sie konnte nicht erkennen, was es war. Und mit einem Mal wurde ihr klar, daß es eine Machtprobe war, ein Messen magischer Kräfte. Doch die Amun-Priester waren eindeutig im Nachteil. Sie waren unvorbereitet und völlig überrascht. Als Mai begriffen hatte, was los war, war es für wirksame Gegenmaßnahmen schon zu spät gewesen. Und Si-Mut war so wütend, daß er ganz bestimmt nicht zaubern konnte.
Würde es Merire gelingen, seine Kräfte so zu konzentrieren, daß es Pharao stärkte, während dieser die Zauberformel das erforderliche dritte Mal aufsagte?
»Meine vollkommene und unfehlbare, erlauchte und göttliche Majestät ist der Mittelpunkt der Macht.«
Ein Schauer durchlief die Menge.
Obwohl es ihn viel Kraft gekostet hatte, hatte die Stimme des Königs triumphierend geklungen; er ließ sich auf dem Thronsessel nieder. Auch Merires Gesicht hatte sich entspannt. Er wischte sich den Schweiß von der Stirn, und Teti konnte endlich sehen, was er in der Hand hatte. Es war eine goldene Scheibe, eine einfache goldene Scheibe.
Bis jetzt war Amun, der Götterkönig, mit keinem Wort erwähnt worden, und seine Priester hatten grimmige Mienen aufgesetzt. Offensichtlich waren sie von Merires Zauberkraft doch nicht so beeindruckt, wie Teti angenommen hatte, denn Si-Mut wagte es, an den Thronsessel heranzutreten und, jede Etikette mißachtend, eine

Audienz zu fordern – sofort nach Beendigung der Feierlichkeiten. Pharao neigte das Haupt, jedoch ohne zuzustimmen oder abzulehnen.
Als Merire und die Re-Priester erneut eine Hymne anstimmten, lauschten die königliche Familie und der gesamte Hofstaat entzückt. Teti entging nicht, daß auch die Tiere andächtig zuhörten, wobei die fremden Vögel, verwundert über den virtuosen Gesang, mit ihren Knopfaugen blinzelten. Das Lied verklang, und die beiden Wesire in ihrer Amtstracht durchquerten den Saal. Beifällige Zurufe wurden laut. Erst nach einer Weile gelang es dem Haushofmeister, Ruhe zu schaffen, so daß Aper-El, der Wesir von Unterägypten, und Ramosis, der Wesir von Oberägypten, vor den König treten konnten.
»So wie Meine Majestät das Amt des Bürgermeisters von Theben und des obersten Siegelbewahreres weiterhin in die Hände von Fürst Ramosis legt zum Wohle der Stadt Theben und der oberägyptischen Gaue, so bestätigt Meine Majestät auch Aper-El, den Wesir Unterägyptens, in seinem Amt«, verkündete Pharao und hielt auswendig und ohne Pause die ganze lange Ansprache der Amtseinweisung. Zum Schluß sagte er zu den Wesiren: »Handelt also, wie es euch vorgeschrieben ist. Tut eure Pflicht.«
Die beiden Würdenträger überreichten dem König Blumensträuße, und Pharao mußte Krummstab und Wedel aus den Händen legen und auf dem Thron ein wenig nach vorn rutschen, um die Blumen in Empfang zu nehmen, die er aber gleich einem Diener weiterreichte. Immerhin haben die Wesire ihre Ämter behalten, dachte Teti erleichtert, als die beiden Männer unter dem Jubel des Hofstaates niederknieten, um den Boden vor Pharaos Füßen zu küssen.
»Zum engsten Vertrauten und Freund ernennt Meine Majestät den Vorsteher der königlichen Sekretäre Eje«, sagte der König mit lauter Stimme, nachdem die Wesire den Platz vor dem Thronsessel freigemacht hatten.

Der Herrscher hob die Verantwortung hervor, die Eje als Erzieher der Königstöchter und des Prinzen Semenchkare hatte. Schließlich ist er ja der Großvater der Prinzessinnen, und der Prinz ist ein braver, kleiner Junge, um den sowieso niemand viel Aufhebens macht, kommentierte Teti im stillen die Worte des Königs. Auch Eje küßte den Boden vor den Füßen des göttlichen Herrschers. Wieder brandete Jubel auf, und Teti wunderte sich, wie viele im Saal Eje hochleben ließen. Klar, dachte sie, jeder will Ejes Freund sein und sich an seinen Erfolg anhängen. Jetzt erst, als sie sich erneut in der Halle umblickte, fiel ihr auf, daß der König die Tanzzwerge nicht mitgebracht hatte.

»Oh, dieses lange Warten«, flüsterte sie Neferti zu. »Wann kommen denn endlich Kamose und Apy an die Reihe? Ich bin so gespannt, ob auch sie in ihren Ämtern bestätigt werden.«

»Sscht«, machte Neferti.

»Meine Majestät möchte«, sprach Pharao, wandte sich seinen höchsten Beamten zu und lächelte dabei, als würde ihn die hinter unbewegten Mienen mühsam verborgene Erwartung amüsieren, »auf die weiteren Dienste dieser hochverdienten, bewährten und geschätzten Beamtenschaft nicht verzichten.«

Ein Aufatmen ging durch den Saal, und Teti fiel Neferti vor Freude um den Hals. Kamose und seine Amtskollegen traten vor den königlichen Thron, hoben Pharao die Hände entgegen und riefen: »Du bist Re!«

Sofort, nachdem die Beamten ihre Huldigung an den König beendet hatten, lief Teti zu Kamose hin. Er nahm, von aufgeregten Schreibern und Höflingen umringt, geistesabwesend und steif ihre Glückwünsche entgegen. Dann kam Si-Mut, zog ihn auf die Seite, und, nachdem er kurz und eindringlich auf ihn eingeredet hatte, verließen sie miteinander eilig den Saal.

Als Zwischeneinlage zeigten zur Musik des Hoforchesters

Akrobaten ihre Künste. Diener brachten Weinkrüge herein. Obwohl Teti gern bei der Übergabe der fremdländischen Geschenke dabei gewesen wäre, war ihr Wunsch hinauszugehen stärker. Vermutlich weil ihre Ohrringe so schwer waren, hatte sie Kopfschmerzen bekommen. Draußen im Garten wollte sie sie abnehmen und frische Luft schöpfen. Die überreichten Kostbarkeiten würde sie sich später im Palast ansehen und die Tiere konnte sie jederzeit im königlichen Zoo besuchen.

Was ist geschehen?, fragte sie sich. Die Wesire und alle Beamten sind in ihren Ämtern geblieben. Eje wurde als königlicher Berater bestätigt und mit Lob bedacht. Die Priester aus Junu wurden hervorgehoben, die Diener Amuns dagegen haben einen Dämpfer gekriegt, was sicherlich viele Leute verärgert, aber wahrscheinlich genauso viele, zumindest heimlich, gefreut hat. Hauptsache ist, daß Pharao auf die ständigen Reibereien zwischen ihm und Karnak hingewiesen hat. Jetzt können sich die Gemüter beruhigen, man wird Kompromisse schließen und Lösungen finden, die für alle zufriedenstellend sind. Bestimmt hat Panehesi das mit Veränderung gemeint.

Sie ließ sich auf einer Bank nieder und drehte ihre Ohrringe heraus. Dann nahm sie die Perücke ab und legte sie behutsam auf ihren Schoß. Jetzt brauchte sie bloß auf Pa-Wah zu warten. Sie war sich sicher, daß er sie finden würde.

Und plötzlich stand er neben ihr, nahm wie früher ihre Hand in seine und sah sie mit freundlichen Augen an.

»Pa-Wah! Oh, Pa-Wah! Seit über zwei Jahren haben wir uns nicht gesehen«, sprudelte sie heraus. »Weißt du, daß ich ein Kind habe? Mehi, mein Sohn, ist schon so groß!«

»Du hat also einen Sohn«, sagte er langsam.

»Ja! Er läuft bald. Aber wie geht's dir? Andauernd habe ich mir Sorgen um dich gemacht.«

»Seit ich wieder in Theben bin, geht es mir ziemlich gut.«

»Pentu hat erzählt, daß du in Sunu Dienst tust. Durftest du zur Krönung in die Hauptstadt kommen?«

»Ich gab mir selbst die Erlaubnis«, antwortete er großartig. »Für ein bißchen Gold überbrachte der Tempelkurier dem Hohenpriester in Sunu eine Nachricht, die ich selbst geschrieben hatte. Sie enthielt meine Beorderung zu den Krönungsfeierlichkeiten nach Theben. Von höchster Stelle in Karnak, versteht sich. So einfach war das.«

»Du bist aber gerissen. Woher hattest du denn das Gold?«

»In Sunu bin ich Opferpriester. Das ist zwar keine Tätigkeit mit hohen, geistigen Anforderungen, aber sie ist recht einträglich. Bei Amun, als Opferpriester lebt man nicht schlecht.«

»Das sieht man dir aber nicht an«, sagte sie und klopfte sanft auf seinen flachen Magen. »Du siehst gesund und irgendwie zäh aus.«

Er stellte einen Fuß neben sie auf die Bank und lächelte. »Und du, Teti, bist noch schöner geworden.«

»Oh, vielen Dank. Vor allem aber dicker.« Mit beiden Händen fuhr sie über den fast durchsichtigen Stoff, der ihre Hüften bedeckte. »Ich fürchtete schon, du würdest mich für eine fette, alte Matrone halten.«

»Bei Amun, nein«, sagte er und starrte sie einen Moment lang an. »Und du hast ein neues Lippenrot, nicht wahr? Eine sehr ausgefallene Farbe. Ungewöhnlich reizvoll!«

»Bist du extra aus Sunu angereist, um mir das zu sagen?«, kicherte sie. »Aber mal im Ernst. Wieso hast du weder Neferti noch mir geschrieben?«

»Ich habe dem Tempelboten, der einmal im Monat nach Theben fährt, Dutzende von Briefen an dich und an Neferti mitgegeben. Aber da keiner beantwortet wurde, habe ich es aufgegeben.«

»Wir haben keinen einzigen Brief von dir bekommen. Pentu meint, sie seien von Si-Mut abgefangen worden.«

»Das ist gut möglich.« Er beobachtete eine Weile die Leute, die im Garten spazierengingen. Unvermittelt fing er an zu lachen. Dann setzte er sich neben Teti auf die Bank.
»Worüber lachst du denn?«
»Über die Amun-Priester. Noch gestern haben sie so eifrig ihren Choral geübt. Und heute konnten sie ihn nicht anbringen.« Er atmete tief ein und begann aus vollem Hals zu singen: »Einzig ist Amun. Er ist so groß, ist im Himmel, scheint für die Erde ...«
»Bitte hör auf«, sagte Teti. »Sing lieber eine Hymne an Re! Das hat Pharao lieber.«
Pa-Wah grinste immer noch, als er meinte: »Und von seiner Abstammung von Amun wollte der König auch nichts wissen. Er gab Mai keine Gelegenheit, die Geschichte vorzutragen.«
»Das fand ich ein bißchen schade. Ich hätte mir gern die Überlieferung von Pharaos göttlicher Geburt angehört. Aber er hat die Propheten ja völlig links liegen lassen. Nur die Re-Priester durften singen. Hast du übrigens gemerkt, daß der König vom ranghöchsten Sonnenpriester mit Zauber unterstützt wurde?«
»Ja klar! Dieser Mann ist doch Merire, oder?«
»Stimmt, er heißt Merire.«
»Der Schauende Merire! Der große Merire«, sagte Pa-Wah bewegt.
»Du hast schon von ihm gehört?«
»Ja. Und ich wäre glücklich, wenn ich ihm einmal gegenüberstehen dürfte. Man erzählt sich viel Wunderbares von ihm.«
»Das überrascht mich nicht. Als er vorgestern mit mir sprach, fiel mir gleich auf, daß er ein mächtiger Zauberer ist.«
»Was? Der große Merire hat mit dir gesprochen? Mit dir?«
»Wieso denn nicht?«, fauchte sie. »Schließlich bin ich

Hofdame im Palast. Und als ich beim Krönungsbankett zusammen mit der Tanzmeisterin Kafi und dem Verwalter der Domäne der Großen Königlichen Gemahlin speiste, rief Panehesi Merire heran, um Kafi und mich mit ihm bekannt zu machen.« Sie wünschte inständig, sie hätte wenigstens die repräsentative Perücke auf dem Kopf gelassen. Sie hielt Pa-Wah ihre Ohrringe hin. »Da schau! Mein Schmuck gehört zu dem kostbarsten, der am Hof getragen wird. Du mußt lange suchen, bis du solche Juwelen ...«

»Alt und fett bist du nicht, aber gewaltig eingebildet«, unterbrach Pa-Wah sie.

»Und du ... Du bist einfach unmöglich! Warum behandelst du mich so? Anscheinend hältst du mich für keines höheren Gedanken fähig. Du bist derjenige, der eingebildet ist.«

»Du nimmst ja schon wieder alles so schrecklich persönlich. Ich meine das nicht so. Du weißt doch, daß ich ... Daß du mir eben nicht gleichgültig bist. Wirklich, ich schätze dich sehr. Was also hat Merire gesagt?«

»Er hat ... Aber hör mal, warum verehrst du ihn denn so? Er ist doch ein Priester aus Junu?«

»Kannst du ein Geheimnis für dich behalten?«, sagte Pa-Wah und rückte näher an sie heran. »Du mußt wissen, daß die Leute des Re nicht selten versuchen, mit Amun-Priestern ins Gespräch zu kommen. Und dabei stoßen sie mit ihrer Lehre durchaus nicht nur auf taube Ohren. Auch auf dem Schiff, mit dem ich nach Theben reiste, waren Sonnenpriester. Und von ihnen habe ich viel über Merire erfahren. Teti! Er hat Beziehungen! Aus seiner Zeit als Militärführer hat er Verbindung zum königlichen Schwiegervater Eje. Er ist der kommende Mann.« Er rutschte noch näher, flüsterte: »Und weil ich dir vertraue, verrate ich dir, daß ich alles daransetze, in Karnak zu bleiben. Ich will mich dort umhören und so viel wie möglich über die Pläne der Amun-Priester erfahren.

Mit diesem Wissen kann ich Merire sehr dienlich sein.«
»Wie willst du das denn machen? Si-Mut wird dich doch schleunigst nach Sunu zurückschicken.«
»Die Propheten Amuns haben im Augenblick genug mit ihren eigenen Problemen zu tun. Si-Mut hat mir keinerlei Beachtung geschenkt. Nein, er zeigt keine Neigung, mich schnell wieder loszuwerden.«
»Hm«, sagte sie. »Das, was du vorhast, ist ganz schön gewagt. Und was springt dabei für dich heraus?«
»Sehr, sehr viel! Ich kann im Lebenshaus des Sonnentempels von Junu meine Prüfungen ablegen. Und dann werde ich endlich höhere Weihen erhalten und aufsteigen. Das ist für mich der überzeugendste Grund, den ich mir denken kann. Das begreifst du doch?«
»Ja, aber es ist zu gefährlich. Auf was läßt du dich da ein, Pa-Wah? Was ist, wenn man dich erwischt?«
»Wieso? Nein, ich lasse mich nicht ertappen. Glaub' mir, ich weiß schon, was ich tue. Angst habe ich überhaupt nicht.« Er lächelte über ihr besorgtes Gesicht. »Ich möchte mich endlich einmal bewähren und weiterkommen.« Plötzlich riß es ihn von der Bank hoch. »Dein Gatte, der Hofbeamte, kommt! Wohl besser, wenn ich mich aus dem Staub mache.«
Doch Kamose war schon zu nah. Mit wenigen raschen Schritten war er bei ihnen. Teti war ebenfalls aufgesprungen. Voll Arroganz musterte Kamose den jungen Priester.
»Darf ich dir Nefertis und Apys Verwandten vorstellen«, bat Teti mit unsicherer Stimme. »Das ist Pa-Wah, von dem ich dir schon erzählt habe.«
Kamose antwortete nicht gleich. Während er den Priester mit kalter Verachtung ansah, herrschte lähmendes Schweigen.
»Du kannst ihm mitteilen, daß ich auf seine Anwesenheit nicht den geringsten Wert lege«, sagte er schließlich und drehte Pa-Wah den Rücken zu.

Der junge Mann war bleich geworden; Kamoses hohe Stellung erforderte es, daß er sich vor ihm verneigte, was er mit zusammengebissenen Zähnen tat. Dann ging er weg, ohne einen Blick zurückzuwerfen.
»Du freust dich doch, daß Pharao dich im Amt bestätigt hat?«, wandte sich Teti zaghaft an Kamose.
Er beachtete ihre Frage nicht, sondern tadelte: »Dein Winken und Gestikulieren vorhin im Thronsaal war höchst unschicklich.«
Betreten blickte sie zu Boden. »Es wird schon niemandem aufgefallen sein.«
»Nun, ich habe es ja auch bemerkt. Was, im Namen der Neunheit, dachtest du dir dabei, als du dich in einer mir gegenüber beleidigenden Weise darüber hinwegsetztest, daß du als meine Frau an gewisse Umgangsformen gebunden bist?«
»Nichts«, sagte sie. »Ich hab's ja nicht mit Absicht getan.«
»Bei Amun! Das ist doch keine Entschuldigung! Deine Stellung als Hausherrin sowie als Hofdame verpflichtet dich zu Anstand und vorbildlichem Betragen. Du aber hast dich taktlos aufgeführt. Taktloser geht es gar nicht!« Er sah sie erzürnt an. »Wo hast du deine wertvollen Ohrringe? Und setze sofort deine Perücke wieder auf.«
Sie zeigte die Ohrringe vor, stopfte ihr Haar unter die Perücke. Sie ahnte, daß Kamose mit seinen Zurechtweisungen noch nicht zu Ende war; darüber hinaus hatte sie das Gefühl, es läge etwas weitaus Bedrohlicheres in der Luft als sein soeben geäußertes Mißfallen.
Er fuhr fort: »Und ganz offensichtlich mußt du auch dahingehend belehrt werden, daß der königliche Palastgarten nicht der Waschplatz am Fluß ist, wo man mit irgendwelchen dahergelaufenen Kerlen herumspielen kann.«
Sie hob trotzig den Kopf. »Wir haben uns sehr ernsthaft unterhalten. Und Pa-Wah ist doch kein dahergelaufener

Kerl. Er ist Opferpriester des Amun. Und ich kenne ihn seit Jahren.«

»Ja, seit Jahren«, brach es plötzlich aus Kamose heraus. »Und, bei Seth, du sollst auch endlich wissen, daß mir seit langem bekannt ist, daß du damals während deines Aufenthaltes im Hathor-Tempel, kurz bevor du meine Frau wurdest, mit ihm geschlafen hast.«

Starr vor Entsetzen stand sie da. »Woher...? Woher weißt du das?«

Er lachte bitter. »Mein Freund Si-Mut hat es mir verraten, als er am Morgen jenes Tages zu mir kam, an dem du dein Amt als Hofdame antratest. Du nanntest mich feindselig damals, doch das war ich nur deshalb, weil ich zutiefst gekränkt war.«

»Wieso hat Si-Mut es dir nicht gleich gesagt«, fragte sie mit bebenden Lippen. »Noch bevor du mich geheiratet hast?«

Er stocherte mit seinem Amtsstab im Sand. »Auch unter Freunden sind solche Mitteilungen nicht umsonst. Si-Mut erzählte mir erst davon, als er selbst eine Auskunft von mir brauchte. Aber auch, wenn ich es vorher gewußt hätte, hätte sich mein Entschluß nicht geändert. Deinen Empfang in meinem Hause hätte ich allerdings nicht so großzügig gestaltet.«

Zum Leugnen war es längst zu spät. Sie war überrumpelt worden. Aber woher weiß es Si-Mut?, fragte Teti sich. Er war doch die ganze Nacht mit Kafi zusammen gewesen. Konnte er mit seinen magischen Kräften in die anderen Räume seines Hauses sehen? Sie versuchte trotz ihrer Verwirrung einen klaren Gedanken zu fassen.

»Du hast überhaupt kein Recht, es mir vorzuwerfen«, sagte sie kühn. »Es war ja vor der Eheschließung.«

Er machte einen Schritt auf sie zu, maß sie mit Blicken voller Zorn. »Ah, du meinst, es stünde mir nicht zu, daran Anstoß zu nehmen, daß du mich hintergangen hast? Daß du mich betrogst, während ich freudig deiner

Ankunft als Hausherrin entgegensah und meine Sänfte vor dem Tempel für dich bereitstand, weil ich annahm, du suchtest dort Ruhe und den Rat der Göttin? Du behauptest, ich hätte kein Anrecht darauf, dir vorzuhalten, daß du mich als deinen damaligen Verlobten so unendlich verletzt hast, indem du dich mit einem anderen eingelassen hast, als du bereits mir versprochen warst?«
Die Sonnenscheibe stand hoch am Himmel, es war ein ungewöhnlich warmer Wintertag. Der Palastgarten leerte sich zusehends.
»Zu diesem Zeitpunkt hatte ich dir noch gar nichts versprochen«, entgegnete sie nachdrücklich. »Ich wollte, wie du sehr richtig sagst, im Tempel Ruhe und den Rat der Göttin suchen und mich erst danach entscheiden.«
»Willst du mich zum Narren halten?« Er machte einen weiteren Schritt auf sie zu. Besitzergreifend legte er den Arm um ihre Schultern und fuhr mit scharfer Stimme fort: »Du willst mich doch nicht glauben machen, dir sei nicht vom ersten Augenblick an bewußt gewesen, daß du mich zu heiraten hattest? Als ich dir die Ehe antrug, mußte dir doch klar sein, daß man dich glattweg für verrückt erklären würde, wenn du ablehntest.«
Sie schwieg. Sie erinnerte sich an das dumpfe Gefühl der Auswegslosigkeit, das sie damals befallen hatte, und mit welcher Verzweiflung sie sich an die Illusion geklammert hatte, frei entscheiden zu können. Und Pa-Wah hatte so wunderbar dazu gepaßt.
Kamoses Stimme ertönte wieder, jetzt leise, dafür aber um so drohender. »Komm und laß uns die Abgeschiedenheit meines Zimmers aufsuchen. Dort, denke ich, wird dir das Reden leichter fallen.«
Sie schüttelte so heftig den Kopf, daß die Haarsträhnen flogen und die goldenen Perückenringe aneinanderklirrten. »Nein, ich komme nicht mit. Ich kehre in den Palast zurück. Ich werde den Nachmittag mit den anderen Hof-

damen verbringen und dort auf den Beginn des Festes warten, das die Große Königliche Gemahlin am Abend ausrichtet.«

Er lachte höhnisch. »Bedauerlicherweise wird Königin Nofretete für den weiteren Tagesverlauf auf deine Anwesenheit verzichten müssen. Und nun komm.

»Nein!« Sie machte sich von ihm los. Auf keinen Fall würde sie jetzt mit ihm nach Hause gehen. Sie mußte ihm so schnell wie möglich entkommen.

»Wir sind doch mit den Sänften da«, erinnerte sie ihn und nahm sich vor, den Trägern ihrer Sänfte ein anderes Ziel zuzuflüstern.

»Bei Seth! Wir werden zu Fuß gehen. Komm endlich!«

»Nein!« Sie hob den Saum ihres Kleides an, das ihr mittlerweile am Körper klebte, und wollte mit ein paar flinken Schritten entfliehen. Doch blitzschnell schlossen sich seine Finger um ihr Handgelenk. Seine Augen glühten finster.

»Ich rate dir nicht, dich mir weiter zu widersetzen.«

Große Göttin, wieso kommt denn niemand?, jammerte sie insgeheim, als sie hinter Kamose herwankte. Doch der Garten blieb leer, und die Straßen waren über Mittag wie ausgestorben. Es war die Zeit, die auch sie sonst gerne im Schatten eines Baumes oder auf ihrem Ruhebett verbrachte. Aber heute schienen die Götter sie mit allem Unglück der Welt zu überschütten. Unvorstellbar, daß Kamose während der ganzen Zeit Bescheid gewußt hatte! Und sie hatte sich so sicher gefühlt und keinen Gedanken mehr an das, was er Treuebruch nannte, verschwendet. Was alles würde er aufwühlen mit seinen unseligen Fragen!

Als sie zuhause ankamen, brannten ihre Augen von der warmen, trockenen Luft und den mühsam zurückgehaltenen Tränen. »Du hast mich vom Palast hierher gezerrt wie eine Strafgefangene. Bitte laß mich endlich los«, flehte sie.

Doch er warf ihr nur einen eigentümlichen Blick zu und hielt ihr Handgelenk noch fester umfaßt. Er lehnte den Würdestab an seinen Sessel. Dann hob er sie mit einer raschen Bewegung hoch und trug sie die Treppe hinauf. Warum ist denn niemand von der Dienerschaft zu sehen?, dachte sie verzweifelt. Bestimmt würden das erstaunte Gesicht eines Dieners oder die neugierigen Augen eines Küchenmädchens Kamose von seinem merkwürdigen Tun abbringen. Noch nie hatte sie sein Verhalten so widerwärtig gefunden. Am liebsten hätte sie nach Seni gerufen.

»So! Nun haben wir alle Zeit der Welt«, sagte er, nachdem er sie in seinem Zimmer auf dem Bett abgesetzt hatte. Er stellte sich vor sie hin und verschränkte die Arme über der Brust. »Ich warte nach wie vor auf deine Erklärung!«

»Laß uns erst mal Abstand gewinnen, nach allem, was heute geschehen ist«, schlug sie vor, rutschte nach vorn und stellte vorsichtig die Füße auf den Boden. »Bitte, laß mich in mein Zimmer gehen. Ich habe das Gefühl, daß dir mein Anblick im Augenblick nichts als Verdruß bereitet.«

»Deine Abwesenheit würde mich noch viel zorniger machen«, erwiderte er düster. »Fangen wir noch einmal von vorne an. Ich habe damals die Tatsache, daß du, nachdem ich dir das Haus gezeigt hatte, in mein Zimmer gehen wolltest, als dein Einverständnis zur Ehe gewertet.«

»Das war es aber nicht.«

»Was war es dann? Warum bist du mitgegangen?«

»Ich war neugierig.«

»Neugierig worauf?«

»Auf dein Zimmer.«

»Nun, gut. Konntest du dir aber nicht denken, was wir dort tun würden?«

»Na ja, vielleicht«, sagte sie zögernd.

»Und du wußtest ebenfalls, daß ich an demselben Tag, an dem du den Tempel aufsuchtest, mit deinem Bruder die Abmachungen treffen und den Ehevertrag aufsetzen würde und daß es spätestens ab diesem Zeitpunkt mit deiner Ungebundenheit vorbei sein würde.«

Tetis große, samtene Augen wurden auf einmal hart und schmal. »Ja, das ist etwas, was du unheimlich gut kannst. Vereinbarungen ausarbeiten, Verträge schließen. Und anderen Leuten deinen Willen aufzwingen. Wie mir aber zumute war, daran hast du keinen Gedanken verschwendet. Kannst du dir vorstellen, was für eine wahnsinnige Angst ich hatte, dich nach den wenigen Tagen, die wir uns kannten, heiraten zu müssen und in dein Haus zu ziehen? Aber meine Gefühle waren dir ja völlig egal. Nicht eine Überlegung, nicht eine Frage, nicht ein einziges einfühlsames Wort waren sie dir wert. Du wolltest mich nur haben!« Sie war aufgesprungen und starrte ihm wuterfüllt ins Gesicht. »Du hast mich angeschafft wie einen Gegenstand«, schrie sie. »Wie ein Möbelstück, das dir gefiel und von dem du dir mancherlei Annehmlichkeiten versprachst. Ein Möbelstück, das griffbereit vor dir stand, und alle, ja, alle haben mitgeholfen, damit du es auch gleich besitzen konntest. Nichts anderes war ich für dich. Und, bei Hathor, vielleicht siehst du auch heute nichts anderes in mir!«

»Spar' dir dein triefendes Selbstmitleid«, brüllte er zurück. »Du weißt genau, daß es nicht so ist. Und nicht so war. Was hätte es denn geholfen, noch Wochen oder Monate mit der Heirat zu warten? Ich stellte mir vor, daß du es genießen würdest, in diesem schönen Haus zu wohnen und hier Hausherrin zu sein. Und ich war bemüht, zwischen uns Vertrauen zu schaffen, indem ich dich von Anfang an als ebenbürtig behandelte.«

»Wie überaus gütig, hoher Herr«, murmelte sie spöttisch und machte eine Verbeugung.

Er schlug sich mit der Faust an die Brust. »Ich habe mir

nichts vorzuwerfen. Nur den Fehler, dir Gelegenheit gegeben zu haben, den Tempel aufzusuchen und mich zu betrügen. Bei Amun, wie hat mich das gekränkt! Du, nichts weiter als die Tochter eines einfachen Schreibers, eine fünfzehnjährige, namenlose, kleine Tempeltänzerin, hast einen Mann meiner Position, meines Ansehens und meines Lebensalters ohne Bedenken gedemütigt, indem du dich vor der Hochzeit mit diesem Kerl eingelassen hast.«

»Von Demütigung kann doch keine Rede sein. Ich fühlte mich einfach noch nicht an dich gebunden. Außerdem war ich an diesem Abend ganz trübsinnig wegen der Aussicht, in ein paar Tagen meine Freiheit einzubüßen. Und Pa-Wah hat mich getröstet.«

»Getröstet! Treib' mich nicht zum äußersten!« Er streckte die Hände aus, als wolle er Teti packen und schütteln. Dann atmete er tief durch, ließ die Arme wieder sinken und fing an, im Zimmer hin und her zu gehen. »Für dich nimmst du Trost in Anspruch. Aber mir gegenüber hast du dich kaltherzig und rücksichtslos verhalten.«

»Ach, du kannst Amun danken, daß er dich nicht an deinem gekränkten Stolz hat ersticken lassen.« Sie setzte sich wieder auf das Bett. »Du hast keinen Grund, alles so hochzuspielen. Pa-Wah und ich sind bloß noch Freunde. Er selber hat mir seine Freundschaft angeboten.«

»Freunde! Welch ein Unsinn«, erwiderte Kamose heftig. »Hätte ich mit einem Achselzucken darüber hinweggehen sollen, nachdem ich von der Sache zwischen dir und Pa-Wah erfahren hatte? Ich wäre ein Dummkopf und Schwächling, wenn ich nicht gehandelt hätte. Denn du konntest es ja nicht unterlassen, dich immer wieder mit ihm zu treffen. Und deshalb habe ich dafür gesorgt, daß dein sogenannter Freund«, er spuckte das Wort förmlich aus, »von Theben nach Sunu versetzt wurde und bis zum heutigen Tag in seiner untergeordneten Stellung geblie-

ben ist. Selbstverständlich konnte ich auch nicht dulden, daß du Briefe von ihm empfängst. Und du kannst sicher sein, daß ich nicht erlauben werde, daß er dir jemals wieder so nahe kommt wie heute mittag. Darauf, meine Beste, kannst du Gift nehmen.«
Teti war bei seinen Worten immer weiter auf dem Bett zurückgewichen. »Du...«, flüsterte sie. »Du bist für alles verantwortlich, was Pa-Wah angetan wurde?«
»Er kann sich glücklich schätzen, daß ich ihn nicht habe töten lassen. Si-Mut hätte auch das dezent und zuverlässig für mich erledigt.« Er war an das Bett getreten und beugte sich über sie. »Und nun höre mir genau zu! Wie dir bekannt sein dürfte, steht in Soleb ein Tempel, in dem Pharao Osiris Amun-hotpe verehrt wird. Dorthin, weit fort ins elende Land Kusch, will ich diese jämmerliche Kreatur versetzt haben. Wenn ich erst mit Si-Mut gesprochen habe, ist er so gut wie dort.«
»Du bist gemein!«, sagte sie tonlos. »Das gibt Pa-Wah den Rest. Soleb liegt doch am Ende der Welt.«
»Immerhin ist das Ende der Welt besser als die Unterwelt«, höhnte Kamose.
Sie kauerte sich auf dem Bett zusammen und verbarg ihr Gesicht mit den Händen. Wie soll es weitergehen?, dachte sie unglücklich. Sie fühlte sich zu abgekämpft um Haß auf Si-Mut zu empfinden. Nur er war schuld an dieser Katastrophe. Natürlich hatte sie sich damals nicht mit Pa-Wah eingelassen, um Kamose zu verletzen. Aber so tückisch und rachsüchtig, wie er sich verhalten hatte, mußte sie jetzt auch ihn verabscheuen. Wie sollte sie da in der Lage sein, weiterhin mit ihm zusammenzuleben? Nein, sie hatte keine Ahnung, wie es weitergehen sollte.
Erst als Kamose ihr die Hände vom Gesicht nahm, merkte sie, daß eine Veränderung mit ihm vorgegangen war. Er wirkte gelöst, seine Miene fast heiter. Ungeniert spielte er mit den Perückenlocken, die ihr in die Stirn fielen, hob dann ihr Gesicht zu sich empor.

»Nun, nachdem wir einander, wie ich meine, genügend angeschrien und uns ausgesprochen haben, steht einer Versöhnung doch nichts mehr im Wege, meine Liebe.« Er betrachtete sie, als sähe er sie zum ersten Mal. »Und danach lassen wir uns Essen und Wein bringen.« Eine ungestüme Freude schien ihn zu erfassen. »Ist dir klar, daß du dein Leben mit einem der höchsten Staatsbeamten teilst, mein Herz? Bei Amun, ich bin und bleibe einer der wichtigsten Männer dieses Landes. Und das, Liebste, ist wohl Grund genug zum Feiern.«
»Mir ist überhaupt nicht nach Feiern. Ach, ist mir elend!«
»Und wie sieht es mit der Versöhnung aus?« Er setzte sich zu ihr aufs Bett und hob ihr die Perücke vom Kopf.
»Niemals! Niemals werde ich mit dem, was du getan hast, versöhnt sein. Du hast mich behandelt, als wäre ich eine Verbrecherin. Und du hast Pa-Wahs Laufbahn, ja sein Leben zerstört.«
»Du hast keinen Blick für die Größenordnungen, mein Herz! Wie üblich übertreibst du ganz außerordentlich. Ich tat lediglich, was ich für notwendig hielt. Hätte sich dieser Priester von dir ferngehalten, wäre ihm nichts widerfahren. Und nun will ich seinen Namen nie wieder hören.« Kamose kam ganz nah an Teti heran und drängte: »Ich möchte, daß du mit Zärtlichkeit meinen Namen nennst.« Als sie zurückwich, rückte er nach. »Und dann, meine Schöne, werde ich dir dieses traubenfarbene Rot von den Lippen küssen.«
»Nein! Ich gehe in mein Zimmer und sehe nach Mehi.« Sie rutschte zur Seite, doch es gelang ihr nicht, an ihrem Mann vorbeizukommen.
Er streckte den Arm aus und zog sie an sich. »Das Kindermädchen ist bei ihm. Er braucht dich nicht. Aber ich, Liebste, ich brauche dich.« Er wollte sie küssen.
Hastig drehte sie den Kopf weg.
Er packte sie bei den Schultern. »Sieh mich an!«

Erschrocken blickte sie in seine schwarz umrandeten Augen. Sein Gesicht kam ihr mit einem Mal beängstigend fremd vor.
»Ich will dich«, sagte er fordernd. »Ich will dich jetzt!«
»Nein! Bitte laß mich gehen.«
Er lachte bloß. Unsanft stieß er sie aufs Polster zurück, hielt sie mit einer Hand fest, mit der anderen machte er sich an ihrem Kleid zu schaffen, zog daran und riß es ihr dann mit einer einzigen heftigen Bewegung vom Leib.
Sie krallte sich in seine Oberarme, entsetzt von der hartnäckigen Gier, mit der er Anspruch auf sie erhob.
»Wenn du tust, was du vorhast, rufe ich so laut ich kann, nach Seni und Suti.«
»Ein Befehl von mir wird sie fernhalten.« Er beugte sich weiter über sie, preßte sie unnachgiebig nach unten und schob sich auf sie.
Sie wand sich unter seinem Gewicht, versuchte, ihn wegzudrängen und zu entkommen, aber sie war hilflos gefangen.
Da rief sie in höchster Not: »Was soll User-Re von dir denken? Du... du willst ein Vorbild für ihn sein?«
In wilder Erregung starrte er sie an. Nach ein paarmal Luftholen ging sein Atem langsamer.
»Geh'«, keuchte er. »Verdammt nochmal, geh'!«
Sie schlüpfte unter ihm weg, hob hastig ihr Kleid auf und rannte aus dem Zimmer.

Kapitel 12

Die Geister des Grabes

Es dauerte eine ganze Weile, bis Teti die Tür öffnete. Sie mußte nicht nur den Riegel zurückschieben, sondern auch eine Truhe beiseite rücken. Dann erst konnte Seni eintreten.

»Was soll das?«, fragte Seni.

»Ich wollte sichergehen, daß niemand hereinkommt.«

»Wer hätte denn kommen können?«

»Kamose.«

»Na aber!«

»Ach, Kamose hätte gestern mit mir beinahe getan, was er wollte, ohne daß ich es wollte«, schluchzte Teti und warf sich an Senis ausladenden Busen.

»Aber vorher habt ihr doch gestritten! Wir haben eure lauten Stimmen gehört? Was war los?«

»Kamose paßt meine Freundschaft mit Pa-Wah nicht.«

»Na, das hätte ich dir gleich sagen können.«

Teti gefiel diese Bemerkung nicht, dennoch rang sie sich dazu durch, Seni ziemlich wahrheitsgetreu zu berichten, was vorgefallen war.

»Du glaubst doch nicht, daß ich den Rest meines Lebens mit diesem Ungeheuer verbringe«, meinte sie abschließend.

»Aber was sonst willst du machen? Denk' an dein Kind! Und an mich und meine Familie. Ohne Kamose stehen wir übel da. Und so unschuldig, wie du tust, bist du auch wieder nicht. Der Hausherr hat auf seinen Ruf zu achten. So wie du dich aufgeführt hast, ist es kein Wunder,

daß er wütend war. Aber daß er fast die Beherrschung verloren hätte ...!«
»Niemals kann ich ihm das verzeihen.«
»Ja, ja.« Teilnahmsvoll rieb Seni Tetis Rücken.
Unglücklich blinkten Tetis Augen durch den Tränenstrom. »Die zarte Blume meiner Zuneigung hat er zertrampelt.«
»Irgendwann wächst sie wieder, vertrau' mir«, murmelte Seni und massierte weiter.
Teti hielt ganz still, und nach und nach versiegten ihre Tränen. Sie ging zu Mehis Bett, schaute nach, ob er schlief, und setzte sich auf die Truhe, die noch schräg im Zimmer stand. Niedergeschlagen brütete sie vor sich hin. Kaum geschlafen hatte sie in dieser Nacht, sich bloß hin und her gewälzt, gegrübelt und immer wieder geweint. Sie hatte sogar überlegt, ob sie Pa-Wah überreden sollte, mit ihr wegzulaufen, irgendwohin. Nur Mehis wegen hatte sie diesen Gedanken fallenlassen. Nein, sie wußte nicht, wie es weitergehen sollte. Aber zumindest fühlte sie sich jetzt, weil es draußen hell war und weil Seni da war, nicht mehr ganz so mutlos.
Sie blickte auf. »Ich muß so schnell wie möglich Pa-Wah warnen.«
»Was? Laß das um Hathors willen. Willst du schon wieder Unsinn machen?«
»Ich kann ihn doch nicht seinem Schicksal überlassen. Ich muß ihm sagen, in was für einer Gefahr er schwebt.« Sie kniff Seni in den Arm. »Und du hilfst mir dabei.«
»Au! Nein, das tue ich nicht. Der Hausherr könnte mir das sehr krumm nehmen.«
»Sei nicht so ängstlich! Dir kann überhaupt nichts passieren. Du brauchst bloß nach Karnak zu gehen und im Amun-Tempel nach Pa-Wah zu fragen. Und dann richtest du ihm aus, daß ich ihn noch heute treffen muß, und zwar nach Einbruch der Dunkelheit am Westufer. Aber nicht hier, sondern flußabwärts bei den Quartieren der

Sargmacher und Einbalsamierer. Dort gibt es eine Schenke, die ›Grünes Horusauge‹ heißt. Und genau dort werde ich auf ihn warten. Sag' ihm, er soll nach einer ärmlich aussehenden Frau Ausschau halten.«
»Du und ärmlich?« Seni seufzte. »Ich hab' gedacht, diese Zeiten sind ein für allemal...«
»Du hast doch noch ein paar alte Kleider?«, schnitt Teti ihr das Wort ab. »Das abgetragenste gibst du mir.«
»Und wenn der Hausherr nach dir fragt?«
»Er wird nicht nach mir fragen, da bin ich ganz sicher. Kamose und ich, wir sind miteinander fertig und zwar für immer. Kein Wort mehr werde ich in diesem Leben mit ihm reden. Und außerdem ist er heute abend bei Apy eingeladen. Er kriegt also gar nicht mit, daß ich weg bin. Wenn mich eine der Nebenfrauen sprechen will, sagst du, ich bin krank und will niemanden sehen.«

Unsicher blickte sich Pa-Wah im niedrigen Schankraum der schilfgedeckten Hütte um. Dann kam er langsam auf Teti zu und musterte sie prüfend.
»Fast hätte ich dich nicht erkannt«, sagte er. »Du siehst ja fürchterlich aus. Hast du den Tag in einer Abfallgrube verbracht?«
Teti kicherte hinter vorgehaltener Hand, lachte und zeigte ihre Zähne, von denen sie die meisten schwarz angemalt hatte.
»Die Verkleidung ist mir gut gelungen, nicht wahr? Das Kleid ist so schauderhaft zerschlissen, daß Seni es seit langem nicht mehr anzieht. Und von dem schmierigen Tuch auf meinem Kopf juckt es mich schon am ganzen Körper. Nicht mal mit seinem Amtsstab würde Kamose mich berühren, wenn er mich so sähe.«
Sie lümmelte sich auf eines der abgenutzten Polster, aus denen schon die Grasfüllung quoll, und sog geräuschvoll mit einem Röhrchen Bier aus einem Tongefäß. Pa-Wah runzelte die Stirn und zog den Kragen seines weiten,

ausgeblichenen Umhangs höher. Kopfschüttelnd sah er sich um.
»Fühlst du dich hier etwa wohl?«, fragte er und hielt sich die Nase zu. »Hier stinkt's.«
»Das kommt von den Leichenarbeitern, die ihren allabendlichen Topf Bier trinken«, grinste sie. Dann wurde ihr Gesicht ernst. »Aber wir sind nicht wegen des Lokalkolorits da, Pa-Wah. Stell' dir vor, unser Geheimnis ist entdeckt. Kamose weiß alles.«
»Großer Götterkönig, steh mir bei!« Stöhnend sank Pa-Wah neben Teti auf das Polster. »Deshalb hat er mich gestern so scheußlich behandelt.«
»Ja, und weil er wegen der Zeichen sauer war, die wir uns im Thronsaal gegeben haben. Und darüber, daß wir uns getroffen haben, gestern und auch früher. Und er ist es gewesen, der Si-Mut zu allen Gemeinheiten angestiftet hat. Ja, mein lieber Gemahl war über alles im Bilde und hat im Hintergrund die Fäden gezogen.«
»Aber wie hat er es herausgebracht?«
»Von Si-Mut wußte er es! Die ganze Nacht habe ich mir den Kopf zerbrochen, wie Si-Mut es herausgefunden haben könnte. Vielleicht hat er es nur vermutet. Daß er allerdings aus einer bloßen Annahme heraus so etwas behauptete, kann ich mir auch wieder nicht vorstellen. Oder verfügt er über derartige Zauberkräfte, daß er in jedes Zimmer seines Hauses sehen kann? Wäre das möglich, Pa-Wah? Für mich ist es die einzige Erklärung.«
Nachdem der magere Schankjunge die anderen Gäste bedient hatte, kam er zu ihnen. Abwartend blieb er stehen, und Teti bestellte in ihrem breitesten Straßenthebanisch auch für Pa-Wah Bier.
»Wenn du öfter kommst, kannst du's anschreiben lassen«, erklärte der Junge, als er das Bier durch ein Sieb in das tönerne Trinkgefäß goß.
»Nein, ich gebe dir gleich den Gegenwert.« Sie reichte

ihm ein Säckchen mit einem Achtel Maß Gerste. Der Junge nickte zufrieden und nahm es mit.
Pa-Wah schlürfte sein Bier und warf Teti verlegene Blicke zu. »Ich ... ich erinnere mich«, fing er zu sprechen an. »Ich erinnere mich, daß in jener Nacht, als wir mit Amuns Barke zurück in Karnak waren ... da nahm mich Si-Mut beiseite, sah mich mitleidig an, klopfte mir wie tröstend auf die Schulter und machte eine dumme, anzügliche Bemerkung darüber, daß es mir wohl nicht gelungen sei, bei seinem Fest auf meine Kosten zu kommen. Und ich ... ich erwiderte darauf etwas sehr Passendes. Tja, zumindest meinte ich das damals.«
»Nein! Du selbst hast es ihm gesagt«, hauchte Teti entgeistert. Dann fuhr sie auf Pa-Wah los: »Du Esel! Du Trottel! Mußtest du dein gewaltiges Nilpferdmaul aufreißen, um damit zu prahlen, daß du bei mir hattest landen können? Bei Hathor, die zwei Jahre Sunu hast du dir redlich verdient.«
»Teti, liebste Teti! Es tut mir so leid.« Kläglich lugte er aus seinem Umhang, in den er sich bis fast zur Nasenspitze gewickelt hatte.
»Oh, wenn ich gewußt hätte, daß du deinen dummen Mund nicht halten kannst«, zischte sie. »Wie konntest du bloß vergessen, daß du niemandem ein einziges Wort verraten durftest?«
»Aber ich konnte doch nicht ahnen, daß Si-Mut es nicht für sich behält«, erwiderte er leise. »Indem er es Kamose weitererzählte, hat er seinen Priestereid gebrochen.«
»Das stimmt«, sagte sie. Sie spielte im Kopf sämtliche Möglichkeiten durch. »Damit könnten wir ihn vor Gericht bringen, wenn's nicht so peinlich wäre. Und das ist auch der Grund, weshalb er unbesorgt auspacken konnte, um aus Kamoses Gegenleistung seinen Vorteil zu ziehen.«
»Du bist mir schrecklich böse, nicht wahr?«, fragte Pa-Wah, dessen Gesicht fast so zerknittert aussah wie sein Umhang.

»Ja«, sagte sie heftig.
Wie gut, daß die Unterhaltungen um sie herum ebenfalls ziemlich laut geführt wurden, so daß die wütenden Worte, die sie auf Pa-Wah hatte niederprasseln lassen, gar nicht weiter aufgefallen waren. Bestimmt hielt man sie für eine Frau, die ihren bedauernswerten Ehemann herunterputzte. Und Pa-Wah sah wirklich sehr geknickt aus.
Dann fiel Teti die andere wichtige Sache ein, deretwegen sie hergekommen war. »Es ist nun mal geschehen. Immerhin warst du ehrlich genug, es zuzugeben. Aber die schlechten Nachrichten haben noch kein Ende. Kamose will dich nach Soleb versetzen lassen. Du mußt dich also schnellstens in Sicherheit bringen.«
Er rutschte noch tiefer in seinen Umhang. »Nach Soleb? Das überlebe ich nicht.«
»Deswegen warne ich dich ja. Du mußt aus Karnak verschwinden, bevor man dich nach Kusch schickt.«
»Warte mal!« Langsam tauchte er aus dem Umhang auf. »Nach Soleb fährt frühestens in zwei Wochen ein Schiff. Also habe ich zwanzig Tage zur Verfügung und damit genug Zeit, um die Amun-Priester auszuhorchen und ihre Pläne an Merires Leute weiterzugeben.«
»Blödsinn.« Sie wurde schon wieder wütend. »Kümmere dich lieber um dich selbst und rette deine Haut.«
»Aber ich habe es Merires Beauftragten versprochen. Ich will sie nicht enttäuschen. Und wohin soll ich überhaupt fliehen? Si-Mut spürt mich doch überall auf.«
»Na, die einzige Möglichkeit ist die, daß du deine Freunde, die Re-Priester, fragst, ob sie dich nicht gleich in ihren Reihen aufnehmen.«
»Nein, zuerst will ich ihnen einen Dienst und mich dadurch ihrer würdig erweisen«, erwiderte er feierlich und setzte sich kerzengerade hin. »Ja, ich muß bis zuletzt im Amun-Tempel ausharren und in Erfahrung bringen, was immer ich mitbekommen kann.«

»Pa-Wah, du bist wirklich ein Esel«, seufzte sie. »Ein störrischer, riesengroßer Esel.«
»Teti, wenn du das sagst, klingt es fast zärtlich.«
»Ach, sei so gut und trink' dein Bier aus.« Sie rieb sich müde die Augen. »Nicht einmal Salz können sie sich leisten, damit die Öllampen nicht so qualmen.«
»Grünes Horusauge! Was für ein hochtrabender Name für diese Spelunke.«
»Ja, die Weinsorte ›Grünes Horusauge‹ kriegst du hier bestimmt nicht. Und auch das Bier ist erbärmlich schlecht. Aber wir müssen es austrinken. Es fällt auf, wenn wir es stehenlassen.«
»Komischerweise finde ich Gefallen daran, wieder und wieder festzustellen, wie schlecht es schmeckt. Es ist wirklich abscheulich und dabei so stark.« Er leckte sich die Lippen und schlug seinen Umhang zurück. Dann richtete er seinen schon ein wenig glasigen Blick auf Teti. »Und du, Teti, kommst mir trotz deines Schmutzes zusehends schöner vor. Willst du nicht deinen Kopf, der inzwischen wahrscheinlich voller Läuse ist, an meine Schulter legen?«
»Ja, aber nur ganz kurz. Bis wir unser Bier ausgetrunken haben.«
Die lebhafte Geselligkeit ringsherum wirkte ansteckend, und Teti fing an, Pa-Wah zu erzählen, wie sie und die anderen Kinder aus ihrer Straße früher den westlichen Stadtteil durchstreift hatten, wo Werkstätten und Einbalsamierungszelte sie sehr anzogen.
»Wenn die Aufseher mit ihren Stöcken uns nicht jedes Mal vertrieben hätten«, schloß sie, »wäre einer von uns sicher irgendwann in einem Faß Zedernöl oder in einer Wanne mit Natron gelandet.«
Ihre letzten Worte waren in dem Gegröle untergegangen, mit dem mehrere Zecher die herzzerreißende Musik zu übertönen versuchten, die ein Flötenspieler hervorbrachte. Es gelang ihnen mühelos, und sie johlten einem

halbnackten, tätowierten und mit billigem Schmuck behängten Mädchen hinterher, das zwischen den Herumsitzenden hindurchtänzelte, dabei geschickt den nach ihm greifenden Händen auswich und sich schließlich in einer Ecke an der Seite eines Mannes niederließ, der mit ein paar kupfernen Reifen klimperte.

»Bei allen Sternengöttern, jetzt ist es doch spät geworden! Ich muß auf dem kürzesten Weg nach Hause«, sagte Teti, als sie endlich ausgetrunken hatten.

Etwas benommen traten sie ins Freie und gingen langsam die Straße entlang. Ein paar Leichenarbeiter, die hinter ihnen die Schenke verlassen hatten, überholten sie, wobei einer der Männer Pa-Wah anrempelte. Der Mann kam zurückgewankt und schlug dem Priester kameradschaftlich auf die Schulter.

»Spendier' deiner Schwester noch 'nen Topf Bier, Mann«, grunzte er vertraulich. »Dann kommt sie mit dir ins Dickicht.«

Teti ging auf den Mann zu und lachte ihm mit ihren schwarzen Zähnen ins Gesicht.

»Uaah«, machte der. »Bei den Hängebrüsten der Taweret! Bei so viel Schönheit wirst du dein Bier eher selbst brauchen, Mann!« Er versetzte Pa-Wah noch einen ermutigenden Stoß in den Rücken, bevor er seinem Gefährten hinterhertorkelte.

»Beleidige meine Liebste nicht«, rief Pa-Wah, allerdings nicht zu laut.

»Heute nacht kommst du nicht mehr über den Fluß«, stellte Teti fest. »Du mußt irgendwo am westlichen Ufer übernachten.«

»Hier?« Er erschauerte. »Wo es von Dämonen nur so wimmelt? Und wo die Geister der Toten herumspuken?«

»Als Amun-Priester mit reichen Kenntnissen wirst du doch ein paar Zaubersprüche parat haben, um dir Geister und Dämonen vom Leib zu halten? Außerdem kannst du die Götter der Neunheit anrufen.«

»Ja, meine Zaubersprüche kann ich schon hersagen. Aber was mache ich, wenn mich die Dämonen nicht verstehen?«, fragte er bange. »Stell' dir nur vor, es sind welche aus Syrien, Mitanni oder Kusch da. Diese ausländischen Dämonen verstehen kein Ägyptisch. Sie werden nicht weichen. Sie werden mich vernichten. O weh!«
»Oje«, sagte sie unsicher.
»Liebste Teti«, er ergriff eine Ecke ihres schmutzigen, viel zu weiten Gewandes, »kann ich dich nicht heimbegleiten und in aller Freundschaft in deinem Zimmer schlafen?«
»Bist du vollkommen verrückt? Meinst du, ich habe die ganze Geheimnistuerei zum Spaß unternommen? Wenn du auch nur einen Fuß in Kamoses Haus setzt, wird er dich in Stücke reißen. In aller Freundschaft natürlich«, äffte sie ihn nach. »Und niemand würde ihm den geringsten Vorwurf machen.«
»Selbstverständlich darf er nichts merken. Das ist doch klar!«
Mit einem Ruck befreite sie sich. »Ich hätte nie gedacht, daß du so wenig Bier verträgst. Oder hat man dich in Sunu auf den Kopf geschlagen? Geh zurück in den Schankraum und frag' nach, ob sie dir einen Strohsack für die Nacht geben. An zerlumpte Gesellschaft bist du ja inzwischen gewöhnt.«
»Du könntest wenigstens dableiben und mich wärmen, bis ich eingeschlafen bin.«
Sie schnaufte vor Empörung.
»Schau', mein Umhang bietet Platz für zwei«, versuchte er sie zu überzeugen, faltete seinen Umhang auseinander und stöhnte auf.
»Oh dieser Gestank! Drei Tage werde ich im Heiligen See zubringen müssen, bevor ich diesen Gestank los bin.«
»Quatsch! Morgen schwimmst du im Fluß und wäschst deine Kleider. Dann bist du sauber und rein wie ein

frisch gebadetes Kind.« Sie gähnte und wickelte sich in ihr großes wollenes Tuch. »Gib' mir Bescheid, wenn du weißt, was du vorhast. Am besten schickst du eine Botschaft in den Hathor-Tempel. Kafi wird sie an mich weitergeben. Und jetzt muß ich sofort nach Hause. Sonst fällt mein Verschwinden doch auf!«
»Wie kommst du denn heim, liebe Teti, in dieser stockfinsteren Nacht?«
»Genauso wie ich hergekommen bin. Außerdem ist der Himmel sternenklar, und der Mond scheint. Und gegen die Geister habe ich, in ein Stück Stoff gewickelt, meine Amulette dabei. Und du stehst unter Amuns Schutz.«
»Der Schutz deines Zimmers wäre mir aber viel lieber gewesen«, maulte er eigensinnig. »Bitte bleibe noch ein bißchen. Teti, du bist der einzige Mensch in Theben, der freundlich zu mir ist. Seit ich wieder hier bin, hat sich mein Onkel Apy noch nicht um mich gekümmert. Und Tante Neferti hat nicht mehr als drei Worte mit mir gewechselt, als ich ihr neulich begegnete. Meinen Freund Pentu hat sie mir auch entfremdet. Der wohnt ja nun im Palast. Oh, Teti, ohne dich bin ich doch ganz verlassen.«
»Erzähle mir bloß keine Märchen.« Sie umarmte ihn kurz, schob ihn aber gleich wieder weg. »Anscheinend hat dich der Kerl vorhin auf dumme Gedanken gebracht.«
»Nein, die hatte ich schon vorher!«
»Ständig fängst du damit an! Hast du denn gar kein Gespür für die Gefahr? Aber vielleicht ist das ganz gut so für das, was du vorhast. Halte mich auf dem laufenden. Und jetzt gehe ich wirklich und endgültig. Re möge dich schützen! Und paß' auf dich auf!«

Die Nacht war klar und kalt. Teti ging ziemlich schnell, und sie war froh, daß sie das Tuch hatte, um Kopf und Körper zu schützen. Als sie sich dem Haus näherte, sah sie, daß zwei Leute mit Fackeln davor herumliefen. Es waren Seni und Kamose. Sich im Schatten der anderen

Häuser haltend, schlich Teti auf die Gartenmauer zu. Sie hatte vor, durch den Nebeneingang in den Garten zu schlüpfen. Doch gerade als sie das Tor öffnen wollte, leuchtete Kamose in ihre Richtung.
»Halt! Welches Gesindel treibt sich hinter meinem Haus herum?«, rief er laut.
»Es ist die Herrin des Hauses«, erklärte Seni, die Tetis verhüllte Gestalt sofort erkannt hatte.
»Teti?« Kamose kam näher und hielt ihr die Fackel vors Gesicht. »Tatsächlich, Teti!« Er musterte sie voll Abscheu. »Bei Amun, wie siehst du aus? Und wo kommst du um diese Zeit her?«
»Ich war bei den Gräbern«, sagte Teti in kaum vernehmbarem Ton.
»Bei den Gräbern? Um diese Stunde? In diesem Aufzug?«
»Ja, ich wollte einen Geist beschwören.«
»Einen Geist beschwören?« Er trat näher an sie heran und rümpfte die Nase. »Du riechst nach Bier.«
»Ich hatte ein wenig Bier als Opfergabe dabei«, sagte sie mit klangloser, fast ersterbender Stimme. »Vielleicht habe ich etwas davon auf mein Kleid verschüttet. Vielleicht habe ich auch ein kleines bißchen getrunken. Ich hatte große Angst und brauchte Mut.«
»Komm ins Haus«, sagte er und ging voraus.
Seni, die die Gabe hatte, trotz ihrer Rundlichkeit leichtfüßig schwebend zu gehen, huschte neben Teti her. »Warum bist du bloß so lange weggeblieben?«, flüsterte sie. »Kamose war viel eher als erwartet zurück und wollte unbedingt mit dir sprechen. Dein Zimmer war leer, und ich konnte ihm ja nicht sagen, wo du warst. Doch zum Glück fing er an, selbst im Garten und rings ums Haus nach dir zu suchen, anstatt gleich die Dienerschaft zusammenzutrommeln.«
An den verblüfften Türhütern vorbei gingen sie in die Halle.

»So«, sagte Kamose und steckte die Fackel in die Halterung. »Welchen Geist also wolltest du beschwören?«
»Den Geist der Gerechtfertigten, die früher hier Herrin des Hauses war«, erwiderte Teti mit Grabesstimme und blinzelte verstohlen zu Seni hinüber, die hinter Kamose stand und stumm die Hände rang.
»Wie bitte?« Er war ein Stück zurückgewichen und fingerte an seinem Skarabäusamulett herum. »Du meinst den Geist meiner verstorbenen ersten Frau? Warum wolltest du das tun?«
»Unser Streit gestern hat mich ziemlich mitgenommen.« Teti sprach sehr leise und hielt den Kopf gesenkt. »Und dein Verhalten hat mich dermaßen befremdet und geängstigt, daß ich mit deiner ersten Gattin Verbindung aufnehmen wollte. Ich dachte, in der Nacht würde ich ihren Geist antreffen, wenn er sich an den Speisen gütlich tut, die Mutnefer nachmittags ans Grab gebracht hat. Und außerdem hatte ich ja das Bier dabei, um ihn anzulocken. Ich wollte mit dem Geist reden und ihn um Rat fragen. Und ich habe mich lieber verkleidet, damit er mich später nicht erkennen und mit seinen Rachegelüsten verfolgen kann. Man weiß ja, zu welchen Untaten Gespenster fähig sind. Aber dann traute ich mich den Beschwörungsspruch doch nicht aufsagen, sondern bin wieder umgekehrt.«
Er atmete auf. »Das war auch gut so. Laß den Geist meiner gerechtfertigten ersten Frau in Frieden! Mir wäre es gar nicht recht, wenn sie in ihrer Ruhe gestört würde.« Er sah Teti wieder von oben bis unten an und schüttelte sich. »Wie unappetitlich du aussiehst. Auch trotz dieser Verkleidung wäre das, was du vorhattest, ein sehr gefährliches Unterfangen gewesen.« Er seufzte. »Wo du nur immer diese Einfälle her hast?«
Ja, das frage ich mich auch, dachte Teti und mußte aufpassen, daß sie nicht zu grinsen anfing.
»Seni, du siehst zu, daß du die Hausherrin sauber

bekommst. Und du vergewisserst dich auch, daß sie anschließend wirklich zu Bett geht«, sagte Kamose und stieg die Treppe hinauf.
Teti und Seni gingen zum Badezimmer. »Warst du auf dem Heimweg wirklich bei den Gräbern?«, fragte Seni, als sie die Tür öffnete.
Teti kicherte. »Denkst du, ich bin lebensmüde? Aber ich bin froh, daß Kamose die Geschichte geschluckt hat.«
»Du bist ihm doch wieder gut, oder? Er kriegte es vorhin ganz schön mit der Angst, als du verschwunden warst und wir dich nirgends finden konnten. Ich hatte ihm nur erzählt, daß du mir Mehi gebracht hattest, weil du dich nicht wohlfühltest und in Ruhe schlafen wolltest. Mehr konnte ich ihm ja nicht sagen. Und eben, als du in dem zerlumpten Kleid vor ihm standst und wie mit Geisterstimme von den Gräbern gesprochen hast, ist er richtig erschrocken.«
Teti zog eine Grimasse. »Das bildest du dir alles ein! Es war ihm nur unangenehm, weil ich so schäbig aussah. Wenn er wirklich um mich besorgt gewesen wäre, wäre er freundlicher gewesen. ›Sieh zu, daß du sie sauber kriegst, Seni.‹ Als ob ich einer deiner Kupferkessel wäre.«
Während sie sich am Kohlenbecken wärmte und wartete, daß Seni aus der Küche heißes Wasser brachte, beglückwünschte sie sich zu ihrer Geistesgegenwart. Dann schälte sie sich aus dem Kleid und den Tüchern und wusch sich von Kopf bis Fuß. Seni half ihr beim Kämmen und Trocknen der Haare.
»Vorhin, als ich Mehi zu dir brachte, lächelte er mich an, und er lächelte genau wie Kamose«, sagte Teti leise schlotternd zu Seni. »Wenn er ihm bloß nicht so entsetzlich ähnlich sähe.«
»Was ist denn Entsetzliches dran? Das ist doch richtig und schön! Hör' endlich auf, auf Kamose wütend zu sein. Eigentlich könntest du sogar stolz sein, was für

Anstrengungen er unternommen hat, um seinen Rivalen loszuwerden.«
»Pa-Wah ist doch kein Rivale für ihn! Er ist ein Freund und außerdem nur ein kleines Licht bei den Amun-Priestern. Du verstehst mich nicht. Kein Mensch versteht mich! Ich wollte nichts Böses tun und auch niemanden kränken. Aber ich hasse es, wenn man mich überwacht und bevormundet.«
»Jedenfalls kannst du nicht immer und ewig mit Kamose streiten. Oh, wenn ich daran denke, was du jetzt schon wieder hinter seinem Rücken getrieben hast.«
»Aber es war doch so aufregend, Seni!« Teti fing an, ihr von dem nächtlichen Aufenthalt in der Schenke zu erzählen. Staunend und mit widerwilligem Vergnügen hörte Seni zu. Als ihre Haare trocken waren, ging Teti in ihr Zimmer hinauf. Seni holte den schlafenden Mehi und legte ihn zu Teti ins Bett. Danach schlüpfte auch sie unter die Decke. Teti begann, ihre kalten Füße an Senis stämmigen Waden zu reiben, und beide Frauen unterhielten sich flüsternd noch eine Zeitlang.
»Vergiß nicht, daß ich morgen das Essen in mein Zimmer gebracht haben will«, sagte Teti, als sich Seni schließlich gähnend erhob. »Ich habe nicht die geringste Lust, Kamose über den Weg zu laufen.«
»Den ganzen Tag kannst du dich aber nicht verkriechen. Du weißt, daß morgen die Wäsche dran ist.«
Teti nickte. Leise schloß sie hinter Seni die Tür und verriegelte sie. Die Truhe jedoch rückte sie nicht wieder davor.

Am nächsten Vormittag ließ sich Kamose mit der Sänfte zu seinem Boot bringen. Er kehrte erst nachmittags zurück, und Teti nahm an, daß er bei Si-Mut in Karnak gewesen war. Fast kam es ihr so vor, als hätte er sie abgepaßt, denn gerade als sie damit fertig war, das Einsammeln der Leinensachen zu beaufsichtigen, die den ganzen Tag zum Bleichen in der Sonne gelegen hatten, erschien er im Garten und bat sie zu bleiben, bis die Diener die Wäsche weggebracht hätten.

»Laß uns spazierengehen und miteinander reden«, sagte er und schlug den Weg zum Gartenteich ein. »Falls du dich wieder zu lautstarken Meinungsäußerungen mir gegenüber bemüßigt fühlen solltest, kommen diesmal die Gärtner in den Genuß.«

Sie ging neben ihm her, blickte aber in die andere Richtung. »Ich werde dich nicht anschreien«, erwiderte sie gnädig.

»Verbindlichsten Dank.« Er verlangsamte seinen Schritt und blieb stehen. »Übrigens hätte ich nichts dagegen, wenn du dich entschuldigen würdest.«

»Ich? Ich soll mich entschuldigen?«

Einen heißen Moment lang überlegte sie, ob sein Bauch oder seine Schultern die bessere Angriffsfläche für ihre Fingernägel boten.

»Ja«, nickte er und beobachtete sie eine Weile. »Wenn du dich entschuldigst, entschuldige ich mich auch.«

Nachdem sie seinen Vorschlag von allen Seiten betrachtet hatte, kam sie zu dem Schluß, daß er es ihr eigentlich recht leicht machte. »Wie du willst.« Sie gab ihrem Herzen einen Stoß. »Ich sehe ein, daß ich mich vorgestern im Thronsaal schlecht benommen habe. Es tut mir leid, wenn ich dich dadurch und auch durch mein früheres Handeln verletzt habe. Ich wollte das nicht und entschuldige mich dafür.«

»Gut«, erwiderte er. »Deine Entschuldigung ist angenommen. Nun bin ich dran. Äh... ich möchte dich wegen meiner Unbeherrschtheit um Verzeihung bitten. Ich war möglicherweise etwas heftig und habe mich nicht richtig verhalten. Sicherlich war sowohl die Anspannung der letzten Tage daran schuld als auch die Wut, die sich wegen dieser Sache in der vergangenen Zeit angestaut hatte. Trotzdem hätte das nicht geschehen dürfen! Ich bedauere es von Herzen und hoffe sehr, daß du mir verzeihen kannst.«

Sie warf ihm einen raschen Blick zu. Das lief ja bestens. Er sah richtig zerknirscht und schuldbewußt aus. Blitzschnell versuchte sie, seine Bußfertigkeit abzuschätzen. Ja, es konnte der Mühe wert sein, das Maß seiner Reue auszuloten.

Betrübt ließ sie den Kopf hängen. »Ich weiß wirklich nicht, ob ich dir verzeihen kann.«

»So?« Nachdenklich runzelte er die Stirn. »Und das könnte möglicherweise fatale Folgen für mich haben, oder?«

»Unbedingt! Es gäbe allerdings eine Möglichkeit«, sie lächelte ihm ein kleines bißchen zu, »mir das Vergeben ganz erheblich zu erleichtern.«

»Und die wäre?«, fragte er sanftmütig.

»Ja, weißt du, neulich habe ich in der Werkstatt der königlichen Goldschmiede ein amethystbesetztes Armband gesehen und ...«

»Ein Armband?«, fragte er, nun nicht mehr sanft.

»Vergiß es«, sagte sie schnell. »Vergiß, daß ich jemals von einem Armband gesprochen habe! Oh, hm ... was hältst du denn von Pharaos Thronrede?«

Sie sah ein seltsames Glitzern in seinen Augen, wußte aber nicht, ob es Entrüstung oder Belustigung war. Seine Antwort war ausweichend. »Darüber bin ich mir noch nicht ganz im klaren. Nach der königlichen Ansprache hieß es plötzlich, Re habe Pharao die Namen der zu ernennenden Beamten eingegeben. Dieser Merire hat das Gerücht, das die Amun-Priester zuvor ausgestreut hatten, geschickt für seine Zwecke zurechtgebogen, indem er es auf Re bezog.«

»Der König hat sich nicht auf Amun berufen, ja er hat den Götterkönig mit keinem Wort erwähnt. Und die Priester aus Karnak durften sich überhaupt nicht an den Feierlichkeiten beteiligen.«

»Nun, schon der göttliche Pharao Osiris Amun-hotpe und Königin Teje hatten ihre Auseinandersetzungen mit der Amun-Priesterschaft. Aber anstatt die alten Unstimmigkeiten zu überwinden und sich wieder mit dem Herrn der Weltenthrone und seinen Priestern zu verbünden, läßt sich der neue Pharao von den Sonnenpriestern aus Junu unterstützen. Und die Militärführer haben sich allem Anschein nach ebenfalls auf diese Seite geschlagen.«

»Ist das gefährlich für das Land?«

»Keineswegs. Die Kräfte im Staat haben sich wohl ein wenig verschoben, aber das schadet nichts. Die Vorherrschaft Amuns ist so fest verankert, daß nichts sie ins Wanken bringen kann. Unbedeutendere und ausländische Gottheiten mögen kommen und gehen, die Strömung aus Junu mag ein wenig anwachsen. Amun aber bleibt ewiglich!«

»Ich glaube«, sagte sie, »daß das Reden und Handeln des Königs ausschließlich von seiner hohen Gesinnung und seinem Streben nach der gerechten Weltordnung bestimmt ist. Das erste und deutlichste Zeichen dafür war doch, daß auch ich und die anderen Hofdamen, die niederen Beamten, die Tänzerinnen und die Musiker des Amun-Tempels an der Verlesung der Thronnamen teilnehmen durften.«

»Eine sinnlose und unnütze Neuerung«, brummte Kamose, fegte mit der Hand ein paar vertrocknete Blätter von einer Bank und setzte sich. »Die Würde dieser Zeremonie erfordert allein die Anwesenheit der seit altersher Privilegierten.«

»Zu denen selbstverständlich du gehörst«, entgegnete sie. »Wieso gönnst du uns diese königliche Gunst nicht?«

»Ach, was heißt gönnen oder nicht gönnen! Im Grunde ist mir das vollkommen gleichgültig. Für mich ist das Wichtigste, daß ich in meinem Amt bestätigt wurde und meine Freunde und vertrauten Amtsgenossen ebenfalls.

Immerhin bin ich erst vor eineinhalb Jahren befördert worden. Und nun kann ich alle meine Titel an die Wände meines Grabes schreiben lassen, und mein Name wird ewig leben.«
»Ja, du stehst weiterhin in der Gnade der Götter und in Pharaos Gunst. Im Palast weiß man deine Erfahrung, deine Kenntnisse und deine Verdienste sehr wohl zu schätzen. Du wirst weiterhin auf deinem Posten gebraucht, und viele lange Amtsjahre liegen vor dir. Das ist es doch, was du dir in deinem Herzen wünschst?«
»Ja, ich denke schon«, meinte er und ließ seinen Blick auf der ruhigen Wasserfläche des Lotosteichs verweilen. Dann sah er Teti an. »Und was wünschst du dir in deinem Herzen?«
Sie legte den Kopf zur Seite und lächelte. »Ich wünsche mir, auf deinem Schoß sitzen zu dürfen. Du hast doch nichts dagegen?« Sie setzte sich auf seinen Knien zurecht und schlang die Arme um seinen Hals. »Stell' dir vor, die Große Königliche Gemahlin sitzt auch manchmal auf Pharaos Schoß.«
»Beim Donnerkeil des Min! Was du nicht sagst.«
»Doch, es ist wahr! Alle haben es gesehen.«
»Ja, ich habe davon gehört«, lächelte er und legte die Arme um sie.
»Wieso hast du dann zuerst so verwundert getan?«
»Nun, es ist doch verwunderlich, oder?«
»Nein, das finde ich nicht. Pharao liebt die Königin. Alle lieben sie.«
»Und du verehrst sie auch, nicht wahr?«
»Über alle Maßen«, sagte sie impulsiv.
Er nickte bedächtig. »Nun, das ist auch gut so.«
»Sie ist so schön und so klug«, fuhr Teti voller Eifer fort. »Und nicht so respekteinflößend wie Königinmutter Teje. Morgen habe ich Hofdamendienst, und Königin Nofretete will mit Neferti und mir etwas besprechen.«
»Auch ich werde morgen im Palast sein und mich um die

Gesandten kümmern müssen«, meinte er. »Und nach Beendigung der Krönungsfeierlichkeiten werde ich, hoffe ich, endlich genügend Zeit haben, um all die liegengebliebene Arbeit zu erledigen.«

»Oh, wie ich diese Zeit der Festlichkeiten genieße«, sagte Teti froh. »Sag', wollen wir nicht am Abend Musiker ins Haus holen? Und ich werde für dich tanzen!«

Er lächelte, pflückte von einem überhängenden Ast eine Rispe mit kleinen Blüten und steckte sie ihr ins Haar. »Schon die Aussicht darauf, Schönste, versetzt mein Herz in Jubel.«

»Wann wird denn die Königin eintreffen?«, wollte Teti nach der gegenseitigen Begrüßung von den anderen Hofdamen wissen.

»Sicher nicht so bald«, gab eine der Frauen zur Antwort. »Pharao hat seine Gemahlin gebeten, bei der Audienz dabeizusein, die er Oberpriester Mai gewährt. Der erste und der zweite Prophet Amuns sind soeben beim König vorgelassen worden.« Die Hofdame ordnete die Reife an ihren Handgelenken und widmete sich wieder dem unterbrochenen Brettspiel.

Teti verließ den Palast der Königin. Unterwegs traf sie Neferti und unternahm den Versuch, sie dazu zu bewegen, mit in die Große Audienzhalle zu kommen. Neferti zögerte.

»Vielleicht ist Pentu auch dort«, lockte Teti.

Und zu ihrer Verblüffung wirkte das immer noch, obwohl Neferti doch so oft Gelegenheit hatte, mit Pentu zusammenzusein.

Sie gingen auf leisen Sohlen die Längswand der Halle entlang und ließen sich auf den Kissen in der Nähe der Thronsessel nieder. Tatsächlich war Pentu da, zusammen mit Merire stand er neben Pharaos Thron. Der junge Herrscher erinnerte Teti auf einmal sehr an Pharao Osiris Amun-hotpe. Auch wenn er natürlich nicht dessen

Leibesumfang besaß, hatte er doch die nicht ganz unbedeutende Andeutung eines Bauches. Und er saß ebenso lässig auf seinem Thron, wie es einst sein Vater getan hatte. Über den königlichen Schurz fiel ein seitlich geknoteter Umhang, und am freien Oberarm des Königs sah sie eine prächtige Spange mit dem geflügelten Horus und der Sonnenscheibe. Das ließ Teti daran denken, daß Kamose am Morgen nicht nur eine neue, zusätzliche Würde ausgestrahlt hatte, was wahrscheinlich darauf zurückzuführen war, daß er von Pharao als Staatsbeamter bestätigt worden war, sondern daß er außer seinem Skarabäusamulett auch einen ziemlich großen Anhänger in der Form des Horusauges getragen hatte. Obwohl ihr die Bemerkung auf der Zungenspitze gelegen hatte, daß es dann ja kein Wunder sei, wenn es für ihr bescheidenes Armband nicht reiche, hatte sie aus Rücksicht auf den erst mühsam gekitteten, möglicherweise noch etwas zerbrechlichen ehelichen Frieden geschwiegen. Aber jetzt wurde ihr klar, daß das eilig angeschaffte Amulett nur wenig mit Kamoses Schmuckbedürfnis zu tun hatte.

Auf einem Hocker in einer dunklen Nische saß fast unsichtbar der sonst so unübersehbare Panehesi. Auch Königinwitwe Teje hatte es sich nicht nehmen lassen zu erscheinen. Sie behielt die Amun-Priester im Auge, und auch Pharao hatte den Blick auf Mai und Si-Mut gerichtet.

Merire, hager und gelassen, ergriff auf einen freundlichen Wink des Königs hin das Wort. »Oberpriester Mai, wenn nach deiner Ansicht der überlegenste aller Götter, der Mächtigste der Mächtigen, Amun ist«, begann er, »und du und deine Priester dies als Grundwahrheit ansehen und ihr wie auch das Volk daran glaubt, warum erfüllt es dich mit solcher Empörung, daß Seine Majestät bei seiner Thronrede nicht noch auf diesen Umstand aufmerksam machte, sondern ausschließlich von Re-

Harachte sprach? Kann denn Amun dadurch Schaden nehmen oder kann es ihm irgendwie abträglich sein, wenn er es doch ist, der als Gott des Windhauchs und des Lebensatems alles in der Welt beseelt? Warum seid ihr so besorgt um das Ansehen des Gottes von Theben?«

Mai trat vor und blieb vor der untersten Stufe, die zum Podium führte, stehen. Er schien nicht entscheiden zu können, ob er sich dem König oder Merire zuwenden sollte. »Weil es um die Worte Deiner Majestät geht«, sagte er schließlich und verneigte sich vor Pharao. »Um die Worte des Herrn der Beiden Länder! Es waren Worte, die von der ganzen Welt gehört wurden, Worte von größtem Gewicht.« Er verbeugte sich wieder, trat zurück und bedachte Merire mit einem feindseligen Blick.

»Du hast keinen Grund, besorgt oder empört zu sein, oberster Diener Amuns«, erklärte Merire. »Seine Majestät hat Anweisung gegeben, zügig mit den Erweiterungsbauten des Heiligtums in Karnak fortzufahren. Seine Majestät wünscht auch, daß du und deine Priester wie bisher euren Dienst an Amun verseht, daß ihr die Opfer entgegennehmt und die Götterfeste feiert.«

»Wir hatten nichts anderes vor«, murmelte Mai.

»Aber«, sprach Merire mit erhobener Stimme weiter, »Seine Majestät möchte, daß ihr dabei nicht versäumt, des öfteren aus den Säulenhallen des Tempels herauszutreten und euch anbetend der Sonne zuzuwenden, die mit strahlender Kraft und in göttlicher Herrlichkeit über der Welt und über allem steht.«

»Selbstredend huldigen wir Amun-Re in der Gestalt der Sonne«, erwiderte Mai kühl. »Amun ist der Herr der Weltenthrone, der Oberste der Götter, der Schöpfer, der den Urfluten entstieg. Er ist derjenige, der die Welt und alle Dinge erschuf, der die Jahreszeiten festlegte, Wind und Wolken lenkt und in der Sonnenbarke über den

Himmel sowie durch die Unterwelt fährt. Amun ist das Gesicht des Re und der Leib des Ptah. Er ist das Haupt der Neunheit von Theben.«
»Ja«, sagte Merire mit verständnisvollem Lächeln, »viele glauben daran, daß Amun eine der Erscheinungsformen des Re, des wahren Sonnengottes ...«
»Nein«, brüllte Si-Mut dazwischen. »Nicht Amun ist eine Erscheinungsform des Re, sondern Re ist nur eine der vielen Gestalten, die Amun annehmen kann. Von Amun, Majestät, wurde dein Vater als Re über die Beiden Länder gesetzt.«
Mai zog ihn am Arm ein wenig zurück. Seine Miene war ärgerlich, aber beherrscht. »Jedem Gott gebührt das Seine, und Amun gebührt das meiste, denn er segnet und schützt das Land seit langer Zeit«, sagte er laut und deutlich. »Was nicht zuletzt daran liegt, daß Pharao, ich meine Pharao Osiris Amun-hotpe, gewissenhaft den Dienst am höchsten Gott ausführte.«
Merire lächelte noch immer. »Res allmächtige Schöpfungskraft mag sich unter anderem in der Widdergestalt Amuns offenbaren. Aber der höchste Gott, dessen Licht ihr tagtäglich seht, dessen Wärme ihr spürt, dessen Erscheinen dafür sorgt, daß sich die Lotosblume öffnet, die Vögel erwachen, die Pflanzen sprießen, ist Re. Vereint mit Chepri, dem Werdenden, und Atum, dem Vollendeten, ist er der Ursprung allen Lebens.« Auf seinem Gesicht lag wieder das durchgeistigte Leuchten, das Teti schon beim Krönungsbankett aufgefallen war.
»Meine Majestät dankt dir, Merire! Wir alle danken dir für deine Worte.« Endlich hatte Pharao seine Stimme ertönen lassen. Er lächelte der Königin an seiner Seite zu und streichelte ihre Hand, die auf der Armlehne seines Thronsessels lag. Dann beugte er sich zur anderen Seite zu seiner Mutter hinüber und flüsterte ihr etwas ins Ohr. Mai räusperte sich.
»Hast du noch Fragen, Mai, höchster Priester des

Amun?«, fragte Pharao hoheitsvoll. »Oder du, Si-Mut, der du die Tempelbauten leitest?«
Mai setzte zum Sprechen an, schien sich jedoch erst sammeln zu müssen. Dann sagte er: »Obwohl man in der Krönungsansprache ausschließlich von Re sprach, ist Deine erhabene Majestät doch ebenso wie alle Könige ein Sohn Amuns. Durch den Geburtsnamen, den der Götterkönig selbst ausgewählt hat, hat er Deine Majestät als seinen geliebten Sohn an sich gebunden.«
»Wenn du es so sehen willst...«, lächelte Pharao.
»Dann laß es in die Wand des Tempels in Karnak einmeißeln, Majestät«, beschwor Mai den König. »Verkünde es mit heiligen Bildern und Schriftzeichen für alle Ewigkeit!«
Si-Mut machte ein paar schnelle Schritte auf das Podium zu, als wolle er die Stufen zum Thron hinaufstürmen. »Ja, Majestät«, rief er, »laß die Geschichte deiner Abstammung von Amun in die Tempelwände ritzen! Unauslöschlich für alle Zeit, für die Millionen von Jahren, die dir die Götter an Regierungszeit gewähren mögen, und alle Herrscher, die nach dir kommen mögen, überdauernd.«
»Seine Majestät hat bereits Pläne für die Ausschmükkung des Tempels«, sagte Merire und blickte seinen Gegnern nacheinander in die Augen.
Es herrschte Schweigen.
Königinmutter Teje heftete ihre funkelnden Augen auf Si-Mut und winkte ihn näher zu sich. »Ich selbst werde morgen Karnak besuchen und mich vom Fortgang der Bauarbeiten überzeugen«, gab sie bekannt. »Eine Kommission von Beamten, die Pharao ernannt hat, wird mich begleiten. Und dieser wirst du von da an regelmäßig Rechenschaft über deine Tätigkeit ablegen, damit sie mir Bericht erstatten kann.«
Teti hatte Si-Mut noch nie so fassungslos gesehen. Seine Lippen bewegten sich, aber erst nach einigen Augenblik-

ken war ein »Ja, königliche Hoheit« zu hören. Wie müde und alt wirkte er auf einmal mit den tiefen, senkrechten Falten auf der Stirn und den Tränensäcken unter den Augen.

Jetzt müßte Kafi ihn sehen, dachte sie. Die arme, kleine Kafi, die vor kurzem wieder einmal einen mißglückten Anlauf unternommen hatte, ihr Verhältnis mit Si-Mut zu beenden. Gerade zwei Tage lang war es ihr gelungen, sich bei ihren Eltern zu verstecken. Dann waren Si-Muts Diener, er selbst hielt sich bei solchen Gelegenheiten grundsätzlich im Hintergrund, mit reichen Geschenken und noch reicheren Versprechungen erschienen, und Kafi war nichts anderes übriggeblieben, als aufs neue ihr Zimmer im Verwaltungsgebäude des Tempels zu beziehen und Si-Mut zur Verfügung zu stehen.

Unter Verbeugungen bewegten sich Mai und Si-Mut auf den seitlichen Ausgang zu. Bei Teti hielt Si-Mut an. Sein Mund war verzerrt. »Vorhin bin ich Kamose begegnet. Er trägt das Horus-Amulett«, zischte er gehässig. »Warum?«

»Ich... ich weiß nicht«, stammelte Teti und ärgerte sich im gleichen Moment, daß sie sich wieder von ihm hatte einschüchtern lassen.

Er schnaubte verächtlich und folgte Mai, der ohne zu warten hinausgegangen war.

Merire sprach mit Pentu, die Hand auf dessen Schulter gelegt. Und wie üblich war Neferti vom Anblick des Assistenten des königlichen Leibarztes völlig gefangengenommen. Da erhob sich Königin Nofretete, und Teti und Neferti mußten zum Podium eilen und niederknien.

»Es ist schön, daß zwei meiner Hofdamen gekommen sind, um mich zu geleiten«, sagte die Königin erfreut. »Wegen der Vertraulichkeit dieser Audienz ließ ich mein Gefolge in meinem Palast zurück.«

Teti wunderte sich über diese Worte. Niemand hatte Neferti und sie am Betreten der Audienzhalle gehindert, und nun erwähnte die Königliche Gemahlin, daß das Gespräch mit den Amun-Priestern vertraulich gewesen sei. Offensichtlich hatte man es verstanden, die Zahl der Zeugen so gering wie möglich zu halten, ohne den Anschein von Heimlichkeiten zu erwecken.

»Panehesi soll uns vorangehen«, sagte die Königin. »Pentu wird auch mitkommen, um uns mit seinem Wissen zur Seite stehen. Und, Merire, ich hoffe, daß das, was besprochen wird, zu deiner Zufriedenheit ausfällt.«

Teti staunte noch mehr, als Panehesi, bevor sie zur Empfangshalle der Königin kamen, die Tür zu einem Nebengemach öffnete, und Königin Nofretete ohne zu zögern hineinging. Sie ließ sich auf einem Sessel mit Fußbank nieder, Panehesi nahm einen Fächer zur Hand und fächelte ihr Kühlung zu. Sorgfältig schloß Pentu die Tür und blieb daneben stehen. Merire trat ans Fenster, blickte kurz hinaus und lehnte sich mit verschränkten Armen an die Wand.

»Da Neferti und Teti bereits bei uns sind, können wir gleich die Dinge erörtern, die uns am Herzen liegen«, eröffnete Königin Nofretete die Unterredung. »Pharao ist es, wie ihr wißt, seit langem ein Anliegen, in Theben die lebendige Sonne mit Gottesdienst und Opfern zu erfreuen, weshalb er in Karnak das kleine Heiligtum für Aton hat bauen lassen. Dort sollen dem Gott Gold und Edelsteine in die Schatzkammer gehäuft werden, ihm neben Speisen, Wein und kühlem Wasser, neben Früchten und Blumen auserlesene Salben und Balsame geopfert werden. Und der Duft von wohlriechendem Räucherwerk soll zum Himmel emporsteigen zum Lob des allmächtigen Gottes.«

Merire nickte beifällig.

»Deshalb«, fuhr Nofretete fort, »ist geplant, zwischen dem Palast Seiner Majestät und meinem Palast ein kleines provisorisches Labor zu errichten, das getrennt von der Salbenküche des Palastes arbeitet. Dort sollen unter

Anleitung erfahrener Priester aus Junu Salben und Räuchermittel hergestellt werden. Und die Aufgabe von euch Hofdamen und Beamten ist es, dafür zu sorgen, daß das dafür Erforderliche bereitgestellt wird. Anläßlich von Pharaos Regierungsantritt sandten die ausländischen Herrscher reichliche Gaben an Öl, Weihrauch und anderen Harzen. Auch aus den tributpflichtigen Provinzen erhielten wir kostbare Waren. Pentu, du kannst doch die Qualität der Öle beurteilen, die deine Landsleute brachten?«

Pentu verneigte sich. »Retenu lieferte wahrhaftig vorzüglichste Öle, Majestät. Ebenso das Land Djahi.«

»Zwar müssen wir den anderen Tempeln den ihnen zustehenden Anteil an Zutaten und Rohstoffen überlassen, das Beste jedoch behalten wir selbst, um es in dem neuen Labor zu verarbeiten.«

»Ist mir eine Frage gestattet, erlauchte Majestät?«, fragte Pentu und fuhr auf ein huldvolles Nicken der Königin fort: »Bis jetzt habe ich alle Heilmittel und Medikamente, die ich zur Behandlung der königlichen Kinder benötigte, in der Salbenküche des Palastes zubereitet. Und, wahrlich, ich fand dieses Labor bestens ausgestattet, auch das Personal ist gut ausgebildet. Warum können wir nicht auf dieses Labor zurückgreifen? Oder es vergrößern, falls der jetzige Umfang nicht mehr ausreicht?«

Die Königin lächelte. »In der neuen Salbenküche soll hauptsächlich nach den Rezepturen der Priester aus Junu und nach den Anleitungen aus dem Hathor-Tempel gearbeitet werden. Die Leiterin des Palastlabors jedoch ist eine getreue Haremsdame Amuns. Weder sie noch die anderen der dort Tätigen sollen etwas von den Geheimnissen wissen, aus denen wir schöpfen.«

»Führwahr, das leuchtet mir ein«, sagte Pentu. »Aber gestattest du mir noch eine Frage, Majestät?«

Die Königin nickte.

»Warum wird das Labor nicht neben dem Heiligtum für

Aton gebaut, Majestät? Es wäre doch wahrlich sinnvoll, die Salben und Räucherstoffe dort herzustellen und zu lagern, wo sie gebraucht werden.«
»Damit hast du recht, Pentu, und das ist auch für später so geplant«, sagte die Große Königliche Gemahlin. »Wie bereits gesagt, soll dieses Labor nur ein Provisorium sein.«
Merire mischte sich ein. »Auch möchte ich den mir unterstellten Priestern nicht zumuten, bei der Zubereitung der Salben, die manchmal Monate in Anspruch nimmt, von Amuns zänkischen Leuten umgeben zu sein.«
Die Königin bedeutete Panehesi, dem mittlerweile der Schweiß auf der Stirn stand, daß er aufhören könne zu fächeln.
»Ich hoffe, von dir zu hören«, sprach sie dann Neferti an, »daß die Salbenbehälter, die ich in Auftrag gegeben habe, bald geliefert werden. Du hast dich doch darum gekümmert?«
»Erhabene Majestät, ich habe sie in der Werkstatt des Mut-Tempels bestellt, weil dort die hochwertigsten Gefäße angefertigt werden. Doch die Auslieferung wird von Tag zu Tag hinausgeschoben. Ich führe das darauf zurück, daß die Oberpriesterin die Ehefrau Si-Muts ist.«
Neferti sah die Königin bedeutungsvoll an, blickte zu Merire und natürlich zu Pentu. »Ich habe den Eindruck, daß sie alles tut, um die Ausführung des Auftrages zu verhindern.« Neferti zuckte bedauernd die Achseln.
Königin Nofretete zog ihre glatte Stirn in Falten und preßte die Lippen aufeinander, so daß, obwohl sie nicht lächelte, die Grübchen auf ihren Wangen erschienen.
»Neferti«, sagte sie nicht ohne Schärfe, »ich hätte jemanden mit geringeren Fähigkeiten mit dieser Aufgabe betraut, wenn ich der Meinung gewesen wäre, daß sie leicht zu lösen ist. Si-Muts Gattin ist keine unüberwindliche Gegnerin für eine Frau wie dich.«

»Nein«, versicherte Neferti eilig. »Du kannst dich darauf verlassen, Majestät, daß es mir gelingen wird, die benötigten Gefäße zu beschaffen.«
Diese Antwort schien die Königin zufriedenzustellen. Sie sprach weiter. »Von meinem Verwalter Panehesi erfuhr ich, daß die Hofdame Teti auch die letzten und geheimsten Rezepte des Hathor-Tempels für uns heraussucht und abschreibt. Hast du schon damit angefangen?«
Teti hatte den Atem angehalten. Nach wie vor verwirrte es sie, wenn die Königin sie direkt ansprach. »Ja, Majestät«, sagte sie und verneigte sich tief.
»Es entbehrt nicht einer gewissen Ironie«, erklärte die Königin an Merire gewandt, »daß ihr dabei Kafi behilflich ist, die Geliebte Si-Muts.«
»Majestät, aber...« Teti wagte nicht weiterzusprechen. Sie wollte der Königin etwas mitteilen, hatte aber gleichzeitig Angst, sich eine ähnliche Zurechtweisung einzuhandeln wie Neferti.
»Sprich«, forderte Nofretete sie auf.
»Die geheimen Zauberbücher werden im Amtszimmer des Hohenpriesters aufbewahrt. Und es ist sehr gefährlich für Kafi, sie dort herauszuholen.«
Panehesi schaltete sich ein: »Vom obersten Priester des Hathor-Tempels droht keine Gefahr. Seit vielen Jahren unterschlägt er einen Teil der Salben, um sie zu seinem eigenen Vorteil zu veräußern. Durch den Handelsmann, der ihm die Ware abnimmt, habe ich ihm diskret zu verstehen gegeben, daß wir nicht nur keine gerichtliche Anklage gegen ihn erheben, sondern ihn auch künftig gewähren lassen unter der Voraussetzung, daß er stillhält, wenn Kafi die Schriftrollen, sagen wir mal, ausleiht.«
»Wieso hast du uns das nicht von Anfang an gesagt? Wir wären fast gestorben vor Angst!«
»Es geht hierbei um schwierige und delikate Verhandlungen, meine Dame«, erklärte er und lachte behäbig in sich hinein. »Da bringt jeder Tag neue Ergebnisse.«

Einerseits war Teti erleichtert, andererseits jagten ihr Panehesis genaue Kenntnisse über die Vorgänge im Heiligtum der Goldenen einen gewaltigen Schrecken ein. Worüber noch mochte der Domänenverwalter der Königin Bescheid wissen?
Nun wandte sich auch Merire an Teti. Ernst sah er sie an. »Ich hoffe sehr«, sagte er eindringlich, »daß dir bewußt ist, welche große Verantwortung der Umgang mit diesen Schriften mit sich bringt. Wenn du dich mit den heiligen Anleitungen und Formeln beschäftigst, die Zauber, Beschwörung und den Gottesdienst betreffen, mußt du in der richtigen körperlichen und geistigen Verfassung sein. Beim Abschreiben sollst du an die magische Wirksamkeit der Myrrhe denken und daran, daß Weihrauch aus dem Auge des Re hervorkommt und zur Herstellung von Kyphi nötig ist, das wir bei Sonnenuntergang verbrennen, um es als Opfer dem Gott zurückzugeben. Nur in der richtigen Mischung aus Duft, Rauch und Worten können unsere Gebete zum Himmel aufsteigen und wirksam werden. Deshalb ist es besonders wichtig, daß du genau auf die Mengenangaben und Zubereitungshinweise achtest.«
Ich mache das doch nicht zum ersten Mal, dachte Teti erbost. Deine auffällige Hakennase paßt zu deiner auffallenden Überheblichkeit. Laut dagegen sagte sie: »Das weiß ich alles, Schauender Merire! Ich bin in diesen Dingen nicht ganz unbewandert. Ich bin nämlich Priesterin.«
»Diese Tatsache ist meiner Aufmerksamkeit keineswegs entgangen. Du hast mir ja bereits beim Bankett eine kurze, aber anschauliche Schilderung deiner Tätigkeit gegeben«, entgegnete Merire mit sprödem Lächeln. Dann richtete er das Wort wieder an die Königin. »Ich gehe davon aus, Majestät, daß die Salböle und Räuchermittel, die wir bald herstellen werden, wegen ihrer auserlesenen Güte die Wohlgerüche, die bereits jetzt bei der

Verehrung Res Verwendung finden, hervorragend ergänzen und bereichern werden.«
Panehesi, der sich auf den langen Stiel des Fächers gestützt hatte, richtete sich auf und sagte: »Den Worten Merires habe ich nichts mehr hinzuzufügen. Aber ich möchte nochmals betonen, daß in dieser Sache unbedingt äußerstes Stillschweigen zu bewahren ist! Es handelt sich um eine äußerst heikle Angelegenheit, und es darf niemand Wind davon bekommen.«
Dabei schaute er vor allem Teti an, als wolle er sie besonders ermahnen. Wie die anderen murmelte auch sie etwas, was nach Zustimmung klang, und sowohl Panehesi als auch die Königin gaben sich damit zufrieden.

Nachdem sie die folgende Besprechung, deren Thema die Verwaltung und Versorgung des Palasthaushaltes gewesen war und an der auch andere Hofdamen und Beamte teilgenommen hatten, hinter sich gebracht hatte, machte sich Teti zu Kamoses Amtsräumen auf, um nachzusehen, ob er die Unterredung mit den ausländischen Gesandten beendet und vielleicht Zeit hätte, sich ihren Bericht über Mais und Si-Muts Audienz beim König anzuhören. Da begegnete ihr auf einem der Palasthöfe Hatiaj. Der junge Baumeister sah blendend aus. In Pharaos Diensten zu stehen schien ihm gut zu bekommen.
»Gesundheit und Leben«, rief Teti ihm zu. »Ich habe schon gehört, daß du wieder in Theben bist. Aber in dem ganzen Festtagsgewimmel sind wir anscheinend ständig aneinander vorbeigelaufen.«
»Gesundheit und Leben«, nickte er. »Ich war soeben bei Königinmutter Teje. Und jetzt wollte ich Kamose einen Besuch abstatten.«
Teti kam ein Gedanke, der sie freudig stimmte. »Sag' bloß, du bist Mitglied der Baukommission, die die Erweiterungsarbeiten in Karnak überwachen soll?«
»Ja, in der Tat«, entgegnete er stolz.

Sie konnte sich ein schadenfrohes Kichern nicht verkneifen.
»Wie sich doch die Zeiten ändern! Si-Mut, der dir einst das Leben so sauer machte, weil er dir keine Stelle als Baumeister vermitteln wollte, wird jetzt von dir überwacht. Du hast nicht nur die Gnade der Götter, sondern vor allem auch die Gunst der Königinmutter auf deiner Seite.«
Er lächelte höflich.
»Jetzt kannst du Si-Mut fertigmachen«, rief sie stürmisch. »Schwitzen vor Angst soll er, wenn er dich nur von weitem sieht.«
»Hast du etwas gegen Si-Mut?«, fragte er, von ihrem Ausbruch nicht wenig überrascht. »Nein, ich bin kein nachtragender Mensch! Ich habe eine angesehene Stellung unter Pharaos Architekten erhalten, und wenn der zweite Prophet Amuns mit den Bauarbeiten zügig vorankommt, will ich seine Arbeit gerecht beurteilen und der Königinmutter gewissenhaft Bericht erstatten.«
Teti bedauerte bereits die unbedachte Äußerung, zu der sie sich hatte hinreißen lassen. Verlegen zeichnete sie mit der Spitze ihrer Sandale ein Muster auf den Steinfliesen nach. »Ich hab's immer gesagt, Hatiaj! Du bist ein feiner Kerl.«
»Durch Redlichkeit und Selbstbeherrschung bin ich der Überlegene. Das wird auch Si-Mut anerkennen müssen.«
Unversehens fiel ihm die Schriftrolle, die er in der Hand gehalten hatte, hinunter, und er bückte sich danach. Als er sich aufrichtete, sagte er: »Mittlerweile hat Kamose ja doch einen Gartenpavillon in Auftrag gegeben.«
»Endlich hat es sich dazu durchgerungen.«
»Es macht euch sicher nichts aus, noch ein winziges Weilchen auf den Pavillon zu warten?« Geschäftig rollte er den Papyrus ein Stück auf, sah sich die Zeichnungen darauf an und rollte ihn wieder zusammen. »Ich selbst kann mich leider nicht darum kümmern. Mein Bruder wird

das erledigen. Allerdings ist er zur Zeit vollauf damit beschäftigt, die hölzernen Figuren zu schnitzen, die die Leute so gerne als Grabbeigaben erstehen oder als Andenken an dieses große und erinnerungswürdige Fest mit nach Hause nehmen. Wegen der Krönungsfeierlichkeiten sind ja so viele Fremde in der Stadt! Und das Geschäft läuft bestens!«

»Meinen Glückwunsch«, sagte Teti lahm. »Nein, es macht uns nichts aus, auf den Pavillon zu warten. Besuch' uns doch irgendwann in den nächsten Tagen. Dann kannst du uns von deiner Reise erzählen, und es wäre vielleicht ganz unterhaltsam ...«

Sie beendete den Satz nicht, denn sie hatte mit einem Mal das Gefühl, das Weitersprechen koste sie mehr Mühe, als es eigentlich wert war.

Kapitel 13

Die Vernichtung des Lattichbeets

Es war purer Zufall, daß sich Teti fast zwei Wochen später genau zu dem Zeitpunkt in Merires Zimmer aufhielt, als Pa-Wah von einem Re-Priester hereingeführt wurde. Man hatte für Merire ganz in der Nähe von Pharaos Gemächern nicht nur komfortabel ausgestattete Wohnräume, sondern auch eine Art Empfangszimmer eingerichtet. Hierher war Teti gekommen, um Merire eine Liste vorzulegen, auf der die für Salben und Schminke vorgesehenen Ingredienzen aus den neuesten Tributeingängen verzeichnet waren. Als der Re-Priester, der Pa-Wah begleitete, sah, daß Merire beschäftigt war, wollte er sich mit einer Verbeugung zurückziehen, doch Merire winkte ihn herbei.

»Ist das der junge Priester, der sich so sehr zum Kult des Re, des wahren Sonnengottes, hingezogen fühlt, daß er die Annehmlichkeiten aufgeben möchte, die Amun für seine Diener bereithält?«, frage Merire.

»Ja, das ist Pa-Wah, der bisher Amun diente«, bestätigte der Re-Priester. Mit ehrfürchtigem Zögern trat Pa-Wah näher. Merires Gegenwart nahm ihn so gefangen, daß er Teti überhaupt nicht bemerkte.

»Ich neige der reinen Lehre zu, die den wirklichen Anbeginn der Welt kennt«, sagte er sich verbeugend, »und die dich, Schauender Merire, zu bewunderungswürdigen Geisteswerken inspiriert!«

Merires hageres, scharfgeschnittenes Gesicht begann, vor Freundlichkeit zu strahlen. »Wo bist du unserer

Lehre zum ersten Mal begegnet, Pa-Wah?«, fragte er liebenswürdig. »Auf dem Schiff, mit dem ich von Süden her nach Theben reiste, weckte dein Beauftragter in mir den Wunsch, mehr über das zu erfahren, was im Sonnentempel von Junu gelehrt wird«, erklärte Pa-Wah, den Merires wohlwollende Aufmerksamkeit sicherer machte. »Annehmlichkeiten gab es für mich in Karnak ohnehin nicht, das Gebaren seiner Oberen ist mir ein Greuel, und mit dem Wissen, das im Lebenshaus des Amun-Tempels vermittelt wird, habe ich mich bereits bis zum Überdruß beschäftigt.«
Merire legte die Handflächen aneinander und blickte Pa-Wah sinnend an. »Ist es nicht auch deiner Ansicht nach so, daß ein Priester, der die höhere Laufbahn einschlagen möchte, sich mit mehreren Lehren befassen sollte, bevor er sich für eine, richtige, entscheidet?«, fragte er. »Nur den unteren Priesterrängen und dem Volk natürlich muß es genügen, einzig und allein mit dem Weg, den Pharao vergibt, vertraut zu sein und ihm gehorsam zu folgen.«
Pa-Wahs Gesicht öffnete sich immer mehr, als Merire so freimütig mit ihm sprach. Doch bevor der junge Mann etwas erwidern konnte, ging erneut die Tür auf, und Eje kam herein. Königin Nofretetes Vater trat neuerdings sehr selbstbewußt auf, und Teti war sich mit den anderen Hofdamen darüber einig, daß seine Erscheinung von Tag zu Tag prächtiger wurde. Seit er zum obersten Sekretär des Königs ernannt worden war, kleidete er, der vorher die schlichte Aufmachung eines Militärführers bevorzugt hatte, sich in goldgestickte Gewänder, trug die kostbarsten Perücken, und kein Finger blieb ohne Ring. Sein breites, ein wenig grobes Gesicht strahlte die satte Zufriedenheit eines Löwen aus, der gerade eine Antilope verspeist hat, und lediglich die wohlgeformten Lippen ließen ahnen, daß eine Schönheit wie Königin Nofretete seine Tochter war.

Mit einer bedächtigen Bewegung hob er die ringgeschmückten Hände. »Laßt euch nicht stören«, sagte er mit dröhnender Stimme.

Merire antwortete mit einem leichten Nicken und wandte sich wieder Pa-Wah zu. »Da du beabsichtigst, dir ein Bild von unserer Lehre zu machen, und da dir, wie ich hörte, aus Karnak eine gewisse Gefahr droht, solltest du dich gleich von hier aus in die Räume begeben, die den Re-Priestern als Aufenthalt dienen. Und du solltest, meine ich, den Palast keinesfalls mehr verlassen, bis du in wenigen Tagen nach Junu abreisen kannst. Mein Beauftragter wird dich auf dieser Reise begleiten und für deine Sicherheit sorgen.«

Pa-Wah nickte, doch er schien unentschlossen. Er war auf Teti aufmerksam geworden, als sie sich von dem niedrigen Stuhl, auf dem sie bis zu Ejes Ankunft gesessen hatte, erhoben hatte. Er blickte von Merire zu Eje und zu Teti, dann wieder zu Merire.

»Gestattest du, Schauender Merire, daß ich mich von der Hofdame Teti verabschiede?«, fragte er mit zuerst unsicherer, dann aber fester Stimme.

Wo, in Hathors Namen, nimmt er den Mut her, fragte sich Teti erschrocken, vor Eje und Merire eine solche Bitte zu äußern? Doch Merire zeigte nichts als freundliche Zustimmung. Und Eje nickte gönnerhaft, strich sich über das löwenmähnenartig gekämmte Perückenhaar und steuerte gemächlich auf einen gepolsterten Sessel zu.

Pa-Wah kam eilig zu Teti herüber, und sie befürchtete schon, er wolle sie umarmen, doch er ergriff nur ihre Hände. »Ich hatte sehnlichst gehofft«, sagte er leise und schluckte so schwer, als stecke ihm einer der fetten, scharfgewürzten Klöße im Hals, die den Priestern in Karnak so oft vorgesetzt wurden, »ich hatte aus allertiefster Seele gehofft, daß wir uns noch einmal würden treffen können, bevor ich abreise. Und ich bin unendlich

traurig, daß das nicht mehr möglich ist. Wir müssen uns also hier Lebwohl sagen.« Und ganz leise fügte er hinzu: »Teti, liebste Schwester!«
Sie sah den Kummer in seinen sanften, braunen Augen und wünschte plötzlich glühend, sie hätte ihn nach dem Treffen im ›Grünen Horusauge‹ nicht allein in Nacht und Kälte und mit allen im Finstern lauernden Dämonen stehen lassen. Vielleicht sah sie ihn ja niemals wieder! Ach, hätte sie nicht doch ein zweites, ein letztes Mal...?
»Leb wohl, du Lieber«, flüsterte sie mit einem schrecklich weinerlichen Krächzen in der Stimme. »Re möge dich leiten und behüten und dir die Erfüllung deiner Wünsche gewähren!«
Mit einem verhaltenen Seufzer ließ er ihre Hände los, sah ihr noch einmal in die Augen, dann verneigte er sich vor Eje und Merire und ging mit dem Re-Priester, der ihn herbeigeführt hatte, hinaus.
Teti schniefte kurz. »Pa-Wah und ich, wir kennen uns von früher, aus der Zeit, als ich noch Tänzerin im Tempel der Goldenen war«, sagte sie entschuldigend in den Raum hinein und blickte dann zu Boden.
»Es ist durchaus nichts Ungewöhnliches, daß sich Priesterinnen und Priester der verschiedenen Heiligtümer kennen, sind sie doch durch die Zeremonien und durch den Dienst an den Gottheiten miteinander verbunden«, antwortete Merire in so weichem Ton, als hätte ihn die kleine Abschiedsszene soeben angerührt.
Tetis Herz flog ihm zu. Ich habe diesen Mann völlig falsch beurteilt, warf sie sich im stillen vor. In meinem ganzen Leben ist mir niemand begegnet, der warmherziger und verständnisvoller als der Schauende Merire wäre.
Ejes mächtiger Körper war auf dem Sessel zur Ruhe gekommen. Pharaos oberster Sekretär hatte die Beine übereinander geschlagen und sah Merire fragend an.

»Der junge Mann war uns bereits von Nutzen, Gottesvater Eje«, beantwortete Merire die stumme Frage. »Er konnte uns Namen von Dienern nennen, die die Propheten Amuns als Spitzel in den Palast eingeschleust haben.« Daraufhin bat er Teti herzlich, mit ihrer Liste doch bitte später wiederzukommen und ihm somit entgegenkommenderweise Gelegenheit zu geben, sich dem Anliegen von Pharaos Obersekretär zu widmen. Als Teti den Raum verließ, wußte sie nicht, was größer war: ihre Freude darüber, daß Merire in ihrer Anwesenheit von geheimen Dingen gesprochen hatte, oder ihr Stolz auf Pa-Wah, der bereits einen so hervorragenden Beitrag im Dienst der guten Sache geleistet hatte. Dann kam ihr allerdings der leise Verdacht, daß Merire seine Worte nicht ohne Bedacht in ihrem Beisein geäußert hatte. Nur, hatte er das getan, weil er prüfen wollte, ob sie schweigen konnte, oder weil er im Gegenteil erreichen wollte, daß seine Äußerung durch sie in Umlauf gesetzt wurde? Na, wenn er letzteres erwartete, würde sie ihn enttäuschen müssen. Nicht das kleinste Wort würde sie weitergeben.

Eine andere Sache dagegen mußte sie ohne Verzug zur Sprache bringen. Schon der Gedanke daran war ihr unangenehm, und so machte sie erst einmal einen Umweg durch die Gärten. Am Palasttor sah sie eine ganze Weile den wartenden Sänftenträgern zu. Diese hatten Spielfelder in den Sand geritzt; so manches Stückchen Kupfer, so manches abgeschlagene, aber noch brauchbare Gefäß und so manche Handvoll bunter Perlen wechselte bei dieser Art von Spielen den Besitzer. Eigentlich, dachte Teti, ist es noch gar nicht so lange her, daß ich vor dem Haus meines Bruders saß und mit den anderen Kindern Steinchen in diese Spielfelder warf. Wir haben zwar nie um mehr als eine Handvoll Bohnen gespielt, aber es hat deswegen nicht weniger Spaß gemacht.

Schließlich schlug sie doch den Weg nach Hause ein. Wie

sie sich denken konnte, würde es Kamose nicht lange verborgen bleiben, daß es Pa-Wah gelungen war, sich Si-Muts und damit auch seinem Zugriff zu entziehen. Und da war es am besten, es ihm gleich selbst mitzuteilen.

»Ich muß Pa-Wahs Namen noch einmal erwähnen, Liebster«, sagte sie, als sie daheim ankam. »Ich glaube, du solltest wissen, daß es nicht mehr möglich ist, ihn nach Soleb versetzen zu lassen. Er wurde von Merire in den Kreis der Re-Priester aufgenommen und reist in wenigen Tagen nach Junu ab. Rein zufällig war ich in Merires Büro, als er sich verabschiedete.«

»Du und deine Zufälle«, erwiderte Kamose mit gerunzelten Brauen. »Die schwankende Gesinnung dieser Jammergestalt konnte ich natürlich nicht erahnen und in meine Planungen miteinbeziehen.«

»Pa-Wah hatte seit längerem vor, zu den Re-Priestern überzuwechseln. Und jetzt hat er es eben wahrgemacht.«

Auf Kamoses Gesicht zuckte es, und Teti nahm an, daß er mit seinen Vermutungen darüber, wem der junge Priester die rettende Warnung verdankte, der Wahrheit ziemlich nahe kam. Und jetzt war sie doch froh, daß sie Pa-Wah an jenem Abend bloß gewarnt hatte – und nicht mehr. So konnte sie Kamose wenigstens offen in die Augen schauen. Und da er weder Gewissensbisse noch Abschiedsschmerz in ihrem Blick entdeckte, sah er zu ihrer Erleichterung von weiterem Nachfragen ab.

»Junu ist zwar ein bedeutend angenehmerer Aufenthalt, als der, den ich ihm zugedacht hatte, aber ebenfalls beruhigend weit weg«, meinte er schließlich und verließ den Raum, allerdings ohne sie wie üblich zu bitten, die Stunde der Abenddämmerung mit ihm gemeinsam im Garten zu verbringen.

Nachdem die Krönungsfeierlichkeiten abgeschlossen waren, gingen die Beamten daran, eine Bestandsaufnahme der Geschenke und Tributabgaben zu machen.

Die Stimmung im Palast hob sich zusehends, denn es zeigte sich, daß die königliche Schatzhäuser und Speicher wieder gut gefüllt waren. Pharao und die Große Königliche Gemahlin waren sehr zufrieden. Die Tempelverwaltungen jedoch begehrten auf, denn das, was ihnen vom Königshaus von den Schätzen überlassen wurde, war weitaus geringer, als sie es nach herkömmlichem Brauch hätten erwarten können. Und auch in der folgenden Zeit wurden die ihnen zustehenden Gaben weder regelmäßig noch rechtzeitig gebracht, sondern fielen immer spärlicher aus.
Von Hatiaj, der nach mehreren Wochen endlich den gewünschten Gartenpavillon geliefert hatte, war zu erfahren, daß er zwar weiterhin Mitglied des Bauüberwachungsausschusses blieb, jedoch eine gewisse Zeit von Theben abwesend sein würde, da er mit der königlichen Architektengruppe ein Gelände zu inspizieren habe, in dem ein neuer Steinbruch angelegt werden sollte.
Allmählich ging das Leben überall wieder seinen geregelten Gang. Auch Kamose konnte sich ungestört seiner Arbeit widmen. Zusammen mit Tutu übersetzte er die Briefe, die in der Zwischenzeit eingegangen waren. Es waren nur noch wenige, denn diejenigen Botschaften, die während der Anwesenheit der Gesandten per Eilkurier aus dem Ausland eingetroffen waren, waren stets sogleich übersetzt und manchmal in aller Eile Pharao vorgelegt worden, noch bevor die ausländischen Botschafter selbst sie hatten lesen und überreichen können. Jetzt wurden alle Texte von den Schreibern in sauberer Handschrift auf Papyrusrollen übertragen, die im Palastarchiv abgelegt werden sollten. Kamose wirkte wie gewohnt bei den Beratungen mit, in denen unter Pharaos Vorsitz über die Beantwortung der Schreiben entschieden wurde. Auch andere Beamten, einige Militärführer und meistens Eje und Merire nahmen daran teil.
Teti gegenüber machte Kamose kein Hehl daraus, daß

ihm die Art, wie Pharao die Unterredungen leitete, nicht sonderlich zusagte, und er hing des öfteren, während er sich mit einem von Senis Hand zubereiteten Gericht und mehreren Bechern Wein tröstete, Erinnerungen an die alten Zeiten nach. Apy und selbst dem gewandten Apuia schien es ähnlich zu gehen, obwohl sich der junge König, in Tetis Augen jedenfalls, recht umgänglich gab. Wie man sich hinter vorgehaltener Hand erzählte, hatte Wesir Ramosis ebenfalls seine Schwierigkeiten mit dem Führungsstil des Herrschers und den neuen Günstlingen.

Teti kannte solche Probleme nicht. Nachdem sie ihre Vorbehalte gegen Merire aufgegeben hatte, arbeitete sie mit ihm, Panehesi und zuweilen auch Pentu – in diesem Fall selbstverständlich eifersüchtig überwacht von Neferti – gern und gut zusammen. Als dann der Sommer kam und der Binsenpinsel immer schwerer in der Hand lag, hatte sie es endlich geschafft: Die Kopien aller Zauberbücher aus dem Hathor-Tempel lagen vor.

Und die Königin sparte nicht mit Lob.

Teti war nach wie vor fest davon überzeugt, daß sich Kamose mit der Zeit an die Arbeitsweise des jungen Pharao gewöhnen und wieder mehr Freude bei seiner Tätigkeit empfinden würde, und sie sagte sich mit dem Verständnis und der Geduld, die sie mit ihren nunmehr achtzehn Jahren aufbrachte, daß das nicht von heute auf morgen geschehen konnte. Schließlich ging Kamose auf die fünfzig zu und hatte während seiner gesamten Amtszeit niemand anderem als dem einen geliebten Herrn und König, Pharao Osiris Amun-hotpe, gedient.

»Eure Tochter kann dableiben«, entschied Seni und musterte die kräftige Statur eines jungen, dunkelhäutigen Mädchens, das schüchtern neben seinen Eltern stand. Dann rief sie eine andere Dienerin her: »Komm' und zeig' ihr, wo die Küche ist und wo sie schlafen kann.«

Die beglückten Eltern murmelten Dankesworte und verneigten sich vor Teti, der Hausherrin. Seni wartete, bis die beiden Leute durch das Hoftor hinausgegangen waren.
Sie bedachte Teti mit unbehaglichen Blicken, als sie sagte: »Henut ist sicher, daß sie schwanger ist. Ihre monatliche Reinigung ist zum zweiten Mal ausgeblieben, und auch alle anderen Anzeichen deuten darauf hin. Eine ihrer Dienerinnen hat es mir vorhin gesagt.«
»Ach ja?«, Teti verzog den Mund, ohne zu lächeln.
»Sie hat doch bloß das eine Kind und wünscht sich nichts sehnlicher als ein zweites. Ach, die Götter teilen ihre Gunst manchmal so ungleichmäßig aus!«
»Mir ist vollkommen egal, wie die Götter ihre Gunst verteilen. Aber mich interessiert brennend, wieviel Zeit und Zuwendung Kamose den Versorgten schenkt. Henut verfolgt ihn ja regelrecht mit ihrer Hilflosigkeit. Ist es nicht so, daß er sie bevorzugt?«
»Nein, das kann ich mir nicht vorstellen«, meinte Seni. »Nach kurzer Zeit muß selbst der Geduldigste von ihr die Nase voll haben.«
Vom Haus her war Kamoses Stimme zu vernehmen; man hörte, wie er ungehalten nach Suti rief, bis dieser von irgendwoher herbeigestürzt kam. Wie üblich hatte der Herr des Hauses nach einem Gelage mit seinen Freunden schlechte Laune.
»Ich glaube, mein Suti wünscht sich manches Mal, er wäre Sänftenträger geblieben«, meinte Seni mitleidig. »Als Kamoses zweiter Leibdiener muß er ständig springen und hat so viele persönliche Aufträge für den Hausherrn zu erledigen.«
Mit maliziösem Lächeln verrieb Teti ein Öltröpfchen auf ihrer Schulter. »Und leider hat dein Suti«, sagte sie, »für einen Leibdiener noch immer viel zu rauhe Hände.«
Seni blieb die Luft weg. »Hast du dich etwa auch von ihm massieren lassen?«

»Nein«, sagte Teti mit einem spöttischen Seitenblick. »Man braucht seine Hände doch bloß anzuschauen, um das festzustellen. Mich hat Inhapi eingeölt, verschlafen und nachlässig wie jeden Morgen.«

»Trotz allem hat Suti die Schlepperei stets Spaß gemacht«, erklärte Seni wieder friedfertig. »Und jetzt muß ich rasch hinein und aufpassen, daß die Mädchen nicht in der Küche stehen und mit der Neuen schwatzen, anstatt den Lattichsalat für Kamoses Frühstück zuzubereiten.«

Teti ging langsam hinterher, nahm dem Kindermädchen, das ihr entgegenkam, Mehi ab und setzte ihn sich auf die Hüfte. Dann betrat sie die Eingangshalle. Kamose saß da und starrte düster auf seinen Teller. Unter seinen Augen lagen dunkle Ringe. Als Mehi ihn anstrahlte und vergnügt krähte, hellte sich seine Miene ein wenig auf.

»Stell' dir vor«, sagte Teti zu ihm, »gerade hat Seni Ersatz für das Küchenmädchen gefunden, das letzte Woche mit dem Matrosen durchgebrannt ist. Und sie meint...«

»Ich wäre dir zutiefst dankbar, wenn du mich nicht schon des frühen Morgens mit derartigen Lappalien behelligen würdest«, unterbrach er sie und setzte Mehi auf seine Knie.

Teti befahl dem Kindermädchen, in der Nähe zu bleiben. Ohne ein weiteres Wort ging sie zur Tür.

»Wo gehst du denn hin?«, rief er ihr verdrießlich nach.

»Dorthin, wo sich niemand durch mich belästigt fühlt«, erwiderte sie und trat in das helle Sonnenlicht hinaus.

Ich muß hier weg, dachte sie und rannte wie gehetzt den Weg zum Fluß hinunter. Erst am Ufer hielt sie an, beschattete die Augen mit der Hand und sah den Lastkähnen und den Booten mit den weißen Segeln nach. Die Küchendienerin hatte das einzig Richtige getan, indem sie weggelaufen war. Wie konnte man es in diesem Haus noch aushalten? Da war es doch hunderttausend-

mal besser, die Planken eines Segelschiffes unter den Füßen zu haben. Ganz bestimmt lehnte die Glückliche in diesem Augenblick an der Brust ihres Matrosen, hatte den Wind im Haar und fuhr den aufregendsten Abenteuern entgegen. Teti lächelte bei dieser überaus reizvollen Vorstellung.
Vielleicht aber, bei diesem Gedanken verzog sie ein wenig den Mund, war die Ausreißerin auch damit beschäftigt, einen Berg eklig stinkender Fische auszunehmen, um für einen Haufen fluchender und schwitzender Kerle einen Kessel Suppe zu kochen.
Nein, das erste Bild, das sie sich ausgemalt hatte, war viel schöner. Das Mädchen war jung und hübsch, und die Schiffer stellte sie sich ähnlich gutaussehend vor wie die beiden jungen Männer, die da federnden Schrittes vom Hafen heraufkamen.
Große Göttin, war der eine von ihnen nicht User-Re? Ja, natürlich! Wieso war ihr nicht gleich aufgefallen, daß es sich um Wagenkämpfer handelte! User-Re war mit Handschuhen und einer Lederpeitsche ausgestattet, der andere Mann trug einen Bogen und auf dem Rücken einen Köcher mit Pfeilen. Beide hatten knappe Soldatenschurze um die schmalen Hüften geschlungen.
»Beim Ptah von Memphis!«, rief User-Re. »Teti, du stehst da und erwartest uns? Woher wußtest du, daß wir kommen? Es sollte doch eine Überraschung sein.«
Als die beiden bei Teti angelangt waren, stellte er ihr seinen Begleiter vor: »Das ist mein Freund Auta, von Beruf Bogenschütze. Mit ihm zusammen fahre ich im Streitwagen. Er kennt Theben noch nicht. Er stammt aus dem Delta, aus der Stadt Pe. Wie geht's dir? Und meinem kleinen Bruder? Und wie geht es Vater? Ist er bei guter Gesundheit?«
»Mehi und mir geht es gut. Und deinem Vater normalerweise auch, nur heute nicht«, antwortete sie. Er hat gestern abend mehr getrunken als ihm gut tut.«

User-Re lachte. »Ach so! Deswegen hast du dich hierher geflüchtet?«
Teti spitzte die Lippen, entgegnete aber nichts, sondern wandte sich an User-Res Freund: »Gesundheit und Leben! Sei uns willkommen! Wie gefällt dir die Hauptstadt?«
»Oh, wunderbar! Alles, was ich vom Schiff aus sehen konnte, war einfach großartig«, meinte Auta mit höflichem Lächeln und sah sie mit seinen hellen, fast goldfarbenen Augen an.
»Es ist gut, daß ihr am westlichen Ufer an Land gegangen seid«, erklärte Teti. »Hier stehen der königliche Palast, die Villen der hohem Beamten und die erhabenen Tempel zum Gedächtnis an die göttlichen Herrscher. Ja, Theben ist die heiligste und bedeutendste Stadt der Welt. Gern werden wir dich überall herumführen und dir alles zeigen.«
User-Re unterdrückte ein Grinsen und tauschte mit seinem Freund einen Blick. Dann fragte er: »Wie lebt es sich denn so in Pharaos unmittelbarer Nähe?«
»Oh, Seine Majestät ist ständig dabei, die Amun-Priester vor den Kopf zu stoßen, doch bis jetzt behaupten sie sich. Die Erweiterungsbauten in Karnak werden unter Si-Muts Leitung stetig weitergeführt. Jetzt kommt aber mit nach Hause, damit ihr euch erfrischen und stärken könnt. Seid ihr mit diesem Schiff gekommen?« Sie deutete zum Hafen, wo ein buntbemaltes Boot entladen wurde.
User-Re nickte, und sie sahen eine Weile den Seeleuten und Hafenarbeitern zu, die Kisten und Ballen an Land transportierten.
»Wie hat Vater meinen Entschluß, in Memphis bei der Streitwagentruppe zu bleiben, aufgenommen?«, wollte User-Re unterwegs von Teti wissen. »Ich habe seitdem nichts mehr von ihm gehört. Und in den Briefen an meine Schwester erwähnte er es auch mit keinem Wort.«

»Und dabei habe ich ihn mehrmals gebeten, dir zu schreiben! Vorerst scheint er deine Entscheidung akzeptiert zu haben, aber er hofft natürlich weiterhin, dich bald unter seine Fittiche nehmen zu können. Ein junger syrischer Schreiber, Tutu, unterstützt ihn bei der Arbeit. Und wie man hört, ist er sehr tüchtig. Na, bestimmt wirst du ihn kennenlernen.«
»Oh, der junge Herr ist da«, rief Seni, als sie in den Hof traten, und ihr rundes Gesicht fing an, vor Freude zu strahlen.
»Ja«, sagte Teti. »Deinetwegen war User-Re gezwungen, Verstärkung mitzubringen. Nur mit vereinten Kräften, meint er, werden sie die Riesenmengen schaffen, die du für ihn kochst und bäckst.«
Kamose hielt sich nach wie vor in der Empfangshalle auf. Er war von seinen Nebenfrauen umgeben, die ihm feuchte Tücher auf die Stirn preßten, seine Hände streichelten, ihm gewürzten Wein reichten, seine Füße massierten, ihm Luft zufächelten und dabei schmeichelnd auf ihn einredeten. Zu Tetis Verwunderung saß Mehi immer noch vor Kamoses auf- und abgewogendem Bauch; mit seinen dunklen Augen blickte er aufmerksam auf das Treiben um sich her.
»Meine Söhne«, rief Kamose wie erlöst, als er User-Re erblickte. »Meine Söhne kümmern sich um mich. Jetzt, da es mir so schlecht geht. Ja, meine Söhne und meine Nebenfrauen lassen mich in dieser schweren Stunde nicht im Stich.«
»Kriegt er ein Kind oder was?«, fragte Teti.
Seni hatte wieder ihre besorgte Miene aufgesetzt. »Du hättest vorhin nicht weglaufen dürfen«, sagte sie vorwurfsvoll. »Der Hausherr hat nach dir verlangt. Aber du warst ja wieder mal wie vom Erdboden verschluckt.«
Teti schob Taheb zur Seite, stellte sich vor Kamose hin und sagte: »Siehe, mein Gemahl, nicht nur dein Sohn, der kühne Wagenlenker, ist zu deiner Rettung herbei-

geeilt, sondern auch ein treffsicherer Bogenschütze, der mit seinen Pfeilen die bösen Dämonen verjagen wird, die deinen Körper quälen.«
In plötzlicher Ernüchterung klappte Kamoses Kinnlade herunter; dann mußte er husten. Er scheuchte die Nebenfrauen weg, reichte Teti das Kind und erhob sich ein wenig unbeholfen. »Willkommen, Sohn«, sagte er und schloß User-Re in die Arme. »Ich freue mich, dich zu sehen. Doch bevor du deinen kleinen Bruder begrüßt, bitte ich dich, mir deinen Begleiter vorzustellen.«

»Es ist schön, Gäste im Haus zu haben«, sagte Seni und machte sich daran, Teig zu kneten.
Die anderen Dienerinnen hatten die Küche bereits verlassen und das Gesindehaus aufgesucht. Teti setzte Mehi auf eine Matte, holte eine Schale Milch und versuchte, ihn zum Trinken zu bewegen. Nach wenigen Schlucken spuckte er alles wieder aus, und die Katze leckte den Boden sauber. Teti gab ihr den Rest Milch, und legte Mehi an, der sogleich zu saugen begann.
»Morgen werde ich den ganzen Tag im Palast sein«, sagte sie zu Seni. »Aber ich weiß ja, daß du ohne mich zurechtkommst. Außerdem wird Mutnefer dich unterstützen.«
Seni nickte. Sie formte kleine, runde Kuchen, die sie auf ein Brett setzte, zwischendurch tauchte sie die Hände in eine Schüssel mit Wasser.
»Und«, fuhr Teti fort, »hab' bitte ein Auge darauf, daß Kamose und User-Re einander nicht in die Haare geraten. Am besten stopfst du den Hausherrn und diese beiden Krieger so mit Essen voll, daß sie zu satt und zu müde sind, um Streit anzufangen. Genau wie unser kleiner Liebling hier.«
Mehis Augen waren ganz klein geworden. Trotzdem machte er ein paar stürmische Schritte auf die Katze zu, rannte ihr ein Stück hinterher, dann kam er zurückge-

tappt. Teti nahm ihn in die Arme, küßte sein Gesicht und fing an zu summen.
»Bald ist er alt genug, um die Geschichte von der Himmelskuh zu hören«, sagte sie zufrieden zu Seni, nachdem er eingeschlafen war.
Diese hatte mehrere spitz zulaufende Tonformen geholt und fing an, aus Mehl und Honig, Öl, Milch, ein wenig Natron, Salz und Gewürzen den nächsten Kuchenteig herzustellen. Plötzlich hob sie den Kopf und sagte: »Als der Hausherr heute dieses Theater machte, weil du nicht da warst, bin ich dahintergekommen, daß er irgendwie verrückt nach dir sein muß.«
»Was soll das? Was meinst du damit?«
»Ich kann es nicht sagen. Ich hatte bloß so den Eindruck.«
»Ach, Seni, was redest du da. Sag', bist du eigentlich glücklich mit Suti?«
»Meistens«, antwortete Seni nach einigem Nachdenken. »Und das ist, schätze ich, mehr als man erwarten kann.«
»Ich finde, man sollte ununterbrochen glücklich sein. Aber wahrscheinlich hast du recht.« Teti hob das schlafende Kind von der Matte hoch. Beim Hinausgehen blieb sie neben Seni stehen und sah ihr über die Schulter. »Und weißt du, was mich so verrückt nach dir macht?«, kicherte sie. »Daß du Honigkuchen bäckst, die einem auf der Zunge zergehen.«

Als Teti die Empfangshalle in Königin Nofretetes Palast betrat und ihr Gelächter, Stimmenlärm, Musik und das Klappern von Spielhölzchen entgegenschlugen, wußte sie, daß die Königliche Gemahlin noch nicht erschienen war. Sie atmete erleichtert auf. Wieder einmal hatte sie verspätet und diesmal auch ziemlich beunruhigt das Haus verlassen.
Mehi hatte sich gleich am Morgen an einer der hölzernen Figuren des Gottes Bes, die das Bett trugen, den Kopf

gestoßen und war in so ohrenbetäubendes Gebrüll ausgebrochen, daß das ganze Haus zusammengelaufen war. Kamose hatte das Kindermädchen wegen seiner Nachlässigkeit gescholten, doch dabei hatte er Teti angesehen. Und da hätte Teti beinahe selbst zu heulen angefangen, teils aus Mitgefühl mit ihrem Sohn, teils wegen Kamoses strafendem Blick. Erst User-Re hatte den Jungen beruhigen können, indem er ihn mit seinem funkelnden Wagenkämpferabzeichen hatte spielen lassen. Und während Mehi mit seinen kleinen Fingern andächtig die goldenen Verzierungen entlanggefahren war, hatten Teti und Seni mit kühlenden Umschlägen die große, sich langsam blau färbende Beule an seiner Stirn behandelt. Das Kindermädchen war längst vor Kamoses Zorn geflohen und würde sich, wenn überhaupt, erst am Abend oder am nächsten Tag wieder blicken lassen. Auch die anderen Mädchen waren so verstört gewesen, daß Teti ihren Sohn lieber in der Obhut der Nebenfrauen zurückgelassen hatte. Seni hatte ja in der Küche alle Hände voll zu tun, auch ihre Mutter mußte dort mithelfen.
Teti hatte noch das Bild vor Augen, wie sich Henut über Mehi gebeugt hatte, als wollte sie ihn verschlingen. Sie würde sich an den Gedanken gewöhnen müssen, daß Henut ein Kind erwartete, und sie redete sich ein, daß es sie gleichgültig ließ. Aber, wie sie feststellen mußte, nicht so gleichgültig wie damals am Beginn ihrer Ehe, als Henut Iset bekommen hatte.
Sie sah sich in der Halle um. Vor einem Fenster saßen Pharaos kleine Schwester, Prinzessin Baket-Aton, und Prinzessin Mutnedjemet, die jüngere Halbschwester Königin Nofretetes. Beide Prinzessinnen waren mit ihren ersten Schreibversuchen beschäftigt. Aber erst wenn sie imstande waren, eine Zeitlang ruhig zu sitzen und den Schreibpinsel richtig zu halten, würden auch sie am Unterricht teilnehmen dürfen, der den anderen Prinzessinnen und Prinzen gemeinsam mit den Söhnen

und Töchtern der hohen Beamten erteilt wurde. Die runden Kindergesichter waren so ernst und aufmerksam über die Papyrusstücke gebeugt als wüßten die kleinen Prinzessinnen, was für ein großes Lernpensum vor ihnen lag.
Teti sah ihnen zu, dann setzte sie sich zu Neferti und erzählte ihr von User-Res und Autas Ankunft. Die Gespräche des Hofstaats verstummten, als Eje, angetan mit einem bestickten Gewand mit goldenen Fransen, den Saal betrat.
Der Obersekretär lächelte froh, hob die Hände und sagte: »Hofdamen und Beamte! Es erfüllt mich mit großer Freude, euch verkünden zu können, daß sich die Königliche Gemahlin zum dritten Mal in dem von den Göttern gesegneten Zustand befindet.« In der Halle brach Jubel aus.
»Wir haben einen Horus im Nest«, rief eine Hofdame neben Teti und klatschte freudig in die Hände.
Eje wartete, bis wieder Ruhe eingetreten war. »Pharao, die Königsgemahlin und die königliche Mutter verweilen noch mit dem Obersten der Re-Priester beim Gebet«, erklärte er. »Danach werden sie sich in die Große Audienzhalle begeben. Dort soll das gottgefällige Vorhaben verkündet werden, das Seine Majestät plant. Doch eines möchte ich euch schon mitteilen. Die königlichen Baumeister haben das Gelände, das sie begutachten sollten, für geeignet befunden, um dort einen Steinbruch anzulegen. Im Anschluß an das Neujahrsfest soll mit großem Opfer die Einweihung gefeiert werden.« Er machte eine gebieterische Handbewegung. »Ihr wollt euch nun alle im Palast des Königs versammeln.«
»Mein lieber Kamose wird einen Wutanfall bekommen«, sagte Teti leise zu Neferti, während sie sich dem Strom der Beamten und Hofdamen anschlossen, »wenn er erfährt, daß wir uns in der größten Sommerhitze in der Wüste einzufinden haben.«

»Wenn das Königspaar die Prinzessinnen mitnimmt, wird auch Pentu dabei sein«, hoffte Neferti. »Und in diesem Fall machen mir weder Wüste noch Hitze etwas aus.«
»Wird dieser Ausflug Königin Nofretete nicht zu sehr anstrengen? Ob sie diesmal einen Prinzen zur Welt bringt? Es wäre doch schön, wenn es endlich einen Thronfolger gäbe.«
»So dringlich ist das jetzt, ein halbes Jahr, nachdem Pharao gekrönt wurde, noch nicht«, widersprach Neferti. »Die Majestäten sind jung und haben eine lange Regierungszeit vor sich.«
»Übrigens ist auch Henut schwanger«, murmelte Teti.
»Welche Henut?«
»Eine von Kamoses Nebenfrauen.«
»Deinem zitronensauren Gesicht nach zu schließen, hält sich deine Begeisterung in Grenzen«, stellte Neferti fest.
Einen Augenblick lang sah Teti aus, als wollte sie weinen. Sie schluckte und räusperte sich. »Ach, davon geht die Welt nicht unter!«
»Eben«, sagte Neferti. »Apys Versorgte bekommen jeden Tag neue Kinder. Sie füllen bereits zwei Nebengebäude.«
»Ja, aber du hast Pentu.«
Als sie in den Audienzsaal kamen, thronte das königliche Dreigestirn bereits auf dem Podium. Die Königin strahlte und bedankte sich für die guten Wünsche. Merire und seine Priester hatten sich an der Fensterseite des Saales aufgestellt. Auch die meisten hohen Beamten waren eingetroffen.
»Wieso hat man Kamose nicht geholt«, fragte Teti, nachdem sie mit den Augen vergeblich die Reihen der Würdenträger abgesucht hatte.
Neferti zuckte die Achseln. »Vielleicht ist er nicht zu Hause.«
»Kann ich mir nicht vorstellen.«
Der König war aufgestanden. Mit erhobenen Armen stand er einen Moment da, hielt die Augen geschlossen.

»Meine Majestät ist der Einzige des Re und trägt die Macht des größten Gottes in sich! Um die Grenzen dessen, was Re gehört, zu erweitern und neu festzulegen, wird Meine Majestät dem Sonnengott einen Tempel bauen«, sagte er. »Einen Tempel, der größer ist als alle Wohnstätten, die je für einen Gott erbaut wurden. Ein Haus für meinen Vater Re in seiner Lichterscheinung im Aton.«
»Einen Tempel ohne Götterbild«, hörte Teti Neferti sagen.
»Was? Wieso? Worin soll der Gott dann wohnen?«, flüsterte Teti zurück.
»Das Gotteshaus soll in Karnak gebaut werden und die Wohnung Amuns an Größe, Schönheit und Bedeutung überragen«, fuhr der König fort. »Es soll der Großen Königlichen Gemahlin als heiliger Ort dienen, an dem wir als Sohn und Tochter zu unserem göttlichen Vater beten und von ihm den Segen für die Welt erflehen. Meine Majestät hat beschlossen, den Tempel ›Aton befindet sich in Atons Haus‹ zu nennen.«
Die Re-Priester begannen zu singen, und Merires Stimme erhob sich über den Chor – klar, klangvoll und kräftig und dabei so schmelzend, daß alle hingerissen lauschten. Der Gesang pries Aton, die Sonnenscheibe, mit dem wunderschönen Namen, den Pharao geprägt hatte: »Es lebt Re-Harachte, der im östlichen Horizont jubelt in seinem Namen als Licht, das in der Sonnenscheibe ist.«
»Oh, was für ein herrliches Lied! Und was für eine meisterhafte Stimme«, schwärmte Teti, als die Hymne zu Ende war. »Merire ist ein faszinierender Mensch, der das Göttliche versteht. Und stets ist er zu allen so freundlich.«
»Hat Pharaos bevorzugter Günstling also auch dich mit seinem Charme eingewickelt«, sagte Neferti mit hochgezogenen Brauen.

»Ach, Neferti, wieso mußt du ständig voller Bitterkeit und Spott sein?«
»Weil das Leben bitter ist«, war die hochmütige Antwort, »und sich nur mit Spott ertragen läßt.«
Als Teti später am Nachmittag über den festgebackenen Sand eines schmalen Weges, der zwischen den Gärten hindurchführte, nach Hause ging, beschäftigte sie sich damit, was Pharao verkündet hatte. Es waren bewegende Stunden gewesen. Pharao hatte weitere Erklärungen wegen des Tempelbaus folgen lassen, und auch die Königin und die Königinwitwe hatten kurze, feierliche Ansprachen gehalten. Eje, Merire und Wesir Ramosis waren zu Wort gekommen, und dazwischen hatten die Re-Priester jubelnde Choräle angestimmt.
Fortwährend jedoch hatte Teti wegen Kamoses Abwesenheit ein unangenehmes Gefühl gehabt. Sicher, er würde noch bald genug erfahren, daß die Bauarbeiten an den anderen Tempeln und Gebäuden eingestellt werden sollten, um alle verfügbaren Kräfte dafür einzusetzen, die Blöcke für das Aton-Heiligtum aus dem Gestein zu schlagen und nach Karnak zu transportieren. Der Zeitpunkt war günstig gewählt. Denn wenn Hapi, der Nilgott, den Fluß anschwellen und stark werden ließ, würde das Wasser willig die schweren Steinblöcke tragen. Und in der Überschwemmungszeit waren die Bauern frei von der Feldarbeit und ohnehin auf der Suche nach einer zusätzlichen Verdienstquelle.
Tetis Gedanken eilten nach Hause voraus, und sie nahm sich vor, gleich als erstes Mehis Beule wieder mit schmerzstillender Salbe zu bestreichen. Da sah sie, daß ihr – schon von weitem winkend – Seni mit Mehi auf dem Arm entgegenkam. Hinter der Dienerin lief mit hängender Zunge Gelbfleck, der Haushund.
»Große Göttin, sei mir gnädig«, flüsterte Teti, und eine schreckliche Vision tauchte vor ihrem geistigen Auge auf: Kamose und User-Re hätten einander die Köpfe

eingeschlagen und im Haus ein Blutbad angerichtet, und Mehi und Seni wären die einzigen Überlebenden! Seni schwitzte und war ganz durcheinander, Mehi dagegen wirkte recht ausgeglichen, wenngleich ein wenig aus der Regelmäßigkeit seines Tagesablaufs gerissen. Auch das große, blau angelaufene Horn, das auf seiner Stirn prangte, beeinträchtigte sein Wohlbefinden offensichtlich nicht mehr allzusehr.

»Der Herr ist weg«, keuchte Seni und blieb erschöpft stehen.

»Was?« Teti nahm ihr Mehi ab.

»Wie du befürchtet hast, sind der Hausherr und sein Sohn aneinandergeraten. Aber, Teti, ich konnte doch nicht dazwischen gehen! Ich bin ja bloß die Köchin.«

»Natürlich nicht! Niemand macht dir einen Vorwurf, Seni. Bitte erzähl', was passiert ist.«

»Ich kam ja erst dazu, als sie einander schon anfauchten wie zwei grollende Panther. Aber Mutnefer war von Anfang an dabei, sie hat alles mitgekriegt. Ach, und dann hat der Hausherr Baki und Suti befohlen, seine Sachen zu packen. Und danach hat er die Träger mit der Sänfte kommen lassen. Und sie mußten auch alle mit.« Seni schluchzte auf. »Fast alle sind sie weg!«

»Wohin, Seni? Wohin sind sie denn gegangen?«

»Auf die Reise, nach Süden...«

»Nach Süden? Sind sie zum Hafen und haben das Boot genommen?«

Seni nickte und wischte mit ihrem Kleid die Tränen ab.

»Dann sind sie nach Nebsit gefahren«, meinte Teti erleichtert. »So weit ist das ja nicht. Kamose wollte in diesen Tagen sowieso zu seinem Landgut fahren. Aber ich habe natürlich angenommen, daß er die Reise wegen User-Res Besuch verschiebt. Und« – sie fühlte sich mit einem Mal sehr enttäuscht – »er hatte versprochen, Mehi und mich mitzunehmen.«

Seni hob hilflos die Schultern. Teti beugte sich zu dem

Hund hinunter, der in ihrem Schatten stand und hechelte.
»Dich hat er auch nicht mitgenommen«, sagte sie und tätschelte seinen Kopf. »Und dabei habe ich dir extra das schöne rote Halsband machen lassen.« Sie nahm Mehi auf den Arm. »Sie werden bald wiederkommen«, tröstete sie Seni und sich selbst und gab sich Mühe, mit Kamoses Wortbruch fertigzuwerden. »In drei oder vier Tagen sind sie zurück. Ich werde mit User-Re reden. Er hätte es nicht so weit kommen lassen dürfen. Er weiß doch, wie schnell sein Vater aufbraust. Diese beiden Dickschädel sind einander viel zu ähnlich, als daß sie sich vertragen könnten.«
»Der junge Herr ist auch weg«, sagte Seni, und von neuem quollen Tränen aus ihren Augen. »Er ist mit seinem Freund ins Wüstengebirge hinaufgestiegen. Nur die Götter wissen, ob sie jemals wiederkommen.« Dann zerriß ein freudiges Blinzeln den Tränenschleier. »Aber das Kindermädchen ist wieder da.«
»Na, immerhin.«
Obwohl Kamose nicht die gesamte Dienerschaft mitgenommen hatte, wirkte das Haus doch seltsam still und leer. Teti suchte gleich Mutnefer auf.
»Es war sehr unschön, was sich hier abgespielt hat«, sagte Kamoses erste Nebenfrau in der ihr eigenen, ruhigen Art. »Aber anstatt zu dieser überstürzten Reise aufzubrechen, hätte der königliche Obervorsteher seinen Sohn aus dem Haus weisen sollen.«
»Um was ging's denn?«, fragte Teti ungeduldig und setzte sich neben Mutnefer auf die Matte.
»Ich habe nicht bei der Unterhaltung der Männer zugehört«, antwortete Mutnefer und schwieg.
»Aber als sie anfingen zu streiten, da hast du doch auf ihre Worte geachtet?«
»Ich glaube, der Hausherr bestand darauf, daß User-Re einen Posten in der nördlichen Provinz übernimmt.«

»Was für einen Posten denn?«, frage Teti überrascht.
»Einen nicht geringeren Posten bei der Streitwagentruppe eines Gouverneurs, den der Hausherr persönlich kennt. Und der Schwiegersohn in Memphis hatte die Nachricht gesandt, daß dieser königliche Beauftragte User-Re wie einen Sohn aufnehmen und fördern würde und daß später vielleicht sogar die Heirat mit seiner Tochter in Frage kommen würde, um die freundschaftliche Verbindung zwischen beiden Familien zu festigen.«
Teti stöhnte auf, lehnte den Kopf an die Wand und starrte zur Decke. »Oh, heilige Himmelsherrin! Das mußte User-Re doch wild machen.«
»Es wäre eine überaus günstige Gelegenheit und eine großartige Beförderung gewesen.«
»Aber Kamose kann doch nicht über den Kopf seines Sohnes hinweg solche Abmachungen treffen.«
»Ach, User-Re ist ein undankbarer Bursche, der gar nicht verdient, was sein Vater alles für ihn tut! Der Obervorsteher hat sich schrecklich aufgeregt, und das bekommt ihm gar nicht! Es ist mir leider nicht gelungen, ihn zu beruhigen. Mehr kann ich dir nicht sagen.« Mutnefer hatte sich erhoben und war zu dem Tischchen gegangen, auf dem ihre Schminksachen lagen. Mit kleinen Bewegungen schob sie den Spiegel, die Kajalgefäße, Griffel und Kämme hin und her, ordnete sie neu an. Dann heftete sie ihren Blick auf Teti und verkündete ihr: »Auch ich bin schwanger, Hausherrin.«
»Verdammt«, flüsterte Teti.
»Fluche nicht!« Mutnefer legte die Hand auf ihren Leib. »Ich bin darüber unendlich froh. Ich hatte die Hoffnung längst aufgegeben. Meine jüngste Tochter ist ja schon sieben Jahre alt. Doch bald werde ich wieder einen winzigen Säugling umsorgen dürfen. Oh ja, ich bin sehr froh, sehr froh!«
Sie lächelte so stolz, zufrieden und glücklich, daß Teti es nicht mehr ertragen konnte. Sie preßte ein »Die Götter

mögen dich und das Kind schützen« zwischen den Zähnen hervor und lief aus dem Zimmer.
»Scheiße! Scheiße! Verdammte Nilpferdscheiße«, zischte sie, als sie die Treppe hinunterraste.
Wutschnaubend riß sie die Küchentür auf. »Mutnefer ist auch schwanger«, schrie sie die verdutzte Köchin an, die in einer großen Schüssel mit Soße rührte.
»Was für ein Zufall«, sagte Seni, zog den Rührlöffel aus der öligen Masse und wischte ihn ab.
»Zufall? Und du, du behauptest, Kamose wäre verrückt nach mir.« Teti starrte Seni mit zornflammenden Augen an. »Die größte Lüge seit Anbeginn der Welt ist das! Nichts anderes als seine Versorgten hat er im Kopf. Und jetzt reist der Schuft plötzlich ab, ohne mir Bescheid zu sagen, ohne sich zu verabschieden und ohne mich mitzunehmen! Hunderttausendfach sollen ihn die Götter dafür bestrafen! Millionenmal soll er büßen für alles, was er mir antut! Oh, wie ich ihn hasse! Wie ich ihn hasse!« Tränen schossen ihr aus den Augen.
»So was darfst du nicht sagen! Zumindest nicht so laut«, sagte Seni furchtsam. »Der Hausherr und seine Diener befinden sich doch mitten auf dem Wasser mit ihrem Boot. Wenn ein böser Dämon deine Verwünschungen hört, könnte er sie alle in die Tiefe ziehen.«
»Na und? Von mir aus brauchen sie niemals wiederzukommen.«
»Teti, du sprichst aber sehr böse Worte aus. Ich möchte schon, daß Suti wiederkommt.«
Teti gab einem der herumstehenden Körbe einen Tritt, ballte die Fäuste und rannte in der Küche hin und her.
»Teti! Kamose bringt dir doch so viel Zuneigung entgegen«, meinte Seni beschwichtigend. »Er hat dich zur Herrin des Hauses gemacht. Mit dir verbringt er viel mehr Zeit als mit den Nebenfrauen. Und du kannst wirklich nicht sagen, daß er dich in irgendeiner Weise vernachlässigt. Das alles darfst du doch nicht vergessen.«

Tetis dunkle Augen glitzerten eiskalt. »Halt deinen Schnatterschnabel, blöde Gans! Der Gärtner soll sofort kommen. Geh' und hol' ihn. Ja, jetzt weiß ich, was ich mache!«

Entgeistert starrte Seni Teti an, drehte sich um und ging hinaus. Nachdem Teti eine Weile mit schnellen Schritten in der Küche auf und ab gegangen war, kam der Gärtner herein.

»Paß gut auf«, sagte Teti zu ihm. »Du wirst meine Befehl auf der Stelle ausführen! Du wirst alle Lattichköpfe, große und kleine, ausreißen und sofort als Opfergabe in das Heiligtum des Gottes Min bringen. Mögen sie dort dem heiligen Stier die Kräfte stärken! In diesem Haus werden sie diesem Zweck jedenfalls nicht mehr dienen.«

»Aber, Herrin des Hauses...« entgegnete der Gärtner bestürzt. »Der Herr wird mich bestrafen, wenn er zurückkommt.«

»Kein Widerspruch! Du führst meine Befehl aus.«

»Aber nicht nur dem Hausherrn waren die Lattichpflanzen von Nutzen«, wagte der Mann einzuwenden. »Herrin, auch wir Gärtner und die Diener haben doch...«

»Was kümmert mich das! Tu, was ich dir befehle! Und jetzt verschwinde.«

Sie schäumte vor Wut, fand jedoch eine gewisse Befriedigung in der Vorstellung, wie das Grünzeug nach und nach zwischen den bedächtig mahlenden Kiefern des geweihten Tieres verschwand.

Kurz vor Sonnenuntergang hörte sie, daß User-Re und Auta zurückkehrten. Sie ging nicht hinunter, um mit ihnen zu reden, sondern spielte mit Mehi, bis es Zeit war, schlafen zu gehen.

Am nächsten Morgen entschuldigte sie sich als erstes bei Seni. Es kostete sie viele gute Worte und zwei goldene Reife, die sie mit reuiger Miene über Senis rundliche Arme schob, bis die Kummerfalten auf dem Gesicht der Köchin geglättet waren. Dann ging sie in den Garten

und besichtigte das leere Beet. Doch ihr Hochgefühl wurde bereits von ersten Zweifeln gedämpft, und sie fragte sich, ob sie nicht doch ein wenig übereilt gehandelt hatte. Eigentlich hatte sie vorgehabt, im Garten zu bleiben, aber die gedrückte Stimmung, die im Haus herrschte, war auch hier draußen zu spüren, und außerdem störte sie der viereckige Fleck kahler Erde. Deshalb beschloß sie, mit Mehi spazierenzugehen.
Am Tor traf sie User-Re und Auta, und User-Re fragte, ob sie etwas dagegen hätte, wenn sie sie begleiten würden. Stumm schüttelte sie den Kopf. User-Re hob seinen kleinen Bruder hoch und setzte ihn sich auf die Schultern.
»Was hat man dir von unserem Streit berichtet?«, wollte User-Re wissen, nachdem sie ein Stück nebeneinander hergegangen waren.
Teti gab Mutnefers Worte wieder.
»Das ist doch bloß die halbe Wahrheit«, sagte User-Re. »Auta, bitte berichte, wie es wirklich war.«
»Du warst eigentlich der Anlaß«, erklärte Auta und lächelte Teti an. »User-Re sagte seinem Vater die Meinung, weil sich dieser dir gegenüber unmöglich verhält. Wie zum Beispiel vorgestern, als Kamose sein schlechte Laune an dir ausließ, und auch gestern morgen, als er dich für Mehis Unfall verantwortlich machte. Du bist eine umsichtige Hausherrin und fürsorgliche Mutter – Kinder stoßen sich ja immer mal – und, auch das sagte User-Re seinem Vater ganz deutlich, eine zarte, junge Frau, die sehr viel Liebe und Achtung verdient.«
Mit »Ah!« und »Oh!« und wachsendem Entzücken hatte Teti zugehört; die Worte waren Balsam für ihre verwundete Seele.
»Er weiß dich einfach nicht zu schätzen«, sagte User-Re. »Das Herz tut mir weh, wenn ich sehe, wie er dich behandelt.«
»Wie schön, daß du mich in Schutz genommen hast«,

hauchte sie und sah ihn strahlend an. »Das tut sonst nie jemand. Ständig muß ich gegen die Nebenfrauen ankämpfen. Jede Dienerin ist besser dran als ich.« Sie schwieg einen Augenblick und fragte dann: »Aber hat dieser Vorwurf den ganzen Streit ausgelöst? Das kann ich nicht ganz glauben.«
»Es war der Anfang«, erklärte User-Re. »Du kannst dir bestimmt vorstellen, wie er darauf reagiert hat.«
»Lebhaft«, nickte Teti.
»Er geriet sofort in Wut, brüllte, ich hätte ihm absolut nichts vorzuschreiben und schon gar nicht in seinem eigenen Haus. Außerdem sollte ich es gefälligst unterlassen, mich in seine Ehe einzumischen. Und dann kam wieder die alte Leier wegen der Nachfolge im Amt und so weiter. Und zum Schluß brachte er auch noch diesen blödsinnigen Vorschlag von dem Posten in der syrischen Provinz. Darauf ging ich gar nicht erst ein. Ich weigerte mich strikt.« Verständnisheischend sah er zu Teti hin.
Auta grinste. »Ihr seid eine Familie von Hitzköpfen.«
»Ich weiß«, grinste User-Re zurück. »Aber sag's bitte nicht weiter.«
»Ach, wenn ihr wüßtet, was ich erst angestellt habe«, sagte Teti, blickte auf den Boden und machte ganz kleine Schritte.
»Was denn?«, fragten User-Re und Auta wie aus einem Mund.
»Reden wir lieber nicht davon. Damit muß ich selbst fertig werden.«
Sie bogen in die belebte Prachtstraße ein. Tragstühle schwankten vorbei, Karren quietschten, Wasser- und Lastenträger eilten dahin. Vornehme Damen gingen in Begleitung ihrer Dienerinnen spazieren und warfen User-Re und Auta, die mit ihren Waffen und Abzeichen und den kurzen, militärischen Perücken sehr männlich aussahen, auffällige Blicke zu. Diener waren unterwegs, um irgendwelche Besorgungen zu erledigen, Priester, die

in den königlichen Gedächtnisstätten ihren Dienst versahen, gingen von einem Tempelbezirk zum anderen. Auch am Straßenrand, wo die Händler ihre Waren anpriesen, herrschte starkes Gedränge.
Plötzlich spritzte die Menge auseinander. Drei Streitwagen, von Prinzen gelenkt, rasten mit hoher Geschwindigkeit heran, donnerten vorbei und jagten zum Palast weiter. Teti half einer Frau beim Einsammeln der Zwiebeln, die ihr aus dem Korb gerollt waren. Die Frau blickte zuerst Teti, dann User-Re, dann Auta mißtrauisch an, dankte kurz und ging davon. Die beiden jungen Männer standen da und starrten immer noch den Wagen nach.
»Hast du die Pferde gesehen?«, rief User-Re ganz aufgeregt. »Solche Prachtrösser müßten wir vor unserem Wagen haben.«
Auta nickte begeistert. »Aber unser eigenen Pferde sind auch nicht schlecht«, meinte er.
User-Re stimmte zu. »Vor kurzem«, erzählte er, »erlaubte mir der Ausbilder unserer Schwadron, ein Mann aus Assur, die besten Pferde, die wir haben, vor den Wagen zu spannen. Da ich allein im Wagen stand, war dieser recht leicht, und die Pferde konnten ungeheuer schnell laufen, ja, sie liefen schneller als der Wüstenwind. Zuerst lenkte ich geradeaus, dann ließ ich sie Wendungen ausführen.« Er begleitete seine Worte mit heftigen Bewegungen des ganzen Körpers, da er seine Hände, die ja Mehis Fußgelenke umfaßten, nicht zu Hilfe nehmen konnte. »Es ist unglaublich, wie diese Pferde reagieren. Doch dann in einer Kurve passiert es. Das rechte Rad trifft auf einen Stein. Der Wagen neigt sich, stürzt fast um. Aber die Pferde können die Schwankungen auffangen. Nicht mal die Zügel…«
»Spring' doch nicht so hin und her! Mehi wird ganz durchgeschüttelt«, beschwerte sich Teti und knuffte User-Re in die Seite.
»Du kannst deinen Sohn gern selber tragen.«

Sie lenkte ein. »Nein, bitte behalte deinen Bruder oben.«
»Wie jeder weiß, ist User-Re der beste Wagenlenker der Truppe«, wurde sie von Auta aufgeklärt.
»Und dich übertrifft keiner der Bogenschützen«, meinte User-Re anerkennend. »Aber beim Wettlauf schlage ich dich.«
»Selten, mein Freund. Ausgesprochen selten.«
»Wenn ich nicht meinen kleinen Bruder auf den Schultern trüge, könnten wir um die Wette laufen. Dann würden wir ja sehen, wer schneller ist.«
Mit mäßigem Interesse hörte Teti zu, wie sie sich weiter über ihre sportlichen Erfolge, über Pferde, Wagen und ihre Erlebnisse bei der Streitwagentruppe unterhielten. Auf einmal blieb User-Re stehen.
»Frag' du sie«, sagte er zu Auta. »Du weißt schon, wonach.«
»Nein«, erwiderte Auta. »Du mußt sie fragen. Es war doch deine Idee.«
»Gut! Sag mal, Teti, hättest du nicht Lust, heute abend mit uns zu Seneb zu kommen? Er hat ein gastliches Haus und bei ihm ist immer etwas los. Und ein Besuch dort würde dich von deinen Eheproblemen ablenken.«
»Was für Eheprobleme? Ich habe keine Eheprobleme«, behauptete Teti in zorniger Auflehnung. »Ich liebe meinen Mann, auch wenn ich ihn manchmal hasse.« Doch sie ließ sich User-Res Worte noch einmal durch den Kopf gehen und meinte nach kurzem Zögern: »Trotzdem könnte ich ja mit euch zu diesem Seneb kommen.«
»Großartig! Mach dich aber nicht zu fein«, riet User-Re. »Würdenträger und Hofdamen wirst du in Senebs Haus nämlich nicht antreffen, aber eine Menge netter Leute.«
Damit hatte er ihre Neugier mehr als geweckt. Und nichts, sagte sie sich, aber auch gar nichts, würde sie davon abhalten, diese vielversprechende Einladung anzunehmen.

Kapitel 14

Ein Festmahl unter Freunden

Teti wählte ein schlichtes, jedoch apartes Kleid aus hauchdünnem Leinen und verzichtete auf Schmuck. Hatte sie nicht alle ihre Ringe, Armreifen, Schulterkragen und Ohrringe von Kamose bekommen? Nein, heute mochte sie nichts davon tragen. Sie erwog zwar, die Silberkette mit dem Glastropfen, die ihr User-Re zu Mehis Geburt geschenkt hatte, anzulegen, unterließ es aber dann doch.

Da User-Re auch gemeint hatte, sie sollten die Perücken zu Hause lassen, verwendete sie um so mehr Sorgfalt auf das Schminken ihres Gesichts, ein Vorgang, den sie liebte und den sie diesmal nicht Seni oder Inhapi überließ. Sich schön zu machen war wie ein Gebet an die Göttin Hathor, und Teti gelang es, sich trotz der lähmenden Hitze ganz auf ihren Spiegel, die hübschen Behälter mit den Pudern und farbigen Pasten und auf den in Augenschminke getauchten Griffel zu konzentrieren. Als sie ihr Werk vollendet hatte, betrachtete sie noch einmal das Gesicht, das ihr von der runden, blankpolierten Silberfläche entgegensah: die kleine, gerade Nase mit den zierlich gerundeten Nasenflügeln, die weichen, abgepuderten Linien von Kinn und Wangen, die reizvolle Form der hennarot gefärbten Lippen, die großen, schwarz umrandeten Augen mit den langen Wimpern, darüber die ebenfalls dunkel geschminkten Brauen und die glatte Stirn, die sich bis zu den Löckchen des Haaransatzes wölbte. Zum Schluß verteilte Teti Duftöl in ihrem Haar und über den ganzen Körper, schlüpfte in das Kleid und rundete ihre Erscheinung mit einer frischen Lotosblüte ab. So schön und vollkommen wie möglich auszusehen, gefiel nicht nur den Menschen, sondern ehrte auch die Götter.

Und war es nicht aufregend, begleitet von zwei so gutaussehenden Männern zu einem Fest zu gehen? User-Re und Auta hatten feine, weiße Leinenschurze angelegt, trugen ihre goldenen Wagenkämpferabzeichen und am Gürtel verzierte Dolche. Ihren halblangen, schwarzglänzenden Haaren und der gesalbten Haut entströmte ein sehr angenehmer, aromatischer Duft.

»Keine Frau wird euch Wagenkämpfern widerstehen können«, neckte Teti die beiden, als sie in der Halle zu ihnen stieß. Sie vollführte eine Drehung, so daß sich der plissierte Stoff ihres Kleides duftig bauschte. Befriedigt stellte sie fest, daß User-Re und Auta von ihrer Erscheinung mindestens genauso beeindruckt waren wie umgekehrt.

»Wir gehen zu Fuß und ohne Diener«, erklärte ihr User-Re, als er sich nach einem Augenblick der Sprachlosigkeit wieder gefaßt hatte. »Wir nehmen die letzte Fähre vor Sonnenuntergang und kehren im Morgengrauen mit der ersten zurück.«

»Du liebe Göttin! Das bedeutet ja, daß wir die ganze Nacht wegbleiben«, rief sie. »So lange kann ich Mehi unmöglich allein lassen. Eine ganze Nacht. Nein, das geht nicht.«

»Mehi wird doch schlafen. Und das Kindermädchen ist da. Und Seni ist auch in Reichweite.«

Was User-Re sagte, klang ja sehr beruhigend, aber ...

»Wenn bloß Kamose da wäre«, jammerte Teti. »Dann könnte Mehi ausnahmsweise bei ihm im Zimmer schlafen.«

»Wenn mein Vater da wäre, könntest du nicht mit uns zu diesem Fest mitkommen, oder?«

»Bei Hathor, wir tun doch nichts Verbotenes?«
»Natürlich nicht! Wir werden uns gut unterhalten. Das ist alles.«
Doch Tetis Bedenken waren keineswegs ausgeräumt. »Jetzt ist schon Kamose nicht daheim! Da sollte ich das Haus mit den Dienerinnen und Dienern, ihren Familien, den Versorgten und den Kindern nicht die Nacht über auch noch ohne Hausherrin lassen.«
»Wenn du mit Vater nach Nebsit gefahren wärst, wäre das Haus doch auch ohne Hausherrn und ohne Hausherrin«, hielt User-Re dagegen.
»Ja, aber in diesem Fall wären Vorkehrungen getroffen worden, während wir uns fast heimlich wegschleichen.«
User-Re verdrehte die Augen. »Es ist doch bloß für diese eine Nacht. Bitte komm' endlich.«
Zögernd machte sie sich mit den beiden auf den Weg. »Das Haus ist beinahe schutzlos«, begann sie unterwegs wieder, »denn nicht nur Suti und Baki und die Sänftenträger sind nicht da, sondern auch der Obergärtner hat seine Sachen gepackt.«
»Wieso ist der denn plötzlich verduftet?«, wollte User-Re wissen.
»Das möchte ich lieber nicht sagen«, erwiderte Teti. »Aber irgendwie kann ich den Mann schon verstehen.«
Mit gemischten Gefühlen und voller Zweifel, ob sie ihr Tun auch verantworten konnte, betrat sie hinter User-Re und Auta ein mittelgroßes Haus. In der mit Fackeln erleuchteten Eingangshalle begrüßte der Hausherr selbst seine Gäste. Seneb hatte ein offenes Gesicht, das gutmütig und gleichzeitig verschmitzt wirkte.
»Endlich ist er da«, rief er und breitete mit einer übertriebenen Geste die Arme aus, »der tollkühne Bezwinger der Wüste! User-Re, der wagemutige Lenker der flitzenden Karren!« Dann machte er eine halbe Drehung. »Und du mußt Auta sein, der Freund, den User-Re mitbringen wollte. Nanu, haben meine Türsteher euch

schon vor dem Festmahl und in nüchternem Zustand ausgeraubt?«, fragte er augenzwinkernd. »Eure Dame trägt ja gar keinen Schmuck! Allerdings ist sie auch ohne Goldbehang«, er pfiff leise durch die Zähne, »die reinste Augenweide.«

Teti ignorierte es gelassen. User-Re dagegen war auf einmal verlegen, unentschlossen stand er da, preßte die Lippen aufeinander und brachte kein Wort heraus.

»Wer ist denn eure geheimnisvolle Begleiterin?«, bohrte Seneb nach.

»Ich bin Teti, ganz einfach Teti! Und an mir ist überhaupt nichts Geheimnisvolles«, sagte sie und sah sich interessiert in der Halle um. »Und in diesem schönen Haus kann ich auch nichts Geheimnisvolles entdecken.«

»Hier gibt's nur kalte und warme Gerichte, Wein und Musik«, erwiderte Seneb fröhlich. »Und das alles wird gemeinsam mit guten Freunden genossen, zu denen ich ab heute auch dich zähle.« Er drückte ihre Hand und zog sie dabei gleichzeitig ein Stück weiter in die Halle hinein.

Die Einrichtung erinnerte Teti ein bißchen an die Ausstattung von Si-Muts Haus, bloß waren die Polster bedeutend bescheidener und viel dichter aneinandergerückt. Am Rand einer Fläche, die frei von Matten und Polstern war, standen Musiker beisammen und labten sich wie die anderen Gäste an den Speisen, die von einigen wenigen Dienern hereingebracht wurden. Die meisten Sitzgelegenheiten waren bereits mit Beschlag belegt. User-Re und Auta hielten Ausschau, und auch Teti war auf der Suche nach einem freien Platz, als ein Aufschrei sie herumfahren ließ. Schon bevor die Freundin die Arme um sie legte, hatte Teti den leichten Zitronenblütenduft wahrgenommen, der Kafis Parfümöl die besondere Note gab.

»Seit Millionen von Jahren haben wir uns nicht gesehen«, rief Kafi.

»Ja, Liebes«, antwortete Teti und befreite sich aus der Umarmung. »Als ich letztes Mal die Goldene besuchte, warst du nicht da.«
Kafi musterte mit viel Aufmerksamkeit zuerst Auta, dann User-Re, dann brachte sie ihren Mund nah an Tetis Ohr und flüsterte so laut, daß auch die beiden Männer es hören mußten: »Wer sind denn diese zwei in Wolken von Wohlgeruch gehüllten Jünglinge, wohlgestaltet wie schöngesichtige Götter?«
Teti nannte die Namen ihrer Begleiter und stellte ihnen Kafi vor. Wie selbstverständlich und schon ganz vertraut schob sich Kafi zwischen die beiden Freunde, legte jedem eine Hand auf die Schulter und drängte sie in einen angrenzenden Raum.
»Schaut mal, da hinten in der Ecke ist noch Platz.«
An der Rede von den unwiderstehlichen Wagenkämpfern muß tatsächlich was dran sein, dachte Teti, als sie den dreien folgte. User-Re hob einen Weinkrug aus dem üppig mit Blumengirlanden behängten Gestell, und irgend jemand reichte ihnen Trinkschalen herüber. Kafi, deren Haar zu einer kunstvollen Schöpfung aus vielen kleinen Zöpfen und gewellten Strähnen frisiert war, richtete ihre dunkelglänzenden Augen mit unverhohlener Bewunderung auf Auta.
»Stimmt's, du bist nicht aus Theben?«, fragte sie, während sie mit ihren Ohrringen spielte. »Ein so schöner Mann in unserer Stadt wäre mir doch längst aufgefallen.«
User-Re und Auta wechselten einen vielsagenden Blick, und Teti war baff. Ihre kleine Kafi war ja nicht wiederzuerkennen.
»Nein, ich bin nicht von hier. Ich komme aus Pe«, sagte Auta.
»Oh ja, das hört man sofort an deiner Aussprache. Ist sein Delta-Dialekt nicht hinreißend, Teti? Hör doch, wie bezaubernd er spricht.«

»Ich bin ja nicht taub. Ich höre seinen Dialekt seit drei Tagen. Viel redet er allerdings nicht. Es sei denn, du willst etwas über Pferde und Streitwagen wissen.«
»Wagenkämpfer«, hauchte Kafi und sah Auta unverwandt an.
Dieser mied ihren Blick, grinste aber zu User-Re hinüber.
»Bitte, Auta, nimm neben mir Platz«, bat Kafi. »Ich möchte ja so gerne etwas über Streitwagen wissen. Und über die großen, furchterregenden Tiere, die sie ziehen.«
Auta blieb nichts anderes übrig, als sich neben Kafi zu setzen, doch er schien es nicht ungern zu tun. Er ist eben noch ein bißchen schüchtern, dachte Teti. Es störte sie zwar, daß sie nicht verstehen konnte, ob sich Kafi und Auta auch wirklich über Pferde und Wagen unterhielten, aber dann wandte sie sich an User-Re, der sich neben sie gesetzt hatte, und begann, sie wußte auch nicht recht wieso, von dem verwüsteten Lattichbeet zu berichten. Kamoses Sohn brach in schallendes Gelächter aus.
»Du hast gut lachen«, meinte sie eingeschnappt. »Du brauchst den Zorn deines Vaters nicht zu fürchten, weil du stark und außerdem bewaffnet bist. Aber ich bin erledigt, wenn er zurückkommt. Er bringt mich um. Ja, ich weiß es, er bringt mich um.«
»Was soll das? Wegen so was wird doch niemand umgebracht«, widersprach er, immer noch lachend. »Du sagst einfach, auf den Pflanzen wäre irgendwelches Ungeziefer gewesen und du hättest den Gärtner beauftragt, alles zu entfernen. Dann läßt du wieder Lattich ansäen. In Kürze wachsen neue Pflanze, und die Sache ist vergessen.«
»Wie erfindungsreich«, staunte sie. »Ja, genauso mache ich es. User-Re, du hast mir das Leben gerettet. Und was glaubst du ...?«
Sie brach ab, da ihre Worte von lauten rhythmischen

Rassel-, Trommel- und Flötenklängen übertönt wurden. User-Re beugte sich zu ihr herüber, legte den Arm um ihre Schultern und versuchte, mit seiner Stimme gegen die Musik anzukommen.
»Leider konnte ich nicht verstehen, was du sagtest...«
Sie empfand seine nette, familiäre Geste durchaus nicht als unangenehm. Er kam ihr so nah, daß sein Atem ihre Wange kitzelte, und sie hoffte, daß er den Arm nicht so schnell wieder wegnehmen würde. Aber er tat es doch gleich mit einer ruckartigen Bewegung; dabei lächelte er bedauernd, was sie auf das unterbrochene Gespräch bezog.
»Es war nicht wichtig. Ich habe bloß laut gelacht«, sagte sie. Sie hatte wieder mit normaler Lautstärke sprechen können, da die Musiker bereits eine Pause einlegten; offenbar hatten sie mit dem kurzen Tusch lediglich die Eröffnung des Festes anzeigen wollen.
Kafi kam herüber und kauerte sich neben Teti. »Meine Mutter hat mich Tänze aus ihrer Heimat gelehrt. Und zusammen mit meinen nubischen Freundinnen werde ich vortanzen. Ich hoffe, es gefällt dir.«
Teti sah Kafi nach, die in die Halle hinüberging, und erst jetzt fiel ihr auf, wieviele Nubier unter den Gästen waren. Wimmelte es nicht geradezu von Mazoi – von Polizisten! Sie machte User-Re darauf aufmerksam.
»Ja, mehrere Polizeioffiziere sind da«, nickte er. »Sogar Mahu, der stellvertretende Anführer aller Mazoi, sitzt mit seinen Freunden dort drüben. Bevor ich nach Memphis ging, verbrachte ich mit ihm und den anderen ein paar gemeinsame Monate in der thebanischen Garnison. Wie Seneb schon sagte, sind ausschließlich ausgewählte Gäste da. Wir alle sind Freunde und halten zusammen.«
»Dann ist es ein echter Vertrauensbeweis, daß du mich hierher mitgenommen hast«, vermutete sie. »Aber wenn ihr alle Freunde seid, wieso willst du Seneb verschweigen, daß ich die Frau deines Vaters bin?«

»Das will ich nicht. Natürlich will ich das nicht«, rumpelte er los. »Selbstverständlich werde ich ihm Bescheid sagen. Ich wollte nur nicht gleich beim Reinkommen große Erklärungen abgeben. Außerdem wird Kafi Seneb längst berichtet haben, wer du bist.«
»Eines muß dir klar sein! Von Kafi erfährt niemand ein einziges Wort«, belehrte sie ihn. »Anscheinend verwechselst du Hathor-Priesterinnen mit irgendwelchen tratschenden Marktweibern.«
Als Kafi und die anderen Mädchen in die Halle zurückkamen, waren sie verschwenderisch mit Blüten, Federn und bunten Perlenketten geschmückt. Mit wiegenden Schritten gingen sie zu der freien Fläche in der Mitte, und Teti, User-Re und Auta mußten sich beeilen, um noch einen guten Platz zu ergattern. Ganz langsam, zu den Schlägen der großen Trommel, begann Kafi zu tanzen. Ein Mädchen nach dem anderen folgte ihr, bis alle einen Kreis bildeten. Auch die anderen Instrumente hatten nacheinander eingesetzt. Die rhythmischen Klänge wurden schneller und durchdringender. Schmeichelnd glitt das Licht der Fackeln über die fast nackten Körper der Tänzerinnen und huschte, ständig wechselnde Gefühle und Gestalten vorgaukelnd, durch den Raum, so daß man meinen konnte, scheue und fremdartige Geisterwesen beteiligten sich am Tanz.
Teti war gebannt von der eigenartigen Atmosphäre. Sie hatte das Gefühl, als sei sie mitten in einem wilden Abenteuer. Ganz unbewußt schmiegte sie sich enger an User-Re. Die anderen Zuschauer saßen ebenfalls dichtgedrängt und hielten die Augen auf die Tänzerinnen geheftet. Es war warm und sehr drückend in der Halle, und doch lag ein aufreizendes, sinnliches Prickeln in der Luft. Tetis Körper zuckte; am liebsten wäre sie aufgesprungen und hätte mitgetanzt! Doch sie hielt für einen Moment den Atem an und zwang sich zur Ruhe.
Auf einmal kam ihr zu Bewußtsein, wie nah sie User-Re

war. Ihre Schultern und Arme berührten sich. Seine Haut fühlte sich angenehm glatt an, und Teti spürte die harten Muskeln darunter. Sie konnte nicht verhindern, daß ihr Blut auf einmal genau so schnell und heftig pochte wie die Trommelschläge. Ihre Kehle war trocken, die Weinschale weit weg. Sie befeuchtete die Lippen mit der Zunge, und es gelang ihr nur allmählich, ihre Aufmerksamkeit auf die Tänzerinnen zu konzentrieren, deren Bewegungen immer weicher und rollender wurden.

Kafi lächelte zu ihr her, und Teti nickte anerkennend. Die Darbietung gefiel ihr außerordentlich gut. Sie nahm sich vor, die eine oder andere Bewegung in ihre eigene Vorführung einzubauen, wenn sie wieder für Kamose tanzte. Aber, ach nein, das würde sie ja niemals mehr tun, das hatte sie sich geschworen. Sollte er doch mit dem vorlieb nehmen, was ihm die Nebenfrauen in dieser Hinsicht zu bieten hatten.

Auta, der rechts von ihr saß, klatschte den Takt ebenso begeistert mit wie die Nubier. Fasziniert verfolgte er jede von Kafis Bewegungen. Teti freute sich darüber und blickte nach links, zu User-Re. Doch der sah dem Tanz gar nicht zu, sondern starrte mit schmalen Augen zur gegenüberliegenden Wand, die Lippen hart geschlossen. Sie stieß ihn sanft an, nickte aufmunternd und deutete mit den Augen zur Tanzfläche. Er lächelte, aber es war ein verbissenes Lächeln, und aus seinem Blick sprach eine so brennende Qual, daß sie schnell das Gesicht abwandte und wieder den Tänzerinnen zusah.

Beifall und Begeisterung kannten keine Grenzen, und niemand tobte stürmischer als Auta. Als Kafi in den Nebenraum zurückkam, hatte er irgendwo ein einigermaßen sauberes Leinentuch aufgetrieben, mit dem er Kafis schweiß- und ölglänzenden Körper abrieb. Sie ließ es sich gefallen, versuchte nur kichernd, die Federn und Blüten vor seiner Fürsorge zu retten. Dann flüsterte sie

ihm etwas ins Ohr, hauchte einen Kuß auf seine Wange und setzte sich neben Teti.
»Weiß Si-Mut eigentlich, wo du bist?«, fragte Teti.
»Große Göttin! Niemals darf er das erfahren«, wehrte Kafi, noch nach Atem ringend, ab. »Oh, ich bin so gern hier. Und heute ganz besonders. Sag doch, findest du Auta nicht süß?«
Auta, der auf Kafis Bitte einen Krug Traubensaft geholt hatte, blickte mit einem sonderbaren, verträumten Gesichtsausdruck zu ihnen herüber.
»Er scheint dich ebenso anziehend zu finden wie du ihn, Liebes.«
Mit einem kleinen Seufzer schlüpfte Kafi in Autas Arme. Nachdem er sie ausgiebig an sich gedrückt hatte, nahm er ihre Hand, küßte zuerst jeden Finger einzeln, dann die Handfläche, dann küßte er das Handgelenk, und ganz allmählich glitten seine Lippen an Kafis schlankem braunen Arm immer höher, Kafi strahlte und warf Teti einen Blick voll Seligkeit zu, bevor sie sich zurücklehnte und genießerisch die Augen schloß.
Der Nubier, den User-Re als stellvertretenden Mazoibefehlshaber bezeichnet hatte, kam mit langsamen Schritten zu ihnen herüber. »Umarmt mich Anuket, das lasterhafte Götterweib, und verwirrt mir die Sinne? Oder sehe ich richtig?«, dröhnte er und schlug User-Re auf die Schulter. »Mein alter Freund ist mal wieder in der Südlichen Stadt.«
»Setz' dich, Bruder«, grinste User-Re und stellte ihm Teti vor.
»Gegen so eine Stiefmutter hätte ich auch nichts einzuwenden«, meinte Mahu. »Na, ihr nehmt mir die Bemerkung nicht übel. Wenn man jahrelang wichtigtuerische Steuereintreiber begleitet und säumige Bauerntölpel auf die Schädel geschlagen hat, gewöhnt man sich zwangsläufig eine unverblümtere Ausdrucksweise an«, fügte er hinzu, ließ sich neben User-Re auf der Schilfmatte nieder

und klopfte ihm nochmals auf die Schulter. Dann machte er mit dem Oberkörper eine halbe Drehung und sah Kafi und Auta erstaunt an, als hätte er sie soeben erst bemerkt.

»O Fruchtbarkeit bringende Anuket! Was erblicken meine trüben Augen da? Bruder! Wer ist denn dieses Milchgesicht, das gerade eine meiner kleinen Cousinen auffuttert?«

»Das ist mein Freund Auta aus Pe. Der Bogenschütze, mit dem ich im Streitwagen fahre«, erklärte ihm User-Re und lachte. »Du selbst, Bruder, hast ja einen rasanten Aufstieg hinter dir.«

Mahus Augen in dem dunklen Gesicht begannen zu leuchten. »Ja, mein Freund. In letzter Zeit hatte ich sämtliche verlotterten Götter, die Kemet und Kusch aufzubieten haben, auf meiner Seite. Mein Vorgänger ist zu Pharaos persönlicher Leibwache in den Palast versetzt worden. Und ich konnte seinen Posten übernehmen. Das gefällt mir nicht schlecht, Bruder. Das kann ich dir sagen.«

Auta hatte Kafi freigegeben, und sie begrüßten Mahu ebenfalls.

»Bist du tatsächlich mit Mahu verwandt?«, fragte Teti, die stets alles genau wissen mußte.

»Ja«, antwortete Kafi. »Meine Mutter und seine Mutter sind Halbschwestern. Sie sind Töchter von Nebenfrauen des gleichen Stammesfürsten.«

»Für deinen Ka, Liebes! Darauf wollen wir trinken«, sagte Teti. Sie fühlte sich so unbeschwert und angenehm beschwingt wie schon lange nicht mehr. Sie füllte Kafis Schale mit Wein und brachte die Freundin dazu, nach dem vielen Traubensaft nun mit Wein auf ihr gegenseitiges Wohl anzustoßen und vor allem auf Kafis Verwandtschaft mit einem der Polizeioberen. Und dann sah es so aus, als ob sich draußen in der großen Halle schon wieder etwas tun würde; die Gäste strömten hinaus und versammelten sich um die freie Fläche in der Mitte.

Teti wäre fast umgefallen vor Schreck, als plötzlich Oberpriester Mai mit den anderen Propheten erschien. Sie riß die Augen auf, hielt die Luft an und blickte zu Kafi. Doch diese blieb ruhig an Auta gelehnt stehen. Teti sah wieder zu den Amun-Priestern hin, und jetzt erst erkannte sie, daß es sich um Schauspieler handelte, die die Oberhäupter aus Karnak darstellten. Der eine war groß und knochig wie Mai; der andere trug Si-Muts blasierten Gesichtsausdruck zur Schau, und seine buschigen Augenbrauen waren genau wie beim zweiten Propheten mit viel fetthaltiger schwarzer Schminke gebändigt worden, was seinem Gesicht das gleiche finstere Aussehen verlieh. Dann tauchte noch ein modisch herausgeputzter Mann auf, in dem unschwer Prinz Paneb zu erkennen war, der Gatte von Pharaos unglücklicher Schwester Raja. Ein Spottvers nach dem anderen wurde vorgetragen. Die Grimassen und Gebärden der Darsteller wurden immer komischer; die Zuschauer begannen zu johlen, so daß kaum mehr ein Wort zu verstehen war. Kafi und Teti schüttelten sich vor Lachen. Mahu, Auta und User-Re schrien Beifall, während sich andere Gäste bereits auf dem Boden wälzten.

Prustend und lachend kehrten sie zu ihren Plätzen zurück. Kafi kroch wieder in Autas Umarmung, und Teti goß allen Wein ein. Auch Seneb hatte sich zu ihnen gesetzt.

»Allem Anschein nach erfreut sich die Amun-Priesterschaft nicht gerade großer Beliebtheit«, meinte er, während er sich die letzten Lachtränen aus den Augenwinkeln wischte.

»Wundert das jemanden?«, fragte Mahu. »Sehnen wir uns nicht alle danach, daß wieder ein starker Pharao regiert, der imstande ist, das ganze Geflecht aus Intrigen, Lügen und Korruption, das die Amun-Priester

über das Land gebreitet haben, mit einem einzigen, gewaltigen Hieb zu zerschlagen?«
Einige der Anwesenden waren, angeregt durch das Gesehene und Gehörte, ebenfalls ins Gespräch vertieft, andere tranken und lachten. Erneut hatten sich die Musiker eingefunden und begleiteten die Kunststücke von Gauklern mit ihren Melodien. Diener kamen und verteilten Speise und Getränke.
»Wächst ein Grashalm, wird ein Stein auf den anderen gesetzt, ohne Wissen und Wollen der Amun-Priester?«, begann Seneb wieder, nachdem er seine Gäste aufgefordert hatte, sich aus den Schüsseln zu bedienen. »Bestimmen sie nicht alles, was in Theben geschieht?«
»Aber jetzt will Pharao ein gewaltiges Heiligtum für Aton bauen«, warf Teti ein und überlegte, von welcher Soße sie nehmen sollte. »Und das bedeutet, daß die Arbeiten an allen anderen Gebäuden eingestellt werden.«
»Oha«, rief Mahu. »Das könnte Ärger geben.«
»Das wird Ärger geben«, sagte Kafi leise. »In Karnak sind schon Beratungen im Gange. Meint ihr, man läßt zu, daß der Ausbau des großen Amun-Tempels abgebrochen wird? Immer noch ist Mai nach Pharao höchster Priester im Land. Und Si-Mut hat die oberste Leitung aller Bauarbeiten.«
»Ja, aber inzwischen ist er einer Überwachungskommission unterstellt«, hielt Teti dagegen.
»Bis jetzt hat dieser Ausschuß alles gutgeheißen, was Si-Mut angeregt und ausgeführt hat. Über seine Arbeit wurden nur positive Berichte abgegeben«, meinte Kafi.
»Er schmiert sie alle, oder?«, fragte Teti.
»Wahrscheinlich schon«, antwortete Kafi und fing an, Auta mit Trauben zu füttern. »Aber natürlich ist er nicht so ungeschickt, sich von irgend jemandem irgend etwas nachweisen zu lassen.«
»Na, sein falsches Spiel nützt ihm auch nichts mehr«,

meinte Teti. »In ein paar Tagen wird der neue Steinbruch eingeweiht, bald schon werden die ersten Steinblöcke in Karnak eintreffen, und das Spannen der Schnur wird gefeiert werden.«
»Ja, Pharao wird sich durchsetzen«, sagte User-Re und umklammerte seine Weinschale mit beiden Händen. »Ihr Mazoi und wir Soldaten werden das Vorhaben des Königs gegen die Amun-Priester verteidigen, nicht wahr, Mahu?«
Mahu nahm einen tiefen Zug und nickte ernst und eifrig.
User-Re sprach weiter: »Außer Streitwagen und Waffen muß es vor allem wieder mehr Landbesitz in königlicher Hand geben, damit Pharao seine verdienten Soldaten mit Ackerflächen belohnen kann.«
»Das wird nicht genügen, ihr tapferen Streiter«, erklärte Seneb und fuhr sich mit der Hand durch das stoppelkurze, schwarze Haar. »Der Dienst an den Göttern ist von entscheidender Bedeutung. Nur wer in der Glaubenslehre bestimmend ist und den Segen der Götter gewährleisten kann, wird die wirkliche Macht besitzen. Pharao muß also nicht nur das Militär, sondern auch eine Priesterschaft hinter sich haben, die ihn vorbehaltlos unterstützt. Darüber hinaus hat der König auch innerhalb des Palastes Feinde. Da ist zum Beispiel unser verehrter Prinz Paneb. Er gehört einer Bewegung an, die von Anfang an dagegen war, daß Nofretete die Frau des Thronfolgers und jetzt Große Königliche Gemahlin wurde. Prinz Paneb vertritt die Meinung, Pharao hätte damals als Kronprinz eine seiner Schwestern oder Halbschwestern ehelichen sollen, um der Tradition und den religiösen Pflichten zu genügen.«
»Ach? Prinz Paneb sorgt sich um Glauben und Tradition?«, fragte Teti und stellte ihren Becher hin. »Dann gehört es anscheinend zu seinen traditionellen Pflichten als Prinz, mit dem Streitwagen die Prachtstraße entlang-

zufegen und alten Frauen die Zwiebelkörbe umzuwerfen. Außerdem macht er durch seine sittenlosen Ausschweifungen seine Gemahlin, Prinzessin Raja, unglücklich. Und er kümmert sich nicht um die Erziehung seines Sohnes. Wenn sich nicht Pharao und die Königin des Prinzen Semenchkare annähmen, würde der Kleine noch ganz vernachlässigt. Denn seine Mutter ist vor Kummer ja schon halbtot!«

»Seltsamerweise hat Prinz Paneb am Anfang versucht, Königin Teje auf seine Seite zu ziehen. Da ihm das aber nicht gelingen konnte, richtet sich sein ganzer Haß auf Eje und Merire«, sagte Seneb. »Vor ein paar Tagen hat er den obersten Re-Priester sogar der Veruntreuung des Tempelschatzes bezichtigt.«

»Das stimmt. Wie kommt es, daß du so gut über die Vorgänge im Palast informiert bist?«, fragte Teti.

»Auch einem einfachen Mann wie mir ist es manchmal vergönnt, aus ergiebigen Quellen zu trinken.«

Mit einem listigen Lächeln auf dem breiten Gesicht erhob sich Seneb. Er sah Mahu auffordernd an, und dieser stand ebenfalls auf.

»Ich komme bald zurück, Bruder«, sagte Mahu zu User-Re. »Und dann sollen sich Götter und Menschen richtig darüber wundern, wie wir zwei die alten Zeiten begießen.«

Kafi wechselte vom gegenüberliegenden Polster zu Teti hinüber, nahm ein Stückchen Brot und kaute nachdenklich darauf herum.

»Si-Mut hat mich gebeten«, flüsterte sie, »seine Nebenfrau zu werden.«

»Da kannst du ebensogut Selbstmord begehen.«

Kafi antwortete mit einem bitteren Lachen, das gar nicht zu ihrem fröhlichen Wesen paßte. »Es war auch nicht ernst gemeint«, sagte sie. »Si-Mut weiß genau, daß seine Frau mich mit ihren Zauberkünsten umbringen würde. Mittlerweile wohne ich zwar mehr in seinem Haus als in meinem Zimmer, aber ich werde hoffentlich auch dort weiterhin Ruhe vor ihr haben. Si-Mut überhäuft meine Familie und mich mit Geschenken. Er ist sehr freigebig und freundlich zu uns. Aber ich liebe ihn nicht. Teti, ich liebe ihn doch nicht!« Sie sah Teti mit verzweifelten Augen an und flüsterte: »Ich glaube, ich habe mich in Auta verliebt. Ist das nicht schrecklich?« Ein glückliches Leuchten machte ihr hübsches Gesicht noch reizvoller. »Ist das nicht schrecklich schön? Und weißt du, was Auta gesagt hat? Er hat gesagt, mein Haar sei von einer außergewöhnlichen Farbe zwischen der Tönung dunkler Feigen und dem Schwarz der Nacht.«

»Liebes, was für ein reizendes Kompliment«, meinte Teti. Im stillen dachte sie: Etwas Dämlicheres ist ihm wohl nicht eingefallen. Aber dann betrachtete sie Kafis gelocktes Haar, das im Licht der Öllampen tiefdunkel schimmerte. »Er hat recht. Er hat dich wirklich sehr genau angesehen.«

»Hast du Lust, mit mir in den Garten zu gehen?«, meldete sich Auta, dem Kafis Gegenwart allem Anschein nach zu fehlen anfing. »Ich glaube, die Nachtluft täte uns gut.«

Kafi strahlte und stand gleich auf. Sie und Auta faßten einander an den Händen, entschwanden und waren für den Rest der Nacht verschwunden.

»Was für ein anregender und abwechslungsreicher Abend«, sagte Teti zu User-Re. »Ich habe seit langem nicht mehr so gelacht. Du hattest recht, hier unterhält man sich ausgezeichnet. Kafi und ihre Freundinnen haben wundervoll getanzt. Und die Schauspieler waren so komisch! Was für einer Beschäftigung geht Seneb eigentlich nach? Ist er Beamter, Priester oder Schreiber?«

»Er ist Geschäftsmann. Soviel ich weiß, handelt er mit Salben, Schminke und solchen Dingen.« User-Re schien sich seiner Sache nicht ganz sicher zu sein, aber das folgende stand für ihn fest: »Ich habe nicht zu viel versprochen, als ich sagte, daß die Leute, die man in Senebs Haus antrifft, eine verschworene Gemeinschaft sind. Hier kann man Dinge äußern, die einem viele Unannehmlichkeiten einbrächten, wenn sie an die Öffentlichkeit kämen.«

»Es ist gut, daß es einen Ort gibt, wo man einander vertraut und sagen kann, was man denkt, ohne mit ungebetenen Zuhörern rechnen zu müssen. Oh, User-Re, es muß längst Mitternacht vorbei sein. Die Zeit ist ja wie im Flug vergangen. Und jetzt bin ich doch müde.«

»Möchtest du nach Hause?«, fragte er.

»Wie denn«, fragte sie zurück. »Sollen wir schwimmen?«

»Ich würde das schon schaffen, aber von dir kann ich das natürlich nicht erwarten. Nein, einer von Senebs Dienern könnte uns über den Fluß rudern. Wollen wir gleich los?«

»Nein«, sagte sie. »Ich möchte doch lieber bleiben. Mehi ist versorgt, und so habe ich die Gelegenheit, eine ganze Nacht lang ein Fest zu genießen. Meine Müdigkeit geht schnell vorbei. Laß du dich aber nicht abhalten, deinen Freunden Gesellschaft zu leisten! Es macht mir nichts aus, allein hier zu sitzen.«

»Ich bleibe bei dir und warte, bis Mahu kommt«, sagte er, beugte sich zu ihr und umfaßte mit dem Arm ihre Schultern. »Ich bin nämlich sehr gern in deiner Nähe.«

»Oh, ich fühle mich auch wohl, wenn du da bist«, erwiderte sie. Insgeheim hielt sie den Atem an und wartete auf das schöne Gefühl, das sie vorhin bei seiner Berührung empfunden hatte. Es war gewesen, als hätte man köstlichen Balsam über sie gegossen. User-Re hatte den Druck seines Arms verstärkt, sein Gesicht war ganz nah, und sie merkte, daß er sie beim Sprechen unentwegt ansah. Ihr Herz klopfte so laut, daß sie nicht einmal verstehen konnte, was er sagte.

Endlich drangen seine Worte an ihr Ohr. »... und ich

möchte in Zukunft gern häufiger in Theben sein. Dann können wir viel mehr Zeit miteinander verbringen. Teti, ich muß dir sagen, daß ich dich sehr mag. Und ich spüre, daß auch du ...«

Sie atmete tief durch, rückte ein wenig von ihm ab, jedoch nicht so weit, daß er seinen Arm hätte wegnehmen müssen. »Ich glaube, wir beide haben unseren Wein ein bißchen zu schnell getrunken.« Sie räusperte sich und ließ ihre Stimme so sachlich wie möglich klingen. »Wie gut, daß ich morgen keinen Hofdamendienst habe und nicht in den Palast muß. Die Königliche Gemahlin mag es gar nicht, wenn ihre Hofdamen übernächtigt aussehen.«

»Da bin ich wieder«, ließ sich Mahus stets ein wenig heisere Stimme vernehmen. »Aber ich möchte keinesfalls euren Familienrat oder was ihr da gerade abhaltet unterbrechen.«

»Du störst nicht, Bruder. Ich habe auf dich gewartet.« Auch User-Re war es gelungen, einen kühlen Ton anzuschlagen. »Teti ist nicht mehr gewohnt, die Nacht durchzumachen. Sie wird sich ein bißchen ausruhen.« Ganz beiläufig nahm er den Arm von ihrer Schulter und stand auf. »Und sie nimmt es uns nicht übel, wenn wir uns zu der Freundesrunde draußen setzen.«

Teti lächelte und machte es sich in der Ecke bequem. Niemals wieder, nahm sie sich vor, durfte das Unaussprechliche zwischen User-Re und ihr so nahe an die Oberfläche kommen. Sie wollte auf keinen Fall, daß das freundschaftliche Verhältnis zu Kamoses Sohn durch Gefühlsregungen beeinflußt wurde, die über die Familienbeziehung hinausgingen. Nein, es war unvorstellbar, Kamose in irgendeiner Weise zu hintergehen. Obwohl sie noch immer schrecklich wütend auf ihn war und wegen des Lattichbeetes auch etwas Angst hatte, freute sie sich dennoch auf seine Rückkehr.

Und damit war sie wieder bei ihren alten Gedanken. Sie

hatte gar keine andere Wahl, als sich weiterhin mit den Nebenfrauen zu arrangieren. Ja, sie konnte froh sein, daß in ihrem Haus alles in geordneten Bahnen verlief. Kamoses Harem mit nur drei Versorgten war klein in Anbetracht seines hohen Ranges. Manche Männer hatten weit mehr Nebenfrauen. Apy zum Beispiel hatte acht. Und es gab welche, die jeder halbwegs ansehnlichen Dienerin nachstellten und ständig junge Sklavinnen ins Haus holten. Ich muß das alles gelassener nehmen, sagte sie sich und nagte an ihrer Unterlippe. Früher ist es mir doch auch gelungen.

Mit einem Mal gingen ihr Liebeslieder durch den Sinn, und sie kam endlich darauf, aus welchen Versen Auta die Worte hatte, die Kafis Haar so schön beschrieben. Offensichtlich war er ein gebildeter Mann. Sie mußte User-Re noch weiter über ihn ausfragen, denn bisher hatte sie nicht viel mehr erfahren, als daß Autas Vater ein Seefahrer von den Meeresinseln war, der sich in Pe niedergelassen und eine Ägypterin geheiratet hatte. Und es war doch ihre Pflicht als Kafis engste Freundin, Auta genauestens in Augenschein zu nehmen.

»Haar in der Farbe von dunklen Feigen«, summte sie vor sich hin, »Haare schwarz wie die Nacht.«

Kafi war so entzückend. War es ein Wunder, daß Si-Mut nicht von ihr lassen wollte? Ach, nichts als Schwierigkeiten würde Kafi bekommen, wenn sie sich wirklich in Auta verliebt hatte. Gnädige Hathor, wenn Si-Mut das wüßte! Teti stellte sich schon eine gefahrvolle Flucht nach Memphis und weiter nach Pe vor, wo Kafi einstweilen im Haus von Autas Eltern Unterschlupf finden würde. Ich sollte meine Phantasie nicht mit mir durchgehen lassen, ermahnte sie sich selbst. Vielleicht haben die beiden ja genug, nachdem sie ein paarmal miteinander geschlafen haben.

Ihr fiel auf, daß es im Haus still geworden war. Die fröhlichen Gesänge waren verstummt, nur vereinzelte

Schläge auf ein Tamburin kamen aus der Halle. Bombom, bom-bom ...
Da trat User-Re herein, blieb vor Teti stehen und betrachtete sie mit unstetem Blick: »Teti, was grübelsu denn?«
Hinter ihm tauchte Mahu auf. In einer Hand hielt er ein Tamburin, in der anderen ein rundes Brot. Den Arm mit dem Brot legte er um User-Re.
»Mein Bruder und ich«, sagte Mahu, auch er sprach etwas undeutlich, »haben so viele unbeschreibliche, einmalige und gemeinsame Erlebnisse gehabt, daß wir auf jedes einzelne trinken mußten. Ja, das mußten wir! War völlig unabwendbar! Teti, das verstehsu doch?«
Er ließ User-Re los, ging langsam in die Knie und setzte sich vorsichtig hin. Erst jetzt legte er das Brot und das Tamburin weg. User-Re schwankte einige Schritte auf Teti zu, überlegte es sich aber anders und schleppte unter schweren Seufzern einen Stuhl heran.
»Muß hier oben auf meinem Posten bleiben«, behauptete er. »Muß unbedingt den Überblick behalten. Weil ... der Bogenschütze hat nämlich den Streitwagen verlassen. Den Bogenschützen Auta kannsu vergessen, Bruder. Der is einfach abgehauen!«
»O weh, O weh«, murmelte Mahu und begann, riesige Brotbrocken in sich hineinzustopfen. »Hab' ganz früh am Morgen Dienst. Wenn's hell wird, muß ich in der Polizeikaserne sein.« Er deutete unsicher auf Teti. »Die ... die da is doch deine Stiefmama, Bruder? Sag' mal, hat sie nich eine Swester? Eine genauso hü ... hübse Swester?«
»Meine Stiefmama kriegsu nich«, keuchte User-Re, beugte sich hinunter und schüttelte seine Faust vor Mahus Gesicht. »Meine Stiefmama gehört Vater und mir!«
»Bruder, ich will doch deine Stiefmama nich«, versicherte Mahu mit unglücklicher Miene. »Was ich will, is eine Swester.«

»Swester gibs nich«, erklärte User-Re mit einer so schwungvollen Handbewegung, daß er beinahe vom Stuhl fiel und sich bei Mahu abstützen mußte.
Entsetzlich, dachte Teti und stand auf. Wäre ich doch vorhin mit User-Re nach Hause gegangen, als er noch nüchtern war.
Sie ging hinaus in den Garten, atmete die nur wenig abgekühlte Nachtluft ein und lenkte ihre Schritte dann zu einer Steinbank inmitten von Blumenbeeten. Hier konnte sie ungestört die Sterne betrachten und den Mond, der schwer und goldrot am Himmel hing. Irgendwann ging sie ins Haus zurück, wo sie auf Seneb traf. Aber auch der Gastgeber war keine Leuchte mehr in dieser finsteren Nacht. Er zeigte nicht die mindeste Bereitschaft, das nach der Vorführung der Schauspieler begonnene Gespräch fortzusetzen. Zwar folgte er ihr willig in den Nebenraum, wo Mahu und User-Re in brüderlicher Umarmung schnarchten, bettete aber, nachdem sie sich hingesetzt hatte, unter den treuherzigsten Beteuerungen seinen Kopf an ihren Busen und schlief sofort ein.
Wie ein Stein lag er auf ihrer Brust, und ihre Empörung über die Haltlosigkeit der thebanischen Jugend wuchs mit jedem mühsamen Atemzug. Wie viel besser benahmen sich doch die würdigen und vornehmen Herren der Palastbeamtenschaft. War Apuia beispielsweise je bei seinem eigenen Festmahl in seinem eigenen Haus am Busen einer Dame eingeschlafen? Nein, niemals! Oder hatte Wesir Ramosis irgendwann mal durch die Zähne gepfiffen? Vollkommen undenkbar! Entschlossen und nicht ohne ein gewisses Maß an Grimm setzte sie Seneb zur Seite, so daß er kurz wach wurde und zu den beiden anderen Schläfern hinübertaumelte. Dann rollte sie sich ganz weit hinten in der Ecke zusammen und versuchte ebenfalls zu schlafen.
Als Teti mit User-Re nach Hause kam, sowohl Kafi als

auch Auta waren unauffindbar geblieben, saß der Obergärtner neben dem Eingangstor.
»Herrin, darf ich wieder im Garten arbeiten?«
»Wieso bist du denn gestern weggelaufen?«
»Weil ich mich vor dem Zorn des Hausherrn fürchtete.«
»Und jetzt hast du keine Angst mehr?«
»Doch, aber mein Hunger ist größer. Ich bin in arge Not geraten. Beim Spiel in der Bierhalle habe ich alles verloren. Nichts weiter als das, was ich am Leib trage, habe ich behalten.« In dumpfer Verzweiflung starrte er auf seinen fleckigen Schurz aus grobem Leinen.
»Also alles verspielt und versoffen«, faßte Teti kurz zusammen. Sie blickte vom Gärtner zu User-Re. Beide sahen bleich aus, hatten trübe, rotgeränderte Augen und dunkle Schatten auf Kinn und Wangen. Was für Schwierigkeiten hatte sie gehabt, mit User-Re zur Fähre zu gelangen, auf der er stöhnend zusammengesackt war. Und dann erst der Weg von der Anlegestelle hierher! Von jedem schattigen Fleckchen hatte sie ihn wegzerren müssen, die süßesten Versprechungen hatte sie sich ausdenken müssen, um zu erreichen, daß er bis nach Hause mitkam.
»Meinetwegen kannst du bleiben«, sagte sie zum Obergärtner. »Wenn du wieder wie ein Mensch aussiehst, kannst du dir von Seni dein Frühstück geben lassen, damit du zu Kräften kommst. Und danach fängst du sofort an, das Lattichbeet in Ordnung zu bringen. Sieh zu, daß du irgendwo junge Pflanzen oder Samen oder so was auftreibst. Und wenn der Hausherr morgen oder übermorgen zurückkommt und dich fragt, sagst du, daß Ungeziefer an dem blöden Lattich war und daß du auf meinen Befehl alles entfernt hast. Klar?«
»Augenblick, Hausherrin. Wie war das nochmal? Sich das Ganze bis übermorgen zu merken, ist ziemlich schwierig. Es könnte sein, daß ich es vergesse, und dem Herrn aus Versehen sage, wie es in Wirklichkeit war.«

Ein verschlagenes Grinsen verzog seinen von Bartstoppeln umgebenen Mund.
Teti stampfte mit dem Fuß auf. »Und was, meinst du, würde deine Merkfähigkeit verbessern?«
»Dreimal das, was ich im Moment kriege, Herrin! Das ist bloß ein bißchen Salböl und Getreide. Und dazu möchte ich Leinen für einen zusätzlichen Schurz und ein Hemd.«
Teti blickte zu User-Re, der sich den Nacken rieb und gähnte. Er zuckte die Achseln. »Also gut«, stimmte sie zu. »Heute abend kannst du dir den Stoff und das Öl bei mir abholen. Das andere bekommst du später.«
Der Gärtner verbeugte sich, und sie gingen auf die Tür zu. »Nun ist's doch so, als hätte ich beim Spiel gewonnen«, frohlockte er, als er Teti und User-Re den Vortritt ins Haus ließ.

»Meine Sehnsucht nach dir war größer als Theben und Karnak zusammen«, sagte Kamose, als er nach drei Tagen endlich mit Boot, Sänfte, Trägern und Dienern zurückkehrte. »Du hast mir sehr gefehlt, meine Liebe.«
»Du hättest mich nur mitnehmen brauchen, wie du es versprochen hattest«, entgegnete Teti frostig.
»Nun, ich hatte meine Gründe, das nicht zu tun. Sieh, was ich dir mitgebracht habe.« Lächelnd reichte er ihr ein funkelndes Schmuckstück. »Der Goldschmied wußte sofort, welches Armband ich meinte. Du mußt sehr oft dort gewesen sein.«
»Ja.«
»Jetzt gehört es dir.« Er legte ihr das Armband um.
Sie ließ es geschehen, aber ihr Gesicht blieb ernst. »Henut und auch Mutnefer…«, sagte sie.
»Ich weiß. Ist das denn so wichtig? Du bist doch die Frau, die in meinem Herzen ist. Was macht Mehis Beule?«
»Sie ist schon kleiner geworden und hat sich gelb verfärbt.«

»Nun, es wird nicht die letzte Beule sein, die er sich holt. Gibt es außerdem etwas zu berichten?«
»Hm. Das Lattichbeet... Du wirst für eine Weile auf Salat verzichten müssen. Die Pflanzen waren voller Ungeziefer, und ich ließ sie alle ausreißen.«
»Schon recht«, meinte er. »In den Tagen vor der Nilflut kommen stets Fliegen und allerlei Gewürm hervor. Es war umsichtig von dir, die Pflanzen entfernen zu lassen, ehe auch die anderen Beete befallen werden. Nun sieh mich doch nicht mehr mit so traurigen Augen an! Freust du dich gar nicht, daß ich zurück bin?«
»Du denkst wohl, du brauchst bloß mit ein bißchen Gold und Edelsteinen vor meiner Nase herumzuwedeln und ein paar nette Worte zu sagen, und es ist, als wäre nichts geschehen?«
»Was heißt, als wäre nichts geschehen? Ich will nichts ungeschehen machen. Es sind Tatsachen. Warum stellst du dich so an?« Er klopfte mit seinem Würdestab auf den Boden und warf ihn dann in die Ecke. »Was ist nun? Ich hoffe, du willst mir nicht die Freude vorenthalten, meinen jüngsten Sohn zu begrüßen. Und du, Suti, sorgst dafür, daß man mir ein Bad vorbereitet.«
»Willst du nicht erst mit User-Re reden?«
»Ich habe nichts dagegen, wenn er kommt, um mich zu begrüßen. Ein eingehendes Gespräch werde ich später mit ihm führen.«
»Und wann willst du dich in den Palast begeben?«, fragte Teti. »Es gibt eine Menge Neuigkeiten, die du nicht mitbekommen hast. Es könnte sein, daß Pharao erwartet, daß du so bald wie möglich um eine Audienz ersuchst. Und beim königlichen Obersekretär Eje und bei Wesir Ramosis solltest du auch vorsprechen.«
»Du kannst versichert sein, meine Beste, daß der Aufenthalt in der Provinz meine Geisteskräfte in keinster Weise beeinträchtigt hat und daß ich selbst noch sehr genau weiß, was ich zu tun und was ich zu lassen habe. Deshalb

war ich soeben nicht nur wegen deines Armbandes, ein Geschenk, das du ohnehin nicht zu schätzen scheinst... Überdies ist es dir zu groß, es rutscht dir über die Hand, und du wirst es bald verlieren.«

»Nein, es ist mir nicht zu groß!«

»Ganz wie du meinst. Ich suchte also im Palast nicht nur die Goldschmiedewerkstatt auf, wo ich kurz mit Parennefer sprach, der aufgrund seiner Tüchtigkeit nun auch den Hofgoldschmieden vorsteht, sondern ich war auch bereits in meinem Büro.«

»Und? Was hältst du von Pharaos Plan, für Aton einen gewaltigen Tempel zu bauen?«

»Nun, der König hat sich offensichtlich allerhand vorgenommen. Wie wäre es, wenn du gemeinsam mit mir ein Bad nehmen und mir dabei ausführlich erzählen würdest, was Pharao geäußert hat?«

»Nein, ich werde nicht mit dir baden. Dazu habe ich mitten am Tag überhaupt keine Zeit.«

Nachdem sie das Kindermädchen mit Mehi aus dem Garten zu Kamose geschickt hatte, beschwor sie den sich sträubenden User-Re, seine Sohnespflicht zu erfüllen und seinen Vater willkommen zu heißen. Endlich kam er ihren eindringlichen Bitten nach.

Kamose erwiderte User-Res Gruß mit knappen Worten. »Wir werden uns morgen unterhalten, Sohn«, sagte er abschließend. »Jetzt nehme ich ein Bad, und auch für den Rest des Tages habe ich andere Pläne.«

Nach kurzem kam Suti zu Teti und frage nach der Zusammensetzung der Ölmischung, die Kamose bevorzugte. Seufzend folgte sie dem Diener ins Badezimmer.

»Ich kann mich einfach nicht mehr daran erinnern, Herrin«, entschuldigte er sich.

»Macht nichts. Ich habe das Rezept auch nur deswegen im Kopf, weil ich es im Tempel so oft zubereitete. Du solltest gleich ein paar Kyphikugeln auf die glühende Holzkohle legen und die Kleider darüber hängen.«

Sie machte sich daran, die verschiedenen Öle und Duftessenzen zusammenzumischen. Suti fachte die Glut an und gab die Parfumkügelchen ins Feuer. Ein berauschender Duft breitete sich aus. Er warf Kamoses Kleidungsstücke über ein Holzgestell und zog es hoch, so daß es über dem Kohlenbecken hing.
»Ist es so recht, Herrin?«
»Jaja!« Teti wischte sich eine Strähne aus der Stirn. »Verdammt heiß hier.«
»Im Wasser ist es recht angenehm«, sagte Kamose, der bis zum Kinn im Wasser lag. »Streu' mir bitte noch Blütenblätter auf das Wasser. Und gieße etwas von der Essenz in dem blauen Gefäß hinein.«
Suti brachte einen Weinkrug, schenkte einen Becher voll und reichte ihn Kamose.
»Ich denke, du willst baden. Mußt du dabei auch noch Wein trinken?«, fragte Teti griesgrämig.
»Ich habe ihn von der Reise mitgebracht. Der Vater eines meiner Schreiber gab ihn mir. Du weißt schon, derjenige, der mir vor einigen Jahren den fetten Ochsen zum Geschenk gemacht hat. Der gute Mann wollte es sich durchaus nicht nehmen lassen, mir einige Krüge seines besten Weins zu verehren, um seiner Freude und Dankbarkeit darüber Ausdruck zu verleihen, daß ich meine und Mutnefers Tochter mit seinem Sohn verheiratet habe.« Kamose nahm einen Schluck und rollte ihn mit Kennermiene auf der Zunge. »Nun, der Wein ist in der Tat nicht schlecht. Willst du nicht kosten, meine Liebe?«
Teti sah mißmutig auf Kamoses aus dem Wasser ragende Zehen.
»Nein«, sagte sie, »ich habe jede Menge Arbeit heute nachmittag. Ich muß mit Seni den Küchenplan durchgehen und den Dienerinnen Anweisungen geben. Und dazu brauche ich einen klaren Kopf.«
»Nun, dann sei so lieb und schenke mir nach.«
Sie ließ ihn ihren Unwillen deutlich spüren, als sie seinen

Wunsch erfüllte. Heftig und nicht besonders achtsam stellte sie den Weinkrug in das Gestell zurück und strebte verdrossen und schwitzend zur Tür.
»Willst du nicht wenigstens ein winziges Schlückchen?«, fragte Kamose noch einmal. »Liebes Herz, es ist mir doch außerordentlich daran gelegen zu erfahren, wie du diesen Wein beurteilst.«
Es war etwas so Sanftmütiges, Bittendes in seiner Stimme, daß sie zurückkam, sich an den Rand des Bekkens kniete und die Hand nach dem Becher ausstreckte. Doch anstatt ihn ihr zu reichen, ergriff Kamose ihre Hand und zog. Teti verlor das Gleichgewicht und platschte mit einem Schreckensschrei ins Wasser. Bevor sie untertauchte, sah sie noch, wie Suti von einem Ohr zum anderen grinste, als er die Tür schloß. Prustend und sich schüttelnd kam sie hoch und suchte Halt, indem sie den Arm um Kamoses Nacken legte.
»Was war denn das?« Sie legte den Kopf zurück und streifte mit einer anmutigen Bewegung das Wasser aus ihrem Haar. »Soll ich den Wein probieren oder dein Badewasser?«

Tetis erster Blick fiel auf das Armband, im Liegen hob sie den Arm und drehte ihn hin und her. Es hatte Kamose nicht gestört, daß sie das neue Schmuckstück auch während der Nacht anbehalten hatte. Jetzt warf die Morgensonne Lichtpunkte durch das Fenstergitter und ließ das Gold und die bunten Steine aufblitzen. Teti gab sich ganz diesem wundervollen Schauspiel hin und wartete. Endlich öffnete Kamose die Augen.
»Ich muß dir etwas erzählen«, sagte sie und setzte sich im Bett auf. »User-Re, Auta, Kafi und ich waren zusammen bei einem Fest. Und Kafi hat sich unsterblich in Auta verliebt.«
Er verschränkte die Hände hinter dem Kopf und blinzelte zum Fenster.

»Und du hast dich in User-Re verliebt?«
»Nein«, sagte sie entrüstet.
»Und warum nicht? Gefällt dir mein Sohn nicht?«
»Doch, er ist riesig nett und sieht unwahrscheinlich gut aus. Alle Mädchen haben ihm schöne Augen gemacht und mich glühend beneidet.« Sie machte eine Pause, tat, als überlege sie. »Ja, du hast recht. Ich hätte mich tatsächlich in ihn verlieben sollen. Weil du mich ohne ein Wort hiergelassen und nicht nach Nebsit mitgenommen hast.« Sie zupfte an seinem Ohrläppchen, bis er den Kopf drehte und sie ansah. »Was würdest du denn tun, wenn ich mich in User-Re verliebt hätte?«
»Genau kann ich das nicht sagen, aber vermutlich irgendetwas sehr, sehr Schreckliches.«
Sie hielt seinem betont eindringlichen Blick eine Weile stand, bevor sie die Lider senkte.
»Na, jetzt brauchst du ja nichts Schrecklicheres zu tun als aufzustehen«, sagte sie und sprang aus dem Bett. »Pharao wird wahrscheinlich ärgerlich sein, weil du bei der Verkündung seines großen Projektes nicht dabei warst. Er möchte bei solchen Gelegenheiten immer alle seine Hofbeamten um sich haben.«
»Dann sollte er seine Verkündigungen beizeiten ankündigen«, murmelte Kamose.
»Wenn du dich beeilst«, sprach sie weiter und band ihren plissierten Umhang unter der Brust zusammen, »kommst du gerade richtig zur Morgenaudienz. Um diese Stunde ist Seine Majestät meist guter Laune, weil er schon mit der Morgensonne gesprochen hat und weil er während der Audienz frühstücken kann.«
»Wenn ich König wäre, würde ich nicht jeden Tag so früh aufstehen«, gähnte Kamose.
»Ach, komm schon! Mach' wenigstens ein einziges Mal das, was deine Frau sagt.« Sie eilte hinaus, mußte aber noch einmal zurückkommen, weil sie ihren Umhang in die Tür geklemmt hatte. »Als erstes besuche ich Neferti,

um ihr mein Armband zu zeigen«, rief sie Kamose noch zu, bevor sie durch den Vorraum ging, wo Baki bereits mit Waschgeschirr und frischer Kleidung auf die Befehle der Hausherrin wartete.
Etwas später am Vormittag wurde ihr vom Kindermädchen Mehi gebracht. Er war schon gebadet und angezogen. Sie kämmte seine Jugendlocke und hängte ihm kleine goldene, mit Türkisen besetzte Ringe in die Ohren. Dann bestieg sie mit ihm die Sänfte und ließ sich zu Neferti bringen.
»Wieviele Tränen hat es dich gekostet«, fragte Neferti, nachdem sie Teti Honigkuchen angeboten, Mehi bewundert und ihn von einer Dienerin zu ihren eigenen Kindern in den Garten hatte bringen lassen. Sie betrachtete das Armband, ließ die Perlen aus Gold und Halbedelsteinen durch die Finger gleiten und strich über den großen runden Amethyst, der in eine goldene Scheibe eingesetzt war.
»Meinst du etwa, ich hätte Kamose unter Tränen um dieses Armband gebeten?«
»Nein, das meine ich nicht«, erwiderte Neferti. »Ich wollte wissen, welchen Kummer er dir bereitet hat, damit er sich verpflichtet fühlte, dir diesen Schmuck zu schenken.«
»Ach, da sind mehrere Dinge zusammengekommen. Aber ich habe keine Lust, das alles vor dir auszubreiten«, sagte Teti und setzte zögernd hinzu: »Ich bin ja noch nicht so lange verheiratet. Aber sag' mal, bleibt das immer so? Ich meine das mit den Sorgen und mit dem Kummer?«
»Nein, Kleine, das bleibt nicht immer so«, sagte Neferti. »Es wird schlimmer! Aber ich will dir nicht alle Hoffnung nehmen. Bei dir könnte es ja anders sein.«
»Bei mir wird es anders werden«, versicherte Teti und legte ihr Armband wieder um. »Selbstverständlich ist es mir viel zu groß. Schau, ich kann es ganz leicht über die

Hand streifen. Ich muß es schnellstens enger machen lassen, sonst verliere ich es, und Kamose meint: ›Habe ich es dir nicht gleich gesagt?‹ Das will ich nicht, und um das Armband wäre es auch schade. Ich werde es also ständig anstarren und hoffen und beten, daß er irgendwann mit mir nach Nebsit fährt, und ich ein paar Tage lang weder Mutnefer noch Henut nach Taheb sehen muß.«
Neferti lachte ihr herbes Lachen. »Mit Warten und Hoffen würde ich mein Leben nicht verbringen. Und das ist doch auch gar nicht deine Art! Wie ich hörte, warst du gemeinsam mit deinem gutgebauten Stiefsohn bei einem Fest.«
»Woher weißt du denn das schon wieder?«
»Hast du etwa geglaubt, es würde ein Geheimnis bleiben?«, spottete Neferti. »Meine Diener kennen doch deine Diener...«
»Natürlich ist es kein Geheimnis. Kamose weiß es auch längst.«
»Na, der Göttin sei Dank! Du hättest ruhig so tun können, als ob du es ihm verheimlichen wolltest, um ihn noch eine Zeitlang seinen bohrenden Zweifeln zu überlassen.«
»Aber nicht doch, liebste Freundin«, wehrte Teti ab. »Jetzt, da er sich gerade erst von der Sache mit Pa-Wah erholt hat.«
»Du hattest mal etwas mit Apys Neffen, nicht wahr?«
»Ach, das war bloß eine ganz kurze Sache, unmittelbar bevor ich heiratete. Aber die Kenntnis davon hat genügt, um Kamose drei Jahre lang in Atem zu halten.«
Neferti lachte wieder. »Ich frage mich, was er tun würde, wenn...«
Eine Dienerin kam herein und meldete, daß Panehesi, der Verwalter der Domäne der Großen Königlichen Gemahlin, unbedingt und sofort mit der Hofdame Neferti sprechen wollte. Kaum hatte die Dienerin den Satz beendet, als Panehesi schon seine beleibte Gestalt durch die Tür schob.

»Meine Damen«, rief er. »jetzt haben wir den Salat.«
»Oh, ich bitte sehr darum, das Wort Salat in meiner Gegenwart möglichst zu vermeiden«, sagte Teti.
»Hofdame Teti, jetzt ist nicht der Zeitpunkt für Witze. Was alle erwartet und befürchtet haben, ist eingetroffen. Das Orakel...« Er wischte sich den Schweiß von der Stirn. »Amun hat sich erzürnt gezeigt, weil der Ausbau seines Tempels eingestellt wurde. Die Priester in Karnak sind ganz verstört. Der Gott sprach mit Donnerstimme. In den Säulenhallen wurden Weihrauchbecken und Statuen – glücklicherweise nur diejenigen aus Holz – umgeworfen. Und den goldenen Widdern, die das Tier zum Allerheiligsten bewachen, liefen blutige Tränen aus den Augen. Der Götterkönig ließ Oberpriester Mai wissen, daß das Land Kemet von Hunger, Heuschrecken und Dämonen heimgesucht werde, wenn man seine Forderung nicht erfüllt. Außerdem ist der heilige Stier erkrankt und verweigert jede Nahrung.«
»Ach, du liebe Göttin«, sagte Teti. »Das arme Tier! Wurden im Hathor-Tempel auch Verwüstungen angerichtet?«
»Meines Wissens nicht«, antwortete Panehesi. »Aber aus dem Month-Tempel ist das sichelförmige Schwert verschwunden. Und dem Hohenpriester dort wurde verkündet, daß es Pharao für den Kampf gegen seine Feinde erst wieder zur Verfügung stünde, wenn er sich dem Wunsch Amuns gebeugt hat.«
Neferti hatte bisher kein Wort gesagt. »Das war Pharaos erster Versuch, nicht wahr?«, meinte sie nun. »Er hat die Propheten Amuns herausgefordert, sie haben reagiert, und er kann an der Art ihres Verhaltens seine weiteren Maßnahmen ausrichten.«
Panehesi nickte und griff mit beiden Händen in die Schale mit den Honigkuchen. Die Dienerin brachte einen Weinkrug, aus dem sie zitternd einschenkte.
»Da seht ihr, wie die Leute sich aufführen«, sagte er, als

sie wieder draußen war. »Dem Angstgeschlotter deiner Dienerin nach zu schließen, edle Dame Neferti, haben meine Sänftenträger soeben die Neuigkeiten in deinem Haus verbreitet. Ganz Ost-Theben weiß es schon. Und der König wird sich fügen müssen, um im Volk keine Unruhe aufkommen zu lassen.«

»Also keine Steinbrucheinweihung, kein Tempelbau?«, fragte Teti traurig.

»Noch nicht, meine Damen, noch nicht. Die Zeit ist noch nicht reif für die Verwirklichung des einzigartigen, grandiosen und über alle Maßen herrlichen Projektes Seiner Majestät. Wir werden uns gedulden müssen.«

Kapitel 15

Die Prophezeiung

Nachdem Amun mehrere Tage lang Sandstürme geschickt hatte, erklärte sich Pharao zur Erleichterung aller bereit, vorerst auf den Baubeginn des neuen Gotteshauses zu verzichten. Daraufhin wurden keine bedrohlichen Vorzeichen mehr vermeldet, das Sichelschwert kam wieder zum Vorschein, und die Priesterschaft in den Tempeln von Karnak beruhigte sich.
Teti schlug vor, das Heiligtum des Gottes Min aufzusuchen, um sich nach dem Befinden des heiligen Stieres zu erkundigen, und Kamose, der dieses Vorhaben befürwortete, forderte, daß auch User-Re mitkommen und sich um religiöse Belange kümmern solle.
»Ich habe mit dem Hohenpriester etwas zu bereden, wobei mir deine Anwesenheit wünschenswert erscheint«, sagte er zu seinem Sohn. »Ich möchte, daß er dich kennenlernt.« User-Re war von dieser Aussicht alles andere als begeistert, doch Kamose fuhr unerbittlich fort: »Soviel mir bekannt ist, sucht er einen zuverlässigen jungen Mann, der dem Oberhaupt der Priester des Ptah in Memphis ein Schreiben überbringt. Dazu mögen ein paar Worte der Erklärung nötig sein, denn manche Dinge lassen sich schriftlich nur sehr unzureichend ausdrücken. Ich erwarte, daß du auf den Hohenpriester den besten Eindruck machst! Wenn du den Auftrag erhältst, hast du gute Gelegenheit, bei einigen maßgeblichen Leuten der Tempelverwaltung dein Geschick und deine Zuverlässigkeit unter Beweis zu stellen. Also konzen-

triere dich bei dem Gespräch, damit dir keine wesentlichen Einzelheiten entgehen. Und ich rate dir, dich ab sofort auf diese Art von Obliegenheiten vorzubereiten, anstatt nächtens im Garten umherzuwandern,« Kamose machte ein strenges Gesicht, »wie ich es in letzter Zeit mehrfach beobachten konnte.«
User-Re erwiderte trotzig seinen Blick. Es war ihm anzumerken, daß ihm die väterlichen Worte überhaupt nicht paßten. Auch Kamoses Miene war hart und entschieden geworden, und Teti fragte sich, was er noch von seinem Sohn verlangen würde. User-Re lag der Widerspruch doch schon auf der Zunge! Sie würden sich wieder gegenseitig hochschaukeln! Und dann? Ach, wie leid war sie es, ständig zwischen ihnen zu vermitteln. Auch jetzt mußte sie Kamose so rasch wie möglich ablenken.
»Liebster, du bestehst hoffentlich nicht darauf, mit Dienern und Sänften in Karnak zu erscheinen? Kafi und ich würden den Ausflug viel lieber mit dem kleinen Boot unternehmen. Morgen in aller Frühe, wenn die Luft noch angenehm frisch ist, könnten wir doch einen Spaziergang zur Anlegestelle machen. Und von dort aus rudern uns User-Re und Auta nach Karnak.«
Was für ein Lichtblick war es, Auta und Kafi anzusehen! Kafi, die sich in diesen Tagen sehr oft in Kamoses Haus aufhielt, stimmte mit bittenden Augen zu. Aber Kamose zögerte zunächst.
»Nun gut«, sagte er schließlich, »wenn ihr beiden euch das in den Kopf gesetzt habt, will ich nicht derjenige sein, der euch den Spaß verdirbt.«
Am nächsten Morgen brachen sie frühzeitig auf. Teti hatte ein Körbchen mit ausgesuchten Kräutern aus dem Garten als Gabe für den heiligen Stier dabei. Für Kamose war es anfänglich etwas ungewohnt, daß sie wie einfache Leute zu Fuß über die staubigen Wege an den Feldern und Palmenhainen entlang zum Fluß gingen, aber dann verwickelte er seinen Sohn in ein Gespräch, in

dessen Verlauf er ihn darüber aufklärte, welche Unterschiede bei der Verteilung der landwirtschaftlichen Güter zwischen dem Month- und dem Amun-Tempel bestanden. User-Re schenkte den bis in die spitzfindigsten Details gehenden Erläuterungen seines Vaters lediglich jenes Mindestmaß an Beachtung, das ausreichte, um sich Vorhaltungen wegen mangelnder Aufmerksamkeit zu ersparen.

Als sie beim Boot ankamen, konnte Teti User-Res Erleichterung geradezu spüren. Er und Auta nahmen auf den schmalen Bänken Platz und fingen an zu rudern. Zu ihrer Verwirrung ertappte sich Teti des öfteren dabei, daß sie User-Res ölglänzende Schultern und Armen betrachtete und zusah, wie sich seine Muskeln bei den Ruderbewegungen strafften und entspannten.

Der weiße Stier stapfte ohne jedes Anzeichen einer Krankheit in seinem Gehege umher, und der Priester, der ihn striegelte, versicherte, daß sich das heilige Tier bereits gut erholt hätte. Teti übergab dem Betreuer die Gartenkräuter, und der Stier schenkte ihr einen freundlichen Blick aus seinen sanften Augen. Daraus schloß sie, daß er sie mit seinem heiligen Instinkt nicht nur als Überbringerin der Kräuter, sondern auch als die Spenderin des großzügigen Lattichopfers erkannt hatte.

»Wo treffe ich den Hohenpriester an?«, fragte Kamose einen Schreiber, der aus einem Verwaltungsgebäude kam.

»In seinem Amtszimmer, hoher Herr. Er wurde bereits von deiner Ankunft benachrichtigt. Der zweite Prophet Amuns, Si-Mut, befindet sich bei ihm. Beide erwarten dich. Darf ich dich hinführen, Herr?«

»Ich kenne den Weg. Sage ihnen, daß ich alsbald kommen werde.« Kamose wandte sich an seine Begleiter. »Ich habe nicht damit gerechnet, Si-Mut hier begegnen zu müssen. Seit er sich damals wegen meines Horus-Amuletts entrüstet hat, bin ich ihm aus dem Weg gegangen.«

»Ich glaube nicht, daß er dir das noch nachträgt«, meinte Kafi. »Er hat oft davon gesprochen, daß er dich besuchen will. Er braucht jetzt jeden seiner Freunde.«
»Nun, ich werde auf alle Fälle hineingehen. Allerdings möchte ich unter diesen Umständen auf User-Res Anwesenheit verzichten. Es ist wohl besser, wenn ihr einstweilen nach Hause geht, denn ich weiß nicht, wie lange ich aufgehalten werde. Und du«, er sah wieder Kafi an, »wirst mit Sicherheit keinen Wert darauf legen, daß Si-Mut dich und Auta zusammen sieht.«
Teti fand zwar, daß es völlig unverdächtig war, wenn sich Kafi und Auta gemeinsam mit Kamose, User-Re und ihr in der Tempelstadt von Karnak aufhielten, aber andererseits war es irgendwie unübersehbar, daß Kafi und Auta ein Paar waren. Bestimmt wäre es Si-Mut sofort aufgefallen. Kafi hatte dies ebenfalls erkannt, und da auch Auta und User-Re einverstanden waren, machten sie sich zu viert auf den Rückweg.
Vergnügt pfiff User-Re vor sich hin. »Da bin ich ja nochmal davongekommen«, meinte er. »Ich hatte nicht die geringste Lust auf eine dieser öden Unterredungen, die mein Vater mit irgendwelchen Priestern führt.«
»Und? Was machen wir jetzt?«, fragte Kafi unternehmungslustig. »Wollen wir zum Markt gehen?«
»Oh ja«, rief Teti sofort. »Seni hat berichtet, daß dieser Syrer seinen Stand wieder aufgebaut hat. Du weißt schon, der mit den Vögeln, die jeden Tag gebären! Die sehen wir uns an.«
»Hühner sind mindestens so langweilig wie Hohepriester«, meinte Auta. »Und sie gackern auch genausoviel. In Memphis sind sie längst keine Attraktion mehr. Wenn User-Re und Teti sich bereiterklären, ein Stück zu laufen und mit der Fähre zum Palastufer überzusetzen, könnten wir beide«, er legte seinen Arm um Kafi, »mit dem Boot ein Stück nach Norden fahren. Sag', Schwester, willst du?«

Kafi lächelte zögernd. »Ja, aber zuerst gehen wir über den Markt!«
»Ich bin viel lieber mit dir allein als im Marktgetümmel«, sagte Auta. »Aber wenn du möchtest, bleiben wir.«
Gleich am Rand des Marktplatzes stießen sie auf den Syrer mit den Hühnern. Teti war entzückt und stellte sich vor, wie es wäre, wenn diese seltsamen Vögel im Garten herumliefen. Doch User-Re zog sie weiter in das Gewirr aus Buden und Ständen hinein, und sie wußte kaum, wo sie zuerst hinschauen sollte.
Was bot man nicht alles an! Hier türmten sich Brote und Kuchen. Dort gab es getrocknete Fische und auch frische. Daneben bogen sich Tische unter Zwiebeln und Lauch, Rettichen, Gurken, Kürbissen und Melonen. Ein Stück weiter waren Körbe aufgereiht mit Datteln, Sykomorenfrüchten, Granatäpfeln, Trauben, Oliven, Knoblauch, Erbsen, Bohnen, Nüssen, Piniensamen und Pistazien. Über den Ständen, an denen die Händler Gewürze und Kräuter abwogen, schwebte der Duft von Anis und Zimt, Wacholder, Dill, Kümmel, Fenchel, Lotossamen, Mohn und Koriander. An anderer Stelle standen Töpferwaren und geflochtene Körbe. Gleich gegenüber konnte man Krüge und Hörner randvoll mit feinstem Öl erstehen, das Schiffe aus fernen Ländern gebracht hatten. Und es gab Stoffe aus Leinen und Wolle. Schals und Umhänge, mit und ohne Fransen, hingen an Holzgestellen; dazwischen lockte bunter Schmuck.
»Da schaut, eine Wahrsagerin«, rief Kafi plötzlich. »Ich gebe einen meiner Armreife für unsere Zukunft.«
Von nackten Kindern umringt, die sie furchtsam anstarrten, hockte eine alte Frau auf dem Boden. Sie hatte in Kafi wohl schon die Kundin erkannt, denn sie winkte heftig und rief: »Ich deute Träume! Hattest du vor kurzem einen rätselhaften Traum, Herrin?«
Kafi blieb vor ihr stehen. »Nein. Ich möchte, daß du mir die Zukunft voraussagst.«

»Leider, schöne, junge Herrin«, redete die Wahrsagerin Kafi in respektvollem Ton an, »kann ich zu deiner Begrüßung nicht aufstehen, denn ich habe ein gelähmtes Bein.« Sie strich über das Tuch, das ihre Beine und Füße verbarg.

Kafi ging neben der Frau in die Hocke. »Kannst du das überhaupt? Sehen, was die Zukunft für meine Freunde und mich bringt?«

Die Frau hob den Kopf, kniff die Augen zusammen und ließ ihren Blick auf Kafi und Auta, User-Re und Teti verweilen. Ein pfiffiges Lächeln ließ noch mehr Runzeln in ihrem Gesicht entstehen. »Ich habe«, sagte sie, »selten zwei so schöne, junge Paare gesehen, die so gut zusammenpassen. Bei euch vereinigen sich Jungend und Schönheit, Kraft und Anmut, Gewandtheit und Klugheit. Und bei euch allen ist sehr, sehr viel Liebe im Spiel.«

Alte Schwätzerin, dachte Teti. User-Re und ich, wir sind gar kein Paar. Wahrscheinlich würden wir uns nicht vertragen.

Kafi dagegen strahlte die Frau an und reichte ihr einen Armreif. »Wie sieht unsere Zukunft aus?«

Die Frau besah sich den kupfernen Reif, tippte dann mit einem krummen Finger an ihr Ohr, winkte Kafi ganz nah zu sich heran. »Du mußt mir schon eure Namen sagen, junge Herrin! Damit ich sehen kann, welches Schicksal euch zugedacht ist.«

Flüsternd sagte ihr Kafi, wie sie hießen. Die Wahrsagerin griff in einen Beutel, holte eine Handvoll Kauri-Muscheln heraus und warf sie vor sich in den Sand. Lange betrachtete sie die Anordnung der Muscheln. Dann warf sie die Kauris nochmals und nochmals. Als sie diesmal den Kopf hob, war ihr runzeliges Gesicht sehr ernst.

»Wo Glück ist, ist Unheil nicht weit. So haben es die Götter bestimmt.«

Auta schob unwillig das Kinn vor. »Komm«, sagte er zu Kafi. »Nimm deinen Armreif und laß uns verschwinden. Was die Alte bisher gesagt hat, ist kein Quentchen Kupfer wert. Und ich möchte mir nicht den Unsinn anhören müssen, den sie noch von sich gibt.«
»Gemach, gemach, junger Herr«, sagte die Frau. »Du mußt deine Schwester beschützen, denn sie wird in große Gefahr geraten. Bist du bereit, fest zu ihr zu halten, was auch geschehen wird?«
»Natürlich«, sagte Auta. »Aber leider muß ich, bei Seth, in ein paar Tagen nach Memphis zurück.«
»Das ist tragisch! Sehr tragisch! Armes Kind, du wirst mehr Leid erfahren, als du ertragen kannst.«
Teti hatte am ganzen Körper eine Gänsehaut bekommen. »Das hast du davon, Kafi«, schimpfte sie. »Du hättest für deinen Kupferreif wirklich etwas Hübscheres kriegen können als diese scheußliche, unglückselige Prophezeiung.«
Die alte Frau wandte sich Teti zu. Ihre Augen huschten von dieser zu User-Re, und wieder warf sie die Muscheln in den Sand.
»Zwischen euch beiden«, verkündete sie, »wird etwas vorfallen, das lange Zeit zwischen euch stehen und euch die Herzen sehr schwer machen wird.«
User-Re zuckte die Achseln, aber Teti bemerkte, daß sein Blick unsicher geworden war. Er blickte zu Boden.
»Quatsch ist das«, sagte er.
»Du bist eine Betrügerin«, rief Teti, der endlich eingefallen war, wo sie die Frau schon einmal gesehen hatte. »Du kannst gar nicht in die Zukunft sehen. Und dein Bein ist gar nicht gelähmt. Du warst letzte Woche nachmittags auf der Straße, die an den Totentempeln vorbeiführt. Da konntest du recht gut rennen, als deine Zwiebeln davonrollten. Erinnert ihr euch denn nicht mehr, User-Re und Auta? Ich habe ihr doch geholfen, die Zwiebeln einzusammeln. Sie hat uns angeglotzt und ist weggegangen.«

User-Re und Auta verneinten.
»Ach, ihr hattet ja bloß Augen für die Streitwagen und die Pferde der Prinzen.« Teti blickte die Frau ärgerlich an. »Und außerdem bin ich verheiratet. Aber nicht mit User-Re, sondern mit seinem Vater. Wie kannst du uns also als Paar bezeichnen? Kafi, du brauchst ihr kein Wort zu glauben.«
»Kinderchen, Kinderchen! Das weiß ich doch alles«, kicherte die Alte. »Die kleine Schwindelei wegen meines Beins dürft ihr mir nicht übelnehmen. Ich habe nämlich herausgefunden, daß die Leute mehr geben, wenn ich sage, ich sei gelähmt. Aber wenn ihr niemandem mein Geheimnis verratet, will ich euch sagen, wie das tödliche Unheil von der schönen jungen Herrin abgewendet werden kann.«
»Tödliches Unheil?« Die vier jungen Leute standen wie erstarrt.
»Ja«, nickte die alte Frau. »Kafi wird sterben, wenn sie nicht zusammen mit ihrem Bruder Auta in den Mut-Tempel geht und der Göttin ein Opfer bringt. Jeder von euch beiden muß etwas opfern, das ihm sehr viel bedeutet.«
»Ach, das hört sich an wie aus irgendeiner uralten Geschichte«, meinte User-Re abfällig und spielte mit seinem Dolch. »Es ist doch allemal Unsinn!«
»Sei still«, sagte Auta. »Ich werde mit Kafi in das Heiligtum der Göttin Mut gehen und meinen Dolch als Opfer bringen. Er ist aus Gold und mit Edelsteinen besetzt. Ich habe ihn von meinem Vater bekommen. Und er bedeutet mir sehr viel. Aber ich werde ihn hergeben, weil ich nicht will, daß Kafi etwas zustößt.«
»Warum sollen wir der Göttin Mut opfern?«, fragte Kafi, wobei ihre Stimme ein wenig zitterte. »Ich bin doch Hathor-Priesterin. Kann mich denn die Goldene nicht beschützen?«
»Ich bin Wahrsagerin, aber nicht allwissend«, antwortete

die Frau gereizt. »Entweder ihr tut, was ich euch geraten habe oder ihr laßt es bleiben!«
»Und was können wir tun, damit kein Schatten auf unsere Familienbeziehung fällt? Kannst du uns das auch sagen?«, fragte Teti verzagt. »Wo und was sollen wir opfern?«
»Ihr?« Die alte Frau kicherte wieder. »Euch beiden nützt kein Opfer. Euch kann nur innere Stärke vor Unheil bewahren. Und jetzt verschwindet! Für einen lumpigen Armreif lasse ich mich nicht den ganzen Tag lang ausfragen. Ich erwarte noch andere Kundschaft.«
»Alles Quatsch! Die Frau ist nicht ernst zu nehmen«, sagte User-Re, als sie den Markt verlassen hatten. »Noch nie habe ich so viel Blödsinn gehört. Ihr könnt die Geschichte ja glauben. Wahrer wird sie dadurch nicht. Wollt ihr noch eure Bootsfahrt unternehmen?«
»Aber ja«, sagte Kafi. »Wir wollen doch jede Stunde genießen, die wir zusammen sind.«
Auta erschien Teti von da an sehr nachdenklich. Und Kafi kam ihr auf einmal so zerbrechlich und zart vor, daß sie hätte weinen mögen. Auta machte den Vorschlag, User-Re und Teti ans Westufer zu rudern, bevor er mit Kafi weiterfuhr. Recht schweigsam kehrten Teti und User-Re nach Hause zurück.

»Es ist doch schlichtweg unglaublich, was mir soeben passiert ist«, sagte Kamose, als er aus Parennefers Tragstuhl stieg.
»Was denn, Liebster?«
Teti legte den Binsenpinsel aus der Hand und stand auf, um Kamose zu begrüßen. Sie hatte vor dem Haus gesessen und die Listen durchgesehen, die er aus Nebsit mitgebracht hatte. Das Landgut war klein, aber es wirtschaftete mit ausnehmend guten Erträgen.
Kamose ließ sich im Schatten auf seinem Sessel nieder, den die Diener rasch aus der Empfangshalle gebracht und neben Tetis Stuhl gestellt hatten.

»Nachdem ich mit Si-Mut und dem Hohenpriester des Min zu einem Ende gekommen war«, begann er zu berichten, »mietete ich ein Boot, um nicht mit der Fähre übersetzen zu müssen, die vom gewöhnlichen Volk benutzt wird. Das Boot sah vertrauenserweckend aus und die Ruderer kräftig. Sie legten sich auch mächtig ins Zeug, bis plötzlich in der Mitte des Stromes der Rudermeister das Zeichen zum Halten gab. ›Was ist los? Warum läßt du anhalten?‹, frage ich, doch der Kerl, ein bulliger Typ, starrt mich nur an. ›Weißt du nicht, wen du vor dir hast! Gehorche und halte mich nicht unnötig auf‹, befehle ich. – ›Weiß schon, wer du bist‹, antwortet der Kerl frech, ohne mich mit ›Geehrter‹, ›Edler‹ oder auch nur mit ›Herr‹ anzureden. ›Solche wie dich sollte man ins Wasser schmeißen‹, sagt er. – ›Was fällt dir ein, Nichtswürdiger! Diese Beleidigung wird dich in den Kerker bringen‹, drohe ich. Seine Männer machen keinen Mucks. ›Habt ihr gehört, daß jemand etwas Beleidigendes gesagt hat, Männer?‹, fragt er. Sie schütteln einmütig die Köpfe. Dann herrscht völlige Ruhe. Die Sonne sticht. Sie brennt mir aufs Haupt, denn der Sonnenschutz ist nicht aufgespannt. ›Laß unverzüglich den Sonnenschutz aufrichten‹, herrsche ich den Mann an. ›Und deine Leute sollen weiterrudern!‹ Doch keiner rührt sich, nichts als brütende Stille. Eine überaus unangenehme Situation, aus der es zudem für mich kein Entrinnen gibt. Dann endlich macht er das Zeichen zum Weiterfahren. Doch als wir das Ufer erreichen, verlangt er nichts für die Überfahrt, murmelt lediglich etwas wie ›War mir den Spaß wert‹ und bietet mir heimtückisch eine seiner Sänften an, von denen mehrere an der Anlegestelle warten. Vermutlich hätten seine Leute mich in die Wüste gekippt und ausgeraubt oder etwas dergleichen. Daher kam es mir sehr zupaß, daß Parennefer gerade bei seinem Boot eintraf, um wegzufahren, und mir für den Heimweg seinen Tragstuhl überließ.«

Ach, du liebe Himmelsherrin, er muß an Hapu geraten sein, dachte Teti und sagte: »Du hättest aber auch zu Fuß vom Fluß hierher gehen können, Liebster.«
»Nachdem du weißt, daß ich diese Wegstrecke bereits des morgens zurückgelegt habe, nehme ich nicht an, daß dein Vorschlag ernst gemeint ist. Künftig werde ich mich nicht mehr ohne meine eigene Säfte und Barke wegbegeben. Das östliche Theben wimmelt, wie mir scheint, nur so von Verrückten und Verbrechern. Den Mann habe ich mir gut gemerkt. Sein Boot und seine Sänfte kann er abschreiben. In Kürze wird er auf der Straße sitzen und betteln.«
»Oh, Liebster, natürlich war das ein gräßliches Erlebnis. Aber du mußt zugeben, daß dir im Grunde nichts passiert ist. Du bist sicher über den Fluß und wohlbehalten nach Hause gekommen. Und die Überfahrt war noch dazu kostenlos. Wegen seiner dummen Worte und weil du ein bißchen schwitzen mußtest, wirst du doch nicht seine Existenz ruinieren! Seine Frau und seine Kinder können ja nichts dafür.«
»Nun, ich kann mir nicht vorstellen, daß ein derart grober Klotz Frau und Kinder hat. Wenn er mir noch einmal unter die Augen kommt, lasse ich ihn festnehmen und ins Gefängnis werfen. Die Beleidigung eines königlichen Hofbeamten darf nicht ungestraft bleiben!«
»Du hast ja recht, Liebster. Ach, wie ist mir sein Benehmen peinlich.«
»Warum nun wieder ist dir das peinlich?«, schnaubte Kamose, nahm seinen Amtsstab und ging kopfschüttelnd ins Haus.
In der Nacht konnte Teti nicht einschlafen. Unablässig mußte sie an die schreckliche Weissagung denken, die Kafi erhalten hatte. Wie konnte sie der Freundin helfen, wenn nicht einmal bekannt war, woher die Gefahr drohte? Gleich am nächsten Morgen wollte sie Kafi aufsuchen und am Abend wieder. Ja, täglich früh und

abends würde sie sich von Kafis Wohlbefinden überzeugen, und wenn sie nicht selbst hingehen konnte, würde sie eine Dienerin schicken. Dann ging ihr das, was die alte Frau über User-Re gesagt hatte, durch den Kopf. Er stimmte ja, daß sie gut zusammenpaßten. Und in Wahrheit glaubte Teti auch nicht, daß sie nicht mit User-Re auskommen würde.

Sie stand auf und ging zum Fenster. Der Garten war in helles Mondlicht getaucht, Büsche, Beete und Bäume waren genau zu erkennen, der Gartenteich schimmerte wie ein geheimnisvoller Spiegel. Und auf einmal sah sie User-Re, der unterhalb ihres Fensters stand. Weiches Licht lag auf seinem schwarzglänzenden Haar und seinen breiten Schultern. Er ging ein paar Schritte hin und her, blieb stehen und sah zu ihrem Fenster hinauf. Eine ganze Weile blickte sie hinunter, er starrte zu ihr hoch, ohne sie jedoch sehen zu können. Das Fenstergitter zu öffnen wagte sie nicht, weil es immer so fürchterlich quietschte.

Während sie User-Re betrachtete, versuchte sie zu ergründen, was sie zu ihm hinzog. Hatte sie ihn so gern, weil er sie weder mit Kamoses spöttischer Überlegenheit noch mit Pa-Wahs mitunter beleidigender Selbstherrlichkeit behandelte? Oder nahmen die spontanen, kleinen Aufmerksamkeiten, die er Mehi und ihr erwies, sie so für ihn ein? Oder die Tatsache, daß sie mit ihm über Dinge lachen konnte, bei denen Kamose nicht einmal die Mundwinkel verzog? Mit User-Re konnte sie über so vieles reden, ihm fast alles anvertrauen. Er nahm sie ernst. Wie widerborstig er auch gegenüber seinem Vater auftreten mochte, wenn er sie ansah, waren seine Augen sanft.

Ja, sein ganzes Wesen war angenehm und liebenswert. Allein schon sein Anblick machte sie selig. Jedesmal, wenn er lächelte, schmolz ihr das Herz. Und da war noch die Erinnerung an die Nähe seines Körpers, an die

Berührung seiner Haut, an das Unsichtbare und doch so machtvoll Anziehende, das von ihm ausströmte.
»User-Re«, flüsterte sie und wischte die Tränen ab, die ihr plötzlich über die Wangen liefen. Hatte sie nicht seit langem geahnt, daß es so kommen mußte? Ja, sie hatte ihr Herz an ihn verloren! Und wenn sie jetzt hinunterginge? Ach, ein Feuersturm würde durch ihren Körper toben, wenn er sie in die Arme nehmen und küssen würde! Nein, gütige Hathor, daß sie das auch bloß denken konnte!
Genau das war es, was die Wahrsagerin gemeint hatte. Nur mit innerer Stärke konnten sie vermeiden, daß etwas geschah, was sie beide nicht verantworten konnten. Niemals würde sie Kamose so etwas antun können. Ihm, dem sie so viel verdankte, an den sie sich gewöhnt und den sie zu schätzen gelernt hatte. Und wie liebevoll und zärtlich er sein konnte! Bei ihm hatte sie von Anfang an gewußt, welche Vorzüge er hatte. Und war er nicht auch ein ungemein gutaussehender Mann? Wie sehr trug doch seine Stattlichkeit zu seinem würdevollen Aussehen bei!
Dann machten ihre Gedanken einen Sprung. Heute nacht war Taheb bei ihm. Er war also abgelenkt und würde nichts merken. Und mit einem Mal warf sie alle ihre vernünftigen Vorsätze über Bord. Ihre Gedanken überschlugen sich. Nein, eigentlich war es kein Denken mehr, sondern nur noch ein Fühlen und Wollen!
User-Re stand unter ihrem Fenster und wartete auf sie!
User-Re! User-Re! User-Re!
Sie würde nach unten eilen – ihr Kleid würde sie gar nicht erst anziehen – und in seine Arme fliegen. Und er würde sie küssen! Alles in ihr jubelte. Ihr Herz schlug hart und heftig.
Erst mal ganz ruhig, mahnte sie sich. Bloß nicht unvorsichtig werden! Sie mußte es geschickt anstellen, sich gewandt und vollkommen lautlos verhalten. Es gelang

ihr, den Riegel ohne das geringste Geräusch zurückzuschieben. Und dann, bevor sie ganz leise und ganz langsam die Tür öffnete, mußte sie lauschen. Behutsam legte sie das Ohr an das Holz.
Da – ein Laut! Sie sank fast in die Knie.
Baki! Es war Baki, der sich auf seiner Matte umdrehte. Seit Kamose von seiner Reise zurückgekommen war, schlief Baki aus unerfindlichem Anlaß im Flur. Sie hatte ihn einmal, als sie mit Seni spät abends die Treppe heraufgekommen war, nach dem Grund gefragt, doch er hatte lediglich etwas davon gebrabbelt, daß der Hausherr wünsche, daß er Tag und Nacht zur Verfügung stehe.
Schwach wankte sie zum Fenster zurück.
Morgen würde sie Baki ein Schlafmittel geben. Was aber, wenn Kamose tatsächlich nach seinem Diener rief? Er würde merken, daß dessen Schlaf nicht natürlich war.
Sie bildete sich ein, ihren Namen zu hören. Stumm und steif stand sie da, sah, daß User-Re wieder zu ihr heraufblickte. Nach einer Weile schaute er weg, ließ Kopf und Arme hängen, bot ein Bild der Enttäuschung. Nachdem er nochmals einige Atemzüge lang gewartet hatte, lief er mit großen Sätzen zum Gartenteich, stürzte sich hinein und schwamm hin und her, hin und her, als wolle er die ganze Nacht hindurch schwimmen. Schließlich kroch er ans Ufer und warf sich ins Gras. Teti meinte sterben zu müssen, weil sie nicht zu ihm laufen, ihm das nasse Haar aus der Stirn streichen, die Erschöpfung und die kalte Enttäuschung von seinen Lippen küssen konnte. Sie biß sich auf die Faust, um nicht aufzuschreien, so sehr schmerzte ihr Herz. Mit leisem Wimmern sank sie auf das Bett.
Und irgendwann beim Weinen durchflossen sie Wellen heißer Scham. Immer und ewig, bis an ihr Lebensende mußte sie sich schämen für das, was sie soeben hatte tun wollen. Es blieb ihr nur noch eines. Sie mußte sich ihre

Liebe aus dem Herzen reißen, mußte alle Gefühle, alles, was sie für User-Re empfand, abtöten, um innerlich hart und kalt zu werden. So nämlich sah die innere Stärke aus, die von ihr verlangt wurde. Erst wenn ihr dieser seelische Kraftakt gelungen war, hatte sie ihr Schicksal besiegt.

Am Morgen fühlte sie sich mitgenommen und fröstelte, nicht nur vor Müdigkeit. Draußen herrschte glühende Hitze, in ihrem Herzen trostlose Kälte. User-Re war mürrisch und rührte das Frühstück, mit dem sich Seni so viel Mühe gegeben hatte, kaum an. Teti setzte sich zu ihm, wich aber seinem Blick aus und fing an, ihm ins Gewissen zu reden, weil er sich seinem Vater gegenüber so unzugänglich zeigte.

»Dein Vater liebt dich über alles«, sagte sie, »auch wenn er es nicht so zeigen kann.«

»Wenn ich freundlicher zu ihm bin«, antwortete User-Re finster, »mischt er sich bloß noch mehr in mein Leben ein.«

Nachdem User-Re und Auta abgereist waren, hatte Teti den Eindruck, daß ihr nicht nur Baki allergrößten Respekt entgegenbrachte, sondern daß auch Kamose sie mit noch liebevollerer Wertschätzung behandelte als früher. Ein ironischer Zug erschien um ihren Mund, wenn sie – selbstkritisch genug – daran dachte, daß sie sich diese Hochachtung nicht durch ihre Tugendhaftigkeit verdient hatte, sondern sie lediglich der Anwesenheit Bakis verdankte.

In der Salbenküche des Palastes herrschte große Geschäftigkeit, als Merire den Raum betrat.

»Ich bitte euch, mich mit der Hofdame Teti allein zu lassen«, sagte er und setzte sich auf einen Hocker vor dem Arbeitstisch.

Wieviel einfacher wäre es doch gewesen, wenn er sie in sein Büro hätte rufen lassen, anstatt die Arbeit von Hofdamen, Re-Priestern und Dienerinnen zu unterbrechen. Doch allem Anschein nach genoß er es, seine Macht zu zeigen. Ihm und der Gunst, in der er stand, hatte Teti es zu verdanken, daß sie sich jetzt ausschließlich mit der Herstellung von heiligen Salben und Götterduft beschäftigen durfte. Pharao hatte wegen Tetis Jugend zuerst noch gezögert, sie aus dem Bereich der königlichen Kleiderkammer zu nehmen, doch dank Merires Fürsprache und der wohlmeinenden Förderung durch die geliebte Königin war sie zu einer der leitenden Hofdamen im kürzlich fertiggestellten Palastlabor aufgestiegen. Und sie hatte sich dankbar auf die neue Aufgabe gestürzt, weil sie ihr half, sich von allzu vielen Gedanken an User-Re abzulenken.

Merire tauchte den Finger in das Schälchen mit Tetis neuester Ölmischung.

»Ein wenig eigenwillig, aber nicht übel«, lobte er und verrieb ein paar duftende Tropfen auf seinem Handrücken. »Laß auch mir einen Krug davon bringen.«

Hastig nahm Teti einen Kessel, in dem kleingeschnittene Wurzeln in geweihtem Wasser kochten, vom Feuer und stellte ihn zur Seite.

»Ich habe die Mischung gerade angesetzt und muß erst abwarten, wie sich der Duft im Lauf einiger Tage entwikkelt, bevor wir eine größere Menge davon herstellen.« Wie unpassend, daß Merire gerade jetzt kommen mußte. Und so bequem, wie er sich niedergelassen hatte, wollte er bestimmt länger bleiben.

Er sah sich in Ruhe um und fragte: »Stehen die Räuchermittel für den Festduft bereit, den Pharao nächste Woche zu seinem göttlichen Vater emporsteigen lassen will?«

»Ja, Schauender Merire.« Teti rang sich ein Lächeln ab. »Ich habe Weihrauch und Natron, versetzt mit Kräutern und Harzen, vorbereitet und gestern ins Magazin des Aton-Heiligtums bringen lassen.«

»Gut!« Während er sein geschorenes Priesterhaupt streichelte, betrachtete er die an der Wand aufgereihten, bereits etikettierten Ölkrüge, deren Öffnungen jeweils mit einem Stück Stoff bedeckt waren. »Und wie weit bist du mit der Herstellung des Wohlgeruches für den vollkommenen Gott selbst?«

Sie deutete auf einige Salbenbehälter.

»Ich bin schon beim letzten Arbeitsgang«, gab sie Auskunft. »Der Götterduft wird rechtzeitig fertig.« Heilige Hathor! Hatte er denn vor, auf seinem Hocker festzuwachsen? Den Stand ihrer Arbeit hätte er auch überprüfen können, ohne alle anderen hinauszuschicken.

»Hast du Myrrhe hinein?«, fragte er weiter. »Und wenn ja, warum?«

»Ich habe auch Myrrhe dazugegeben, Schauender Merire. Denn ich weiß, daß Myrrhe im Gottesduft enthalten sein muß, weil sie durch die Tränen des Gottes Horus gewachsen ist.«

»Und was mußt du verinnerlicht haben, wenn du daran gehst, den Wohlgeruch zuzubereiten, der den Palast Seiner Majestät durchströmen soll?«

»Ich muß verinnerlicht haben, daß der Palast die Wohnstätte des Lebenden Horus ist und daß der göttliche Duft ein Zeichen für das Leben, die Luft und das Licht ist, welche von diesem geweihten Ort ausgehen, weil ... na ja, weil es dort, wo Pharao weilt, weder Dunkelheit noch Tod noch den Gestank der Verwesung gibt.«

Wollte er sie abfragen wie eine Tempelschülerin? Die Brühe mit den Wurzeln wurde kalt, und dabei mußte sie doch lauwarm verarbeitet werden. Er erhob sich vom Hocker, lehnte sich lässig gegen den Arbeitstisch. Offenbar hatte er genug von der Fragerei und schien plaudern zu wollen.

»Ich habe einen Brief für dich«, lächelte er. »Damit du dich nicht ausschließlich mit den Zauberbüchern der Salbenzubereitung befassen mußt.« Er hielt ihr einen versiegelten Brief hin. »Von Pa-Wah. Bitte lies und sage mir, ob er etwas Wichtiges enthält. Ich wollte mir nicht die Mühe machen, das Schreiben unbemerkt öffnen und wieder versiegeln zu lassen.«

War Pa-Wah denn von allen guten Geistern verlassen? Wie konnte er es wagen, ihr über den obersten Re-Priester einen Brief zu schicken? Niemals würde sie ihn annehmen. Andererseits, wenn Merire selbst ihn überreichte... Sie streckte die Hand aus, zog sie aber gleich wieder zurück. Sie mußte vorsichtig sein.

»Ich kann den Brief nur annehmen, wenn du mir zusicherst, daß Kamose niemals erfährt, daß Pa-Wah mir geschrieben hat.«

»Oh, ich verstehe.« Merires hageres Gesicht verzog sich zu einem verschwörerischen Grinsen.

»Es ist nicht so, wie du denkst. Aber es könnte den Obervorsteher aufregen, und das möchte ich nicht.«

»Ich verstehe«, sagte er wieder. »Lies jetzt! Selbstverständlich bleibt es unter uns.«

Sie setzte sich hin, brach das Siegel auf und las. Nach einer förmlichen Einleitung mit reichen Segenswünschen schrieb Pa-Wah, daß er sich in Junu wohlfühle, sich aber schrecklich nach ihr sehne. Er sei bereits in viele Geheimnisse des Sonnentempels eingeweiht worden, habe Freunde gefunden und des weiteren damit begonnen, sich durch die Schriften des Tempelarchives zu arbeiten und seine Erkenntnisse niederzuschreiben. Aber Tag und Nacht sehe er Tetis Bild vor sich. Er erging sich in leidenschaftlichen Liebesschwüren, dann folgten allgemeine Beschreibungen seiner Umgebung. Sogar die Ausmaße der Säulenhalle gab er an und beschrieb die Bepflanzung eines Blumenbeetes im Tempelgarten. Teti konnte mit dem Brief nicht das geringste anfangen.

Auffordernd winkte Merire mit der Hand. »Gib mir den Brief! Ich möchte ihn auch lesen.«

»Es steht nichts Wichtiges darin, Schauender Merire! Nichts, was du wissen müßtest«, sagte Teti rasch.
»Meinst du, ich wäre lediglich gekommen, um dir den Brief zu bringen? Ich muß ihn lesen. Er enthält verschlüsselte Informationen.«
Mit einem Schulterzucken reichte sie ihm das Schreiben, und seine Augen folgten den Zeilen.
»Wenn es so ist, ist dieser Brief für mich doch ohne jede Bedeutung«, sagte sie, nachdem er gelesen und ihr das Schreiben zurückgegeben hatte. Sie fühlte Wut in sich aufsteigen und hätte ihm den Papyrus am liebsten vor die Füße geworfen. »Es ist eine Nachricht unter euch Re-Priestern. Du hättest ihn mir überhaupt nicht zu geben brauchen.«
»Oh doch! Ich bin überzeugt, daß Pa-Wah beim Schreiben und Verschlüsseln viel Spaß hatte und dabei sehr intensiv an dich gedacht hat. Und mir hat es Freude gemacht, dir den Brief zu überreichen und dich ein wenig damit zu necken.«
Darauf konnte sie gut und gern verzichten. Sie funkelte ihn an. »Ich will ihn nicht.« Mit einer heftigen Bewegung drückte sie ihm das Schreiben in die Hand. »Und ich pfeife auch in Zukunft auf derart sinnlose Briefe.« Es mochte unklug sein, mit Pharaos oberstem Günstling so zu reden, aber das war ihr im Augenblick ziemlich egal. »Verschlüsselt eure Nachrichten, wie ihr wollt, aber laßt mich …«
Jemand schlug mit der Faust an die Tür.
»Wir rufen die Palastwache«, kreischten draußen die Dienerinnen.
»Ich muß zu Teti, meiner Herrin«, ertönte Sutis verzweifelte Stimme.
Teti machte die Tür auf, und Suti fiel ihr fast in die Arme. »Kafi liegt im Sterben«, keuchte er. »Aus dem Hathor-Tempel kam die Nachricht. Du mußt sofort hin, Herrin!«

Für einen Moment bekam Teti keine Luft mehr, dann zog sie mit jeder Hand eine Dienerin zu sich heran.
»Ihr findet unverzüglich die Hofdame Neferti und richtet ihr aus, daß sie zusammen mit dem königlichen Leibarzt Pentu schnellstens zum Heiligtum der Goldenen kommen soll! – Du entschuldigst mich«, sagte sie noch zu Merire, dann war sie weg wie der Blitz.
Sie lief hinter Suti her, blieb nur kurz stehen, um ihre Sandalen auszuziehen, achtete nicht auf ihre im Lauf der letzten Jahre empfindlicher gewordenen Füße.
Die Prophezeiung! Tödliches Unheil für Kafi! Hatte es durch die Opfergaben im Mut-Tempel doch nicht abgewendet werden können?
»Du kommst mit und bleibst bei mir«, sagte sie zu Suti, als sie die Anlegestelle erreicht hatten. »Wir nehmen das kleinste Boot.«
Suti ruderte aus Leibeskräften zum Ostufer. Fast wahnsinnig vor Angst rannte Teti weiter. Mehr als zwei Monate waren seit der Prophezeiung vergangen. In den ersten Wochen hatte sie sich noch tagtäglich nach Kafis Wohlbefinden erkundigt. Doch mit der Zeit war die Besorgnis eingeschlafen, hatte sich die Nachfrage auf gelegentliche Besuche beschränkt. Und nun hatte sie Kafi schon seit einer Reihe von Tagen nicht mehr gesehen. Sie erinnerte sich, daß ihre Freundin beim letzten Götterfest nicht sonderlich gut getanzt hatte. Aber als Teti Kafi vorsichtig darauf hingewiesen hatte, hatte diese nur geantwortet, daß sie schließlich nicht immer gleich gut tanzen könne.
»Ich weiß nicht, ob ich Si-Mut verständigen soll«, sagte Hetepet, die Vorsteherin der Tänzerinnen, als sie Teti ins Zimmer ließ.
Kafi lag auf einem blutfleckigen Leinentuch, ihre Haut sah graugelb aus. Nur schwach hob und senkte sich ihre Brust.
»Was ... was ist das?«, fragte Teti entsetzt und deutete auf die Blutflecken.

Hetepet warf ihr einen hilflosen Blick zu und fuhr sich mit beiden Händen über das Gesicht. »Sie hat das Kind verloren«, sagte sie. »Aber wenigstens haben die furchtbaren Krämpfe aufgehört.«
»Das Kind? Oh, allmächtige Göttin.« Teti kniete neben dem Bett nieder und ergriff Kafis schlaffe Hand. »Sie ist ja bewußtlos!«
»Ich werde doch lieber jemanden zu Si-Mut schicken«, meinte Hetepet. »Er hat sich ganz närrisch benommen, als er von ihrer Schwangerschaft erfuhr. Und seiner Frau ist es sicherlich auch zu Ohren gekommen...«
Die Tür hatte sich geöffnet, Neferti war mit Pentu hereingekommen. Sie hatten Hetepets Worte gehört.
»Gift«, sagte Neferti sofort. »Das verfluchte Zauberweib hat ihr Gift gegeben.«
Hetepet nickte. »Ja, irgend jemand wollte nicht, daß sie von Si-Mut ein Kind bekommt. Wird sie sterben?«
Pentu war ans Bett getreten. Er hob Kafis Augenlid an. »Es sieht wahrhaftig sehr bedenklich aus«, sagte er. »Aber ich werde mit der Krankheit kämpfen.« Er hielt ein Stück Zwiebel in das Feuer, das in einer bronzenen Pfanne brannte, und hielt es Kafi vor die Nase. Kafi nieste und öffnete die Augen.
Teti warf sich auf das Bett und umfing Kafis zarten Körper. »Liebstes, wie fühlst du dich? Hab keine Angst! Pentu wird dich heilen.«
Der Arzt sah sie mit strengem Blick an, und sie zog sich hastig zurück.
»Ich möchte Si-Muts Fähigkeiten ja nicht in Frage stellen. Aber das Kind war doch von Auta, nehme ich an«, flüsterte Neferti.
»Woher soll ich das wissen? Ich wußte ja nicht mal, daß sie schwanger ist«, sagte Teti kläglich. »Wenn sie stirbt, sterbe ich auch!«
»Ich habe das richtige Heilmittel nicht bei mir, sondern muß es in der königlichen Salbenküche zubereiten«,

sagte Pentu, nachdem er Kafi untersucht und wieder auf das Polster gebettet hatte. »Ich werde es herbringen lassen. Sorgt dafür, daß sie es einnimmt.«

»Es geht doch viel schneller, wenn du das Medikament im Tempellabor mischst«, wandte Teti ein. »Bestimmt findest du dort alles, was du brauchst.«

»Das mag sein. Doch ich muß schnellstens zurück zum Palast der Königin, um die Prinzessin zu behandeln.«

»Welche Prinzessin? Ist denn jemand von der königlichen Familie krank?«

»Prinzessin Merit-Aton hat sich gestern am Bein verletzt, und es gab eine Schramme. Es wird erwartet, daß ich um die Mittagsstunde danach sehe.«

»Bloß eine Schramme? Das ist doch nicht so schlimm. Du kannst nicht einfach weg, Pentu. Du mußt dableiben und Kafi selbst das Heilmittel eingeben und dabei die erforderlichen magischen Formeln sprechen. Bei ihr geht es doch um Leben und Tod!«

»Hast du vergessen, Hofdame Teti, daß es sich bei der Prinzessin um eine Person göttlicher Abstammung handelt, deren Wohlergehen uneingeschränkten Vorrang hat? Wahrlich, wer könnte für mich als Leibarzt der königlichen Kinder wichtiger sein als Pharaos Tochter?«

»Ja, schon. Aber sie kann doch noch ein bißchen warten«, meinte Teti verzweifelt.

»Weder Pharao noch die Königin haben in dieser Hinsicht für die kleinste Unzuverlässigkeit meinerseits Verständnis. Fürwahr, es tut mir leid, aber ich muß sofort aufbrechen.«

Er packte seine Instrumente und Medikamente ein und ging. Teti und Neferti versuchten, Kafi aufzurichten, aber sie begann zu stöhnen, bäumte sich auf und kippte nach hinten.

Wieder ging die Tür auf. Diesmal kam Si-Mut herein. Er trug einen Dokumentenkasten und brachte drei Ärzte

aus dem Lebenshaus mit. Er musterte Kafi mit deutlichem Entsetzen, als er sie so liegen sah.
»Das gelungene Werk deiner Gattin«, meinte Neferti mit gefrorenem Lächeln, machte aber Platz, so daß er ans Bett treten konnte.
»Die Dämonen der Unterwelt mögen die Verfluchte töten und ihren Namen auslöschen auf ewig«, schnaufte Si-Mut.
»Du wirst es ihr nicht nachweisen können, Prophet«, sagte Hetepet. »Sie war niemals hier im Tempel und nie in Kafis Nähe. Wenn sie das Gift zubereitet hat, das das Kind aus Kafis Körper trieb, so muß es jemand anderer gewesen sein, der es der Schwangeren verabreicht hat. Kafi muß es zu sich genommen haben, ohne Verdacht zu schöpfen.«
Auf Kafis Stirn stand kalter Schweiß, und es fiel ihr zunehmend schwerer zu atmen. Endlich gelang es Neferti und Teti, sie so zu stützen, daß sie halb sitzen konnte. Sie starrte Si-Mut mit glasigen Augen an. Die Ärzte hatten angefangen, ihren Körper mit Kräuteressenz abzureiben, wobei sie Zaubersprüche aufsagten.
»Ich werde mich ins Allerheiligste zurückziehen und alle Kräfte der Magie aufbieten, derer ich mächtig bin«, erklärte Si-Mut.
Während Kafi mit der Essenz gereinigt wurde, wechselten Teti und Neferti die blutigen Laken. Die Ärztepriester bedeckten die Glieder der Kranken mit Amuletten, machten heilige Zeichen und warfen Kräuter ins Feuer, so daß bald ein milder, beruhigender, die Empfindungen dämpfender Duft das Zimmer erfüllte. Kafi lag da wie tot, ab und zu lief ein Zucken durch ihren Körper, und sie stöhnte immer wieder auf. Teti kauerte neben dem Bett, während die Heilungszeremonie fortgeführt wurde. Irgendwann brachte ein Palastdiener Pentus Medikament, und sie flößten es, in Honigwasser gelöst, der Kranken ein. Am späten Nachmittag stand Neferti

auf und versprach, am nächsten Morgen – wenn möglich mit Pentu – wiederzukommen.
Suti, der draußen im Hof gewartet hatte, klopfte an die Tür. »Komm nach Hause, Herrin«, bat er. »Es wird schon dunkel.«
»Du mußt allein fahren, Suti. Sag Kamose Bescheid und bitte Seni, sich um Mehi zu kümmern. Ich kann nicht weg.«
Sie lauschte weiterhin Kafis Atemzügen und dem abwechselnden Gemurmel der drei Priester. Dann kehrte Si-Mut zurück. Seine Gesichtszüge wirkten erstarrt im Schein der einzigen Öllampe, die Hetepet angezündet hatte, bevor sie gegangen war. Er setzte sich auf einen Schemel auf der anderen Seite des Bettes. Teti ging so vieles durch den Kopf in dieser Nacht. Sie dachte an ihre Kindheit und an die Jahre im Heiligtum der Goldenen, die sie gemeinsam mit Kafi verbracht hatte. Ohne Si-Mut wäre es eine ungetrübte Zeit gewesen. Sie sah zu dem Mann hinüber, auf den sich während all der Jahre ihr Haß konzentriert hatte. Er schien gebrochen.
Oh, wenn Kafi stirbt... Sie fing an, leise zu weinen. »Bitte, Liebes, geh nicht fort! Laß mich nicht allein!«
Stets war Si-Mut schuld! Warum konnte er Kafi nicht in Ruhe lassen? Weil er so hartnäckig an seinem Verhältnis mit ihr festhielt, hatte sie sich die Rache seiner Frau, der zauberkundigen Mut-Priesterin, zugezogen. Und dabei war das Kind gar nicht von ihm. Neferti vermutete sicher richtig; bei Si-Mut war Kafi doch bestimmt vorsichtig gewesen. Warum waren ihr das Glück mit Auta und die Liebe, die er ihr schenkte, nicht vergönnt? Was für eine glückliche Mutter hätte sie bald sein können. Doch das Kind war tot. Und Kafi vielleicht auch bald. Warum? Oh, ihr Götter, warum?
So verbrachte Teti die langen nächtlichen Stunden. Zwischen Schlafen und Wachen lauschte sie den Ärztepriestern, die mit ihren Zauberworten die Götter, Dämonen,

Geister und Halbwesen, ja, die gesamten Kräfte des Oben und Unten anriefen.
Es mußte eine oder zwei Stunden vor Sonnenaufgang sein, als Teti sich erhob. Nur Si-Muts beschwörende Stimme war noch zu hören. Eigentlich hätte man das magische Ritual viel besser vorbereiten, hätte Opfer- und Reinigungszeremonien vorausgehen lassen müssen, doch die Zeit drängte. Teti beobachtete Kafi noch eine Weile – der Zustand der Kranken war unverändert –, dann ging sie leise aus dem Zimmer und betrat über einen Nebeneingang den Tempel.
Es war still in der hohen, dunklen Säulenhalle, nur die verhaltenen Stimmen der diensthabenden Priesterinnen klangen aus einem spärlich beleuchteten Raum. Als erstes ging Teti zum Heiligen See und wusch sich. Danach kehrte sie in den Tempel zurück, rieb sich mit duftendem Öl ein, kleidete sich in ein frisches Gewand, das sie im Vorbereitungsraum einer Truhe entnahm, und schlüpfte in saubere Sandalen. Für weitere reinigende Handlungen war keine Zeit.
Niemand hinderte sie daran, den Raum vor dem Allerheiligsten zu betreten. Nachts war sie noch nie hier gewesen. Kaum ein Stern blinkte durch die Lichtschächte, nur das Öllämpchen, das sie in der Hand trug, warf ein zitterndes Licht. Erst am Morgen würden die obersten Priesterinnen kommen und die Tür zum heiligsten Raum öffnen, um vor dem Schrein Weihrauch zu verbrennen, die Göttin zu salben und zu kleiden und ihr Speisen zu bringen. Teti kannte den Spruch für das Zurückziehen des Türriegels ebenfalls, wenn sie ihn auch noch niemals ausgesprochen hatte. Ganz still blieb sie vor dem goldenen Doppeltor stehen.
Es konnte ihren Tod bedeuten, aber sie mußte die Göttin wecken! Während sie langsam den Riegel zurückschob, sagte sie: »Der Finger des Seth ist aus dem Auge des Horus gezogen.«

Das dichte, sich unendlich in den Himmel dehnende Dunkel des Sanktuariums wurde von glänzenden Blitzen durchzuckt, als das Licht von Tetis Öllampe vom Gold der Wände zurückgeworfen wurde. Sie wartete. Das goldene Schimmern erlaubte ihr, sich rasch zurechtzufinden. War da nicht...? Ja, da stand sie doch, die kleine Statue mit dem vergoldeten Kopf, die sie vor Jahren in der Salbenküche vergessen hatte. Jedesmal, wenn sie im Tempel gewesen war, hatte sie sich vorgenommen, sie mitzunehmen, sie aber im Laborraum nicht mehr finden können. Irgend jemand mußte sie ins Allerheiligste gestellt haben. Teti nahm es als gutes Vorzeichen.
Sie hob den Blick zum goldenen Götterschrein. Auch ihn mußte sie öffnen. Diese Gefahr war noch größer. Es mußte ihr gelingen, Hathor zuerst sanft zu wecken und sie dann zu überreden, Kafi zu retten. Sie entnahm, Zauberformeln murmelnd, einer Schale eine Handvoll gerundeter, polierter Edelsteine und öffnete mit der anderen Hand behutsam den Schrein.
Das Gold der Göttin leuchtete so auf, daß Teti kein zweites Mal hinzusehen wagte, sondern sich zu Füßen des Götterbildes niederkauerte. Voll Inbrunst versenkte sie sich ins Gebet. Sie stellte sich vor, wie das Gift in Kafis Körper kreiste. Zusammen mit den bösen Gedanken von Si-Muts Frau rollte es durch die Adern und war darauf aus, tödlichen Schaden anzurichten. Dämonengleich hatte sich die giftige Masse in Kafis Blut ausgebreitet. Obwohl Teti überzeugt war, daß die Ärzte die richtigen Amulette aufgelegt hatten und wirksame Zaubersprüche sprachen, um das Gift zu vertreiben, und daß Pentus Medizin half und Si-Muts Magie wirkte, wollte sie nichts unversucht lassen. Sie bat Hathor, sich daran zu erinnern, was für eine gute Priesterin Kafi war, wie sehr sie die Göttin und ihren Sohn Ihi mit ihrem Tanz erfreut hatte und daß sie auch die neuen Tänzerinnen erfolgreich in dieser Kunst unterwiesen hatte.

Teti kroch noch näher an die goldglänzende Statue heran und richtete sich halb auf. Sie konnte das Gesicht der Göttin nicht erkennen, aber sie wußte, daß es schöner und lieblicher war als ein irdisches Gesicht je sein konnte. Als sie die goldenen Füße berührte, spürte sie sogleich die strömende Kraft, die von der Göttin ausging. Die Empfindung war so überwältigend, daß Teti aufschluchzte. Wenn sie den wichtigsten Zauberspruch aufsagte, durfte sie nichts falsch machen. Denn auch die freundliche Hathor konnte unmäßig sein in ihrem Zorn.
Teti umschloß die Edelsteine mit den Fingern. Als sie bebend fühlte, daß sich die Himmelsmutter näherte, begann sie, sich hin und her wiegend, die Goldene, die große Schöpferin, die Weitausschreitende, zu beschwören. Sie rieb den Malachit, den Lapislazuli, den Bergkristall, den Smaragd und den Türkis in den Händen. Mehrmals sprach sie die magischen Worte, legte ihr ganzes Flehen, alle ihre Wünsche hinein.
Nachdem sie das Gebet beendet und eine Weile in regloser Erschöpfung zu Füßen der Statue gekniet hatte, erhob sie sich, berührte ein letztes Mal das Standbild der Göttin und verschloß den Schrein. Dann nahm sie die kleine Statue und verließ rückwärtsgehend den heiligen Raum. Als sie den Riegel vorschob, wußte sie, daß Hathor ihr Stärkung und Tröstung gewährt hatte.
Im Säulenhof wiegten sich die Tänzerinnen bereits zu der Musik, mit der das Erscheinen der Sonne begrüßt wurde. Als Teti in die jungen Gesichter blickte, reifte in ihr ein Entschluß.
Si-Mut saß noch neben dem Bett. Er las in den Schriften, die er aus seinem Dokumentenkasten genommen hatte. Durch das Fenster floß ein Strahl goldenes Morgenlicht. Kafis Brust hob und senkte sich tiefer, ihr Atem ging etwas leichter. Die Priesterärzte, die ebenfalls ausgeharrt hatten, warfen einen müden Blick auf die Kranke, hoben die Hände und gingen hinaus.

Teti legte die kleine Götterstatue neben Kafis Kopf auf das Polster. »Das ganze Unheil ist bloß deinetwegen über sie gekommen«, sagte sie zu Si-Mut.
»Schweig.«
»Nein, das werde ich nicht.« Teti nahm ihren ganzen Mut zusammen. »Und du wirst mir zuhören, wenn ich dir sage, was die Goldene wünscht.«
»Nimmst du allen Ernstes an, daß dem Zweiten Propheten Amuns die Wünsche der Göttin durch den Mund einer einfachen Tänzerin verkündet werden?« Er sah sie aus vor Müdigkeit geröteten Augen an. Ob er geweint hatte?
»Ich bin längst keine Tänzerin mehr. Ich bin Priesterin und Hofdame und die Frau des Palastbeamten Kamose, falls du das vergessen hast. Ich war im Allerheiligsten und habe die Göttin gebeten, Kafi gesund zu machen. In ihrer gnädigen, allumfassenden Liebe hat die Himmelsherrin es zugesagt. Aber sie hat dabei Bedingungen gestellt, die du zu erfüllen hast.«
»Du hattest kein Recht, das Allerheiligste zu betreten«, sagte er drohend.
»Immerhin bin ich Priesterin dieses Tempels, wenn ich auch gerade keinen Dienst habe und noch nicht den entsprechenden Rang. Aber ich habe mich vor dem Betreten des Allerheiligsten in der vorgeschriebenen Weise gereinigt.« Es fiel ihr so schwer, gegen Si-Mut anzugehen. Immer noch hatte sie schreckliche Angst vor ihm, doch jetzt half ihr nur die Flucht nach vorn. »Die Göttin hat gefordert, daß du von Kafi abläßt.«
Er lachte ein schepperndes, rauhes Lachen, das abscheulich klang. Sogar Tote wären davon aufgewacht. Kafi hob ein wenig den Kopf.
»Liebes!« Teti stürzte zum Bett. »Schnell, gib mir Wasser! Sie wird entsetzlichen Durst haben.«
Kafi trank in kleinen Schlucken, die zunehmend gieriger wurden.

»Ein gutes Zeichen«, hoffte Teti. »Die Göttin hat sie gerettet.«
»Ich wußte, daß meine Magie helfen würde, dich wieder herzustellen, Geliebte«, sagte Si-Mut. »Nicht umsonst habe ich mich mit den geheimsten und wichtigsten Zaubersprüchen, die Sachmet besänftigen, ganz besonders eingehend beschäftigt. Und wenn sie mit heißem Herzen gesprochen werden, sind sie doppelt wirksam.«
»Ich habe meine Gebete auch mit heißem Herzen gesprochen«, meinte Teti leise und dachte an die Edelsteine, die in ihren Händen fast geglüht hatten. Sie betrachtete Kafi liebevoll. Obwohl noch hohläugig und elend, sah diese doch schon so aus, als ob sie sich bald erholen würde.
Kafi schluckte und hustete. »Bitte sagt meiner Familie nicht, daß ich krank bin«, flüsterte sie.
Teti schüttelte den Kopf. Niemand war bisher auf die Idee gekommen, Kafis Eltern und Geschwister zu benachrichtigen.
»Du wirst in kurzer Zeit wieder gesund sein, Geliebte«, sagte Si-Mut, bettete Kafis Kopf auf seinen Arm und küßte sie auf die Stirn. »Du wirst sein, als wärst du niemals krank gewesen.«
Kafi lächelte schwach und schloß die Augen. Nach einiger Zeit waren ihre ruhigen und gleichmäßigen Atemzüge zu hören, nicht mehr das flache, flatternde Luftholen wie vorher.
Sie ist noch viel zu angegriffen, um sich gegen Si-Mut zur Wehr setzen zu können, dachte Teti. Und wer weiß schon, ob er sie nicht mit irgendeinem Zauberbann an sich gefesselt hat. Trotz dieser furchterregenden Vorstellung von Si-Muts unheimlicher Macht fand Teti den Mut zu einem weiteren Versuch, ihm ein Versprechen abzuringen. Sie war, abgesehen von der schlafenden Kafi, allein mit ihm, und er war in einem erschütterten Zustand. Da mußte er doch ihrem Anliegen zugänglich

sein. Eine solche Gelegenheit würde sich nie wieder bieten.
»Die Göttin hat auch zur Bedingung gemacht«, sagte sie, »daß du keine Feste mehr in deinem Haus veranstaltest, an denen die Tänzerinnen teilnehmen müssen. Schwöre bei Amun und Hathor, daß du das künftig unterläßt!«
»Du, eine Tänzerin, die sich nicht einmal darauf versteht, die geheimen Erscheinungsformen der Göttin zu erkennen, willst mir Hathors Botschaften überbringen?« Er schleuderte ihr einen Blick zu, der sie erzittern lassen sollte.
Teti zitterte zwar, aber sie zeigte es nicht.
Er fuhr fort: »Und was deine Bestrafung wegen des unerlaubten Betretens des Allerheiligsten anbelangt...«
»Und du! Du, Prophet, hast deinen Priestereid gebrochen«, rief sie. »Damals, als du Kamose von Pa-Wah und mir...«
»Tänzerin Teti, du bist lästiger als ein stechender Floh! Und in einen solchen werden ich dich verwandeln, wenn du nicht augenblicklich den Mund hältst. Ich verfüge nicht allein über die Kraft, vorhandene Zaubersprüche wirksam zu machen, sondern ich vermag es auch, neue zu verfassen. Und da ich gerade dabei bin, für meine Frau einen grauenhaften Fluch zu ersinnen, werde ich für dich gleich eine Formel miterfinden.« Er deutete auf seine Schreibpalette und den Holzkasten mit den Papyrusrollen. »Oder möchtest du lieber in einen Frosch oder in eine Kröte verzaubert werden? Oder in eine Spinne? Dann mußt du den ganzen Tag weben und Fliegen essen.«
Voller Entsetzen wich sie zur Tür. »Oh nein! Bloß das nicht!«
»Dann«, befahl er und wedelte ungeduldig mit der Hand, »hole mir die drei Ärztepriester her. Ich habe sie angewiesen, sich zur Verfügung zu halten.«
Als Teti aus der Tür hastete, kam Kamose über den Vorplatz.

»Liebster!« Sie lief ihm entgegen. »Si-Mut will mich bestrafen, weil ich in meiner Not im Allerheiligsten um Kafis Genesung gebetet habe.«
»Ich werde es ihm ausreden. Wie geht es Kafi?«
»Schon besser. Sie ist dabei, sich gesund zu schlafen. Aber alles in allem ist es eine schreckliche Sache.«
Er folgte ihr in Kafis Zimmer, nickte Si-Mut zu und musterte die schlafende Kranke. »Es muß sehr schlecht um sie gestanden haben, wenn ihr jetziger Zustand eine Besserung darstellt«, meinte er, als sich Kafi stöhnend hin und her drehte.
»Es geht ihr besser«, erklärte Si-Mut kurz.
»Ich komme soeben aus Karnak«, sagte Kamose. »Und ich habe etwas mit dir zu besprechen. Wir sollten in einen anderen Raum gehen.« Beide verließen das Zimmer.
Kafi bewegte sich unruhig, und Teti zog das Laken zurecht. Dann öffnete Kafi die Augen. Mit schmerzerfülltem Ausdruck starrte sie zur Decke.
»Ich hätte so gern ein Kind von Auta gehabt«, flüsterte sie.
»Ja, Liebes! Aber du darfst Si-Mut niemals von Auta erzählen. Es wäre dein und Autas Verderben.«
»Ich weiß...«, murmelte Kafi und schlief wieder ein.
Nach geraumer Zeit kamen Si-Mut und Kamose zurück. Erneut nahm Si-Mut seinen Platz neben Kafis Bett ein.
»Hofdame Teti, willst du bitte eine Dienerin schicken, die mir die drei Ärzte herholt«, bat er höflich.
»Ich werde sie selbst holen gehen«, sagte sie, weil sie vorhatte, in der Küche des Verwaltungsgebäudes etwas Suppe für Kafi mitzunehmen.
Später am Vormittag trafen Pentu und Neferti ein. Pentu sah sich Kafi an. Sie war aufgewacht und hatte sogar schon von der Suppe gegessen. Er erklärte, daß sie auf dem Weg der Besserung sei, sich aber lange Zeit schonen müsse. Hetepet versicherte, daß sie für Kafis weitere Pflege sorgen würde.

»Komm nun mit nach Hause«, sagte Kamose zu Teti. »Du bist ja völlig übermüdet.«
Obwohl sie sich eigentlich hellwach fühlte, folgte sie ihm, nachdem sie Pentu für seine Hilfe gedankt und sich vergewissert hatte, daß Kafi wieder eingeschlafen war.
»Ich hätte niemals für möglich gehalten, daß Si-Mut so lange bei Kafi ausharrt und sich so sehr um sie kümmert«, sagte sie, als sie mit Kamose zuhause im Garten saß. Sie war viel zu aufgedreht, um zu schlafen, und sah lieber Mehi und Iset zu, die im Gras miteinander spielten.
»Nun, zum einen hängt er wohl an dem Mädchen. Zum anderen hätte es für ihn eine große Niederlage als Prophet und Magier bedeutet, wenn Kafi zu ihrem Ka gegangen wäre. Ja, wenn es ihm mißlungen wäre, sie in dieser Welt zu halten, hätte sein Ansehen doch sehr gelitten.«
»Meinst du, daß er sie gerettet hat? Oder war es Pentus Medizin? Oder die Gebete der Ärztepriester? Und mir hat im Allerheiligsten die Göttin Kafis Heilung versprochen.«
Kamose lächelte. »Nun, ich denke, alles hat geholfen und dazu beigetragen, deine Freundin zu retten.«
»Ich bin so unendlich froh, daß es Kafi besser geht«, sagte sie. »Hat sich Pharao eigentlich die Briefe angehört, die du ihm gestern vorlesen wolltest?«
»Ja, allerdings. Unser Gottherrscher behandelte mich sehr freundlich und schenkte mir seine wohlwollende Aufmerksamkeit, als ich ihm die Schreiben des babylonischen Königs und von Fürst Ribaddis vortrug. Wenn man einmal weiß, wie man Seiner Majestät zu begegnen hat, kann man schon mit ihm zurechtkommen. Man muß ihm nur in allem zustimmen und anerkennen, daß er unfehlbar ist. Meines Erachtens ist der jetzige Lebende Horus zwar auch nicht göttlicher als sein Vater, Pharao Osiris Amun-hotpe, doch er hat es nun mal gern, wenn man sich besonders tief vor ihm verbeugt.«

»Aber das ist doch selbstverständlich«, erwiderte Teti und gähnte jetzt doch. »Pharao ist der einzige, der Aton versteht, und wir müssen uns unermeßlich glücklich schätzen, daß wir unter seiner Herrschaft leben dürfen.«

Kapitel 16

Audienz mit Folgen

Sobald Kafi kräftig genug war, um in der Sänfte zu sitzen, siedelte sie in Kamoses Haus über. Teti saß häufig an Kafis Bett, erzählte ihr von den Ereignissen des Tages und ließ dabei nichts aus, was es von den Nebenfrauen und der Dienerschaft zu berichten gab. Nach Bädern in lauwarmem, duftendem Wasser rieb sie Kafis noch matten Körper mit belebenden Ölmischungen ein und bettete die Kranke auf eine Klappliege im Schatten des ausladenden Akazienbaumes, damit sie sich am Anblick und Duft der Blumen erfreuen konnte. So machte Kafis Genesung rasche Fortschritte.

Während dieser Zeit verfolgte ganz Theben gespannt den Streit zwischen Si-Mut und seiner Frau, der zaubermächtigen Hohenpriesterin der Göttin Mut. Der Tempel, in dem Mut, die Gemahlin des Götterkönigs, verehrt wurde, befand sich unweit des Amun-Tempels, und die Priester und Bediensteten der beiden Heiligtümer verbreiteten im Volk täglich die neuesten Nachrichten von den Maßnahmen, die die beiden Gegner ergriffen. Es wurde bekannt, daß sich Si-Mut weiterhin in die geheimen Papyri des Tempelarchivs vertiefte und in mitternächtlichen Sitzungen gefährliche Fluchformeln verfaßte, währenddessen seine Frau Leinenstreifen, die sie mit todbringenden Giftmischungen getränkt hatte, beschriftete, verschnürte und heimlich unter Türschwellen und in Durchgängen versteckte, so daß Si-Mut jedesmal, wenn er hindurchging, der unheilvollen Wirkung

ausgesetzt war. Allerdings verbrauchte jeder der beiden Gegenspieler mit den Angriffen auf den anderen so viel von seiner magischen Stärke, daß er, um seine Kräfte zu schonen und zu erneuern, auf die Mithilfe anderer Zauberer und Priester angewiesen war. Aus diesem Grund wuchs die Anhängerzahl der zwei mit aller Macht gegeneinander ankämpfenden Parteien mehr und mehr an.
»Bald, meine Dame, werden die Tempelgemeinschaften in Karnak so verfeindet sein, daß der Dienst an den Göttern darunter leidet«, sagte Panehesi zu Teti, stopfte sich ein Kissen in den Rücken und machte es sich auf dem Polster bequem.
Sie hielten sich in den königlichen Privatgemächern auf, während Königin Nofretete von ihren Dienerinnen zurechtgemacht wurde. Panehesi hatte mehrere Listen neben sich liegen, und die Königin forderte ihn auf, ihr daraus vorzulesen, wie hoch die Ernteerträge ihrer Besitzungen voraussichtlich ausfallen würden. Nebenbei unterhielt sie sich mit Neferti.
»Ich habe zwei Ammenanwärterinnen für das Kind, das ich trage«, sagte sie, als Panehesi eine Pause machte und eine Dienerin ihr einen weiten, plissierten Umhang um die Schultern legte. »Und ich weiß nicht, welcher ich den Vorzug geben soll. Königin Teje rät, ich solle der Dame, die schon Prinzessin Baket Aton nährte, die Gunst erweisen, aber ich neige eher dazu, das Kind der anderen, jüngeren Frau anzuvertrauen. Sie erscheint mir auch kräftiger.«
Neferti biß von einem Honigkuchen ab und nickte.
»Königin Teje ist oftmals sehr bestimmend, vor allem in Angelegenheiten, die die Erziehung Merit-Atons und Maket-Atons betreffen«, fuhr Nofretete mit gesenkter Stimme fort.
Teti sah die Königliche Gemahlin voll Verehrung an. Es kam ihr wie ein Wunder vor, daß zwei so willensstarke Königinnen uneingeschränkt nebeneinander bestehen

konnten. Zwar gab es des öfteren kleine Unstimmigkeiten, die familiäre Fragen betrafen, im großen und ganzen aber herrschte Eintracht. Und zur Zeit stand die Große Königliche Gemahlin eindeutig im Vordergrund, erwartete sie doch möglicherweise den ersehnten Thronfolger. Teti betrachtete die schmalen Schultern und den von der Schwangerschaft schwer gewordenen Leib der Königin. Ohne jegliche Auflehnung erinnerte sie sich daran, wie lange sie sich hatte abmühen müssen, bis sie bei der Herstellung der Schminkpaste für Nofretetes schön geschwungene Lippen den Farbwunsch der Königsgemahlin hatte erfüllen können. Auch was die Duftöle anbelangte, war es derzeit nicht ganz leicht, den Geschmack der königlichen Gebieterin zu treffen. Doch Teti eiferte ebenso wie die anderen Hofdamen, die Beamten, die Dienerschaft und sogar Pharao selbst danach, den Ansprüchen der Königin zu genügen.
Mit ihrer weichen, weißen Hand gab Nofretete Panehesi das Zeichen fortzufahren und hörte sich ohne weitere Unterbrechung die Ergebnisse der Viehzählung sowie Angaben über die Abmessungen der Felder und die daraus errechnete Menge des einzulagernden Getreides an. Gerade als Panehesi mit dem Verlesen zu Ende war, wurde der Königin das goldene Diadem mit der Uräusschlange auf die kurze, gelockte Perücke gesetzt. Nach einem letzten prüfenden Blick in den Spiegel erhob sich die Königliche Gemahlin anmutig und hoheitsvoll.
»Laßt uns gehen!« Als sie im kleinen Audienzsaal des Hauptpalastes ankamen, warteten dort bereits Pentu und Parennefer. Dann erschien Pharao, angetan mit einer ähnlichen Perücke wie die Königin und einem ebenso schlichten Diadem. Sowohl Merire als auch der Verwahrer der Reichsinsignien folgten hinter dem wehenden Umhang des Königs. Nach ihnen traten Dienerinnen ein, die die Aufgabe hatten, den Blumenschmuck auszuwechseln.

Auf Matten kniend und tief gebeugt verharrten alle Anwesenden, bis das Königspaar auf seinen Sesseln Platz genommen hatte. Panehesi verschränkte die Beine im Schreibersitz. Nachdem er endlich aufgehört hatte, zu ächzen und sich hin und her zu bewegen, vernahm man für einige Augenblicke nichts weiter als das Tappen der nackten Füße der Dienerinnen, die von Blumenvase zu Blumenvase gingen.

Merire wanderte langsam von der Mitte des Raumes zu einem der Fenster, gab nach draußen einen Wink, und die im Hof wartenden Musiker begannen zu spielen. Eine helle, fröhliche Melodie klang herein. Die Königin lächelte. Pharaos Gesicht mit den halb geschlossenen Augenlidern wirkte so unergründlich wie stets. Teti gefiel die Musik sehr gut, unauffällig begann sie, sich im Takt zu wiegen. Die Klänge hatten etwas ungemein Erhebendes, und sie stellte sich vor, daß die Töne Blütenblätter seien, die von einem sanften Windstoß hochgewirbelt wurden und mit denen ihre Seele aufstieg, um jauchzend im Blau des Himmels auf und ab zu schweben. Die hellen Wolkenschleier dort droben mußten sich ganz weich anfühlen. Und das flirrende Gold der sonnendurchfluteten Luft erzeugte bestimmt ein zartes Prickeln.

»Teti, träumst du?« Schuldbewußt zuckte sie zusammen, als Panehesi sie antippte, und wandte wieder einen Blick nach vorn.

Mit ernstem Gesicht war Merire vor die Versammelten getreten. »Die königlichen Hoheiten haben mit Befremden zur Kenntnis genommen, daß sich der Leibarzt Pentu aus der Nähe der Königskinder entfernt hat, um einer gewöhnlichen Tänzerin des Hathor-Tempels, die überdies die Geliebte des Zweiten Propheten Amuns ist, seine ärztliche Hilfe angedeihen zu lassen.«

Ach du Schreck! Teti fing an zu schwitzen. Die unaufhörlich in den Raum strömende Hitze lastete wie eine

zähe, schwere Masse beklemmend auf ihr. Selbst die beiden Diener hinter den Thronsesseln konnten mit ihren riesigen Straußenfederfächern keinen kühlenden Luftzug erzeugen. Wäre nicht ein Hauch von Minzeduft zu spüren gewesen, sie hätte geglaubt, ersticken zu müssen.
»Göttliche Majestäten«, sagte Pentu, nachdem er mit der Stirn den Boden berührt hatte, »fürwahr, ich bitte euch, mir den Eifer, mit dem ich Erkenntnisse sammle, nicht als Ungehorsam auszulegen. Denn meine Erfahrung, die mit jeder Krankenbehandlung wächst, kommt ja auch und vor allem meinen königlichen Patienten zugute. Und im Fall der Tänzerin Kafi war mein Wissensdurst besonders groß, da es das erste Mal war, daß ich bei einer so schwerwiegenden Erkrankung ein Heilmittel anwenden konnte, das in der Weise hergestellt war, wie der Schauende Merire es mir gezeigte hatte. Die Zubereitungsweise war für mich neu, aber, wahrlich, durch diese zauberkräftige Heilkunst wurde die junge Frau von der tödlichen Wirkung des Giftes befreit.«
Merires asketische Miene hatte sich erhellt. Er nickte gnädig.
Pentu sprach weiter: »Ich schätze mich glücklich, in die mächtigen Geheimnissen des Sonnentempels von Junu eingeweiht worden zu sein. Im Gegensatz zu ihnen erscheinen die Zauberformeln, die Si-Mut, unterstützt von drei weiteren Amun-Priestern, angewandt hat, erbärmlich schwach und wirkungslos. Seit Anbeginn der Welt werden im Heiligtum von Junu uralte Schriften aufbewahrt, die denjenigen, der sie beherrscht, mächtiger machen als die Priester Karnaks. Und, wahrhaftig, in meinen Augen ist die Machtlosigkeit Amuns auch dadurch bewiesen, daß es dem Propheten, den alle für so kundig halten, bis heute nicht gelungen ist, mit magischer Kraft die Oberhand über seine Frau, die oberste Priesterin des Mut-Tempels, zu gewinnen.«
Merire stimmte ihm heftig zu. »Ja«, rief er und richtete

seine lange, hagere Gestalt zu voller Größe auf. »Was ist das für ein Götterkönig, der sich nicht über die anderen Götter zu erheben vermag! Re-Atum ist eben der Herr und Schöpfer allen Lebens. Strahlend erhellt er die Welt, leuchtet über seiner Schöpfung, offenbart sich in seiner Lichterscheinung als Aton und hat in Pharao, seinem geliebten Sohn, Gestalt angenommen.« Mit einer plötzlichen Bewegung warf er sich dem Gottherrscher zu Füßen.
Auch Teti fühlte sich jetzt, nachdem die Gefahr des königlichen Unwillens gebannt schien, sehr bewegt und sah, daß es den anderen ebenso ging.
Pharao hatte die dunklen Augen geöffnet und blickte auf Merire hinab. »Meine Majestät fühlt die Kraft, die Aton mir verliehen hat, und die mich zum Einzigen des Re macht.« Dann wandte er sich an Pentu: »Wie Meine Majestät sieht, hattest du gute Gründe für deine Handlungsweise, Leibarzt Pentu. Aton ist es, der Leben schenkt. Und der Heilungserfolg hat gezeigt, daß Aton seinen Segen demjenigen erweist, der ihn willig annimmt.«
Leise raschelnd verließen die Dienerinnen mit den verwelkten Blumen die Audienzhalle. Teti fühlte sich durch Pharaos Worte verunsichert. War denn alle Hilfe für Kafi nur von Aton gekommen? Nicht einmal an die völlige Ohnmacht Amuns konnte sie glauben. Sicher war der Götterkönig bloß von einer vorübergehenden Schwäche befallen. Und Hathors Größe war für sie unbestritten wie eh und je.
»Aber die Macht und die Güte der Goldenen sollten schon auch gewürdigt werden«, murmelte sie halblaut vor sich hin.
Panehesi schoß ihr einen warnenden Blick zu.
»Wurde soeben Hathors Name erwähnt?« Pharao rieb sein langes Kinn und beugte sich vor.
Obwohl Teti sich sagte, daß an ihrer Äußerung nichts

Verkehrtes gewesen war, fühlte sie sich doch recht unbehaglich. Aber Pharaos Gesicht zeigte gar keinen so unfreundlichen Ausdruck.
»Re hat alles Leben erschaffen. Er vereint alle göttlichen Erscheinungsformen in sich. In seiner unendlichen Weisheit und Liebe hat er Meiner Majestät eine Gefährtin, eine Schwester, zur Seite gestellt, die mir angehört und die mein Herz erfreut. Die Große Königliche Gemahlin Nofretete. Durch die Schönheit der Königin wird die Vollkommenheit Atons offenkundig. So wie Meine Majestät vom Geist des Schöpfers durchdrungen ist, so ist auch in der Königin Atons Wesen gegenwärtig.«
Teti hatte aufgeatmet, hielt aber den Blick weiterhin starr auf Pharaos Hände gerichtet, die unbeweglich auf den Armlehnen des Sessels ruhten. Zweifel und Fragen tauchten in ihrem Kopf auf. Nein, sie wollte durchaus nicht störrisch erscheinen, aber Hathor war es doch, die sich ihre Gebete anhörte. Der Goldenen diente sie als Priesterin. Wieder dachte sie an das, was Merire gesagt hatte, betrachtete, immer noch verwirrt, einen auf den Fußboden gemalten Fisch, der unter ihrem Polster hervorgeschwommen kam. Nun lächelten Pharaos volle Lippen sogar, aber das tat dem majestätischen Aussehen des Herrschers keinen Abbruch. »Aton ist für alle sichtbar«, sagte er eindringlich. »Und jedes Geschöpf wird jeden Tag durch die leuchtende Gestalt der Sonne belebt. Auch du, ob du willst oder nicht, Hofdame Teti.«
Ihr war klar, daß Pharaos Ansprache nicht allein an sie gerichtet war, sondern auch an diejenigen unter den Anwesenden, deren Glaube noch der Stärkung und Vertiefung bedurfte. Ihre Gedanken kehrten zu Kafi zurück. Na gut, wenn auch die Königin Aton so nahe stand, war es dann nicht am besten, Kafi unter Nofretetes Schutz zu stellen? Ihre Freundin befand sich ja nach wie vor in großer Gefahr. Sobald sie in das Heiligtum der

Göttin zurückkehrte, würde sie allen Angriffen schutzlos ausgeliefert sein. Si-Muts Frau konnte jederzeit wieder zuschlagen.
Und es fiel Teti leichter, sich an die Königin zu wenden. »Erhabene Majestät«, begann sie zögernd, nachdem sie zum Sprechen aufgefordert worden war, »zwar ist, wie ich einsehe, Kafis Leben ausschließlich durch Atons Segen gerettet worden, aber die stellvertretende Tanzmeisterin gerät, sobald sie ihre Tätigkeit im Heiligtum der Goldenen wieder aufnimmt, erneut in Gefahr. Deshalb bitte ich, allergnädigste Majestät, Kafi an einen Ort zu versetzen, an dem sie sicher ist. Ich erlaube mir, daran zu erinnern, daß ich ohne Kafis selbstlosen Einsatz die Rezepturen nicht hätte abschreiben können. Vielleicht gibt es ja im Palast einen Posten für sie?«
»Völlig undenkbar,« lehnte die Königin Tetis Ersuchen ab. »Das schlage dir aus dem Kopf, Hofdame.«
Teti verneigte sich besonders lange und tief, um sich ihre Enttäuschung nicht anmerken zu lassen.
»Domänenverwalter, wie beurteilst du diese Angelegenheit?«, wandte sich Nofretete ungeduldig an Panehesi.
»Es erscheint mir übertrieben, wegen dieses Mädchens so viel Aufhebens zu machen.«
»Erlauchte Majestät, auch ich möchte darauf hinweisen, daß die stellvertretende Vorsteherin der Tänzerinnen uns ausgezeichnete Dienste geleistet hat. Sie hat sich als ebenso geschickt wie verschwiegen erwiesen. Allerdings bin ich der Ansicht, daß sie gerade deshalb unbedingt im Hathor-Tempel bleiben sollte, denn dort ist sie uns auf jedem Fall am nützlichsten.«
»Wenn sie tot ist, wird sie niemandem mehr nützten«, stieß Teti zornig hervor.
»Was Teti sagt, ist nicht unberechtigt«, stimmte Parennefer unerwartet zu. »Und ich meine…«
Von ihm hätte sie zuallerletzt Unterstützung erwartet. Doch die Königin brachte den Vorsteher der Handwer-

ker und Hofgoldschmiede mit einer knappen Geste zum Schweigen und bat Panehesi weiterzusprechen.
»Majestät, ich schlage vor«, sagte Panhesi bedächtig, »Kafi zu ihrem eigenen Schutz zu verheiraten.«
In maßloser Empörung starrte Teti ihn an.
»Doch nicht mit mir«, brummte er und zwinkerte ihr zu.
Die Königin lachte leise auf. »Welche Pläne hast du nur wieder ersonnen, Verwalter Panehesi?«
»Ich habe dabei an Seneb gedacht, erlauchte Majestät«, erklärte Panehesi. »Man könnte ihn zum Oberverwalter aller Güter der Göttin Hathor ernennen. Kafi würde gleichzeitig zur Vorsteherin der Priesterinnen befördert. Dieser Posten ist seit Wochen unbesetzt, da Seine Majestät noch nicht geruhte, die Dame einzusetzen, die erwartungsgemäß Anspruch auf dieses Amt hat. Und da besagte Dame und ihre Familie beim Lebenden Horus ohnehin nicht in hohem Ansehen stehen, wäre ein Wechsel in der Nachfolge doch angebracht. Dieses Amt erfordert zudem keine ständige Anwesenheit im Tempel. So könnte Kafi sich nach Belieben zurückziehen und wäre trotzdem Nutznießerin nicht geringer Erträge aus den Ländereien. Ihr Rang und die Anwesenheit ihres Gatten in der Tempelverwaltung würden sie hinreichend schützen. Außerdem wäre auf diese Weise nicht nur Kafi, sondern das gesamte Heiligtum Si-Muts Zugriff entzogen. Das wird es zum einen dem Hohenpriester der Goldenen erleichtern, weiterhin in unserem Sinne zu wirken, zum anderen wird es Si-Mut anspornen, den Kampf gegen seine Frau mit gesteigerter Erbitterung zu führen. Amun gegen Mut! Das wird die Position beider Gottheiten schwächen.«
»Wenn Kafi als Streitursache wegfällt«, warf Neferti ein, »könnte es ja sein, daß sich die beiden versöhnen.«
»Das glaube ich kaum«, lächelte Merire. »Aus dieser Auseinandersetzung ist längst mehr geworden als eine private Angelegenheit. Es wird meinen Leuten ein leich-

tes sein, den Haß in den Herzen der Anhänger beider Gottheiten weiter zu schüren.«
Natürlich hatte Teti, als Panehesi den Namen Seneb genannt hatte, gleich an den Gastgeber des Festmahls gedacht, das sie mit User-Re und Auta besucht hatte. War es möglich, daß Panehesi von demselben Mann sprach? Aber selbst wenn das der Fall sein sollte, konnte sie sich für seinen Vorschlag überhaupt nicht erwärmen, obwohl er für Kafi glänzende Aussichten eröffnete. Sicherlich war es beruhigend, wenn sich Kafi Si-Muts Einfluß entziehen konnte. Aber sollte sie Seneb, wer immer das sein mochte, heiraten, wenn sie doch Auta liebte? Alles würde nur noch verwickelter werden.
Plötzlich erinnerte sie sich an Mahu, und ehe sie einen weiteren Gedanken verschwendete, sagte sie: »Wenn es schon sein muß, soll Kafi lieber Mahu heiraten. Er ist stellvertretender Polizeianführer, stark wie ein Löwe und durch und durch verläßlich. Und als ihr Cousin wäre er ein viel vertrauterer Gefährte als irgendein Mann namens Seneb.«
Belustigt wandte sich Panehesi ihr zu: »Und wie, meine Dame, soll ich einen Polizisten in der obersten Tempelverwaltung unterbringen?«
Eine Entschuldigung murmelnd öffnete einer der Leibwächter die Tür. Prinzessin Merit-Aton trippelte herein. Entschlossen führte sie Prinz Semenchkare an der einen und ihre jüngere Schwester Maket-Aton an der anderen Hand. Zwei Dienerinnen folgten den Kindern, eine von ihnen trug eine Schriftrolle. Vor den Sesseln ihrer Eltern ließ Merit-Aton die beiden Kleinen los und winkte der Dienerin, ihr den Papyrus zu reichen.
»Seht euch bitte an, was ich heute geschrieben habe«, sagte sie und hielt ihrer Mutter, die sie freundlich anblickte, die Schriftrolle hin.
Prinz Semenchkare war dort stehengeblieben, wo Merit-Aton ihn losgelassen hatte. Die an der Seite seines

geschorenen Kopfes herunterbaumelnde Jugendlocke war ziemlich spärlich; der kleine Prinz lutschte am Finger und sah traurig und verloren aus. Prinzessin Maket-Aton war ein pummeliges kleines Mädchen mit sonnigem Gemüt. Sie hatte sich sogleich auf den Fußschemel ihres Vaters gesetzt und blickte die Versammelten einen nach dem anderen an. Dann legte sie den Kopf zur Seite und lächelte putzig. Teti fand, daß es ein sehr drolliges Lächeln war. Jeden, der es sah, mußte es unbedingt zum Lachen reizen. Nicht einmal einer der königlichen Tanzzwerge hätte eine komischere Grimasse schneiden können. Es war ein sehr unprinzessinnenhaftes, unverschämt vergnügtes Grinsen, und Teti konnte sich kaum noch beherrschen.

Und plötzlich – wie ein Zauberkünstler, der sein Publikum aufs höchste überraschen will – riß die Prinzessin den linken Arm, den sie bislang hinter dem Rücken verborgen hatte, nach vorn und präsentierte ihren verdutzten Zuschauern triumphierend einen Skarabäus, der matt strampelnd auf ihrer kleinen, nicht besonders sauberen Handfläche lag. Teti kicherte unterdrückt.

Pharao, der soeben noch die Schreibübungen seiner ältesten Tochter begutachtet hatte, beugte sich zu Maket-Aton hinunter und ergriff das zappelnde Insekt. Er erhob sich, ging zum Fenster und setzte den heiligen Käfer behutsam auf die Fensterbrüstung. Der Skarabäus verschwand sofort. Prinzessin Maket-Aton war einen Augenblick lang fassungslos, schmiegte sich aber ohne Widerspruch in die Arme ihres Vaters, als dieser sie auf den Schoß nahm.

»Mehr als alle anderen stehst du unter dem Schutz Atons, meine Tochter«, sagte er und drückte einen Kuß auf ihr kahles Köpfchen.

Alle waren beeindruckt von dem symbolträchtigen Ereignis. Aber am Zittern von Panehesis schweren Wangen konnte Teti erkennen, daß ihn die Szene mindestens ebenso erheitert hatte wie sie selbst. Merire jedoch war vollkommen ernst geblieben; und der Blick seiner ausdrucksvollen, schwarz umrandeten Augen war nach innen gerichtet. Er war ein begnadeter Mensch und hatte möglicherweise eine Inspiration erhalten. Teti hielt es für denkbar, daß er vor seinem inneren Auge ein Motiv für ein Amulett oder ein Bild für eine Tempelwand in Atons neuem Heiligtum sah. Merires Erfindungsgabe wurde allein durch Pharaos schöpferische Gestaltungskraft übertroffen. Pharao in seiner erhabenen Geistesgröße verfaßte nicht nur Lobgesänge auf den Sonnengott, sondern er wirkte mit seinen eigenen Entwürfen auch auf die in der Bildhauerei, Reliefkunst und Malerei führenden Künstler ein.

Kamoses Arbeit allerdings fand Teti ebenfalls interessant, und trotzdem kümmerte sich Pharao nicht eingehender um die Auslandskorrespondenz. Zwar ließ er sich regelmäßig eine Zusammenfassung geben und hörte sich auch den einen oder anderen Brief an, aber die Antwortschreiben ließ er Kamose und seine Mitarbeiter verfassen oder von Königin Teje diktieren. Die Königinwitwe wenigstens verhalf Kamose zu der Beachtung und Anerkennung, die seine Arbeit verdiente.

Beschämt sagte sich Teti, daß ihre Gedanken schon wieder abschweiften. Und dabei ging es heute doch um so wichtige Dinge. Der Verwahrer der Reichsinsignien hatte bereits den goldenen Kasten geöffnet und entnahm ihm Krummstab und Wedel. Nachdem der Herrscher Prinzessin Maket-Aton zurück auf den Fußschemel gesetzt hatte, wurden ihm die Kleinodien überreicht.

Die Spannung stieg. Die Versammelten harrten der königlichen Beschlüsse, die folgen sollten. Pharao setzte sich in Positur, kreuzte die Arme über der Brust und sprach: »Meine Majestät billigt die vorgeschlagene Maßnahme, Kafi und Seneb betreffend. Dies ist die erste Verfügung. Sodann wenden wir uns dir zu, lieber Cousin,«

es war lange her, daß der König Panehesi so genannt hatte, »du wurdest im Min-Tempel zum Priester ausgebildet, und es wird dir daher zusagen, Vorsteher der Rinder dieses Gottes zu sein. Min hat einen besonders großen und wertvollen Viehbestand.« Er deutete mit dem Krummstab auf Pentu. »Und du, Priester und Leibarzt der Prinzessinnen, wirst die Leitung der Verwaltung im Heiligtum von Opet übernehmen. Und dir Parennefer, Vorsteher der Handwerker und Goldschmiede, überträgt Meine Majestät die Verwaltung der Gottesopfer in allen Tempeln, mit Ausnahme des Amun-Tempels.«
Die Ernannten waren vor Überraschung fast zu erstarrt, um sich niederzuwerfen und den Boden vor Pharaos Füßen zu küssen.
»Ihr werdet es nicht leicht haben«, sprach Pharao weiter. »Ihr müßt gegen Priesterschaften angehen, die euch mit allen Mitteln bekämpfen werden. Doch wenn ihr euch vor Augen haltet, daß Meine Majestät eure Aufgabe vor allem darin sieht, das bisher unbehelligte Treiben der Tempelverwaltungen zu stören und die vielen Geschäfte und Gefälligkeiten zu unterbrechen, die die Priester und Beamten dort untereinander abmachen, werdet ihr eure Mission erträglicher finden. Schon eure bloße Anwesenheit wird die Einflußnahme der Amun-Priester erschweren.«
»Dann will ich auch meine Hofdamen einsetzen«, sagte Nofretete und hob ihr Königinnenzepter. »Sie erhalten ebenfalls Anweisungen, die in diese Richtung zielen. Neferti soll die Oberste der Sängerinnen im Tempel der Göttin Mut werden. Und Teti wird zur Vorsteherin der Salbenküche im Hathor-Heiligtum ernannt. Sie soll außerdem als Sängerin in den Mut-Tempel eintreten, um Neferti zu unterstützen.«
»Ich kann aber gar nicht singen, gnädigste Majestät«, wandte Teti ein.
»Das bringe ich dir schon bei«, zischte Neferti.

Mit ihrer Ernennung zur Sängerin konnte sich Teti nur schwer anfreunden. Mit Sicherheit war Mehi ein weit weniger kritischer Zuhörer als die Göttin Mut. Der erste Titel hätte ihr vollauf genügt, denn er gab ihr weiterhin die Möglichkeit, für die geliebte Goldene im vertrauten Tempel Dienst zu tun. Oh, was würde Kamose zu ihrer Beförderung sagen? Ungeduldig fieberte sie dem Ende der Audienz entgegen.

»Auch deine Gattin wird entsprechende Ämter erhalten, wenn sie Geburt und Wochenbett hinter sich hat«, sagte die Königin zu Parennefer, der sich bis zum Boden verneigte.

»Meine Majestät beabsichtigt, noch andere fromme und ehrgeizige junge Beamte zu berufen.« Der König erhob sich und begann, majestätisch auf und ab zu schreiten. »Einer von ihnen ist Tutu, der den Rang des ersten Sekretärs in der Abteilung für Auslandskorrespondenz hat. Wie ich erfuhr, hat er sich hervorragend bewährt. Machte er nicht im Tempel des Gottes Chons eine Ausbildung als Priester?«

»So ist es, Herr der Beiden Länder«, bestätigte Panehesi.

»Dann soll er dort Verwalter des Tempelschatzes werden.« Pharao blieb vor Panehesi stehen. »Domänenverwalter der Königin, du nimmst diese meine Anordnungen zu Protokoll. Fasse sie als königliche Verfügungen ab. Sie sollen, mit meinem Siegel versehen, unverzüglich zu den entsprechenden Behörden gebracht werden. Und sorge dafür, daß deine Schreiber die erforderlichen Kopien anfertigen. Ich wünsche, daß mein göttlicher Wille alsbald geschehe. Es wird in den Tempeln nicht wenig Verwirrung stiften, wenn die bisherigen Amtsinhaber ersetzt werden. Auf diese Weise werden diejenigen Leute entfernt, die Meine Majestät nicht genehm sind.« Der König lächelte verhalten. Mit dem Wedel spielend blickte er zunächst Panehesi und dann die anderen an. »Es ist die gottgegebene Pflicht Meiner Majestät, die

Welt glücklich zu machen. Und Meine Majestät wird das auch erreichen – mit allen Mitteln und mit aller zu Gebote stehenden Macht.«
»Mit welchem Seneb willst du Kafi denn verheiraten«, sprudelte Teti heraus, nachdem die königliche Familie den Raum verlassen hatte.
»Na, meine Dame, du kennst Seneb doch. Warst du nicht vor einigen Monaten zu Gast in seinem Haus?«
»Also doch dieser Seneb! Zumindest weiß ich jetzt, woher er seine Kenntnisse über die Geschehnisse im Königspalast hat«, sagte sie. »Aber hältst du es nicht für angebracht, ihn und Kafi erst mal zu fragen, ob sie einander heiraten wollen?«
»Von Senebs Seite bestehen mit Sicherheit keinerlei Einwände. Das weiß ich ganz genau«, behauptete Panehesi und grinste vor sich hin.
»Aber Kafi! O gütige Hathor! Kafi liebt doch einen anderen.«
»Und ist dieser andere da, um sie zu schützen? Hat er sie gebeten, seine Frau zu werden?«
»Nein«, mußte sie zugeben.
»Na also! Auch Kafi wird die schicksalhafte Fügung aufgrund eines göttlichen Befehls verkraften. Ich dagegen, meine Damen, stecke in wirklich ernsthaften Schwierigkeiten«, klagte er Teti und Neferti sein Leid. »Prinz Paneb hat meinen Koch, den besten im ganzen Land, in die Palastküche beordert. Solange ich lebe, werde ich Pharaos Schwager diese heimtückische Tat nicht vergessen. Ach, liebe Damen, könnt ihr mir nicht einen guten Koch empfehlen?«
Teti schüttelte den Kopf.
Neferti musterte mit süffisantem Lächeln Panehesis beachtlichen Leibesumfang. »Ein schlechter Koch wäre für dich der beste Koch, mein Guter«, sagte sie und gesellte sich zu Pentu, der mit seiner schlanken, sehnigen Gestalt das genaue Gegenteil von Panehesi war.

Kamose wollte gar nicht glauben, was ihm Teti aufgeregt und ein wenig unzusammenhängend berichtete. Ungeachtet ihrer Beteuerungen schickte er den Schreiber, der ihn soeben nach Hause begleitet hatte, auf der Stelle wieder in den Palast zurück mit dem Auftrag, sich dort Aufklärung zu holen. Er runzelte ärgerlich die Stirn, strich sich mit einer fahrigen Handbewegung über das graumelierte Haar und begann, in der Empfangshalle auf und ab zu gehen.
»Wie kann Pharao das Gefüge der Tempelbehörden derart durcheinanderbringen! Reicht es ihm nicht, daß seine Günstlinge bereits auf allen wichtigen Posten in der Getreideverwaltung sitzen?«, fragte er Teti, die lebhaft und glückstrahlend erneut alles aufzählte, was König und Königin angeordnet hatten. »Und wie kommt die Große Königliche Gemahlin dazu, die Vorsteherin der Salbenküche durch dich zu ersetzen? Ich halte eine übermütig umhertanzende Achtzehnjährige nur äußerst bedingt für dieses Amt geeignet.«
Teti stand stocksteif. Ihre Mundwinkel zeigten nach unten. Seine Worte regten sie unbändig auf. »Du bist niederträchtig und gemein«, rief sie. »Wie kannst du es wagen, eine Entscheidung der Königin in Frage zu stellen. Und anstatt mich zu loben und mir zu gratulieren, beleidigst du mich. Habe ich dich nicht jedes Mal nach Kräften unterstützt, wenn es um deine Ämter ging? Und wie habe ich mich mit dir über deine Beförderung gefreut! Und ich war ...«
»Jaja, nun hör' schon auf zu schimpfen«, fiel Kamose ihr ins Wort.
»Ich weiß, daß ich diese Aufgabe erfüllen kann. Ich bin mit den Anforderungen bestens vertraut. Im Gegensatz zu der Dame, die vor kurzem die Nachfolge der verstorbenen Amtsinhaberin angetreten hat. Sie läßt sich doch fast nie in der Salbenküche blicken. Und bei den seltenen Gelegenheiten macht sie sich auch nicht gerade die

Hände schmutzig. Man hat dort nämlich nicht bloß mit duftenden Blüten und exotischen Ölen zu tun, sondern auch mit Rindertalg, Gänsefett, Wurzeln, Asche und Erde, die die Hände verfärbt und sich unter die Fingernägel setzt. Die ganze Arbeit muß ja sowieso von mir getan werden. Und da bin ich schon lieber selbst Salbenküchenvorsteherin als untergeordnete Priesterin.«

»Ja, mir ist nicht unbekannt geblieben, wie tüchtig du bist. Und in deinem Fall mag auch nichts gegen den Wechsel einzuwenden sein«, lenkte Kamose noch ein wenig unwirsch ein. »Aber ich finde es über alle Maßen beunruhigend, wenn der König altgediente Beamte entläßt und irgendwelche Emporkömmlinge in deren Positionen einsetzt.«

»Das geschieht ihnen ganz recht! Sie haben es versäumt, sich mit Pharao gutzustellen. Pharao kann absetzen und ernennen, wen er will. Sogar einen Geschäftsmann, der mit Salben und Schminke handelt, hat er heute zum Beamten gemacht. Der Herrscher der Ma'at ist unfehlbar und göttlich. Und alles, was er tut, ist richtig.«

»In seiner irdischen Verkörperung ist auch ein Gott auf einen Stab erfahrener und bewährter Beamter angewiesen. Ein so großes Königreich mit Provinzen und Vasallenstaaten verwaltet sich nicht von allein. Wenn Pharao unerwartet und unbegründet wichtige Beamte entfernt, wird das dem Land sehr zum Schaden gereichen. Gewiß hast du nicht in Betracht gezogen, Kind,« so nannte er sie immer, wenn er dabei war, ihr seine grenzenlose Überlegenheit vor Augen zu führen, »daß das für die Betroffenen neben dem Verlust eines mit einem gewissen Einfluß verbundenen Postens weitere einschneidende Folgen hat. Du solltest dir darüber im klaren sein, daß viele Familienoberhäupter, darunter auch ich, aufgrund ihrer Verwaltungsämter an den Erträgen aus den Tempelbesitzungen beteiligt sind. Diese Einkünfte haben es mir beispielsweise ermöglicht, so manches glanzvolle

Festmahl auszurichten und das eine oder andere wertvolle Schmuckstück für dich, meine Beste, zu erstehen. Aber gewiß würdest du ohne Klagen und überdies mit Freude auf derartige Annehmlichkeiten verzichten, falls es Pharao in seiner göttlichen Weisheit einfallen sollte, auch mich meiner Ämter in der Tempelbehörde zu entheben.«

»Ach Quatsch«, sagte sie leichthin, fügte aber, wie um sich selbst zu beruhigen, hinzu: »Du hast dich doch in nichts hineinziehen lassen. Du bist hochangesehen und im Palast unentbehrlich. Und stehst du nicht außerdem in der besonderen Gunst der Königinmutter? Nein, nein, du wirst keines deiner Ämter verlieren.«

Er fuhr sich wieder mit der Hand durchs Haar. »Das habe ich auch nicht ernsthaft angenommen.«

»Vielleicht erhältst du sogar einen Posten in der neuen Tempelverwaltung«, sagte sie und konnte nicht verhindern, daß ihr Ton ein wenig gönnerhaft wurde. »Ich könnte ja mal mit Merire deswegen reden, wenn er wieder ein besonderes Salböl braucht.«

»Bei Seth! Untersteh' dich«, knurrte Kamose. Dann lachte er unvermittelt auf. »In welcher neuen Tempelverwaltung denn? Meines Wissens soll das geplante Aton-Heiligtum verwaltungsmäßig dem großen Amun-Tempel angegliedert werden. Der König verfügt nicht über genügend Besitz, um den neuen Tempel mit Schenkungen, Ländereien und Personal zu versehen, so daß dafür eine eigene Verwaltung erforderlich würde.«

»Aton erhält genauso das Seine wie die anderen Götter auch. Dann müssen eben die anderen Tempel was abgeben.«

»Etwas abgeben? Die anderen Tempel? Bei Amun!« Er lachte wieder sein gereiztes Lachen. »Damit wird sich unser göttlicher Herrscher weder gegenüber den anderen Göttern noch gegenüber deren Priesterschaften durchsetzen können. Und nun laß uns diese Unterhaltung beenden! Das alles sind Dinge, von denen du nicht das Geringste verstehst. Wo mein Unterschreiber nur so lange bleibt? Ich sehe schon, ich muß doch selbst mein Büro aufsuchen, um Näheres in Erfahrung zu bringen.« Er griff nach seinem Amtsstab. »Es fällt mir schwer zu glauben, was du mir berichtet hast. Wenn ich mich danach erkundige, wird es sich als unrichtig herausstellen. Und ich werde mich lächerlich machen. Vermutlich hast du die königlichen Anordnungen nicht annähernd richtig verstanden.«

»Freilich habe ich das«, fauchte Teti. »Es ist genauso, wie ich gesagt habe.« Sie hatte endgültig genug und wollte nach oben gehen. Doch ihr kam eine Frage in den Sinn, und sie drehte sich noch einmal um. »Wenn ich Vorsteherin der Salbenküche bin, habe ich dann nicht auch Einkünfte? Wie hoch, meinst du, sind die denn?«

Er hob die Schultern. »Darüber kann ich mich bedauerlicherweise nicht äußern. Du wirst dich in Geduld fassen müssen, bis man es dir mitteilt. Würdest du nun die Güte haben, Suti zu sagen, daß er meine Sänfte bereitstellen lassen soll.«

»Ach, da kann ich den Sänftenträgern auch gleich selbst Bescheid geben«, erklärte sie. Sie hatte die undankbare Aufgabe erhalten, Kafi von der angeordneten Verehelichung mit Seneb zu unterrichten. Doch wenn sie sich jetzt von der Dienerschaft aufhalten ließ, konnte sie diese unangenehme Sache noch ein bißchen hinausschieben.

Obwohl es seit Pharaos Krönung ununterbrochenes Murren von Seiten der Amun-Priester gegeben hatte, waren diese Unstimmigkeiten den meisten Leuten in den ersten Monaten als unterhaltsames und aufregendes, aber nicht allzu ernstes Geplänkel erschienen. Sie hatten angenommen, daß es bald aufhören und der angestrebten Harmonie Platz machen würde.

Nun aber war nicht mehr zu übersehen, daß der König

in seinem Reich etwas verändern wollte und daß er auch vor harten Maßnahmen nicht zurückschreckte. Obgleich niemand offen zugeben konnte, Pharaos unfehlbare Göttlichkeit nicht anzuerkennen, wurde immer unübersehbarer, daß nicht alle bereit waren, ihm bedingungslos zu gehorchen. Mehr und mehr Priester, Beamte und Schreiber schlossen sich den einzelnen Gruppen an, die mit unverminderter Erbitterung zu verhindern suchten, daß die seit Jahrhunderten bestehenden Machtverflechtungen zerrissen wurden.

Im Palast selbst war wenig von der Unruhe zu spüren, die durch das Land ging. Pharaos Getreue sorgten dafür, daß alles, was der Herrscher anordnete, ohne Zögern ausgeführt wurde. Ebenso zeigte die Anwesenheit ergebener und zuverlässiger Militärführer Wirkung. Und Merire hatte seine Leute überall. Ihnen war genau bekannt, wer sein Wissen an die Amun-Priester weitergab, und was sich in Küchen, Ställen, Vorratsräumen, Kammern, Haremsgemächern, Büros und Unterrichtsräumen abspielte.

Zwar war Teti von Natur aus neugierig, aber jetzt war sie froh, daß sie manche Dinge gar nicht erst nicht erfuhr. Die Vertrauten Pharaos benahmen sich wenig mitteilsam, weil sie die Frau von Kamose war, von dem man wußte, daß er bei aller Ergebenheit dem König gegenüber nach wie vor seine Verbindungen zu Si-Mut und Mai hatte. Und Kamoses Bekannte blieben reserviert, weil Teti eine Hofdame der Königin war. So konnte sie sich aus den Intrigen recht gut heraushalten. Sie pendelte zwischen der Salbenküche des Hathor-Tempels und dem Palastlabor hin und her und sagte sich, daß an diesen beiden Orten ihre Aufgaben lagen, die sie, so gut sie konnte, zu erfüllen hatte.

Angesichts ihrer Ernennung erschien ihr der einstige Geheimauftrag, die Salbenrezepte abzuschreiben, längst sinnlos. Inzwischen hatte sie ja ungehinderten Zugriff

auf alle Geheimnisse. Aber es war eben die Prüfung gewesen, die ihr und Kafi auferlegt worden war, bevor man sie für geeignet befunden hatte, bei den geplanten Veränderungen mitzuwirken. Es fand sich jedoch niemand, der ihr erklärt hätte, warum Pharao trotz seines göttlichen Wesens und seines seit Urzeiten verankerten Anrechts auf allgewaltiges Herrschertum bei seinen Umwälzungen auf gewöhnliche – wenn auch kluge und vertrauenswürdige – Menschen angewiesen war.
Zu ihrer weiteren Verwunderung hatten sich weder Kafi noch Seneb gegen die Eheschließung gesträubt. Kafi schien einfach noch zu schwach zu sein und fügte sich teilnahmslos. Obgleich ruhebedürftig, zog sie ganz selbstverständlich sofort in Senebs Haus, wo sie es, wie Teti sich überzeugen konnte, sehr schön hatte und auch bestens gepflegt wurde. Die Erträge aus den Domänen des Hathor-Tempels, die ihr von jetzt an als der Obersten der Priesterinnen zustanden, überließ sie fast vollständig ihrer Familie, die dadurch schnell zu Wohlstand kam.
Wie Merire vorausgesagt hatte, legten sich die Streitigkeiten zwischen den einzelnen Tempelgemeinschaften nicht, sondern entzündeten sich in zunehmendem Maße. Die gegnerischen Parteien erhielten Zulauf von allen Seiten, und die von ihren Posten Verdrängten kämpften verbissen, wobei jeder nur seinen eigenen Vorteil im Sinn hatte und sich mit denjenigen verbündete, deren Beistand ihm im Moment am vielversprechendsten erschien. Schon nach wenigen Monaten war das Vorkommnis, das den Streit ausgelöst hatte, völlig in Vergessenheit geraten.
Dadurch war Kafi glücklicherweise wieder aus dem Blickpunkt des öffentlichen Interesses gerückt. Auch sie widmete sich ihrem Amt gewissenhafter, als man es von ihrer Vorgängerin gewohnt war, und so trafen sie und Teti oft im Tempel zusammen. Die Tänzerinnen konnten mittlerweile unbehelligt und ohne Furcht vor den verab-

scheuten Festen ihren Dienst versehen. Da Kafi und Teti seit Jahren im Tempel beliebt und anerkannt waren, bot ihnen der Aufenthalt dort nicht nur Möglichkeiten zur Beschäftigung mit geistigen Dingen, sondern auch eine befriedigende praktische Tätigkeit.

Im Heiligtum der Göttin Mut zu singen, haßte Teti allerdings von Anfang an. Sie brachte Si-Muts Frau ihre ganze Abneigung entgegen, und jedesmal, wenn sie den Tempelbezirk betrat, war ihr, als tauche sie in eine vergiftete Atmosphäre ein. Neferti hegte ebenfalls alten Groll wegen der Schwierigkeiten, die ihr damals wegen der Lieferung der Ölgefäße gemacht worden waren, was die erzwungene Zusammenarbeit keineswegs erquicklicher gestaltete. Doch die Einsätze unter Nefertis musikalischer Leitung waren nicht allzu häufig, und manchmal drückte sich Teti einfach, indem sie sich krank meldete oder sagte, sie habe etwas Wichtigeres zu tun.

Zu ihrem Leidwesen waren die Einkünfte aus ihren neuen Ämtern nicht so hoch, wie sie gehofft hatte. Daher hatte sie nichts dagegen, daß Kamose ihr, großzügig und zu seiner außerordentlichen Genugtuung, einen langgehegten Wunsch erfüllte: Er schenkte ihr ein Ebenholzkästchen mit wunderschön gearbeiteten, goldverzierten Schminkgefäßen.

Zur berechneten Zeit wurde Königin Nofretete von einer dritten Tochter entbunden, die den Namen Anchesenpa-Aton erhielt. Kurze Zeit später brachten Kamoses Nebenfrauen ihre Kinder zur Welt. Mutnefers siebtes Kind war ein Mädchen, und Henut bekam, wie sie es sich gewünscht hatte, einen Jungen. Mehi war im Winter zwei Jahre alt geworden, und Teti dachte mit leiser Wehmut daran, daß er auch einmal so klein und hilflos gewesen war wie die Säuglinge von Henut und Mutnefer. Ihr Sohn war ein äußerst intelligentes Kind, doch seiner Aufgewecktheit haftete etwas sehr Vernünftiges, fast Ernsthaftes an. Teti führte das darauf zurück, daß

Kamose Mehi ihrer Meinung nach manchmal überforderte. Er erklärte dem Jungen Dinge, die dieser überhaupt noch nicht verstehen konnte, und wenn Teti etwas sagte, hielt Kamose dagegen, daß Wissen nie schaden könne. Er meinte, das Kind würde aufnehmen, wozu es fähig sei, und wieder vergessen, was es noch nicht begriff.

Die Wachstumszeit ging in die Hitzephase über, und die ersten Ernten wurden eingebracht. Da Pharao in Theben, der Hauptstadt, noch nicht hatte bauen können, war tief im Süden, im Land Kusch, mit der Errichtung von Heiligtümern begonnen worden. Als jedoch die Überschwemmungsperiode nahte, hatten die Bauarbeiten am Amun-Tempel in Karnak einen Stand erreicht, den man als vorläufiges Ende der Verschönerungs- und Ausbesserungsarbeiten gelten lassen konnte. Und Pharao beschloß, Aton ein großes Opfer darzubringen und mit einer feierlichen Zeremonie den Baubeginn des neuen Gotteshauses bekanntzugeben.
Die Steinbrucheinweihung war ohne großen Aufwand schon vor Monaten vollzogen worden, und die ersten Blöcke lagen zur Verschiffung bereit. Die Priester beobachteten das Ansteigen des Flusses und meldeten, daß es aller Voraussicht nach auch in diesem Jahr einen Großen Nil geben würde, was bedeutete, daß die Überschwemmung in der genau richtigen Höhe ausfallen würde.
Die Zeremonie sollte im Palasthof stattfinden, damit möglichst viele Menschen daran teilnehmen konnten. Merire hatte alles vorbereitet. Schon am Morgen hatten sich Königspaar und Königinwitwe am Erscheinungsfenster des Palastes gezeigt, und der Platz davor wimmelte von Menschen. Pharao hatte bestimmt, daß auch Leute eingelassen werden sollten, die sonst keinen Zutritt zum Palastgelände hatten. Nie in ihrem Leben hätten die kleinen Schreiber mit ihren aufgeregten Ehefrauen, die ver-

schüchterten Tempelschüler und die einfachen Soldaten Gelegenheit bekommen, Pharao in seinem Palast zu sehen. Teti wußte, daß sich auch ihr Bruder Pepi und seine Frau Imiu unter den Versammelten befanden. Sie selbst hatte Panehesi gebeten, ihre Verwandten auf die Liste der Zugelassenen zu setzen. Sogar ein Häuflein der Armen, die sich stets an den Tempeltoren aufhielten, hatte man geholt. Um möglichen Gefahren zu begegnen, standen auch Palastsoldaten und Mazoi in der Menschenmenge. Unter denjenigen, die zum Erscheinungsfenster hinaufblickten, entdeckte Teti Mahu und ging zu ihm hin.

»Gesundheit und Leben an diesem festlichen Tag«, erwiderte er ihren Gruß. »Ich habe gehört, daß User-Re bald nach Theben kommen soll.«

Tetis Herz machte einen Satz. »Wirklich? Wir haben noch nichts erfahren.«

Er musterte die Umstehenden mit prüfenden Blicken, bevor er antwortete: »Vielleicht stimmt's auch nicht. Zwischen Memphis und Theben schwirrt so manche Meldung hin und her, die sich als falsch herausstellt.«

Teti berichtete Kamose davon, allerdings so, daß er sich von vornherein keine allzu großen Hoffnungen machte. Sie blieb neben ihm stehen, da der Hofstaat schon dabei war, Aufstellung zu nehmen. Auch heute würde Pharao auf einer Empore thronen, zu der dreißig Stufen hinaufführten und die anläßlich des Heb-Sed von Pharao Osiris Amun-hotpe errichtet worden war. Um den König sitzen zu sehen, hätte man, wenn es erlaubt gewesen wäre, den Kopf weit nach hinten biegen müssen. Aber alle mußten ja eine gebückte Haltung einnehmen, während der göttliche Herrscher hoch über ihren Köpfen, entrückt irgendwo zwischen Himmel und Erde, schwebte.

Direkt vor der Empore befanden sich ein steinerner Tisch mit kunstvoll aufeinandergeschichteten Opfergaben und ein weiteres, niederes Tischchen, auf dem eine

goldene Schale stand. Was diese Schale enthielt, konnte Teti zu ihrem Bedauern nicht erkennen, so sehr sie sich auch den Hals verrenkte.
Pharao trug eine goldüberzogene Krone, an der nicht nur über der Stirn, sondern auch an beiden Seiten sich aufbäumende Uräusschlangen angebracht waren. Noch wartete er mit den beiden Königinnen am Fuß der Empore. Aton, die Sonnenscheibe, stand senkrecht am Himmel und ließ alles Gold und die Juwelen, mit denen die königliche Familie geschmückt war, überirdisch gleißen und funkeln. Und wieder, es war merkwürdig, wurde Teti von einem Schauder erfaßt, als ob sie sich dem Allerheiligsten eines Tempels näherte. Sie kannte die königlichen Personen aus nächster Nähe, erlebte sie häufig in der Intimität ihrer Privatgemächer und sprach mit ihnen. Und doch! Bei offiziellen Zeremonien konnte sie sich der Empfindung nicht entziehen, die die göttliche Ausstrahlungskraft eben dieser Personen in ihr auslöste. Bewegt tastete sie nach Kamoses Hand.
Der Chor der Re-Priester hatte den ersten feierlichen Gesang beendet. Für einen Augenblick herrschte Stille, dann begann Pharao von dem Tempel zu sprechen, den er für Aton zu bauen gedachte.
»Theben, die Stadt Amuns, wird zu der Stadt werden, in der Aton erglänzt«, sagte er zum Schluß. »Bald werden in Karnak Atons Fahnen wehen!«
Während Teti auf dem Boden kniete und die weich fallenden Kleider, die durchsichtigen Hemden und gefältelten Schurze, die blumen- und diademgeschmückten Perücken vor und neben sich betrachtete, sagte sie sich, daß es durchaus möglich war, daß User-Re demnächst nach Theben kam. Der Tempelbau würde gewaltige Menschenmassen in Bewegung setzen, und das Heer hätte für die Nachrichtenübermittlung und den Schutz der Versorgungstransporte zu sorgen. Vielleicht mußte auch User-Res Abteilung eine Aufgabe übernehmen.

Und bestimmt gelänge es ihm in diesem Fall, die Erlaubnis zu erhalten, zuvor ein paar Tage bei seinem Vater zu verbringen.
Wesir Ramosis, der mit Eje, dem königlichen Sekretär, bei den Prinzen gestanden hatte, trat neben den Opfertisch und gab bekannt, daß die Zahl der Steinbrucharbeiter auf sechstausend anwachsen würde und daß aus der Garnison in Memphis Soldaten kommen würden, um Nachschub und Kommunikation sicherzustellen. Also doch, dachte Teti und ließ den Blick auf der neuen, tiefschwarzen Perücke verweilen, die das Haupt des Wesirs zierte. Ziemlich umständlich führte Ramosis aus, wie die Arbeiterkolonnen eingeteilt werden sollten, wer sie befehligen würde und wie die einzelnen Bauabschnitte geplant waren. Nachdem er seine gewissenhaften Darlegungen beendet hatte, stieg er von dem kleinen Podest herab, das daraufhin der Oberste der Re-Priester betrat.
Merire blickte ernst über die im Palasthof Versammelten hinweg und sagte: »Es ist die Pflicht des Herrn der Beiden Länder, den Göttern Tempel zu bauen. Für Amun, Mut, Chons und die anderen Götter sind in Karnak Heiligtümer errichtet worden. Keiner der Götter und keine der Göttinnen können sich vernachlässigt fühlen, weil Pharao auf Geheiß seines Vaters Re einen großen Tempel schaffen wird für Aton, die lebendige Sonne. Gebete und Opferrauch sollen von dort zum allmächtigen Schöpfer emporsteigen, seine Güte preisen und für die Welt um Leben bitten.«
Da trat Pharao an die goldene Schale, wandte sein Gesicht der Sonne zu, streckte die Arme zum Himmel und rief: »Lebendige Sonne, die du in deiner leuchtenden Gestalt über den Beiden Ländern stehst. Schön und stark bist du und erfüllst die Welt mit deiner gewaltigen Liebe. Alle Herzen belebst du und schenkst uns Luft zum Atmen. Wenn du auch fern bist, sind doch deine Strahlen auf der Erde. Mein Vater Aton, gib mir ein Zeichen!«

Sogar die Königin und die Königinmutter waren nähergekommen, um in die Schale blicken zu können. Prinzen und Prinzessinnen, Hofdamen und Beamte drängten nach vor, wahrten aber den vorgeschriebenen Abstand. Auch Kamose hatte sich einen Weg durch die Menge gebahnt, Teti stand vor ihm, so daß sie besser sehen konnte. Aber sie war enttäuscht, denn es lagen nur eine Handvoll Stroh und eine bunte Glasscherbe in der Schale. Trotz des Gemurmels ringsherum glaubte sie, ein leises Knistern zu hören.

Pharao hatte noch immer anbetend die Arme erhoben. »Lebendiger Aton, der du die Herzen jubeln läßt, wenn du am Horizont erscheinst. Deine Stärke ist in meinem Herzen. Strahlender Schöpfer, gib mir ein Zeichen!«

Jetzt konnte man das Knistern ganz deutlich hören, und über dem Stroh kräuselte sich Rauch. Der Rauch wurde stärker, und dann konnten alle sehen, daß das Stroh brannte. Ohne daß jemand einen Funken darangebracht hätte, brannte es lichterloh. Man mußte auch Natron darauf ausgestreut haben, denn es qualmte und zischte, und der Rauch stieg in dichten Wolken empor. Wie Wellen breiteten sich Rufe des Erstaunens aus. Die, die in der nächsten Reihe standen, berichteten denen, die hinter ihnen die Hälse reckten, und voller Erregung erzählten diese es weiter.

»Mein Vater Aton, du hast gezeigt, daß es dein Wunsch ist, daß Meine Majestät dir einen Tempel baue«, rief Pharao mit weithin klingender Stimme. »Um deinen Namen zu erheben, errichtet dein geliebter Sohn dir eine Stätte der Wahrheit. So, mein Vater, wie du es wünscht.«

Das Stroh in der Schale war schnell verbrannt, und das Feuer erlosch. Doch vorher hatte Merire mit der heiligen Glut die Opfergaben entzündet, und beißender Qualm erfüllte den Hof. Ergriffen und mit brennenden Augen sah Teti zu, wie von den Flammen, die Aton aus der himmlischen Ferne selbst erzeugt hatte, die Blumen,

Früchte und Brote, der mächtige Stierschenkel und die mit schlaff herunterhängenden Hälsen daliegenden Enten verzehrt wurden. Der Rauch und der flammende Schein des Feuers konnten bis zu den hintersten Plätzen gesehen werden. Und Teti stellte sich vor, daß Imiu und Pepi mindestens genauso beeindruckt waren wie sie selbst.
Kamose warf mit gerunzelter Stirn einen kurzen Blick auf die Schale, in der nur noch die rauchgeschwärzte Glasscherbe lag. Dann wandte er den Kopf und lächelte Teti zu. »Ein göttliches Wunder voller Verheißung, nicht wahr?«
Teti nickte. Ihr Blick folgte Pharao, der die Stufen der Empore hinaufstieg, um für den weiteren Verlauf der feierlichen Zeremonie dort oben zu thronen.
»Ja«, flüsterte sie. »Aton ist der Schöpfer der Welt, und Pharao ist sein lebendes Abbild.«

Bereits vier Tage später erhielten sie Nachricht von User-Re. Trotz seiner Freude war Kamose ein wenig ungehalten darüber, daß sein Sohn einen gesonderten Brief an Teti beigefügt hatte.
»Aber du weißt doch, Liebster, daß er keine Gelegenheit ausläßt, bei der er das Siegel verwenden kann, das du ihm geschenkt hast«, sagte sie, als er ihr das Schreiben aushändigte.
Erst in ihrem Zimmer brach sie das Siegel auf und öffnete die Verschnürung um den sorgsam gefalteten Papyrus. Was mochte User-Re ihr schreiben? Es war schon besser, wenn sie es zuerst selbst las. User-Re schrieb liebevoll, doch sehr diskret, und nur mit viel Phantasie konnte man erraten, daß er auf die zarten, harmlosen Erinnerungen anspielte, die nur sie beide kannten. Teti traute Kamose diese Phantasie nicht zu; sie konnte ihm das Schreiben also getrost zeigen.
Seinem Vater teilte User-Re militärisch knapp mit, daß er

dem Hohenpriester des Ptah die schriftliche und mündliche Botschaft überbracht habe und daß er bald für ein paar Tage nach Theben käme, bevor er zu der aus fünfundzwanzig Streitwagen bestehenden Schwadron versetzt würde, die den Befehl hatte, einen Teil der Strecke zwischen Steinbruch und Fluß vor räuberischen Beduinen zu sichern. Von Auta schrieb er nichts, aber Teti nahm an, daß sein Freund noch sein Gefährte im Streitwagen war.

»Wenn man bloß genau wüßte, wann er kommt«, sagte sie zu Kamose. »Und ob er Auta mitbringt? Ich muß doch die Zimmer vorbereiten lassen und die Mahlzeiten einplanen.«

»Ich denke, das alles kannst du getrost Seni überlassen. Die beiden Jungen stellen ja keine großen Ansprüche.«

»Aber man muß sie doch richtig begrüßen. Stell' dir vor, sie kommen, wenn du nicht zuhause bist! Und ich vielleicht auch nicht.«

»Nun«, meinte er, »ich nehme an, daß sowohl Auta als auch User-Re derartige Unbilden des Schicksals überstehen, ohne Schaden an ihrem Ka oder ihrem Ba zu nehmen.«

Wie Teti befürchtet hatte, so kam es. Eines Tages, als Kamose in seinen Amtsräumen im Palast und sie selbst bei Kafi war, traf User-Re zu Hause ein. Teti, die als erste zurückkehrte, fand ihn und Auta – beide bereits frisch gebadet und gesättigt – im Garten sitzend. Seni hatte die Ankömmlinge versorgt und sich danach wie die übrige Dienerschaft zur Mittagsruhe zurückgezogen. Teti stellte fest, daß User-Res Gesicht schmaler geworden war, wodurch er erwachsener aussah. Als sich ihre Augen trafen, bemerkte sie etwas neu Gefühlvolles in ihnen, das sie ungemein ansprach. Er umarmte sie lange und auf das herzlichste, ja, er preßte sie förmlich an sich, und für einen Augenblick wurde ihr Körper ganz weich und nachgiebig. Als sie sich aus seinen Armen löste, wußte

sie, daß es ihr sehr schwerfallen würde, so kühl und zurückhaltend zu sein, wie sie sich vorgenommen hatte. Auta umfaßte sie kurz und freundschaftlich, bevor sie sich im Gras niederließen.
»Man merkt, daß Vater nicht daheim ist«, meinte User-Re. »Von den Dienern läßt sich keiner blicken.«
»Ja, mein Eintreffen läßt sie nicht so zusammenlaufen wie Kamoses Rückkehr. Übrigens war ich gerade bei Kafi.« Sie beobachtete Auta. »Wir haben von euch gesprochen.«
Sein offenes Gesicht leuchtete vor Erwartung. »Wie geht es ihr?«
»Es geht ihr gut«, erwiderte Teti vorsichtig. »Aber sie lebt jetzt in Senebs Haus.«
Das Leuchten in seinen Augen erlosch. »In Senebs Haus?«
In Gedanken hatte sie sich oft zurechtgelegt, was sie sagen würde, wenn sie Auta gegenüberstünde. Doch jetzt brachte sie es nicht fertig anzufangen. Mutlos starrte sie zu Boden.
»Teti, wie soll ich das verstehen?«, fragte er in schmerzlicher Vorahnung.
»Sie ist Senebs Frau geworden.« Teti fühlte sich scheußlich und war zugleich erleichtert, daß es heraus war.
»Oh, was war ich bloß für ein Dummkopf«, rief Auta unglücklich. »Wie konnte ich glauben, das schönste und begehrteste Mädchen von ganz Theben würde ein Jahr lang auf mich warten.«
»Vierzehn Monate«, berichtigte ihn Teti, die auch in dieser verzweifelten Situation ihren Hang zur Pedanterie nicht unterdrücken konnte.
Auta warf ihr einen gequälten Blick zu.
»Erinnerst du dich an die Prophezeiung, die sie erhielt, als wir miteinander auf dem Markt waren?«, fragte sie.
»Natürlich! Ich habe ja meinen Dolch im Tempel geopfert, um alles Böse von Kafi abzuwenden. Und ich habe

alles, was ich erübrigen konnte, den Opferpriestern im Heiligtum der Göttin Mut in Memphis gebracht. Und oft an der Tempelmauer für Kafi gebetet.«

Teti seufzte tief und konnte sich endlich überwinden, ihm vom Verlust des Kindes, von Kafis Leiden und Rettung und von dem folgenreichen Beschluß im Palast zu berichten.

»Ich kann Kafi keinen Vorwurf machen«, meinte Auta traurig, als sie fertig erzählt hatte. »Aber mir mache ich Vorwürfe. Wenn ich in ihrer Not hätte bei ihr sein können, wäre alles anders gekommen.«

»Du weißt, daß das unmöglich gewesen wäre«, sagte User-Re. Auch er wirkte niedergeschlagen.

»Trotzdem, ich hätte es schaffen müssen, sie zu beschützen«, sagte Auta selbstquälerisch.

Teti blickte ihn an. »Kafi würde dich sehr gerne wiedersehen. Ich schicke noch heute einen Boten mit der Nachricht von eurer Ankunft zu ihr. Seneb kennst du ja. Ich denke, er wird dich in seinem Haus willkommen heißen.«

Doch auch diese Aussicht schien Autas Kummer nur wenig zu lindern. Es schnitt einem ins Herz mitanzusehen, wie er litt. Nur um irgendetwas zu sagen, wandte sie sich an User-Re.

»Wie geht es denn deiner Schwester?«

»Gut, nehme ich an«, antwortete er gleichgültig. »Ich war in den vergangenen Monaten nicht oft dort. Aber Autas Familie hat mich häufig eingeladen. Meistens, wenn wir frei hatten, war ich bei seinen Eltern zu Gast. Sie führen eine sehr glückliche Ehe. Manchmal haben wir nächtelange Gespräche mit ihnen geführt.«

Erstaunt sah sie von ihm zu Auta.

»Meine Eltern sind in Ordnung«, erklärte Auta. »Als sie mitbekamen, daß ich Kafi auch nach Monaten noch liebte, bestärkten sie mich in dieser Liebe. Sie wollten, daß ich Kafi bitte, zu ihnen nach Pe zu kommen, damit sie sich diesem Priester Si-Mut entziehen könne.«

»Das ist ja nicht mehr notwendig«, sagte Teti mit verkrampftem Lächeln. Sie hatte doch das Thema wechseln wollen. »Bald wirst du dich mit ihr aussprechen können. Und jetzt hole ich Mehi, damit ihr seht, wie groß er schon geworden ist. Ich habe ihm beigebracht, eure Namen zu sagen. Und er kann es. Hoffe ich doch. Na ja, glaube ich ...«
Sie rannte fast davon.

Kapitel 17

Eine schlimme Nacht und viele schöne Tage

Schon für den übernächsten Abend waren sie alle zu Kafi und Seneb eingeladen. Es sollte ein großartiges Festmahl werden, nicht nur eine kleine Feier wie damals, denn diesmal waren auch königliche Beamte – Pentu, Panehesi, Neferti, Apy und natürlich Kamose – als Gäste gebeten worden.

Für den Vormittag dieses Tages hatte sich Teti vorgenommen, Mehis Kopf zu rasieren. Das war jedes Mal eine heikle Prozedur, weil das Kind nicht so lange stillhalten wollte. Aber da sich heute auch Kamose im Zimmer aufhielt, strengte sich Mehi an, seinem Vater zu beweisen, wie tapfer er war. Außerdem hatte Teti ihm, im Vertrauen auf die Eitelkeit aller Männer versprochen, daß er den ganzen Tag seine Ohrringe tragen dürfe, wenn er nicht so herumzappelte.

Kamose saß auf dem bequemsten Stuhl und verzehrte eine süße, klebrige Dattel nach der anderen. Nachdem er eine Weile schweigend gegessen hatte, meinte er: »Apy und ich hatten uns vor längerem für den heutigen Tag verabredet. Es sollte ein Abend ganz nach unserem Geschmack werden. Apy hat einen Gelehrten aus dem Lebenshaus eingeladen und einen der besten Harfenspieler Thebens zu sich bestellt.«

Da Teti das Rasiermesser zur Seite gelegt hatte, begann Kamose, seinem Sohn Dattelstückchen in den Mund zu stecken.

»Das müßt ihr eben verschieben«, entgegnete sie. »Du

und Apy, ihr könnt euch nicht einfach drücken. Auch Panehesi wird erwartet. Und Neferti und ich haben uns darauf gefreut, daß ihr uns begleitet.«

»Bei Neferti bin ich mir da nicht sicher, zumal auch Pentu kommen wird«, widersprach er und fügte mit einem Ausdruck des Unbehagens hinzu: »Ich fürchte, die Sitzgelegenheiten in Senebs Haus sind unbequem. Die Musik wird schrill sein und der Wein bei weitem nicht das, was wir gewohnt sind. Ich glaube nicht, daß Apy mehr Begeisterung für diese Einladung aufbringt als ich. Wir beide ziehen ein den Geist beflügelndes Gespräch, die anspruchsvollen Lieder des Harfners und einen trinkbaren Krug Wein vor. Und da Apy nur ein paar Schritte entfernt wohnt, kann ich noch vor Mitternacht zu Haus sein.«

Sie hatte ja gleich gewußt, daß er keine Lust haben würde. Was er da vorbrachte, war doch nur eine faule Ausrede.

»Willst du nicht wenigstens User-Res wegen mitkommen?«, fragte Teti ohne das geringste Verständnis für Kamoses Reaktion. »Du weißt doch, daß er und Auta in zwei Tagen bei ihrer Truppe sein müssen.«

»Meine Liebe, ich gebe mich nicht der Illusion hin, daß mein Sohn gesteigerten Wert auf meine Anwesenheit legt.«

Sie erwiderte nichts, und als sie mit Mehis Frisur fertig war, durfte er sich in ihrem Spiegel betrachten. Sie hatte ein Lederband in seine weiche Jugendlocke geflochten, was ihm gut zu gefallen schien. Dann befestigte sie die Ohrringe und fand, daß ihr Sohn mindestens ebenso schön und vornehm aussah wie ein Prinz. Sie war sehr stolz und bedauerte, daß sie ihn nicht zum Fest mitnehmen konnte.

Das Kindermädchen kam, um Mehi zu den anderen Kindern zu bringen, und Teti fing an, das Zimmer aufzuräumen. Sie wollte auch gleich ihre Schminksachen, den

Schmuck und das Kleid, das sie am Abend tragen wollte, bereitlegen. Und später mußte sie noch baden und ihre Körperhaare entfernen. Kamose war aufgestanden und sah in Nachdenken versunken zu, wie sie mit flinken Handgriffen Ordnung schaffte. Sie stellte ihren neuen Schminkkasten auf einer Truhe ab und warf einen ärgerlichen Blick über die Schulter.
»Es macht mich unruhig, wenn du ständig hinter mir herumstehst. Sag', willst du nicht doch mit? Wenn es dir nicht mehr gefällt, können wir ja heimgehen. Du hast wirklich keine Veranlassung, deinen Besuch abzusagen. Ich finde, du verhältst dich ziemlich unhöflich dem jungen Paar gegenüber. Im Hathors Namen, Apy siehst du doch jeden Tag.«
Aber Kamose meinte lediglich, daß sie es hinzunehmen hätte, wenn er seine Zeit nach seinen Vorstellungen zu gestalten wünsche. Ärgerlich räumte Teti das Körbchen mit dem Rest der Datteln weg.
»Ich jedenfalls werde mich nach Kräften amüsieren. Zum Glück begleiten mich ja User-Re und Auta. Oh ja, wir werden viel Spaß miteinander haben.«
»Davon bin ich überzeugt, meine Liebe«, sagte er, wusch sich die Hände und schüttelte das Wasser ab. »Und das sollt ihr ja auch.«
Ungläubig sah sie ihn an; es erboste sie beinahe, daß er ihr so vertraute.
Er fuhr fort: »Du solltest dabei allerdings nicht den Umstand aus den Augen verlieren, daß auch der Domänenverwalter Panehesi unter den Gästen weilen wird. In manchen Bereichen bist du ihm unterstellt und auf seine positive Beurteilung angewiesen. Richte also dein Benehmen danach aus. Ich hoffe, ich kann dich unbesorgt ziehen lassen?«
»Jaja, natürlich«, beruhigte sie ihn. In der Tat, heute würde es wohl recht gesetzt zugehen. »Aber wenn du schon nicht mitkommst, kannst du mir wenigstens sagen,

welche Ohrringe ich tragen soll. Die mit den Silberplättchen oder die runden goldenen?«
»Nimm die silbernen! Und beim nächsten Fest nimmst du das andere Paar.«
Sie brauchte nur einen Augenblick, um über seinen Vorschlag nachzudenken. »Ach nein«, sagte sie, »ich werde es genau andersherum machen. Ja, wenn ich vier Ohren hätte, wäre es einfacher.«
»Bei Amun, schon mit zwei Ohren hörst du viel zu viel«, murmelte er eine Spur gereizt, als er hinausging.
Was er jetzt schon wieder hatte! Kopfschüttelnd öffnete sie ihren Schmuckkasten. Daß manche Männer es einfach nicht vertragen konnten, wenn Frauen selbst urteilten und ihre eigenen Entscheidungen trafen.

Neferti kam gemeinsam mit Pentu. Selbstverständlich benahmen sie sich in Gesellschaft anderer sehr zurückhaltend. Sie hatten bereits große Übung darin, niemanden merken zu lassen, daß sie ein Liebesverhältnis hatten. Teti verstand nicht recht, daß Apy nichts dagegen unternahm, aber vielleicht verschloß er ganz einfach die Augen vor den Tatsachen. Panehesi musterte mit zufriedener Miene die aufgebauten Speisen. Seneb hatte sich besondere Mühe gegeben, nein, natürlich hatte Kafi als Gastgeberin die Bewirtung besorgt. Teti fiel es immer noch schwer, Kafi als Herrin in Senebs Haus anzusehen.
Bei der Begrüßung tauchten Kafis und Autas Blicke so lange ineinander, daß Teti von da an das Gefühl nicht mehr loswurde, daß irgendetwas passieren würde. Ob etwas Gutes oder Schlechtes, konnte sie allerdings nicht sagen.
Seneb war gleich nach der Begrüßung mit einigen Freunden im Garten verschwunden; nach seinen Worten handelte es sich um diejenigen Geschäftspartner, denen er der neuen Beamtentätigkeit wegen einen Teil seines Öl- und Salbenhandels übertragen wollte. Die verblei-

benden Gäste suchten sich Plätze, und die gemieteten Musiker begannen zu spielen. Wieder saß User-Re ganz nah bei Teti. Er konnte ihr jedoch nicht seine volle Aufmerksamkeit widmen, weil er ständig auf Auta einreden mußte, damit dieser sitzen blieb und nicht auf Schritt und Tritt Kafi verfolgte. Ein Auftritt von Tänzerinnen war offensichtlich nicht vorgesehen. Als Teti nachfragte, erhielt sie von Kafi eine überraschende Antwort.

»Ich finde, dieser Kreis besonders auserlesener Gäste verdient es, daß echte Könnerinnen ihr Bestes geben. Du und ich, Teti, wir werden ihnen zeigen, was Tanzen bedeutet.« Und als Teti erschrocken schaute, sagte sie: »Ich rechne fest mit dir.«

»Ich bin vollkommen aus der Übung«, sträubte sich Teti. »Außerdem würden sich die Gäste bestimmt wundern, wenn ich vor ihnen tanzen würde. Panehesi ist ja da. Was sollen er und die anderen von mir denken?«

»Du erinnerst dich doch, daß ich bei deinem ersten Hausfest tanzte? Damals waren die Gäste begeistert. Und nachdem Kamose und Apy nicht da sind, ist alles viel zwangloser.«

»Ist Seneb denn mit einer solchen Darbietung einverstanden?«

»Was Seneb davon hält, ist mir egal«, sagte Kafi und sah Teti eindringlich an. »Hör' mir gut zu! Vor nicht langer Zeit war ich dem Tod sehr, sehr nahe. Und jetzt will ich leben, Teti, nur noch leben, leben! Und leben heißt für mich tanzen. Die Musiker und ich, wir sind so herrlich aufeinander eingespielt, daß es eine Freude ist. Komm schon! Du wirst es auch schnell können.«

Fürs erste war Tetis Widerstand gebrochen. Die Verlokkung war einfach zu groß. Auf Kafis Zeichen fingen die Musiker mit einer zarten, getragenen Melodie an, die Teti sofort erkannte. Es war der Morgentanz für das Erwachen der Göttin. Da wurde sie wieder unsicher und fragte sich, ob es nicht frevlerisch wäre, den Tanz aus dem Tempel bei einem abendlichen Festmahl vorzuführen. Aber als sie die gebannt auf sie gerichteten Augen sah, folgte sie Kafis Beispiel. Sie ahmten die sich am Morgen öffnenden Lotosblumen nach, bewegten sich wie sanfte Wellen im Teich, bogen sich wie Schilf im Wind. Laute, Flöte und Klanghölzer intonierten die Rufe der erwachenden Vögel, das Rauschen der Halme und das Plätschern des Wassers. Alles wirkte sehr stimmungsvoll und anmutig. Panehesi lächelte zustimmend, und auch Pentu und Neferti schienen nichts Verwerfliches an dem Tanz zu finden.

Als sie fast fertig waren, kam Kafi ein paar Schritte auf Teti zugetänzelt und flüsterte: »Das war nur erstmal zum Aufwärmen.«

Ach, sie hatte doch geahnt, daß sich Kafi nicht mit einer so artigen Vorstellung begnügen würde.

Nach Beendigung des Tanzes wechselte Kafi mit den Musikern ein paar Worte und bat Teti in einen anderen Raum, wo auf einem kleinen Tisch mehrere Behälter mit Schminke standen. Kafi mußte noch ein wenig verschnaufen und sagte eine Weile nichts. Dann machte sie einen tiefen Atemzug.

»Ich habe mir für diesen Abend etwas Besonderes einfallen lassen. Und da kommt es gerade recht, daß Kamose nicht mitgekommen ist.« Sie hob die schmale braune Hand. »Laß mich ausreden, Teti! Wir beide werden Panehesi zu Ehren einen ganz außergewöhnlichen Tanz vorführen. Auf diese Weise möchte ich mich bei diesem hohen, einflußreichen und vom Königspaar begünstigten Beamten dafür bedanken, daß er für meine neue hervorragende Stellung gesorgt und die Gestaltung meines Lebens übernommen hat. Bitte leg' dein Kleid ab. Wir müssen uns umziehen und schminken.«

»Was hast du vor? Bist du überhaupt kräftig genug, um weiterzutanzen? Es ist viel zu anstrengend für dich, Liebes. Ich glaube, wir lassen es lieber.«

»Oh nein! Meine unermeßliche Dankbarkeit verleiht mir Riesenkräfte.« Kafi hatte ihr Kleid bereits abgestreift, rührte mit einem Pinsel in einem Töpfchen mit dunkelblauer Farbe und erklärte: »Wir machen uns als königliche Haremsmädchen zurecht.«

Teti sprang einen Satz zurück. »Bist du wahnsinnig? Ich bin kein Haremsmädchen! Ich bin königliche Hofdame und ich... ich habe als Kamoses Frau Anstand und Würde zu wahren.«

Kafi kicherte. »Du redest schon genauso wie dein nobler Gatte. Vergiß das alles doch.«

Sie näherte sich Teti mit dem in Farbe getauchten Pinsel. Teti machte noch einen Schritt rückwärts. »Ohne mich!«, sagte sie mit Entschiedenheit.

»Du hast anscheinend noch nicht begriffen, worum es geht. Teti, denke daran, wie oft ich dir geholfen habe. Aber ich habe nur sehr, sehr selten deine Hilfe in Anspruch genommen. Und deshalb bestehe ich darauf, daß du mitmachst. Bist du meine Freundin oder nicht?«

Ergeben legte Teti ihr Kleid ab. Unfähig, sich zu bewegen, stand sie da, während Kafi ihr auf jeden Oberschenkel ein Bild des Glücksgottes Bes zeichnete.

»Ich male die Symbole doch nur auf«, meinte Kafi sanft. »Das läßt sich nachher schnell wieder abwaschen. Im Gegensatz zu den echten Tätowierungen. So, und da noch ein paar Punkte.« Sie legte den Pinsel aus der Hand und reichte Teti einen buntglitzernden Gürtel. »Steh nicht herum wie ein verzaubertes Kaninchen. Mit dem richtigen Hüftschwung sieht dir niemand mehr die ehrbare Hausherrin an.«

Teti blickte an sich herab. »Gütige Hathor! Wenn mich Neferti so sieht und das im Palast weitertratscht.«

Ungeduldig nahm Kafi ihr den Gürtel aus der Hand und legte ihn ihr um die Hüften. »Sie wird nicht tratschen, Sie genießt es viel zu sehr, ungestört mit Pentu hier sein zu können.«

»Aber Panehesi!«, stöhnte Teti hilflos. »Und was soll das? Ihm zum Dank? Was hat dich überhaupt auf diese Idee gebracht?«
Ohne zu antworten streifte Kafi noch ein paar Armreife über ihre Handgelenke und wartete, bis auch Teti einen Kranz aus rosa und weißen Lotosblütenblättern auf ihrem Haar befestigt und sich einen weiteren um den Hals gelegt hatte.
»Bist du endlich fertig? Jetzt werde ich das Wiedersehen mit Auta auf meine Weise feiern.«
Sofort, als sie den Festsaal betraten, erklang die große Trommel, begleitet von den kleineren Trommeln, den Rasseln und der Flöte. Schon nach wenigen Schritten merkte Teti, daß ihr Körper mühelos der Musik folgte. Stolz erfüllte sie. Waren ihre Bewegungen jemals geschmeidiger, ihre Gesten ausdrucksvoller gewesen? Heute, ja heute würde sie tanzen, wie sie noch nie in ihrem Leben getanzt hatte. Sie bewegte sich auf User-Re zu, der zusammen mit den anderen auf dem Boden saß und mit verklärter Miene zu ihr aufsah. Wieder kam ihr zu Bewußtsein, wie sehr sie während der vergangenen Tage seine Gegenwart genossen hatte. Sie hatte ihn einfach zu gern, um ihm gegenüber kühl bleiben zu können. Außerdem hatte sie herausgefunden, daß er herrlich geformte Ohren und eine prächtige Nackenlinie hatte. Und sein Lächeln trieb sie nach wie vor schlichtweg zum Wahnsinn.
Voll Leidenschaft erwiderte sie seinen Blick. Jetzt endlich hatte sie Gelegenheit, ihm ihr Können zu zeigen. Die Trommeln trieben sie an, und eine ungestüme, feurige Kraft ließ sie immer schneller, immer wilder tanzen. Sie spürte einen geheimnisvollen Zwang und fühlte sich gleichzeitig frei, empfand Glück und zugleich Traurigkeit. Sie wußte, sie tanzte nur für ihn. Einmal nur wollte sie ihn einhüllen in den Zauber eines erregenden, weiblichen Mysteriums. Ein einziges Mal wollte sie ihn so sehr

entzücken, bezaubern und betören, daß er es nie wieder vergessen würde. Nach jeder Drehung sah sie zu ihm hin. Sein Blick hatte sich an ihr festgesogen, und keine Macht der Welt konnte ihn lösen. Ein Gefühl heißen Triumphes durchströmte sie. Wenigstens einen Tanz lang war sie der Mittelpunkt des Universums für User-Re.
Schließlich machte sich die Anstrengung bemerkbar, ihre Muskeln schmerzten, ihr Herz raste, ihre Lungen brannten. Aber die Trommeln zwangen ihr weiterhin ihren Rhythmus auf, sie konnte nicht aufhören, mußte sich winden und biegen und weiterdrehen.
Da traf sie ein Schwall kalten Wassers. Mitten in der Bewegung hielt sie inne, kam taumelnd neben Kafi zum Stehen. Seneb hielt einen Krug in der Hand.
»Seht her, Freunde, die Bilder, die Farben lösen sich auf! Es sind keine echten Haremsmädchen, die sich hier produzieren«, rief er und schwenkte das Gefäß. »Mit ihrem geschmacklosen Auftritt hat meine Frau meine Ehre verletzt und mich in eine unwürdige Lage gebracht.« Er schleuderte den Krug auf die Fliesen, so daß er mit einem Knall zerplatzte, trat an Kafi und Teti, die immer noch reglos dastanden, heran und schrie: »Wascht das Zeug ab und bedeckt euch!«
Kafi duckte sich wie eine angriffslustige Katze, und Teti hatte Angst, daß sie Seneb an die Kehle springen würde.
»Komm, Liebes«, flüsterte sie, nahm Kafi wie ein Kind bei der Hand. »Laß uns tun, was er sagt. Ich bin sowieso ganz erschöpft.«
Kafi warf Seneb einen haßerfüllten Blick zu, kam aber mit.
»Ich dachte nicht, daß du Seneb absolut nicht leiden kannst«, murmelte Teti, als sie im Nebenzimmer anfingen, sich die blaue Bemalung abzuwaschen.
»Ich hasse ihn erst, seit Auta zurück ist. Vorher war er mir nur gleichgültig.«
Teti versuchte, die Freundin in den Arm zu nehmen.

»Oh, Liebes, es tut mir ja so leid, daß du Auta aufgeben mußtest.«
Kafi stieß sie mit Erbitterung zurück. »Ich habe Auta nicht aufgegeben. Niemals werde ich von meinem Liebsten lassen. Niemals!« Mit hocherhobenem Kopf verließ sie das Zimmer.
Teti wußte nicht recht, ob sie zu den anderen Gästen zurückkehren sollte. Ihr war inzwischen klar geworden, was Kafi mit Dankbarkeit gemeint hatte. Haß und Rachegefühle waren es, die sie dazu getrieben hatten, Seneb zu demütigen und dadurch Panehesi, durch dessen Machenschaften sie von Auta getrennt worden war, gleichermaßen ihre Verachtung zu zeigen. Und mit einem Mal ging Teti auf, daß es nicht von ungefähr gekommen war, daß Panehesi gerade Seneb als Ehemann für Kafi vorgeschlagen hatte. Bestimmt hatte Seneb schon lange ein Auge auf Kafi geworfen, die in seinem Haus ein- und ausgegangen war. Diesen Wunsch hatte er nur mit der Unterstützung seines einflußreichen Freundes verwirklichen können. Und die um ihr Glück betrogene Kafi, die das alles durchschaute, hatte die Gelegenheit ergriffen, Seneb der Peinlichkeit preiszugeben und damit auch Panehesi deutlich zu zeigen, wie wenig sie gewillt war, seinem Freund eine gefügige Ehefrau zu sein.
Und sie in ihrer Ahnungslosigkeit hatte sich in diese Vergeltungsmaßnahmen miteinbeziehen lassen. Wie hatte Kafi ihr das antun können! Vermutlich zogen die Gäste jetzt darüber her, wie fehl am Platz ihre Darbietung gewesen war. Oh, hätte sie sich doch geweigert, als Kafi an ihre Freundschaft appelliert hatte! Doch dann wurde die Vorstellung immer stärker, daß auch ihr selbst Kafis Rache gegolten haben könnte. Haßte die Freundin auch sie? Etwa, weil sie es gewesen war, die die Nachricht von der erzwungenen Heirat überbracht hatte? Vielleicht war schon die Tatsache, daß Teti im Palast dabeigewesen

war, als man diese ungute Sache beschlossen hatte, für Kafi Grund genug, ihr zu zürnen. Hatte Kafi denn angenommen, sie, Teti, hätte es verhindern können?
»Liebes, bitte sag mir, daß das nicht wahr ist«, flüsterte sie hoffnungsvoll, als die Tür aufgestoßen wurde.
Doch es war User-Re. »Ihr wart wundervoll! Wie Göttinnen«, rief er aus. Er wirkte erhitzt, sein Blick leuchtete, als hätte er noch Tetis kreisenden Nabel vor den Augen. »Du hast nur für mich getanzt, Teti. Für mich hast du dich in eine Göttin verwandelt.« Voll brennender Bewunderung sah er sie an.
»Ach, User-Re!« Sein Lob schmeichelte ihr ungemein. Lächelnd schüttelte sie den Kopf. »Bloß Kafi kann wie die Göttin tanzen. Und das auch nur ab und zu bei Tempelfesten. So wie damals, als sie vor Pharao Osiris Amunhotpe tanzte.« Sie wischte die Schweißperlen weg, die sich zwischen ihren Brüsten gesammelt hatten.
Er blieb ganz nah vor ihr stehen, legte ihr die Hände auf die Schultern.
»Ja, Kafi ist bezaubernd. Und Auta liebt sie sehr.« Er zögerte, suchte ihren Blick. Sein Gesicht war ganz ernst. »Und ich liebe dich, Teti, vom ersten Augenblick an und mit ganzer Seele.«
»User-Re …«, sagte sie erschrocken.
Seine Augen blitzten im letzten Abendlicht auf, das durch das Fenster hereindrang.
»Eine so starke Liebe läßt sich nicht länger verleugnen. Ich bin froh, daß ich endlich den Mut gefunden habe, es dir zu sagen. Und du liebst mich auch.«
»Ach, User-Re …« Sie mußte sich fassen. Heilige Hathor, was hatte sie da nur heraufbeschworen!
»Teti!« Er zog sie an sich. »Was ich für dich empfinde, ist einmalig und überwältigend. Fühlst du nicht den Gleichklang unserer Seelen?«
Mit einer behutsamen Bewegung machte sie sich von ihm frei, bückte sich, tauchte ein Stück Stoff ins Wasser und

rieb an den Farbresten auf ihrer Haut herum. Alles war allein ihre Schuld. Sie war zu weit gegangen mit ihrem Tanz. Oh, was hatte sie angerichtet!
»Meine Seele liebt deine Seele«, sprach er weiter. »Autas Eltern haben uns so viel erklärt. Sie sind so glücklich miteinander. Genauso glücklich möchte Auta mit Kafi sein. Und ich mit dir.«
Sie richtete sich auf, starrte ihn mit großen Augen an. »Das darfst du nicht sagen, User-Re! Ich bin doch mit deinem Vater verheiratet. Und Kafi ist Herrin in Senebs Haus.«
»Aber sie bleibt ja nicht bei Seneb.« Die Worte aus seinem Mund überstürzten sich. »Nein, Kafi und Auta fliehen zusammen. Und wir beide, Teti, gehen mit ihnen. Auta und ich haben Pläne gemacht. Gerade haben wir Kafi alles erzählt. Sie war sofort einverstanden. Wir gehen irgendwohin … nach Retenu oder ins Land Djahi oder nach Mitanni. Dort werden wir miteinander leben, Teti. Und kein Mensch wird uns jemals finden.«
Sie trat einen Schritt zurück, musterte ihn von oben bis unten. In was hatte er sich bloß verrannt? Ihre Situation war doch von vorneherein hoffnungslos. Niemals würden sie zusammenkommen können. Wieso zerstörte er mit seinem unmöglichen Vorschlag das schöne Einvernehmen, das zwischen ihnen geherrscht hatte? Und trotzdem! Sie liebte ihn mehr denn je. Wie schön dieser zärtliche Ausdruck sein Gesicht machte!
»Meinst du denn, ich würde es fertigbringen, meine Familie im Stich zu lassen?«, fragte sie schließlich. »Kamose und Mehi, meinen Sohn?«
»Wir nehmen Mehi mit.«
»Und meinst du, ich würde auf meine Ämter als Priesterin und Hofdame verzichten, um mit dir irgendwo in einer Hütte zu leben, umgeben von Ziegen und Schafen?«
»Es sind doch nicht die äußeren Umstände, die zählen.

Das alles sind unwichtige Kleinigkeiten. Hauptsache ist, daß wir zusammen sind.«
»Wir wären geächtet, mittellos und ständig auf der Flucht.«
»Als Wagenlenker komme ich überall unter. Jedes Heer nimmt mich, gibt mir Sold und Brot. Vielleicht muß ich für einige Zeit als einfacher Soldat dienen, damit wir unbehelligt leben können. Aber, Teti, was macht das schon!«
»Ich... an der Seite eines gewöhnlichen Soldaten?«, sagte sie schärfer, als sie eigentlich wollte. »Nein, User-Re, ich werfe nicht weg, was ich erreicht habe. Du scheinst zu glauben, daß man das, was man sich im Leben wünscht, kriegt, indem man einfach sagt ›Glück komm‹. Aber so leicht ist das leider nicht. Und, User-Re, du bist doch erst siebzehn.«
»Es geht um das Glück unseres Lebens, Liebste.«
»Ich bin nicht deine Liebste. Und jetzt hör' bitte endlich auf damit! Siehst du denn nicht, daß bei Kafi die Dinge völlig anders liegen? Sie findet nichts an Seneb. Sie kann ihn überhaupt nicht ausstehen. Aber ich mag deinen Vater. Ich fühle mich ihm sehr verbunden.« Sie hatte die letzten Spuren der Bemalung, auch die Rosetten, die Kafi ihr auf die Brustwarzen gemalt hatte, beseitigt und ihr Kleid angezogen. Sie ging zur Tür.
Er vertrat ihr den Weg.
»Teti, versteh' doch! Du liebst mich ja auch! Mein Herz weiß es. Meine Seele fühlt es.«
Sie sah den Überschwang, die Leidenschaft in seinen Augen. Noch immer war der Wunsch, sich in seine Arme zu werfen, übermächtig. Doch sie mußte der Versuchung widerstehen.
»Ach, du mit deinen Gefühlen«, sagte sie. »Wie kann man als Soldat bloß so gefühlsduselig sein. Ich will nicht mit dir weglaufen.«
»Aber... Teti!« Fassungslos sah er sie an. »Wir beide

gehören zusammen. Die Götter haben unsere Schicksale untrennbar ineinander verwoben bis in alle Ewigkeit.«
»Nein, das stimmt nicht, User-Re. Es ist gegen Sitte und Gesetz, zu tun, was du vorschlägst. Wir würden unseres Lebens nie mehr froh. Es hat keinen Sinn. Und du weißt das auch. Bitte laß mich vorbei.«
Er hörte es nicht.
»Aber du liebst mich! Du mußt mich lieben, Teti. Du mußt! Du mußt!« Seine Stimme war nur noch ein heiseres Flüstern.
Sie fragte sich, was es war, das ihm die Tränen in die Augen trieb. War es Verzweiflung, Schmerz über die enttäuschte Liebe? Oder eben doch bloß Begierde? Sie zwang sich, deutlich zu sprechen. Jetzt endlich mußte er verstehen und begreifen.
»Ist ein gemeinsames Leben alles, was du mir bieten kannst? Nein, User-Re, deine Anwesenheit für den Rest meines Daseins ist mir zu wenig. Denn, siehst du, ich habe die Vorteile schätzen gelernt, mit denen ein vermögender Ehemann in hoher Position an Pharaos Hof aufwarten kann.« Sie verabscheute sich für die Kälte und Schroffheit in ihrer Stimme, als sie sagte: »Du überschätzt deinen Wert ganz erheblich, User-Re. Für mich bist du nichts. Hörst du? Nichts, nichts, nichts!«
Unsicher senkte er den Blick, so daß sie nur die Lider mit den langen, dunklen Wimpern sah; in seinem Gesicht zuckte es. Dann öffnete er die Augen weit. Sie schrak zurück, als sie die flammende Verachtung darin erkannte. Die dunkle Haut über seinen Wangenknochen war gespannt, sein Mund ganz schmal.
»Du bist herzlos und falsch«, schrie er. »Und ich hasse dich wie sonst niemanden auf der Welt!«
Oh nein, er hatte nicht gemerkt, wie leid ihr ihre Worte schon beim Aussprechen getan hatten. Und daß ihre Aussage nicht der Wahrheit entsprach, sondern nur der Erfordernis der Stunde.

»User-Re, ich will nicht, daß du mich haßt. Aber ich mußte dich irgendwie von deinen Plänen abbringen. Bitte, laß uns die ganze Sache vergessen! Laß alles sein wie früher.« Sie ging auf ihn zu, versuchte, seine Hand zu nehmen.
Angeekelt musterte er sie, wandte sich ab und verließ den Raum.
Sie fühlte sich schrecklich. So schwach und zittrig war sie, daß sie sich setzen mußte. Eiseskälte stieg in ihr hoch. Immer elender wurde ihr zumute. Nein, sie verstand sich selbst nicht. Wieso war sie nicht geduldiger gewesen? Warum war es ihr nicht gelungen, ihre Zurückweisung in freundlichere Worte zu kleiden? Sie hätte User-Re für seine wundervolle Liebeserklärung danken und sich seiner Freundschaft versichern sollen. O große Göttin, warum ließen sich einmal gesagte Worte nicht zurücknehmen? Und wieso wußte man immer erst hinterher, wie man es hätte richtig machen sollen?
Als sich die Tür wieder öffnete, blickte sie auf. Aber es war nicht User-Re, sondern Kafi und Neferti kamen herein.
»Ist dir schlecht?«, fragte Kafi.
»Ach, ich fühle mich so elend«, erwiderte Teti und erzählte von der Auseinandersetzung mit User-Re.
Das Ergebnis war, daß auch ihre Freundin sie mit Abscheu betrachtete.
»Du bist ja noch mieser als ich gedacht habe«, war Kafis einziger Kommentar, bevor sie ihr den Rücken zukehrte.
Neferti lachte leise und spöttisch.
»Meine Kleine, da hattest du so geschickt deine Netze ausgelegt. Und der schöne, bunte Vogel ist ja auch hineingeflogen. Warum konntest du nichts mit ihm anfangen?«
»Er hat mir so wundervolle Dinge gesagt«, murmelte Teti. »Kafi, ich bin nicht mies. Ich habe User-Re lieber, als ich zugeben darf. Ich weiß, ich hätte anders mit ihm reden sollen. Ein Wunder ist es nicht, daß er beleidigt ist.

Aber ich war so überrascht von der Heftigkeit seiner Gefühle.«

Kafi schnellte herum. »Ist mir vollkommen klar«, sagte sie laut und erregt. »Liebe, Leidenschaft und heftige Gefühle liegen außerhalb eures Vorstellungsvermögens, ihr herzenskalten, hochmütigen Hofdamen! Was für einen Spaß muß es euch gemacht haben, mich mit Seneb zu verkuppeln.«

»Aber wir können doch nichts dafür! Es war ein königlicher Beschluß«, verteidigten sich Teti und Neferti einmütig.

»Ich mache da nicht länger mit«, überschrie Kafi ihren Einwand. »Ich werde mit Auta nach Memphis gehen. Und wenn das nicht weit genug ist, fahren wir übers Meer nach Keftiu, in die Heimat seines Vaters.«

»Auta ist mit User-Re zur Bewachung der Transporte vom und zum Steinbruch eingeteilt. Er kann doch seinen Posten nicht verlassen«, gab Teti zu bedenken.

»Auta wird seine Rückversetzung nach Memphis beantragen, und wenn sie genehmigt ist, gehe ich mit ihm. Aber wehe – wehe! – wenn eine von euch beiden unseren Plan verrät«, drohte Kafi und streckte beschwörend die Hände gegen sie aus. »Ich habe genug von Si-Mut gelernt, dem mächtigsten Magier der Welt, um sämtliche Dämonen der Unterwelt auf euch loszulassen.«

Teti starrte sie schreckerfüllt an. Und auch Neferti schien ein wenig von ihrer Selbstsicherheit zu verlieren.

»Kafi, überleg' dir das alles gut«, sagte sie.

»Wenn die Stimme des Herzens gesprochen hat, braucht man nicht mehr zu überlegen«, rief Kafi trotzig. »Und jetzt raus aus meinem Zimmer!«

»Uns nimmt sie es übel, daß sie mit Seneb verheiratet wurde«, sagte Teti draußen. »Und dabei ist alles Panehesis Schuld.«

»Ihn wird ihr Zorn nicht im geringsten stören. Er hat einen breiten Rücken. Und seine Vorschläge und listigen

Maßnahmen sind es ja, die man im Palast so schätzt«, erwiderte Neferti. »Ein schönes Festmahl ist mir das! Und dabei hat es mit eurem neckischen Tanz so nett angefangen.«

Nefertis Spott traf Teti nicht mehr. Es schien Ewigkeiten her zu sein, daß Kafi sie aufgefordert hatte zu tanzen.

»Ich werde nach Hause gehen«, sagte Teti.

»Pentu und ich bleiben auch nicht länger.«

»Nimmst du mich in deinem Boot mit? Unser Boot will ich für User-Re liegenlassen.«

»Pentu und ich wollten eigentlich ...«

»Laß nur! Ich frage Panehesi.«

Als sie später auf den weichen Kissen in Panehesis Barke saß, bemerkte er, nachdem er eine Zeitlang zu ihr hinübergesehen hatte: »Ich hätte niemals gedacht, meine Dame, daß du beim Tanz eine so wilde, sinnliche Kraft entfaltest.«

»Ach, das ist bloß so ein ungestümer Bewegungsdrang, der mich manchmal überfällt«, antwortete sie, ohne aufzuschauen. »Kamose wird sich wundern, daß ich schon so bald zurück bin.«

»Und noch dazu ohne deinen Stiefsohn«, ergänzte er.

»Die Wege von User-Re und mir haben sich getrennt ...«, erklärte sie kläglich,« ... heute nacht.«

Sie konnte nicht erkennen, was für ein Gesicht er machte, da er mit dem Rücken zum Bug saß; nur dort vorn standen zwei Diener mit Fackeln. Er deutete mit seiner ringgeschmückten Hand nach oben, wo der tiefschwarze Nachthimmel zu sehen war.

»Schau dir die Unvergänglichen an, all die strahlenden Götter dort oben, meine Dame, und Thot, den Stier unter den Sternen, groß und rund auf seiner Bahn. Das ist ein Anblick, der stets tröstlich ist und unsere kleinlichen Sorgen und Nöte schrumpfen läßt. Wie friedlich die Nacht ist.« Er hielt kurz inne. »Du kannst mir ruhig sagen, was dich bedrückt.«

Sie schüttelte stumm den Kopf. Mußte er denn alles merken. Ach, was halfen ihr Mondstier und Sternengötter, wenn sie heute abend zwei Freunde verloren hatte? Zuerst User-Re und dann Kafi. Nein, drei Freunde waren es. Auta war ja auch verloren. Wieder machte sie sich Vorwürfe, daß sie User-Re mit ihrem Tanz ermutigt und danach zurückgestoßen hatte.
Wie gewöhnlich nahm Panehesi ihr Schweigen hin. Auch er redete nicht mehr, doch seine gewichtige Anwesenheit war ihr Trost genug. Trotz seiner durchtriebenen Machenschaften konnte sie ihm nicht böse sein. Kamen sie nicht beide aus demselben Stadtteil, stammten aus fast derselben armseligen Gasse?
Allmählich wurde ihr Seelenschmerz ein wenig erträglicher. Ihr war zwar klar, daß der Kummer sie jederzeit von neuem packen konnte, doch ganz langsam kam ihre Zuversicht zurück. Allerlei Überlegungen gingen ihr durch den Kopf, während sie zuerst bei Panehesi im Boot und anschließend in der Sänfte saß. Sie dachte über die Zukunft nach und fing an, Pläne zu schmieden.
Mehi ist alt genug, kam es ihr mit einem Mal in den Sinn. Es ist an der Zeit, daß ich wieder schwanger werde.

Es gab Teti im Herzen einen Stich, als User-Re am nächsten Vormittag nach Bier und billigem Salböl stinkend nach Hause kam. Kamose, der beim Frühstück saß, lächelte nachsichtig, winkte aber ab, als sein Sohn auf ihn zukommen wollte. User-Re machte sofort kehrt und ging die Treppe hinauf.
Später am Tag erschien ein junges Mädchen an der Türschwelle und fragte nach ihm. Die Türwächter erklärten, daß der junge Herr noch schlafe. Daraufhin erwiderte das Mädchen, daß es gern auf sein Erwachen warten würde. Es bat die Hausherrin um Erlaubnis, sich neben dem Tor im Schatten niedersetzen zu dürfen. Forschend musterte Teti das gefällige, sorgfältig geschminkte Ge-

sicht der jungen Frau, in deren sanftäugigem Blick eine grenzenlose Ergebenheit lag. Da das Mädchen einen ordentlichen Eindruck machte, konnte sie ihm die Bitte schlecht abschlagen. Diese da würde User-Re bis ans Ende der Welt folgen, wenn sie nur die Spuren seiner Füße küssen dürfte, dachte sie, und die Erkenntnis nahm ihr einen Moment lang dem Atem.

»Nun, da hast du wohl eine Eroberung gemacht«, schmunzelte Kamose, als sein Sohn endlich erschien.

User-Re bemühte sich, das Mädchen mit ein paar höflichen Worten wegzuschicken, doch es war hartnäckig. Teti konnte beobachten, daß er ihm sogar ein kleines Schmuckstück – wohl einen Ring – anbot. Anfangs lehnte das Mädchen empört ab, griff aber dann doch danach und steckte den Ring beglückt ein. Erst nach weiterem Hin und Her verließ die junge Frau den Hof. User-Res Gesicht war völlig gleichgültig, und Teti faßte den Mut, noch einmal mit ihm zu reden. Es war ihr unerträglich, welchen Groll er gegen sie hegte. Doch er zeigte sich nach wie vor abweisend.

Kamose war über den Wandel in ihrer Beziehung erstaunt. »Du und User-Re, ihr habt euch doch stets prächtig verstanden«, sagte er. »Euere Freundschaft scheint mir so abgekühlt. Wie bedauerlich.«

Doch glücklicherweise fragte er nicht nach dem Grund ihres Zerwürfnisses und war auch verständnisvoll genug, Stiefmutter und Stiefsohn, die sich plötzlich nicht mehr leiden konnten, nicht zueinander zu zwingen.

User-Re und Auta reisten ab, um sich bei ihrer Truppe einzufinden, und Teti, die während der folgenden Wochen beunruhigt mit Kafis heimlichem Verschwinden rechnete, hörte eines Tages, daß Auta völlig unerwartet versetzt worden sei und zwar zu eben der Garnison im nördlichen Syrien, zu deren Oberbefehlshaber Kamose vor geraumer Zeit User-Re hatte schicken wollen. Sie erfuhr es in der Wachstube der königlichen Kuriere. Diese weitgereisten, tage- und wochenlang der sengenden Sonne ausgesetzten Männer wußten oft erstaunlich gut über die Botschaften Bescheid, die sie zu überbringen hatten. Es gehörte zu Tetis Aufgaben, die Kuriere regelmäßig mit dem besten Salböl, das sie im Palastlabor herstellte, zu versorgen. Scherzend und ein wenig überschwenglich bedankten sie sich für die Krüge, die Teti ihnen hatte bringen lassen, und Teti bedankte sich im stillen für die Information, die sie hatte aufschnappen können.

Also mußte Neferti doch geplaudert haben. Doch diese stritt es ab.

»Seneb wird wohl selbst dahinter gekommen sein, was seine Frau vorhatte«, meinte sie kühl.

Ganz auszuschließen war das nicht. Möglicherweise hatte Kafi im Schlaf gesprochen, oder Seneb hatte ein Gespräch zwischen ihr und Auta oder User-Re belauschen können. Oder hatte da auch Kamose seine Hand im Spiel gehabt? Diese Methode roch doch förmlich nach ihm. Wie sonst hätte Seneb ausgerechnet auf diesen königlichen Beauftragten im fernen Retenu verfallen sollen?

Teti war dabei, als User-Re es seinem Vater auf den Kopf zu sagte. Sobald er wieder Urlaub erhalten hatte, war er nach Theben gekommen. Die sich verneigenden Türhüter zur Seite schiebend, stürmte er durch die Empfangshalle auf Kamose zu. Ohne ein Wort des Grußes schleuderte er ihm seine Anschuldigungen ins Gesicht.

Kamose blieb sitzen, legte aber die Schriftrolle, in der er gelesen hatte, beiseite und sah seinen Sohn mit hochgezogenen Augenbrauen an.

»Was sollen diese unsinnigen Verdächtigungen? Ich weiß von dieser Sache weniger als du. Ich war einer der letzten, die von Autas Versetzung Kenntnis erhielten. Nur ganz zufällig erfuhr ich es, als sich General Maja bedauernd darüber äußerte, daß ein vielversprechender jun-

ger Bogenschütze aus der Elitetruppe um seine Versetzung in die nördliche Provinz ersucht hätte. Auf mein Nachfragen erhielt ich die Auskunft, daß es sich um einen gewissen Auta aus Pe handele.«
»Nichts als Lüge«, schrie User-Re außer sich. »Auta wollte nicht nach Retenu, er wollte nach Memphis. Aber man hat ihm keine Wahl gelassen.«
»Glaube mir, ich war ebenso überrascht wie du, mein Sohn«, sagte Kamose ruhig. »Aber vielleicht erschließt sich euch beiden Hitzköpfen eines Tages die Erkenntnis, daß es so das Beste ist. Für Auta, für Kafi und auch für dich.«
In seiner Wut schenkte User-Re den letzten Worten seines Vaters keine Beachtung, aber für Teti waren sie der Beweis, daß Kamose alles eingefädelt hatte. Außerdem hätte er, so gut kannte sie ihn ja mittlerweile, mit Sicherheit bedeutend schärfer reagiert, wenn User-Res Vorwürfe unberechtigt gewesen wären. Aber so bemühte er sich um eine versöhnliche Haltung und bemerkte: »Übrigens spricht dieses Mädchen, deine Verehrerin, von Zeit zu Zeit bei uns vor, um sich nach dir zu erkundigen. Sie scheint sehr besorgt um dein Wohlergehen. Wenn du uns ein paar Tage lang mit deinem Besuch beehrst, wird sie das Glück haben, dich anzutreffen.«
»Ich bleibe nicht«, brauste User-Re auf. »Hier hält mich nichts!«
Nicht einmal zum Essen, Baden und Kleiderwechseln wollte er bleiben. Teti nahm an, daß er das in der Garnison oder in der Unterkunft der königlichen Leibwache erledigte. Beim Hinausgehen zischte er ihr »verräterische Schlange« zu. Natürlich mußte er glauben, daß sie es gewesen war, die Kafis und Autas Plan verraten hatte.
»Nimm es dir nicht so zu Herzen, Kind«, meinte Kamose, als sie mit Tränen in den Augen dastand. »Es ist nicht das erste Mal, daß User-Re in seinem Unverstand dummes Zeug redet.«

Weiteren Aufschluß erhielt Teti, als sie Panehesi in seinem Büro aufsuchte, um wegen der Opfergaben mit ihm zu sprechen.
»Pharao läßt jeden Steinblock feiern, der in seinem neuen Tempel auf den anderen gesetzt wird«, beschwerte sie sich. »Und jedesmal ordnet Parennefer an, daß ich aus dem Hathor-Tempel Salböl liefern soll, mit dem dann nichts anderes geschieht, als daß es im Palastmagazin gehortet wird. Das ist doch ungerecht!«
»Ungerecht, ungerecht«, schnappte Panehesi. »Es gibt nur eine Gerechtigkeit. Und das ist die Gerechtigkeit Atons. Aton steht das meiste an Opfergaben zu. Denk' daran, daß du nicht umsonst Vorsteherin der Tempelsalbenküche geworden bist!«
»Jaja«, maulte sie, verkniff sich aber weitere Einwände.
Panehesi fragte, ob sie Hunger hätte, und sie bat um Trauben und ein Stück Melone. Er selbst ließ sich eine Mahlzeit servieren, die aus mehreren Gängen bestand. Es war unglaublich, was er essen konnte.
»Es wird nicht mehr lange dauern, dann wirst du platzen. Und ich werde alle deine Ämter an mich reißen«, sagte sie zu ihm.
Er grinste mit vollem Mund und brummelte etwas davon, daß sie als Rinder-Vorsteherin in Mins Heiligtum vollkommen ungeeignet sei.
Oh, wie er beim Essen schwitzte! Noch ehe sein Diener ihm ein sauber gefaltetes, parfümiertes Tuch reichen konnte, hatte er sich den Schweiß schon mit den Fingern von der Stirn gewischt. Dann putzte er die Hände auch noch an seinem Schurz ab. Teti konnte gar nicht mehr hinschauen und widmete sich der Süßspeise, die er ihr hatte bringen lassen. Wie er wußte, konnte sie mit Honig gesüßtem Weizenpudding mit Nüssen und Weintrauben nur schwer widerstehen. Doch als er zu sprechen anfing, mußte sie ihn notgedrungen wieder ansehen.
»Wenn Merire zustimmt, werde ich deinen Gatten für

das Ehrengold vorschlagen, das Pharao demnächst verleiht. Auch Wesir Ramosis soll es überreicht bekommen« sagte er bedächtig und hob den schweren Silberpokal, ein Geschenk der Königin, an die Lippen.
»Du wirst was?«, staunte sie. »Noch vor gar nicht langer Zeit hast du getan, als ob Kamose wegen seiner Verbindungen zum Amun-Tempel völlig untragbar wäre. Und jetzt das?«
»Hach, meine Dame, die Zeiten ändern sich eben«, erwiderte er. »Ich finde, Kamose beweist im Umgang mit den Fremdländern beachtliches Geschick. Das sollte nicht unbelohnt bleiben. Und außerdem will Pharao schon wieder Tutu auszeichnen, und da möchte ich nicht, daß Kamose als dessen Vorgesetzter übergangen wird.«
Sie blieb mißtrauisch; ihr Verdacht war keineswegs ausgeräumt. Sie glaubte nicht, daß es Panehesi etwas ausgemacht hätte, Kamose zu übergehen, wenn er nicht eine Dankesschuld bei ihm zu begleichen gehabt hätte.
»Weiß Kamose von der bevorstehenden Ehrung?«
»Na, sagen wir, er rechnet sich dergleichen aus«, meinte er zwinkernd und reichte ihr den halbvollen Weinpokal. »Einen Schluck von Merires Weingut im Delta, meine Dame? Kamoses größter Wunsch ist es, Ehrengold vom neuen Lebenden Horus zu erhalten. Dafür würde er, glaube ich, alles tun.«

Noch vor Ende der Überschwemmungszeit konnte Teti Kamose dazu überreden, mit ihr und Mehi für ein paar Tage nach Nebsit zu fahren. Sie jubelte innerlich, als schließlich alles verstaut war, und die Barke auf dem angeschwollenen Strom dahinschaukelte. Fast die Hälfte der Dienerschaft war zur Begleitung mitgekommen, Seni und Suti allerdings nicht.
Sie hörte nur halb zu, als Kamose erzählte, was er mit dem Gutsverwalter zu besprechen hatte. Während sie ihren Blick den flimmernden Horizont entlanggleiten

ließ, behielt sie gleichzeitig Mehi im Auge, der sich neugierig immer weiter von ihr entfernte. Sie scheuchte das Kindermädchen hoch, das im Begriff war einzuschlafen, und befahl ihm, gefälligst seiner Pflicht nachzukommen.

»Wie geht es eigentlich deinem Freund Si-Mut?«, fragte sie, ohne zu wissen, wovon Kamose gerade gesprochen hatte. »Er hat lange nicht mehr von sich reden gemacht.«

»Nun«, meinte er, verschränkte die Hände und sah zum Sonnenbaldachin hinauf. »Wie soll es einem Mann seines Alters schon gehen, der in den letzten Monaten etliche gewaltige Niederlagen einstecken mußte? Selbst Amun scheint sich von ihm abgewandt zu haben.«

Er ließ eine dünne, kunstvoll gearbeitete Goldkette durch seine Finger gleiten. Diese Kette hatte er aus dem Ehrengold, das er von Pharao erhalten hatte, als die für den Aufenthalt auf dem Lande am besten passende ausgewählt. Die anderen Pretiosen lagerten zuhause, wo Teti vor der Abfahrt die Mannschaft der Wächter durch einige zuverlässige Diener hatte verstärken müssen, damit der Schutz des angewachsenen Goldschatzes gewährleistet war.

»Aber auch über deine Freundin Kafi«, fuhr Kamose fort, »hört man nichts Erfreuliches. Sie führt ihre Pflichten als Oberste der Priesterinnen nur noch nachlässig aus und ist Seneb eine stets mißgelaunte Ehefrau, die überdies die Dienerschaft schikaniert. Dessen ungeachtet ist Panehesi, wie er mir gestern anvertraute, nach wie vor der Meinung, daß sein Freund Seneb allein durch diese Ehe davor bewahrt werden kann, sich der Trübsal und der Trunksucht zu ergeben. Und das, äh, das würde die Dienste, die Seneb für den königlichen Cousin leistet, doch sehr beeinträchtigen.«

»Was für Dienste denn?«, fragte Teti gespannt und hielt Mehi, den das Kindermädchen zurückgebracht hatte, auf ihrem Schoß fest. Sie konnte Seneb eigentlich immer

noch gut leiden, und es tat ihr leid, daß Kafi kein ruhiges Leben an seiner Seite führen wollte.
»So genau, meine Liebe, ist das auch mir nicht bekannt. Panehesi bezeichnete ihn als einen, der für ihn auf die Stimme des Volkes lauscht. Seneb informiert den Verwalter der Domäne der Königin wohl über das, was auf den Märkten und in den Schenken, in den Lebenshäusern und Amtsstuben der Tempelverwaltungen geredet wird. Findest du nicht auch, daß Seneb ein sehr sympathisches Wesen hat? Sicherlich öffnet es ihm überall Tür und Tor und natürlich auch die Herzen.«
»Jaja«, stimmte Teti zu und versuchte, sich ihr plötzliches Unbehagen nicht anmerken zu lassen.
»Es ist für Pharao und die Berater in seiner nächsten Umgebung außerordentlich wichtig, über Strömungen und Tendenzen im Land unterrichtet zu sein, bevor sich eine Gefahr entwickeln kann.« Er spielte mit seinen Ringen, löste dann den Blick von den goldfunkelnden Händen und blickte über die weite Fläche braunen, schlammigen Nilwassers hinweg. »Es scheint mir eine Gunst der Götter, daß ich Panehesi, einen Vertrauten und Altersgenossen Seiner Majestät, durch einen kleinen Freundschaftsdienst so geneigt machen konnte, daß er mich derart ins Vertrauen zieht. Und es wäre für mich weitaus günstiger, am Hofe geblieben zu sein, um diese neue Freundschaft zu vertiefen und zu festigen. Aber nun muß ja der Gutsverwalter die nötigen Anweisungen erhalten, und du, meine Beste, erwartest von mir, daß ich drei oder vier kostbare Tage in der Provinz vergeude, anstatt mich im Palast meinen vielfältigen Aufgaben und Verpflichtungen zu widmen.«
Ich muß seine Gedanken wieder auf die einfachen und schönen Dinge des Lebens lenken, nahm sich Teti vor, als sie darangingen, sich so gut wie möglich in dem kleinen Landhaus einzurichten, das auf einem Hügel erbaut war. Die Hitze war groß, doch das Gebäude wurde von ausla-

denden Bäumen beschattet; außerdem empfand Teti es als angenehm, daß in der ländlichen Abgeschiedenheit einige Schleier und bunte Ketten ausreichten, um den modischen Erfordernissen Genüge zu tun. Sie ließ sich von Inhapi, der Dienerin, das Haar mit Kämmen zurückstecken und wies sie an, in den Zimmern feuchte Tücher aufzuhängen.

Auch wenn Kamose es zuerst mit mißbilligendem Stirnrunzeln sah, ließ sie Mehi mit den Kindern der Landarbeiter und Bauern spielen. Nach ein, zwei Tagen hatte sich Kamose an den Anblick der braungebrannten Schar gewöhnt und, nachdem er auch die Erörterungen mit dem Verwalter hinter sich gebracht hatte, wirkte sein Gesicht nicht mehr ganz so angespannt.

Teti hatte von vorneherein keinerlei Schwierigkeiten gesehen, denn sie hielt den Verwalter für einen umgänglichen und verständigen Menschen, der, wie sie aus den stets pünktlich überbrachten Aufstellungen und Listen wußte, ausgezeichnet rechnen konnte. Und ehrlich war er auch. Er verstand eine Menge von Landwirtschaft, ließ die Kanäle, Abflußrinnen und Sammelbecken hervorragend in Schuß halten und wurde von den Bauern und Tagelöhnern respektiert. Sie vertraute dem Mann völlig. Aber Kamose waren all diese Dinge wahrscheinlich deshalb entgangen, weil er sich in letzter Zeit kaum mit den Berichten aus Nebsit beschäftigt hatte. Und so hatte er sich wegen dieses kleinen Landgutes, das noch nicht so lange wie die beiden anderen in seinem Besitz war, ganz unnötig den Kopf zerbrochen.

Die Nächte verbrachten sie auf dem Dach des Hauses. Der Mond glich einer goldene Schale, die irgendeine säumige Dienerin geputzt und am Himmel vergessen hatte, und Kamose fing an, sich in feinsinnigen Betrachtungen zu ergehen über die samtweiche Nacht, die funkelnde Anmut der Sterne und den zarten Windhauch, der die Haut streifte.

»Ich wußte ja gar nicht, wie empfindsam und poetisch du sein kannst, Liebster«, sagte Teti.
Die Matten hier kamen ihr härter geflochten und schmäler vor als zuhause, und über die Laken, die sich rauher anfühlten, als sie es gewohnt war, hatte sie Tücher aus feinstem Leinen breiten lassen.
»Nun«, meinte er, »Pharao leitet uns doch dazu an, die Schönheiten der Natur zu würdigen und zu genießen.«
»Auf wen vertraust du mehr?« Sie hatte lange darauf gewartet, ihm diese Frage zu stellen. »Auf Amun oder auf Aton?«
»Nun, da Aton von Tag zu Tag mehr Opfer und Gebete dargebracht werden und ihm dieses große, neue Gotteshaus erbaut wird, könnte es schon sein, daß er dem Land seine Gnade mit gesteigerten Wohltaten erweist. Aber, wenn du mich fragst, man sollte Amun deswegen nicht vernachlässigen.«
»Ja, manchmal habe ich Angst, daß auch die Goldene verstimmt sein könnte, weil sie weniger Gaben erhält als früher. Parennefer, der für die Gottesopfer zuständig ist, hat aus den verschiedenen Tempeldomänen ein Fünftel aller Erträge für Aton einziehen lassen, und aus den Salbenküchen fordert er ständig Duftöle, Räucherwerk und andere kostbare Dinge an. Er ist schuld daran, wenn Hathor uns nicht mehr beschützt und ihre Gnade von uns nimmt!«
»Nun siehst du selbst, wie es ist, wenn man erleben muß, daß die Gottheit, die man am meisten verehrt, nicht mehr zufriedengestellt wird.«
Nachdenklich stimmte sie ihm zu. »Ich versuche, es auszugleichen, indem ich der Göttin dafür mehr Blumen und Früchte auf den Hausaltar lege. Und ich vergesse nie, ein Gefäß mit Duftöl und eines mit Schminke dazuzustellen.«
Lächelnd lehnte er sich zurück. »Das halte ich für überaus angebracht, meine schöne Hausherrin.«

Sie beugte sich über ihn, löste die Kämme aus ihrem duftenden Haar, so daß es weich auf seine Brust floß.
»Einen Krug des köstlichsten und wohlriechendsten Salböls aus dem Tempel habe ich mitgebracht«, sagte sie leise und verschwörerisch. »Wenn du willst, hole ich es und reibe dich damit ein.«
»Gern«, sagte er, griff in ihr Haar und zog sie sanft zu sich herab. »Aber erst später, Herzensschwester...«

Fast alle Arbeiter des Landguts und die Anwohner der umliegenden Dörfer waren zu dieser Zeit im Steinbruch oder in Karnak beschäftigt, um beim Bau von Pharaos neuem Tempel mitzuarbeiten. Während der Überschwemmungszeit, wenn Felder und Weiden vom Nilwasser bedeckt waren, fanden sich Bauern und Tagelöhner in langen Reihen bei der Baustelle ein, um ihre Arbeitskraft anzubieten und sich so die eine oder andere Ration Fisch und Fleisch dazuzuverdienen.
Kamose und Teti jedoch dachten mit Schaudern an die mit Steinstaub erfüllte Luft, an den Lärm der kupfernen Hämmer und an die Plackerei in der unerträglichen Hitze. Pharao hatte bestimmt, daß die Heiligtümer rund um die Baustelle für die Verpflegung der dort arbeitenden Menschen aufkommen mußten, und königliche Aufseher zwangen die zähneknirschenden Priester des Götterkönigs Amun, der Göttin Mut sowie der Götter Chons und Month, ihre Kornspeicher und Lagerhäuser zu öffnen. An jedem zweiten Tag bemühte sich der König höchstpersönlich auf das Gelände, um die Baumeister zur Eile anzutreiben. Der anfängliche Unmut und die Furchtsamkeit der Arbeiter wegen der ständigen Überwachung wichen bald einer ehrfürchtigen Zuneigung zu dem Herrscher, der jede Leistung, jeden Baufortschritt anerkannte und sich nicht scheute, auch dem Geringsten unter ihnen Lob zu spenden. Bereitwillig ließen sich alle von ihm anspornen.

Baumeister Hatiaj brachte für einen Tag einen Hauch dieser betriebsamen Atmosphäre in die ländliche Idylle von Nebsit. Mehrere Barken mit Sonnenbaldachinen und bunten Segeln kamen den Fluß herauf. Begleitet von einer Gruppe von Bildhauern, Reliefkünstlern, Malern und zahlreichen Dienern, die Körbe und Krüge trugen, ging Hatiaj an Land.

Er umarmte Kamose und rief: »Gesundheit und Leben, mein Freund! Wie du siehst, versäume ich nicht, dich zu besuchen, wenn ich in der Nähe bin. Dieser palmenbestandene Hügel erschien mir wie eine verlockende Insel. Meine Freunde und ich haben einen Ausflug in diese Gegend gemacht, um uns einen Tag lang zu zerstreuen.«

Er erklärte seinen Begleitern mit vielen Worten, wie lange Kamose gezögert hatte, bevor er schließlich doch einen Gartenpavillon anfertigen ließ. Die Umstehenden hörten höflich zu. Kamose machte ein verdrießliches Gesicht, mußte aber Hatiajs Leutseligkeit über sich ergehen lassen, denn der junge Baumeister stand hoch in der Gunst des Königspaares und war erst kürzlich wieder von der Königinmutter ausgezeichnet worden. Von den anderen Männern war Teti nur Bek bekannt, einer der leitenden Bildhauer. Neben ihm stand ein junger Mann mit feingliedrigen Händen. Er hieß Thutmosis.

Hatiajs Besuch stellte Tetis kleinen, völlig unvorbereiteten Haushalt vor nicht geringe Probleme. Zwar hatten die Gäste selbst Weinkrüge und etliche Lebensmittel mitgebracht, und auch Nebsits gut gefüllte Speicher und Vorratskammern waren dem Ansturm gewachsen, aber in Küche und Backstube wurde es ein wenig eng. Es gelang jedoch trotz der Eile, die Gäste zufriedenzustellen.

Hatiaj und seine Begleiter sprachen abfällig vom staubigen, einem Ameisenhaufen gleichenden Karnak. Trotzdem war deutlich zu merken, daß sie nichts anderes im Sinn hatten, als schleunigst dorthin zurückzukehren.

Fast zärtlich beschrieben sie die Blöcke, die aus dem Gestein gebrochen, über Land und Wasser transportiert und in Theben von den Flößen geladen wurden. Für einen Augenblick sah Teti User-Re vor sich, der mit den anderen Soldaten die Wüstenhitze zu ertragen hatte. Hatiaj und seine Begleiter redeten von Grundrissen, Werkzeugen, Gerüsten, Rampen, Mauern, Höfen, Statuen und Altären, die in solcher Zahl aufgestellt werden sollten, wie es noch in keinem Heiligtum geschehen war.

Nachdem sie gegessen hatten und einige Leute aufgestanden waren, um sich die Beine zu vertreten, nahm Hatiaj Kamose zur Seite. Er vergewisserte sich, daß Bek nicht in der Nähe war, entnahm einer hölzernen Truhe, die sein Diener ständig neben ihm her tragen mußte, einige Papyri und entrollte einen nach dem anderen.

»Das, mein Freund und Bruder«, sagte er und sah Kamose geheimnisvoll an, »sind die Entwürfe für Pharaos Statuen, die in den Höfen aufgestellt werden sollen. Sind sie nicht grandios? Ja, geradezu phänomenal?«

Nicht nur Teti, sondern auch der junge Bildhauer beugte sich mit Kamose über die Zeichnungen.

»Sie sind genial. Aber nicht schön«, bemerkte Thutmosis.

»Niemand hat dich nach deiner Meinung gefragt, Lehrling«, fuhr Hatiaj ihn an. »Sie besitzen ihre eigene Schönheit. Und sie sind göttlich vollkommen. Wage nicht, dir ein Urteil anzumaßen.«

»Umwerfend! Ja, die Statuen sind wirklich ungewöhnlich«, meinte Teti, kniff ein Auge zusammen und hielt eine der Papyrusrollen in die Höhe. »In ihnen drückt sich Pharaos fortschrittliches Denken aus. Sein unübertrefflicher Geist durchdringt den Stein, bezwingt auch ihn.«

»Du hast's erfaßt, Herrin des Hauses«, stimmte Hatiaj eifrig zu. »Wenn die Götter auf Pharaos neuen Tempel herniedersehen, wird ihnen nicht entgehen können, daß eine neue Zeit angebrochen ist.«

Kamose sagte gar nichts.
»Ich würde eine weichere Linienführung...«, meinte Thutmosis, verstummte aber gleich.
Hatiaj fuhr fort: »Der königlich-göttliche Schöpfergeist findet seinen Ausdruck in der Verbindung des ewigen Gesteins mit der flüchtigen Lebendigkeit des Augenblicks, der dadurch Unvergänglichkeit gewinnt.«
»Auch bei einer eleganteren Linienführung wäre zu erkennen...«
Hatiaj warf Thutmosis einen kurzen Blick zu. »In gewisser Hinsicht gebe ich dir recht, doch steht weder mir noch dir ein Urteil zu. Bek hält sich genau an Pharaos göttliche Anweisungen.«
Kamose sagte noch immer nichts. Er sprach erst, als Hatiaj die Zeichnungen zusammengerollt und sich mit Thutmosis entfernt hatte.
»Unbeschreiblich! Ich bin entsetzt. Alles wirkt verzerrt, hat falsche Proportionen. Diese Entwürfe sind ungeheuerlich. Wie kann der Lebende Horus annehmen, daß die Götter ihn als ihresgleichen anerkennen, wenn er sich so darstellen läßt?«
»Aber, Liebster, Pharao ist von Aton auserwählt. Bestimmt hat sich Seine Majestät mit seinem göttlichen Vater abgesprochen.«
»Wirklich, manchmal wünsche ich mir etwas von deiner Art, die Dinge zu sehen«, erwiderte er. »Auch der König kann nicht mir nichts dir nichts die Überlieferung und sein göttliches Erbe ändern.«
Hatiaj kam noch einmal zurück. »Das geht übrigens in Ordnung«, sagte er zu Kamose. »Mein jüngerer Bruder übernimmt die Ausführung des Anbaus an das Gesindehaus. Du brauchst ihm, wenn du zurück in Theben bist, nur eine Nachricht zu schicken.«
Teti ließ sich von Kamose erklären, wie er sich den Anbau vorstellte, den er wegen der zahlreicher gewordenen Dienerschaft plante, doch dachte sie, nachdem sie

zugestimmt hatte, mehr über Pharaos Statuen nach als über Kamoses Bauvorhaben. Schließlich packten die Diener Krüge und Körbe ein, und die bunten Barken entschwanden, noch bevor Re hinter dem Westgebirge von der Himmelsgöttin verschluckt wurde.

Kamose und Teti verbrachten den ganzen Monat Hathyr in Nebsit. Auf der Heimreise, kurz bevor sie am Palastufer festmachten, ergriff sie seine Hand. »Du hast dich selbst übertroffen, Liebster«, sagte sie zärtlich und zufrieden.

»Wie meinst du das?«, fragte er, aus seinen Gedanken gerissen.

Doch dann lächelte er, und sie konnte, ein bißchen wehmütig, in seinem Lächeln einen letzten Abglanz der unbeschwerten Tage erkennen, die sie miteinander in Nebsit verbracht hatten.

Als sie zuhause ankamen, war die erste Neuigkeit, die sie erfuhren, daß Mutnefers kleines Mädchen tot war. Ruhelos und verstört irrte die Nebenfrau durchs Haus, das von den schrillen Schreien der Klagefrauen widerhallte. Den kleinen Leichnam hatten die Totenpriester bereits in das Einbalsamierungszelt geholt. Baki, den Kamose als den Obersten der Dienerschaft für die Zeit seiner Abwesenheit zum Verwalter des Hauses eingesetzt hatte, hatte die Vorbereitungen für das Begräbnis in die Wege geleitet.

Nachdem Mutnefer tage- und nächtelang laut wehgeklagt hatte, begann sie, Henut, deren kleiner Junge gedieh, mit ihrem Neid zu verfolgen und sie zu beschuldigen, tückische Wesen gerufen zu haben, die nun versuchten, sich eines Hausbewohners nach dem anderen zu bemächtigen.

Weder Kamose noch Teti schenkten diesen Behauptungen Glauben. Doch schon wegen des Kindes, das sie erwartete, bat Teti einige Priesterinnen aus dem Hathor-

Tempel, das Haus mit Weihrauch zu reinigen und mit Zaubersprüchen die bösen Geister zu vertreiben.
Nachdem der Körper von Mutnefers Tochter für die Beisetzung vorbereitet worden war, legte man den kleinen, mit Leinenbinden umwickelten Leichnam in den Sarg und brachte ihn in feierlicher Prozession zu Kamoses Grab. Mutnefer hatte sich nicht eher zufriedengegeben, bevor Kamose ihr nicht zugesichert hatte, daß er seiner und ihrer Tochter ein aufwendiges Begräbnis ausrichten werde. Zu Tetis Überraschung war sie von Mutnefer gebeten worden, dabei die Rolle der Göttin Nephtys zu übernehmen, während Mutnefer als Göttin Isis fungierte. Taheb und Henut sollten in weniger wichtigen Rollen mitwirken.
Mutnefers gesamte Familie war in Theben eingetroffen. Man hatte alle diese Angehörigen für die Dauer der Trauerfeierlichkeiten in dem halbfertigen Anbau des Gesindehauses untergebracht, und Teti lernte auch Mutnefers Schwester Bakmut und deren Mann Amun-Nacht kennen, die sich aufgrund der guten Ernten in den letzten Jahren von der fehlgeschlagenen Getreidespekulation erholt hatten. Sie brachten sogar Geschenke mit. Doch auch damit konnten sie Kamose nicht geneigter stimmen.
Obwohl das Dahinscheiden des kleinen Mädchens Teti sehr zu Herzen gegangen war, blieb ihr die Trauerzeremonie in schöner Erinnerung. Sie und Mutnefer trugen weite, weiße Gewänder und breiteten die Arme wie schützende Flügel über den kleinen, buntbemalten Holzsarg. Da Teti Priesterin war, überließ es der Oberste Totenpriester ihr, einen Teil der magischen Formeln zu sprechen, die nötig waren, damit das verstorbene Kind seine Reise durch die Gefahren der Unterwelt unbeschadet überstehen und gerechtfertigt in der Schar des wiederauferstandenen Osiris in den Gefilden der jenseitigen Welt weiterleben konnte.

Gegen Ende der Erntezeit kam Tetis Tochter zur Welt. Kamose war außer sich vor Freude und erfüllte seiner Frau gern den Wunsch, das kleine Mädchen Anchari zu nennen. Nach der angemessenen Zeit lud er alle ein, die im Palast Rang und Namen hatten. Und so wie anläßlich der Trauerfeier vor ein paar Monaten Bauern, Diener und Steinarbeiter im Gesindehof verköstigt worden waren, genossen nun rund um den Gartenpavillon Beamte, Befehlshaber und Priester Wein und Speisen. Teti nahm die zahlreichen Geschenke erfreut, aber noch ein wenig schwach entgegen, denn die Geburt hatte sie viel Blut und Kraft gekostet. Königin Nofretete ließ ihr ein wunderschönes, verziertes Salbengefäß mit dem eingraviertem königlichen Namen schicken, und sogar von der Königinmutter erhielt Teti einen kleinen Behälter mit Augenschminke. Auch User-Re kam. Als er pflichtschuldig sein Geschenk überreichte, wagte sie den Versuch, ihn anzulächeln. Doch ihr Lächeln verblaßte sofort wieder, denn er hatte für sie nur einen geringschätzigen Blick.

Pharao ließ nicht nur in Theben und Memphis, sondern auch in vielen anderen Städten Tempel für Aton errichten, wollte aber vor allem das Bauvorhaben in Karnak so bald wie möglich weit fortgeschritten sehen.
Ab und zu stattete Hatiaj Kamose einen Besuch ab, zum einen, weil er guten Wein schätzte, zum anderen, weil sich Kamose geduldig die Berichte über die Arbeiten auf der riesigen Baustelle anhörte. Teti saß manchmal dabei, während sie Anchari stillte, und lauschte, wenn er von den Schwierigkeiten berichtete, mit denen er, die anderen Baumeister und auch die Bildhauer und Maler zu kämpfen hatten.
»Bisweilen geschieht es doch tatsächlich, daß die Handwerker Amun anrufen vor Erstaunen über die Statuen und die Umrißzeichnungen der Reliefs«, erklärte Hatiaj bei einem seiner Besuche.

»Erstaunen?« Kamose warf dem Hund, der unter Hatiajs Stuhl lag und nach Fliegen schnappte, ein Stück Fleisch zu. »Du kannst ruhig Entsetzen sagen, mein Freund.«

»Was verstehen die Handwerker schon davon, wie sich Atons göttlicher Wille ausdrückt! Nach dem Wunsch, den Aton dem König offenbarte, wird es im Tempel weder ein abgeschlossenes Allerheiligstes noch ein Götterbild geben.«

»Neferti erwähnte das schon vor langer Zeit, aber ich konnte es nicht glauben, und es übersteigt auch jetzt noch meine Vorstellungskraft«, meinte Teti und lächelte, weil ihre Tochter, die rund und wonnig in ihrem Arm lag, die Augen aufgemacht hatte.

»Allein an Größe übertrifft das Heiligtum alle anderen Tempel. Diese Folge von Höfen und gewaltigen Toren und die große Anzahl der Altäre! Aber zerbrechen wir uns nicht den Kopf über Dinge, die wir doch niemals begreifen. Der König allein ist es, der Atons Weisungen empfängt. Uns gewöhnlichen Menschen bleibt nur das Staunen und der Glaube.«

»Und das Abwarten«, sagte Kamose. Er rief eine Dienerin, damit sie Hatiaj nachschenkte. »Es wird Jahre dauern, bis der Tempel fertig ist. Und dann sehen wir weiter.«

»Merire, mit dem Pharao alle seine Pläne bespricht, gab heute bekannt, daß es das Bestreben des Königs ist, schon bald, vielleicht vor Ablauf eines Jahres, an dem heiligen Ort, an dem der Tempel errichtet wird, seinem göttlichen Vater gegenüberzutreten.« Hatiaj war von dieser Kunde so überwältigt, daß er im Flüsterton weitersprach: »Bereits beim Bau des Gotteshauses wirken die Geheimnisse, die der König aus den Heiligtümern des ganzen Landes zusammengetragen hat, und erfüllen es mit magischen Kräften. Aber glaubt mir, Pharao wird von noch mächtigerem Zauber umgeben sein, wenn der neue Tempel erst einmal zum Leben erweckt ist.«

Kapitel 18

Das große Götterfest

Im dritten Jahr seiner Regierung ordnete Pharao an, daß am Neujahrsfest die anderen Götter in den Atontempel kommen sollten, um die Sonne zu sehen. Der Bau hatte gewaltige Fortschritte gemacht; die äußeren Umfassungsmauern waren errichtet. Davor standen Altäre, auf denen das Volk Opfergaben ablegen konnte. Die Steinmauern hatte man aus Blöcken gebaut, die kleiner waren als bisher beim Tempelbau üblich. Sie bildeten einen offenen, von einer Pfeilerhalle umgebenen Hof. Und in diesen Festhof sollten die Priesterschaften die heiligen Barken mit den Statuen der Götter bringen, so daß diese beim gemeinsamen Fest mit Aton, dem obersten Gott, vereint sein würden.

Ganz Theben sprach von nichts anderem als diesem Ereignis. Die Stadtbewohner luden Verwandte ein, versorgten sich mit erheblichen Mengen an Lebensmitteln und begannen zu backen, zu brauen und ihre Festtagskleider aus den Truhen zu holen. Auch in den Heiligtümern, in denen die Priester so lange in Zorn und Untätigkeit verharrt hatten, begann man mit den Vorbereitungen.

Teti ließ ihre Tochter, die nun schon lief, ungern zuhause in der Obhut der Nebenfrauen und Kindermädchen. Aber sie war mit Vorkehrungen sowohl im Hathor-Tempel, aus dem die goldene Statue der Göttin im feierlichen Zug nach Karnak gebracht werden sollte, als auch im Palast betraut.

Eines Morgens bestellte Parennefer sie in sein Amtszimmer. Natürlich ließ er sie warten. Als sie endlich von einem seiner Schreiber hineingeführt wurde, waren Tutu und ein Mann namens Nacht bei ihm. Nacht war als Vorsteher im Büro des Wesirs von Unterägypten tätig gewesen, hatte dort den Rang des Schreibers der Ma'at innegehabt, dann eine Dame aus dem königlichen Hofstaat geheiratet und suchte jetzt in Theben nach einem adäquaten Posten.

Der noch junge Beamte, dessen gepflegte Eleganz nicht zu übersehen war, mischte sich nach einer Weile in das Gespräch ein, das Tutu und Parennefer miteinander führten.

»Für Atons Heiligtum, das Seine Majestät in Memphis errichten läßt, zieht der jüngst eingesetzte Verwalter von den Besitzungen der anderen Tempel Dreiviertel aller Ernteerträge ein«, erklärte er. »Auf königliche Anordnung hin, meine Freunde.«

Mit Tutu, der vom Verwalter des Schatzes des Gottes Chons zum Oberverwalter aller Tempelschätze aufgestiegen war, war in der Zwischenzeit eine Veränderung vorgegangen. Der junge Syrer war nicht mehr der unterwürfige Schreiber aus Kamoses Büro, der seine Umgebung mit tiefen Verbeugungen und blumigen Schmeicheleien günstig zu stimmen suchte. Außer vor Pharao verbeugte er sich vor fast niemandem mehr und seine Ausdrucksweise war knapper geworden.

Er kratzte sich an der dicken Nase, fuhr mit der Hand über sein Kinn, das früher einmal ein Bart geziert hatte, und sagte: »Eine ähnliche Verfügung wurde von unserem Herrscher und Gott auch in Theben erlassen. Und ich habe höchste Weisung, betreffend Gold, Juwelen und Stoffe, erhalten, woraufhin ich ungesäumt Boten ausschwärmen ließ, um die zuständigen Tempelverwalter im Palast zusammenzurufen, damit ich sie vom königlichen Erlaß unterrichten und ihnen meine diesbezügliche

Order geben kann.« Er blickte auf die Papyrusrollen, die neben ihm lagen. »Hier ist die neue Verordnung aufgeschrieben. Von allen Tempelschätzen sollen vier Fünftel an Aton übergeben werden.«
Teti schluckte. Machte sich denn niemand Gedanken darüber, wie die Gottheiten mit den dann noch bleibenden jämmerlichen Resten ausreichend gekleidet und geschmückt werden sollten?
»Aber das Schatzhaus des Aton-Tempels ist doch noch längst nicht fertig«, sagte sie. »Wo willst du denn all die wertvollen Dinge horten?«
»Die Schätze werden vorerst zum Palastbezirk befördert und auf mehrere Gebäude verteilt, die über die zur Aufbewahrung geeigneten Räume verfügen. Beim Götterfest sollen der lebendigen Sonne die Kostbarkeiten ins Heiligtum gebracht werden. Also veranlasse ich den Transport nach Karnak. Danach wird dann alles wieder hierher in den Palast geschafft.«
»Und bei diesem ganzen Hin und Her«, schnaufte sie, »kannst du dir schön was unter den Nagel reißen.«
»Das nimmst du zurück, umgehend!« Tutu war aufgesprungen. »Ich lasse mir von dir nicht solche Anschuldigungen an den Kopf werfen. Nichts verschwindet. Alles wird registriert und ordnungsgemäß verwahrt, bis alle Lagerräume im Aton-Tempel fertiggestellt sind.« Seine farblosen Augen glitzerten böse. »Leiste sofort Abbitte! Sonst verklage ich dich beim Wesir wegen Verleumdung, böswilliger Unterstellung und Beamtenbeleidigung.«
Parennefer unterstützte ihn. »Recht hat er, meine ich. Alle Tempel dürfen ein paar Vorräte behalten, aber das meiste muß Aton kriegen. Deshalb steht ihm auch der größte Tempelschatz zu. Und jetzt, Teti, entschuldige dich!«
Teti biß sich auf die Lippen. Sie zögerte.
Mit herablassendem Lächeln erteilte Nacht ihr einen Rat. »Wenn du gedenkst, jemanden zu beleidigen, Gnädigste,

solltest du darauf achten, daß keine Zeugen zugegen sind.«
Durch die zusammengebissenen Zähne murmelte sie, daß ihr das, was sie soeben gesagt hatte, leid täte. Tutu nickte, immer noch gekränkt, aber er setzte sich wieder auf seinen Stuhl.
»Du hast Glück, daß der Oberverwalter der Tempelschätze deine Entschuldigung annimmt«, meinte Parennefer. Auch er hatte Schriftrollen griffbereit; eine davon nahm er zur Hand und deutete damit auf Teti. »Ich habe dich wegen des Gottesopfers rufen lassen. Ich meine, ich bin es, der dafür verantwortlich ist, daß für das große Fest alles in ausreichenden Mengen zur Verfügung steht. Es wird dir höchstwahrscheinlich nicht gefallen, aber von den Vorräten an Duftölen und an Weihrauch, die im Magazin des Hathor-Tempels lagern, kann ich dir nur den zehnten Teil lassen.«
»Das Nilpferd soll dich verschlingen«, zischte Teti, jedoch so leise, daß nicht einmal Nacht es hörte.
»Wie bitte? Ja, neun Zehntel sind es, die du abzugeben hast. Pharao und die Königin wollen Aton eine große Menge Räucherwerk und Salben opfern. Du kannst stolz sein, daß du mithelfen darfst, Aton zu dienen«, fuhr Parennefer fort und reichte Teti den Papyrus. »Da steht genau, was für Abgaben zu leisten sind.«
»Bis wann?«, wollte sie wissen, obwohl ihr klar war, daß ihre Frage überflüssig war.
»Na, sofort«, sagte Parennefer erwartungsgemäß. »In ein paar Tagen fangen die Festlichkeiten an. Da müssen Ölkrüge und Weihrauchbehälter in Karnak bereitstehen. Und bei der Gelegenheit lieferst du das nach, was du monatlich an Schminke und Salben abzugeben hast. Du bist schon wieder seit drei Monaten im Rückstand.«
Teti hörte seine Beschwerde mit Unwillen. »Alles raffst du für Aton zusammen und läßt den anderen Göttern bloß einen winzigen Teil von dem, was sie brauchen«,

jammerte sie. »Die Vorräte im Heiligtum der Goldenen sind so knapp, daß es kaum für das tägliche Ritual reicht. Und jetzt sollen wir auch von dem bißchen noch etwas abgeben. Schon lange können wir Priesterinnen uns nicht mehr in dem Maß salben, wie wir es gewohnt sind.«

Wenn sie nicht auf das vom früheren Hohenpriester des Hathor-Tempels – auch er war mittlerweile seines Postens enthoben – angelegte Geheimversteck hätte zurückgreifen können, wäre es um die Versorgung der Göttin noch schlechter bestellt gewesen.

Parennefer sah Teti ungerührt an. »Nicht mein Problem! Ich tue nichts anderes, als Pharaos Befehle auszuführen.«

»Man kann alles übertreiben«, rief sie erbittert. »Sogar das billige Öl, das für den Lohn der Tempelbediensteten bestimmt ist, hast du einkassiert.«

»Auf Geheiß Seiner Majestät wird es an die Diener und Dienerinnen abgegeben, die in Atons Gotteshaus tätig sind«, klärte Tutu sie auf.

»Ach nein? Bis es soweit ist, ist das Öl längst ranzig«, gab Teti zurück.

Nacht machte eine elegante Handbewegung, die seine prächtigen Fingerringe zur Geltung brachte. Sein Gesicht zeigte ein übertrieben nachsichtiges Lächeln.

»Die Einstellung der Tempeldiener ist in vollem Gange, Gnädigste. Bereits in diesem Monat wird das Salböl zu ihrer Entlohnung benötigt.«

»Was? Sollen die Tempeldiener vielleicht die im Bau befindlichen Höfe fegen? Oder in den Wirtschaftsräumen, die zwar fertig, aber nicht in Betrieb sind, Dienst tun? Oder den noch nicht angelegten Garten pflegen?«

Teti verstummte und nagte an ihrer Unterlippe. Verständnislos blickte sie von einem zum anderen. Erst als sie merkte, wie mitleidig Nacht sie ansah, ging ihr ein Licht auf. »Ach so«, sagte sie und ließ sich vor Schreck

auf einen Stuhl fallen. »Die Bediensteten sollen abgeworben werden. Denn welcher Diener, welche Dienerin bleibt noch im Tempel von Amun, Mut, Chons oder Hathor, wenn dort für die geleistete Arbeit nichts mehr bezahlt werden kann, weil Schatzkammern, Speicher und Vorratsräume leer sind? Da wechselt doch jeder zum Aton-Heiligtum über, wo er vollen Lohn kriegt, ohne vorläufig einen einzigen Handgriff tun zu müssen.«
Nacht stieß einen deutlichen Seufzer der Erleichterung aus, Tutu murmelte etwas wie »Lob und Preis der Sonne!«, und Parennefer sagte: »Hast du's doch noch begriffen. Dann also, meine ich, ist unsere Unterredung beendet. Und, Teti, halte dich an die Anweisungen!«
Sie warf ihm und den beiden anderen einen unfreundlichen Blick zu, als sie hinausging. Wie sollten die Priester jetzt, nachdem sich die Besitzverhältnisse der Tempelgemeinschaften so sehr verschlechtert hatten, das prächtige Fest ausrichten? Sie mußte gleich mit Neferti darüber sprechen, obwohl sie sich ausrechnen konnte, daß diese ihr mit spöttischem Lachen sagen würde, daß jeder, der die Augen offen hielt und den Aton mit einem Fünkchen seiner Helligkeit erleuchtete, Pharaos Maßnahmen hatte voraussehen können. Teti blieb an die buntbemalte Wand des Palastflures gelehnt einen Augenblick stehen, bevor sie den Raum aufsuchte, in dem sich Neferti aufzuhalten pflegte, wenn sie Hofdamendienst hatte.
Doch sie kam nicht dazu, auch nur ein einziges Wort zu sagen.
»Gut, daß du da bist«, rief Neferti gleich. »Wir sind zur Königin beordert. Bei Atons Sonnenglanz! Wie siehst du denn wieder aus! Dein ganzes Lippenrot hast du abgekaut.« Sie hielt Teti einen Spiegel hin, winkte gleichzeitig einer Dienerin. »Hier trag' rasch neues auf. Und deine Perücke bringst du auch besser in Ordnung, bevor du der Großen Königlichen Gemahlin unter die Augen trittst.«

Königin Nofretete war schöner denn je. Es hieß, der Geist Atons habe ihre Schönheit verklärt und so ihre Vollkommenheit aller Welt sichtbar gemacht. Pharao dagegen war nicht gerade ein schöner Mann, wie Teti immer wieder feststellen mußte. Aber über seinem ganzen Wesen lag der bezwingende Glanz der Göttlichkeit, dem sich niemand entziehen konnte. Auch wenn Teti mit den Anordnungen, die sie soeben erhalten hatte, überhaupt nicht einverstanden war, wäre es ihr niemals eingefallen, dagegen aufzubegehren. Schließlich konnte man einem Gott keinen offenen Widerstand entgegensetzen, sondern höchstens versuchen, ihn zu überlisten oder seine Maßregeln zu umgehen. Dachte sie zumindest. Außerdem hatte es ihr gut getan, Tutu und Parennefer die Meinung zu sagen, wenn auch ohne Erfolg.

In dem sehr privat wirkenden, inneren Hof, in dem sich das Königspaar gern mit einem kleinen Kreis auserwählter Personen aufhielt, befanden sich auch Merire und Pentu. Wie meistens sprach Pharao mit den beiden Priestern über religiöse und politische Dinge. Wenn Teti sich angewöhnt hätte, bei derartigen Gelegenheiten besser aufzupassen, wäre sie sicherlich von mancher Entwicklung der Ereignisse nicht so überrascht worden. Aber sie besaß noch nicht die Erfahrenheit von Neferti, aus Anspielungen und Gesten das Bedeutsame herauszulesen. So setzte sie sich still auf ein Kissen zu Königin Nofretetes Füßen, tat, als lausche sie aufmerksam, dachte aber an ihre Kinder und an Kamose, an das bevorstehende Götterfest und daran, was vor Beginn der Überschwemmungszeit für die Landgüter und den Garten zu regeln war. Sie bemerkte, daß die Königliche Gemahlin sie ab und zu mit einem vergnügten, fast belustigten Blick streifte.

Plötzlich schrak sie auf, denn Königin Nofretete sagte: »Und für die Hofdame Teti haben wir heute eine Überraschung.«

»Majestät?«, fragte sie verwirrt und verbeugte sich hastig.
Die Große Königliche Gemahlin gab etwas von sich, das wie ein glucksendes Lachen klang, aber das war natürlich vollkommen unmöglich; diese Vorstellung konnte einzig und allein Tetis wuchernder Phantasie entsprungen sein.
Pentu verließ den Hof, kehrte aber schon nach wenigen Augenblicken zurück. Und mit ihm kam Pa-Wah. Obwohl der junge Priester nicht das Leopardenfell trug, konnte man erkennen, daß er es inzwischen weit gebracht hatte. Selbstbewußt, eifrig, gewandt und leichtfüßig schritt er heran, die klugen Augen auf Merire gerichtet.
»Seht ihn euch an, Majestäten, den frisch ernannten Vorsteher der Geheimnisse«, sagte Merire. »Mein Schützling hat die Erwartungen erfüllt, die ich in ihn gesetzt habe. Er ist nun ein Eingeweihter. Einer, dem sich die unvergängliche Wahrheit Atons erschlossen hat.«
Pharao lächelte und winkte Pa-Wah näher heran. Pa-Wah kniete vor dem Sessel nieder und küßte den Boden vor den königlichen Füßen.
»Meine Majestät ist noch nicht sicher, ob du in dem Tempel eingesetzt wirst, der für Aton in Memphis gebaut wird, oder ob du in der Hauptstadt Dienst tun wirst.«
»Wenn ich nur dem dienen kann, der mich erschaffen hat, o Abbild des lebendigen Aton«, erwiderte Pa-Wah fromm.
Merire lobte weiter: »Deine Majestät wird nicht viele Priester finden, die die Lehre von Atons höherer Wirklichkeit verinnerlicht haben wie dieser Schüler. So wie es stets eine große Freude für mich war, hier in Theben Pentu zu meiner Unterstützung zu haben, so empfand mein Herz tiefste Genugtuung, daß ich, wenn ich von Zeit zu Zeit das Heiligtum in Junu aufsuchte, in Pa-Wah dort einen Priester fand, bei dem der Samen deiner göttlichen Belehrungen, o Herr der Beiden Länder, auf fruchtbaren Boden gefallen ist.«

Pharao blickte wohlwollend auf Pa-Wah herab, dann gab er ihm das Zeichen, sich zu erheben. Pa-Wah stand auf und stellte sich neben Pentu. Pharaos Blick verweilte auf den beiden jungen Priestern.
»Ist es nicht eine gütige Fügung Atons«, sagte der König nachdenklich, »daß diese beiden hervorragenden Männer, die, wie du mir erzähltest, schon seit langem Freunde sind, nun das Tor des Wissens durchschritten haben und an den Ort der Offenbarung gelangt sind? Atons göttliche Gegenwart und deine Anleitungen, Schauender Merire, haben ihren tastenden Seelen und ihren suchenden Herzen ein neues Denken gelehrt.«
»Fürwahr, Herr und König, der du von der Wahrheit lebst«, sagte Pentu, Priester und Leibarzt der königlichen Kinder, »unser Meister Merire ist wahrlich ein Sehender und Wissender und ein weiser Verkünder der einen, einzigen und wahrhaftigen Wirklichkeit.«
Doch Merire verneigte sich bescheiden und meinte: »Allein durch die Gnade, im Lichtkreis deiner göttlichen Wesenheit weilen zu dürfen, o Herrscher, wurde ich befähigt, junge Menschen zu prüfen und vorzubereiten, um die des Wissens Würdigen der geistigen Erleuchtung zuzuführen.«
Bei diesen langen Lobreden werde ich wohl hunderttausend Jahre warten müssen, bis ich ein Wort mit Pa-Wah wechseln kann, dachte Teti, die schon darauf brannte zu erfahren, wie es ihm in Junu ergangen war und was er erlebt hatte.
»Es ist mein Wunsch«, sagte die Königin, »daß meine Hofdamen durch ausgewählte Kenner der Lehre Atons gründlich unterwiesen werden. Die Edle Neferti, die in Pentu einen ausgezeichneten Lehrer gefunden hat, hat ihre Kenntnis und Glaubensfestigkeit bereits hinlänglich bewiesen. Daher wäre es schön, Pa-Wah, wenn du dich bereitfinden würdest, die Hofdame Teti zu unterrichten,

bei der es mehrere, nicht unerhebliche Wissenslücken zu schließen gibt.«

Pa-Wah blickte kurz zu Teti herüber, bevor er sich ehrerbietig vor der Königin verbeugte.

»Ihr könnt«, sagte Nofretete, »sofort mit der ersten Unterrichtsstunde beginnen. Danach wird sich alles weitere finden. Ihr dürft euch zurückziehen.«

Teti traute ihren Ohren kaum und vergaß in diesem Moment vollkommen, daß es verboten war, hohe Persönlichkeiten anzustarren, und dabei war das eine der ersten und wichtigsten Regeln, die Kamose ihr vor vielen, vielen Jahren eingeschärft hatte. Aber ihre Überraschung war einfach zu groß. Und, dachte sie aufgeregt, werden nicht Schwierigkeiten auftreten? Wie soll ich bloß Kamose beibringen, daß Pa-Wah mir Unterricht erteilt?

»Ihr habt die Erlaubnis, euch zu entfernen«, wiederholte die Königin.

Neferti gab Teti einen Klaps und flüsterte: »Nun geh' schon endlich mit ihm mit!«

Teti stolperte hinter Pa-Wah her aus dem Hof. Der Vorsteher der Geheimnisse dagegen stolperte nicht, sondern schritt stolz voran, sich seines neuen, hohen Amtes voll und ganz bewußt, öffnete auf dem Palastflur eine Tür und trat ein.

»Auch du sollst aus dem Dunkel zum Licht finden, Teti«, sagte er, nachdem er die Tür geschlossen hatte. »Du mußt nur wollen und bereit sein, deine gedanklichen und geistigen Kräfte anzustrengen.«

Eigentlich hatte sie sich seine Begrüßungsworte ja ein wenig anders vorgestellt, doch so viel war geschehen, seit sie sich zum letzten Mal gesehen hatten. Während sie sich Familienangelegenheiten, ihrem Dienst als Hofdame und der gewohnten Arbeit im Tempel gewidmet hatte, hatte Pa-Wah eine neue, rein geistige Welt geschaut und Erfahrungen gemacht, von denen sie keine Vorstellung hatte.

Aus ihren Augen sprach willige Bewunderung, als sie sagte: »Ich werde mich anstrengen, Schauender Pa-Wah. Und siehe, ich bin bereit, mich mit der Essenz deiner Weisheit beträufeln zu lassen.«
Er warf ihr einen kurzen Blick zu. »Wenn ich nur wüßte, wo ich anfangen soll«, sagte er und legte die Handflächen aneinander. Dann fing er an, in dem spärlich ausgestatteten Raum auf und ab zu gehen. »Was weißt du vom göttlichen Ursprung? Nicht allzuviel, denke ich. Oder? Hast du eine Ahnung von der kosmischen Ordnung und ihren Zusammenhängen?« Er seufzte tief. »Du mußt wissen, meine Seele war in den letzten Wochen auf der Suche nach dem göttlichen Funken. Deshalb ist es unwahrscheinlich schwierig für mich, meinen Geist auf die niedrige Ebene deines Wissensstandes herabsteigen zu lassen.«
Außer sich vor Wut wünschte sie sich, sie hätte Pa-Wah niemals wiedergetroffen. Das war das letzte Mal, daß sie ihm gegenüberstand. Und es würde das erste Mal sein, daß sie einen Befehl der Königin mißachtete. Dieser aufgeblasene Kerl war doch einfach unausstehlich.
»Meinetwegen braucht dein sphärisches Gefilde durchschweifender Geist nicht in den irdischen Sumpf zurückzukehren, hochwürdiger Weiser. Ich verzichte auf den Unterricht.« Sie drehte sich um und riß die Tür auf.
»Teti«, rief er, »warte doch!«
Sie blieb stehen, wandte den Kopf und sah, wie mit einem Mal die überhebliche Miene aus seinem Gesicht verschwand.
»Ich sehe ein, ich habe es völlig falsch angepackt«, sagte er. »Dabei habe ich mich so gefreut, dich wiederzusehen. Aber du nimmst auch jedes Mal alles viel zu persönlich. Teti, liebste Schwester, ich kann es noch gar nicht fassen, daß du hier vor mir stehst.
Sein Lächeln war ziemlich verunglückt, und vielleicht fand Teti es gerade deshalb so anziehend. Plötzlich lagen

sie einander doch in den Armen, und er hielt sie so fest, daß sie kaum noch Luft bekam. Dann umfaßte er ihr Gesicht mit den Händen und preßte wieder und wieder seine Lippen auf ihren Mund. Gern ließ sie es zu, daß er ihr die Freudentränen von den Wangen küßte. Eine Spur fordernder kehrten seine Lippen zu ihrem Mund zurück. Sie erwiderte seine Küsse voll Hingabe und begann, sich Dinge zu wünschen, an die sie eigentlich nicht einmal hätte denken dürfen. Sanft drängte er sie in die Zimmerecke, die vom Fenster aus nicht einzusehen war. Seine Hände fingen an, zärtlich über ihren Körper zu wandern. Doch erst als er sich anschickte, den Verschlußknoten ihres Kleides zu lösen, konnte sie die Energie aufbringen, sich von ihm loszumachen. Sie stemmte sich gegen seine Brust. Der rosafarbene Nebel vor ihren Augen zerriß.

»Nein, bitte, laß es uns nicht tun.«

»Und ob wir es tun werden«, sagte er heiser. »Ich habe lange genug gewartet. Und ich habe, Aton ist mein Zeuge, ein Recht darauf.«

»Nein, Pa-Wah!« Sie ging von ihm weg zur Mitte des Raumes und sah sich ängstlich um. »Mir ist hier so unheimlich.«

Er war ihr gefolgt. »Unheimlich? Wieso ist dir denn unheimlich? Wir sind doch ungestört. Wir befinden uns in einem ganz gewöhnlichen Zimmer im Palast, der vom Glanz Atons und von der Anwesenheit Pharaos erhellt wird.« Die Leidenschaft in seinen Augen war der Erbitterung gewichen. »Weißt du, Teti, ich habe dich immer für leicht verdreht gehalten, aber jetzt hast du vollkommen den Verstand verloren.«

Vorsteher der Geheimnisse oder nicht... sie trat ihm gegen das Schienbein. »Ich bin nicht verrückt. Aber ich habe so ein ungutes Gefühl.«

Er rieb sich die Stelle, wo sie ihn mit dem bloßen Fuß gestoßen hatte.

»Bei Aton, du bist wirklich nicht recht bei Trost! Was fällt dir...«

Sie bedeutete ihm zu schweigen und lauschte. »Hier drin komme ich mir vor wie in einer Falle.

Rasche Schritte näherten sich, und unversehens, ohne daß sie vorher angeklopft und die Erlaubnis zum Eintreten abgewartet hätte, öffnete eine Dienerin die Tür. Eine zweite folgte. Sie trugen einen Weinkrug und einen Korb mit Obst.

»Wir bringen Erfrischungen«, meinte die ältere mit glattem Lächeln.

»Wir brauchen keine Erfrischungen«, entgegnete Teti. »Verschwindet!«

Die Dienerinnen wurden unsicher.

»Aber man hat uns genau hierher in dieses Zimmer geschickt, um die Sachen zu bringen«, murmelten sie, ließen Krug und Korb einfach stehen und gingen hinaus.

»So sieht also dein Ungestörtsein aus, Vorsteher der Geheimnisse. Du willst Atons Geheimnisse bewahren? Daß ich nicht lache! Nicht einmal unser Geheimnis konntest du für dich behalten. Und jetzt das. Kein Wunder, daß mir die Sache nicht geheuer vorkam. Das wäre peinlich gewesen, wenn die Dienerinnen uns überrascht hätten. Auf der Stelle hätte es jeder im Palast erfahren. Und ich hätte nicht mehr zu Kamose zurückkehren brauchen. Und hätte meine Kinder nie mehr wiedersehen dürfen.« Teti war sehr blaß geworden. »Heilige Hathor, wenn ich daran denke, daß ich beinahe meiner Schwäche für dich nachgegeben hätte!«

»Es ist keine Schwäche, es ist Liebe«, behauptete er. »Es war Merires Einfall, und die Königin hat ihn gutgeheißen. Weißt du, in erster Linie geht es gar nicht so sehr um den Unterricht.«

»Das ist mir inzwischen auch klargeworden.«

»Die Königin schlug vor, ich solle dich fragen, und wenn

du zustimmst, würde ich ja noch sehr viel Zeit haben, dich in der Lehre Atons zu unterrichten. Teti, du mußt dich von Kamose trennen und mit mir kommen.« Bevor sie etwas entgegnen konnte, redete er weiter: »Du brauchst dir keine Sorgen zu machen! Es wird weder wegen deiner Kinder noch sonst irgendwelche Schwierigkeiten geben. Wir gehen für einige Zeit nach Junu, aber wir werden bald nach Theben zurückkehren können, denn wir haben die Unterstützung höchster Persönlichkeiten.«

»Sei still, Pa-Wah. Wozu willst du mich da überreden? Das alles ist ja unglaublich. Oh, und fast hättest du dein Ziel auch erreicht!«

Er suchte seine Sandalen, die er schon abgestreift hatte.

»Laß dir Zeit, Teti. Ich will deine Antwort nicht gleich. Überlege es dir in Ruhe. Du wirst sehen, alles spricht dafür, meinen Vorschlag anzunehmen. Die Klarheit und Helligkeit Atons mögen dir helfen, dich richtig zu entscheiden. Aber, Teti, eines mußt du wissen: Es ist das letzte Mal, daß ich dich darum bitte.«

Am ersten Tag des großen Götterfestes standen Kamose und Teti unter einem der Sonnendächer, die man entlang der Prachtstraße aufgestellt hatte, und beobachteten, wie die Opfergaben zum Tempel gebracht wurden. Zuerst wurden Hunderte blumengeschmückter Rinder und ganze Herden von Antilopen bis hinter die äußere Umfassungsmauer des neu errichteten Heiligtums getrieben. Dann trugen Diener Körbe mit Broten, gerupftem Geflügel, Gemüse, Früchten und Blumen vorbei, andere schleppten an Tragjochen Krüge mit Wein, Bier und Öl heran. Pharaos Untertanen, die Hofbeamten mit ihren Familien auf der einen und das gewöhnliche Volk auf der anderen Straßenseite, sollten sehen, welche unvorstellbaren Mengen von Opfergaben das Königspaar dem Gott Aton spendete.

Tetis Gedanken wanderten ein paar Tage zurück zu dem Wiedersehen mit Pa-Wah. Es hatte sie überrascht, daß nicht nur ihre alten Gefühle sofort wieder aufgeflammt waren, sondern auch daß er sich nach all den Jahren immer noch so hartnäckig um sie bemühte. Sie war allerdings zu dem Schluß gekommen, daß bei ihm weniger der Wunsch eine Rolle spielte, Kamose letztendlich doch zum Verlierer zu machen, als vielmehr die Tatsache, daß sie eine Hofdame in unmittelbarer Nähe der königlichen Familie war. Und offenkundig wurde eine Eheschließung von Merire, von der Königin und möglicherweise auch von Pharao gebilligt. Sie würde das, was Pa-Wah bisher erreicht hatte, vortrefflich abrunden und zudem seinem weiteren Aufstieg förderlich sein.
Obwohl sie sich Pa-Wahs berechnender Überlegungen durchaus bewußt war, stellte sie sich vor, wie es gewesen wäre, wenn sie nachgegeben hätte. Mittlerweile verursachten ihr derartige Gedankengänge nicht mehr so große Schuldgefühle. Schließlich war sie nicht die einzige Frau, die derartigen Anfechtungen ausgesetzt war.
»Sieh dort, meine Beste«, holte Kamoses Stimme sie in die Wirklichkeit zurück. »Sind das nicht deine Leute, die sich an den Mazoi vorbeidrängeln wollen?«
Sie wandte sich dorthin, wohin Kamose zeigte. Zuvorderst stand gestikulierend Imiu und versuchte mit schriller Stimme, dem Anführer der Mazoi klar zu machen, daß sie und die Familienangehörigen, die sie im Schlepptau hatte, Verwandte der Ehefrau dieses hohen Beamten seien und deshalb das Recht hätten, ganz vorne an der Straße zu stehen. Noch lehnte Mahu, der User-Res wegen da war, gelassen an einer Stange mit bunten Wimpeln, doch Teti befürchtete, daß er und seine Mazoi sehr bald sehr grob werden würden, wenn sie ihren Angehörigen nicht zu Hilfe kam, was ja auch ihre Pflicht war. Also schickte sie Seni, um Mahu zu bitten, ihrer zahlreich erschienenen Verwandtschaft einen angemessenen Platz zuzuweisen.

Imiu, Pepi und die anderen verbeugten sich tief vor Kamose, der sich längst wieder dem Geschehen auf der Prachtstraße zugewandt hatte, stolzierten an den Mazoi vorbei und stellten sich so auf, daß sie nicht nur eine gute Sicht auf die vorbeischreitenden Gabenträger hatten, sondern auch von der anderen Straßenseite aus gut gesehen werden konnten, wo vermutlich Bekannte und Nachbarn voll Neid herüberblickten.

Nachdem sich der von den Hufen der Opfertiere aufgewirbelte Staub gelegt hatte, wurden Truhen herbeigeschafft, deren Deckel von Zeit zu Zeit aufgeklappt wurden, damit man die Gewänder, Juwelen und kostbaren Geräte sehen konnte, die sie enthielten. Auch dieser Zug schien kein Ende zu nehmen. Teti blickte zu Mahu hin. Nach der Unterbrechung unterhielt er sich wieder mit User-Re. Kamoses Sohn war anläßlich des Festes mit seinen Wagenkämpfer nach Theben abkommandiert und in den Soldatenunterkünften im Palast einquartiert worden. Er hatte mehrere Beförderungen hinter sich und befehligte inzwischen eine eigene Schwadron von fünfundzwanzig Streitwagen. Da der Aufmarsch der Soldaten mit Vorführungen und Wettkämpfen erst am übernächsten Tag stattfinden sollte, konnte er dem Zug der Opfergaben und der königlichen Festprozession, die folgen sollte, zusehen. Doch er zog es vor, sich mit Mahu und seinen Freunden zu unterhalten, statt neben seinem Vater und seiner Stiefmutter auf der Tribüne zu stehen. Aber seine Herzensschwester war bei ihm, die hübsche Kleine, die sich ihm vor zwei Jahren an den Hals geworfen hatte und ihn seither mit ihrer Liebe verfolgte. Kamose war dem Mädchen von Anfang an freundlich begegnet. Teti gab sich alle Mühe, nett zu ihr zu sein, aber es fiel ihr ungeheuer schwer. Obwohl User-Res Freundin ihr nicht den geringsten Grund dazu gab, konnte sie sie überhaupt nicht leiden. Das Mädchen, Tia war ihr Name, traf mit User-Re zusammen, wann immer

er sich in Theben aufhielt, und es war abzusehen, daß sie, sobald er einen festen Posten in Memphis oder Theben antreten konnte, seine Frau werden würde.
»Nun, ich denke, es ist Zeit aufzubrechen«, sagte Kamose und schnippte mit den Fingern. »Baki, die Sänften!«
Sowohl er als auch Teti mußten sich in den Festzug des Hofstaates einreihen. Teti ermahnte Mehi, brav zu sein und auf seine kleine Schwester aufzupassen, was er, obwohl selbst erst vier, sehr ernst nahm. Sie küßte ihn und Anchari, drohte den Kindermädchen den Tod durch Erwürgen oder etwas ähnliches an, falls einem der Kinder ein Haar gekrümmt würde, warf noch einen raschen Blick auf Mutnefer, Taheb und Henut, die nicht müde wurden, Vermutungen über den Wert der Schätze in den Truhen anzustellen, und folgte Kamose zu den Sänften. Die Träger standen wartend bereit.
Doch bevor Kamose einstieg, nahm er Teti zur Seite. »Mir ist nicht entgangen, daß sich dieser Priester, dieser Pa-Wah, wieder in Theben befindet«, sagte er mit starrer Miene. »Bei Seth, wage nicht, auch nur ein einziges Wort mit ihm zu reden.«
Sie schüttelte entschieden den Kopf. »Nein, nein, Liebster! Das tue ich ganz bestimmt nicht.«
Sie sah ihn kurz an; hoffentlich regte er sich nicht wieder auf. Doch er schien es bei dieser Warnung bewenden lassen zu wollen und befahl den Sänftenträgern, sie zur Anlegestelle der königlichen Barken zu bringen.
An Bord des Prunkschiffes der Königinmutter herrschte Aufregung; Königin Tejes scharfe Stimme drang aus der mit goldbestickten Tüchern verhängten Kajüte. Eine Hofdame und zwei Diener stürzten heraus und sprangen in ein Boot, das die beiden Männer unter Aufbietung aller Kräfte zurück ans westliche Ufer ruderten. Teti seufzte. Was mochte man jetzt wieder im Palast vergessen haben?

Auf der Barke der Großen Königlichen Gemahlin ging es ruhiger zu. Nachdem Teti vor Königin Nofretete, die in der luftigen Kajüte thronte, kurz niedergekniet war und die anderen Hofdamen begrüßt hatte, wog sie zum wiederholten Mal einen der beiden langstieligen Straußenfederfächer in der Hand. Sie und Neferti hatten die ehrenvolle Aufgabe, rechts und links von der Sänfte zu gehen und der Königin zu fächeln. Hoffentlich würden ihr die Arme nicht schon allzubald lahm werden.

Bereits am Morgen hatte sie mehrere Salbenbehälter an Bord gebracht, die sie nun hinter einem Blumengebinde hervorholte. Sie trat vor die Königin. Nofretete strahlte wie Aton selbst, die Uräusschlange an ihrer Stirn funkelte so, daß Teti kaum näherzukommen wagte. Aber sie mußte der Königin nicht nur die Stirn, sondern auch die Hand- und Fußgelenke, die Kniekehlen, Schultern und den Nacken mit dem duftenden Öl salben, das sie für diesen Tag zubereitet hatte. Sie verbeugte sich, hob behutsam den Stoff und die schweren Schmuckstücke an und verteilte das Parfüm vorsichtig auf Nofretetes Haut. Die Königin schloß die Augen und atmete lächelnd den Duft ein. Als Teti fertig war, brachten die Erzieherinnen die drei Prinzessinnen, und zusammen mit ihnen, gefolgt von ihren Hofdamen, schritt die Königin über den Landungssteg ans Ufer, wo ihre Sänfte bereitstand.

Pharao saß bereits in seinem Tragstuhl und sah so furchterregend mächtig und gebieterisch aus, daß Teti für ein paar Augenblicke vergaß, ihren Fächer auf und ab zu schwenken. Der Herrscher glänzte ganz in Gold gehüllt, das königliche Kopftuch war golden und silbern gestreift und hatte wellige Enden. Die Reife an seinen Oberarmen und der Brustschmuck zeigten die Sonnenscheibe. Das Gesicht des Königs war unbewegt, nur die vollen Lippen zuckten ab und zu, als wollten sie lächeln.

Die Sänfte mochte die kostbarste sein, die je ein König benutzt hatte, und sicherlich auch die schwerste, denn die sechzehn hohen Offiziere, die sie trugen, ächzten unter ihrem Gewicht. Teti erkannte unter ihnen die Generäle Maja und Nacht-Min, die Befehlshaber Pa-Aton-em-hab, Ptah-mes, Seti und auch Pasi, der das Kommando über das Staatsschiff Cha-em-Ma'at führte. Alle schwitzten fürchterlich, stemmten sich gegen die gewaltige Last auf ihren Schultern und starrten angestrengt auf den Zeremonienmeister in der Hoffnung, er möge sich endlich umdrehen und das Zeichen zum Aufbruch geben.

Doch das sollte noch eine Weile dauern, denn Pharao wollte Mai, dem Hohenpriester des Amun, und Si-Mut sowie den anderen beiden Propheten den Vortritt lassen. Hinter diesen kamen die übrigen Amun-Priester, deren Oberste Amuns Götterbarke trugen, gefolgt von Musikern, Tänzerinnen, Sängerinnen und den Bediensteten. Dahinter schlossen sich die Gottesdiener der anderen Tempel an.

Teti fand, daß die Priesterschaft der Goldenen mit dem Schrein der Göttin ein recht trauriges Häuflein bildete, und auch die Gruppe der Tänzerinnen war längst nicht mehr das, was sie einmal gewesen war. Wieder dachte sie mit Entsetzen daran, daß Kafi schon seit Monaten verschwunden war. Aus einer in Tränen aufgelösten Dienerin war nichts weiter herauszubringen gewesen, als daß die Herrin aufgebrochen sei, um sich, auf welche Weise auch immer, nach Retenu durchzuschlagen und Auta, ihren Liebsten, zu finden. Seneb hatte sich entgegen Panehesis Befürchtungen daraufhin nicht dem Trunk ergeben, sondern reiste in, wie es hieß, geheimer Mission im Land umher.

Es dauerte also nicht lange, bis die Priester mit den Barken Amuns, der Götter Min, Month und Chons und der Göttinnen Mut und Hathor vorbeigezogen waren. Ihre Schar und die Zahl der Tempeldiener war in der Tat sehr geschrumpft. Nur aufgrund des über ihre Pflichten weit

hinausgehenden Einsatzes der verbliebenen Dienerschaft und mit der Unterstützung einiger reicher, amuntreuer Familien war es den Priestern gelungen, das Fest auszurichten und ebenfalls einige kostbare Opfergaben vorzuweisen.
Gleich würde es losgehen. Alle blickten ungeduldig auf den Zeremonienmeister, der sich schon umgedreht hatte und auf Pharaos Wink wartete. Lediglich auf dem Gesicht der Königinmutter lag ein Ausdruck des Mißvergnügens. Die zwei hohen, goldenen Federn auf der schimmernden Geierhaube wippten unmutig auf und ab. Anscheinend hatte es die unglückliche Hofdame nicht mehr geschafft, rechtzeitig mit dem vergessenen Gegenstand zurückzukehren, und Teti sagte sich, daß sie um nichts in der Welt in der Haut dieser Frau stecken wollte. Da schwenkte sie lieber ihren Fächer, auch wenn ihr die Arme schon ganz schwer waren. Sie schielte vorsichtig zur anderen Seite des Tragstuhls hinüber und sah, daß sich Neferti bequem auf den Stiel ihres Straußenfederfächers stützte und sich mit einer anderen Hofdame unterhielt. Teti überlegte. Sollte sie es ihr gleichtun – oh, wie hochwillkommen wäre so eine Pause – oder sollte sie besser noch schneller wedeln, damit die Königin nicht merkte, daß Neferti nicht mehr fächelte.
Pharao wollte offenbar einen gebührenden Abstand zu den vor ihm Ziehenden lassen. Er sprach mit Wesir Ramosis, der vor der königlichen Sänfte stand und angestrengt zu dem im Strahlenglanz Atons thronenden Herrscher emporblinzelte. Dann endlich gab der König das Zeichen. Der Zeremonienmeister hob die Arme. Die Generäle und Admiräle rückten an, auch die Sänften mit den beiden Königinnen setzten sich in Bewegung. Und Neferti blieb zu Tetis Genugtuung nichts anderes übrig, als lächelnd und fächelnd nebenher zu schreiten.
Die Volksmenge am Straßenrand fiel zu Boden, als die goldglänzenden Sänften mit dem Königspaar und der

königlichen Mutter nahten. Dann erhoben sie die Menschen wieder, um all die Prinzen und Prinzessinnen, die Hofdamen, Beamten und Würdenträger anzuschauen, die vorbeischritten. Schließlich kam eine stattliche Schar von Priestern mit Merire, Panehesi und Pentu an der Spitze. Alle trugen wertvolle Opfergaben wie Salbenbehälter, goldene Gefäße, Schalen mit Weihrauch und vieles mehr. Ihnen wiederum folgte eine unübersehbare Zahl Tempelbediensteter. Hätte Teti nicht den wahren Grund für den unerwarteten Zustrom gekannt, wäre sie, ebenso wie das Volk, das die Straße säumte, überrascht und überwältigt gewesen. Und obwohl Teti es wußte, war auch sie beeindruckt. Es war Pharaos göttliche Vollkommenheit, die diesen Tag gestaltete. Und war nicht gerade deshalb die große Anzahl der Priester und Tempelangehörigen ein Zeichen für die Macht Atons?
Die Musik und die Gesänge hörten auf, als die Priester an der Umfassungsmauer des Tempelneubaues angelangt waren. Merire begann zu singen, und Teti, die gerade noch gedacht hatte, keine einzige Bewegung mehr ausführen zu können, spürte, wie ihre Arme plötzlich leicht wurden. Auch die Männer, die die Sänften trugen, schienen ihre Last nicht mehr als so schwer zu empfinden. Es war eine ganz neue Art von Gesang, eine Melodienfolge, die anrührte und zugleich beschwingte.
Die riesige Menschenmenge, die Pharao folgte, stellte sich vor dem bereits vollendeten Eingangspylon gegenüber den Gemeinschaften der anderen Heiligtümer auf. Teti bemerkte, daß hinter den vielen neu angeworbenen Tempeldienern Palastsoldaten Aufstellung nahmen und so die Anzahl der Menschen im Gefolge des Königs weiter verstärkten. Kamose und Apy in ihren gestärkten Schurzen standen bei einer Gruppe Würdenträger; die dünnen Hemden klebten ihnen bereits am Rücken.
Auf der anderen Seite des Tempeltores gingen die Priester vor den Götterbarken auf und ab und schwenkten

Räuchergefäße, während Merire mit den Lobpreisungen Atons fortfuhr. Anschließend durften auch die anderen Priester Hymnen zu Ehren ihrer Gottheiten vortragen. Teti hatte gehofft, daß es so stimmungsvoll weitergehen würde, doch nun verbreitete sich Wesir Ramosis in einer seiner langweiligen Reden, von der sie sowieso bloß die Hälfte verstehen konnte. Der Wesir war wegen seines hohen Alters nicht mehr in der Lage, laut zu sprechen. Nicht einmal bis zur Sänfte des Königs drangen alle seine Worte, so daß sich Pharao immer wieder verbeugen und die Hand ans Ohr legen mußte. Teti begriff nur, daß es Probleme gab, den Tempelbau ohne größere Steuererhöhungen für die Bauern voranzubringen. Als dann der göttliche Herrscher selbst eine Ansprache hielt, prägte sich Teti jedes seiner Worte ein. Aton, sagte Pharao Amun-hotpe, habe endgültig die Führung über die anderen Götter übernommen, und Seine Majestät, der König, der den Gott auf Erden verkörpere, würde die Ma'at in der Welt durchsetzen und verteidigen, sich mit seiner ganzen Löwenkraft gegen jeden Feind und gegen jeden Angreifer wenden und ebenso machtvoll gegen alle Zweifler kämpfen.

Für den nächsten Festtag war ein Empfang der hohen Beamten aus allen Teilen des Landes vorgesehen. Pharao trug die rotweiße Doppelkrone und thronte im großen Säulenhof des halbfertigen Tempels. Das Gotteshaus schimmerte zwar noch nicht von Gold, Silber und Elektron, doch die Mauern und Tore beeindruckten schon allein durch ihre Länge und Höhe. Prinz Semenchkare war sehr stolz, weil er an diesem Tag neben dem Thron seines königlichen Onkels stehen durfte. Er war ein schüchterner Junge, der brav alles tat, was ihm Merit-Aton, die älteste Königstochter, befahl; aber die lustige Prinzessin Maket-Aton, die gleichaltrig mit ihm war, mochte er viel lieber.

Teti stand während der offiziellen Zeremonie an Kamoses Seite und machte sich, als die Abgesandten über den Baufortschritt der Aton-Heiligtümer, die in den verschiedenen Provinzhauptstädten errichtet wurden, Bericht erstatteten, ihre Gedanken über die Prinzessinnen.
Vier Mädchen saßen zu Pharaos Füßen. Da war die altkluge Merit-Aton. Sie nutzte ihren Rang als Erbprinzessin schamlos aus und beherrschte nicht nur Prinz Semenchkare, sondern auch die Prinzessinnen Mutnedjemet und Baket-Aton, obwohl diese älter waren als sie. Doch bedauernswerte Geschöpfe waren die jüngsten Schwestern des Königspaares deshalb nicht. Sie waren nach Tetis Geschmack viel zu verwöhnt. Am allermeisten Baket-Aton, Pharaos Schwester, die ihr vor Jahren einen Tritt versetzt hatte, was Teti niemals vergessen würde. Aus Königin Tejes Tochter war ein hinterhältiges, kleines Biest geworden, das zwar nicht offen gegen Merit-Aton rebellierte, aber seinen unterdrückten Zorn an Erzieherinnen und Dienerinnen ausließ. Außerdem war sie reichlich gefräßig und hatte schon jetzt ein Doppelkinn. Prinzessin Mutnedjemet dagegen war schmächtig und weit davon entfernt, jemals so schön zu werden wie ihre Halbschwester, Königin Nofretete. Jemand mußte ihr das einmal gesagt haben, wohl deshalb war sie stets unfreundlich und mürrisch. Außer der jüngsten Königstochter, Anchesenpa-Aton, einem ruhigen, kleinen Mädchen, das heute auf dem Schoß seiner Mutter sitzen durfte, erfreute sich nur Prinzessin Maket-Aton der Zuneigung der Bediensteten und des Hofstaates. Sie hatte sich ihr fröhliches Gemüt bewahrt und machte die Arbeit von Hofdamen und Dienerinnen einigermaßen erträglich. Allein vor dem Priester und Leibarzt Pentu hatten alle Kinder Respekt. Deshalb wurde er manchmal, wenn weder Ermahnungen noch verhaltene Drohungen etwas halfen, von einer verzweifelten Kinderfrau geholt, um ein Machtwort zu sprechen.

Wie die anderen Hofdamen war auch Teti der Meinung, daß die eigenen Kinder um vieles besser geraten waren als die Prinzen und Prinzessinnen im Palast. Außerdem war Kamose darauf bedacht, daß Mehi und Anchari gut erzogen wurden, und seine Bemühungen trugen Früchte.
Als der offizielle Teil der Feier beendet war und die Zuschauergruppen sich auflösten, gelang es Teti, sich Pa-Wah zu nähern, der mit einem prächtigen Fächer neben einer der Statuen stand, die Pharao in seiner Göttlichkeit darstellten. Kamose stand im Gespräch mit Apy weit weg. Und er konnte seine Augen ja nicht überall haben, also wagte es Teti.
»Vorgestern hatte ich auch so einen Fächer zu tragen«, flüsterte sie Pa-Wah zu. »Ziemlich anstrengend, nicht wahr?«
»Mach dich nicht lächerlich«, erwiderte er hochmütig. »Dein leichter Wedel mit einer einzigen Feder war überhaupt nichts im Vergleich zu diesem üppigen Prunkfächer, den ich hin und herbewegen muß. Siehst du nicht, wie schwer er mit Gold und Edelsteinen verziert ist?«
»Ach, Pa-Wah«, meinte sie nur, wandte sich ab und steuerte auf Kamose und Apy zu.
Pa-Wahs Nähe und die Erinnerung an seine Küsse und Berührungen waren ihr plötzlich unerträglich. Sie wollte vom Krokodil gefressen werden, wenn sie auch nur einen einzigen Augenblick lang eine Verbindung mit ihm in Betracht zog.

Die Militärparade fand am Rand der Wüste statt. Nach und nach trafen die Zuschauer unter den Sonnendächern ein, die man auch hier errichtet hatte. Teti hatte die Aufgabe, die tönernen Gefäße auf dem königlichen Podium mit duftendem Wasser zu füllen. Außerdem mußte sie dafür sorgen, daß genug parfümierte Tücher bereitlagen, mit denen sich die königlichen Hoheiten erfrischen konnten. Als sie ihre Arbeit beendet hatte, ging sie zu Panehesi, den soeben sechs starke Männer unter unüberhörbarem Stöhnen auf seinem Tragstuhl hergeschleppt hatten. Teti wurde den Verdacht nicht los, daß die Träger bewußt übertrieben, um dadurch nicht nur auf das Gewicht ihres Herrn, sondern auch auf die Wichtigkeit seiner Stellung hinzuweisen. Kaum hatte sie Panehesi begrüßt und ihm eines der feuchten, duftenden Tücher überreicht, von denen sie noch ein paar übrig hatte, als Parennefer dazukam. Sein Gruß galt ausschließlich Panehesi, Teti maß er mit zornigem Blick.

»Vorsteherin der Salbenküche des Hathor-Tempels! Wenn du nicht sofort auslieferst, was Aton als oberstem Gott zusteht, wirst du bestraft und deines Amtes enthoben«, sagte er zu ihr. »Vor ein paar Tagen habe ich dir eine schriftliche Aufstellung darüber gegeben, was du an Abgaben zu leisten hast. Ich habe auch die seit Monaten ausstehenden Lieferungen angemahnt. Aber bis jetzt konnten meine Schreiber weder den Eingang eines einzigen Kruges Salböl noch eines Maßes Weihrauch verzeichnen. Teti, ich warne dich! Bis morgen warte ich noch, dann werde ich es Merire oder am besten gleich Pharao melden.« Ohne ihre Antwort abzuwarten, stapfte er, begleitet von seinen Dienern, die einen tragbaren Baldachin über ihn hielten, durch den Sand davon.

»Blöder Hund«, knurrte Teti leise hinter ihm her.

»Schande über dich«, sagte Panehesi in so scharfem Ton, daß sie erschrocken zu ihm herumfuhr. »Was höre ich da? Warum tust du nicht, was angeordnet wird, Hofdame Teti? Wenn du Pharao den Gehorsam verweigerst, hast du bald nichts mehr zu lachen.«

»Pah, Gehorsamsverweigerung. Ich brauche doch das Salböl, das Räucherwerk und die Schminke für die Göttin. Früher hat es sogar für den Bedarf von uns Priesterinnen gereicht.« In ihrer Stimme schwang eine Menge Widerspruchsgeist mit. »Wie eine Löwin muß ich kämpfen um jedes Tröpfchen Öl für die Goldene.«

»Auch du hast auszuführen, was Pharao verfügt«, wies er sie zurecht. »In Atons Namen, ist dir denn nicht bewußt, daß jeder in deiner Umgebung nur darauf wartet, dir ein Vergehen nachweisen zu können, um dich damit zu Fall zu bringen?«

»Aber würdest du nicht deine Hand über mich halten?« Sie starrte auf seine fleischige, ringglänzende Hand, als meinte sie ihre Frage wörtlich.»Du bist doch mein Freund, oder?«

»Du solltest inzwischen gemerkt haben, daß Freundschaft verdammt wenig zählt, wenn es darum geht, die Geneigtheit des Königs und der Königin zu erringen«, erwiderte er mit einem Blick, daß ihr ganz kalt ums Herz wurde. »Es gibt am Hof Leute, die mit Neid sehen, daß Neferti bei der Großen Königlichen Gemahlin in so hoher Gunst steht. Und da du so etwas wie Nefertis Anhängsel bist, trifft auch dich dieser Neid.«

»Das ist völlig unbegründet. Ich arbeite still und unauffällig, abwechselnd im Palastlabor und in der Salbenküche der Goldenen. Jedes Mal erfahre ich die Neuigkeiten erst zum Schluß von dir, Neferti, Tutu oder von Parennefer. Ich werde überhaupt nicht bevorzugt.«

»Bei Atons Strahlenglanz! Natürlich wirst du das. Bist du nicht des öfteren mit Neferti im innersten Hof des Palastes der Königin, zu dem nur sehr wenige Personen Zutritt haben? Durftest du nicht vorgestern die Königsgemahlin für das Fest salben und ihren Fächer tragen? Außerdem besteht die Königin darauf, daß die heiligen Düfte für die Palasträume und für das Gottesopfer, das sie und Pharao täglich Aton darbringen, ihr noch nie so sehr behagt hätten wie seit dem Zeitpunkt, seit dem du sie herstellst. Das alles sind großartige Auszeichnungen vor den anderen. Jeder kleine Gunstbeweis wird eifersüchtig beobachtet. Deshalb liegen gewisse Leute dem König ununterbrochen damit in den Ohren, daß zwei der Hofdamen, die die Königin am meisten schätzt, nämlich du und Neferti, mit Beamten verheiratet sind, die enge Verbindung zu den Amun-Priestern in Karnak haben.«

»Kamose hat auch für Aton ein großes Opfer gegeben. Und leistet er nicht seit Jahrzehnten hervorragende Arbeit? Deshalb ärgert es mich besonders, daß er seit Jahren nicht mehr befördert wurde, während Tutu ihm in seinem eigenen Büro fast gleichgestellt ist und ihm in anderen Bereichen sogar einige Titel voraushat. Wieso setzt du dich nicht für Kamose ein? Er hat dir damals auch geholfen, Auta aus dem Weg zu schaffen. Oder etwa nicht?«

Panehesi hob die fetten Schultern. »Ich habe dafür gesorgt, daß Kamose von Pharao Ehrengold bekommt, und damit ist diese Sache abgeschlossen. Und rede nicht ständig von Kamose! Mit Vornehmheit und guter Arbeitsleistung läßt sich nicht mehr viel erreichen. Die Zeiten haben sich geändert. Heutzutage geht es darum, auf der richtigen Seite zu stehen und die passenden Freunde zu haben.« Er legte ihr seine Hand schwer auf die Schulter. »Und jetzt hör' mir gut zu, meine Dame! Neferti ist ja mit Pentu, sagen wir mal, befreundet, und diese Beziehung wird von Pharao toleriert und gefördert, was ihm wiederum den Vorwurf gewisser Hofkreise einbringt, daß er dadurch der Ma'at nicht gerecht würde, sondern zuließe, daß sich Isefet, das Üble und Unmoralische, ausbreiten könne.«

»Wer sagt so etwas?«

»Zum Beispiel Prinz Paneb.«

»Der Prinz soll bloß den Mund halten! Als ob er ein treuer Ehemann und vorbildlicher Familienvater wäre.«

»Es ist eine erwiesene Tatsache, meine Dame, daß Beschuldigungen, die laut und oft genug vorgebracht werden, geglaubt werden. Niemand kommt auf die Idee, das Verhalten des Anklägers selbst einer Prüfung zu unterziehen. Prinz Paneb hat mit dieser Taktik Erfahrung. Er ist es auch, der den Vorwurf erhebt, daß sich die Königin mit Hofdamen umgibt, die mit dem Amun-Tempel nahestehenden Beamten verheiratet sind. Es ist nicht von der Hand zu weisen, daß dadurch Geheimnisse aus dem Palast nach Karnak gelangen könnten. Deshalb wird Nefertis Beziehung zu Pentu gebilligt, und die Königin sähe es gerne, wenn du dich Pa-Wah, dem Vorsteher der Geheimnisse, zuwenden würdest. Dadurch wäre eine Menge Konfliktstoff aus dem Palast entfernt.«

»Aber gerade das Fördern einer außerehelichen Beziehung wird Pharao doch vorgeworfen.«

»Die Vorwürfe müßten in dem Augenblick verstummen, in dem ihr euch scheiden laßt und die Re-Priester ehelicht. Neferti wird diesen Schritt bald vollziehen. Sie wird Apy verlassen, sobald Pentu zu Pharaos persönlichem Leibarzt ernannt wird.«

Teti schlug die Hände über dem Kopf zusammen. »O gütige Hathor! Wird das einen Skandal geben.«

»Alles nicht so wild! Man wir Apy nahelegen, sich auf sein Landgut zurückzuziehen, und die Angelegenheit ist bald vergessen. Falls du für deinen Teil Schwierigkeiten fürchtest, könntest du mit Pa-Wah für ein paar Monate nach Junu oder in die königliche Residenz nach Memphis entschwinden, bis sich die Wogen geglättet haben. Dann könnt ihr nach Theben zurückkommen.«

»So etwas hat Pa-Wah auch gesagt«, murmelte Teti.

»Du wirst weiterhin der Königin dienen, und Pa-Wah wird womöglich schon bald einen noch höheren Priesterrang im neuen Aton-Tempel erhalten. Als alter Freund Pentus hat er die besten Aussichten darauf. Und auch Merire verfolgt seine Pläne mit ihm. Der oberste Re-Priester hat Pa-Wah gern, und die Vorstellung von einer Verbindung zwischen seinem Schützling und dir hat ihm von Anfang zu gefallen.«

»Aber ich werde Kamose nicht verlassen.«

»Sei nicht dumm, meine Dame! Du willst mir doch nicht weismachen, daß du ihn liebst? Er ist mindestens dreißig Jahre älter als du.«
»Ich habe zwei Kinder mit ihm, Panehesi. Und ich verdanke ihm sehr viel, ja eigentlich alles, was ich habe und was ich bin. Ohne ihn hätte ich den Palast nicht einmal betreten dürfen, geschweige denn Hofdame werden können. Und jetzt soll ich ihn fallenlassen wie einen abgetragenen Umhang? Das wäre doch mehr als charakterlos.«
»Derlei solltest du dir abgewöhnen.«
»Wie bitte? Was soll ich mir abgewöhnen?«
»Na, Charakter zu haben, ist äußerst hinderlich, meine Dame, wenn man nach oben will und, wenn man es einmal geschafft hat, auch oben bleiben möchte. Du solltest deinen Charakter auf deinem Landgut lassen. Dort kann er sich erholen, bis du ihn wieder brauchst.«
»Du machst Witze!« Teti kicherte. »Mit solchen Sprüchen machst du doch bloß dich selber schlecht. Außerdem habe ich gar kein Landgut. Alle drei gehören Kamose.«
»Ich bin sicher, daß die Große Königliche Gemahlin dir anläßlich deiner Verehelichung mit Pa-Wah ein Landgut zum Geschenk machen würde. Also, die Entscheidung liegt bei dir. Und jetzt ist Schluß mit der Unterweisung. Den größer werdenden Sandwolken und dem Staub nach zu schließen, den ich beim Reden verschlucke, beginnen die Herren Heerführer alsbald mit ihrer Vorführung.« Er winkte einem Diener, ihm eine Schale hinzuhalten, damit er hinein spucken konnte. »Geh also zu deinem amunfürchtigen Gatten zurück und genieße mit ihm gemeinsam das kommende Schauspiel, bei dem zu Kemets Ruhm und Glanz unser aller Augen, Ohren, Nasen und Münder mit Sand verstopft werden. Aber wie du dich auch entscheidest, die Sache mit dem Gottesopfer für Aton mußt du zuallererst in Ordnung bringen.« Er hob seinen dicken Zeigefinger. »Sonst ergeht es dir so,

wie Parennefer gesagt hat. Und in diesem Fall brauchst du nicht mit Pharaos Milde zu rechnen.«
»Ist ja gut! Ich werde das Hundert an Ölkrügen, die geforderte Menge Weihrauch und die anderen Sachen an Parennefer liefern lassen. Wenn mir auch das Herz blutet, weil die Goldene so schlecht mit Räucherwerk, Öl und Schminke ausgestattet ist. Es ist traurig und eine Schande, daß die Göttin so vernachlässigt wird, und nicht einmal...«
Weiter vor sich hinmurmelnd ging sie davon und überlegte, woher sie so schnell genügend Diener und Lastenträger bekommen konnte, um die Überstellung der Waren durchzuführen. Und von ihrem hübschen, kleinen Geheimvorrat würde auch nichts bleiben. Ach ja.
Es wäre das beste, wenn ich mich gleich zum Tempel aufmachte und die Sache in Angriff nähme, dachte sie. Aber dann würde sie die Parade verpassen. Und User-Re auf seinem Streitwagen sehen, das wollte sie doch mehr als alles auf der Welt. Außerdem schwirrte ihr der Kopf von dem, was Panehesi gesagt hatte. Gleich nach den Militärvorführungen muß ich aufbrechen, sagte sie sich und ging ihres Weges, bis sie zu dem Sonnendach kam, unter dem Kamose saß. Er hatte das Mädchen Tia aufgefordert, neben ihm Platz zu nehmen. Teti hätte ihn umbringen können dafür und die glückstrahlende Tia dazu, die sich respektvoll verneigte und noch ein paar Mal bedankte, daß sie hier sitzen durfte.
Nachdem unter Trompetengeschmetter und Trommelgedröhn die Regimenter der Fußsoldaten vorbeigezogen waren, brauste, von Eje, dem königlichen Schwiegervater, angeführt, die Elite des Heeres heran, die Streitwagentruppe. Tetis Herz begann heftig zu klopfen, sie strengte ihre Augen an und starrte verbissen in die Wolken aus gelbem Staub, um User-Re an der Spitze seiner Schwadron ausmachen zu können. Endlich sah sie ihn mit seiner kupfernen Rüstung, wie er die Peitsche über

den Pferderücken schwang und in seinem Wagen vorüberjagte. Tias Gesicht glühte rot vor Freude.
Anschließend fanden die Wettkämpfe statt. User-Re errang mehrere Preise, die ihm von Eje, der vor Pharaos Thronsessel stand, überreicht wurden, und er kam, um sie ihnen zu zeigen. Er trug noch den lederbezogenen Helm; sein Gesicht war mit Sand verklebt, aber seine schwarzen Augen strahlten. Vor allem deshalb, sagte sich Teti, weil Tia ihm jubelnd entgegengelaufen war. Da hatte er alle seine Trophäen in den Sand fallen lassen, hatte Tia hochgehoben und sie herumgewirbelt.
Nebenfrauen und Dienerinnen umringten ihn, Kamose klopfte ihm auf die Schulter, und die Kinder bestürmten ihn, ihnen für eine Weile den staubbedeckten Helm und die Rüstung zu überlassen. Lachend zog er das enge, mit Kupferplättchen besetzte Hemd aus. Für Teti hatte er kein Lächeln, keinen Blick. Sie nahm ihre Tochter auf den Arm, ging mit ihr hin und her und entfernte sich ein Stück.
Mehi kam ihr nachgelaufen. Jauchzend vor Freude hielt er ein Amulett in die Höhe, das den Kriegsgott Month zeigte. Es mußte eine von User-Res Auszeichnungen sein.
»Schau, Mama, was mir User-Re geschenkt hat«, rief er und öffnete und schloß fortwährend seine kleine Hand. »Ich darf's doch behalten?«
»Ja, natürlich. Hast du dich auch richtig bedankt?«
»Ja, Mama.« Er hüpfte davon.
Anchari hatte zu jammern angefangen. Auch sie wollte jetzt etwas von User-Re geschenkt haben und gab keine Ruhe, bis Teti mit ihr zu den anderen zurückging. Fordernd streckte die Kleine User-Re die Hände entgegen. »Natürlich mußt auch du etwas bekommen«, lachte er. »Ich werde doch meine süße, kleine Schwester nicht vergessen.«
Er drückte ihr irgendein kleines Tier aus gebranntem

Ton in die Hand, wobei er, da Anchari so ungestüm danach griff, Tetis Arm berührte. Mit einer Entschuldigung zuckte er zurück. Dann verteilte er auch an die anderen Kinder winzige Tonfiguren. Da Teti weder annahm, daß Pharao die Leistungen seiner Krieger mit Gegenständen belohnte, die allenfalls als Spielzeug taugten, noch daß User-Re seine Trophäen so leichtfertig verschenken würde, mußte er die Figürchen bei einem der Händler am Straßenrand erstanden haben. Tia konnte sich wirklich glücklich schätzen, einen so umsichtigen und liebevollen Ehemann zu bekommen.

»Nun, meine Liebe, ich hoffe, du bist nicht allzu traurig, daß du nicht ebenfalls mit diesem Tand bedacht wurdest, da du gar so begehrlich zu User-Re hinübersiehst«, versuchte Kamose zu scherzen.

»Du spielst schon wieder mit deinem Leben, Liebster«, zischte sie leise, wiederholte ihre Worte aber lieber nicht, als Kamose nachfragte, weil er sie nicht verstanden hatte.

»Ich werde mich nun auf den Weg begeben«, sagte er, »da ich mich dringend um den neuen babylonischen Gesandten zu kümmern habe, der heute vormittag im Palast angekommen ist. Ich nehme an, daß er inzwischen den Staub der langen Reise von seinen Füßen geschüttelt hat. Du, meine Beste, willst sicher noch bleiben?«

»Nein, nein, ich komme gleich mit«, erwiderte sie. »Die Wüstenhitze bekommt weder Anchari noch mir, und außerdem muß ich etwas sehr Wichtiges erledigen.«

Nachdem Pharao die Stärke des Heeres vorgeführt hatte, fanden am vierten Festtag wieder Zeremonien im Tempel statt. Kamose nahm daran nicht teil, da er sich bei Königinmutter Teje und dem babylonischen Gesandten im Palast aufhielt. Teti stand auch heute mit ihrem Fächer neben der Sänfte der Königlichen Gemahlin. Das Königspaar wartete mit seinem Gefolge vor der Umfassungsmauer des neuen Tempels auf die Götter, die in

ihren Schreinen noch einmal zu Aton, der lebendigen Sonne, kommen sollten. Die Barken von Month, Mut und Hathor waren schon herbeigebracht worden. Man hatte das östliche Tor zum Tempelbezirk von Karnak geöffnet, den Schrein des Göttersohnes Chons herausgetragen, und nun hielten alle nach Amun, dem ehemaligen Götterkönig, Ausschau.
Doch kaum waren die Priester durch das Tor geschritten, als etwas Furchtbares geschah. Man sah die Götterbarke wanken, entsetzt schrie die Menge auf. Einige Tragestangen waren zerbrochen, mehrere Priester zu Boden gegangen, aber sie hatten die Barke gerade noch abfangen und verhindern können, daß die heilige Last herabstürzte. Der Götterschrein hatte sich zur Seite geneigt. Als man versuchte, ihn wieder ins Gleichgewicht zu bringen, polterte Amuns Statue darin umher. Die Priester, die hingefallen waren, rappelten sich auf, in Windeseile wurden die Holzstangen wie gebrochene Beine geschient und mit Seilen umwickelt. Oberpriester Mai stand erschüttert da, aber Si-Mut gab mit finsterer Entschlossenheit das Zeichen, den Weg zum Aton-Tempel fortzusetzen. Ein Stöhnen ging durch die Menschenmenge, und auch Teti hätte an ein schlimmes Vorzeichen geglaubt, wäre ihr nicht ein kurzer, einvernehmlicher Blick zwischen Merire und Pa-Wah aufgefallen.
Dann, als die königliche Prozession, diesmal den anderen voran, in den Tempel einzog, sprengte Pa-Wah Wasser vor Pharaos Sänfte. Teti nahm sich vor, mit ihm zu reden, sobald es sich machen ließ. Neferti hatte sich heute vor dem Wedeln gedrückt, sie stand bei den Sängerinnen. Der König, vom Geist des Schöpfers durchdrungen, verkündete, daß sich Aton auch in der Luft offenbare, die voller Töne ist und vollzog als höchster Priester des Landes die Zeremonien.
Einige Reliefs und Inschriften an den Wänden waren bereits fertiggestellt und leuchteten in schönen Farben.

Auch die äußere Tempelmauer war mit magischen Bildern versehen. Sie dienten der Abwehr der Feinde Ägyptens und alles Bösen, und es war die Königin, die die Kriegskeule schwang und die Feinde erschlug. Warum nicht?, dachte Teti. Schließlich hatte die wilde Göttin Sachmet in grauer Vorzeit fast die ganze Menschheit ausgerottet. Wieso sollte Königin Nofretete, die von Aton geliebt wurde, nicht mit ein paar fremden Völkern fertig werden? Und war nicht gerade eine Frau, in deren Leib sich das von Aton geschaffene Leben formte, als Bezwingern des Chaos und aller bösen Mächte geeignet?
Teti betrachtete die Darstellungen des Gottes Aton. Da Aton der reine Glanz war, konnte man natürlich sein Gesicht nicht sehen. Er hatte auch keinen Körper wie die anderen Götter, Aton war ja die Sonnenscheibe selbst. Aber er hatte viele Hände, mit denen er der königlichen Familie Leben und Segen spendete. Und Pharao gab das Leben und den Segen, Licht und Luft an die Menschheit weiter. Sie sah sich die Statuen im Pfeilerhof an. Diese steinernen Abbilder Pharaos zeigten auf magische Weise den Kreislauf von Werden und Vergehen. Ohne Leben gab es keinen Tod und ohne Tod keine Auferstehung. Pharao hatte ungeheuer viel Macht und Verantwortung. Für einen gewöhnlichen Menschen wäre das nicht auszuhalten gewesen. Deshalb war Pharao göttlich. Allein als Gott war er befähigt, den Anforderungen, die an ihn gestellt wurden, gerecht zu werden.
In Atons Tempel gab es nur Aton und die königliche Familie. Sie füllten die Rollen aller Götter aus. Konnte also nicht Hathor in der Königin gesehen werden, genauso wie sie Sachmet verkörperte? Teti war froh, daß sie begonnen hatte, die geforderten Abgaben an Parennefer zu liefern. Es würde einige Tage dauern, bis die vielen Lasten in die entsprechenden Lagerräume gebracht waren. Aber es war gut, ja, unverzichtbar, daß Aton die für ihn geforderten Opfergaben erhielt, denn

nur, wenn der Große Gott zufriedengestellt war, konnte Pharao die Menschen am Leben erhalten. Diese Einsicht machte Teti glücklich. Wie hatte sie bloß so lange in Unverständnis verharren können?
Allmählich wuchs in ihr das Gefühl, endlich richtig zur Anhängerschaft Atons und der göttlichen Familie zu gehören. Wie sehr hatte sie die Königin schon immer geliebt und verehrt! Teti fühlte, wie alle die heiligen Worte, die bis heute dunkel und kalt in ihrem Herzen gelegen hatten, von einem Funken entzündet wurden und hell zu leuchten begannen. Bis jetzt hatte sie Pharaos Worte, die vom Glanz Atons und der Wahrheit kündeten, zwar gehört, aber ihr Herz hatte sie nicht verstanden.
Und sie begriff auch, daß die Majestäten danach streben mußten, sich ausschließlich mit Hofdamen, Beamten und Priestern zu umgeben, die die Lehre Atons verinnerlicht hatten. Mußte es nicht eine Qual für das Königspaar sein, Menschen in der Nähe zu haben, die zu den Erkenntnissen, die Pharao von Aton selbst vermittelt wurden, keinen Zugang fanden? Alle Hofdamen und Beamten bemühten sich, Pharaos und Merires Worte aufzunehmen. Und wahrscheinlich hatte die Königin darauf vertraut, daß auch Teti irgendwann zum richtigen Glauben gelangen würde. Und das war endlich geschehen. Wenn doch das Licht Atons auch Kamose erhellen würde. Sie dachte nach. Ohne Frage wäre eine Verbindung mit Pa-Wah, der ein Eingeweihter war und jemand, mit dem Merire Pläne entwickelte und ausführte, bedeutend vorteilhafter. Doch sie würde es nicht tun. Lieber wollte sie auch weiterhin der Schandfleck auf dem leuchtendweißen Gewebe der Makellosigkeit sein, das das Königspaar umgab. Aber sie beschloß, ein Bild von der königlichen Familie und darüber Re in seiner Gestalt als Strahlensonne zu erwerben und auf dem Hausaltar aufzustellen.

Als Gesänge und Zeremonien beendet waren, ging Pharao, gefolgt von einer Gruppe Baumeister und Handwerker, in der Pfeilerhalle umher.
»Gib mir deinen Fächer«, flüsterte plötzlich eine Stimme neben Teti. »Du bist bestimmt müde. Ich werde für dich wedeln.«
Es verwunderte sie, den Bildhauerlehrling – nein, er war ja mittlerweile Bildhauergehilfe – Thutmosis neben sich zu sehen. Das Angebot war ziemlich verlockend. Ob die Große Königliche Gemahlin, der man einen Sessel hingestellt hatte, was dagegen hatte? Teti reichte Thutmosis den Fächer, blieb aber für den Fall, daß die Königin nicht mit dem Wechsel einverstanden war, neben Thutmosis stehen.
Nofretete sagte jedoch, nachdem sie auf dem Sessel Platz genommen und ihr Gewand geordnet hatte: »Geh nur, Hofdame! Dieser kluge, junge Mann wird mich besser zu unterhalten wissen als du, die du schon den ganzen Tag so schweigsam und in dich gekehrt bist.« Sie schenkte Thutmosis, der Oberbildhauer Bek bei seinen Besuchen im Palast stets begleitete, ein huldvolles Lächeln. Doch sie rief Teti noch einmal zurück. »Möglicherweise, hast du mit dem Vorsteher der Geheimnisse etwas zu bereden.«
Teti nickte, verbeugte sich und ging los, um der, wie sie fand, nicht sehr diskreten Aufforderung nachzukommen. Pa-Wah war damit beschäftigt, das Reinigen der Räucherarme und kostbaren Ritualgeräte zu beaufsichtigen. Teti bat ihn, ein paar Schritte mitzukommen. Trotz des Abstandes flüsterte sie so leise sie nur konnte.
»Du hast den Unfall mit Amuns Barke herbeigeführt, oder? Hast du die Tragestangen angesägt?«
»Wie kannst du so etwas behaupten!«
»Na, hör' mal. Kein anderer Re-Priester kennt sich so gut wie du mit den Gegebenheiten im Amun-Tempel aus.«
»Ich habe damit nichts zu tun.« Er verschränkte die

Arme über der Brust und sah sie vorwurfsvoll an. »Es war ein Zeichen Gottes.«
Sie begegnete seinem Blick mit wissendem Lächeln. Viel zu sicher war sie sich ihrer Sache, als daß sie seine Einwände hätte gelten lassen. Erregt von ihrer Mitwisserschaft drang sie in ihn.
»Aber, Pa-Wah, niemand außer dir ist klug und geschickt genug, um ... na, um Gott als Werkzeug zu dienen?«
»Gut, ich war in der Nacht im Barkenraum«, gab er selbstgefällig zu. Doch ihr verging die Freude, ihm das Geständnis entlockt zu haben, sofort, denn er sagte mit einer barschen Entschiedenheit, die ihr an ihm fremd war: »Jetzt, da du mein Geheimnis kennst, bist du an mich gebunden. Ich werde Merire Bescheid geben. Und du kannst es gleich der Königin sagen. Wir reisen heute abend ab. Es bleibt dir gerade noch Zeit, deine Kinder zu holen und das Nötigste zu packen.«
Sie war wie vor den Kopf gestoßen und stammelte nur: »Nein, nein, ich bleibe bei Kamose.«
Schweigend starrte Pa-Wah sie an, und es fiel ihr schwer, seinen drohenden Blick zu ertragen. Schließlich stieß er hervor: »Dann muß ich dich töten lassen.«
»Unsinn, Pa-Wah«, flüsterte sie von Panik ergriffen und bemühte sich, ihre Stimme nicht so dünn klingen zu lassen. »Du weißt doch, daß ich ein Geheimnis bewahren kann. Ich verrate nichts.« Ihr gelang ein kümmerliches Lachen. »Ich wünschte, die Barke wäre Si-Mut auf den Kopf gefallen. Bitte, laß uns vernünftig bleiben.«
»Genau das werde ich tun, indem ich mich nicht länger zum Narren halten lasse von dir«, sagte er, drehte sich um und ließ sie stehen.
Pharao näherte sich mit der Gruppe Baumeister und Künstler, zu der auch Bek und Hatiaj gehörten. Teti schloß sich unauffällig an. In ihrer augenblicklichen Verfassung konnte sie unmöglich zur Königin zurückgehen. Ihr fehlte jeglicher Mut, vor Nofretete hinzutreten. Zit-

ternd suchte sie an einer Mauer Halt. Der Rundgang des Königs näherte sich offensichtlich seinem Ende.
»Meine Majestät ist mit der vorläufigen Ausstattung des Festhofes zufrieden«, hörte sie Pharao sagen. »Alles ist nach den Plänen und Anweisungen, die Aton Meiner Majestät mitgeteilt hat, ausgeführt worden. ›Aton befindet sich in Atons Haus‹ wird nach den alten Maßen ausgerichtet, die aus der Zeit stammen, als Re noch auf Erden weilte. Wann werden alle Nebenaltäre errichtet sein?«, fragte er Hatiajs Vorgesetzten.
»Schon in wenigen Monaten stehen sie für die Opfergaben bereit, o Einziger des Re.«
Der König neigte das Haupt und wandte sich an Bek: »Und wie lange dauert die Fertigstellung der Statuen?«
»Spätestens in zwei Jahren sind sie vollendet, erhabene Majestät.«
»Gut! Bis dahin wird auch der geplante Palast erbaut sein, so daß Meine Majestät und die Große Königliche Gemahlin es nicht weit haben und wir unseren Vater Re, so oft wir wollen, in seinem Erscheinungsort aufsuchen können. Bek, du hast die Bildwerke so schön ausgeführt, wie Meine Majestät es dich gelehrt hat.« Der Bildhauer verbeugte sich bis zum Boden, und Pharao sprach weiter: »Ihr Handwerker, Baumeister und Priester! Nicht von Ptah, Seschat und Thoth erhieltet ihr eure Kenntnisse, sondern Meine von der allmächtigen Sonne erleuchtete Majestät war es, die euch unterrichtet hat. Die Zeit der alten Götter ist vorbei. Mein Vater Aton ist am Horizont aufgegangen und vereinigt die Schöpferkraft und das Wissen aller Gottheiten in sich.«
Teti hörte kaum, was Pharao sagte. Pa-Wahs Worte lagen ihr zu schwer auf dem Herzen. Wer konnte schon wissen, wozu dieser emporgekommene Gottesdiener fähig war? Oh, wenn sie geahnt hätte, was für Folgen ihre neugierigen Fragen haben würden. Als sie zur Königin hinüberblickte, sah sie, daß eine andere Hofdame den Fächer

übernommen hatte. Thutmosis kam, so schnell es die Würde des heiligen Ortes zuließ, auf sie zu.
»Sofort zur Königin«, keuchte er. »Ein Priester namens Pa-Wah war bei der Königlichen Gemahlin. Sie geruhte, ihm ihr Ohr zu leihen. Er hat etwas hineingeflüstert. Und jetzt herrscht mächtig dicke Luft.«
Er sah Teti mitleidsvoll an und folgte der Schar, die Pharao in den nächsten Hof begleitete, da sich der Herrscher soeben entschlossen hatte, seine Besichtigung weiter auszudehnen.
Teti eilte zu Nofretete, die ihr zornig entgegenblickte. Sie hatte die schönen Züge noch nie so verzerrt gesehen – zumindest nicht, wenn es um eine Hofdame ging. Vor dem königlichen Sessel warf sie sich auf den Steinboden. Die Große Königliche Gemahlin forderte sie nicht auf, sich zu erheben.
»Du hast Wunsch und Willen deiner Königin mißachtet«, rief Nofretete mit schneidender Stimme. »Du weißt, weshalb ich dir zürne. Entferne dich! Du bist aus dem Hofdamendienst entlassen. Mir aus den Augen, du Ungetreue!«
Teti, mit der Stirn auf dem Boden, hatte beobachten können, wie sämtliche Füße ringsherum stehengeblieben waren. Sie robbte etwa zwanzig Ellen rückwärts, erhob sich, blieb aber in gebückter Haltung und ging, angestarrt von Hofdamen, Beamten, Leibwächtern, Dienern und Priestern, so lange rückwärts, bis sie aus dem Gesichtskreis der Königlichen Gemahlin war. Schauer des Entsetzens liefen ihr den Rücken hinunter. War das der Anfang vom Ende?
Sie hatte angenommen, daß die Königin ihr Vorhaben nur heimlich betreiben würde, und hatte nicht gedacht, daß ein Nichtbefolgen einer Anweisung, die in ihren Augen mehr als zweifelhaft war, in aller Öffentlichkeit geahndet würde. Was für ein Schicksal steht mir bevor?, fragte sie sich angsterfüllt. Nach diesem Zornesausbruch

hielt sie es für ausgeschlossen, daß man sie wieder in den Kreis der Hofdamen aufnehmen würde. O allmächtiger Aton! Jetzt da sie endlich zum richtigen Glauben gefunden hatte, wurde sie aus der lichten Nähe des Königspaares verbannt.

Sie verließ den Pfeilerhof und hastete schwitzend über den gepflasterten Platz vor dem Tempel. Überall waren Menschen. Nachdem Teti eine Zeitlang ziellos im Gewühl hin und her geirrt war, fiel ihr ein, daß sich irgendwo in der Menge die Nebenfrauen, Kinder und Diener befinden mußten, da auch Kamoses Haushalt die königliche Prozession und die Barkenumzüge mitverfolgt hatte, aber ja keinen Zutritt zum Tempel hatte. Schließlich traf sie auf die Nebenfrauen. Diese hatten nicht nur etwas zu essen mitgebracht, sondern sogar einige Klapphocker. Teti stellte fest, daß Taheb seltsam bleich und wächsern aussah, und ließ sie sitzen. Aber Henut mußte aufstehen und ihr den Hocker überlassen, den sie etwas abseits vom größten Gedränge aufstellte. Verzweifelt dachte sie über die Worte der Königin nach. Ganz offensichtlich ließ Nofretetes starker Wille keine Weigerung zu. Ohne Wenn und Aber wollte die Königsgemahlin, die als Göttin verehrt wurde, über das Leben ihrer Untertanen bestimmen. Wieder und wieder drehten sich Tetis Gedanken im Kreis. Ganz sicher würde sich in Windeseile herumsprechen, daß sie in Ungnade gefallen war. Es war ja der gesamte Hofstaat im Tempel versammelt gewesen.

Da tauchte Neferti auf. Sie holte sich Tahebs Klapphokker. Mutnefer war älter als sie alle und genoß, wenn sie auch nur eine Versorgte war, einen gewissen Respekt. Taheb sank vor Mutnefer nieder und lehnte sich an deren Beine, als könne sie sich vor Erschöpfung kaum aufrecht halten.

Neferti nahm den Hocker und setzte sich neben Teti. »Was war eigentlich los? Jeder erzählt etwas anderes.

Gerüchte kreisen noch eher über dem Unglücklichen als die Geier über dem Aas in der Wüste. Was für ein Vergleich! Aber er stammt ja auch von dir. Jammerschade, daß ich nicht dabei war! Was hat Pa-Wah zu dir gesagt? Und du zu ihm? Was hat er zur Königin gesagt? Und was die Königin zu dir? Du weißt ja, wenn etwas nicht nach ihrem Willen geschieht, geht gleich die Welt unter. Wie konntest du aber auch die königlichen Pläne durchkreuzen. Das wird Folgen haben.« Neferti lebte zusehends auf. »Vielleicht wirst du ja hingerichtet«, rief sie frohgemut. »Oder man bestraft dich mit Stockschlägen und bringt dir blutende Wunden bei.«
»Wie nett du mich tröstest«, sagte Teti mit trotzig erstickter Stimme. Ihr war unsagbar elend zumute. Daß es so schlimm kommen würde, hatte sie nicht gedacht. Nicht nur ihre Laufbahn war ein für alle Mal beendet, sondern es würde auch eine harte Bestrafung folgen. Sie hatte sich der Großen Königlichen Gemahlin widersetzt und damit eine Schuld auf sich geladen, die in den Augen aller unendlich war.
»Hast du deine Steuern bezahlt?«, fragte Neferti weiter. »Und wie gut, daß du angefangen hast, die Abgaben an Parennefer zu leisten. Das wird deine Qualen in der Unterwelt ein bißchen verringern«, Neferti gab sich richtig aufgekratzt, »falls du tatsächlich hingerichtet wirst. Was ist denn mit Kamoses Versorgter los? Gib zu, daß du sie auf dem Gewissen hast! Nachdem du das Verbrechen begangen hast, die Königin zu erzürnen, ist dir auch ein Giftmord zuzutrauen.« Aufgeregt deutete sie zu den Nebenfrauen.
Teti blickte hin und schrie auf. Zuckend und sich windend lag Taheb am Boden, Mutnefer, Henut und die Diener standen hilflos herum. Rasch kniete Teti neben Taheb nieder und versuchte, sie zum Sprechen zu bringen. Doch die Nebenfrau gab nur undeutliche Laute von sich, und Schaum kam aus ihrem Mund. Neferti konnte

recht haben mit ihrer Vermutung, daß es sich um eine Vergiftung handelte.

»Los, hol' Pentu! Wenn einer helfen kann, dann er.«

»Du glaubst doch nicht«, erwiderte Neferti und sah seelenruhig zu, wie sich Taheb in Krämpfen krümmte, »daß Pentu mit seinen reinen Händen, die gewohnt sind, ausschließlich die königlichen Kinder und die heiligen Dinge im Gotteshaus zu berühren, eine gewöhnliche Versorgte aus dem Haushalt einer entlassenen Hofdame behandelt.«

»Dich faßt er doch auch an«, schrie Teti. »Und du bist weder eine Prinzessin noch irgendwie heilig. Los, geh' schon selbst, damit er sieht, wie dringend es ist!«

Pentu kam von keuchenden Sänftenträgern getragen, stieg auch vom Tragstuhl, aber er bückte sich nicht einmal zu Taheb hinunter, sondern neigte nur leicht den Kopf und sah sie ein paar Augenblicke sehr interessiert an.

»Es ist eine Krankheit, die man nicht behandeln kann«, sagte er kurz und wandte sich um, um wieder in die Sänfte zu steigen. »Ihr könnt schon das Tuch holen, um sie wegzutragen.«

Die Dienerinnen stimmten sofort die Totenklage an, aber Teti gebot ihnen Einhalt. »Ihre Seele ist doch noch im Körper. Wie könnt ihr sie bloß so erschrecken.«

Taheb war ruhig geworden, sie öffnete die Augen und verzog das Gesicht zu einer schmerzerfüllten Grimasse. Teti schöpfte keine neue Hoffnung, sie legte die Arme um die Schultern von Tahebs Söhnen und führte sie zu ihrer Mutter.

»Ich wollte ewige Jugend … und habe den Tod bekommen«, flüsterte Taheb. Durch den gelben Schaum sikkerte ein wenig Blut aus dem Mundwinkel und lief das Kinn hinunter. »Sorge für meine Jungen!«

Teti nickte. Die Kinder ganz fest im Arm haltend drehte sie sich mit ihnen weg und schob sie zu Mutnefer hin. Dann erst wandte sie sich wieder zu Taheb um. Doch

Kamoses zweite Nebenfrau war tot, und es blieb nichts weiter, als ihr die Augen zu schließen.
Teti befragte die gesamte Dienerschaft, aber außer der Dienerin Inhapi schien niemand etwas zu wissen. Und auch Inhapi gab ihr Wissen nur stockend preis. Sie berichtete, daß Taheb von einem Magier, der ganz in der Nähe wohnte, ein Wundermittel erworben hatte, das der Zauberer nach jahrelangen Forschungen hergestellt hatte.
»Sie mußte ihren gesamten Schmuck dafür geben, daß sie die erste sein durfte, die das Mittel erhielt. Die erste Portion sollte nämlich die wirksamste sein«, erzählte Inhapi. »Aber die Versorgte Taheb meinte, daß Kamose ihr sehr, sehr viel mehr Schmuck schenken würde, denn sie würde als einzige seiner Frauen niemals altern. Sie würde sich durch das Mittel, das unvergleichlich besser sei als die teuerste von Mutnefers Schönheitssalben, verjüngen bis sie so aussähe wie an dem Tag, als der Herr sie in sein Haus geholt hatte, und diese Jugend und Schönheit würde immer und ewig blühen, und Kamoses Liebe würde keine Grenzen kennen.«
Einen Tag später brachte der ältere von Tahebs Söhnen ein leeres Fläschchen, das er im Zimmer seiner Mutter gefunden hatte und das Reste einer schmierigschillernden Flüssigkeit enthielt. Und als dann Neferti berichtete, daß ihr Magier irgendwann während der Festtage, ohne daß es jemand bemerkt hatte, verschwunden sei und dabei mehrere wertvolle Gegenstände aus ihrem Haus mitgenommen habe, konnte sich Teti das ganze Unglück zusammenreimen.
»Bist du sehr traurig, daß Taheb tot ist?«, fragte sie Kamose.
»Nun, die zweite Nebenfrau hatte zweifellos ihre Vorzüge«, meinte er. »Ich erwarte, daß du dich in ausreichendem Maß um Tahebs Kinder kümmerst und dafür sorgst, daß auch die beiden anderen Frauen das tun.«

»Ja, sicher. Du mußt mich nicht auf meine Pflichten als Hausherrin hinweisen. Ich kenne sie inzwischen.«
Natürlich tuschelten die Diener über Tahebs Tod und brachten ihn mit dem Zusammenbrechen von Amuns Götterbarke in Verbindung. Als Prinzessin Baket-Aton an einer vorübergehenden Magenverstimmung erkrankte, wurde auch das mit dem Barkenunglück verbunden. Und als überraschend der Sohn des Türhüters in der benachbarten Beamtenvilla starb, sah man ebenfalls Amuns schwindende Macht als den wahren Grund für diese Heimsuchung an.

Kapitel 19

Verrat

Mit jedem Tag wurde für Teti die Lage, in der sie sich befand, entsetzlicher. Pa-Wahs Verhalten, seine schreckliche Drohung und die Gewißheit, daß das Zusammentreffen mit ihm eine abgesprochene Sache gewesen war, hatten sie erkennen lassen, daß er niemals wirklich etwas für sie empfunden hatte. Auch sie hatte ihn ja nicht geliebt, sondern ihn lediglich gern gemocht. Aber während sie ihm nie mehr versprochen hatte, als sie zu halten bereit war, hatten hinter seiner angeblichen Freundschaft andere Absichten gestanden. Und so war er ihr schlimmster Feind geworden.

Wenn man nun im Palast zu Gericht über sie saß, würde man auf Pa-Wah hören. Seine Stimme würde den Ausschlag geben; er hatte so starke Verbündete. Sie dagegen hatte keinen einzigen Fürsprecher und fühlte sich von aller Welt verlassen. Krank vor Angst wartete sie auf ihr Urteil. Es konnte nur eine Sache von Tagen sein, bis man sie holen kam.

Am Anfang hatte sie noch an Flucht gedacht und daran, Kamose um Hilfe zu bitten. Vielleicht konnte er mit seinen Verbindungen ihr unbemerktes Verschwinden bewerkstelligen. Doch mußte sie in diesem Fall nicht auch bekennen, daß sie mit Pa-Wah gesprochen hatte? Und dann war es bestimmt vorbei mit seiner Bereitschaft, ihr zu helfen.

Oder sollte sie sich Pharao zu Füßen werfen und ihn um Gnade anflehen? Aber sie glaubte nicht daran, der der

vollkommene Gott ihr Schonung gewähren würde. Also blieb ihr nichts außer der letzten Gunst, die man einem Verurteilten zugestehen mußte. Und als diese würde sie erbitten, daß sie noch einmal mit User-Re reden dürfte. Sie würde ihm sagen, daß nicht sie es gewesen war, die Kafis und Autas Pläne verraten hatte. Und daß sie ihn liebte. Oh, wäre sie doch damals mit ihm weggelaufen, als er ihr seine Liebe gestanden hatte!
Über ihre Kinder durfte sie gar nicht nachdenken. Kaltes Grauen überkam sie dann. Tagsüber ließ sie weder Anchari noch Mehi einen einzigen Moment aus den Augen, und nachts hatte sie sie bei sich im Bett und lag stundenlang wach. Die Kindermädchen murrten schon, weil sie nichts mehr zu tun hatten.
Wie sich herausstellte, sie erfuhr es von Neferti, wurde auf Betreiben von Königinmutter Teje der wahre Grund für ihre Entlassung geheimgehalten, und da sehr wenige Menschen am Hofe wirklich Bescheid wußten, gelang dies tatsächlich. Offiziell hieß es, beim Salben der Königin sei Teti eine Ungeschicklichkeit unterlaufen, was Nofretete so erzürnt hatte, daß sie sie entlassen hätte. Und außerdem, flüsterte man, hätte die Große Königliche Gemahlin schon seit längerem an Tetis Duftölen etwas auszusetzen gehabt.
Wenigstens bleibt auf diese Weise Kamose die Wahrheit verborgen, dachte sie, denn mit neuem Entsetzen war ihr klargeworden, daß das Öffentlichwerden des wahren Sachverhalts Kamoses Ansehen sehr geschadet hätte. Obwohl sie doch Pa-Wahs Vorschlag abgelehnt hatte! Nach wie vor hielt sie das für die einzig richtige Entscheidung. Aber hinter Pa-Wah stand ja die Große Königliche Gemahlin. Also hatte sie, Teti, doch gegen das Recht verstoßen. Es fiel ihr zunehmend schwerer, das Geschehene klar zu durchdenken. Im Gegenteil, überall taten sich neue Abgründe auf. Sie wußte nicht mehr, was richtig und falsch, was recht und unrecht war.

Pharao allein kennt das Gesetz, dachte sie gottergeben. Er ist das Gesetz. Und ihm muß ich mich beugen.
Kamose kommentierte die Verlautbarungen aus dem Palast mit ähnlichen Worten, wie er sie früher schon gefunden hatte.
»Nun«, meinte er, »ich hatte sogleich meine Bedenken, als man dich mit einer derart wichtigen Aufgabe, wie es die Herstellung von Salbölen für den Gottesdienst der Königin nun einmal ist, betraute und dich darüber hinaus als Vorsteherin des Tempellabors einsetzte.«
Außer der Schande auch noch seine unberechtigte Kritik – das war fast zu viel für sie. Vermutlich wäre sie doch mit der Wahrheit herausgerückt, wenn nicht gerade in diesem Augenblick Neferti auf die ihr eigene Art ins Haus gestürmt wäre.
»Ich hoffe, du weißt es zu würdigen, daß ich dich, die du eine Geächtete bist, noch besuche«, rief sie.
»Meinetwegen brauchst du dir nicht die Mühe zu machen«, entgegnete Teti müde und wischte mit den Fingern über die Lehne des Hausherrenstuhls weil sich dort feiner Staub abgesetzt hatte.
Neferti wartete, bis Kamose die Empfangshalle verlassen hatte. »Weißt du schon das Neueste?«
»Ich? Was für eine sinnlose Frage! Woher denn?« Furchtsam wich Teti Nefertis Blick aus; jedesmal durchzuckte sie ein eisiger Schreck, wenn die Hofdame mit Neuigkeiten kam.
»Pa-Wah hat eine andere Braut gefunden«, verkündete Neferti triumphierend. »Er wird nach Junu zurückkehren und die Tochter des Hohenpriesters des Re-Heiligtums heiraten.«
Teti fühlte einen Hauch Erleichterung.
»Übrigens möchte Panehesi dich sehen«, fuhr Neferti fort. »Er erwartet dich morgen gegen Mittag in seinen Amtsräumen. Ich und er, wir sind die einzigen, die sich noch mit dir abgeben.« Sie sah Teti von oben herab an.

»Und der listenreiche Fettkloß scheint obendrein etwas für dich tun zu wollen.«

Müde winkte Teti ab. »Da täuschst du dich. Keinen Finger wird er für mich rühren. Das hat er mit kürzlich selbst gesagt. Und ... darf ich denn überhaupt noch den Palast betreten?«

»Ja, ja! Du mußt nur darauf gefaßt sein, daß alle einen Riesenbogen um dich machen.«

So schlimm kam es dann doch nicht. Die königlichen Kuriere baten Teti sogar in ihre Wachstube, und sie war ihnen sehr dankbar dafür, daß sie bereit waren, sich mit ihr zu unterhalten und außerdem ein paar rührende Versuche unternahmen, sie aufzuheitern. So durfte sie die Hoffnung hegen, daß man sich zumindest hier eine Zeitlang an sie erinnern würde.

Mit einem Gefühl kalter Beklemmung betrat sie Panehesis Büro.

»Gesundheit und Leben«, erwiderte sie und machte sich auf der Binsenmatte, auf der vorher die Schreiber gesessen hatten, ganz klein. Welche Bedeutung die Worte dieses Grußes doch hatten. Wie oft sie ihn wohl noch zu hören bekam?

Panehesi ordnete die Schriftrollen, die seine Untergebenen zurückgelassen hatten, legte sie aber bald zur Seite und drehte sich zu Teti um. Er musterte sie lange und betrübt. Traurig schüttelte er den Kopf.

»Daß es so weit kommen mußte, meine Dame.«

Tetis Herz hatte hart zu klopfen angefangen, sie preßte beide Hände auf die Brust. Ihr Mund war trocken. Alle Hoffnung hatte sie verlassen.

»Sag es mir gleich«, flüsterte sie schwach. »Wann werde ich hingerichtet? Du hast mich doch rufen lassen, um es mir mitzuteilen?«

Sein Kopfschütteln wurde heftiger. »Nein, nein! O Güte der lebendigen Sonne! Wer spricht denn von Hinrichtung!«

»Neferti hat gesagt…«
»Und du hast's geglaubt! Und dich die ganzen langen Tage geängstigt?«
Sie nickte und schniefte los. Jetzt konnte sie die Tränen nicht mehr zurückhalten, was Panehesi ein wenig aus seiner Ruhe brachte. Geschwind suchte er nach einem Tuch und reichte es ihr. Er sprach weiter: »Von Bestrafung kann keine Rede sein. Die Königin war hart genug. Ich hoffe sogar… Na, jedenfalls habe ich dich herbestellt, damit du wieder einmal im Palast gesehen wirst. Mit dem Hofdamendienst ist es zwar vorerst vorbei, aber man soll zur Kenntnis nehmen, daß du nicht verschwunden bist, meine Dame. Ich will, daß man dich nicht vergißt.«
»Oh, wie ich dir dafür danke«, schluchzte Teti und streichelte Panehesis große Hände. »Nach dem, was du vor ein paar Tagen gesagt hast, habe ich überhaupt nicht mit deiner Hilfe gerechnet. Oh, wirklich, ich danke…«
»Keine Dankesbezeugungen mehr. Und auch keine Tränen! Derlei hasse ich.«
Sie kauerte sich wieder hin und wischte sich die Augen.
»Bist du jetzt beruhigt?«, fragte er.
Sie verneinte. Wenn Pa-Wah nicht hatte erreichen können, daß sie durch einen königlichen Urteilsspruch ausgeschaltet wurde, würde er vielleicht versuchen, sie heimlich zum Schweigen zu bringen.
»Pa-Wah will mich töten lassen«, sagte sie.
»Nur deshalb, weil du ihn nicht heiraten wolltest?«
»Nein, nicht deswegen.« Sie sah ihn beschwörend an. »Du mußt mir versprechen, daß du das, was ich dir jetzt erzähle, niemandem weitersagst.« Sie überlegte, ob sie ihr Wissen wirklich preisgeben sollte, aber schließlich ging es so oder so um ihr Leben. »Du mußt es mir schwören.«
»Ich schwöre es bei der lebendigen Sonne und beim Leben Pharaos«, sagte er ernst.
Sie stand auf und stellte sich neben den stabilen Sessel, in

dem er saß. »Pa-Wah ist schuld daran, daß beim Tempelfest Amuns Barke zusammenbrach«, flüsterte sie. »Als es passierte, sah ich nämlich, wie er und Merire sich bedeutungsvoll anschauten. Da wußte ich, was los war. Und weil ich dieses Geheimnis kenne, meint Pa-Wah, er müsse mich stumm machen lassen.«
Panehesi verschränkte die Hände über dem Bauch. »Und woher weiß er, daß du es weißt?«
»Weil ich ihn darauf angesprochen habe.«
»Im Namen Atons! Konntest du nicht den Mund halten?«
»Aber ich wollte doch wissen, wie er es gemacht hat. Er war nachts im Barkenraum und hat die Tragebalken angesägt.« Sie schwieg eine Weile. »Andauernd hast du an dem, was ich tue, etwas auszusetzen. Mußt du mich ständig tadeln, Panehesi?«
»Nein nein, meine Dame, natürlich nicht. Tu' nur das, was du für richtig hältst! Sag' stets geradeheraus, was dir in den Sinn kommt.« Er lehnte sich im Sessel zurück, streckte die Beine aus und gähnte. »In irgendwelche Schwierigkeiten gerätst du mit dieser Methode ja nicht.«
»Doch«, gab sie zu. »Freilich stecke ich in der Klemme.«
»Und das nicht zu knapp.«
»Ohne dich bin ich aufgeschmissen. Das sehe ich ein.« Mit Eigensinn kam sie bei ihm nicht weiter. Aber sie konnte auch anders. Sie lächelte ihn an. »Wenn du versprichst, mich vor Pa-Wah zu retten, hole ich dir aus der Küche eine gebratene Ente.«
Seufzend verdrehte er die Augen.
»Schon überredet. Du bringst mir etwas zu essen, und ich werde mir anschließend diesen Jungen zur Brust nehmen. Er macht sich eindeutig zu wichtig. Wenn er nicht aufpaßt, bekommt er nicht einmal die Tochter des untersten Hilfspriesters in Soleb zur Frau.«
»Soleb? Soleb! Wieso weißt du ...«
Er wischte ihre Frage mit einer Bewegung seiner dicken Hand weg und holte Luft.

»Ist dir endlich aufgegangen, wie wenig Freundschaft wert ist?«
»Aber bloß bedingt, Panehesi! Deine Freundschaft ist sehr wertvoll für mich. Du rettest mir das Leben. Was ich gelernt habe, ist, daß es jedesmal anders kommt, als ich erwarte.« Ihr war vorhin etwas aufgefallen, und es drängte sie, ihn zu fragen. »Als ich dir Pa-Wahs Geheimnis wegen der Barke verriet, warst du nicht besonders überrascht. Es war dir also längst bekannt. Wieso?«
»Willst du schon wieder alles genau wissen? Versuch' ja nicht, deine Nase in die geheimen Dinge des Palastes zu stecken!«
»Nein, nein«, wehrte sie ab. »Wenn ich nur ein Hundertstel von dem wüßte, was du weißt und wofür du verantwortlich bist, könnte ich nachts kein Auge mehr zutun.«
Nachdem sie ihm die gebratene Ente gebracht hatte – sie hatte einfach gesagt, der Braten sei für Prinzessin Baket-Aton, die nur selten mit dem auskam, was zu den Mahlzeiten gereicht wurde, und die Köche hatten nicht gewagt, sie nach ihren Befugnissen zu fragen –, verließ sie einigermaßen beruhigt den Raum.
Sie sah die Welt mit neuen Augen. Von der Königin hatte sie nichts mehr zu befürchten, und vor Pa-Wah würde Panehesi sie beschützen. Sie fühlte sich schon wieder ganz obenauf. Was im Leben konnte ihr noch geschehen, nachdem sie die Schrecken der vergangenen Tage durchgestanden hatte, ja, sogar gestärkt daraus hervorgegangen war.
In den Fluren waren Handwerker damit beschäftigt, die Malereien an den Wänden mit einer dünnen Putzschicht zu bedecken. An einigen Stellen war der neue Untergrund bereits geglättet und getrocknet, und die Umrißzeichner hatten begonnen, Königin Nofretete und die Prinzessinnen auf die neuentstandenen Flächen zu malen.
Irgend jemanden mußte Teti an ihrer Freude teilhaben

lassen. Sie beschloß, Kamose in seinem Amtszimmer aufzusuchen. Auf dem Weg dorthin, an dem Tor, das zu den Soldatenunterkünften führte, kamen ihr im Schrittempo zwei Streitwagen entgegen. Soldaten und Diener liefen nebenher. Teti trat zur Seite und versuchte, sich hinter einer Säule unsichtbar zu machen. Den ersten Wagen lenkte Pharao selbst. Wie bei der festlichen Militärparade trug er den blauen Kriegshelm; neben ihm standen Prinz Paneb und dessen Sohn Semenchkare. Der Junge hielt sich am Rand des Wagenkastens fest. Es war nicht das erste Mal, daß er mit dem König und seinem Vater im Streitwagen fuhr, und er war nicht mehr so ängstlich wie am Anfang. Im zweiten Streitwagen standen Eje und ein Bogenschütze, beide in prächtigen, mit Kupferplättchen besetzten Wagenkämpferrüstungen. Pharao lenkte seinen Streitwagen in Richtung des königlichen Frauenhauses; bestimmt wollte er bei der Königin vorfahren. Eje dagegen bog in den Hof ein, wo zwei Männer gerade ein Pferd aus dem Stall führten. Der eine war User-Re. Eje hielt neben ihm an und sprach mit ihm. Teti, halb hinter der Säule verborgen, beobachtete User-Re, sah zu, wie er sich vorbeugte, antwortete, nickte, lächelte – bis sie sich ihres seltsamen Tuns bewußt wurde und rasch weiterging.
In Kamoses Büro hielten sich auch Wesir Ramosis und Obersekretär Apy auf. Prompt unterbrachen sie ihr Gespräch, und auch Kamose machte nicht den Eindruck, als sei er über Tetis Kommen erfreut. Ohne Zweifel störte sie; doch bevor man sie hinausbitten konnte, eilte mit großen Schritten Si-Mut herein. Teti hatte ihn lange nicht gesehen und mußte feststellen, daß der zweite Prophet nicht so schlecht aussah, wie sie erwartet hatte. Er schien wieder im Besitz seiner alten Kräfte zu sein; die Mißlichkeiten, die der König den Amun-Priestern bereitete, hatten ihn nicht entmutigen können. Er blickte die Anwesenden prüfend an, verweilte kurz bei

Teti, erhob aber keinen Einspruch, sondern schloß die Tür mit Nachdruck. Wie Teti aus Erfahrung wußte, würde nun der Schreiber, der der Tür am nächsten saß, aufspringen, heranschleichen und lauschen. Sie war sicher, daß auch Si-Mut und Kamose diese Angewohnheit der Schreiber bekannt war.

Dennoch senkte Si-Mut seine Stimme nicht, sondern sagte laut in höhnischem Ton: »Soeben erfahre ich, daß Hohepriester Mai die Ehre zuteil wird, von Pharao ausgesandt zu werden, um eine Forschungsreise in die Ostwüste durchzuführen und zu leiten.« Dann wurde er doch leiser, flüsterte grimmig: »Heute kommt unvermutet diese Anordnung, ohne daß irgend jemand etwas vorausahnte.«

Alle schwiegen.

»Also wirst du in Amuns Heiligtum, das seines Oberhauptes beraubt werden soll, die Führung übernehmen?«, fragte Wesir Ramosis nach einer Weile und legte Si-Mut die Hand auf die Schulter, als wolle er sich bei ihm abstützen.

»Nein, Onkel!« Si-Mut schüttelte langsam den Kopf.« Auch ich verlasse Theben.«

Wieder herrschte Schweigen, alle starrten Si-Mut an. »Ich werde nach Retenu reisen. Die Sorge um das Schicksal einer gewissen jungen Frau läßt mir keine Ruhe.« Er lächelte sein Krokodilslächeln. »Die Einzelheiten meines Vorhabens möchte ich dir, Onkel, und euch, meine Freunde, gern darlegen. Allerdings nicht in Gegenwart einer Hofdame der Großen Königlichen Gemahlin«

»Ich bin aus König Nofretetes Diensten entlassen«, erklärte Teti sofort; sie hatte sich rasch auf einen freien Stuhl gesetzt. »Du kannst unbesorgt reden. Meinst du, du schaffst es, Kafi aufzuspüren? Und was machst du, wenn du sie findest?«

Kamose machte eine unmißverständliche Handbewegung. »Ich erwarte, meine Beste, daß du dich dem Ansinnen des zweiten Propheten Amuns nicht länger verschließt.«

Teti erhob sich zögernd. Immer, wenn es interessant wurde, wurde sie hinausgeschickt. Auch im Schreibsaal sah sie nur enttäuschte Gesichter. Anscheinend war doch so leise gesprochen worden, daß die Schreiber nichts hatten hören können. Auf Tetis eindringliches Nachfragen gaben sie allerdings zu, daß Si-Muts erster Satz, nämlich daß Oberpriester Mai zu einer Expedition aufbrechen sollte, zu verstehen gewesen war. Es erfüllte Teti mit Genugtuung, ihnen weiter mitteilen zu können, daß auch Si-Mut fortreisen würde, und zwar nach Syrien, um nach seiner ehemaligen Geliebten zu forschen. Daraufhin legten die Schreiber ihre Schriftrollen und Pinsel endgültig aus der Hand; die einen steckten die Köpfe zusammen, andere schwärmten aus, um die Neuigkeiten zu verbreiten. Bevor Teti ging, warf sie noch einen erbitterten Blick auf die geschlossene Tür zu Kamoses Amtszimmer. Das hatten die dort nun davon, daß sie sie vor die Tür gesetzt hatten.

Als Kamose einige Stunden später nach Hause kam, wollte Teti ihm die Listen und Berichte aus Nebsit, dem kleinen südlichen Landgut, vorlegen. Doch er wehrte ab.

»Irgendwann später vielleicht, meine Liebe«, sagte er. »Wenn Nebsit weder von Heuschreckenschwärmen noch von Sandstürmen heimgesucht wurde, laß mich bitte mit diesen Angelegenheiten vorerst in Frieden! Noch bin ich mit den Abrechnungen der Golderträge aus den Minen beschäftigt. Und heute, nach dieser Unterredung mit Si-Mut, gehen mir ohnehin ganz andere Dinge im Kopf herum.«

Sie war enttäuscht. Nicht nur, daß er die Vorbereitungen für Tahebs Begräbnis ausschließlich ihr überließ, jetzt sollte sie sich auch ganz alleine um Nebsit kümmern.

»Ich weiß, daß meine Landgüter bei dir in den besten

Händen sind«, meinte er. »Und mit dem kleinsten Landgut gab es doch nie Schwierigkeiten. Du versicherst mir jedesmal, daß es mit den Aufzeichnungen von dort seine Ordnung hat.«

»Ja ja«, erwiderte sie.

Wenn er sich schon die Listen aus Nebsit nicht ansehen mochte, mußte er wenigstens die Fragen beantworten, die ihr im Herzen brannten. Also ließ sie sich auf der Armlehne des Hausherrnstuhles nieder, auf dem er Platz genommen hatte.

»Ich für meine Person finde es ziemlich lächerlich von Si-Mut, daß er aufbrechen will, um Kafi zurückzuholen«, sagte sie und legte Kamose den Arm um die Schultern, damit er nicht auf die Idee kam, wieder aufzustehen.

»Nun, erstens ist es vermutlich so, daß sich der zweite Prophet Amuns nicht das Geringste aus deiner Meinung macht, und zum anderen hat er nicht behauptet, das Mädchen zurückholen zu wollen.«

»Was will er dann? Zuschauen, wie glücklich sie mit Auta ist?«

»Woher willst du wissen, daß sie Auta gefunden hat?«

»Entweder hat sie ihn gefunden oder sie ist tot«, erklärte Teti mit Überzeugung. »Auf jeden Fall wird sie niemals mit Si-Mut zurückkommen.«

»Ich denke, daß Si-Mut genug Mittel und Wege kennen würde, um sie zur Rückkehr zu zwingen, wenn er das wollte. Aber das ist nicht seine Absicht.« Er kratzte sich an der Augenbraue.

»Was ist denn dann seine Absicht?«, fragte Teti gespannt.

»Du solltest dich nicht in Dinge einmischen, die du nicht verstehst, meine Liebe.«

»Aber es geht doch um Kafi. Sie ist meine Freundin, auch wenn sie zur Zeit nicht gut auf mich zu sprechen ist. Verstehst du nicht, daß ich mir Sorgen mache, wenn sie von Si-Mut verfolgt wird?«

»Das brauchst du keineswegs. Si-Mut wird sich nicht damit aufhalten, Kafis Glück zu zerstören, falls sie es bei Auta oder wem auch immer gefunden hat. Er steht mittlerweile über diesen Dingen. Seine Reise hat andere Gründe und weiter entfernte Ziele.«
»Weiter als Retenu? Sag' doch, wo will er eigentlich hin?«
»Weiter. Nicht nur im wörtlichen, sondern auch im übertragenen Sinn.« Kamose zeigte kein Bedürfnis, ihr seine Worte zu erklären. Seine Miene war so undurchdringlich und überlegen, als kenne er alle Pläne dieser Welt.
Teti glitt von der Stuhllehne und stellte sich vor ihn hin. »Deine Antworten sind so ausweichend«, klagte sie. »Du sprichst in Rätseln. Wohin will Si-Mut?«
»Nun«, meinte er, »du weißt, daß ich in meiner Jugend viel reiste, an fremden Königshöfen zu Besuch weilte, mir Einblicke in die Verhältnisse des jeweiligen Landes verschaffte und dabei zahlreiche Erfahrungen machte, die ich zuhause nicht hätte machen können.«
»Spielst du auf deine Liebesabenteuer an?«
»Nein, natürlich nicht«, sagte er verärgert. »Wie kannst du nur stets aufs neue davon anfangen!«
»Also wird Si-Mut Länder besuchen, um dort irgendwelche Kenntnisse zu erhalten?« bohrte sie weiter.
»Ja, so könnte man es ausdrücken.«
»Aber welche Länder will er bereisen? Außerdem macht er sich recht kurz entschlossen auf die Reise. Rechnet man an den fremden Königshöfen mit seinem Besuch?«
»Glaub' mir, meine Beste, auch in den Palästen von Babylon, Wassukkanni oder Chattussa ist man auf Überraschungsgäste eingerichtet, zumal wenn sie mit kleinem Gefolge anlangen. Si-Muts Reise jedoch gilt weniger den Herrscherhäusern als den Tempeln und heiligen Bezirken, den Magiern und Hohenpriestern dort.«
»Ach so«, sagte sie. »Er will bei den fremden Zauberern etwas dazulernen?«
»Nun, es wird wohl eher umgekehrt sein. Denn, wie dir

bekannt sein dürfte, ist die ägyptische Zauberkunst in aller Welt berühmt und unbestritten die wirksamste und mächtigste.« Er sah sie mit deutlicher Ungeduld an, ließ sich von Baki seinen Dokumentenkasten bringen und nahm den Rest des Nachmittags weder von Teti noch von seiner Umgebung die geringste Notiz.

Teti hatte im Palast nichts mehr und im Hathor-Tempel nur noch wenig zu tun. Die Rohstoffvorräte im Heiligtum der Goldenen waren so erschöpft, daß sich kaum noch Salben und Duftöle herstellen ließen. Es machte sie traurig, durch die leeren Räume zu gehen. Alles wirkte verwaist, lediglich ein paar vereinzelte Getreue von der Priesterschaft und den Tempelbediensteten waren da und gingen ihrer Arbeit nach. Jedesmal, wenn Teti Blumen brachte und die Behälter mit Schminke und Salböl auffüllte, sann sie darüber nach, ob Hathor traurig war. Sie brachte es, obwohl sie Atons lichtvolles Schöpfertum anerkennen mußte, nicht fertig, die Göttin im Stich zu lassen. Vielleicht hätte sie, wenn die Königin sich gnädiger gezeigt hätte, in der Verehrung der Gemahlin des göttlichen Pharao Ersatz finden können. So aber wußte sie, daß ihre Seele sich heimatlos fühlen würde, wenn sie nicht mehr zur Goldenen kommen und beten konnte.
Um nicht noch unangenehmer aufzufallen, wollte sie ihre Besuche im Heiligtum nicht übertreiben; deshalb mußte sie sich eine andere Beschäftigung suchen. Aber sie wollte beim Führen des Haushalts Mutnefer nicht allzusehr in die Quere kommen, und dazu sich fortwährend mit den Berichten der Landgüter, die sie inzwischen auswendig kannte, zu befassen, fehlte ihr die Lust. Also fing sie an, Tahebs Söhnen und Henuts Tochter Iset, die weder eine Tempel- noch die Palastschule besuchten, das Schreiben und Lesen beizubringen. Sie bemühte sich, den Unterricht täglich fortzuführen, denn die Kinder zeigten sich lernbegierig. Vor der Mittagszeit

waren die Lektionen aber immer beendet, und Teti ging mit ihren Schülern zu den Nebenfrauen und Kindern in den Garten oder zog sich allein in ihr Zimmer zurück.
Das hatte sie auch eines Nachmittags, etwa einen Monat nach Tahebs Tod, getan. Anchari spielte unten, und Teti hörte das übermütige Krähen ihrer Tochter und die Stimmen der anderen vom Garten herauf. Vor sich hinlächelnd machte sie sich daran, die Sachen in ihren Truhen durchzusehen; sie hoffte, dabei einen Ring zu finden, der ihr kürzlich vom Finger gerutscht war.
Gerade als sie in der Truhe wühlte, die vor dem Fenster stand, trat Kamose ein. Er nahm auf seinem Lieblingssessel Platz.
»Ich muß mit dir reden«, sagte er in einem Ton, der sie aufhorchen ließ.
Er hatte den Kopf an die Wand gelehnt und hielt die Augen geschlossen. Sein Gesichtsausdruck kam ihr feierlich vor. Sie unterdrückte einen Seufzer, stand auf und setzte sich auf das Ruhebett. Bestimmt ging es um seine Grabausstattung, und ihm waren noch ein paar Dinge eingefallen, auf die er dereinst keinesfalls verzichten wollte. Sie überlegte, ob sie nicht schon die betreffende Liste holen sollte, um die Gegenstände gleich eintragen zu können, damit sie sie nicht vergaß.
Er räusperte sich. »Ich habe dir etwas mitzuteilen«, sagte er in diesem bedeutsamen Ton.
Teti legte sich auf den Bauch, stützte sich auf die Ellenbogen und blickte Kamose aufmerksam an.
»Nun«, begann er, ohne die Augen zu öffnen, »ich trage mich mit dem Gedanken, wieder eine dritte Versorgte in mein Haus aufzunehmen.«
Sie brachte nur einen Laut zustande, der eine Art zischendes Fauchen war. Bei Hathor, war er denn verrückt geworden!
Er hatte die Augen geöffnet und sah sie verwundert an. Wütend erwiderte sie seinen Blick.

»Ich hätte mir ja denken können, daß du irgendwann auf diese unsägliche Idee kommen würdest«, sagte Teti und setzte sich auf.
»Ich verbiete dir ganz entschieden, in diesem Ton mit mir zu reden«, entgegnete er heftig. »Schließlich handle ich nicht zuletzt in deinem Interesse. Du merkst doch, daß die Leute uns seit deiner Entlassung meiden. Selbst Hatiaj hat seine Besuche eingestellt. Siehst du, und nun hat mir Pharaos oberster Kammerdiener seine Tochter als Nebenfrau vorgeschlagen. Über ihn wären wir über die Vorgänge in Pharaos Haushalt zu jeder Zeit bestens informiert. Wir könnten von vorneherein das Richtige tun. Du könntest der Großen Königlichen Gemahlin auf geschickte Art Gefälligkeiten erweisen und so erneut ihre Gewogenheit erringen.«
Der Sinn seiner Erklärungen erschloß sich Teti nicht im geringsten. Sie fühlte nur, wie das Blut in ihren Schläfen hämmerte. Am liebsten hätte sie losgeschrien.
Kamose hatte die Augen wieder zugemacht. »Und dabei ist das Mädchen überaus reizend!«
»Wie schön sich doch das Angenehme mit dem Nützlichen verbinden läßt«, fauchte Teti. »Du Scheusal! Merkst du gar nicht, wie weh du mir tust?« Wutentbrannt suchte sie nach einem Gegenstand, den sie ihm an den Kopf werfen konnte. Sie fand ihn und griff wild danach.
Kamose hatte jäh die Augen geöffnet und es war ihm gelungen, ihren Arm festzuhalten. Mit mißbilligendem Kopfschütteln nahm er ihr die schwere Glasvase aus der Hand, bewahrte aber trotz allem die Ruhe.
»Weh? Ich dir?«, fragte er. »Nichts liegt mir ferner. Ist dir bereits entfallen, daß es in diesem Haus stets drei Nebenfrauen gab?«
»Nein, das habe ich nicht vergessen. Die Trauerzeit für Taheb ist ja nicht mal um. Das Begräbnis steht noch bevor.«
»Eben! Und da Taheb bedauerlicherweise zu ihrem Ka

gegangen ist, werde ich eine neue Frau in mein Haus nehmen. Jedermann erwartet das von mir. Es wird wieder drei Versorgte geben. Du aber bist und bleibst die Hausherrin. Wo also liegt dein Problem?«
Sein Verhalten war für sie blanker Verrat. Nach ihr sollte keine Frau mehr kommen! Was nutzte ihr die Position als Herrin des Hauses, wenn er sich zu einer anderen hingezogen fühlte? Er würde sich der Neuen zuwenden. Und sie, Teti, würde dadurch in jeder Hinsicht ins Hintertreffen geraten. Nein, ihr blieb nicht anderes übrig, als ihren letzten Trumpf auszuspielen.
»Paß' mal auf, Oberverwalter Kamose«, sagte sie, und strengte sich an, vor Aufregung ihre Zähne nicht aufeinanderschlagen zu lassen, »was man im Palast über meine Entlassung spricht, stimmt nicht! Und was ich dir bisher erzählte, trifft auch nicht zu. Ich hätte die Gelegenheit gehabt, mühelos und sehr hoch in der Gunst des Königspaares aufzusteigen. Aber dir zuliebe habe ich diese Möglichkeit nicht wahrgenommen.« Sie sah ihn leise zähneklappernd an. Begriff er denn die Wahrheit nicht? Also mußte sich noch deutlicher werden. »Es war nämlich so, daß Pa-Wah, der inzwischen ein Vertrauter von Pharaos oberstem Günstling Merire ist, mich gebeten hat, dich zu verlassen und seine Frau zu werden.«
»Also hast du doch mit ihm geredet, obwohl du mir versprochen hattest, es nicht zu tun«, grollte er.
»Die Königin zwang mich dazu«, schrie sie.
»Ich dachte, du würdest es fertigbringen, ein Zusammentreffen mit ihm zu vermeiden«, sagte er gekränkt.
»Das ging doch nicht! Aber ich weigerte mich, mit Pa-Wah fortzugehen. Deswegen fiel ich in Ungnade. Bloß deshalb! Verstehst du?« Ihre Stimme überschlug sich. »Ich habe zu dir gehalten, aber du wendest dich kaltlächelnd von mir ab.«
»Das siehst du vollständig falsch«, entgegnete er. »Auf dein unaufrichtiges Verhalten mir gegenüber, den

abtrünnigen Amun-Priester betreffend, werde ich später zurückkommen. Zuerst besprechen wir den Einzug der neuen Nebenfrau. Und da kann ich nichts anderes tun, als betonen, daß sich im Hause nicht das Geringste ändern wird, und daß ich deine Abneigung in keiner Weise verstehe. Der Vater des Mädchens meinte lediglich, seine Tochter könnte den Wunsch äußern, ein Zimmer zum Garten hin zu bewohnen, anstatt auf die Dächer der Dienerwohnungen blicken zu müssen.«
Sie raufte sich die Haare. »Da hast du's. Der Ärger geht los, bevor sie dieses Haus betreten hat. Sie beansprucht ein Zimmer auf der Seite, wo Hausherr und Hausherrin ihre Räume haben. Neben dir will sie wohnen! Womöglich gar in meinem Zimmer?«
Er machte eine abwehrende Geste. »Nun, ich bin sicher, daß wir einen Weg finden, das einvernehmlich zu regeln.«
»Oh, wie kannst du dich bloß so erniedrigen und dich auf die Unterstützung von Kammerdienern verlassen. Zum Glück habe ich mächtigere Freunde.«
»Zu meinem Leidwesen konnte ich bisher nichts davon bemerken, meine Beste.«
Teti schwieg. Zusehends fühlte sie sich kraftloser, während ihre Besorgnis und ihre Verzweiflung wuchsen. Liebt er mich denn überhaupt nicht mehr? fragte sie sich zutiefst verletzt. Ist ihm die andere so viel wichtiger als ich?
»Aber... aber du hustest manchmal in der Nacht«, brachte sie kaum hörbar vor.
Mit einer ärgerlichen Handbewegung tat er ihren Einwand ab. »Was, in Amuns Namen, hat mein Husten mit der neuen Nebenfrau zu tun?«
Ohne daß sie es wollte, liefen Teti die Tränen aus den Augen. Und gerade das hatte sie vermeiden wollen. Sie hatte kühl bleiben und versuchen wollen, ihn mit sachlichen Argumenten umzustimmen. Doch statt dessen

stand sie vom Ruhebett auf, setzte sich auf seinen Schoß, schlang die Arme um seinen Nacken und drückte ihr nasses Gesicht an seine Brust.

»Bitte«, flehte sie. »Tu's mir nicht an. Hol' diese Frau nicht hierher.«

Er löste ihre Arme von seinem Hals. »Die Entscheidung ist bereits getroffen.«

Sie erhob sich nicht, sondern rutschte an seinen Beinen hinunter, bis sie vor ihm kniete. Sie zitterte am ganzen Körper vor Qual.

»Ich bitte dich so sehr, sehr, sehr darum!«

Er zog sie an den Armen hoch, bevor er selbst aufstand. »Deinen Hang zur Übertreibung schätze ich ganz und gar nicht, das ist dir hinreichend bekannt«, sagte er. »Wenn du jedoch auf beherrschte und vernünftige Art noch etwas vorzubringen hast, werde ich es mir selbstverständlich anhören.«

Stumm stand sie vor ihm. Sie fühlte sich wie betäubt und brachte es nicht einmal fertig, ihn anzusehen.

Da zuckte er die Achseln und ging hinaus.

Schon an einem der nächsten Tage brachte Kamose die Auserwählte mit, um ihr das Haus zu zeigen. Sie war nicht so blutjung, wie Teti angenommen hatte, und nicht einmal besonders hübsch, aber für ihn offenbar auf verlockende Weise üppig und blühend. Mit rollenden Hüften ging sie neben ihm her und blickte sich, den Kopf keck erhoben, ohne Scheu um.

Teti saß mit Mutnefer und Henut in der Eingangshalle. Außer den drei Frauen schauten Dienerinnen und Diener Kamose nach, als er mit der Fremden in den Garten hinausging. Seni lehnte am Rahmen der Küchentür und zog verächtlich die Oberlippe hoch. Inhapi rümpfte die Nase, scheuchte dann die Küchenmädchen weg, die sich neben der Treppe versteckt hatten, damit sie nichts verpaßten. Die Sänftenträger seufzten, manche Diener grinsten.

Ein glänzender Auftritt war das nicht, dachte Teti im stillen. Weder für Kamose noch für die Neue in ihrem modischen, aber schlampig genähten Kleid. Und endlich schienen auch Henut und Mutnefer den Ernst der Lage begriffen zu haben.

»Du hättest dich wenigstens eine Weile zu uns setzen können. Deine Weigerung, die künftige Hausbewohnerin zu begrüßen, empfand ich als überaus unhöflich«, beschwerte sich Kamose, nachdem er die Frau mit der Sänfte hatte wegbringen lassen.

»Hast du sonst noch Wünsche? Ich habe Besseres zu tun, als meine Zeit für eine dreiste Person mit ausgefransten Säumen zu opfern«, sagte sie. Dann zwang sie sich zu einem geschäftsmäßigen Ton. »Hör' dir bitte meinen Vorschlag an. Wenn du mir eines deiner Landgüter überschreibst, werde ich mich dorthin zurückziehen,« – sie beobachtete sein Gesicht genau –, »und du kannst hier machen, was du willst.«

»Nun, das wäre immerhin eine Lösung«, meinte er überraschend. »Wann wirst du also fahren?«

Sie fühlte sich nur wenig erleichtert, denn eigentlich hatte sie nicht damit gerechnet, daß er auf dieses Angebot eingehen würde. Aber jetzt wußte sie, daß er tatsächlich nichts anderes im Sinn hatte, als sie möglichst schnell loszuwerden. Sie spitzte die Lippen.

»Ein paar Tage wirst du dich schon gedulden müssen. Daß die Kinder mit mir kommen, ist dir doch klar?«

»Nun, fürs erste bin ich damit einverstanden.«

»Auch Seni will mit. Wir hängen zu sehr aneinander, als daß wir getrennt sein wollen. Wie sich Suti entscheidet, weiß ich nicht. Aber ich halte ihn nicht für einen Mann, der seine Familie im Stich läßt.«

»Spar' dir derartige Bemerkungen. Ich lasse meine Familie nicht im Stich. Du bist diejenige, die weggeht. Daß Seni mitkommt, bedauere ich sehr. Es wird schwierig sein, eine so gute Köchin zu finden.«

»So schwierig auch wieder nicht. Für mich hast du ja schon Ersatz gefunden.«
»Welch ein Unsinn! Du bist und bleibst Herrin des Hauses.«
»Ich werde mit dieser Frau nicht unter einem Dach leben«, erklärte Teti entschieden. Aber sie wollte ihm eine allerletzte Möglichkeiten geben. Sie lächelte so gewinnend, wie es ihr bei dem elenden Gefühl im Herzen möglich war.
»Wenn du schon unbedingt eine neue Nebenfrau willst, warum nimmst du nicht eines der Mädchen, die im Haus leben? Sie alle sind jung und gesund und wissen, wie sie sich zu benehmen haben. Seit ihrer Kindheit erkennen sie mich als Hausherrin an. Keine von ihnen würde es wagen, mein Zimmer zu verlangen. Nein, mit einer von ihnen hätte ich keine Schwierigkeiten.«
Er lachte gerade heraus. »Hör' mir doch auf mit deinen plumpen, törichten Küchenmädchen! Die könnte ich ohnehin alle haben, wenn ich wollte.«
Sie spürte eine Verbitterung wie nie zuvor. Teti bebte vor ohnmächtiger Wut. Ihre Augen durchschossen Kamose mit tausend Blitzen. Aber sie schwieg.
Denn – was gab es dazu noch zu sagen?

»Hast du den Vertrag wegen des Landgutes vorbereitet?«, fragte Teti, als Kamose ihr das nächste Mal in der Empfangshalle begegnete.
Er hatte Baki gerade ein Kästchen, das wahrscheinlich ein Schmuckstück enthielt, übergeben, und ihn beauftragt, es umgehend zu dem Mädchen zu bringen. Bei Tetis Frage war sein verliebtes Lächeln einem Ausdruck der Mißstimmung gewichen.
»Ich sehe nicht ein, weswegen ich dir das Landgut überschreiben sollte«, erwiderte er unwirsch. »Eine Genehmigung, dort zu schalten und zu walten und die Erträge zu nutzen, reicht vollkommen aus.«

»Goldene Göttin, bist du kleinlich! Wenn ich gewußt hätte, daß du so knausern würdest, wenn es darum geht, für deine Kinder und für mich zu sorgen …«

»Warum willst du ausgerechnet nach Nebsit?«, unterbrach er sie. »Es ist das kleinste meiner drei Landgüter.«

»Weil es Theben am nächsten liegt. Ich will doch nicht ununterbrochen in der Provinz leben. Außerdem hat es einen Garten mit wundervollen Blumen und großen, schattenspendenden Bäumen.«

»Von Blumen und schattenspendenden Bäumen wirst weder du noch werden die Kinder satt. Sind die Erträge dort groß genug, daß es für euch ausreicht? Ich kann das nicht beurteilen, denn, wie du weißt, habe ich mich seit geraumer Zeit nicht mehr um diese Dinge gekümmert.«

»Ach, du kannst beruhigt sein. Die Handvoll Brotkrumen, die deine Kinder, ein paar Diener und ich zum Leben brauchen, wirft es schon ab. Und ich bin ja gewohnt, sparsam zu wirtschaften.«

»Nun gut! Ich hoffe, du siehst das nicht als Scheidung an?«, sagte er, und sie glaubte zu bemerken, daß er sich nicht recht wohl in seiner Haut fühlte.

»Nein! Noch warte ich auf das Wunder, daß du zur Vernunft kommst.«

»Laß uns nicht wieder streiten«, meinte er unbehaglich. »Du wirst doch hier wohnen, wenn du besuchsweise nach Theben kommst?«

»Ich denke nicht daran«, entgegnete sie stolz. »Ich werde bei meinem Bruder wohnen oder in einer Unterkunft im Tempelbezirk.«

Teti hätte nie gedacht, daß so viele Truhen und Körbe zusammenkommen würden. Wie gut, daß Kamose ein großes Boot besaß, in dem schließlich doch alles verstaut werden konnte. Auch drei kleine Hunde, mehrere Gänse und Enten und die beiden Milchziegen von Senis Mutter waren als Fahrgäste einquartiert worden. Teti betrachtete das bunte köstliche Bild, das auch noch Töne von sich gab: menschliche Stimmen, ungeübtes Bellen, Schnattern und Meckern. Aber momentan konnte sie nicht einmal mehr über solche Dinge lachen. Manche Menschen hatten Glück im Leben, dachte sie, während andere, zu denen sie sich zählte, hart kämpfen und viel leiden mußten.

Das Boot war fast schon überladen. Sie blickte auf Henut und Mutnefer. Beide Nebenfrauen hatten zu ihrer Überraschung darum gebeten, nach Nebsit mitgenommen zu werden. Und nicht wenige Dienerinnen und Diener zogen ebenfalls das Landleben dem Stadtleben vor. Daher waren auch so viele Kinder dabei. Mehi und seine Spielgefährten hatten Bubu, den großen, drahtigen Kater, zu fassen gekriegt; sie hielten ihn fest und bestanden darauf, auch ihn mitzunehmen.

»Meinetwegen«, sagte Teti. Woher sollte sie wissen, wann so ein Boot zu voll war und sank?

Kamose hatte sich in seinem Tragstuhl zur Anlegestelle bringen lassen. Auf Baki gestützt stieg er aus und starrte ungläubig auf das vollbesetzte Boot.

»Nicht nur das halbe Haus hast du leergeräumt, du nimmst mir auch die ganze Dienerschaft weg«, fuhr er sie an.

»Die Diener und Dienerinnen sind frei in ihrer Entscheidung, wo und bei wem sie arbeiten wollen«, belehrte sie ihn. »Aber du kannst ja in Karnak nachfragen. Vielleicht hat man in Amuns Tempelbezirk ein paar Sklaven abzugeben, die man nicht mehr ernähren kann. Diese sind dann gezwungen, bei dir auszuhalten.«

Auch Neferti war zum Abschied gekommen. Und das war so gut, als würde der gesamte Hofstaat die Abreise miterleben. Die Beobachterin aus dem Palast umarmte Teti betont herzlich.

»Liebste Freundin, wisse, daß ich dich sehr vermissen werde! Und Panehesi auch. Wenn du auf unsere ver-

ehrte Königin gehört und Pa-Wah geehelicht hättest, wäre dir das alles erspart geblieben.« Sie hatte aufreizend laut gesprochen.
»Wie willst du denn für den Lebensunterhalt dieser vielen Menschen aufkommen?«, rief Kamose.
Teti lachte ein heiseres, höhnisches Lachen, das nicht sehr hübsch klang. »Nebsit ist das ertragreichste deiner Landgüter. Es wirft genug ab, um für die dreifache Anzahl Diener zu sorgen.«
Sie ging als letzte an Bord. Die Barke legte ab, und Neferti und ihre Dienerinnen fingen an zu winken.
»Das also sind die paar Brotkrumen, die dort zu erwirtschaften sind«, schrie Kamose erbittert. »Du hast mich ganz erbärmlich betrogen!«
»Du mich auch! Leb wohl, Liebster«, rief Teti und jubelte über den breiter werdenden Wasserstreifen zwischen ihnen.
Das Segel blähte sich im Wind, und Teti freute sich plötzlich darauf, nach Süden zu kommen. Die Entfernung zwischen Boot und Ufer war bereits zu groß, um weitere Worte zu wechseln. Und mehr hatten sie sich ja auch nicht zu sagen. Still setzte sie sich zu den Nebenfrauen. Gerade noch hatte sie vor Begeisterung kaum Luft bekommen, jetzt war dieses Gefühl verflogen, und sie fühlte sich trotz der vielen Menschen ringsherum entsetzlich einsam. So manches Mal war sie nach Nebsit gefahren, aber nie ohne Kamose.

Nach und nach gewöhnte sich Teti auf dem Landgut ein. Der Verwalter war ein gutmütiger Mensch, der trotz des Gewimmels von Dienern, Frauen und Kindern seine Arbeit in gewohnter Weise verrichtete, die Landarbeiter einteilte und die Tätigkeiten in den Wirtschaftsräumen und auf den Feldern überwachte. Und er war viel ehrlicher als die Verwalter der anderen beiden Landgüter. Teti führte den Unterricht fort und lehrte Iset sogar die ersten Tanzschritte, die sie selbst als Kind im Hathor-Tempel gelernt hatte. Auch Anchari bemühte sich, auf ihren kleinen Beinchen mitzuhüpfen. Abgesehen davon, daß das Leben hier gemächlicher und weniger luxuriös verlief, war eigentlich alles wie zuhause. Keine der Frauen ließ es sich anmerken, ob sie Kamose vermißte. Die ersten Besucher, die sich sehen ließen, waren Neferti und Panehesi. Sie verbrachten einige Tage im Landhaus und reisten wieder ab. Danach kam Neferti öfter.

Und dann, eines Tages, erschien User-Re. Obwohl Teti sich ausrechnen konnte, daß Kamose ihn geschickt hatte, freute sie sich sehr über sein Kommen. Wie gern hätte sie mit zärtlichen Fingern sein Gesicht berührt! Aber sie bewunderte nur im stillen seine hohen Wangenknochen und das feste Kinn.

»Gesundheit und Leben! Und herzlich willkommen, User-Re«, sagte sie und blickte in seine dunklen Augen.

»Gesundheit und Leben«, erwiderte er. Nachdem er sich endlich gesetzt hatte, sagte er: »Vater bittet dich zurückzukommen.«

»Hat er die Neue weggeschickt?«

»Nein.«

»Dann werde ich nicht kommen.«

Betretenes Schweigen trat ein. Auch Mutnefer und Henut hatten sich in der schlichten Empfangshalle des Landhauses eingefunden. Reglos saßen sie auf ihren niedrigen Stühlen und blickten User-Re halb abweisend, halb erwartungsvoll an. Zögernd und mit abgewandtem Blick begann User-Re weiterzusprechen.

»Dich kann Vater nicht zwingen, aber den beiden Versorgten befiehlt er, zusammen mit ihren eigenen und Tahebs Kindern zurückzukehren.«

»Aber ich unterrichte Iset und Tahebs Söhne! Ich möchte den Unterricht nicht abbrechen«, erhob Teti Einspruch. »Und ich finde, er sollte Mutnefer und Henut ebenfalls die freie Entscheidung lassen.«

User-Re zuckte gleichmütig die Achseln. »Ich habe ausgerichtet, was ich ausrichten sollte. Was ihr tut, ist eure Sache.«
»Wollt ihr zurück?«, fragte Teti.
Henut starrte geradeaus und sagte nichts. Mutnefer hatte den Blick auf die Hände in ihrem Schoß gesenkt.
»Wir möchten nicht, aber wenn es der Oberverwalter Kamose befiehlt«, antwortete sie und hob den Kopf. »Wir wollen nicht ungehorsam sein. Wir haben gezeigt, daß wir mit der neuen Nebenfrau nicht einverstanden sind. Aber letztendlich müssen wir uns dem Willen des Hausherrn fügen.«
»Wie ihr meint.« Teti fiel es schwer, ihre Enttäuschung zu verbergen.
Mutnefer und Henut verschwanden sogleich, um ihre Habseligkeiten zusammenzusuchen.
»Hast du etwas von Kafi oder Auta gehört?«, fragte Teti nach einer Weile.
»Ich dachte mir, daß du nach ihnen fragen würdest. Kafi hat Auta erreicht. Ihre Reise war nicht so unüberlegt, wie es den Anschein hatte. Sie hatte Mahu eingeweiht, und er hat ihr ein paar seiner zuverlässigen Leute mitgegeben. Sie sind unterdessen zurück und berichten, daß Kafi und Auta miteinander in der Garnison leben. Die Ansiedlung um die Garnison verfügt über ein kleines Heiligtum der Göttin Hathor, und Kafi ist dort Priesterin.« Er machte eine Pause und fügte dann widerwillig hinzu: »Sie läßt dir ausrichten, daß sie dir verzeiht.«
»Das freut mich. Aber ich war es nicht, die sie und Auta verraten hat. Ich bin sehr froh, daß es ihr gut geht.« Sie musterte User-Re unsicher, als sie fragte: »Verzeihst auch du mir, User Re?«
Er blickte sie mit harten Augen an. »Nein, niemals! Das schwöre ich dir beim Leben des Gottes.«
Wenigstens machte er keine schadenfrohe Bemerkung darüber, was sie von ihrer Entscheidung hatte, nicht mit

ihm geflohen zu sein. Sie saßen schweigend, bis Seni für User-Re etwas zu essen und einen Krug aus Kamoses Weinvorrat brachte. Teti war glücklich, daß er nichts dagegen hatte, daß sie dablieb und ihm zusah. Es war fast wie früher, und sie mußte ein heftiges Gefühl der Wehmut unterdrücken.

»Wenn es dir möglich ist«, bat sie schließlich, »laß Kafi die Warnung zukommen, daß Si-Mut auf dem Weg zu ihr ist. Kamose sagte zwar, daß Si-Mut nicht die Absicht hat, Kafi Schwierigkeiten zu machen, aber es ist besser, wenn sie auf seine Ankunft vorbereitet ist. Du kannst doch einen Soldaten als Boten schicken, der schneller ist als Si-Muts Reisegesellschaft?«

Er nickte, ohne sie anzusehen, sondern schaute sich stattdessen im Garten um.

»Das also ist das Landgut, das du meinem Vater abgeschwindelt hast.«

»Du denkst darüber genauso wie er?«

User-Re antwortete nicht, sondern, wandte den Kopf wieder zu den jungen Dienerinnen, die im seichten Wasser des Gartenteichs lachend und jauchzend seine Aufmerksamkeit auf sich zu lenken suchten.

»Willst du nicht ein paar Tage bleiben?«, fragte Teti forsch, den Blick auf seine muskulöse Brust geheftet. »Ich könnte mir vorstellen, daß du eine recht vergnügliche Zeit hättest.«

Sie wußte nicht, ob sie mit dieser Aufforderung nur sich selbst quälen oder vor allem ihn herausfordern wollte. Am meisten jedoch würde es Tia schmerzen, wenn er mit den Dienerinnen anbändelte, die ihn allesamt anhimmelten und einem Abenteuer gewiß nicht abgeneigt waren. Und dann würde sie, das schwor sie sich bei Seth, dafür sorgen, daß User-Res Verlobte als erste davon erfuhr.

»Nein«, entgegnete er finster. »Ich habe in Theben für Eje mehrere Aufträge auszuführen. Und dort wartet ja auch meine geliebte Schwester auf mich.«

Es war nicht zu fassen! Er schien auch noch treu zu sein. Schon am nächsten Morgen brach User-Re auf, nicht ohne sich nochmals erkundigt zu haben, ob sie an ihrer Entscheidung, in Nebsit zu bleiben, festhielt. Mutnefer, Henut und die Kinder sowie einige Kindermädchen und Diener, denen das Landleben zu eintönig geworden war, fuhren mit ihm zurück.

Bereits kurze Zeit später, anläßlich von Tahebs Begräbnis, mußte Teti nach Theben reisen. Sie war froh, daß die Totenpriester trotz ihrer Abwesenheit alles reibungslos erledigt hatten; bei der Zeremonie selbst dagegen wollte sie nicht fehlen. Neferti hatte sie eingeladen, bei ihr zu wohnen, und sie hatte eingewilligt. Kaum war sie angekommen und hatte ihre Reisetruhe in dem ihr zugewiesenen Zimmer abstellen lassen, als Kamose das Anwesen betrat. Neferti fing ihn in der Empfangshalle ab und geleitete ihn in den Garten.

»Das Haus hat tausend Ohren. Geht in Atons Namen mindestens bis zu den Gartenteichen hinüber«, beschwor sie ihn. »Die Frösche werden bei eurer Auseinandersetzung möglicherweise dazwischenquaken, aber erfahrungsgemäß bleiben sie unparteiisch und wahren die Diskretion. Eure armen Kinder solltet ihr besser bei mir im Haus lassen.«

Doch Mehi und Anchari stürmten schon auf ihren Vater zu. Kamose beugte sich hinunter und fing sie mit seinen Armen auf. Er küßte die beiden innig.

»Woher willst du wissen, daß wir uns streiten?«, sagte Teti schnippisch zu Neferti. »Wir haben einander längst nichts mehr zu sagen.« An Kamose gewandt meinte sie: »Du brauchst keinen Ärger befürchten. Ich werde dich nicht stören. Ich bleibe mit den Kindern bei Neferti.«

Kamose warf ihr einen gereizten Blick zu und richtete sich auf. Er nahm Anchari auf den Arm, Mehi klammerte sich an seine andere Hand.

»Ich habe nicht vor, während der Zeit deines Aufenthalts auf die Kinder zu verzichten«, sagte er. »Ich werde sie auf jeden Fall mit nach Hause nehmen.« Er schwieg einen Augenblick. Als er weitersprach, schien ihm die Bitte nicht ganz leicht zu fallen. »Willst du nicht ebenfalls kommen?«
Teti schüttelte entschieden den Kopf. »Das werde ich nicht tun. Nichts hat sich zu Hause geändert.«
Mehi fing plötzlich an zu weinen, und Anchari sah ihre Mutter mit erschrockenen Augen an. Teti fand es gar nicht gut, diese Dinge in Gegenwart der Kinder zu besprechen. Aber was sollte sie machen, wenn die beiden nicht von Kamoses Seite wichen? Kamose übergab ihr Anchari, hob Mehi hoch und begann, ihn zu trösten. Nachdem es ihm gelungen war, den Jungen zu beruhigen, sagte er: »Versteh' doch! Ich kann das Mädchen nicht einfach wieder wegschicken. Sie hat sich mittlerweile eingelebt. Sie fügt sich in ihre Rolle als dritte Nebenfrau. Du wirst keinerlei Schwierigkeiten mit ihr haben. Sie besteht längst nicht mehr auf einem Zimmer mit Blick auf den Garten, sondern bewohnt Tahebs kleinen Raum. Dein Zimmer steht nach wie vor für dich bereit. Du wirst dich daheim wohlfühlen.« Er brach ab und fügte mit einer gewissen Überwindung hinzu: »Teti, wir alle haben dich als Hausherrin so lange entbehrt.«
»Meine Schuld ist das nicht«, entgegnete sie erregt.
»Bitte, bleibe friedlich«, meinte er beschwichtigend. »Ich versichere dir, die neue Nebenfrau weiß sich zu benehmen. Sie ist zurückhaltend, sanft und äußerst empfindsam. Das Wissen um deine Ankunft hat sie so aus der Fassung gebracht, daß sie sich bedauerlicherweise unpäßlich fühlt, zu Bett liegen muß und nicht glaubt, am morgigen Begräbnis teilnehmen zu können.«
»Oh, das tut mir gar nicht leid! Du kannst ihr ausrichten, daß ich es ihr hoch anrechne, wenn sie die Anständigkeit besitzt, sich für immer hinzulegen. Und ich gebe

ihr mein Ehrenwort, daß ich mich in diesem Fall, obwohl ich sie bloß einmal kurz gesehen habe, persönlich um ihre Beisetzung kümmere.«
»Wie kannst du nur so gehässig sein und dich gegen Himmel und Erde und gegen alle Götter versündigen!« Kamose spreizte die Finger seiner rechten Hand gegen sie, bevor er Mehis Nase abputzte. »Nein, du bist nicht mehr die Frau, die ich einmal geheiratet habe.«
»Die bin ich schon lange nicht mehr. Hast du das noch nicht gemerkt?«, meinte sie unbeeindruckt von seinem Ausbruch, setzte ein kokettes Lächeln auf und fragte: »Könnte es nicht reizvoll sein, die neue Persönlichkeit in mir zu entdecken? Aber nein, das willst du ja nicht! Da muß lieber gleich eine neue Frau her. Eine, die genauso grün und leichtgläubig ist wie ich früher. Und die dich ausreichend bewundert. Mir dagegen kannst du nichts mehr vormachen.«
»Nun, das habe ich auch nicht nötig«, erwiderte er. »Weit davon entfernt, einen falschen Eindruck erwecken oder dir etwas vormachen zu wollen, verschweige ich dir nicht, daß es mit meinem Amt beim König nicht mehr zum besten steht. Tutu ist mir nun rangmäßig gleichgestellt, und es macht keine Freude mehr, mit ihm zusammenzuarbeiten. Ich suche meine Amtsräume im Palast kaum noch auf.«
Mit Bestürzung hatte sie ihm zugehört. Da mußte er wohl einiges verkraften in den vergangenen Tagen, dachte sie. Sie hätte gern gewußt, ob ihm endlich klar geworden war, daß die Verbindung mit der Tochter des Kammerdieners nicht den geringsten Vorteil gebracht hatte.
»Dafür stöbere ich des öfteren im Archiv des Lebenshauses in den alten Schriften«, unterbrach er das Schweigen. »Wußtest du, daß sich Pharao neuerdings auch um das geschriebene Wort kümmert? Der Herrscher wünscht, daß von jetzt an so geschrieben wird, wie man spricht.«

»Wirklich?«, fragte Teti froh, daß er dem Gespräch eine andere Richtung gegeben hatte. »Eine gute Neuerung!«
»Es ist gegen die Tradition«, erwiderte Kamose steif. »Seine Majestät hat Syrer und andere Ausländer in Amtspositionen gesetzt, in welchen es erforderlich ist, die gehobene Sprache unserer Väter und Vorväter bis in die kleinsten Feinheiten zu beherrschen. Da die Emporkömmlinge das aber selbstredend nicht tun, weiß sich der König offenbar nicht anders zu helfen als dadurch, daß er die altehrwürdigen Gesetze des Schreibens, die Thot uns überliefert hat, auf den Kopf stellt.«
»Ich glaube nicht, daß das der Grund dafür ist. Es ist doch für uns alle eine große Erleichterung, wenn wir uns nicht mehr mit dem alten Käse herumschlagen müssen.«
»Bei Amun«, schnaubte Kamose. »Offensichtlich ist dir in der provinziellen Umgebung von Nebsit jegliche Fähigkeit abhanden gekommen, dich auch nur einigermaßen gepflegt auszudrücken.«
Sie grinste ihn spöttisch an. Hatte er denn immer noch nicht begriffen, daß sie ihre Worte absichtlich wählte, um ihn zu ärgern? Doch dann erkannte sie, daß er ihr Lächeln auch als Schadenfreude deuten konnte, und das wollte sie nicht.
»Es tut mir sehr leid wegen deines Hofamtes«, beeilte sie sich zu beteuern. »und daß du beim Königspaar nicht mehr so gut angeschrieben bist wie früher.«
Er war stehengeblieben und nahm Mehi den Finger aus dem Mund, bevor er sie wieder ansah.
»Möglichenfalls legst du Wert darauf zu erfahren, daß mich die Königinwitwe zum Leiter der Kommission bestimmt hat, die die Aufsicht über die Königsgräber am Großen Platz führt. Eine ehrenvolle und nur ab und an ein wenig angstrengende Aufgabe. Nun, die Aufsicht über die Stätte der Wahrheit ist keine schlechte Tätigkeit für jemanden, der sich bereits seit langem mit der Vorbereitung seines eigenen Hauses für die Ewigkeit beschäf-

tigt, nicht wahr?« Er hüstelte, klopfte sich dabei leicht auf die Brust. »Zu meinem Leidwesen macht sich stets, wenn ich im Wüstengebirge die steilen Wege hinansteige, mein Husten bemerkbar.«

Ach, nicht die Bohne gab sie auf seine mitleidheischenden Worte, aber sie musterte ihn doch genauer über Ancharis rasiertes, mit dem weichen Zopf geschmücktes Köpfchen hinweg. War sein Haar nicht ziemlich grau geworden? War er nicht ausgesprochen mager? Ja, irgendwie sah er richtig mitgenommen aus. Ob die Neue ihn so auslaugte?

Sie hatten den mittleren Gartenteich umrundet, und Teti, der das Herumtragen ihrer Tochter zu anstrengend geworden war, setzte sich auf eine Bank. Sie ließ Anchari hinunter, und diese begann, mit ihrem Bruder im Sand zu spielen. Kamose ging eine Zeitlang hin und her, betrachtete die Kinder und setzte sich schließlich Teti gegenüber.

»Du kannst dir denken, wie erfreut ich bin, daß mir dieses neue Amt zugewiesen wurde«, nahm er das Gespräch wieder auf.

Teti nickte. Oh ja, die alte Königin war schlau. Teje hatte unbedingt etwas für Kamose tun wollen und ihn, den seit langem Bewährten und Getreuen, mit einem neuen Posten entschädigt.

»Da bist du bedeutend besser dran als die Propheten Amuns. Haben Mai und Si-Mut eigentlich Theben schon verlassen?«

»Seit langem. Sie sind sogar ein Stück Weges gemeinsam gezogen. Nun ist Merire nach Pharao und den beiden Wesiren der mächtigste Mann im Land. Fürst Ramosis wird ja von Tag zu Tag gebrechlicher.«

»Kennt man bereits einen möglichen Nachfolger für ihn?«

»Soviel ich weiß, ist der Beamte Nacht im Gespräch«, berichtete Kamose. »Ja, und im übrigen hat Baumeister Hatiaj mich gebeten, dir von ihm Grüße zu bestellen.«

»Danke. Er ist wirklich ein feiner Kerl«, sagte Teti ein wenig ungeduldig. Sie durfte nicht vergessen anzusprechen, was sie sich zu fragen vorgenommen hatte. »Hast du etwas dagegen, Iset in Atons Tempelschule zu geben? Wie ich von Neferti erfuhr, ist Hetepet, die ehemalige Vorsteherin der Tänzerinnen des Hathor-Tempels, seit einiger Zeit im Sonnenheiligtum tätig. Henuts Tochter ist zierlich und anmutig, und ihre geistigen Fähigkeiten übertreffen die ihrer Mutter schon jetzt bei weitem.«

»Du solltest nicht so von Henut reden! Sie und Mutnefer möchten auch, daß du zurückkommst.«

Sie zuckte die Achseln. Sie wollte sich nicht ablenken lassen.

»Bei Mutnefers Kindern ist meiner Ansicht nach viel versäumt worden«, erklärte sie weiter. »Auch Tahebs Söhne sollten unbedingt in die Schule des Aton-Tempels gehen. Und wie gesagt, ich möchte, daß Iset eine Ausbildung dort macht. Damit sie nicht zuhause sitzen und warten muß, bis du sie mit einem deiner Schreiber verheiratest.«

»Müssen wir diese Dinge ausgerechnet jetzt erörtern? Das Kind ist erst sechs jahre alt.«

»Zum Eintritt in den Tempel ist das das beste Alter. Aber, nein, wir brauchen nicht weiter darüber zu reden. Ich muß es ja sowieso erst mit Henut besprechen.«

»Du weißt genau, daß Henut ausschließlich das tun wird, was ich für richtig halte.«

»Ja, natürlich! Ich sollte mir allen Ernstes die Versorgten zum Vorbild nehmen. Ist es das, was du möchtest? Soll ich allem zustimmen, was du tust, und mich ständig fügen?«

»Du wirst bemerkt haben, daß ich dir von Anfang an und in jeder Hinsicht große Handlungsfreiheit eingeräumt habe, eine Vorgehensweise, die ich auch heute noch grundsätzlich für angebracht erachte. Du allerdings gehst mit deinem derzeitigen eigenmächtigen Handeln zu weit. Du kannst nicht ewig allein in Nebsit

leben. Teti, laß dir eines gesagt sein! Noch sehe ich deinem Treiben zu, aber nicht mehr lange.«
»Du bist doch derjenige, der etwas treibt«, zischte sie.
Nein, dachte sie zornig und entmutigt zugleich. Es ist aussichtslos. Es gibt nichts, was die Kluft zwischen uns beiden überbrücken könnte. Es sei denn... Es sei denn, er würde seinen Fehler einsehen und rückgängig machen. Solange das nicht geschah, gab es keinen Weg, der sie wieder zueinander führte. Kamose nahm Mehi und Anchari mit, brachte sie jedoch nach Beendigung der Begräbnisfeierlichkeiten wieder zu Teti zurück. Und so kehrte sie mit zwei weinenden Kindern und selbst ziemlich trübsinnig auf das Landgut zurück.

Jedoch Kamose ließ nicht locker. Er schickte einen Boten, der Geschenke für die Kinder brachte. Für Teti war lediglich ein Brief dabei. Einen bangen Moment lang befürchtete sie, Kamose könnte ihr schreiben, daß er nun doch die Scheidung wünsche. Sie wußte nicht, wie groß der Einfluß der neuen Frau war. Auch wenn sich das Mädchen zartbesaitet und unbedarft gab, konnte es doch durchtrieben sein. Vielleicht hatte die neue Versorgte es bloß auf Kamoses Reichtum abgesehen, und er in seiner Verliebtheit merkte nichts von alledem.
Hastig zerbrach Teti das Siegel, zerriß die Schnur und strich mit einer fahrigen Bewegung den Papyrus glatt.
»Geliebte Hausherrin«, schrieb Kamose, und sie atmete erst einmal auf. *»Dein Ehemann Kamose grüßt dich in der Gunst des höchsten Gottes und in dem Wunsche, daß es dir und den Kindern gutgehe und daß es euch an nichts fehle. Siehe, stets war ich dir ein guter Ehegatte! Ich habe dir gegenüber nichts als Güte und Großzügigkeit gezeigt, dir mein einträglichstes Landgut vermacht und dich, so gut ich es von hier aus vermag, mit allem Nötigen versorgt. Um dich in die Lage zu versetzen, diese meine an dir geübten Wohltaten besser zu schätzen*

und zu würdigen, möchte ich dir folgendes zur Kenntnis bringen: Siehe, in Assur und Babylonien – ich weiß es zum einen von meinen Reisen und zum anderen haben die Gesandten aus diesen Ländern es mir immer wieder bestätigt – gibt es Gesetze, die es dem Gatten erlauben, seine aufsässige Ehefrau zu verprügeln, kahlzuscheren, ihr Ohren und Nase abzuschneiden, sie zu verstoßen, ja sogar, ihr bei Ungehorsam die Zähne mit einem gebrannten Ziegelstein zu scheuern.«

»Hah«, machte Teti und schluckte schwer. »Die ausländischen Frauen an Pharaos Hof haben nie so etwas erzählt. Wie sollte es auch in irgendeinem Land der Welt solche unmöglichen Gesetze geben!« Sie atmete tief durch und las weiter.

»Wir aber – dem obersten Gott sei Dank – leben im zivilisierten Lande Kemet, und derartige Maßnahmen erregen bei uns gebildeten Ägyptern nichts als höchste Abscheu. Denn wie du weißt, meine Liebe, sagen unsere Weisen: Erfreue das Herz deiner Frau, solange du lebst, und streite nie mit ihr vor Gericht. Aber, siehe, der weise Ptahhotpe sagt auch: Vermeide, daß sie Macht bekommt, nur so ist sie treu in deinem Hausstand. Du aber handelst viel zu eigenmächtig. Und du bist meinem Hausstand nicht treu. Du entfremdest mir meine Kinder. Obwohl du von mir über meinen Hausstand gesetzt bist, vernachlässigst du deine Pflichten. Meine Beste, glaube mir, wir alle vermissen doch deine Geschicklichkeit und deine ordnende Hand.

Und, siehe, der weise Ani spricht: Ein tiefes Wasser, dessen Lauf man nicht kennt, das ist eine Frau, wenn sie ihrem Ehemann fern ist. Schon allzulange bist du mir fern, und ich muß mich allein darauf verlassen, daß der Gutsverwalter dich beschützt und beaufsichtigt und mir regelmäßigen Bericht darüber erstattet, was immer du tust.

Siehe, alle meine Gedanken, Befürchtungen und das größte Anliegen meines Herzens habe ich dir offenbart. Zwinge mich nicht, Schritte zu unternehmen, die für keinen von uns erfreulich, für dich aber noch sehr viel unangenehmer wären als für mich. Der höchste Gott möge die Liebe wieder in dein Herz

geben und dir so viel Vernunft verleihen, daß du zu mir und dem dir anvertrauten Hausstand zurückkehrst.
Dein Gatte Kamose, der stets denkt und handelt getreu dem Spruch: die Erinnerung an einen Mann ist seine Güte.«
Nichts als Selbstlob, Ermahnungen, Vorwürfe und dazu noch unverschämte Drohungen, dachte Teti erbost. Und wie geschickt er es vermeidet, den Namen Amuns zu nennen, für den Fall, daß der Brief irgendwie in falsche Hände gerät. Ach, Sanftmut und Nachgiebigkeit hatten noch keiner Frau wirklich geholfen, auch wenn die weisen Männer das andauernd behaupteten.
Sie setze sich gleich hin, um eine Antwort zu verfassen. Und diese hieß nein, nein und nochmals nein! Mochte er mahnen, drohen und bitten, wie er wollte. Offensichtlich störte ihn ja doch bloß, daß es zu Hause nicht mehr den gewohnten, für ihn so bequemen Gang ging. Immer sah er nur sich.
Sie versiegelte ihren Brief noch nicht. Der Bote würde ihn am nächsten Tag nach Theben mitnehmen, aber kurz vorher wollte sie ein paar Tropfen ihres Lilienparfums in den Papyrus einreiben. Was sie auf diese plötzliche Idee gebracht hatte, wußte sie selbst nicht recht. In der Nacht schreckte sie aus einem Alptraum hoch, in dem kahle und ohrenlose Frauenschädel, gigantische Ziegelsteine und grauslich grinsende Babylonier eine beängstigende Rolle spielten. Und am Vormittag dann blieb sie noch lange, nachdem das Boot des Dieners mit ihrem parfümierten Antwortbrief verschwunden war, am Fluß stehen und starrte auf die silberglatten Wellen. Noch immer glaubte sie, bei Kamose durchsetzen zu können, daß er sich von seiner dritten Nebenfrau trennte.

Kapitel 20

Alte Liebe, neue Hoffnung

Teti fragte sich manches Mal, ob die Göttin ihre Gebete noch hörte, ob sie überhaupt noch da war. Selten wurden jetzt Opfergaben in die Tempel gebracht, und in jedem Heiligtum mangelte es an Priestern, die der Goldenen dienten. Doch da gab Hathor ein Zeichen ihrer göttlichen Gegenwart.

Gemeinsam mit Seni wartete Teti am Flußufer. Schwärme von Wasservögeln zogen vorbei, und am Himmel stand ein zeitiger, blasser Mond. Es war so still hier. In Theben versammelten sich um diese Stunde in den Bäumen lärmende und zwitschernde Vogelscharen.

Auch Kamose liebt diese kurze Zeitspanne, bevor die Nacht hereinbricht, dachte Teti wehmütig. An ihn geschmiegt war sie oft im Garten gesessen und hatte beobachtet, wie die Schatten wuchsen und schließlich alles einhüllten, während sich die Westberge dunkel und mächtig gegen den Himmel abhoben, der von Res letzten Strahlen erhellt wurde. Die Geschäftigkeit vom Haus her war beruhigend nah und doch angenehm fern gewesen. Und wenn sie dann mit Kamose hineingegangen war, hatte sie stets ein Gefühl des Glücks und der zufriedenen Geborgenheit verspürt. Alle die Abende, die sie miteinander im Garten verbracht, geredet oder geschwiegen hatten, gewannen jetzt einen goldenen Glanz. Und die Erinnerungen an gemeinsame Nächte weckten ihre Sehnsucht nach seiner Zärtlichkeit, nach dem erregenden Spiel seiner Hände...

»Bist du sicher, daß der Rindervorsteher Panehesi heute abend noch kommt?« fragte Seni in Tetis Gedanken hinein. »Es ist ziemlich lange her, daß er nach dir gesehen hat.« Sie hielt die Hand über die Augen und blickte über die im Abendschein glänzende Wasserfläche.
»Bestimmt taucht gleich sein Boot auf«, erwiderte Teti betont munter, »er saust heraus und macht sich über sämtliche Schüsseln her. Seni, wir kennen ihn doch! Wenn er sich ankündigt, kommt er auch.«
Die Köchin schien halbwegs überzeugt. »Für ihn kann ich jedesmal so viel kochen, wie ich will«, meinte sie eifrig. »Er vertilgt alles. Und er schätzt meine Mühe.«
Nachdem sich Seni gemächlich auf der Uferböschung niedergelassen und Teti neben ihr Platz genommen hatte, warteten sie schweigend. Schon nach kurzem fing Seni an zu klagen: »Hier ist überhaupt nichts mehr los. Die Hofdame Neferti kommt auch nicht mehr so oft wie früher. Zuhause in Theben, da hatten wir fast jeden Tag Gäste.«
Endlich entdeckte Teti, die mit den Augen unablässig den Horizont abgesucht hatte, ein Boot. Zuerst nur als verschwommener Lichtfleck sichtbar, kam es immer näher. Es war mit Fackeln bestückt, Diener huschten hin und her, und unter dem Baldachin saß Panehesi. Seni lief zum Landhaus zurück, um sich um ihre Kochtöpfe zu kümmern. Teti schaute zu, wie das Boot anlegte. Als Panehesi mit kurzen, kleinen Schritten über den Landungssteg kam, ging sie mit ausgestreckten Händen auf ihn zu.
»Willkommen, Panehesi«, rief sie.
»Gesundheit und Leben, meine Dame«, erwiderte er mit dem vertrauten gutmütigen Lächeln.
Sie fühlte plötzlich den Drang, ihm um den Hals zu fallen, so sehr freute sie sich über seinen Besuch. Ein wenig verwirrt nahm sie seine Hände, suchte nach Worten.
»Viele finden den Weg ja nicht hierheraus. Und ich bin

sehr, sehr dankbar, lieber Panehesi, daß du so unerschütterlich zu mir hältst. Was gibt es aus Theben zu berichten? Ist Königinmutter Teje wohlauf? Und wie geht es den Prinzessinnen?«
»Na, du kennt ja die Gören! Wo Unsinn gemacht wird, sind sie nicht weit.« Er blinzelte ihr zu. »Aber sonst wäre es auch todlangweilig im Palast.«
Teti fing an zu kichern, und ihr wurde bewußt, wie lange sie nicht mehr gelacht hatte. Sie hängte sich bei Panehesi ein und führte ihn in den Garten, wobei sie auch die Fackelträger dorthin schickte. Es war eine wunderbare, samtweiche Nacht, und es würde herrlich sein, in der Laube zu speisen.
Sie rückte ihren Sessel neben seinen. »Hast du etwas von Kamose gehört?« fragte sie. »Lebt er mit seinen Frauen in Saus und Braus?«
»Ich habe nichts dergleichen vernommen. Durch deine Diener mußt du doch viel besser über die Vorgänge zuhause unterrichtet sein, als ich es sein kann?«
»Ach, ich habe den Eindruck, daß sie mir nicht immer die Wahrheit sagen«, erklärte sie im Flüsterton, nachdem Seni einen gefüllten Weinbecher und eine Platte mit Vorspeisen vor Panehesi hingestellt hatte. Tetis Miene war nicht mehr fröhlich, und sie runzelte die Stirn, als sie sagte: »Wie eine Ausgestoßene fühle ich mich hier und von allem ausgeschlossen. Immer bin ich so allein.«
Er stellte das Schälchen mit den scharfgewürzten Linsen wieder hin und sah sie an. »Willst du dich bei mir ausweinen?«
»Es nützt ja nichts, wenn ich weine«, sagte sie und ließ den Kopf hängen.
»Was du brauchst, ist Ablenkung und Zerstreuung«, meinte er. »Und zufällig weiß der liebe, gute Panehesi etwas, das dich aufmuntert. Hofdame Teti, ich habe für dich genau das richtige Mittel gegen Einsamkeit.«
»Nenn mich nicht Hofdame«, erwiderte sie tonlos.

»Es gibt verschiedene Abstufungen königlichen Unwillens«, erklärte er ihr, holte sich nun doch die Linsen und nahm Brot. »Was dir widerfahren ist, ist nicht weiter bedenklich. Deine Entlassung könnte sogar aufgehoben werden.«
»Das wage ich nicht zu hoffen. Das wird Königin Nofretete niemals zulassen.«
Er machte eine entschiedene Handbewegung. »Schluß mit dem Gerede! Einer der Gründe, warum ich hier bin, ist, daß die Königinwitwe dich in ihre Dienste nehmen will. Ihre Majestät behauptet, du könntest Salböle herstellen, deren Duft zur Seele spricht. Und diese Öle will sie haben. Königin Teje hat bereits bekanntmachen lassen, daß sie dir Gelegenheit geben will, deinen, wie wir ja alle wissen, vorgeschobenen Mißgriff und dein angebliches Versagen wieder gutzumachen und zu beweisen, was du kannst. Du bist also im Palast willkommen, wenn du vorerst bei ihr anstatt bei der Großen Königlichen Gemahlin Hofdame sein möchtest. Vielleicht ergibt es sich irgendwann, daß Nofretete versöhnlich gestimmt ist. Und schon bist zu zur Stelle.«
Atemlos hatte Teti zugehört. »Ich kann es nicht glauben«, flüsterte sie. »Ist das auch wirklich wahr?«
»Wenn ich es doch sage!«
»Oh, wie weise und freundlich Königin Teje ist«, jubelte sie. »Panehesi, ich bin überglücklich. Am liebsten möchte ich dir einen Kuß geben.«
Sie sprang auf, versuchte, Panehesi zu umarmen, doch ihre Arme reichten nicht sehr weit um ihn herum. Er hielt ihr das Gesicht hin, und sie streifte mit den Lippen seine Wange.
»Wann soll ich nach Theben kommen?«, wollte sie wissen. Es war ihr unmöglich stillzusitzen. Aufgeregt ging sie hin und her. Also hatte die Göttin sie doch nicht vergessen.
»Die Königinmutter sagt, daß sie nicht länger als zwei

Wochen warten will, bis du ihr das erste Duftöl überreichst.« Er deutete auf ein gefülltes Täubchen, und Teti legte es ihm rasch auf den Teller.
»Ich werde, so schnell ich kann, da sein«, versprach sie. »Tausendmal, nein, millionenmal werde ich Königin Teje die Füße küssen!«
»Du sollst im Palast Salben herstellen und nicht die Dienerin überflüssig machen, die der königlichen Mutter die Füße wäscht«, wies er sie zurecht, ohne sein genüßliches Kauen zu unterbrechen. »Und wir werden uns vorerst überhaupt nicht sehen. Ich werde ein bis zwei Monate auf Reisen sein.«
»Ich werde dich ja so vermissen.« Sie dachte einen Augenblick nach. »Weißt du, ich bitte die Königliche Mutter, mir einen kleinen, ungenutzten Raum in dem Teil des Frauenhauses zuzuweisen, in dem die unverheirateten Hofdamen und die weiblichen königlichen Verwandten leben. Und dort werde ich mit meinen Kindern wohnen.«
Da Panehesi zu ihrer Äußerung keinen Kommentar abgab, sondern sich ausschließlich seinem Essen widmete, ging sie, eine Entschuldigung murmelnd, ins Haus, wo sie Suti bat, einen der versiegelten Behälter von Kamoses wertvollstem Weinvorrat zu öffnen. Suti kam mit dem dunkelroten, dickflüssigen Wein zurück. Sie nahm ihm den Krug ab. Im Schatten der Hausecke blieb sie stehen und kostete rasch zwei, drei Schlucke. Sie spürte die Wirkung sofort. Nein, mehr durfte sie nicht trinken! Aber Panehesi würde er guttun. Der Domänenverwalter Königin Nofretetes würde sich wunderbar entspannen, seine Rede würde ungehindert fließen, und dabei würde sie vermutlich eine Menge erfahren. Ja, für ihren geschätzten Gast war ihr nur das Allerbeste gut genug. Als sie zurückkam, hielt sie Panehesi eine Schale mit in Honig eingelegten Früchten hin.
»Und jetzt der Nachtisch! Oder willst du lieber frische

Datteln? Und vielleicht ein Stückchen Melone dazu?«
Er wählte letzteres. Gedankenverloren sah sie zu, wie er einen Bissen nach dem anderen verzehrte. Plötzlich fragte sie: »Panehesi, hattest du schon mal den Wunsch, jemandem die Zähne mit einem Ziegelstein zu scheuern?«
»Wie bitte?«
Daß seine Augen mit einem Mal so hervorquollen, lag bestimmt nicht an dem Melonenstückchen, das er aus Versehen verschluckt hatte. Sie sah sein nacktes Entsetzen, und das bestärkte sie.
»Siehst du, so was gibt's gar nicht! Niemand könnte jemals auf so eine fürchterliche Idee kommen. Außer Kamose natürlich.« Sie lächelte ihren Gast an. »Hat es dir geschmeckt? Auch der Salat? Seni war ganz unglücklich, weil sie ihn mit Sesamöl zubereiten mußte. Eigentlich wolle sie Olivenöl nehmen, aber das ist aus.«
Panehesi hatte bereits mehrmals von dem starken Wein, den sie ihm gebracht hatte, getrunken und sich so von dem Melonenstück in seinem Hals befreit. Er nahm immer wieder einen Schluck, nickte dabei anerkennend, und allmählich nahm seine Miene den behäbig-zufriedenen Ausdruck an, der die meisten Leute glauben ließ, der schwergewichtige Domänenvorsteher sein ein harmloser, lediglich am Genuß interessierter Zeitgenosse – ein Irrtum, den schon mancher bitter bereut hatte.
Teti saß ihm gegenüber und plante ihre Abreise. In drei Tagen würde sie es schaffen können. Panehesi wollte am nächsten Tag zurückfahren. Und danach konnte sie ungestört packen und alle Dinge erledigen, die noch zu tun waren. Jetzt stand die Welt ihr wieder offen! Ihre Freude wuchs von Augenblick zu Augenblick. Schon bald würde sie wieder am Leben im Königspalast teilhaben.
»Seine Majestät steckt voller Unternehmungsgeist«, sagte Panehesi unvermittelt und drehte sich schwerfällig zu ihr herum.

»Ja?«
»Ja! Und die Große Königliche Gemahlin ist wieder schwanger.«
»Ach«, kicherte sie. »Diesen seinen Tatendrang meinst du?«
»Deine Wiedereinsetzung berechtigt dich noch lange nicht zu ungehörigen Bemerkungen. Ich habe diese Neuigkeit nur deswegen eingeflochten, weil euch Frauen doch derlei immer als erstes interessiert.«
»Ja, damit hast du schon recht. Und? Prophezeien die Ärztepriester für dieses Mal einen Thronfolger?«
»Ist das so wichtig? Könntest du dir nicht vorstellen, daß irgendwann einmal eine Königin über das Land Kemet herrschen wird? Es wäre nicht das erste Mal.«
»Das könnte ich mir gut vorstellen. Und ich bin auch sehr dafür, daß die Königin ein Männerhaus kriegt. Der Herrscher des Landes Chatti hat doch mehrere stramme Söhnchen. Was meinst du, wieviele Wagenladungen Gold er für sie verlangt, wenn sie erwachsen sind?«
»Können wir bitteschön ernsthaft reden?«, fragte er mit diesem herben Zug um den Mund, den sie so unangenehm fand. »Ich möchte, daß du im Bilde bist, wenn du in den Palast zurückkehrst.« Er nahm einen Schluck Wein, bevor er weitersprach. »In ein paar Jahren wird Prinzessin Merit-Aton als Stellvertreterin ihrer Mutter den Titel Königliche Gemahlin erhalten. Darüber hinaus will Pharao die Erbprinzessin als künftige Herrscherin heranbilden. Er ist überzeugt, daß seine älteste Tochter die dazu erforderlichen Fähigkeiten besitzt. Sollte jetzt oder später ein Sohn zur Welt kommen, könnte Merit-Aton einige Jahre als Regentin herrschen, bis dieser das richtige Alter erreicht hat.«
»Wieso macht sich Pharao über solche Dinge Gedanken? Er ist doch noch jung, und Aton wird ihm eine lange Regierungszeit schenken.«
»Pharao ist zwar jung an Lebenszeit, aber sein Vater Re

hat ihn über die Jahre hinaus reif gemacht und mit unermeßlicher Weisheit gesegnet. Ein Herrscher über ein so großes Reich muß in die Zukunft blicken und vorausschauend Entscheidungen treffen. Pharao hat die neue Weltordnung begründet, in ihm und seinen Nachkommen verkörpert sich Aton, und deshalb trägt sich der König mit großen Plänen.«
Teti hatte sich schon oft darüber gewundert, daß Panehesi, obwohl sie mit ihm über fast alles unbekümmert plaudern konnte, in mancher Hinsicht überhaupt keinen Spaß verstand. Immer, wenn es um Pharao und Aton ging, kam er über kurz oder lang an einen Punkt, wo er genauso feierlich und salbungsvoll sprach wie die anderen Priester.
Er fuhr fort: »Der göttliche Herrscher ist mit Merire übereingekommen, daß es nötig ist, Aton einen neuen Erscheinungsort zu errichten. Einen Ort, der allein seinem Kult geweiht ist, eine Heimstatt, auf die keine anderen Götter und Göttinnen Anspruch erheben.«
»Wo soll denn dieser Ort sein?«
»Die Astronomen haben eine Stelle in der Mitte Ägyptens für geeignet befunden.«
»Wirst du deswegen unterwegs sein?«
»Ja, mit einigen Baumeistern, Vermessungsbeamten und Priestern werde ich den Platz auf seine tatsächliche Eignung prüfen. Und wenn ich zurückkomme, gebe ich die Verwaltung der Güter der Königin ab und übernehme dafür Atons gesamte Tempeldomäne. Außerdem wird mich der Herr der Beiden Länder an dem Tag, an dem das königliche Kind geboren wird, zu seinem vierten Propheten ernennen. Vorsteher der Rinder im neuen Aton-Tempel wurde ich schon, während du dich in Nebsit aufhieltest.«
»Ja, ich habe die Nachricht erhalten. Entschuldige, daß ich vergaß, dir zu gratulieren! Ich habe sogar ein Geschenk für dich.«

Sie stand auf, lief erneut ins Haus und kam mit einem Salbenbehälter zurück.
»Salböl«, meinte sie. »Ich habe Blüten aus dem Garten gesammelt, dazu noch einige andere Zutaten, die ich nicht verrate. Ich glaube, der Duft und der schöne Glanz, den das Salböl der Haut gibt, könnten dir gefallen.«
Ich danke dir«, erwiderte er, das Gefäß entgegenehmend. »Aber ich will nicht gleich daran riechen, weil mein Kopf von dem schweren Wein erfüllt ist, mit dem du versuchst, mir die Sinne zu benebeln und meine Zunge zu lösen.«
»Niemals, Panehesi, hatte ich so eine Absicht.«
»Ist ja gut. Mir drängte sich lediglich die Vorstellung auf, daß du auf diese Weise versuchst, mir irgendwelche Palastgeheimnisse zu entlocken«, meinte er augenzwinkernd und legte ihr seine breite Hand auf den Arm. »Hör' nun weiter. Pharao gefällt sein Name nicht mehr.«
»Was?« Sie schrie fast. »Was soll das bedeuten?«
»Der Herr der Beiden Länder hat sich nicht gerade als eifriger Verehrer Amuns hervorgetan. Pharao ist nicht Amuns Sohn. Aton ist sein Vater. Und deshalb möchte seine Majestät auch nicht mehr ›Amun ist zufrieden‹ heißen.«
»Großer Gott«, platzte sie heraus. »Würde er etwa lieber ›Amun ist unzufrieden‹ heißen?«
Das Gesicht, das Panehesi machte, reizte sie sehr zum Lachen. Doch ihre Mundwinkel sanken wieder nach unten, als er sich nicht anschickte mitzulachen. Im Gegenteil!
»Wie kannst du die Macht des gesprochenen Wortes derart mißachten«, schnaubte Panehesi. »Einen Namen auszusprechen, ist von ungeheurer Bedeutsamkeit. Was du da gesagt hast, kann Unheil bedeuten. Wie ein Fluch kann es sich auswirken. Wir müssen deine Worte unschädlich machen. Sofort, ehe es zu spät ist!«

Er rief einen Diener, der neben einer erloschenen Fackel eingedöst war, und schickte ihn aus, um etwas vom Boot zu holen. Es war ein tragbarer Götterschrein, der – Teti konnte es erkennen, als Panehesi die beiden Türen des mit Gold ummantelten Kästchens öffnete – ein auf eine Steinplatte gemaltes Bild enthielt. Aton stand als Strahlensonne über der königlichen Familie und reichte Pharao und Königin Nofretete mit seinen vielen kleinen Händen Lebenskreuze.
»Hast du auch Weihrauch mitgebracht?«, fragte Panehesi den Diener.
»Laß nur«, sagte Teti in dem Bemühen, bei der Wiedergutmachung ihres Fehlers nicht untätig zu bleiben. »Ich habe genügend da. Ich möchte nicht, daß du deine Vorräte angreifst.« Sie ließ aus dem Haus auch gleich das Kohlenbecken holen. »Glaubst du denn, daß meine Worte, die noch dazu ohne jede böse Absicht gesprochen wurden, schlimme Folgen für den König haben könnten?«
»Nicht das Wohl des Königs ist in Gefahr! Nicht tausend mächtige Magier können dem Lebenden Horus etwas anhaben! Pharao, der vollkommene Gott, ist unüberwindbar. Auf unselige Weise könnten deine eigenen, unbedachten Worte auf dich zurückfallen. Du bist diejenige, die geschützt werden muß. Amun ist ein entmachteter Gott. Er mußte sich zurückziehen und hält sich grollend verborgen.« Auf Panehesis Stirn standen Schweißtropfen. »Wenn du ihn mit unheilvollen Worten anrufst, erhält er eine Verderben bringende Macht über dich. Und diese kann allein durch die Kräfte, mit denen Pharao von seinem göttlichen Vater befähigt wurde, aufgehoben werden.«
Er zündete den Weihrauch an, fügte Blumen als weiteres Brandopfer hinzu und sprach eines der Gebete, die Pharao selbst verfaßt hatte.
Teti stand schweigend daneben. Sie wollte Panehesi lie-

ber nicht sagen, daß sie sich gar nicht schutzlos fühlte. Hier auf dem Land hatten sich die alten Gebräuche erhalten. Und daher betete sie jeden Abend, nachdem der Gutsverwalter einen langen Spruch für Amun aufgesagt hatte, vor der versammelten Dienerschaft zu Hathor und opferte der Göttin ein paar Gaben vor dem Hausaltar. An Aton glaubte sie mehr mit der Vernunft als mit dem Herzen. Auf der Goldenen hingegen ruhten noch immer nicht nur ihre eigenen Hoffnungen, sondern auch die der anderen Frauen. Die jungen Mädchen, die sich einen Ehemann wünschten, standen ebenso andächtig wie die Frauen, die sich mit dem Wunsch nach einem Kind an die Göttin wandten. An Hathor waren die Bitten der Schwangeren um einen guten Ausgang der Geburt und um ein gesundes Kind gerichtet, und auch die Hoffnungen der Alten auf die Linderung ihrer zahlreicher werdenden Gebrechen gründeten sich auf die Macht und Güte der Göttin.
Nein, von hier war Amun keineswegs vertrieben. Niemand glaubte, daß er sich irgendwo versteckt hielt. Er war nach wie vor gegenwärtig; man vertraute ihm, und er half oder half nicht, ganz wie es ihm nach seinem göttlichen Willen beliebte. Doch heute würde Tetis ländlicher Haushalt auf das übliche Gebet verzichten müssen, denn sie wagte nicht, in Panehesis Anwesenheit Amun, Hathor und die anderen Götter anzurufen. Auch ließ sie den Hausaltar nicht mit frischen Blumen schmücken, wohl aber den kleinen, goldenen Aton-Schrein, der über Nacht im Haus blieb.

Während die Barke auf dem trägen Strom der Hauptstadt zutrieb, war Teti in ihre Gedanken versunken. So wie sie die Sache sah, hatte es Panehesi nicht einmal besonders viel Überredungskunst gekostet, Königin Teje zu ihrem großherzigen Angebot zu bewegen. Der Königinwitwe lag bestimmt daran, Kamose weiterhin zu

unterstützen, und da konnte seine Ehefrau nicht länger abseits stehen. Allerdings, wenn das die Überlegungen der Königinmutter waren, würde es nicht in deren Sinne sein, daß Teti im Frauenhaus das Palastes wohnte. Denn dadurch würde ihre und Kamoses Trennung öffentlich werden, und das wäre nicht das vorbildliche Verhalten, das man von einem Hofbeamtenehepaar erwartete.
Wenn sie an ihre erste Audienz bei der Königinmutter dachte, wurde Teti richtig flau. Alles mögliche würde Teje von ihr verlangen, ihr Betragen kritisieren und ihr Vorschriften machen. Aber konnte Hathor mit ihren wunderbaren Kräften nicht auch das in Ordnung bringen? So wie die Göttin das Wunder vollbracht hatte, daß die königliche Mutter sie zu sich beordert hatte? Auch wenn Königin Teje und Panehesi, jeder für sich oder gemeinsam, bestimmte Ziele verfolgten, mußte man dieses Ereignis nicht trotzdem vor allem dem Wirken der Goldenen zuschreiben?
Die Kinder waren kaum zu bändigen, seit sie erfahren hatten, daß es zurück nach Theben ging. Und da das Boot diesmal nicht so beladen war, hatten sie jede Menge Platz zum Toben. Die Dienerschaft war ebenfalls ganz fiebrig. Seni, der bekannt war, daß Teti nicht vorhatte, zu Kamose zurückzukehren, schien die Hoffnung noch nicht völlig aufgegeben zu haben. Von Zeit zu Zeit warf sie Teti einen bekümmerten Blick zu, strahlte aber ansonsten mit ihrem geliebten Suti um die Wette.
Teti hatte einen Boten vorausgeschickt, der Kamose ihre Ankunft ankündigen sollte. Sie mußte ihm zumindest einen kurzen Besuch abstatten. Schließlich gibt es einiges zu besprechen, dachte sie. Und ich muß ja auch einmal nach dem rechten sehen. Immer noch hin und her gerissen zwischen Stolz und Verzweiflung blickte sie zum Himmel hinauf, der sich weit und hell über ihr spannte. Und so nach und nach glitt sie in einen träumerisch-abgehobenen, aber gleichzeitig hellwachen Zustand hin-

über. Ihre Überlegungen bekamen eine andere Richtung. Es war, als nähme die Goldene sie bei der Hand und führte sie ganz neue Wege.
Teti erkannte, daß sie Kamoses Einstellung nicht würde ändern können. Es lag an ihr, das Beste aus ihrer Situation zu machen. Zweifellos würde sie im Frauenhaus des Palastes nicht das Leben führen können, das sie sich erträumte und das sie für Mehi und Anchari erstrebte. Wie oft hatte sich in den vergangenen Wochen Traurigkeit und Verzagtheit auf den Gesichtern der Kleinen gemalt, weil sie ihren Vater vermißten.
Und dabei wollte Teti eigentlich noch weitere Kinder. Denn, fragte sie sich, sind nicht die Kinder der wahre Schatz und die Stütze einer Frau? Aber statt dessen würde Kamose irgendwann kommen und ihr sogar Mehi und Anchari wegnehmen. Konnte sie ihm denn verdenken, daß er die beiden in seinem Haus, in einer Atmosphäre des Wissens und der Bildung, so wie er es sich eben vorstellte, groß werden lassen wollte? Hatte er nicht von Anfang an Wert darauf gelegt, Mehis Geist zu schulen? Und auch für Anchari boten sich, wenn sie erst ein wenig älter war, im Haus ihres Vaters ganz andere Möglichkeiten als innerhalb der engen Grenzen von Pharaos Harem, eingepfercht zwischen unzähligen Frauen, Kindern und Dienerinnen.
Und hatte nicht sie selbst diese Umgebung ebenfalls schätzen gelernt, mal ganz abgesehen von der Bequemlichkeit und dem Luxus? Sie hatte sich damals geweigert, User-Re zuliebe ihre Position aufzugeben. Nur, um wenig später wegen einer Kammerdienertochter sang- und klanglos das Feld zu räumen? Wegen einer Frau, die ihr nicht das Wasser reichen konnte, hatte sie auf alles verzichtet, was ihr das Leben an Kamoses Seite bieten konnte. Teilte nicht auch Nofretete, die kluge, einflußreiche Königin und schönste Frau der Welt, ihren Ehemann mit anderen Frauen?

Dann ging Teti einer anderen Idee nach. Wäre es nicht möglich, sich außer ihrem Hofamt eine Stellung als Dame der Gesellschaft aufzubauen? Immer noch hielten Neferti und vor allem Panehesi, der ihr doch jederzeit hilfreich zur Seite stand, zu ihr. Im Geiste sah sie, wie sie ein kleines, aber anspruchsvolles Festmahl für diese beiden Hofleute sowie einen engen Kreis von Kamoses Freunden ausrichtete. Könnte das nicht ein neuer Anfang sein? Dieser Einladung würde bald eine zweite folgen, diesmal schon mit einer erweiterten Gästezahl. Künstler, Musikanten, Geschichtenerzähler wollte sie einladen und Tänzerinnen, die mit ihrer Sinnlichkeit und Anmut die Zuschauer verzauberten. Es würde vergnügliche, aber auch feinsinnige Gespräche geben, bei denen jeder seine Erkenntnisse und Erfahrungen beisteuern konnte.
Und noch einmal rief sie sich den Abend ihrer Auseinandersetzung mit User-Re ins Gedächtnis. Wieso war Kamose damals nicht Senebs und Kafis Einladung gefolgt? Weil er, wie er sich ausgedrückt hatte, ein den Geist beflügelndes Gespräch und die anspruchsvollen Lieder des Harfners vorgezogen hatte. Wenn sie sich nach diesen Gesichtspunkten richtete und Feste gab, die nach seinem Geschmack waren, würde sie da nicht nur die Achtung ihrer Umgebung erringen, sondern auch Kamoses Zuneigung und Anerkennung erlangen? Hatte er nicht des öfteren versucht, ihr etwas in dieser Richtung zu verstehen zu geben? Und sie hatte seinen Wunsch nicht erkannt und erfüllt?
Bei diesen Gedanken wurde die Sehnsucht nach Kamose, die sie schon so lange spürte, sehr stark. Sie wollte gemeinsam mit ihm wieder schöne Tage verleben, die schlechten Tage aber, die sie voll Kummer und Einsamkeit verbracht hatte, sollten für immer vorbei sein.
Sie wußte, daß sie großen Erfolg haben würde, wenn sie all ihre Phantasie, Begeisterungsfähigkeit und Neugier

für dieses neue Ziel einsetzte. Konnte das nicht interessanter sein als die Tändelei mit Pa-Wah und die schwärmerische, ewig unerfüllte Liebe zu User-Re? Warum sich nicht mit Energie und Leidenschaft auf etwas stürzen, für das es sich lohnte? Etwas, das sie aufbauen, gedeihen sehen und schließlich auch ernten konnte!
»Bei Hathor, Teti,« sagte sie zu sich und fühlte, wie eine neue Kraft in ihrem Inneren aufblühte, »du mußt endlich erwachsen werden!«

Zu ihrer Verwunderung wartete Kamose mit mehreren Dienern an der Anlegestelle. Kurzerhand wies er Suti, Seni und die Kindermädchen an, Anchari und Mehi sicher nach Hause zu bringen. Baki trug er auf, das Entladen des Bootes und den Heimtransport des Gepäcks zu überwachen.
Zu Teti, die zu überrascht war, um zu widersprechen, sagte er: »Ich würde gern mit dir diesen langen Weg gehen, den wir damals gegangen sind, als wir gemeinsam mit User-Re, Kafi und Auta den Heiligen Stier besuchten.«
»Haßt du es nicht, diesen Weg zu Fuß zu laufen?«, frage sie, ging aber schon los.
»Im Gegenteil«, erwiderte er, als er mit ein paar raschen Schritten neben ihr war. »Ich bin ihn in letzter Zeit oft gegangen und habe nachgedacht.«
»Ach ja?«, sagte sie nur, weil ihr nichts anderes einfiel.
Schweigend liefen sie weiter. Einige Bauern, die ihre Feldarbeit beendet hatten, standen am Wegrand. Sie verbeugten sie ehrfürchtig, und Teti nickte ihnen zu. Dann richtete sie ihren Blick wieder auf den Weg, der sich vor ihnen schlängelte. Er war genauso sandig wie die Wege, die sie in Nebsit gegangen war, und sie wunderte sich, daß es Kamose nicht im geringsten zu stören schien, daß seine gesalbten Füße samt der prächtigen Sandalen schon staubbedeckt waren.

»Du siehst schön aus«, bemerkte er plötzlich und betrachtete sie mit mehr Aufmerksamkeit, als sie erwartet hatte.
Ein wenig verlegen zupfte sie an den Löckchen ihrer Perücke. Sie hatte sich am Morgen sehr sorgfältig, aber auch mit einem seltsamen Gefühl der Befangenheit zurechtgemacht. Es war ihr unendlich lange vorgekommen, seit sie zum letzten Mal in Theben gewesen war; auch das Wissen, daß sie bald Kamose gegenüberstehen würde, hatte sie verwirrt. Und ärgerlich hatte sie sich eingestanden, daß sie die Reise fast so verzagt antrat wie ein Bauernmädchen seine erste Fahrt in die Stadt.
»Wie ich von Königinwitwe Teje erfuhr, wirst du von ihr als Hofdame angenommen«, sagte er, während er sie weiterhin musterte.
Sie schaute von ihm weg, vertiefte sich für eine Weile in den vertrauten Anblick des Wüstengebirges.
»Ja, Panehesi war da und hat es mir mitgeteilt«, sagte sie, nachdem sie an einer Reihe beladener Esel vorbeigegangen waren. »Deshalb bin ich so schnell gekommen.« Sie zögerte. Trotz ihrer neuen, ehrgeizigen Pläne wollte sie nichts überstürzen. Ihr lag daran, zuerst Kamoses Standpunkt kennenzulernen und sich ein Bild davon zu machen, wie die Lage zuhause war. Und da war ein vorläufiger Unterschlupf im Palast keine schlechte Lösung. Also erklärte sie ihm: »Ich plane, mit den Kindern zunächst im königlichen Frauenhaus zu wohnen.«
»Das werde ich keinesfalls erlauben«, entgegnete er mit Heftigkeit. »Du gehörst nicht in das königliche Frauenhaus. Du gehörst in mein Haus. Habe ich mich nicht bereits in meinem Brief deutlich genug ausgedrückt? Ich habe dir nun ausreichend Zeit gelassen zu schmollen. Meine Geduld ist zu Ende.«
Dieser verdammte Brief! Die alte Wut flammte in ihr auf.
»Wie kamst du dazu, mir derartige Gemeinheiten zu

schreiben?«, fuhr sie ihn an. »Entsetzliche Alpträume habe ich gekriegt. Drei Nächte lang. Beim Nilpferd, mit deinem blöden Brief hättest du beinahe alles verdorben.«
Ja, sollte er nur zusammenzucken. Auch wenn sie auf dem besten Weg war, eine sehr vornehme Dame zu werden, würde er sich künftig auf ihre sporadischen kleinen Ausfälle einstellen müssen.
»Deine Antwort und dein Verhalten haben auch mir Alpträume bereitet. Wochenlang hast du mir die Kinder vorenthalten. Ganz zu schweigen von den anderen Unannehmlichkeiten, die du mir durch deinen Eigensinn und deine Halsstarrigkeit verursachtest. Bei Amun! Teti, du bist eine harte Nuß!«
»Und du! Hast du etwa auch nur um ein Haarbreit nachgegeben?«
»Das kann ich leider nicht! Das weißt du«, antwortete er unerwartet ruhig. Seine Stimme wurde noch gedämpfter, so als sei ihm selbst nicht ganz begreiflich, was er sagte: »Ich war bisweilen sehr niedergeschlagen, weil du mich nicht verstehen konntest oder wolltest. Ja, du hast erreicht, daß ich mich so ... nun, so ohnmächtig fühlte.«
»Wie schön! Dann ging's dir nicht anders als mir.«
Kamose und hilflos? Wer hätte das gedacht. Das war völlig neu für sie und kaum vorstellbar. Aber wenn er tatsächlich so empfand, war es anerkennungswert, daß er diesen Sachverhalt nicht nur sich selbst eingestand, sondern auch ihr gegenüber zugab. So weich hatte sie ihn noch nie erlebt. Mein Ehemann – ein verletzliches Wesen? Na so was, dachte sie und lächelte ihn zum ersten Mal an.
»Natürlich hätte ich mit einem harten Vorgehen alles, was ich wollte, erzwingen können. Und ich denke, daß auch du dir dessen bewußt bist«, setzte er seine Rede wieder in dem gewohnt selbstsicheren Ton fort. »Allerdings wäre dabei keiner von uns beiden glücklich geworden und die Kinder am allerwenigsten.«

Sie traten zur Seite, damit eine Sänfte vorbeikonnte. Der Beamte auf dem Tragstuhl hob seinen Würdestab und nickte verwundert zu ihnen herab. Kamose erwiderte den Gruß mit gelassener Höflichkeit.
Teti wartete, bis er weiterredete.
»Also habe ich nach anderen Lösungen gesucht. Fände es deine Billigung, wenn die Nebenfrauen ab und zu ein paar Wochen auf dem Lande verbrächten? Auch wir beide können, wie wir es bereits früher getan haben, derartige Aufenthalte einplanen. Immerhin stehen uns drei Landgüter zur Verfügung, und wir haben genug Möglichkeiten, einem ununterbrochenen Zusammenleben unter einem Dach aus dem Weg zu gehen. Außerdem habe ich mir vorgenommen, gemeinsam mit dir und den Kindern eine Reise nach Memphis zu unternehmen, um die Familie meiner Tochter zu besuchen. In einigen Monaten vielleicht wird Königin Teje bereit sein, dich für eine Weile zu beurlauben. Nun, was hältst du von diesen Anregungen, meine Liebe?«
Sie war sprachlos. Sie hatte nichts von ihm erwartet, und jetzt machte er von sich aus alle diese herrlichen Vorschläge. Wie gut, daß sie nicht eher nachgegeben und ihm gleich bei ihrer Ankunft gesagt hatte, was sie vorhatte.
»Bei Hathor! Du willst wirklich mit mir nach Memphis fahren?«, brachte sie schließlich heraus.
Ein zärtliches Lächeln lag auf seinem Gesicht, als er ihre Hand nahm. »Nun, meine Beste, ich wüßte niemanden, mit dem ich diese Reise lieber machen würde.«
Froh lächelte sie zurück.
Jetzt ist der Zeitpunkt gekommen, ihn in alle meine Pläne einzuweihen, dachte sie. Und wenn wir trotz der hereinbrechenden Abenddämmerung nicht allzu schnell gehen, reicht die Zeit, die wir für die Wegstrecke von hier bis nach Hause brauchen, gerade dafür aus.

Einige altägyptische Begriffe

Amun-hotpe – Eine andere Schreibweise des Namens ist Amenhotep, die griechische Form lautet Amenophis.

Ba – Kann in etwa mit »Seele« übersetzt werden; der Ba wird als Vogel mit Menschenkopf dargestellt.

Behen-Öl – Öl, das aus den Samen der Kapseln des Behennußbaumes hergestellt und für kosmetische Zwecke verwendet wird.

Elektron – Mischung aus Gold und Silber, eine Art Weißgold.

Elle, altägyptische – Ca. 52 cm.

Djahi – Altägyptischer Name für den Libanon.

Heb-Sed – Fest des königlichen Regierungsjubiläums, das der Pharao zum ersten Mal 30 Jahre nach seinem Herrschaftsantritt und danach in Abständen von etwa drei Jahren feiert.

Junu – Altägyptischer Name für Heliopolis.

Ka – Bezeichnet die »Lebenskraft« eines Menschen, die auch nach seinem Tod weiterexistiert und mit Lebensmitteln versorgt werden muß.

Kemet – Altägyptische Bezeichnung für Ägypten.

Kusch – Altägyptischer Name für den Sudan.

Memphis – Der altägyptische Name der Stadt ist Mennofer. Da Memphis bekannter und gebräuchlicher ist, wurde im Roman der gräzisierte Name verwendet.

Pe – Altägyptischer Name für Buto.

Pylon – Das von hohen und sehr breiten Türmen flankierte Eingangstor ägyptischer Tempel.

Punt – Bezeichnet in etwa das Gebiet des heutigen Somalia.

Retenu – Altägyptischer Name Syriens.

Ramosis – Die gräzisierte Form des Namens Ramose.

Ro – Altägyptisches Hohlmaß, entspricht einer Menge zwischen Dessert- und Suppenlöffel.

Sennet – Altägyptisches Brettspiel, dessen Regeln nicht überliefert sind.

Sistrum – Rasselinstrument, das vor allem im Kult der Göttin Hathor verwendet wurde.

Skarabäus – Pillendreherkäfer, dessen Nachbildung im Alten Ägypten als Sinnbild des Sonnengottes verehrt wurde.

Sunu – Altägyptischer Name für Assuan.

Taseni – Altägyptischer Name für die Stadt Esna.

Theben – Der altägyptische Name der Stadt ist Weset (= Hauptstadt) bzw. No-Amun (= Stadt des Amun). Da Theben jedoch bekannter und gebräuchlicher ist, wurde im Roman der gräzisierte Name verwendet.

Uräusschlange – Altägyptisches Königssymbol, das eine aufgerichtete Kobra darstellt.

Die Hauptstadt Theben und Umgebung

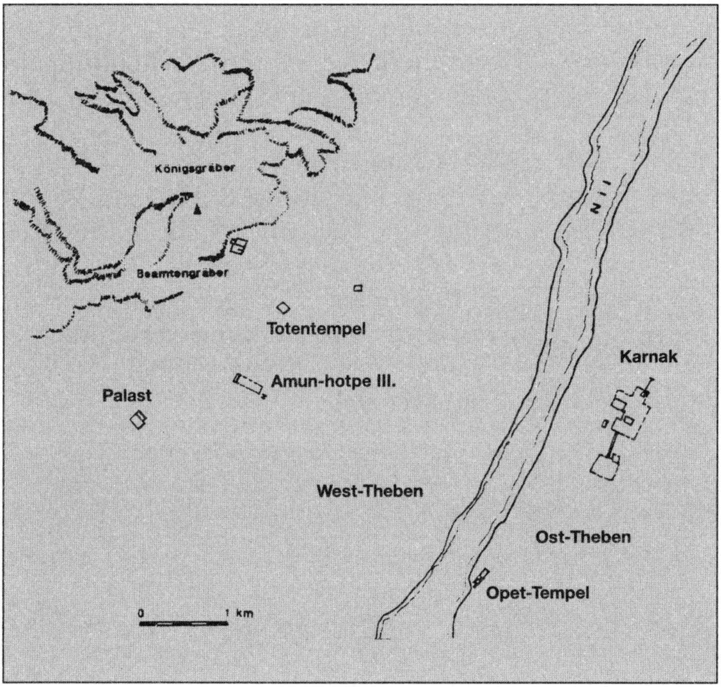

Ägypten

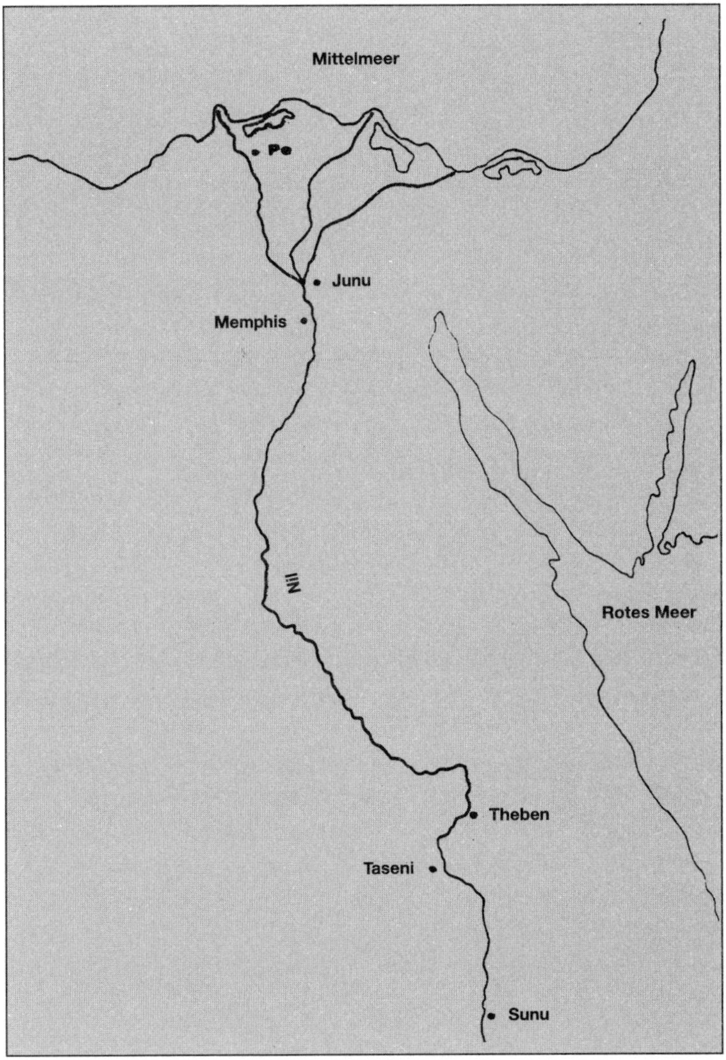
Mittelmeer
Pe
Junu
Memphis
Nil
Rotes Meer
Theben
Taseni
Sunu